lapa
UITGEWERS

Ook deur Irma Joubert

Tussen stasies-trilogie

Ver wink die Suiderkruis
Tussen stasies
Tolbos

Verbode drif
Veilige hawe
Immer wes

Verskyn by NB Uitgewers

Pontenilo-trilogie

Anderkant Pontenilo
Pérsomi, kind van die brakrant
Kronkelpad

Mentje, kind van Pas-Opkamp

Irma Joubert

LAPA Uitgewers
Pretoria
www.lapa.co.za

Bosmanstraat 380, Pretoria
Tel: 012 401 0700
E-pos: lapa@lapa.co.za

Geset in 10.5 op 15 pt Leawood
deur LAPA Uitgewers
Teksredakteur: Jeanette Ferreira
Omslagontwerp: Flame Design
Gedruk en gebind deur Novus Print, 'n Novus
Holdings-maatskappy

Eerste uitgawe, eerste druk 2017
Eerste uitgawe, tweede druk 2018

ISBN 978-0-7993-8593-9 (gedrukte boek)
ISBN 978-0-7993-8594-6 (ePub)
ISBN 978-0-7993-8595-3 (mobi)

"But what good came of it at last?"
Quoth little Peterkin.
"Why that I cannot tell," said he,
"But 'twas a famous victory."

Uit "After Blenheim" deur Robert Southey

Opgedra aan my skoondogter Elizabeth Joubert

Een

Bosveld, 1933

Die son brand uit die wolklose lug neer. Stof dwarrel onder die hoewe van die beeste in die kraal en bly oor die groepie mense hang. Die afslaer se stem dreun voort.

Daar is geen sprietjie gras meer nie. Die veld lê kaalgevreet, dor gebrand, doods. Die spruit het opgedroog. Eerste keer in menseheugenis.

Tinus staan met sy skraal rug gedruk teen die afgekalkte muur, sy kaal voete stewig geplant in die warm sand. Hy hou sy oë op die kraal, weg van die veld.

Twee weke gelede het hy saam met Oupa deur die hele plaas geloop. Die ganse dag lank, stadig. Sonsaktyd sê Oupa: "Ons het geen keuse meer nie."

Hy het nie toe verstaan nie.

Nou verstaan hy.

Eenkant sit die bywoners: die man ineengedoke, huilend. Langs hom sy vrou, seekoeilyf met dom oë. Ook sy huil. Versukkeld.

Tinus kyk weg. Hy wens hulle wil loop. Na hul eie huis toe gaan. Daar bly.

Êrens in die Groothuis is sy ouma. "Ek gaan hierdie dag nie oorleef nie," het sy vroegoggend gesê. Haar lippe was dun en wit, haar stem plat.

Net hy en sy oupa bly regoprug kyk. Sy oupa sit langs hom op 'n kombuisstoel, kerkpak blink gepres, dooie pyp in die growwe hande. Sy nek is maer. Stokstertmeerkat.

Die afslaer vee die sweet van sy speknek af en veil die maer beeste op, sommer almal gelyk.

"Hoekom bie die mense nie?" vra Tinus. Die klank kom te hard en te hoog deur. Sy stem laat hom soms nog in die steek.

"Niemand het weiding nie." Sy oupa se stem bly sterk. "Die Jode wag, een van hulle sal wel later die hele boel teen 'n appel en 'n ei koop."

Eenuur bring sy ouma koffie en brood. "Kom tog in die huis in. Dis so warm hier buite."

"Ek bly," sê sy oupa.

En hy: "Ek bly."

Hulle pak die laaste paar goed op oom Grootgert se wa: katels, eetgerei, kookware. Die tente. Kombuistafel en vier stoele. Trommel met die klere en linne. Die Bybel bo in die trommel.

Byna soos vir 'n nagmaalnaweek op die dorp.

Van anderkant die leë kraal sien Tinus hulle aangesukkel kom. Die bywoners. Die man dra 'n verslete koffer in die een hand, in die ander sy musieksak, onder die arm is 'n geraamde prent vasgeknyp. Die vrou dra 'n bondel beddegoed op haar kop. Nes 'n wasvrou.

"Trek hulle ook saam?" vra Tinus.

"Hoe anders?" antwoord sy oupa en trek die riem stywer oor die koperkatel.

By die vendusie verlede week het Tinus hom erger as ooit geskaam vir hulle. Hy was die hele tyd bang die sukkelaar van 'n bywoner kry weer 'n aanval. Hy kon sien die mense van die distrik wag daarvoor. Dis waarvoor hulle hier was. Nie om te koop nie. Om te sien hoe tuimel trotse ou Marthinus van Jaarsveld en sy hovaardige ou vrou van die troon af.

Om hulle te verstaar aan die man wat soms skreeuend die veld in hardloop. Die simpel Simon.

En om te skinder oor die seun wat die familienaam dra. Oor hom, Marthinus Daniël.

By die plaashek klim hy van die wa af. Vir oulaas voel hy die warm Bosveld-sand onder sy voete. Vir laas tuur hy oor die veld waarin hy grootgeword het.

Hy maak die plaashek toe en stap na die wa. "Hierdie plaas sal ek terugkoop, eendag," sê hy hard. "Oupa, hoor my: Ek sweer voor God, Buffelspoort sal weer aan die Van Jaarsvelds behoort."

Twee

Vierhouten, Nederland, Julie 1943

Die somerson bak warm op hulle rûe neer. Die gras is lank en dik en lowergroen, kos vir die beeste deur die lang wintermaande wat wag. Met vaste ritme swaai haar pa die lang kapmes heen en weer, heen en weer. Mentje hark die gesnyde gras op hope. Dit ruik soos gekneusde kruie en vae peperment.

"Waar is jou hoed?" vra haar pa sonder om op te kyk. "Vanaand is jy weer rooi verbrand."

Ai tog, haar hoed. Sy vergeet dit altyd.

Die volgende oomblik breek 'n onaardse kabaal huis se kant toe los.

Albei se koppe ruk op. Mentje sien die skrik in haar pa se oë, net vir 'n oomblik. "Lê plat, Mentje, agter die hoop gras. En bly doodstil hier tot ek jou kom haal," sê haar pa en begin hardloop.

"Pappa?"

"Val plat!" roep hy oor sy skouer. "Ek is nou-nou terug."

Sy sak af en kruip op haar maag tot agter die hopie gras. Met haar kop diep ingetrek, krul sy in 'n bondeltjie en knyp haar oë styf toe. Die hopie gras wat sy bymekaargehark het, voel baie klein.

Sy verstaan nie wat aangaan nie.

Stemme klink op van die huis se kant af, woedende stemme wat skree. Sy druk haar ore toe, sy wil nie hoor nie. Selfs deur haar toegedrukte ore hoor sy die baba skree en skree.

Wat het gebeur? Het die baba seergekry? Of die seuntjie dalk? Kon hy teen die leer afgeval het?

Erger nog: brand? In die skuur?

Haar hart begin saamtrek. Pappa was juis bang vir 'n kers daar tussen die hooibale. "Liewe Here, moenie dat ons huis aan die brand raak nie. En pas vir Pappa op."

Dis helder oordag, wie sal nou 'n kers aansteek?

Dalk het die bul weer uit sy kamp gebreek? Soos twee jaar gelede, toe Pappa byna …

Nee. Nee, dit kan nie weer gebeur nie.

Of het die soldate gekom? Sy wil nie so dink nie, maar sy was heeltyd nog bang die baba begin huil wanneer die soldate kom eiers of melk haal.

Sy probeer helder onthou. Die baba het tog begin skree eers nadat die kabaal by die huis uitgebreek het? Ja, beslis, ja. So, dit kan nie die soldate wees nie.

Of kan dit? "Here, moenie dat die soldate gekom het nie. Asseblief, moenie. Bewaar ons van die bose. Amen."

Sy was nog nooit bang vir die soldate nie. Vandat die oorlog begin het, was die soldate in die strate van Nunspeet, selfs in Vierhouten. So onderlangs het sy hulle dopgehou as sy skool toe stap, meestal aan die ander kant van die pad gaan loop wanneer sy hulle sien aankom. Maar bang vir hulle was sy nooit nie.

Toe verander alles. Toe die Friedmans by hulle kom intrek het.

Een aand, sommer uit die bloute, sê haar pa: "Mentje, ek wil iets met jou bespreek."

Dit was 'n koue wintersaand vroeg in die jaar voor haar verjaardag, toe sy nog nege jaar oud was. Haar pa het nog 'n stomp in die bek van die stoof gedruk en in sy gemakstoel gaan sit, sy bene lank uitgestrek, sy voete reg voor die warm stoof. Buite het die wind ysig koud gewaai.

"Reg van die Noordpool af," het Mentje gesê en vir haar pa 'n kommetjie koffie geskink. Sy het 'n glas warm melk gedrink.

Pappa het aan sy koffie geproe-proe. Sy het geduldig gewag.

"Die Friedmans moet by Kamp Westerbork aanmeld," het hy uiteindelik gesê.

'n Onseker gevoel het in haar bors begin opkruip. Die Friedmans ken sy nie, sy weet net haar pa laai daagliks kanne melk by hulle winkel in Nunspeet af. Maar 'n seun in haar klas se ouma is die vorige jaar weggestuur na Westerbork en van toe af het hulle nog niks van haar gehoor nie. "Pappa, wat gebeur as mense na Kamp Westerbork gestuur word?"

Haar pa het eers met sy vinger in sy baard gevroetel. "Niemand weet presies nie. Hulle word waarskynlik na een van die Duitse arbeidskampe in die ooste gestuur."

"Dit is nie 'n goeie ding nie?"

Pappa het sy kop geskud en na die stoof bly staar.

In haar het die onsekerheid groter gegroei. 'n Vermoede het begin posvat. "En Pappa wil die Friedmans help?"

"Meneer Friedman het 'n neef in Engeland wat besig is om te reël dat die hele familie daarheen kan kom. Ek het aangebied dat hulle by ons kan kom bly tot hulle wegkom."

"Onderduik," het Mentje die woord gebruik wat sy al by die skool gehoor het.

Haar pa se kop het vinnig na haar gedraai, sy oë waaksaam. "Ja, wel. Onderduik, ja."

Dit gaan nie werk nie, ons huis het net een slaapkamer, het Mentje gedink. Wanneer sy twaalf is, sê Pappa altyd, sal hy vir haar 'n eie kamertjie aanbou. Maar sy was nog nege en het saam met haar pa in die kamer gebly. "En waar gaan hulle slaap?"

"Ja, e ... miskien kan hulle op die solder vir hulle slaapplek inrig. Ook bedags daar bly as hulle onveilig voel."

"Op die stal se solder?" Sy was totaal verstom. "Op met die leer? Waar ons die hooibale stoor?"

"Ons kan die hooibale skuif om 'n soort versperring aan die voorkant te maak," het haar pa met sy hande beduie. "Dan sal 'n mens van die stal se kant af niks behalwe bale sien nie."

"Maar mense kan tog nie daar slaap nie?"

"As die nood druk, kan mens baie dinge doen. Dis redelik warm daarbo, dis ook belangrik."

Dit is seker waar, ja, het Mentje gedink. Die stal is vas aan die huis, amper deel van die huis met net 'n muur wat die kombuis van die stal skei. Op dié manier hou die stoof ook die diere dwarsdeur die winter lekker warm.

"En dis net tydelik, tot hulle Engeland toe kan gaan."

"Ja-a." Dit gaan nie werk nie, het sy gedink. Pappa het 'n wolkekop, sy is die een wat helder dink, sê ta Lenie altyd.

Pappa kon sien wat sy dink, want hy ken haar net so goed soos sy hom ken. "Mentje, dis ons naaste, hulle het ons nou nodig. Dis ons Christelike plig om die mense uit liefde te help."

Die barmhartige Samaritaan, het Mentje onthou. "Ja, Pappa." So met 'n sug in haar stem, sodat haar pa agterkom sy weet eintlik beter.

"Ons het genoeg kos op die plaas om hulle ook vir 'n paar weke te voed. Niks gaan regtig verander nie."

Ai, tog. "Dis nie waar nie. Alles gaan verander. Pappa weet dit."

Hy het sy growwe hand oor hare gevou. "Jy word te vinnig groot, my doggie."

Gmf. Nogal, nè? "Ek is al in die vyfde klas, onthou."

Hy het haar 'n oomblik lank verbaas aangekyk en sy kop effens geskud, byna asof hy haar nie geglo het nie. "Dis waar, nè? Mentje, niemand moet weet die Friedmans kom hier bly nie, hoor?"

"Ja, ek weet."

Daardie aand het Mentje lank en ernstig gebid dat die liewe Here tog vir die Friedmans 'n beter plek sal vind om weg te kruip. Dis nie dat sy wil verbyloop soos die priester en die Leviet nie, het sy vir die Here gesê. Dis net dat dit vir hulle baie sleg sal wees op die solder, die liewe Here weet mos self hoe lyk dit daar.

Maar in haar hart het sy geweet eintlik is sy net nie lus dat vreemde mense in haar en Pappa se huis kom woon nie.

Die Here het dit seker ook geweet.

Die Friedmans het die volgende aand arriveer.

Mevrou Friedman het jonk gelyk, amper soos die meisies in die sekondêre skool op Nunspeet. "Goeienaand, ek is Daniela." Selfs haar stem was jonk.

By haar was 'n baba en 'n seuntjie. Agter haar het meneer Friedman ingekom, toegepak onder komberse.

Aan al die Friedmans se klere was die groot geel Dawidster vasgewerk as teken dat hulle Jode is. Alle Jode moet dit dra, weet Mentje, selfs die babatjie. Dis een van die wette wat Duitsland in Nederland ingebring het.

Die eerste aand reeds het Mentje gewens hulle wil weggaan. Dit is sekerlik 'n vreeslike sonde, maar sy kon nie help nie, dis hoe sy gevoel het.

Sy was kwaad vir haar pa. Dis seker ook sonde want mens moet jou ouers eer. Maar dan is dit haar pa self wat haar sonde laat doen. Al twee die sondes.

Haar pa het die Friedmans met die leertjie opgehelp solder toe. "Ek dink hulle is gemaklik vir die nag," het hy gesê en toe eers, lank ná aandete, huisgodsdiens gehou. Hy het lank en ernstig gebid, maar Mentje het nie regtig gehoor wat hy sê nie. Toe hy amen sê, het sy doodstil bly sit.

"Mentje?"

"Dis nie vir my lekker dat hulle hier is nie."

Haar pa het geknik en sy arms oopgemaak. "Kom sit by my."

Sy het haar gesig teen sy bors vasgedruk. Sy groot hand het om haar kop gevou, sy ander arm het haar styf teen sy harde lyf gekoester. "Ek weet, Mentje, ek weet. Dit sal nie vir lank wees nie, 'n week of twee," het hy lomp probeer troos.

Maar 'n week of twee het twee maande geword, vier maande, later ses. Maande waarin sy meer en meer besef het hoe gevaarlik dit is om Jode weg te steek.

En nou dit?

Nee, dit kan nie die soldate wees nie, probeer sy haarself oortuig. Ons sou die soldate se motorfietse gehoor het. 'n Mens hoor die motorfietse van ver af aankom.

Sy lê fyn en luister. Hoor sy 'n trok? "Here?"

Nee, dit kan enige voertuig wees wat in die grondpad af ratel.

Die son kruip stadig aarde se kant toe. Dis stil, sy hoor nie eens die beeste of die hoenders nie.

Haar lyf raak al hoe ongemakliker, haar heup is deurgelê op die kortgekapte gras agter haar skuilplek. Sy roer effens, maar dit voel nie regtig beter nie. Moet sy uitkruip en probeer kyk wat aangaan? Al het Pappa gesê sy moet doodstil bly lê tot hy terugkom?

Sy bly lê, lank bly sy lê. Haar pa kom nie.

Die geur van varsgesnyde gras steek in haar neus vas, krap in haar keel af. Verstikkend byna. Sy bid en bid, tot die liewe Here seker moeg is vir haar biddery. Want sy sê net dieselfde ding oor en oor: "Asseblief, bring vir Pappa terug." Sy kan aan niks anders dink om te bid nie.

Haar arm is doodgelê, haar voete kriewel van die stillê, 'n lastige vlieg loop op haar gesig rond. Sy is te bang om te roer. Sy wag dat haar pa haar moet kom haal. Hy sal kom, hy het gesê hy sal.

Die son begin sak, die gras word klam onder haar.

En haar pa kom nie.

Drie

"Jy weet nie wat oorlog is nie," sê die bywoner sag. Hy bly op sy skoene voor hom kyk.

Tinus voel die irritasie in sy nek opkruip. Hy loop heen en weer in die beknopte vertrekkie. "Hoe kan jy praat? Jy was nog nooit in 'n myntonnel nie," bars hy uit. "Nie een van julle wéét wat die tonnels is nie. Nie jy nie, nie Baby nie, nie Oupa of Ouma nie. En waarvoor? Vir wat het ek my dag ná dag die afgelope ses, sewe jaar al, daar afgesloof?"

Die groepie mense rondom hom sit stil. "Tinus ..."

Hy ignoreer die pleitende stem. "Kyk hoe leef ons vandat ons in hierdie stad van kamtige goud ingetrek het – soos armblankes. Dis wat ons geword het: versukkelde kerkmuise wat rondskarrel om tog net nie honger te gaan slaap nie." Hy staan 'n oomblik stil en kyk hulle uitdagend aan. "My magtig, ek is een en twintig jaar oud. En watse toekoms wag op my? Watse hoop het ek as ek elke dag soos 'n mol ..."

Wat help dit tog? Wat sal hulle verstaan?

"Tinus?"

"Moenie my 'Tinus, Tinus' nie. My besluit is klaar geneem. Die oorlog is twee, drie jaar al aan die gang. Ek moes lankal reeds aangesluit het. Nou doen ek dit. Klaar, geen verdere bespreking nie."

Die bywonersvrou huil net. Sag. Binnetoe.

Sy oupa knik stadig. "Ek is trots op jou, Tinus." Maar hy kyk nie na hom nie. Hy kyk reguit na die man wat doodstil na sy skoene bly staar.

Rentia is 'n mooi meisie, dis seker. Met haar lang, vietse lyf, haar dik bos donker hare en byna swart oë laat sy beslis koppe draai.

Maar daarby kan sy moeilik wees. Nie heeltemal die inskiklike poppie waarna sy lyk nie.

"Hoekom gaan jy?" vra sy die volgende dag.

Tinus sien dadelik dis weer blou Maandag. "Baie redes."

"Soos?"

Sy skouers beweeg, ongeduldig. Dit het hy eerlikwaar nie ook nog nodig nie. Bly kalm, sê hy vir homself. Sy reageer só juis omdat sy vir jou omgee. "Om weg te kom. Nie van jou nie, van alles anders. Die tonnels, die ... Ek moet weg, Rentia."

Sy trek haar rooi mond op 'n effense tuit. "Geld?"

"Ja, dit ook. Die army betaal goed."

Haar oë bly reguit na hom kyk. Onweerstaanbaar mooi, ontoegeeflik reguit. "Beter as die paaie? Of die spoorweë?"

"Beslis. Veral as 'n mens by die regte plek kan inkom." Sal sy verstaan?

Sy speel met die seëlringetjie aan haar vinger. "Soos?"

Hy huiwer 'n oomblik en besluit dan om haar te vertrou met sy heimlike droom. "Valskermbrigade. Ek wil 'n valskermsoldaat word."

"Valskerms?" vra sy fronsend.

Hy antwoord nie, bly net na haar kyk.

"Tinus?"

"Dis opwindend, vry. Jy sal miskien nie verstaan nie. Dis 'n mansding, vermoed ek. En hulle betaal die beste."

"Ek sien." Sy byt haar onderlip vas. "En ons, Tinus? Ek en jy?" Byna pleitend, skielik.

Sy moet net nie nou pleit nie, daarteen het hy geen verweer nie. "Dis juis vir ons wat ek dit doen. Ek wil vir ons 'n beter toekoms skep. Ek gaan beslis nie die res van my lewe 'n slaaf bly vir ander nie. En jy wil tog nie oor twintig jaar steeds in die fabriek sit nie?"

Sy skud haar kop stadig. "Wat sê jou mense? Jou oupa?"

"My ouma 'Tinus, Tinus' net. My oupa is 'n Smuts-man. Hy steun my."

Dis 'n oomblik stil voordat sy sê: "Dis die plaas."

Die plaas bly maar 'n tameletjie tussen hulle. Sy is 'n stadsnooi. Maar hy weet as sy net eers die plaas kan sien en ervaar, sal sy alles verstaan. "Die plaas, ja. Ek gaan daardie plaas terugkoop by daardie Joodse dokter wat dit gekoop het. Ek moet."

Sy draai haar kop weg. "Ja, Tinus. Al skiet hulle jou ook vrek waar jy daar in die lug aan jou valskerm hang, sal jy seker aanhou veg vir daardie vervloekte plaas."

Vier

Die blou hemel bo begin vaal word, sonsakkant kry die lug 'n oranje kleur.

"Vir die prinsessies van Oranje, en vir my prinses," het Pappa altyd gesê toe sy klein was.

En nou los hy haar hier agter die hopie gras?

Prinses? Gmf!

Die eerste ster verskyn, toe nog een en nog een. Haar kop begin klop, haar lyf pyn oraloor.

Êrens diep binne het die twyfel reeds vasskopplek gekry. Pappa, kom jy ooit nog?

Stilte.

"Here, waar bly Pappa?"

Sy kon netsowel met die hopie gras gepraat het.

Ek moet iets doen, besluit sy en roer haar lyf stadig, baie versigtig. Gelukkig het sy nog nie vasgevries van die stillê nie. Nie dat dit koud is nie, maar sy is seker so 'n stillêery kan 'n mens laat vasvries.

Sy moet kyk wat aangaan. Dit begin aand word, sy kan

tog nie die hele nag hier wegkruip nie? Maar Pappa het gesê ...

Pappa is nie hier nie, sê sy vir haarself en lig haar kop. Niks roer nie. Sy lig hoër, niks. Versigtig kruip sy agter die plat hopie gras uit en tuur in die rigting van die huis.

Alles is doodstil, alles lyk in die halfdonker net soos altyd.

Waar kan haar pa wees?

Miskien het iemand baie seergekry en Pappa moes help om die persoon by die dokter te kry.

Maar dan sou hy haar tog eers kom haal het?

Dit kan nie, kan nie die soldate wees nie, sê sy oor en oor vir haarself. Niemand weet die Friedmans woon by hulle nie.

Ás dit dalk die soldate is, moes iemand hulle verraai het. Haar pa sê altyd dis verstommend hoe die Nederlanders mekaar verraai, hoe bure mekaar nou in die oorlogtyd, wanneer almal behoort saam te staan, in die rug steek.

Wie sal nou vir haar en Pappa wil verraai? Tog nie ta Lenie wat langs hulle woon en elke winter vir haar 'n lekker warm trui brei nie? En tog, die tannie kan nogal haar neus in ander se sake steek. Sê sy mos nou die dag: "Gerrit, jy bederf hierdie kind. Sy word astrant, jy sal haar moet vasvat."

Sê haar pa: "Ag, Lenie, sy is nog so klein."

Astrant? Klein? Sy het haar summier dubbel en dwars vererg.

Noudat sy daaraan dink, die tante is lief om te vis wat in hulle huis aangaan. "Wie het die naweek daar by julle kom kuier? Ek het 'n vreemde motor gesien," sal sy vra. Of: "Het jou pa nog nie weer 'n 'spesiale vriendin' nie?"

Gmf! Asof haar pa na 'n ander vrou sal kyk! Sy word sommer weer vies.

Maar ta Lenie is darem nie gemeen nie, net visserig. Sy sou hulle nie verraai het nie.

Dalk katterige Bertien wat op die plaas agter hulle woon? As dit Bertien is, sal Mentje vir haar ouers gaan vertel Bertien het 'n kêrel. Dit sal haar 'n goeie les leer.

Maar hoe sal Bertien weet van die Friedmans? Vandat sy in die sekondêre skool op Nunspeet is, kom sy nooit meer hierheen nie.

Stadig, hande-viervoet begin sy huis se kant toe kruip. Dis 'n groot gesukkel, haar knie trap aanmekaar haar rok vas, haar klompe val telkens uit. Sy staan op en begin halfgebukkend huis toe sluip.

Meneer Friedman het seergekry, oortuig sy haarself. Pappa moes hom met die perdekarretjie dokter toe neem en Daniela en die kinders het saamgegaan. Of miskien kruip Daniela steeds op die solder weg.

As die soldate die Friedmans ontdek het? bly die nare vrees kloue uitsteek.

Haar hart spring in haar keel op. Sy steek vas en hou die huis fyn dop. Dit is te donker, sy kan nie regtig so ver sien nie. Moet sy nadergaan?

Die huis word 'n donker blok in die nag. Nêrens brand 'n liggie nie. Alles lyk vreemd.

Sy sak weer neer op die nat gras. Die huil stoot boontoe, die huil wat kom van nie weet wat nie en verlange na Pappa se groot lyf. Dit kom van die seer diep binne-in.

Dit word heeltemal donker. Sy is leeg gehuil. Moeg. Bang.

Die heel grootste bang is dat haar pa nie vanaand huis toe kom nie.

Die huis binne is pikdonker. Haar hande bewe toe sy die voordeur toedruk en die grendel toestoot. Haar rug is styf gespan toe sy die kers vind en die vuurhoutjie trek. Moenie bang wees nie, niemand kan my sien nie, want daar is swart papiere voor die vensters geplak, probeer sy die bang wegdink.

Kers in die hand loop sy suutjies deur die huis. Die kers gooi lang flikkerskaduwees wat haar agtervolg. Bangmaakskaduwees.

Nee, man, alles is nog dieselfde, sê sy vir haarself. Die ronde tafeltjie waar sy en Pappa saans eet, staan op sy plek. Die lei en griffel vir die inkooplysie hang aan die lang spyker langs die koskas, die draadloos in die hoek is steeds onder die tafeldoek versteek. Sy lig die kers en kyk op na die wit-en-blou teëls teen die muur agter die stoof. Al die prentjies op die teëls is bekend: die man wat die perd lei, die boerin wat die koei vashou, die voëltjie in sy kou, die seilskip op die see.

In die flou kerslig dwaal haar oë verder. Daar is die groot prent van "De brede en de smalle weg", die koekoekhorlosie wat lankal nie meer werk nie, die geraamde ABC wat Mamma uitgeborduur het toe sy 'n jong meisie was.

Maar toe gaan Mamma dood.

Soms wonder sy hoe dit sou gewees het as Mamma nie doodgegaan het nie. Sy verlang nie na haar nie, want sy het haar nooit geken nie, sy wonder net maar.

Alles is nog dieselfde. Tog lyk alles anders omdat Pappa nie hier is nie. Sy was nog nooit sonder haar pa nie.

Moenie aanmekaar aan Pappa dink nie, betig sy haarself. En hou op bang wees, jy is mos g'n niks 'n bangbroek nie. Doen liewer iets.

Soos wat? Kosmaak? Vir wanneer hy terugkom?

Sy maak die bek van die stoof oop, steek 'n stomp in en blaas. Algou begin die vlammetjie lek-lek. Dit lyk darem soos lewe.

Is Daniela miskien op die solder?

Dit kan nie die soldate wees wat gekom het nie. Hulle sou die kos en moontlik ander goed ook gevat het. Die kinders by die skool sê as hulle kom, vat hulle alles waarop hulle hul hande kan lê.

Sy is te bang om te gaan kyk of iemand op die solder is.

Later sny sy 'n stuk van die rogbrood af en smeer goudgeel botter op. Môre is Vrydag. Vrydae karring sy en Pappa botter.

Wat moet sy doen as haar pa nie môreoggend hier is nie? Wie gaan die koeie melk, die lammers kos gee, die ...?

Die brood steek in haar keel vas. Die glas melk maak haar naar.

Sy voel so verskriklik alleen.

Dit word 'n lang, donker nag.

In die middernagure skrik sy wakker. Is dit Pappa wat ingekom het? Sy lê lank en luister, sy is seker sy het iets gehoor.

Dis doodstil, geen geluid nie. Maar die slaap is heeltemal weg, net die bang en die seer bly.

En die dink.

Miskien het alles nie begin met die Friedmans nie, tol haar dik kop rondom die dink. Miskien het alles drie jaar vroeër al begin, net ná haar sewende verjaardag, toe sy en Pappa die vliegtuie gehoor het.

Dit was skemeroggend en die kamer was vol van 'n diep gedreun. Bangmaakdiep. "Pappa?"

"Dis vliegtuie," het haar pa gesê en na buite gestap.

Mentje onthou die dounat gras onder haar kaal voete, die grom van baie motore bokant hulle koppe en haar pa se growwe hand wat haar kop teen sy been aandruk.

Sy het boontoe gekyk. In die halfdonker kon sy honderde,

duisende, miskien miljoene vliegtuie sien. Hulle het almal in een rigting gevlieg, weg van waar die son elke oggend sy kop uitsteek. Dit het vir haar gelyk soos die trekvoëls wat sy en Pappa soms sien. Maar hierdie grommende voëls het in blokke gevlieg, nie in 'n V nie. Rye en rye groot grys vliegtuie. "Waar gaan hulle heen?"

Eers later, by die skool, het sy gehoor die vliegtuie was vol bomme wat hulle op Rotterdam gegooi het.

Maar daardie oggend het Pappa net sy kop geskud asof hy nie sy oë kon glo nie. "Here, Here, waar gaan ons heen?"

'n Onseker gevoel, amper soos wanneer die takke voor hulle slaapkamervenster die maan in hulle kaal vingers vasvang, het in Mentje begin groei. "Pappa, waar kom die vliegtuie vandaan?"

Pappa het omgedraai en oor sy deurmekaar hare gevee. "Van Duitsland af, vermoed ek."

Sy wou nog baie vra, maar haar pa het die huis ingestap, voor die stoof gebuk en geblaas en geblaas totdat 'n oranje vlammetjie uit die vorige aand se kole opgespring het. Toe het hy die stompe ingesteek en gesê: "Gaan maak reg vir skool."

Mentje het gefrons, haar pa was sekerlik deurmekaar. Sy moet eers die hoenders gaan kos gee en kyk of daar eiers is. Hy moet eers die koeie melk en uit die stal kamp toe jaag. En dit was nog halfdonker, sy sou nie eens kon sien waar die eiers is nie.

Pappa het die ketel vol water op die stoof gesit. "Ek moet gaan melk. Gaan gee die hoenders kos," het hy skielik gesê en by die deur uitgestap. Hy het nog sy slaapjurk aangehad.

Miskien het die vliegtuie haar pa deurmekaargekrap. Miskien het dit hulle hele oggend kom omkrap. En die hele lewe ná daardie oggend.

Êrens moes sy tog aan die slaap geraak het. Toe sy wakker word, skyn die son reeds, die koeie bulk en bulk, die lammers blêr verlore.

Die nie-weet-nie is dadelik terug in haar lyf. Maar die bang is weg, want die son skyn mos nou.

Sou Pappa dalk huis toe gekom het en in die stal besig wees om die koeie te melk?

Die deur tussen die huis en die stal kraak bekend toe sy dit oopstoot. Sy kyk rond. Haar hart sak in haar klompe in.

Niemand is in die stal nie.

Buite loei die wind, die koeie met hulle vol uiers draai hulle koppe en kyk haar grootoog aan. Die honger kalwers blêr angstig.

Ek moet die koeie by die kalwers kry, weet sy. Al suip hulle die koeie leeg. Pappa is mos nie hier om te melk nie.

In die een hoek is die leertjie wat na die solder lei. Kan Daniela dalk daarbo wegkruip? Waarskynlik te bang om te roer.

Gmf, selfs helder oordag is dit nou vir jou 'n bang meisie daardie.

"Daniela?"

Stilte.

"Daniela? Dis ek, Mentje."

Doodse stilte. Net die kalwers buite.

Vinnig klouter sy teen die leer op. Aan die bokant van die leer is net 'n smal opening tussen twee bale. Sy steek haar kop deur: "Daniela?"

Stilte.

"Daniela? Is jy hier?" 'n Bietjie harder hierdie keer.

Steeds geen reaksie nie.

Toe kruip sy deur die smal opening.

Binne is die solder halfdonker; sy moet haar oë knip-knip om mooi te kan sien. Dit ruik na vars hooi. En na kamerpot.

Dis die eerste keer dat sy hier kom vandat die Friedmans ingetrek het. Sy kyk effe verbaas rond. Dit lyk amper soos 'n regte slaapkamer, met 'n netjies opgemaakte matras op die vloer, die baba se wiegie teen een muur, die seuntjie se matras en enkele speelgoed in die oorkantste hoek.

"Is jy hier, Daniela?"

Maar sy weet by voorbaat daar sal geen antwoord kom nie. Hier is nie eens 'n bed waaronder 'n mens kan wegkruip nie, of gordyne waaragter 'n mens kan skuil nie.

Sy is net gereed om weer ondertoe te klim toe sy die gedreun buite hoor. Duidelik, hard, al hoe nader. Motorfietse wat aangebrul kom, stop, manstemme.

Sy staan vasgevries.

Die stemme kom in die stal in. Hulle praat Duits, maar bietjie anders as wat Meester vir hulle in die skool moet leer. Tog verstaan sy. "Jy sê hier moet nog 'n kind wees?"

"Dis wat die meisie gesê het, ja," antwoord 'n diep stem.

Die meisie? Die een wat hulle verraai het?

Dan dring die woorde tot haar deur: Hier moet nog 'n kind wees.

Ineens weet sy skrikhelder: Die soldate het gister vir meneer Friedman-hulle weggeneem na 'n kamp êrens.

Sou hulle ook haar pa weggeneem het? Al is hy nie 'n Jood nie?

En nou soek hulle "nog 'n kind". Hulle soek na haar, Mentje de Vries.

Die swaar stewels knars in die huis in.

Sy roer nie.

Die deur tussen die huis en stal gaan nie toe nie.

Ek het nie vanoggend vuurgemaak in die stoof nie, skiet

dit deur haar gedagtes. Al wat hulle in die kombuis sal kry, is broodkrummels. En die botter en kaas wat ek nog nie in die koelkas gebêre het nie. Dit kon gistermiddag al daar gewees het. So, hulle sal nie weet ek is nog hier nie.

Maar my bed? onthou sy. Hulle sal sien ek het in my bed geslaap.

'n Bitter smaak begin in haar mond groei. Dit is hoe bang proe, besef sy, hoe dit proe as 'n mens dink jy kan dalk doodgaan.

Die voetstappe kom terug. "Soek oral hier in die stal," kom die bars opdrag. "Ek sal die koeie laat uitgaan en buite rondkyk."

"Miskien die hoenderhok," gee die diep stem raad.

Mentje haal byna nie asem nie. Sy weet nie hoe goed Duitsers kan hoor nie.

Onder skuif een van die soldate die sakke voer weg, stamp teen die melkemmers, brom onhoorbare woorde. Buite gaan die hoenders skielik vreeslik tekere.

Die leer kraak gevaarlik. 'n Swaar persoon is besig om teen die leer op te klim. En hier is geen wegkruipplek nie. "Here, help. Asseblief, liewe Here, help my. Liewe Here, red ons van ..." Haar lippe roer nie, net haar kop bid en bid.

Die soldaat stamp-stamp aan die een baal reg langs Mentje. Die leer kraak weer, die soldaat los 'n woedende woord. Mentje het beslis nie daardie Duitse woord op skool geleer nie.

Sy hoor hoe hy begin afklim. Stadig, sukkelend. Hy haal diep asem.

"Iets gekry?" vra die ander stem van die staldeur se kant af.

"Niks. Hier is niemand in die stal nie."

"En op die solder?"

"Net hooi, ek het gekyk. Moet ek aan die brand steek?"

Haar hand vlieg na haar mond. Brand? Met al die hooibale?

"Nee, los vir eers. Hier is 'n oormaat melkkoeie en hoenders, ons kan elke dag vars melk en eiers kom haal. Ek het vir ons twee hoenders ..." Die stem word al hoe vaer tot dit wegsterf in die gebrul van twee motorfietse.

Mentje staan roerloos tot hulle weggery het. Toe knak haar bene onder haar en sy sak op die matras neer.

Sy is lam van vrees, dom geskrik. Sy bewe skielik van kop tot tone, maar haar gesig voel asof dit brand.

En in haar begin die kwaadword groei. Hoe kon haar pa haar alleen hier gelos het? Hoe kon hy eerstens die Friedmans in hulle lewe ingebring het, in hulle binnekamers toegelaat het?

Christelike plig? Gmf!

In die een hoek is 'n spinnekop met lang bene besig om 'n web te bou. Stadig, draadjie vir draadjie.

Later word sy hartseer. Dis bitter alleen hier. As Pappa net terugkom, sal sy hom alles vergewe.

Sy spits haar ore vir enige geluidjie. Dit is stil buite. Net soms hoor sy nog die hoenders.

Wat moet ek doen? wonder sy vir die soveelste keer.

Ek moet helder dink. Ta Lenie lag altyd en sê: "Mentje is die enigste een in hierdie huis wat helder kan dink."

Dan lag haar pa net so half verleë.

Die hoenders moet kos kry, onthou sy. "Die diere is totaal afhanklik van ons," het Pappa telkens vermaan as sy vergeet het van die hoenders. "Hulle gee vir ons melk en eiers, maar ons moet hulle goed versorg."

En dis darem iets om te doen.

Eers druk sy haar kop deur die gleuf tussen die twee

bale. Alles lyk veilig. Nou net teen die leer af, sommer twee bakke meel vir die hoenders gooi en so vinnig moontlik terug, besluit sy.

Die een swaar houtdeur van die stal staan wawyd oop. Buite is alles rustig. Die kalwers lyk dik gesuip en tevrede, die koeie kou tydsaam die gras en kyk met groot oë ver oor die velde heen.

Mentje kyk behoedsaam rond en stap vinnig hoenderhokke toe. Die hoenders skel raserig toe hulle haar met die skotteltjies voer sien aankom. Sy sit die bakke voer in die hok en hardloop terug huis toe. Haar hart klop wild deur haar lyf.

Die stal se houtdeur kraak hard toe sy dit toestoot. Sy staan met haar rug teen die toe deur. En nou?

Die soldate kan enige tyd weer kom, besef sy noudat sy 'n bietjie helderder kan dink. Die beste plek om weg te kruip is tog maar op die solder, veral as sy die bale hooi voor die opening skuif. Daar sal sy wegkruip tot vanaand. As Pappa dan nog nie gekom het nie …

Sy moenie aan Pappa dink nie.

In die kombuis skraap sy vinnig alles bymekaar: brood, botter, kaas, 'n kannetjie water. Sy pak die goed in 'n mandjie en klouter teen die leer op.

Die dag tik verby.

Wie kon hulle verraai het? "Dit is wat die meisie gesê het …" het die een soldaat gesê. Watter meisie? Miskien tog Bertien?

Maar sy wil nie nou daaraan dink nie.

Die bang tik stukkie vir stukkie dieper en dieper in haar hart in.

Die soldate gaan weer kom. Die huis en die plaas is nou oop. Hulle gaan kom kos haal. Melk, eiers, groente.

Gaan Pappa terugkom?

Toe dit al heeltemal donker is, weet sy dat haar pa nie vandag gaan kom nie.

Sy weet ook dat sy êrens moet gaan hulp soek. Maar waar, as sy nie weet wie om te vertrou nie? Ta Lenie-hulle?

Nee.

Van die ander bure? Bertien se ouers dalk?

Beslis nie.

Meneer Friedman het gereeld in die donker nag na advokaat Von Baumhauer toe gegaan om te hoor of hy al reëlings vir Engeland getref het, onthou sy skielik.

Sy ken nie die advokaat nie. Sy weet hy het 'n vakansiehuis aan die rand van die bos, aan die ander kant van Vierhouten, nie aan die kant waar hulle plasie is nie. Haar pa het soms daar gaan voorrade aflaai en Mentje het 'n paar keer saamgery. "Huize Vierhouten," het sy die naam bokant die voordeur gelees. "Dis 'n baie deftige huis."

"Advokaat Von Baumhauer is 'n vername man, hy het 'n regspraktyk in Amsterdam met baie kontakte in die buiteland. Hy is ook 'n baie goeie man," het haar pa geantwoord. "As ek ooit moeilikheid het, sal ek na hom toe gaan vir hulp."

Dis waarheen sy moet gaan: die advokaat. Hy sal haar kan help.

Maar sal sy tot by Huize Vierhouten kan loop? Sal sy die pad vind? Dis darem nie te moeilik nie. Net verby die skool en dan met …

Ek kán. Haar pa sê as mens glo jy kan iets doen, dan kan jy. En hy sê altyd sy is baie slim met rigting.

Maar alleen loop in die nag? In die donker deur die hele dorp wanneer die aandklokreël reeds geld? Moet sy nie wag tot môre wanneer dit lig word nie?

Môre kom die soldate weer. Miskien baie vroeg.

Toe staan sy op. Ek moet gaan, ek kan nie anders nie, weet sy met skielike sekerheid. Ek moet vannag nog na advokaat Von Baumhauer gaan.

"Wanneer ons bid, laat sak ons ons koppe en vou ons hande tesame. Só maak ons ons klein voor die Here. Ons gaan op ons knieë voor die Almagtige God om te wys ons kan nie sonder Hom lewe nie," het Pappa haar geleer.

Sy trek eers haar jassie aan. Toe kniel sy langs haar bed en vou haar hande. Maar sy lig haar kop, sodat die Here in die hemel haar gebed duidelik kan hoor tussen al die gebede deur.

Wanneer sy opstaan, sal sy sterk genoeg wees om te gaan.

Die nag is doodstil. "Hoor jy die stilte, Mentje?" het Pappa menige aand buite gesê. "Alles rus, almal slaap. Dis die beste deel van die dag."

Dit voel glad nie na die beste tyd van die dag nie. Om alleen te wees in die donker, maak haar baie onseker.

Pappa sal trots wees op my omdat ek iets doen, praat sy haarself moed in. En die maan skyn, dis nie heeltemal so donker nie.

Sy is baie versigtig. Niemand mag haar sien nie, nie gewone mense nie, beslis nie soldate nie. Elke tree van die entjie dorp toe ken sy uit haar kop, sy loop dit al vir vier jaar lank elke dag skool toe en terug.

Maar in die maanlig lyk die pad skielik vreemd. Spokerig. Sy bly in die skadu van 'n heg, sluip vinnig van boom tot boom, staan doodstil as sy die geringste geluidjie hoor. Here, is U nog hier? vra haar kop.

Miskien is die maanlig nie so goed nie, dink sy later. Sy kan wel goed sien, maar ander sal haar ook kan sien.

Tot by die skool gaan dit goed. Geen mens nie, niks wat verdag lyk nie. Die skool slaap met toe vensters.

Om die volgende draai staan dit skielik voor haar: 'n groot grys monster van 'n Duitse tenk.

Sy skrik haar yskoud. Die ysterhand wurg stywer om haar keel. Haar hart gaan staan, begin toe wild skop.

Sy vlieg om, hardloop terug om die hoek en duik onder 'n digte heg in.

Niks gebeur nie.

Dis net 'n tenk, daar is nie mense nie, sê sy vir haarself.

Toe haar hart bedaar, staan sy op en loop om die blok om die tenk te vermy. Sjoe, dit was amper. Maar sy weet nie regtig wat was amper nie.

By die pad wat afdraai na Elspeet toe skep sy moed. Die advokaat se huis is nie meer ver nie. Dis net die digte bome wat voor wag wat haar kriewelrig maak. Die groot donker bome maak haar selfs banger as die maanligstrate sonder skuiling.

Miskien is dit die stories van die struikrowers.

Eenmaal het sy saam met Pappa gery toe hy na 'n oom moes gaan wat in 'n Staatsbosbouhuis in Tongerenseweg 'n hele ent buite Vierhouten gewoon het. Toe hulle daar aankom, sien Mentje die huis se naam is Huize Pas-Op. Sy kon nie help om te begin lag nie. "Hoekom Huize Pas-Op? Is die oom baie kwaai?"

"Nee, nee, meneer en mevrou Vos is gawe mense."

Haar mond het tuit getrek. "Nou waarvoor moet ons oppas?"

"Dis seker vernoem na Pas-Opweg. Kyk, die huis staan hier op die hoek van Tongerenseweg en Pas-Opweg."

"Pappa! Hoekom dan Pas-Opweg?"

Haar pa het geglimlag. "Nou is hier geen gevaar nie, jy

is reg. Maar lank gelede was daardie sandpad wat jy daar voor sien, die hoofhandelsroete tussen Deventer, Harderwijk en Elburg. En sien jy al die bome en struikgewasse?"

"Ja?"

"Dit behoort nou aan Staatsbosbou. Maar lank gelede was dit net wilde bosse. Struikrowers het hier weggekruip. Wanneer die handelaars dan hier verbyry, het die struikrowers hulle aangeval en hulle beroof. Dit was lewensgevaarlik, maar dit was die kortste roete. Vandaar die naam Pas-Opweg."

"O. Net soos die storie van die Barmhartige Samaritaan. Die struikrowers het mos die arme man aangeval en beroof. En hom vir dood agtergelaat." Sy het nog altyd van die Barmhartige Samaritaan gehou. Dit klink dapper, en goed.

"Ja, amper."

Miskien is advokaat Von Baumhauer 'n barmhartige samaritaan wat die Jode probeer help.

Maar dit het nie gelyk of hy die Friedmans kon help nie. Elke keer wat meneer Friedman van daar af terugkom, het hy moedeloser gelyk. "Niks nie, niks."

Daniela Friedman het banger en banger geklink. "Dawid?"

"Ek is seker daar sal uitkoms kom," het Pappa haar probeer moed inpraat.

Goed, die advokaat kon miskien nie die Friedmans help nie, maar hy sal haar beslis kan help, praat sy haarself moed in. En struikrowers was lank, lank gelede, in die tyd van die Bybel.

Die bang bly.

Sy haal diep asem en begin met die pad langs na die wagtende bome stap. Die bome lyk regtig nie goed nie, so asof hulle arms en oë het. Miskien moet sy psalms sing soos ta Lenie wanneer sy die wasgoed uitskud en ophang:

"As die lewenstorme woedend om jou slaan, en jy gans ontmoedig vrees om te vergaan ..." Sy was nog nooit seker wat lewenstorme is nie, maar dit klink erg genoeg.

Die singery in haar kop help tog bietjie. Net bietjie. "Moenie weggaan nie, Here, ons is amper daar," praat sy die Here moed in. "Ons moet nou êrens net links draai, maar ek sal die plek kry."

Eindelik sien sy die hek waardeur sy en Pappa met die perdewa gery het. Ja, dis beslis die regte pad en die hek staan oop. Nou moet die huis regtig naby wees.

Voor haar lei die kronkelpaadjie tussen die laning bome deur na die huis van advokaat Von Baumhauer. Geen hond blaf nie. Die ysterhand rondom haar keel begin effe skietgee.

Om die volgende draai doem Huize Vierhouten skielik voor haar op, die spits voorgewel net-net sigbaar in die maanlig. Nêrens brand 'n lig nie.

Op die voorstoep staan sy eers stil. Miskien is dit nie so nie, maar dit voel vir haar asof die Vader in die hemel op haar afkyk en vir haar glimlag net soos Pappa altyd vir haar glimlag.

Toe klop sy aan die deur.

Niks gebeur nie.

Sy klop weer. Harder.

Sê nou die advokaat of van sy mense is nie hier nie?

Nee, die Here sal nie verniet al die pad met haar saamgestap het nie. Sy moet net nog harder klop.

Toe hoor sy voetstappe, duidelik oor die plankvloer. Sy staan effe terug.

Die deur gaan oop. "Kind? Kom binne."

Dis 'n groot man met min hare, groot ore, 'n skerp neus en slim oë. "Kan ek help?" Sy stem klink bietjie streng. Hard.

"Ek is Mentje, Gerrit de Vries se dogter. Ons bring partykeer melk en …" Haar stem raak weg.

"Die Friedmans?"

Die verligting breek soos 'n groot brander deur haar, stamp haar onderstebo. Sy knak vooroor. Die huil breek onverwags los, onbeheers, spoel uit oor die hele vloer.

'n Sterk hand hou haar elmboog vas. "Kom, sit hier. Ek roep my vrou."

Soutwater loop by haar mondhoeke in, haar oë brand, haar kop word vol sand. Die huil slinger haar heen en weer oor die kaal strand.

'n Sagte arm is om haar. Vreemd. "Kindjie?"

Sy probeer die huil onder beheer kry.

"Wat het gebeur? Vertel vir ons?"

"Die soldate het hulle gevat. Ek dink vir my pa ook."

Stilte.

"Haar pa het onderduikers versteek," sê die advokaat se stem. "Hy is 'n melkboer op 'n plasie aan die anderkant van Vierhouten."

Sy hoor hoe die vrou haar asem intrek. "Het jy deur die nag alleen hierheen geloop? Dis tog nie moontlik nie?"

Mentje knik. Die kalmte van die vrou begin om haar vou.

"Dis ongelooflik. Wil jy bietjie warm koffie hê?"

Warm koffie? Haar kop knik. "Die soldate het gekom. My pa het gesê ek moet platval in die gras, toe het hulle my nie gesien nie."

"Wanneer?"

Wanneer? Was dit gister? Is dit al amper oggend? "Eergister. In die middag. Pappa en ek was nog in die veld. Toe hoor ons. Toe hardloop hy terug."

Haar keel word dik. Die sagte arm is weer om haar. "Kom, drink."

Die koppie is warm tussen haar koue hande. Die koffie is soet. Te soet, dit maak haar naar.

Maar sy drink slukkie vir slukkie alles op. Die warm, soet koffie.

Tussendeur praat die man en vrou met mekaar, sag, rustig.

"Mentje?" sê die advokaat.

Sy kyk op.

"Ons wil hê jy moet hier bly vir die dag. My vrou sal vir jou 'n kamer gee."

"Ek weet nie waar my pa is nie." Haar stem sukkel verby die harde knop in haar keel.

"Ons sal alles probeer uitvind. Nou moet jy eers rus."

Mevrou Von Baumhauer vryf oor haar hand. "Jy was baie dapper om deur die nag hierheen te loop. Kom, ek smeer net gou vir jou 'n broodjie, dan neem ek jou na jou kamer."

Hulle loop deur die huis. Die plafon is hoog met ligte wat afhang. Op die tafels is mooi tafeldoeke met silwer kershouers en geblomde porseleinvase.

Die trap loop op na die eerste verdieping. Hulle stap verby rye deure tot by 'n tweede trap wat na 'n solderkamer lei. Mevrou Von Baumhauer stoot die deur oop.

Dis 'n klein skewedakkamer met 'n koperkatel en 'n gehekelde wit deken. Op die tafeltjie staan 'n waskom. Mevrou Von Baumhauer trek die swaar gordyne toe en vou die bed oop. "Ek bring vir jou warm water, jy moet was en bietjie probeer slaap."

Toe sy uit is, stap Mentje na die venster, stoot die gordyn effe weg en kyk na buite. Die hemel begin verkleur, dis amper dag. Pappa sou nou al …

Moenie aan Pappa dink nie, anders begin jy weer huil, sê sy vir haarself.

Maar toe mevrou Von Baumhauer die water gebring het en die deur sag agter haar toetrek, gee Mentje haar oor aan die hartseer.

Sy is nie meer die dapper meisie wat deur die nag geloop het nie. En die Here is nie meer genoeg nie. Sy wil haar Pappa hê.

Sy word wakker in 'n vreemde bed. 'n Groot bed. Waar is …

Soos 'n donderknal skiet die werklikheid deur haar. Alles is terug: die bang, die vreemdheid, die verskriklike hartseer.

Sy trek die kombers oor haar kop en knyp haar oë toe. Wag.

Die werklikheid bly.

Stadig klim sy uit die vreemde bed en trek die gordyn voor die venster weg. Dis helder sonskyn, miskien is dit al middag.

Miskien het die advokaat iets uitgevind oor haar pa.

Die water waarmee sy haar gesig was, is koud. Sy probeer haar hare terugdruk in die vlegsel en haal diep asem. Haar mond is kurkdroog.

Trappie vir trappie loop sy na onder. Die huis is halfdonker en doodstil.

In een van die sykamers op die grondvlak sit mevrou Von Baumhauer en lees. Sy kyk op toe Mentje sag klop. "So, jy is wakker?"

Mentje knik.

"Jy moet liefs in die kamer bly. Jy is seker honger. Ek bring vir jou iets te ete. En hou die gordyne dig, hoor?"

In die kamer bly met die gordyne dig? Wegkruip soos 'n onderduiker?

Stadig stap sy met die trappe op na die kamertjie in die dak. Is sy nou 'n onderduiker? Omdat die soldate vir Pappa gevang en weggevat het? "Daar is nog 'n kind," het die soldaat gesê en aanhou soek. Nou kruip sy weg. Is dit nie maar wat onderduikers doen nie?

Waarheen is Pappa geneem?

Wanneer kom hy terug?

Wanneer Pappa terugkom, sal hulle weer in hulle eie huis gaan woon. Pappa sal elke oggend die koeie melk. Sy sal die hoenders kos gee en elke dag skool toe gaan.

Wanneer Pappa terug is, sal hulle smiddags saam in die groentetuin werk. Hulle sal Maandae die wasgoed in die groot pot skoonkook en Vrydae botter karring en Saterdae hoender slag.

Wanneer Pappa teruggekom het, sal hulle saans stamppot eet en Bybel lees, net soos die tyd voordat die Friedmans by hulle ingetrek het.

Wanneer Pappa terugkom ...

Pappa sál terugkom. Hy sal haar nooit alleen laat nie.

Vyf

Êrens in die lug bokant Voortrekkerhoogte broei 'n tipiese Hoëveldstorm. Miskien sal dit later uitsak. Nou is dit net drukkend warm. Februariewarm.

Die benoude lokaal ruik suur en taai van baie lywe se sweet. Die oggend se ure lange drilwerk, opsitte en opstote, myle hardloop in Pretoria se bloedige hitte, eis sy tol.

Tinus sit half eenkant, agter. Die troepe rondom hom luister lusteloos na die lesing. Party sukkel ooglopend om wakker te bly.

"Ek kan nie wag dat ons klaarmaak met basies nie," het iemand gisteraand gesê. "Ek is sat vir dieselfde drilwerk, oor en oor. Ek ken elke militêre rang in die army, ek het al wat teiken is al voos geskiet met elke moontlike wapen. Ek sê julle, ek kan nie wag nie."

"Yes, op Noorde toe, 'vuur en beweeg' waar die regte vyand is," het iemand anders saamgestem.

Altyd dieselfde gesprekke. As deel van die Springbok-infanterie op Noord-Afrika toe, een van die dae.

Maar ek wil verder noord, Brittanje toe, weet Tinus.

Want dit is al waar hy die valskermkeuringsfase kan doen. Daarom dryf hy homself tot die uiterste. Puik drilwerk, hoogste punte in teoretiese toetse en op die skietbaan, superfiks, 'n kursus voltooi as seksieleier, onmiddellike bevordering tot korporaal.

Want eindelik, miskien en net vir die bestes, wag die maroen baret.

'n Woestynoorlog is presies dit: 'n woestynoorlog. Warmer as enige Februariemiddag in Pretoria, dik sand wat jou stewelstap selfs swaarder maak, sand tussen jou tande en in jou oë, sand wanneer jy gaan slaap.

Die menasietent bied effens skuiling teen die son, maar dit bly skroeiend warm.

"... kry die basiese salaris plus die beste operasionele toelaag in die weermag," dreun die stem eentonig voort.

Tinus voel die ongeduld in sy nek kriewel. Hy weet dit alles. Hy is hier om die vorms in te vul.

"Vir valskermopleiding neem ons slegs vrywilligers. En weet by voorbaat dis geen Sondagskoolpiekniek nie. Dis hard. Baie manne sal getoets word, bitter min dra uiteindelik die maroen baret."

Wat daardie Engelsman nie nou al weet nie, dink Tinus vurig, is dat hierdie vrywilliger in die woestyn oos van Tobruk lid is van die Springbokinfanterie. Ons is deur die harde Afrika-veld van kleins af gebrei tot van die vaardigste en taaiste soldate in hierdie oorlog.

Hy skryf sy naam bo-aan die lys vrywilligers.

'n Week later vertrek hy Engeland toe.

Die slaapkwartiere is oorvol. Op die eerste dag begin vyf

honderd hoopvolle kandidate met die keuringsfase vir valskermopleiding: Britte, Amerikaners, Hollanders en ander Europeërs, vrywilligers uit die Statebondslande en een Bosveld-boorling uit Suid-Afrika. "Binne 'n week is die helfte van julle weg," voorspel die alwetende Engelse sersant met sy Oxford-aksent.

Die sersant is reg, weet Tinus. Die feit dat ek reeds tot korporaal bevorder is, tel niks. Want op hierdie kursus is almal gelyk, niemand dra rangkentekens nie. As jy 'n fiksheidstoets nie slaag nie, word jy sak en pak teruggestuur.

Tinus strek hom uit op sy bed. Sy lang lyf is styf en seer, sy skouers gekneus van paaldra, sy voete blase gehardloop. Moenie jou stewels te styf vasmaak nie, het hy vandag geleer.

"As dit die begin is," sê een van die troepe, "wil ek nie weet hoe lyk die einde nie. Nee, boys, môre is dit koebaai vir my."

Tinus draai om en probeer slaap. Hy moes eintlik huis toe geskryf het, vir Rentia. Maar hy is net te moeg. Selfs by verlang verby moeg.

Dag ná dag. Twee honderd, soms drie honderd opsitte en opstote en optrekke. Paaldra, val en bekruip, skaapdra: hardloop met jou volle uitrusting en jou geweer, paraat. Min slaap. Oë wat brand van die stof. Permanente moegheid, vuilheid. Lywe wat seer bly.

Valskermopleiding sonder om ooit 'n valskerm te sien? wonder Tinus soms.

Dag na dag word die slaapsale leër. Troepe wat nie die keuringstoetse slaag nie, kry sonder seremonie die onvleiende boodskap RTU – return to unit. Terug na hulle oorspronklike eenhede.

Saam met sy medetroepe het Tinus 'n marionet geword

wat hardloop en spring en platval na gelang van die toutjiemeesters se bevele. En tog begin 'n soort broederskap tussen die manne groei. Ons is die vasbyters, weet dié wat oorbly.

Daar is min van hulle.

"So, julle ouens dink julle is taai genoeg om die finale keuring te maak?" tart die sersant met die Oxford-stem hulle.

Elke dag, meedoënloos. Eindelose opsitte, gevoelloos, byna outomaties. Klim die tou met rou hande, op en af, op en af. Draf heen en weer, heen en weer tussen twee lyne op 'n sementblad. Soos 'n werfhond aan 'n ketting. Hardloop twee myl in volle mondering. Tonge is dik, lippe gebars.

"Waarom moet ons dit doen?" vra een en sukkel sy swaar stewels van sy voete af.

'n Tweede val sommer stewels en al op sy bed neer. "Ek glo hulle is besig om ons te probeer breek."

"Maar waarom?"

"Waarskynlik om ons innerlike krag te toets. Iets wat seker nodig is as die vyand ons voorlê."

Tinus praat selde saam. Hy weet sy liggaam is kliphard, sy gees staalsterk. Hy sal die finale keuring slaag.

En ná enkele weke kan hy die brief skryf:

> Beste Oupa en Ouma
>
> Ek hoop dat u nog in goeie gesondheid verkeer.
>
> Ek skryf om u te laat weet dat ek gekeur is om opleiding as valskermtroep in die Britse Leër te kry. Ek begin volgende week.
>
> Verder gaan alles goed hier.
>
> Groete
>
> Tinus

Rentia se brief is effe langer, maar hy weet werklik nie wat om verder te skryf nie. Dit is nog altyd vir hom moeilik om oor koeitjies en kalfies te gesels.

Hy plak die koeverte toe, skryf die adresse op en pos dit in die rooi bussie.

Toe laat hy homself die eerste keer toe om te droom. Nie oor die groot valskerm wat hoog bo teen die blou lug oopblom nie.

Oor die plaas. Oor Buffelspoort.

Ses

Die donker nag begin uiteindelik breek, langsaam, byna ongemerk. Mentje staan voor die venster met die gordyne net op 'n skrefie oop.

"Ons neem jou môre vroeg na 'n veilige plek," het die advokaat gisteraand gesê. Want haar en Pappa se huis is nie meer veilig nie. En as sy hier bly, het sy deur die nag uitgewerk, vang die soldate die advokaat en sy vrou.

Oor en oor dreun die diep stem in haar ore: "Daar is nog 'n kind ..." Nog 'n kind.

Haar kop is seer, haar keel is styf en krapperig. Sy probeer aan die oop veld dink, aan die beeste se sagte oë, aan die geur van gekapte gras en vars melk. Maar haar maag pyn te veel en sy is bang sy word naar in die vreemde wit kamer. Sy is verskriklik bang.

Meer nog, sy verlang so oneindig baie na haar pa.

Die son is nog nie regtig op nie, toe iemand aan die deur klop. "Dogter, is jy gereed?"

Hulle loop al met Pas-Opweg langs, verder weg van Vierhouten. Verder en verder weg van die plaas.

Dis 'n vreemde pad. Aan albei kante vorm die bome 'n byna soliede groen muur, sodat 'n mens nie vyf tree die bos in kan sien nie. Dis hier waar die struikrowers in die ou tye die mense aangeval het, dink Mentje en kyk op na die donker takke wat bokant hulle koppe 'n dak vorm. Daar is geen struikrowers in die hoë takke nie. Ook nie soldate nie.

Advokaat Von Baumhauer buk skielik en lig 'n oorhangende tak op. "Kruip deur."

Sy buk laag en kruip deur.

Nou is hulle in die digte bos, 'n donker doolhof van growwe dennebome en wilde takke en digte ondergroei. Die dooie blare is 'n dik, glibberige mat onder haar voete, die reuk van verrottende blare stuif uit haar voetstappe op. Ek hoop die advokaat ken die pad deur hierdie bos, dink sy, anders verdwaal ons twee erger as Hansie en Grietjie. Hier wil sy net nie wees wanneer die nag toeslaan nie.

Plek-plek moet hulle onderdeur bosse kruip. Die blare klou taai aan haar knieë en hande. Sy val twee maal oor bossies en staan vinnig weer op, bang sy raak agter. Alles bly halfdonker, die son is 'n verre bol vuur wat nie deur die digte blaredak kan dring nie. Alles ruik na bos.

En die bang proe galbitter in haar mond.

Toe sy weer opkyk, staan 'n boswagtershut reg voor hulle. 'n Mens is byna op die hut voordat jy dit regtig raaksien. Dis asof die houtmure met die bosbome saamsmelt.

Uit die hoek van haar oog sien sy iemand in die bos links van die hut beweeg. 'n Struikrower dalk? 'n Soldaat?

"Ek bring net 'n nuwe aankomeling," roep die advokaat na binne.

"Hierheen, Advokaat?" vra 'n growwe manstem. "Ons het nie plek nie."

"Tent toe," antwoord die advokaat kortaf en stap verby die hut.

Woon mense dan hier? So diep in die bos?

Die advokaat stap vinniger, sy sukkel om by te bly. Haar klompe struikel oor die dik boomwortels, haar voete haak aan die digte ondergroei.

Skielik steek die advokaat vas en wys met sy vinger. Mentje skrik eers – gevaar? Dalk 'n soldaat? Of 'n wilde dier? Sy kyk versigtig om hom in die rigting waarheen hy wys.

Byna onsigbaar in die donker bosse staan 'n groterige tent, van die soort waarin die soldate woon. "Jy gaan hier woon vir 'n rukkie."

Sy trek haar asem skerp in. "In die tent?"

Hy stap nader, sy bly onseker staan. "Kom, kind."

Huiwerig stap sy nader.

"Pokkel?"

Sy swaai om. Haar mond val oop van verbasing. Dit is mos Walter?

Die seun se hele gesig is op 'n kwaai plooi getrek. "Wat maak jy hier?"

Walter? Die seun met die pikswart hare en swart oë wat 'n rukkie saam met haar in die klas in Vierhouten was? Hier, diep in die bos?

"Haai, Pokkel, het jy jou tong ingesluk? Ek vra wat jy hier kom maak."

Die aaklige seun wat haar die eerste dag al voor almal Pokkel genoem het. Die hele klas het gelag.

"Ken julle mekaar?" vra advokaat Von Baumhauer.

Walter trek 'n suur gesig. "Sy was in my klas in die Vierhoutenskool."

Walter Bartfeld. Van wie die kinders later gesê het hy is 'n Duitser, al was hy 'n Jood. Hy was bitter kwaad toe hy die groot geel Dawidster moes dra. "Waar's jou ster?" vra sy.

Hy gluur haar woedend aan. Maar voor hy iets kan sê, verskyn twee vroue van agter die tent. Die een is ouer, sy kyk met koue oë na Mentje. Die jonger een is eintlik nog 'n meisie, sy lyk vriendeliker, byna nuuskierig.

Die advokaat groet saaklik. "Môre, mevrou Bartfeld, mejuffrou Hamburger. Dit is Mentje de Vries. Sy gaan hier by julle intrek. Haar pa ..."

Die ouer vrou – mevrou Bartfeld, Walter se ma, dus – keer dadelik met albei haar hande. "Dit kan nie, hier is geen plek vir nog 'n kind nie. Maak vir haar plek in die hut."

Die vrou wil my nie hier hê nie, besef Mentje. Sy voel hoe haar hart sak en die naarheid boontoe stoot. Pappa sê altyd ...

"Daar is nog minder plek." Die advokaat duld beslis geen teenstand nie. "Ek sal sorg dat haar beddegoed vandag nog gebring word."

Die donkerkopmeisie lyk asof sy haar ook nie met onsin ophou nie. "Ons sal plek maak." Sy draai na Mentje en gee 'n skewe glimlag. "Hannie Hamburger, of sommer Han vir kort. Welkom in Pas-Opkamp."

Die hele dag lank is alles wasig, asof dit nie met haar gebeur nie, soos in 'n droom. Die advokaat verdwyn weer in die bosse. Die ouer vrou draai weg. Die meisie, Han, gaan die tent binne.

"Jy is mos g'n Jood nie, wat kom soek jy hier?" vra Walter agterdogtig.

Alles bly vreemd ruik.

Die son bly weg.

Êrens deur die loop van die oggend bring vreemde mense vir haar 'n matras en 'n bondel beddegoed. Die matras is 'n sak van possakmateriaal waarin sy self strooi moet stop.

Walter se sussie Erni kom help. "Jy moet die strooi egalig inskud, anders slaap jy op hompe. En jy moenie die strooi so mors nie. My pa sal raas."

Binne probeer Walter se ma en Han vir haar plek maak. Mentje kyk in die tent rond. Walter se ma is reg, dink sy stil, hierdie plek is oorvol. In die agterste hoek staan Walter, sy sussie, sy ma en pa se matrasse opgestapel, hulle kleresakke styf teen die tent se wand ingedruk. In die ander agterste hoek is Han en nog iemand se slaapgoed en sakke. Voor in die tent staan 'n rak gepak met 'n kastrol, 'n ketel, eetgerei, kosware, seep. En in die middel van die tent is 'n tafel met vier stoele. 'n Gasstofie, gaslamp en kersblaker met 'n kers staan op die tafel.

Die Friedmans het op die stal se solder baie meer plek gehad as Walter-hulle hier.

Walter se ma se hande is in haar sye. "Nee, kyk, ek weet waaragtig nie."

"Miskien hier links voor?" stel Han voor.

Dis net tydelik, net tot hulle vir Pappa vind, wil Mentje vir hulle sê. Die advokaat sal vir Pappa vind, hy sal vir hulle sê Pappa is nie 'n Jood nie en dan kan hulle teruggaan na hulle eie huis.

Net vir 'n week of twee, niks meer nie.

Maar toe dieselfde twee vreemde mense later die dag terugkom met 'n kussingsloop vol goed en Mentje van haar klere herken, die lappop wat ta Lenie kleintyd vir haar gemaak het en haar eie Bybel wat Pappa vir haar gegee het toe sy sewe jaar oud geword het, breek die damwal.

Walter se sussie wil nog iets sê, maar Han trek haar weg. "Kom ons los vir Mentje bietjie alleen."

Die nagte is die ergste, donker en eensaam. Vol onthou. Vol wonder en nie weet nie en verlang. Vol bang, bang, bang.

Sy lê op haar dun matras in die hoek. Die tent is vol reuke: vroegaand se kos, baie asems, gebruikte skoene. Sy hoor die keelgeluide van mense wat onrustig slaap, die takke wat buite teen die wand van die tent aanskuur, 'n muis wat iewers onder die blare vroetel.

Die daglig verdryf wel die donker, maar is nie veel beter as die nagte nie. Mens is besig, dit help om die dink hok te slaan. Maar die bedompigheid van die bos bly, die vreemdheid, die twyfel, die hartseer. En die vreeslike bang.

"Kom, Mentje, ons gaan bessies soek," sê Han vroegoggend.

Han is kort en sterk gebou, met pikswart, krullerige hare en donker, wakker oë.

Walter se sussie Erni stap ook saam. Sy is bietjie ouer as Walter en nie so 'n boelie nie. Maar sy kla oor alles en dink sy is baas. "Hierdie klein rooi vruggies is die vossebessies, mens kan konfyt kook daarvan."

"Dan moet 'n mens suiker hê," sê Mentje. Sy weet, sy ken bessies en sy het al vir ta Lenie help konfyt maak.

"Nou? Dis mos logies, stupid."

"Kyk wat het ek gekry, julle twee," sê Han 'n entjie weg. Sy praat sag, want klank trek ver in die stil bos. "Sampioene. Lekker. Kyk of julle nog kan vind. Hier, krap die blare bietjie weg."

By die tent help Mentje waar sy kan. As ek baie fluks werk, dink sy, sal Walter se ma toelaat dat ek hier bly tot Pappa kom. Han is ten minste hier, sy is gaaf.

Ook Bart Eckstein, Han se verloofde; van hom hou Mentje baie. Hy is korterig met ligte hare en oë, 'n diep stem en 'n baie rustige geaardheid. Hy studeer om eendag 'n dokter te word. As hy nie bedags hout kap of water haal nie, sit hy rug teen 'n boom in 'n kolletjie son en leer. Saans ná ete sit hy oor sy boeke gebuig by die Butagaslamp. Soms selfs by kerslig, as die lampsakkie weer gebreek het.

"Geen mens kan slaap met hierdie lig gedurig in jou oë nie," brom Walter se ma ontevrede.

Mentje skil aartappels en kerf boontjies fyn. Geen uie nie, want gebraaide uie se reuk kan regdeur die bos tot by die Duitsers se neuse trek. Sy help met die skottelgoed en soek droë hout in die bos.

Vir Walter se pa is sy baie versigtig. Hy is 'n kort, stewige en streng man wat verwag almal moet doen wat hy sê.

"Hy bly maar 'n Duitser, al is hy Joods," brom Han eenmaal onderlangs.

Bedags kry Mentje dit meestal reg om aan ander dinge te dink. Maar ná aandete, ná die skottelgoed gewas is en almal hulle op hul matrasse lêgemaak het, ná Bart die lig laatnag uitgedoof het, druk die groot hartseer boontoe. Sy lê doodstil in die pikdonker nag en luister na die baie asems, na mevrou Bartfeld wat steun en omrol tot die slaap haar vat, na meneer Bartfeld se dowwe neusgeluide wanneer hy diep begin slaap, na Bart en Han se sagte gefluister en gegiggel.

Sy is so verskriklik eensaam. En bang.

Haar hart is heeltemal stukkend.

En die Here, Pappa se Hemelse Vader, het saam met Pappa verdwyn.

In hierdie tent vol mense is sy stokalleen.

Elke tweede of derde dag bring 'n koerier vir hulle kos. Ook maar goed, want die bos het nie veel kos nie.

"Die Verset reël dit," vertel Han saggies terwyl hulle na die koskuip aan die rand van die bos stap. "Almal help kos insamel: die boere, die winkeliers, huisvroue – almal help om ons aan die lewe te hou."

As Pappa geweet het van die mense in die bos, sou hy ook vir hulle kos gestuur het. Romerige melk, eiers, miskien boontjies.

Haar hart word te seer om verder te dink.

Die koskuip is so vyftig tree van die brandpad af sodat die koeriers die kos redelik maklik daar kan laat. Dis 'n gat in die grond met 'n deksel van takke en blare.

Han trek die deksel weg. "Kom, help gou om die krat uit te kry."

Onder in die kuip is twee kratte. Die kleiner een is hulle tent s'n, die groter een gaan na die boswagtershut.

Mentje hou die brandpad met een oog dop. "Sê nou die soldate kom patrolleer nou in die brandpad af?"

Han skud haar kop beslis. "Nie hulle nie. Hulle is te bang vir die bosse om met die brandpaaie langs te patrolleer."

"Waarvoor is hulle bang?" Die wildevarke kom tog net snags uit. Buitendien dra die soldate die hele tyd groot gewere met hulle saam. "As mens op die brandpaaie bly, kan jy mos nie verdwaal in die bos nie?"

"Bang die Versetmense skiet hulle vanuit die digte bosse. Klomp bangbroeke."

Soos die struikrowers van lank gelede, verstaan Mentje.

"Bart sê ons is veilig hier, ons moet net nooit ophou oppas nie." Han dra die swaar krat voorrade in haar twee arms. Sy lyk klein, maar sy is nogal sterk.

Stil wees te alle tye, saggies loop, want klank trek ver. Saggies praat, selfs as jy kwaad is. Bly bedags naby jou woonplek. Geen vuur bedags nie, want iemand kan die rook sien. Gebruik alles spaarsamig: kos, water, gas, selfs kerse. En as jy die buitegerief gebruik het, gooi alles toe met 'n grafie sand, anders kom die vlieë.

Mentje ken teen hierdie tyd die reëls.

Sy verlang na die vryheid van die oop grasveld, waar die son warm op mens se rug bak en die gras vars en geurig ruik. Soos die dag toe die soldate gekom het. En haar pa saam met die Friedmans weggeneem het.

Die koeriers kan kos met fietse aanry, maar water is 'n groot probleem. Soms ry die advokaat melkkanne vol water met sy boerekar aan tot naby die kamp. Maar meestal moet die onderduikers saans gaan water pomp by meneer Vos se huis.

Meneer Vos en sy familie woon in die staatsbosbouhuis Pas-Op op die hoek van Pas-Opweg en Tongerenseweg. Mentje onthou die huis met sy kwaai naam. Agter in hulle erf is 'n waterpomp.

"Dis gevaarlik," waarsku Walter ewe grootmeneer toe sy een aand saam met hom en Bart stap om haar eie water te gaan haal.

Sy moet haar klere was en Walter se ma kla gedurig oor die hoeveelheid water wat sy gebruik. Soms is sy selfs te bang om 'n bekertjie drinkwater te skep.

Sy weet al dis gevaarlik. Die pomp in die Vosse se agtertuin staan amper teenaan Tongerenseweg en dit is waar die polisie byna elke dag patrolleer.

Walter hou daarvan om te vertel hoe dinge werk. "As dit onveilig is, hang mevrou Vos 'n stuk wasgoed agter in die tuin en laat die hond buite om te blaf."

"So, as die hond binne toegemaak is en daar is geen wasgoed nie, is dit veilig?"

"Ek het mos so gesê."

Gmf. Baasspelerige vent.

Toe hulle naby kom, moet sy en Walter in die bosse skuil terwyl Bart behoedsaam naderstap.

Mentje se hart klop wild in haar bors. Daar is geen wasgoed op die draad nie en geen hond wat blaf nie. Maar sy hou die pad die hele tyd dop. Dis veral die polisieman Doeven wat gedurig hier ronddwaal, hy het snuf in die neus, het Walter se ma gesê.

Gou kom Bart terug met twee emmers water. "Stap solank terug kamp toe." Hy neem die melkkan om dit ook te gaan volmaak.

Dis 'n groot gesukkel met die swaar emmer water deur die bosse terug tent toe. Mentje probeer so min moontlik uitstort, want in hierdie water wil sy vanaand goed was en môre haar klere uitspoel. Eers gaan sy bekers en bekers vol daarvan uitdrink, sodat sy nooit weer dors word nie.

Teen die tyd dat sy by die tent terugkom, het die handvatsel van die emmer 'n diep keep in haar hand gedruk en haar arm voel of dit uit haar skouer wil skeur. Maar sy het haar eie emmer water.

Elfuur die volgende oggend is haar water klaar.

"Jy sal moet leer spaarsamiger met water werk," sê Walter se ma. "Buitendien, in hierdie tent deel ons. Elkeen kan nie besluit om sy eie emmer water te hê nie."

En Mentje bly stil, want sy weet sy is net nog 'n kind.

Ek is 'n onderduiker van die Pas-Opkamp in die middel van die Soerelse bosse, aanvaar sy ná 'n paar weke. Die advokaat gaan vir Pappa kry, dit moet sy glo. Maar tot

Pappa terugkom, is sy net nog 'n kind wat deur die oorlog opgeslurp is en eenkant uitgespoeg is om te probeer oorleef.

Sewe

Een aand net ná ete sê Walter se pa: "Ons moet voor die winter 'n beter skuiling kry. Ek het besluit ons moet 'n hut bou."

"Han en ek het ook al daaroor gepraat," stem Bart rustig saam. "'n Houthut, dubbelmure met strooi tussenin vir isolasie. Dit sal die koue uithou en klank demp."

Mentje sit doodstil op haar matras en luister. Dit klink vir haar na 'n slim plan.

Walter se pa antwoord nie. Maar hy stry ook nie, wat beteken hy stem eintlik saam.

Bart gaan haal 'n vel papier en 'n potlood uit sy boekesak, gaan sit weer by die tafel en begin teken. Han pak die borde in die opwasbak, giet bietjie water uit die ketel booor en stap met die bak na buite.

"Ek sal kom afdroog," sê Mentje en staan dadelik op.

Walter se sussie bly lê. "My bene is seer."

"Lê dan tog maar op jou bed," sê Han sonder om om te kyk. Haar stem klink kortaf.

"Sy was al baie siek aan beenmurgontsteking, somer van 1937," ruk Walter se ma haar dadelik op.

"U het al gesê, ja. Daarom moet sy op haar bed lê."

Han plak die bak skottelgoed buite op 'n boomstomp neer en begin driftig was. Sy praat nie, was net so wild dat die water uit die skottel spat.

Mentje droog een bord na die ander af en sit dit op 'n ander boomstomp neer. Haar maag is op 'n branderige knop getrek. Sy ken nie hierdie katterigheid tussen mense nie, hierdie gedurige gehap na mekaar. Sy verlang na haar en Pappa se vriendelike huis, na die geur van die hout in die stoof, na haar pa se sterk stem elke aand wanneer hy vir hulle uit die Bybel voorlees.

Sy verlang na Pappa.

"Waaroor droom jy?" vra Han skielik.

"Sommer maar." Mentje neem die volgende bord. Sy wil nie oor Pappa praat nie.

Lank nadat al die skottelgoed afgedroog is, sit sy nog alleen buite in die donker. Binne sit Walter se pa en Bart oor die planne gebuk. Sy hoor Walter se pa duidelik sê: "Dit sal nie werk nie."

Sy kan nie hoor wat Bart sê nie.

"Dis geheel en al onprakties." Walter se pa se stem begin klim.

Sy bly buite en bid dat hulle net ophou stry sodat sy kan gaan slaap.

Maar dit hou aan en aan. "Hoe wil jy dit regkry? Ons moet ..."

Dit hou aan tot laat in die nag.

Toe advokaat Von Baumhauer die tent die volgende week besoek, val Walter se pa sommer dadelik met die deur in die huis. "Ons kan nie langer in hierdie tent bly nie. Dis nou nog somer, maar as die winter aankom …"

Die advokaat frons geïrriteerd. "Nou wat stel jy voor, meneer Bartfeld?"

Hulle sit rondom die tafel, net die drie mans. Die ander is êrens buite, net Mentje sit stil op haar matras en luister.

"Ons gaan 'n houthut bou. Ek het nou maar die inisiatief oorgeneem."

Advokaat Von Baumhauer antwoord nie.

"Meneer Bartfeld en ek het koppe bymekaargesit," sê Bart Eckstein half paaiend en vou die papier oop op die tafel tussen hulle. "Kom kyk, dan wys ek vir u watter planne ons het."

Die advokaat kyk na die rowwe plan, Walter se pa verduidelik, Bart voeg soms iets by.

"Ja, dit kan werk," sê advokaat Von Baumhauer.

"Ons wil die pale met ysterdraad aanmekaarbind, sodat ons geen spyker hoef te gebruik nie," sê Bart. "Hamerslae kan onnodige aandag trek."

Die advokaat knik instemmend.

Walter se pa maak sy keel skoon. "Ons sal wel sekere items van die dorp af moet kry. Ysterdraad, byvoorbeeld, ook vensters en vensterrame, deure, dakplate."

Die advokaat kyk van die plan af op en frons. "Ja, dit gaan nie so maklik wees nie, maar ons kan dit probeer reël."

Walter se pa trek sy ruie wenkbroue op. "Die mense van die dorp sal maar moet help. Dis regtig nie so moeilik nie."

Mentje voel hoe die brand op die krop van haar maag weer begin knop trek.

"Bartfeld, dis niemand se plig nie," waarsku advokaat Von Baumhauer duidelik hoogs geïrriteerd. Hy staan op.

"Dit het ek ook nie gesê nie," vererg Walter se pa hom.

"Al wat ek gesê het, is ons sal sekere boumateriaal nodig hê. Dis tog logies, nie waar nie?"

Die advokaat antwoord nie, draai net om en stap na buite.

Mentje staan dadelik op en loop agter hom aan na buite. "Meneer ... advokaat Von Baumhauer?"

Hy kyk om. "Ja?"

Sy neem 'n diep asemteug. "My pa Gerrit de Vries. Het u al iets van hom gehoor?"

Die advokaat kyk haar 'n oomblik lank stil aan. "Hy is waarskynlik weggeneem Kamp Amersfoort toe."

"Kamp Amersfoort?"

Hy beduie iets met sy hande. "Waar Nederlandse gevangenes aangehou word. Baie mense word daarheen gestuur."

"O. Dankie."

Toe draai die advokaat weer terug en verdwyn in die digte bos.

Mentje sak af teen die growwe stam van 'n boom. Die bos vou benouend donker om haar. Nêrens is 'n straaltjie son te sien nie.

In haar groei die vrees groter en groter. Kamp Amersfoort? Waar is Amersfoort?

En hoekom haar pa in 'n kamp aanhou? Hy het tog net goed gedoen?

Maar erger as die vrees is die verlange. Dit brand 'n pad oop tot in haar hart.

Pappa. Pappa.

Die volgende dae en weke verdwyn Walter se pa en Bart vroegoggend en kom eers laatmiddag weer terug. Diep in die bos, ver weg van die kamp, kap hulle ewe dik bome, saag die pale ewe lank en dra dit op hulle skouers terug kamp toe.

Smiddags woel die mans die pale met 'n ysterdraad aanmekaar om 'n soort muur te vorm.

Bart en Walter se pa werk wel saam, maar die spanning klim daagliks hoër. Een laatmiddag, toe Mentje saam met Han gaan dennebolle optel vir die vuur, sluit Bart by hulle aan. Gewoonlik is hy heel rustig, maar vandag is hy regtig kwaad.

"Ek is nou totaal keelvol om na die pype van daardie Pruisiese Jood te dans. Ek sê nou vir jou, Han, saam met hom bly ek nie langer nie. Ek sal hierdie hut help voltooi. Maar nog voor ons intrek, wil ek begin met 'n eie hut vir ons."

Han streel oor sy rug. "Ons kan basies dieselfde hutplan volg."

Saam gaan sit hulle met hulle rûe teen 'n groot boom gestut. "Net verbeter, ja. Ek dink ons moet dit deels onder die grond bou, sodat net die dak uitsteek en van ver af 'n effense heuweltjie vorm. Dit sal die kamoeflering baie makliker maak en behoort selfs beter geïsoleer te wees."

Hulle het vergeet dat sy ook hier is, hulle gesels net met mekaar.

"En ons moet die hut groter bou, sodat my broer en suster dalk by ons kan aansluit. Die hut wat ons nou gebou het, is buitendien te klein vir agt mense."

Mentje loop effe opsy. Die geur van die denne steek skerp in haar neus, dit krap haar keel.

Han en Bart is die enigste twee mense met wie sy soms kan praat. Veral Han.

Maar as hulle na 'n ander deel van die bos verhuis?

Die tent is deurmekaar, die humeure kort, die verdraagsaamheid op. En nie net Walter se ma s'n nie, sien Mentje baie gou.

Ook Han lyk soos 'n stoomtrein net voor dit vertrek. "Kom ons gaan soek sampioene, of iets," sê sy vir Mentje.

Saam stap hulle deur die digte bos.

"Daardie tent gaan my nog onderkry," blaas Han stoom af. "Altyd net mense, mense, geen privaatheid nie, heeltyd net spanning. En die onsekerheid maak my gek." Sy gaan staan stil. "Jy weet, Mentje, ek wonder soms of daar ooit 'n toekoms is."

Sy begin weer driftig verder stap. Mentje loop stil agter haar aan. Sy weet presies hoe Han voel, maar hoe moet sy vir Han troos?

Die bos is 'n steierwerk van vliegdenne, met enkele beukebome en eike tussenin, plek-plek ook sparren en krenten.

"Hierdie bosse verstik my vandag," sê Han, steeds kwaad.

"Kom ons soek 'n sonkolletjie," stel Mentje sag voor. Hulle is buitendien glad nie op pad na waar die sampioene groei nie, hulle loop sommer net. "Ek verlang nogal na die son."

Han antwoord nie. Maar waar die son 'n entjie verder in 'n ronde kol deur die blaredak breek, gaan sit sy plat op die droë blarevloer. Sy strek haar bene lank voor haar uit en leun agteroor, haar gesig na die son gedraai. Ná 'n rukkie sê sy: "Jy is reg. Dis wat ons nodig het, bietjie sonlig, net om te voel ons lewe nog."

Mentje sak langs haar neer. "My pa sê altyd die son gee lewe. Hy is ook lief vir die son."

Han se oë is toe, haar gesig is na die son gedraai. "Jy verlang baie vir jou pa?"

Mentje se keel begin dik word. "Baie, baie."

"En jou ma?" Han se stem is sag.

"Sy's dood, lankal, toe ek klein was."

Han gaan lê plat op haar rug. "Mentje, hoe oud is jy?"

"Tien. En jy?"

"Negentien. Amper twintig."

Mentje gaan lê ook op haar rug. Bokant hulle vleg die takke deurmekaar, die fyn blaartjies tussenin laat dit soos 'n groot dak van kantwerk lyk.

Ná 'n ruk sê Han: "Vertel my van jou pa."

Mentje dink lank voor sy antwoord. Waar kan sy woorde vind om Pappa hier tussen hulle te sit? "My pa is groot, lank en sterk. Sy hare is grys en bietjie deurmekaar, regop," beduie sy met haar hande. "Hy boer met melkkoeie en hy lees elke aand die Bybel. En hy kan lank met die Here praat."

"Julle is Christene?"

Mentje knik.

Han rol om op haar sy, stut haar kop op haar hand en kyk vir Mentje. "En julle het 'n Joodse gesin versteek?"

Net vir 'n week of twee, wat toe maande geword het. Soos haar verblyf hier in die bos. "Toe vang die soldate hulle. En vir hom."

"En neem jou pa na Kamp Amersfoort?"

Mentje knik. 'n Lastige dikkerigheid begin in haar keel op kriewel. "Die advokaat het gesê hy sal kyk wat hy kan uitvind. Maar niemand het ooit nuus nie."

"Advokaat Von Baumhauer ken die Duitsers baie goed." Han rol weer terug op haar rug, sy klink baie rustiger. Dis seker die son wat haar kalm bak. "Hy is vroeër self ook al gevang deur die Duitsers, weet jy? Hy was vir meer as ses maande in die tronk."

Mentje sit regop. "Die advokaat?"

"Verlede jaar, ja, in die Sint-Michielsgestel-tronk, as ek reg onthou."

Die besef groei stadig in haar. As die advokaat mettertyd vrygelaat is, is daar mos hoop dat Pappa ook kan uitkom. "Hoe het hy losgekom?"

"Deur kontakte, dink ek. Ek is ook nie so seker nie. Hoe minder gepraat word oor hierdie tipe dinge, hoe beter. Maar as die advokaat op jou pa se spoor is, is daar baie hoop vir jou. Hy laat dinge gebeur."

Die vreugde, of miskien is dit net hoop, begin stadig in Mentje groei. Sy sak terug op haar rug.

Nog vir lank lê sy en Han in die stil bos na die takke bokant hulle en kyk. Soms praat hulle, meestal bly hulle net stil. Hulle drink die stilte in, want in die tent is dit diepnag nie eens stil nie.

Vir die eerste keer in baie weke voel dit vir Mentje asof die knop in haar maag effe smelt. Sy voel amper gelukkig.

Miskien, een van die dae, is sy en Pappa terug in hulle eie huis.

Uiteindelik staan die vier dubbele sywande van die nuwe hut netjies geplant in die grond, vensters, voordeur en al.

Vir die dak bring die advokaat 'n timmerman uit Vierhouten.

Hieroor is Walter se ma bitter ontevrede. "Dit is nie 'n goeie ding nie. Hierdie man het niks met ons te doene nie. Een verkeerde woord van sy kant af en ons moet weer vlug."

"En wat dan van die koeriers wat elke tweede, derde dag ons kos inbring?" troef Han. "Wat van al die mense in Nunspeet wat kos insamel? Die mense wat nuwe inwoners inbring?"

Want byna weekliks groei die aantal onderduikers in die Pas-Opkamp.

"Nogtans. Ek sê maar net, ons moet oppas," hou Walter se ma koppig vol.

Pas-Op, Pas-Op, dink Mentje. Elke dag is dit oppas vir alles: Moenie raas nie, moenie rook maak nie, moenie water mors nie, werk versigtig met die kos. Pas-Op vir jou lewe.

Die timmerman bring asbesplate vir die dak. Douvoordag soggens begin hy werk, saans versteek hy sy gereedskapstassie in die bos.

Een oggend kom hy bewerig geskrik in die kamp aan. "Polisieman Doeven het my waaragtig voorgekeer, so vroeg in die oggend reeds," vertel hy toe hy by die bouery aankom.

Han trek haar asem skerp in. "En wat sê jy toe?"

Hy maak sy fiets teen 'n boom staan en Bart staan ook nader om te luister. "Nee, ek moes vinnig dink. Ek sê toe ek het 'n perseel in die bos gekoop om bome te kap, maar weet nie presies waar dit is nie."

"Ja?"

"Toe vra Doeven of ek mense by die Vosse se waterpomp gesien het. 'Net meneer en mevrou Vos,' antwoord ek so ewe onskuldig."

Han slaan haar hande saam. "Ons sal moet oppas by die waterpomp."

"Vinnig gedink," sê Bart en klop hom op die skouer. "En Doeven koop dit toe?"

"Ek dink so, hy het nie gelyk asof hy verder belangstel nie. Gelukkig maak ek vandag klaar. Die dak sal waterdig wees. Julle kan dit net bedek met heideplakke vir kamoeflering."

Daardie aand aan tafel sê Han hard en duidelik: "Die timmerman het sy eie lewe in gevaar gestel om vir ons deeglike onderdak te gee. Ons kan nooit genoeg waardering hê vir die man se opofferings nie."

Walter se ma sê niks.

Die volgende dag trek hulle oor na die hut. Voor in die

hut is 'n tafel en 'n kas ingebou, agter vier stapelbeddens op boomstompe. Die beddens is wyd genoeg vir twee matrasse, agt mense dus.

Die mense van die boswagtershut kom kyk, almal is nuuskierig om die nuwe hut te sien. "Lekker hutjie, ja," sê die een man. "Ons woon nou in die groot Pas-Ophut, julle in die klein Pas-Ophut."

"Of sommer die Groot PO en die Klein PO," besluit Walter se pa. "Dis hoe die twee hutte voortaan bekend sal staan."

Meer en meer onderduikers trek in die bos in. Die tent het klaar weer mense in. En gisteraand het nog vier mense by hulle in die Klein PO ingetrek. Onder hulle is Han se broer Wim en haar suster Flora. Die Klein PO is nou oorvol, ook die tent met sy nege mense. Die situasie in die Groot PO is nog erger.

"Die advokaat sal waaragtig moet plan maak," sê Walter se pa kliphard. "Ek het hierdie hut basies vir my gesin gebou."

Han maak haar mond oop om iets te sê, maar Bart sit sy hand gerusstellend op haar arm.

Bart, Han, Wim en Flora gaan vroegoggende al uit en kom eers laataand terug. Hulle werk almal saam om hulle hut te bou. 'n Keer of wat dwaal Mentje agterna, maar sy voel uit haar plek uit en kan nie werklik help nie. Die mure vir die nuwe hut vorder vinnig.

Soms probeer Mentje kos maak vir wanneer Han-hulle terugkom hut toe.

Maar Walter se ma is baie streng met die gas. "Hierdie aartappels moet lankal reg wees." Sy draai die gasstofie toe. "As die gas klaar is, kan ons nie net winkel toe gaan en nuwe gas koop nie."

Mentje vlug na buite.

Die dae gaan verby en niemand hoor iets van haar pa nie. Sy voel meer en meer alleen. Verlore. Selfs haar drome het opgedroog. Daar is geen prinsesse meer in Nederland nie. Die Here het ook weggeraak, miskien ook saam met die koningin Engeland toe gegaan. Niemand in die kamp ken eens haar en Pappa se Here nie.

Later die middag kom Walter se pa hut toe met 'n klompie hout wat hy gekap het. Hy bekyk haar met 'n frons. "Nee, my magtie man, kyk hoe vuil is jou rok!"

Mentje kyk af en sien vir die eerste keer hoe vuil haar rok is. Wat sal Pappa sê as hy haar nou moet sien? Maar sy is te bang om water te gebruik vir klere was, anders skel Walter se ma weer oor die waterverbruik.

Sy stap dieper die bos in. Ek is net maar hier, dink sy. Net maar nog 'n mond wat moet kos kry, nog 'n lyf wat gewas moet word, nog 'n asem in die hut. Nog 'n kind.

En ek weet nie wanneer my pa gaan kom nie.

As daar net iemand was met wie sy kon praat.

Maar daar is nie.

In hierdie dae leer Mentje vir opa Bakker en sy vrou tante Cor beter ken. Twee liewe, liewe mense wat hard werk vir die mense in die Pas-Opkamp.

Almal noem hom opa Bakker, hoewel hy niemand se oupa is nie. Maar Mentje kan sien hy is al oud en hy is soos 'n regte oupa vir almal. En tante Cor is soos 'n hoenderhen met baie onderduikerkuikens.

Op gewone dae van die week dra die onderduikers hulle verslete klere.

Maar Sondae trek almal netjieser aan, al is dit nie hulle Sabbatsdag nie. Die ouer mans sit selfs dasse aan. Hulle maak die hutte en tente skoon, gooi kleedjies oor die tafels, sit blomme in 'n vaas.

Want Sondae kom opa Bakker en tante Cor kuier.

"Wat is die jongste nuus?" wil almal eerste weet.

Opa en die tante luister geduldig na almal se probleme en probeer konflikte oplos. Die Bakkers organiseer ook al die kos. Hulle gebruik vervalste rantsoenkaarte, koop kos op die swartmark en kry skenkings en hulp van die inwoners van Vierhouten en Nunspeet.

Ek wil eendag iemand soos tante Cor wees, dink Mentje telkens. Iemand wat ander mense se lewe red en vir hulle sorg.

Maar eers wil sy haar pa vind. "Het opa Bakker al iets omtrent my pa uitgevind?"

Opa Bakker streel oor haar blonde hare. "Die advokaat bly navraag doen. Ek is seker ons sal gou iets hoor."

Sondagaande is dit nog moeiliker om aan die slaap te raak. Sy hoop elke keer daar sal nuus wees, en elke Sondag word die teleurstelling groter. Gaan niemand dan ooit vir Pappa vind nie?

Sy bid ook nie meer nie. Wat help dit tog? Die Here hoor haar buitendien nie. Hy is baie, baie ver van die Pas-Op-kamp diep in die Soerelse bosse.

Teen einde September begin gerugte die rondte doen dat die Duitsers en die Nederlandse polisie snuf in die neus het – iets is in die bos aan die gang. Die Sondagmiddag is die hele Klein PO vol onderduikers wat wil kom hoor watse nuus opa Bakker en tante Cor bring.

"Julle kan nie meer gaan water haal by Vos nie," sê opa Bakker.

"Te gevaarlik," beaam tante Cor.

Han skud haar kop in ongeloof. "Waar gaan ons dan water kry? Die koeriers sal nooit genoeg water kan inry nie."

"Die advokaat het gereël dat iemand 'n pomp sal kom opsit," sê opa Bakker. "Hy kom Dinsdag of Woensdag."

Die grootmense is bekommerd. Dit sal 'n groot verbetering wees om 'n eie pomp te hê, ja. Maar almal weet ook hoe dit klink as 'n pomp ingeslaan word. Daardie gemoker van hamers wat die ysterpype inslaan, sal kilometers ver deur die stil bos weergalm.

Dinsdagoggend, net toe die loodgieter in die kamp arriveer, verdwyn Mentje die bos in. Sy het Sondagnag al besluit om weg te kruip tot alles verby is, net vir ingeval. Sy sê vir niemand nie, want Walter sal weer sy mond vol hê. Hy sê reeds sy is 'n regte bangbroek.

Gmf! Sy is g'n bang nie, net verantwoordelik.

Deur die stil bos hoor sy duidelik die boerewa met die ratelende pype al met die brandpad langs na die bosvak aangery kom. As daar tog net nie nou 'n Duitse patrollie in Pas-Opweg verbykom nie! Hulle sal dadelik kom ondersoek instel na wat hier aangaan.

Sy hoor hoe die pype afgelaai word. Sy sien die toring opgaan.

"Die toring wat nodig is om die pype vertikaal in te sit sal meters bokant die bome uitsteek," het Bart gisteraand bekommerd gesê.

Die ganse dag lank weergalm die gekap van hamers soos die ysterpype ingeslaan word. Gisteraand al was almal bitter bang vir hierdie oomblik.

"En nog 'n vreemdeling wat weet waar die kamp is," het Walter se ma ontevrede gebrom.

"Net soos die timmerman, ja," het Han vinnig teruggekap.

Han is 'n regte geitjie, maar dis lekker as sy vir Walter se ma so op haar plek sit.

Weg van die kamp af is die bos gewoonlik doodstil.

"Gesondmaakstil," sê Han altyd. "Hier kan 'n mens nog glo dat die einde van die oorlog naby is."

Wanneer die vrede kom. Dit is waaroor hulle droom, dit is waarvoor hulle leef.

Wanneer die vrede kom, gaan sy en haar pa weer op hulle plasie boer. Al moet hulle dan onder begin. In die bos kom drome tog los.

Maar nie vandag nie. Vandag slaan daardie hamerslae die vrees net dieper en dieper in. Eindeloos, die hele dag lank.

Teen laatmiddag word dit stil. Die loodgieter het gesê hy het net een dag nodig om sy pomp op te sit. Gelukkig het konstabel Doeven nooit 'n draai in die buurt kom maak nie.

Miskien is die Here tog naby die Pas-Opkamp. Maar Mentje is nie seker nie.

Toe dit heeltemal stil word, sluip Mentje behoedsaam terug.

Die Klein PO is verlate. Ook die tente, die Groot PO.

Sy stap verder, sy hoor die stemme.

Al die mense van die kamp is by die pomp. Alle versigtigheid is vir een aand oorboord gegooi. Hulle pomp emmers vol water en gooi die water oor hulleself uit. Hulle gooi mekaar met water en draf druipnat en laggend 'n entjie weg.

Sy staan eenkant en beskou die petalje op 'n afstand. Bart jaag vir Han met 'n emmer water en Han gee kort gilletjies van vreugde. Selfs Walter se ma lag toe Walter haar sopnat spat.

Niemand sien vir Mentje nie.

Hulle speel en jaag mekaar tot die bos heeltemal donker is. Toe gaan almal terug na hulle hutte.

Niemand het agtergekom dat sy die hele dag weggekruip het nie.

Agt

In die Bosveld word dit nou lente, dink Tinus terwyl hy ritmies in gelid bly draf. Die doringbome begin bot, die rooibokke lam, die koedoes en elande kalf. Op die vlaktes is die lug vol stof, want die boere ploeg hulle lande en wag op die eerste vet reëndruppels om neer te plof voordat hulle kan begin saai.

Dis anders hier in Engeland. Hier sifreën dit byna elke dag. Die blare begin verkleur, goudgeel en vlammende oranje en dieprooi. Vreemd, hierdie kleurryke, nat herfs aan die ander kant van die aarde. Mooi, eintlik.

Die dae word korter en koeler. Die lug is soms blouer, maar meestal grys van die koue.

Dis vroegoggend. Hy draf saam met die res van die troepe na die paradegrond. Hulle lyk almal dieselfde, hierdie Babelse mengelmoes troepe van die Geallieerdes. Almal met een doel voor oë: om die maroen baret oor die kop te trek en die vleuels op die bors te dra. Lapvleuels op die gewone uniform, silwer vir uitstapdrag.

Almal met een leuse: Knowledge dispels fear.

Want hierdie manne kan geen vrees ken nie. Hulle is die uitverkorenes onder die Geallieerdes se elitetroepe, die manne van Brittanje se Eerste Valskermdivisie.

Die opleidingskool is by RAF Ringway, 'n Britse lugmagbasis by Cheshire, sowat agt myl suid van Manchester. Die basis bestaan uit twee groot vliegtuigloodse, 'n aantal werkswinkels, barakblokke en aanvullende akkommodasie. Een van die loodse word gebruik vir die springopleiding van die Eerste Valskermdivisie sowel as van die Afdeling Spesiale Operasies.

Tinus kyk vinnig na sy polshorlosie. Stiptelik seweuur tree hulle op die grasaanloopbaan aan, reg onder die reusedraaiskroewe van 'n Whitley III. Nog 'n dag van uitmergelende fiksheidsoefeninge, van teoretiese springopleiding, van vliegtuigdril op vliegtuigdril.

Hulle dra permanent hulle springstewels met spesiaal ontwerpte dikker sole vir die landing, lekker sterk maar swaarder en moeiliker om in te hardloop. Dit pla Tinus lankal nie meer nie. Ook die staaldak wat sterker en swaarder is as dié wat gewone troepe dra, voel al soos 'n tweede kopvel. Of dalk eerder 'n kopbeen, dink hy so in die draf.

Ná drie weke is hulle vaardigheidsopleiding byna voltooi. Teoreties ken die troepe elke stappie van elke sprong. Hulle ken die werking van die valskerm op die rug, elke veiligheidsmaatreël. Hulle eet en slaap elke dril vir uitspring, vir daling, vir landing.

"Landing is jou grootste uitdaging, veral in die vreemde," benadruk die instrukteur keer op keer.

En in Tinus groei die afwagting. Ek is gereed hiervoor, dink hy. Ek is gereed om op te styg, te spring wanneer die bevel kom en te land op die harde aarde. Ook agter vyandelike linies.

Die groot Dakota ploeg moeisaam deur die lug, 'n wildegans wat stip vorentoe staar. Die motore dril en dreun deur die ruim.

Alle toerusting is nagegaan, elke veiligheidsmaatreël gevolg.

Niemand praat nie. Ná baie weke is die groot oomblik byna hier.

Die afstuurder wag reeds by die deur, stewig vasgehaak aan die binnekant van die vliegtuig.

"Maak gereed vir aksie!" kom die bevel. Byna onverwags.

Opwinding bruis deur Tinus se lyf, byna soos die oomblik net voordat die skoot knal vir die honderd tree toe hy nog op skool was. Hy maak sy sitplekgordel los en gaan vinnig sy toerusting na: staaldak stewig vas, alles korrek in posisie.

Die troepe val in 'n sigsagpatroon in die ry af.

"May God be with you," sê die rooikop Andrew McKenzie agter hom.

Tinus kyk nie om nie, hy lig net sy hand en knik. Mag die Almagtige God met elkeen van ons wees, wil hy daarmee sê.

Die voorste springer gaan staan by die oop deur van die Dakota. Die lig bokant die deur word groen. Die springsirene gaan aan.

"Number one, go! Two! Three!" skree die afstuurder en gee elke springer 'n stoot tussen die blaaie, die blou lug in.

"Nine!" Elke sekonde, sekonde ná sekonde baar die groot romp van die vliegtuig 'n nuwe springer die wye wêreld in.

"Fifteen!"

Tinus voel skaars hoe die afstuurder hom op sy rug klap. Dis net die skielike vryheid, gewigloosheid van sy lyf en die wind in sy ore. Bokant hom is die valskerm oop soos 'n groot sampioen of 'n reusagtige halwe pampoenskil oor sy kop.

Hy val nie, hy sweef soos 'n berghaan, stadig, grasieus deur die lug.

Dit word stiller en stiller. Die vliegtuig verdwyn in die verte.

Tinus kyk af. Ver onder sien hy bome en bosse na die een kant toe, die oop veld waar hulle moet land reg onder hom. Sy ekstase swel groter en groter. Dis beter as wat hy hom ooit kon verbeel.

Dis windstil. Klaarhelder.

Die aarde kom nader. Hy stel sy bene vir die landing.

Toe hy die grond tref, voel hy hoe sy hele lyf die skok absorbeer. Hy rol na regs en glip uit die valskermbande.

Sy hart klop in sy keel. Sy eerste sprong! Hy kan dit skaars glo. Vinnig rol hy sy valskerm op.

Aan die kant van die oop veld waar die afgooistrook uitgemerk is, wag die vragmotor op die valskermsoldate in wording.

Op pad terug is die manne soos opgewonde skoolseuns ná 'n nagtelike springhaasjag. Almal praat gelyk, niemand luister werklik nie. Hulle praat en beduie, elkeen oor sy eie belewenis.

Net Tinus is stil. Want selfs nou tussen al die opwinding deur, voel hy op 'n manier soveel ouer as die res van sy kamerade. Ten spyte van die gemeenskaplike vasbyt, van die broederskap wat in die groep ontwikkel het, pas hy nie werklik in by hulle nie. Maar het hy al ooit regtig êrens ingepas?

Hy weet sy kamerade praat van hom as the big, quiet Boer. Die groot man, twee drie jaar ouer as die meeste van hulle, wat onverskrokke en sonder 'n enkele klagte opdragte uitvoer, wat die tien myl met gemak afdraf, volle mondering en al. Die vreeslose man wat vorentoe kyk. Die sterk man, wat nie saans saam met hulle in die kroeg gaan kuier nie, wat geen meisies uitneem nie, wat stil sy eie gang gaan. Hy skryf selde 'n brief huis toe, hy kry selde pos, nooit 'n pakkie nie.

Die big, quiet Boer wat almal respekteer. En vir wie almal miskien effe bang is.

Hoe ekstaties ook al, daardie eerste sprong is uiteindelik nie vir Tinus die hoogtepunt van sy opleiding nie. Ook nie die talle spronge daarna nie, nie eens die nagspronge in 'n vreemde terrein in nie.

> Beste Oupa en Ouma
> Ek hoop dat u nog in goeie gesondheid verkeer.
> Ek skryf om u te laat weet ek het my opleiding voltooi en my valskermvleuels ontvang.

Hy sit sy pen neer en skud sy kop. Dis nie net twee lapvlerke wat hy ontvang het nie. Dis soveel meer.

Hy wil vertel van die vleuelparade waar die bevelvoerder van die Eerste Valskermdivisie aan elkeen persoonlik sy springvleuel gegee het.

Hy wil vertel hoe trots hy en sy kamerade was, hoe hy, miskien vir die eerste keer in sy lewe, byna deel van 'n groep gevoel het.

Hy wil vertel hoe hy, saam met enkele ander wat bevorder is, aan die einde moes aantree om hul rangkentekens te kry.

Hy wil veral vertel van die blydskap in sy hart, van die geluk wat te groot is om alleen te dra.

Hy wil. Maar hy kan nêrens die regte woorde vind nie.

Miskien sal dit makliker wees om vir Rentia te skryf. Dalk kom die woorde makliker.

Maar haar laaste brief bly hom by. Sy mag pragtig en begeerlik wees, maar sy is bitter gekant teen die oorlog wat hom van haar af weggeneem het. En sy droom om 'n valskermtroep te word vorm beslis nie deel van haar drome nie. Om eerlik te wees, ook nie sy droom om eendag Buffelspoort terug te koop nie.

Toe hy uit Suid-Afrika weg is, was hy seker sy is die regte vrou vir hom. Nou begin hy al hoe meer twyfel.

Van die menasie se kant af hoor hy die feesvieringe. Vir 'n oomblik oorweeg hy dit om op te staan en daarheen te stap.

Net vir 'n oomblik. Toe bêre hy sy skryfblok, pen en ink en kry die naald en gare uit. Versigtig werk hy die valskermvleuels op sy gevegsdrag. Toe sy rangkentekens as luitenant.

Versigtig, effe onhandig, stekie vir stekie.

Nege

In die herfs begin die blare in die Soerelse bosse verkleur en val. Soms kom die son deur, yl en flou. Die voëls fluit harder, of miskien klink dit net harder omdat die takke kaler is en die lug dunner.

Mentje gooi haar hele sloop klere op haar matras uit. Hier is geen winterklere by nie, net die trui wat ta Lenie begin verlede jaar al vir haar gebrei het. Ook geen dik sokke nie, geen mussie of serp nie. Sy trek die trui aan, die moue is te kort. Gelukkig het ek my jassie waarmee ek gevlug het, dink sy. Miskien kom Pappa terug voor die winter te erg raak. Anders weet ek regtig nie wat ek gaan doen nie.

Sy pak alles weer terug in die sloop. Die Bybel kom heel onder. Sy wil nie in die Bybel lees nie, want die Here het haar in hierdie kamp kom los en toe van haar vergeet. Nou gaan sy van Hom ook vergeet.

Bart en Han se broer Wim vorder fluks met die bou van die Anti-Moffenhut, of sommer net Amhut, soos hulle dit noem. Almal is opgewonde oor die vordering, Walter-hulle kan duidelik nie wag dat Bart en die Hamburgers uittrek nie.

Net Mentje is stil. Sy wil nie hê Han en Bart moet wegtrek uit die Klein PO nie.

Die kamp groei en groei, dit word al 'n hele dorpie. In hulle bosvak staan die Groot PO, die Klein PO en die waterpomp. Dit is ook waar Bart en Wim die Amhut bou. Daar is nog drie ander bosvakke met hutte, almal geskei deur brandpaaie.

In een van die ander bosvakke woon 'n jong man met die naam Jun Kappen. Hy het 'n draadloos gebou en kan nou saans nuusberigte van Radio Oranje opvang.

Dis heeltemal teen die wet om 'n draadloos te hê. Kort ná die oorgawe het die Duitsers alle draadlose sommer net kom vat. Gekonfiskeer, het Pappa gesê. Baie mense het hulle draadlose weggesteek, ook haar pa, wat hulle draadloos onder 'n tafeldoek in die hoek van die kamer versteek het.

Nou is daar mense wat onwettige radiostasies bedryf.

"Hulle doen goeie werk," sê Bart. "Die radioberigte praat die mense moed in."

"Dis meer 'n opsweep van die mense, as jy my vra," meen Han.

Bart haal sy skouers op. "Bemoedig? Opsweep? Solank dit werk."

Die regte nuus kom van Radio Oranje wat nou vanuit Engeland uitsaai.

"Amper agtuur," herinner Bart klokslag saans vir Han.

Dan stap hulle hand aan hand oor na die hut waar Jun woon.

Soms drentel Mentje saam, al voel sy bietjie soos 'n stertjie agterna. Miskien, net miskien, sê hulle een aand iets van die gevangenes in Kamp Amersfoort.

By die eerste brandpad tussen Bosvak 1 en Bosvak 2 gaan Bart staan en bespied eers die omgewing. As daar geen soldatepatrollies te siene is nie, stap hulle vinnig oor die kale pad en verdwyn weer in die bosse. Mentje hardloop agterna, net vier lang tree en sy is veilig anderkant. Haar hart bons in haar keel. Dit is seker hoe die reisigers in die ou tyd moes gevoel het oor die struikrowers.

Die meeste aande is die hut vol onderduikers wat gedemp met mekaar praat. Die mense van Pas-Opkamp is honger vir nuus van buite, vir 'n stukkie goeie nuus om weer hoop te gee.

Jun sukkel soms om die stasie te vind. Hy druk sy oor teen die draadloos en draai en draai die knop. Sommige aande krap die draadloos so dat die kampbewoners sukkel om enige stukkie nuus te verstaan. Maar vanaand is die stem oor die lug so helder dat selfs Mentje duidelik kan hoor.

Vandag, 13 Oktober 1943, het Italië oorlog verklaar teen Duitsland.

Die groepie onderduikers juig en klap kliphard hande. Hulle vergeet dat ons nie mag raas nie, dink Mentje verskrik.

"Stil, ons kan nie hoor wat die radio sê nie!" probeer Jun keer.

Maar niemand kan die vreugdevloed stuit nie. "Italië! Duitsland se hoofbondgenoot!" roep iemand uit.

"Duitsland se dae is getel," sê Han entoesiasties. "Ek sê nou vir julle, dit is die begin van die einde."

"Dis wat jy elke keer sê," terg Bart goedig.

"Ja, ja, maar hierdie keer is ek ernstig. As jou eie bondgenoot oorlog teen jou verklaar? Nee, kyk, nou gebeur dinge."

Bart lag en streel oor haar hare. "Jy's reg, nou loop dinge na 'n punt toe."

In hierdie tyd arriveer oom Max en tante Kaatje Gompes ook uit Arnhem. Hulle woon in die Groot PO, reg langs Mentje-hulle se hut. Mentje wonder soms of hulle miskien haar ma se broer ken, hy en sy gesin woon ook in Arnhem. Maar sy vra nie. Sy ken haar oom-hulle ook nie werklik nie, omdat haar ma vroeg dood is. Eintlik weet sy net wat hulle name en adres is. Sy en Pappa skryf elke Kersfees vir hulle 'n briefie.

Reg van die begin af veroorsaak die ou oom en tannie groot opskudding. Die oom is 'n Indiese oudstryder. Hy het baie medaljes en net soveel stories. Die tante is doof, wat beteken die oom skree kliphard in die horing van haar gehoorstel sodat sy kan hoor. In daardie horing af skinder hy van die ander inwoners, sy skinder net so lekker saam.

"Geen mens kan dit hou nie!" roep Walter se ma hoogs geïrriteerd uit.

Maar Han lag lekker. "Die twee oues praat maar net die waarheid."

Hoe verder die Amhut vorder, hoe hartseerder raak Mentje. Sy loop een laatmiddag 'n entjie die bos in en gaan sit met haar rug teen 'n boom. Han en Bart, Wim en Flora gaan uit die Klein PO trek en sy sal alleen by die nare Walter en sy norse familie moet agterbly. Want sy hoor saans hoe beplan Han en Flora wie waar gaan slaap, sy sien waar Bart en Wim beplan om die banke en studeertafel te plaas, die ingeboude beddens, die boekrakke en koskas en potkaggeltjie. Daar is geen plek vir haar in die Amhut nie.

Tog gaan sy soms kyk hoe hulle vorder. Die mans het eers 'n diep gat gegrawe, die mure daarin geplant en agt trappies ondertoe gemaak. Die voorste muur is skuins met 'n groot venster.

"Genoeg son, dis belangrik," sê Han tevrede.

"Son hier in die bos?" lag Flora.

"Ja, wel, jy weet wat ek bedoel."

Ek wens ek kon ook in die Amhut woon, dink Mentje elke keer.

Miskien, as sy baie help, sal hulle haar saamneem wanneer hulle verhuis, begin sy dink. Maar wat kan sy nou doen buiten strooi instop en skottelgoed was? Iets spesiaals?

Sy sit skielik regop. Ek kan kos maak, ek het mos al vir my en Pappa gekook, dink sy. Wim en Bart is baie lief vir kos, eintlik Han en Flora ook. Van nou af gaan ek elke middag kook. Al kla Walter se ma haar blou in die gesig oor die gas wat gemors word, gaan ek aartappels met kruiesous kook, boontjie- of wortelstamppot, dalk groentesop met bruin bone of rys met bosvrugte, wat daar ook al is. Elke dag iets anders, sodat hulle weet ek kan help kosmaak.

Die volgende oggend spring sy aan die werk, skil uit hulle eie voorraad aartappels en sit dit in die kastrol om te kook.

Walter se ma is dadelik op die oorlogspad. "Jy het hopeloos te veel water, gooi driekwart daarvan uit. Jy mors gas. En sny daardie aartappels in kleiner blokkies dat dit vinniger kan kook."

"Goed, Mevrou."

En die volgende middag, wysvinger dreigend in Mentje se rigting: "Jy gebruik nie ons sout nie, nè?"

Gmf. Maar sy byt op haar tande. "Nee, Mevrou."

Teen die derde middag vryf Bart sy hande tevrede teenmekaar en sê: "Alla wêreld, Mentje, jy is sommer 'n voorslag in die kombuis."

Sy voel hoe die blydskap in haar oopblom. "Dankie, Bart."

Maar toe sy die skottelgoed wil was, sê Walter se sussie Erni: "Hierdie water het my pa gebring. Loop haal jou eie water, jy is mos so 'n voorslag."

Uiteindelik is dit tyd om die rietdak op te sit. In die dak sny hulle nog 'n groot venster vir 'n daklig.

Bart kyk tevrede boontoe. "Ons moet goeie lig hê om te kan studeer, veral met die winter wat voorlê. Ek hoop dat meer studente by ons in die Amhut sal kom bly."

Miskien kan ek ook studeer soos Bart, dink Mentje terwyl sy die volgende oggend sampioene in die bos soek. Want een van die onderduikers in Bosvak 3, oom Henry Spijer, het al meer as een maal gesê hulle moet kom vir skoollesse. Hoe sy die ander kinders in die kamp gaan oorhaal tot skoolgaan, weet sy nie.

Binne is die Amhut verdeel in twee kamers en 'n slaapsolder bo in die dak, leertjie en al. Onder in die voorste gedeelte is die studeertafel en banke van dennestamme. Die koskas word ingebou, ook die potkaggel met 'n pyp na buite vir die rook.

"Sjoe, jy is baie slim, Wim," sê Mentje skamerig.

Wim lag. "Hou jy net aan met sulke lekker kos maak, dan bou ek sommer vir jou ook 'n bed in. Waar, weet ek net nie."

Ja, dis die probleem, verstaan Mentje. Die Amhut word hoofsaaklik gebou vir die jongmense van die kamp, het sy ook al besef. Sy is nog net 'n kind.

Han en haar suster Flora maak kussinkies vir die vensterbank sodat dit as ekstra sitplekke kan dien.

"Dit lyk al so mooi, jy moet regtig weer kom kyk, Mentje," nooi Han toe hulle aan tafel sit vir middagete. "Vanmiddag begin ons die beddens inbou."

Maar Mentje skram weg. "Ek was net eers die borde." Sy

wil skielik nie meer na die Amhut gaan kyk nie. Want die werk is byna klaar en dan trek Han-hulle uit.

Twee dae later drentel sy tog Amhut toe. Iets trek haar daarheen. Miskien is dit om die vrolikheid van die bouwerk te ervaar. In die Klein PO loop die spanning weer dik vanoggend.

Van ver af sien mens net die rietdakkie. As dit bedek is met heideplakke, sal dit werklik soos net nog 'n hoogtetjie lyk, dink Mentje.

By die trappies huiwer sy. Wil sy regtig ingaan?

Binne lag Han kliphard.

"Sjuut! Jy raas," waarsku iemand goedig.

Mentje stap by die trappies af en bly in die ingang staan.

"A, Mentje, kom in," nooi Han gul. "Kom kyk die beddens wat Wim besig is om in te bou."

Hulle stap deur na die agterste kamertjie. Die groter bed staan reeds, dit sal seker wees waar Han en Bart slaap. Wim bou nou die twee smaller beddens in, die een bo-op die ander.

"Ek slaap bo. Ek is nie lus dat die bed ingee en Wim bo-op my val nie," sê Flora.

"Ek is nie so dik nie," brom Wim van onder die bed uit. "Buitendien is hierdie beddens sterk gebou, dit sal g'n breek nie."

Mentje kyk ongemerk rond. Die smal kamertjie is reeds propvol. Daar is geen kans dat daar vir haar ook 'n bed ingebou kan word nie. En op die slaapsolder, dit weet sy al, gaan 'n hele boel jongmense hulle matrasse oopgooi.

"Ek dink ons sal vyf daar bo kan huisves, miskien selfs ses," het Bart die ander aand gesê.

Sy draai vinnig weg. Sy wil vlug, weg, bos toe. Niemand moet sien hoe vreeslik hartseer sy skielik is nie.

Toe sê Han: "Ons sal jou matras en kleresak bedags sommer onder ons bed instoot, dan is dit uit die pad."

Mentje draai stadig om. Het sy reg gehoor? "Gaan ek ook hier kom woon?"

"Maar natuurlik, hoe het jy dan gedink?" vra Han en stap na buite.

'n Voël fluit vrolik êrens in 'n boom. Die son breek plek-plek deur. Die bos is vriendelik vandag, vars, mooi. En Mentje se hart is lig. Sy wil hardloop en spring en kliphard sing.

Sy slaan haar arms om 'n groot boom. Die bas skuur grof teen haar wang, amper soos haar pa se baadjie wanneer hy haar teen hom aandruk.

Dankie, dankie, dankie, liewe Heer, dat ek ook in die Amhut mag intrek.

In die blare langs haar ritsel iets. Dis maar net die wind, 'n ligte windjie wat die blare speels van die takke afblaas.

En liewe Here, ek weet nie waar is Pappa nie. Maar U weet waar hy is. Sal U asseblief vir hom sê ek is oukei en ek wag vir hom? Dankie, Here, dis al.

Sy het vergeet dat sy te kwaad vir die Here is om met Hom te praat.

Op 'n soel herfsdag sê Wim: "Ek dink ons kan môre begin intrek. Die bouwerk is klaar."

Han se een hand wys stop. "Gee ons net 'n dag om skoon te maak. Die hele plek is nog vol stof en strooi en saagsels."

Daardie nag kan Mentje van opwinding byna nie slaap nie. Sy grawe haar Bybel heel onder uit haar sloop klere en druk dit teen haar bors vas. Ek is jammer ek was so kwaad, wil sy sê. Maar miskien sou die Here ook kwaad gewees het as Hy in hierdie huis saam met die Bartfelds moes bly.

As 'n mens nie jou huis op die rots bou nie, sal jou huis met die eerste stormwind wegwaai, het Pappa vir haar uit die Bybel geleer. Sy weet die Klein PO is op sand gebou. Die mense in die Klein PO ken ook nie haar en Pappa se Here nie, seker daarom dat die duiwel gereeld hier los is.

Sy draai saggies op haar ander sy sodat die ander mense nie wakker word van haar gevroetel nie.

Maar noudat sy daaraan dink, Han en Bart ken ook nie haar Here nie. En die gat waarin die Amhut staan, is pure sand. So, miskien werk daardie gelykenis nie hier in die bos nie.

Douvoordag is sy saam met Han en die ander uit om te gaan skoonmaak. Bart en Wim gaan pomp emmers water, die vrouens begin saagsels op hope vee.

"Klouter gou op en vee die boonste bed af, sal jy, Mentje?" vra Han.

Teen middagete is alles skoongevee en afgeskrop. Hulle eet haastig elkeen 'n stukkie potbrood met vet en dra hulle matrasse vanaf die Klein PO na die Amhut.

Toe Flora vir Mentje help om haar strooi weer eweredig in haar sak te versprei, skud sy haar kop. "Jy sal weer moet strooi instop, jy slaap al byna op die grond."

Net voor sonsak beskou hulle hul nuwe tuiste tevrede. Die mense van die Verset het vir hulle 'n tafelkleedjie en drie vrolike kussings gestuur. Nou lyk hulle voorkamer heerlik gesellig. Enkele boeke staan al op die boekrak. Dis wel meestal Bart en Wim se studieboeke, maar tante Cor het die vorige Sondag vir hulle vier boeke gebring.

"Hierdie een is 'n jeugboek. Mentje moet hom maar lees," het sy half verskonend gesê.

Maar Han was entoesiasties, soos altyd. "Ons is so uitgehonger vir lees, ek dink selfs Bart sal dit lees."

In die middel van die hut staan 'n houttafel en boomstompe vir stoele. Die dakvenster gooi 'n yl strepie son oor die lengte van die tafel tot teen die oorkantste muur.

Flora streel oor die gladde blad. "Rondom hierdie tafel gaan daar ure gesels word."

"Soms studeer word ook, hoop ek," merk Bart skuinsweg op en sak neer op een van die banke.

Han bekyk die kaal mure. "Ons kan prente teen die mure sit, en miskien 'n kalender. Mens weet nooit watter dag dit is nie."

Teen die een symuur is 'n kas met rakke vol huishoudelike goedere: twee potte, 'n pan en ketel, eetgerei, bordegoed. Onder staan die wasskottel en die wasbalie wat gebruik word vir wasgoed en om in te bad.

Langs die potkaggel het Wim 'n houtkis gebou. "As die gas onbekombaar word, en ek glo dit gaan, kan ons die hout of kole hierin bêre."

Daardie aand eet hulle vir die eerste keer in hulle eie hut. Net van die vorige dag se brood, want niemand het energie oor om te kook nie.

Mentje sit vir die eerste keer in maande weer aan 'n tafel en eet. Ek wil vir hulle dankie sê dat ek ook hier mag woon, want ek weet ek is net 'n kind en hulle is grootmense, dink sy. Maar sy weet nie presies hoe nie.

Daarom sê sy: "Dit voel amper soos huis."

"Home away from home," knik Flora ingedagte.

Toe praat die grootmense oor ander dinge.

Selfs voordat hulle in die Amhut ingetrek het, het Mentje al begin voorbrand maak vir die skoollesse.

"Ja, ja, beslis," het oom Henry Spijer entoesiasties saamgestem en sy vet handjies teen mekaar gevryf. "Kry al die kinders bymekaar, geleerdheid is belangrik." Hy het 'n oomblik gedink. "Ja, ons kan dalk vir Bart vra om te help met natuurwetenskap."

Oom Henry is een van die geleerde mense in die kamp. Hy is kort en rond en baie oud, met 'n blink gesig soos 'n volmaan, 'n ronde brilletjie op sy dompelneus en net 'n halfmaan hare agter om sy kop.

Om oom Henry van haar skoolplan te oortuig, was baie maklik. Maar van hoe sy die kinders gaan oortuig, is Mentje nie seker nie.

Daardie selfde middag skraap sy al haar moed bymekaar. Sy beplan vooraf baie goed wat sy wil sê. "Meneer Bartfeld, ek wil iets met u bespreek."

Walter se pa kyk gesteurd op. "Ja?"

"Oom Henry Spijer is gewillig om vir ons skool te hou. Ek dink Erni sal graag wil skool toe gaan, maar ek weet nie van Walter nie," sê sy so vinnig moontlik.

"As daar skool is, sal Walter ook gaan. Tensy ou Spijer die kinders se tyd mors."

Dankie tog. "Ja, meneer Bartfeld."

Die volgende middag praat sy met Bart.

Hy trek sy wenkbroue op. "Ja, wel, ek weet nie hoe 'n goeie onderwyser ek is nie, maar ek kan seker probeer. Hoeveel van julle is daar?"

"Dis ek en Walter en sy sussie Erni. Ek wil nog vir Fred Friedenberg en Eddie Bloemgarten ook vra."

"Is hulle nie baie ouer as jy nie?"

"Ek weet nie. Hulle is seker so dertien of veertien. Maar oom Henry sê dit maak nie saak nie. Hy kan vir enigeen skoolhou. Daar is nog ander kinders ook wat kan kom."

Fred Friedenberg is 'n lang seun met 'n bril en 'n vriendelike glimlag. "Ja, ek sal graag wil leer."

Ook Erni is geesdriftig. "Miskien kan daardie oom met die baie medaljes vir ons geskiedenis gee. Hy ken baie stories oor die ou tyd."

"Oom Max Gompes?"

"Ja, hy."

Eddie Bloemgarten is klein en maer en lyk altyd half verskrik. Mentje voel bietjie jammer vir hom, al is hy seker vyf jaar ouer as sy, want die ander kinders is baie keer lelik met Eddie.

"Oom Henry gaan vir ons baie dinge leer en oom Max kan miskien vir ons stories vertel, geskiedenis, soos van die keer toe hy 'n medalje gekry het omdat hy 'n Nederlandse generaal êrens gered het," kleur sy die skool mooi in.

Eddie knip-knip sy oë. "In Atjeh in Noord-Soematra."

"Dis reg, ja. En Bart sal vir ons dinge van die mens se lyf en goed leer want hy het sulke boeke. Hy het klaar ja gesê."

Toe Eddie steeds effe onseker lyk, raak sy sag aan sy hand. "Asseblief, Eddie, kom? Dit sal vir my lekker wees as jy ook daar is."

Sy gesig word rooi, hy trap-trap rond en lek vinnig oor sy lippe. "Goed dan. Waar?"

"Hier by oom Henry in Bosvak 3 waar jy ook woon. Of, as die weer mooi is, sommer onder die bome."

Eddie se oë bly onrustig rondkyk, maar hy sê darem: "Goed."

Net Walter is glad nie beïndruk nie. "Is jy nou simpel in jou kop, Pokkel? Hier sit ons lekker vry in die bos en jy gaan reël waaragtig dat ons weer hok toe moet gaan."

Gelukkig het sy nou al geleer om hom net te ignoreer. Walter is maar Walter, klaar.

Tante Cor bring die volgende Sondag vir elkeen 'n skryfboek, penne en ink. Vir die kleiner kinders bring sy leie en griffels.

"Ja, wel, ek weet nie of ek vir die kleintjies ook gaan leer nie," twyfel oom Henry.

Binne dae is dit nie meer net hulle vyf wat in die Amhut woon nie – die hele solder is nou vol jongmense. Tussen hulle is Eddie Bloemgarten se ouer broer Salvador wat saans geskiedenis studeer. Salvador is groot en sterk en vriendelik en glad nie bang nie. Mentje hou sommer dadelik van hom.

Daar is lewe in die Amhut, gedurige geselsery en besprekings, stryery en goedige gekorswil, veral tydens aandetes rondom die tafel in die voorkamer.

Maar een aand lyk die aandete heel anders as gewoonlik. Die Amhutters steek nie die Butagaslampie aan toe dit donker word nie. In die plek daarvan het Han kerse in die groot kandelaar met die sewe arms gedruk. Al ses die meisies van die Amhut steek elk 'n kers aan.

"Kom, Mentje, jy mag ook 'n kers aansteek," nooi Han asof Mentje al groot is.

Toe hulle aan tafel sit, sê almal vir mekaar: "Leshana tovah tikatevee v'tichatemee."

Mentje kyk verward rond. Sy verstaan nie 'n woord nie.

Die kos is ook heel anders as gewoonlik. Die brood is rond. Saam met die brood eet almal skyfies appel wat hulle in heuning doop. Dis lekker, maar dit bly baie vreemd.

"Hoekom steek ons kerse aan en eet appels met heuning?" vra sy sag vir Bart.

"Want dis Rosj Hasjana, die begin van die nuwe jaar."

Rosj Hasjana? Nuwejaar? Dis dan nou eers einde September?

Han het seker gesien sy verstaan nie. "Joodse Nuwejaar," verduidelik sy. "Ons het mekaar 'n geseënde Nuwejaar toegewens. Sien, ons kalender is anders as julle s'n."

Toe dink Mentje skielik aan iets wat haar half laat skrik. As dit 'n Joodse fees is, was dit nie dalk sonde dat sy ook 'n kers aangesteek het nie? Erger nog, mag sy die brood en die appels met heuning eet? Maar sy is baie honger en daar is nie ander kos nie, toe eet sy dit maar.

Ná ete sê Bart: "Bring jou Bybel, dan wys ek jou waar Rosj Hasjana vandaan kom."

Uit die Bybel? wonder Mentje terwyl sy haar sak onder die bed uittrek. Die Bybel is mos vir Christene?

Bart blaai 'n rukkie rond, duidelik op soek na iets.

"Levitikus, waarskynlik," help Han.

"Ja, dis waar ek soek. O, wag, hier het ek dit. Levitikus 23. Nou kan jy self daaroor lees, Mentje." Hy gee die oop Bybel aan haar terug.

Mentje voel hoe die mense om die tafel na haar sit en kyk terwyl sy lees. Sy lees baie versigtig, elke woord.

"Ons kan net nie die sjofar blaas nie," sê Bart. "Die klank trek te ver, dit sal ons dadelik weggee."

"Ramshoring," verduidelik Han voor sy nog kan vra.

"O." Sy lees verder. "Gaan ons oor vyftien dae ook die Huttefees maak?"

"Slim meisietjie hierdie," sê Wim verbaas.

"Baie slim." Bart draai na haar. "Ons sal sien. Ons klompie is nie meer so vas aan die tradisies nie, Mentje."

Laat in die nag lê Mentje en dink. Sy dink nie die aansteek van die kerse was sonde nie, want die Bybel het self gepraat van 'n gedenkdag en die trompet wat moet blaas.

Wat haar pla, is Han se woorde: "Ons kalender is anders as julle s'n."

"Ons" en "julle". Ons is al die mense in die kamp, julle is eintlik net sy.

Maar teen die volgende dag het sy weer daarvan vergeet, want alles gaan voort soos gewoonlik.

Tot een middag. Hulle eet in die middel van die middag, lank voor sonsaktyd. Dit het hulle nog nooit tevore gedoen nie. Toe was Han en haar sussie Flora die skottelgoed en die mans gaan haal water, sommer so helder oordag. Iets is vreemd, dit weet Mentje.

Toe die son sak, word almal stil. En die ganse aand lank eet niemand nie, niemand drink eens water nie, hulle gesels nie met mekaar soos gewoonlik nie en sit net stil en lees. Die mans gaan nie stort nie. Han en Flora klim in die bed sonder om hulle tande te borsel.

Mentje voel baie, baie onseker. Iets is verkeerd, baie verkeerd. Maar almal lyk so ernstig dat sy te bang is om te vra.

Die volgende oggend, toe sy gereedmaak om na hulle skoolklas by oom Henry te stap, sê Bart: "Nee, jy gaan nie vandag skool toe nie."

Êrens is 'n groot, groot fout, dit weet sy nou. Niemand sê vir haar nie, want sy is net 'n kind. Bart of Han dink seker nog hoe om dit vir haar te sê.

Kan dit miskien ... Nee, nee! Sy moenie eens daaraan dink nie.

Die Amhut druk haar vas, sy moet uit. Sy moet ook iets kry om te eet, want haar maag het lankal reeds vergeet van gistermiddag se snytjie brood en halwe appel.

Die deur van die Amhut kraak hard toe sy dit oopmaak. Almal is nog op hulle beddens of sit stil en lees by die tafel, niemand keer haar nie.

Die koue buite slaan teen haar gesig vas. Moet sy eers

haar jas ook gaan aantrek? Maar nee, sy moet gaan uitvind wat aangaan.

Op 'n boomstomp buite die Klein PO vind sy die peslike Walter en die vriendelike Fred. Selfs hulle lyk ernstig. Mentje is nie baie lus om met hulle te praat nie, want eerstens is hulle seuns en tweedens – en dis die belangrikste rede – maak Walter altyd of sy dom is.

Wat sy beslis nie is nie. Gmf!

Daarom kyk sy direk na Fred. "Wat gaan aan?"

Hy frons effens. "Hoe bedoel jy 'wat gaan aan'?"

Met 'n is-jy-blind-of-doof-of-dom?-kyk sê sy: "Die mense. Almal. Iets is fout vandag."

"O, dit? Jom Kippoer." Hy lyk regtig half mismoedig.

"Jom Kippoer?"

"Ja, Jom Kippoer. Die tiende dag ná Rosj Hasjana. Vandag moet ons ons regmaak om in die nuwe jaar beter te wees."

Sy kyk hom skepties aan. "En as mens nie eet nie, kan jy beter regmaak?"

Fred knik. "Nie eet of drink of was nie."

"En nog baie ander goed ook," voeg Walter dadelik beterweterig by, "soos ..."

"Ja, ja, ja, los nou maar," keer Fred gou.

"Hoekom lyk jy so mismoedig as jy beter probeer word?"

Hy versit effens op die harde boomstomp. "Dis hoe ek lyk as ek ernstig is."

Mentje stap stadig terug na die Amhut. Die bos is donker vandag, koud, want die son kom nêrens deur tot op die aarde nie. Die lug voor haar neus maak ysige wolkies elke keer wat sy uitasem. Pas-Opkamp is doodstil, selfs stiller as ander dae.

Die eensaamheid hang soos ruie ondergroei uit die

bome, die hele kamp vol. Dit krul om die stamme en lê gedrapeer oor die struike en verstrengel die dowwe voetpaadjie. Want hoe vriendelik almal in die Amhut ook al is, sy pas nie hier nie. Sy is nie 'n Jood nie, sy ken nie die lewe en gewoontes van die mense rondom haar nie.

Sy is anders. Sy is die enigste een in die hele kamp wat anders is.

Op 29 Oktober verjaar Bart en tante Cor, sommer so op dieselfde dag. Daar is groot opwinding in die Amhut. Vroeg al gooi Han en Flora die vrolike Sondagkleedjie oor die tafel en gaan soek blomme in die bos. Hulle vind geen blomme nie, maar wel heerlike groot sampioene en ryp bosbessies.

Han is in 'n vrolike bui. "Vanaand kook ons 'n feesmaal. Flora, hoeveel suiker het ons nog?"

Flora lag. "Dink jy die suiker in hierdie hut hou langer as een dag? Ons het darem bietjie heuning, as jy dit wil gebruik."

Mentje skeur baie versigtig 'n bladsy uit haar skoolboek om vir Bart 'n verjaardagkaartjie te maak. Op die buiteblad teken sy die Amhut – mens kan tog nie vir 'n man blommetjies teken nie – en binne-in skryf sy in groot letters: *GELUKKIGE VERJAARDAG.*

Sy dink lank aan die boodskap wat sy onderaan wil skryf. Sy weet nie of sy kan skryf "Die Here seën jou" nie, want sy is nie seker of die Here ook die Jode seën nie. Eintlik is sy baie onseker oor die Jode. Hulle is wel God se uitverkore volk, maar Pappa het haar geleer mens kan net hemel toe gaan as Christus jou Verlosser is. En Christus is nie die Jode se Verlosser nie. Veral Bart en Han is regtig baie goeie mense. Sal hulle dan nie hemel toe gaan nie?

Maar aan die ander kant lyk dit nie eintlik of die Here die Jode seën nie, want hulle moet heeltyd wegkruip om nie gevang te word nie.

Sy wens daar was iemand wat sy kon vra. Maar die mense in die kamp is Jode, al dra hulle nie hulle Dawidsterre nie. Hulle sal nie weet nie. En opa Bakker en tante Cor is altyd so besig, sy kry nie kans om hulle te vra nie.

Wanneer Pappa eendag terugkom, sal sy hom vra.

Eindelik skryf sy: *Liewe Bart, ek hoop jy verjaar baie lekker en dat die oorlog verby is voor jy weer verjaar. Dankie vir alles. Jy is 'n goeie mens. Van Mentje.*

Toe Bart later van buite af inkom en die kaartjie op die tafel sien, vou hy dit oop en lees. Sy hou hom fyn dop. Hy vryf vinnig oor sy wang. Toe hy opkyk, sien Mentje dat hy skoon weemoedig is.

"Dankie, Mentje," sê hy en raak aan haar wang.

Sy voel hoe haar gesig rooi word en kyk vinnig weg.

Laatmiddag bring tante Cor en opa Bakker 'n koek. Almal sit of staan in die voorkamer van die Amhut. Han maak koffie en van die mense van die Groot PO en die Klein PO kom vier saam fees.

Toe opa Bakker en tante Cor teen skemer huis toe gaan, laat sy vir Bart 'n stukkie beesvleis as verjaardaggeskenk agter. Han maak dit in die pot gaar saam met aartappels en wortels. Die bosbessies, saam met appels en heuning, word die nagereg. Mentje dek die tafel en versier dit met mooi takkies wat sy gaan soek het.

Daar is lankal nie meer plek vir al die inwoners van die Amhut om rondom die tafel te sit nie. Gewoonlik sit Mentje op die breë vensterbank. Maar vanaand sit sy op die ereplek langs Bart. Sy voel bietjie verleë, maar eintlik meer trots.

En al is daar baie inwoners, kry elkeen 'n ewe groot happie vleis.

Dit word 'n feesmaal, 'n vrolike aand vol lag en gesels wat tot laatnag aanhou. Dit word een van die lekkerste aande wat hulle nog ooit in die kamp gehad het.

Maar toe Mentje laatnag op haar matras lê, kan sy nie help om haar laaste verjaardag toe sy tien geword het te onthou nie. Die Friedmans het toe al by hulle gebly en Daniela Friedman het vir haar 'n koek gebak. Dit was op die ou end nie 'n baie lekker koek nie, want die baba was siek en toe vergeet Daniela om die koek betyds uit die oond te haal.

"Dis die gedagte wat tel," het Pappa nog gesê.

Bart se verjaardag het weer al die onthou wat sy so hard probeer wegbêre, kom oopkrap. Nou is haar hart so seer, dit voel asof iemand 'n mes daarin gesteek het.

Dis nou diep winter. Die son kom laat op en kry maar nie die bos warmer gebak voordat dit teen vieruur agter die bome verdwyn nie. Buite is dit ysig koud. As Mentje soggens na oom Henry stap vir haar skoollesse, of in die middag saam met Han of Flora hulle krat voorrade uit die koskuip gaan haal, trek sy haar trui en jas oor mekaar aan en spring op en af om warm te bly. Tante Cor het wel vir haar 'n serp en 'n mussie gebring, maar haar lyf bly bibberkoud.

Binne-in die Amhut is dit darem redelik warm. Hulle maak saans vuur in die potkaggel en hou die deur en vensters heeltyd dig, al word dit soms bietjie bedompig.

"Die huis ruik muf. Ons moet vensters oopmaak," sê Flora een oggend.

"Jy sal moet kies tussen muf of opvries, suster," waarsku Han. "Ek kies beslis die effe muwwe reuk."

Die groot ete het ook nou na die aande verskuif, omdat gas al hoe moeiliker word om te kry en hulle buitendien saans ná donker in die stofie vuurmaak.

Wim, Bart en Salvador is almal studente. Saans ná ete, wanneer Han en Flora die skottelgoed opwas, gaan sit hulle by die lig van die olielampie met hulle boeke. As die olie gedaan is, gebruik hulle kerse. Mentje gaan sit aan tafel by hulle en doen haar skoollesse, al kry hulle nie regtig werk om tuis te doen nie.

Oom Henry sê byna elke week: "Mens kan nooit te veel kennis hê nie en mens is nooit te oud of te jonk om te leer nie."

Dis vir haar lekker om so by die studente te sit en werk. Sy voel asof sy ook êrens inpas, asof sy iets saam met hulle doen. Die lig gooi 'n sagte geel skynsel oor die tafel en hulle oop boeke. Sy ruik die lampolie, sy hoor die gespat van water en Han en Flora wat saggies gesels.

Sy voel amper so groot soos hulle.

Op Saterdagaande studeer niemand nie, want dis speletjiesaand: dambord, ludo, domino. Mentje mag soms saamspeel. Sy is veral goed met domino.

Van die mans speel ook skaak, hulle reël selfs skaaktoernooie en raak heel ernstig as hulle so na die pionne sit en staar. Sulke aande is nie baie gesellig nie. Dan neem Mentje 'n boek en lees. Gelukkig bring tante Cor gereeld boeke wat die kampbewoners onder mekaar kan uitruil.

Maar die meeste Saterdagaande praat hulle net. Vervelige praatjies oor goed waarvan Mentje niks weet nie, soos Kommunisme en Fascisme en demokrasie. Sulke aande krul sy haar op haar matras op en trek die komberse oor haar kop.

Sulke aande word alleenaande. Eensaamaande.

Soms praat hulle tot diep in die nag in.

Die skoollesse by die liewe oom Henry is heerlik. Nie matesis nie, die somme is te moeilik. Maar alles anders is lekker.

Die lekkerste skoollesse is wanneer oom Henry vir hulle Engelse gedigte voorlees. Dan sit selfs die seuns doodstil en luister.

Walter se gunsteling is "After Blenheim" deur Robert Southey. Mentje hou nie soveel van die gedig nie. "Dit maak my hartseer, want dit is die waarheid."

"Dis juis hoekom ek daarvan hou," antwoord Walter vreemd ernstig. "Dit is die waarheid."

Die gedig gaan oor 'n groot veldslag teen Napoleon waarvan 'n ouman, ou Kaspar, vir sy kleinkinders vertel. Ná die slag het duisende lyke op die velde gelê en vergaan. Nou ja, dis maar die prys van oorlog, sê ou Kaspar in die gedig.

Dis vreeslik wreed, sê sy kleindogter.

Nee, nee, sê ou Kaspar in die gedig, dit was 'n groot oorwinning.

En dan kom die deel waarvan Walter so hou:

"But what good came of it at last?"
Quoth little Peterkin.
"Why that I cannot tell," said he,
"But 'twas a famous victory."

Oom Henry reël dat Jun Kappen vir hulle kom leer hoe 'n draadloos werk. Jun se hare staan regop en sy bril is bietjie skeef. Hy sit alles op die skooltafel neer en begin verduidelik. Die drie seuns stel baie belang, hulle koek hulle koppe saam, vra vrae en wil aan alles vat.

Mentje en Walter se sussie Erni staan bietjie eenkant. Hulle kan nie regtig sien nie, want die seuns en Jun se koppe is al in die pad.

"Verstaan jy hoe dit werk?" vra Mentje.

Erni trek haar skouers op. "Ek kan nie sien nie en ek stel nie eintlik belang nie."

Walter kyk om. "Dis omdat julle meisiekinders is. Meisies sal nie verstaan nie." Hy draai weer terug en buk om beter te kan sien.

Agter sy rug trek Erni 'n vreeslike skewebek vir Mentje. Mentje begin giggel, druk haar duime in haar ore en waai met haar vingers in Walter se rigting. Erni word rooi in haar gesig soos sy haar lag onderdruk en steek haar tong ver uit, reg agter Walter se rug. Erni se tong is so lank dat Mentje se lag buitentoe ontplof.

"En nou?" vra Walter gesteurd.

"Sommer maar," lag Erni nou ook kliphard.

Toe Jun sy draadloos opgepak en teruggedra het na sy hut, en die vyf skoolkinders weer op hulle plekke om die tafel sit, sê oom Henry: "Dis goed om te lag, maar 'n mens moet weet wanneer."

Mentje voel dadelik skuldig. "Jammer, oom Henry. Ons sal nie weer nie," sê sy.

Dit lyk nie of oom Henry gehoor het nie. "Julle jongmense moet lag, want julle is die mense wat optimisties bly, wat vindingryke oplossings vir moeilike situasies bedink," sê hy ernstig. "Dit is goed. Ons ouer mense vertrou op julle jeug, soms klou ons aan julle optimisme vas. Want dis anders as mens oud word, moeiliker. Solank julle net altyd so positief bly."

Toe staan hy op en loop by die deur uit.

Die skoolgroepie bly verslae sit. Mentje kyk op na die vriendelike seun Fred. Sy oë is ernstig, hy haal sy skouers effens op.

Ná 'n rukkie sê Eddie sag: "En nou?" Hy klink benoud.

"Nou kan ons seker maar huis toe gaan," sê Walter.

Al die pad terug na die Amhut wonder Mentje oor oom Henry se woorde. Dis waar, dink sy, party onderduikers lyk nooit gelukkig nie, hulle wil niks doen nie, wil nie eens 'n boek lees nie. Hulle wag net op die bevryding. Van die ander is so moedeloos dat hulle dink die oorlog sal nooit ophou nie, dat die bevryding nooit sal kom nie.

Dit laat haar weer dink aan Walter se gunstelinggedig "After Blenheim". Die prentjie van die duisende lyke op die slagveld bly in haar kop. Is dit hoe die slagvelde buite die bos nou lyk? Alles net vir 'n "famous victory"?

En ná die oorlog, wat dan?

Dis 'n koue winter, tog is daar nie baie sneeu nie. Mentje sit op die vensterbank van die Amhut en lees die boek wat tante Cor Sondag gebring het. Eintlik lees sy nie, want dis meer 'n grootmensstorie wat sy nie regtig verstaan nie. Daarom dink sy maar aan ander dinge.

Hierdie tyd van die jaar sou sy en Pappa vir Mamma se broer en sy vrou in Arnhem geskryf het om hulle 'n geseënde Kersfees toe te wens. Hulle het altyd al die nuus van die jaar probeer weergee, net maar hoe dit gaan op die plaas en in watter graad Mentje nou is. Oom Jak en tante Maria het ook geskryf hoe dit in Arnhem gaan en wat haar nefie Henk en haar twee niggies Femke en Ilonka doen. Daar is nou 'n baba ook, 'n seuntjie, maar Mentje kan nie sy naam onthou nie.

Sy weet nie waar Pappa is en of hy weer vir hulle 'n brief sal skryf nie. Die adres ken sy uit haar kop, maar sy kan nie skryf nie, want niemand mag weet sy is in die Pas-Opkamp nie. "Daar is nog 'n kind ..." het die soldate gesê en oral na haar gesoek.

Die kampbewoners sal seker nie Kersfees vier nie, want die Jode glo mos nie aan Christus nie.

Maar Oukersaand hoor hulle voetstappe buite die hut en iemand wat die eerste ses note van die Franse volkslied "La Marseillaise" fluit.

"Dis die advokaat!" roep Bart verras uit en maak die deur oop.

Voor die deur staan nie net advokaat Von Baumhauer nie, maar ook opa Bakker en tante Cor. Almal in die Amhut staan op om hulle te verwelkom.

"Kom in, kom in," nooi Han en haal vier koppies van die rak af. "Mentje, maak solank die ketel vol en sit dit op die stoof dat ons kan koffie maak."

Die advokaat dra 'n groot bak Huzarensalade, gemaak van oorskietvleis en groente met appel en tamatie bo-op. Tante Cor bring 'n koek.

"Vanaand vier ons fees," sê Flora vrolik. "Ek steek vir ons kerse aan."

En dit word 'n heerlike, feestelike aand.

Maar die nag op haar matras lê Mentje en wonder: Kersfees? Die kerse en die koek was wel daar, ja. Maar sonder die storie van Maria en Josef en die babatjie Jesus in die krip? Sonder Pappa – of iemand anders omdat Pappa in die kamp by Amersfoort is – wat vertel dat Jesus gekom het om ons almal vry te maak? Is dit dan nog Kersfees?

Die volgende dag sukkel hulle om die duidelike voetspore in die sneeu toe te krap.

"Oor 'n week breek die nuwe jaar aan," sê Bart. "Ek wonder wat 1944 vir ons gaan inhou."

Tien

Buite is dit bitter koud, maar hier in die opskamer is dit warm en effe bedompig. Te veel manne, te veel adrenalien wat te vinnig pomp.

Tinus staan tussen die ander en luister na die inligtingsessie deur majoor John Frost. Dit is die eerste ware militêre operasie waarby hy en sy peloton as valskermtroepe betrek word. Dis 'n klopjag op 'n radarstasie in Bruneval, Frankryk.

Tinus ken majoor Frost nie, maar die man boesem dadelik vertroue in. Hy is 'n groot man, seker iets oor die dertig jaar oud, met 'n yl snor wat sy prominente neus onderstreep. Dit lyk vir Tinus asof hy die operasie bekwaam sal kan lei.

"Kodenaam: Operasie Biting," begin majoor Frost in sy diep stem. "Ons teiken is 'n Duitse Würzburg-radarinstallasie. Die Duitsers bewaak die Franse kuslyn baie goed, daarom kan 'n aanval van die see se kant af tot swaar verliese lei. Dus het ons besluit om met valskerms in te spring en die toerusting buite aksie te stel. Ons sal dan per boot ontruim word. Ons behoort die garnisoen te verras, sodat hulle nie tyd het om die radar te verskuif of versteek nie."

Die opwinding kry deeglik vasskopplek in Tinus se lyf.

"Nagvlug, Majoor?" vra iemand.

"Ja, nagaanval. Ons sal 'n paar myl suidwes van die installasie land en lank voor eerste lig aanval. Een seksie sal intussen die kus gaan beveilig vir die ontruiming."

Hy verduidelik volledig wat elke peloton se pligte sal wees, wys elkeen se plek op die lugfoto aan. "Luitenant Van Jaarsveld?"

Tinus kom op aandag. "Majoor?"

"Julle sal die huis van die suidekant af nader. Indien ons van die agterdeur se kant af aangeval word, is julle op verdediging. As die aanval van voor kom, van die noordekant, infiltreer julle die huis, elimineer die wagte en beveilig die radartoestel. 'n Tegnikus van Spesiale Operasies sal dan die nodige doen."

"Dis reg, Majoor," antwoord Tinus dadelik.

"Het ons al 'n datum, Majoor?" vra iemand anders.

"Binne die volgende week, afhangend van die weer. Berei julle troepe voor om enige tyd te vertrek."

Alles is gereed. Alle persoonlike toerusting is daagliks twee, drie maal nagegaan. Die ammunisie is op houtpalette verpak en aan valskerms geheg. Die noodhulpkas en mediese ordonnans staan slaggereed.

Nagspronge is nie vreemd vir Tinus en sy drie seksies nie, dit het hulle al oor en oor geoefen – selfs met donkermaan. Maar dit is die eerste keer dat die peloton hulle voete op vyandelike gebied sal neersit, agter die vyand se linies sal land.

Uiteindelik breek die uur aan. Die kapelaan gee 'n laaste boodskap. Majoor John Frost praat vir oulaas met sy manne, maak seker dat elke stukkie detail duidelik is. "May God be with us," sluit hy af.

In die wye romp van die swaar vliegtuig is die opwinding voelbaar. Dit pomp ook lewendig deur Tinus se hele lyf.

Eindelik kom die opdrag: "Maak gereed vir aksie!"

Die groen lig gaan aan. "Number one, go! Two! Three!"

Die naglug is skielik skokkoud. Tinus voel net vir 'n oomblik hoe die ysige koue sy neus en ore byt. Toe konsentreer hy op die sprong.

Sy persoonlike toerusting hang los aan 'n tou onder hom en land met 'n dowwe slag.

'n Fraksie van 'n sekonde later tref hy die grond, val en rol, bondel die valskerm bymekaar en trek die opvoubare kolf van sy geweer oop.

Rondom hom beweeg sy medetroepe soos skimme in die nag. Gou is sy hele vegspan gegroepeer. Majoor Frost gee 'n paar handseine en hulle begin so vinnig moontlik beweeg.

Die nag is doodstil, die halfmaan gee net-net genoeg lig. Dis redelik moeilik om in die halfdonker en oor die vreemde terrein te draf, tog neem dit die troepe net minder as 'n halfuur om die twee of drie myl tot naby die huis af te lê. Sprei uit en neem julle posisies in, beduie majoor Frost.

Tinus kyk vinnig op sy horlosie. Sy peloton het heeltemal genoeg tyd om hulle posisie te bereik. Sy lyf is nou rustiger, sy hart klop doelgerig, sy kop reageer vlymskerp. Hy beduie met sy arm, sy manne begin behoedsaam in twee V-formasies linksop teen 'n bult beweeg. Die laaste entjie moet hulle kruip. Die huis behoort net oor die heuweltjie in die vallei te lê.

Ja, daar lê die onopvallende, doodgewone plaashuis.

Baie soos die huis op ons plaas, dink Tinus net vir 'n oomblik voor hy weer op die prentjie voor hom konsentreer. Hy herken die groepie bome waaragter hulle moet skuilhou tot presies 06:50. Dan sal die huis van voor en agter genader word.

Die werf is silwerskoon, geen skuilplek vir ongewenste besoekers nie.

"Al lyk alles stil, sal daar beslis wagte uitgesit wees," het die majoor vooraf gesê. "Ons grootste wapen is verrassing. Beweeg dus geruisloos."

Sien julle? beduie Tinus vir sy drie korporaals.

Ja, wys hulle, ons sien. Alles is soos op die foto.

Hulle begin behoedsaam nadersluip, seksie vir seksie. Die res gee dekking, want bultaf is daar min wegkruipplek.

Die koue kruip van die harde aarde af in hulle lywe in, deur hulle longe in tot by hulle voete.

Byna daar, net die laaste paar tree.

Die winternag gaan binne die volgende uur begin uitloop.

Skielik breek 'n sarsie geweervuur vanuit die voorkant van die huis los, lank voor die bestemde tyd. 'n Vyandelike wag moes iets gemerk het.

Tinus voel hoe die adrenalien momenteel deur sy lyf skok. Hy vlieg op en beduie met sy arm. Sy troepe volg, hulle storm verby die groepie bome en oor die kaal werf op die agterdeur af en stamp dit oop. Op die toe agterstoep skarrel twee mans uit hulle slaapsakke en steek dadelik hulle arms in die lug. 'n Paar verdwaasde wagte kom in die gang af, ook hulle gee byna onmiddellik oor.

In die sitkamer breek hewige geweervuur los. Maar dis van korte duur.

"Staak vuur!" hoor hulle duidelik majoor Frost se stem.

"Ontwapen die gevangenes! Kom, manne, dat ons die operasie afhandel."

Nou gebeur dinge vinnig. Die tegnikus van Spesiale Operasies haal die Würzburg-radartoestel uitmekaar en verwyder sekere sleuteldele om terug te neem Brittanje toe.

"Ontruim!" beveel majoor Frost.

Dit is byna dagbreek toe hulle naby die strand aankom. Die mis hang grys oor die ysige Engelse Kanaal. Die eerste Geallieerdes se rubberbote wat die valskermtroepe kom oppik, verskyn uit die weste deur die misbank naby die strand.

Iets is nie reg nie, besef Tinus skielik. Val plat! beduie hy agtertoe. Tussen die yl graspolle op die laaste duin val die manne so plat moontlik. 'n Droë duinegraspol bied bitter min dekking.

Van die oostekant af kom 'n patrollie van so sewe, agt man met die kenmerkende Nazi-hakekruis op hulle Franse pette aangestap. Franse oorlopers wat nou aan Duitse kant veg, dink Tinus minagtend. Die klomp joiners gesels kliphard, weet nie eens die radarstasie is aangeval nie.

Majoor Frost reageer soos blits, sy stem bulder deur die kaal oggendlug: "Oë op die front!"

Die aksie is oombliklik. Nog voor die vyand hulle wapens kan span, bars die vuur los. Enkeles aan vyandelike kant val, dié wat oorbly, vuur wild op die skielike duiwel in hulle midde. Van die bote af begin die seemanne ook sarsie op sarsie vuur.

Tinus huiwer nie 'n oomblik nie. Vorm 'n vuursteunbasis, beduie hy vir sy peloton, sodat die ander valskermtroepe oor die oop strand na die bote toe kan hardloop.

Tussen die aanvalle vanuit die duine en vanaf die see raak die vyandelike geweervuur binne minute stil. Heeltemal stil.

"Kom, manne!" roep Tinus en vlieg op.

Hulle hardloop oor die sagte seesand en plons so vinnig moontlik deur die vlak branders na die wagtende boot. Yskoue Noordpoolwater in die Engelse Kanaal.

Die terugtog is bitter, bitter koud. Die valskermtroepe sit geboë in die oop boot en trek hulle koppe diep in hulle dik jasse in om die koue te probeer trotseer.

"Ek hoop hulle hou vir ons kos," sê Andrew ewe vrolik van onder sy jas uit. Hy is 'n kort knaap, stewig gebou met vlamrooi hare, sproete oral waar die son kan bykom en groenbruin oë waarin die pret gedurig dans. Daarby is hy loshande die mees energieke mens wat Tinus nog teëgekom het.

Ten spyte van die koue in sy lyf, skud Tinus geamuseerd sy kop. "Is dit al waaraan jy kan dink?"

"Op hierdie oomblik, ja. As ek eers geëet het, sal ek weer aan meisies dink."

Teen aandete daardie aand is die jong troepe weer uitgerus en vol energie.

Net voor ete praat majoor Frost met sy kompanie. Hy is trots, dit kan die troepe duidelik sien. "Dankie, manne," sê hy met 'n effense glimlag. "Operasie Biting is suksesvol afgehandel. Ons troepe het net enkele beserings opgedoen, terwyl 'n hele paar van die vyand gesneuwel het. Uit die stukke apparaat wat ons saamgebring het, kan ons wetenskaplikes nou die Duitse vordering in radar ontleed en beter teenmaatreëls ontwerp."

Rooikop Andrew knik. "Yeah, boys, it was a successful operation. Now, let's eat and drink to our success."

Beste Ouma en Oupa, skryf Tinus laatnag huis toe, *ons het vandag ons eerste militêre opdrag as valskermspringers voltooi. Ek kan geen detail gee nie, maar die hele operasie was suksesvol.*

Hy verneem na hulle gesondheid en verseker hulle dat dit met hom goed gaan.

Hy sit lank en dink, maar hy kan aan niks anders dink om die velletjie papier vol te kry nie.

Nog 'n brief aan Rentia ook? Maar eintlik het hy nie juis lus om vir Rentia te skryf nie. Dis nie werklik dat hy te moeg is nie. Hy voel net teësinnig. *Dra asseblief my groete oor aan Rentia ook. Ons program is uiters druk. Ek kry nie werklik tyd om te skryf nie.*

Hy plak die koevert toe en staan op. Van die offisiersmenasie af stap hy oor na die bungalow waar sy peloton bly. Alles lyk rustig, die meeste slaap al, uitgeput ná die lang nag en die besige dag.

Net Andrew lyk geensins moeg nie. Hy kyk vrolik op en salueer 'n speelse goeienag. Toe gaan hy voort met briewe skryf.

Soos byna elke aand.

Ons valskermdivisie maak naam as onverskrokke en vreesloos, besef Tinus mettertyd. Dit laat hom trots voel. Eerder op hulle as hegte groep as op hom. Ná die Tunisiese veldtog in Noord-Afrika kry die draers van die maroen barette die bynaam Rooi Duiwels.

"Eintlik verwys hulle spesifiek na my," lag Andrew sorgeloos en trek sy baret van sy rooi kop af.

Hulle reputasie raak gou bekend onder die Geallieerde troepe, berug onder die magte van die Spilmoondhede.

En die volgende operasie wag reeds, 'n besonder interessante operasie gesentreer rondom 'n brug. Tinus kry sy groep rondom die tafel bymekaar, die groot lugfoto voor hulle oopgesprei.

"Ons gaan na Sisilië, Operasie Fustian," begin hy verduidelik. "Ons teiken is hierdie brug," wys hy op die kaart, "die Primosole-brug oor die Simetorivier. Die plan is dat die brigade aan weerskante van die rivier land. Reg?"

"Ja, Luitenant." Al die koppe bly oor die foto gebuig. Dit is belangrik dat elke stukkie detail in mens se geheue vasgelê word.

"Goed. Ons opdrag is om die vyand te verras en die brug van weerskante af in te neem. Die ander twee bataljons moet onderskeidelik die noorde- en suidekant verdedig. Ons moet dan die brug hou tot XIII-korps daar aankom."

Andrew kyk op. Hy mag die kortste troep in die groep wees, maar hy is beslis die outjie met die meeste insig en waagmoed. "XIII-korps is deel van die Agtste Leër, nie waar nie, Luitenant?"

Tinus knik. "Korrek. Hulle behoort drie dae voor ons aankoms aan die suidoostelike kus te land en vroegmiddag by ons aan te sluit. Brigadier Gerald Lathbury is ons bevelvoerder. Alles duidelik?"

"Ja, Luitenant." Almal gelyk.

Dit is een ding om rondom 'n tafel te staan en 'n operasie tot in die fynste detail op papier te beplan. Die praktyk, die kuswinde en seemis en onherbergsame terrein, die vyandelike aanvalle en onvoorsiene gebeure kan dinge totaal verander. Onvoorsiene gebeure, soos dat menige troepedraers afgeskiet word, die valskermtroepe op verkeerde plekke afspring of dat die chirurgiese span onder kaptein Lipmann-Kessel nie kon land nie.

Só kan selfs 'n goedbeplande operasie eindelik uitloop op 'n totale fiasko met baie lewensverlies.

Tinus se lang lyf is sielsmoeg, sy skouers styf en seer en sy gees kan maar net nie tot rus kom nie.

Hy maak sy Bybel toe. Die leiding waarna hy gesoek het, bly vanaand geslote. Here, is dit dan wat oorlog werklik is? Is dit miskien waarna die bywoner verwys het?

Dit is steeds beter as die myntonnels. Of is dit, Here?

Hy sug, sit die Bybel op die hoek van die skryftafeltjie neer en trek die skryfblok nader. Hy doop die pen in die inkpot.

Beste Rentia

Ek het jou vorige drie briewe gekry, dankie. Daar was net die afgelope weke geen tyd vir skryf nie, jammer daaroor. Daar was skaars genoeg tyd vir eet en 'n vinnige uiltjie knip voor die oorlogsmasjien weer oorneem.

Dit gaan goed met my, maar ná vandag weet ek dis suiwer Genade van Bo.

Ons is pas terug van 'n operasie. Soos jy weet, kan ek maar karige inligting gee. Ek glo tog jy sal die geheelbeeld verstaan.

Dinge het van die begin af skeefgeloop. Baie van die vliegtuie wat die troepe vervoer het, is afgeskiet of so beskadig dat hulle moes terugdraai. In 'n poging om die vyandelike vuur te ontwyk, het die vlieëniers uitgewyk en só is die brigade oor 'n uitgestrekte gebied afgegooi, sommige heeltemal te ver van die teiken af. Min het uiteindelik op die regte plekke geland.

Ten spyte hiervan en nieteenstaande die verdediging van die Duitse en Italiaanse magte, slaag ons valskermtroepe daarin om die bestemde teiken oor te neem. Ons moes aanvalle uit twee kante afweer, maar het die teiken die hele dag lank gehou.

Die korps wat deur die dag by ons moes aansluit, het heelwat stadiger as wat verwag is, beweeg. Hulle het ongeveer een myl van die teiken af gehalt vir die nag.

Toe die son sak, met ons ongevalle wat styg en voorrade wat min raak, besluit ons brigadier om beheer van die teiken aan die vyand terug te gee.

Ek was tot in my murg in moeg. Tog het die slaap weggebly.

Hy sit lank stil en dink. Kan hy daardie nag in woorde omsit? Verwoord hoe dit voel as een van jou makkers langs jou geskiet word en met oopgesperde oë na jou bly staar? Vertel van die nag wat jy so gou moontlik uit jou geheue wil wis? Maar wanneer jy jou oë toemaak, speel alles weer en weer af.

Nee, nie eens 'n digter met 'n duisend woorde kan die ervaring in swart op wit neerpen nie.

Hy lees die brief deur, skeur dit byna aggressief in stukke op en smyt dit in die snippermandjie. Die gebeure is in hom ingebrand, dit wil nie uit nie. Miskien later, nie nou al nie.

Die nag wag. En môre.

Voor dan moet ek myself regruk, weet hy. Want die oorlog het geen genade nie, dit rol onvermoeid voort.

Elf

Bart het nog gewonder wat die nuwe jaar sal inhou, toe arriveer Koezma in die Pas-Opkamp. Hy is 'n Russiese soldaat wat deur die Duitsers gevang is, ontsnap het en deur 'n dominee hierheen gestuur is. Mentje hou hom nuuskierig dop. Sy twyfel of hy 'n Jood is, want hy het 'n Russiese Bybel. Sommer die eerste week al wys hy vir haar iets daarin, maar sy kan glad niks verstaan nie. Die Russiese Bybel lyk soos die hiërogliewe waarvan oom Henry hulle geleer het. Gelukkig lyk die syfers dieselfde.

Sy gaan haal haar eie Bybel, slaan dit oop by die derde boek in die Nuwe Testament en blaai na hoofstuk 15. Dit is die Gelykenis van die Verlore Seun.

Skielik voel sy hoe die trane tot reg agter haar oë opstoot, want sy verstaan presies. Eendag, wanneer die bevryding kom, sal Koezma ook opstaan en na sy vaderland terugkeer. En sy sal na hulle plasie gaan.

Hy sien sy verstaan en glimlag skamerig.

Koezma is nie baie groot nie, maar hy is geweldig sterk

en kap dik stompe dat jy net spaanders sien trek. Maar ongelukkig verstaan niemand in die kamp Russies nie.

"Die arme mens is seker bitter eensaam, so ver van sy huis en niemand wat sy taal verstaan nie," meen Han.

Tog maak die Rus gou vriende met die meeste kampbewoners. As hy lag, lag hy met sy hele gesig. In sy vrye tyd doen hy houtsneewerk, gewoonlik sulke pikkende houtvoëltjies. Hy kom selfs vir die kinders by die skool wys hoe om houtsneewerk te doen.

"Ek dink ons moet vir Koezma vra om ook vir ons Russies te leer," sê die vriendelike seun Fred een oggend by die skool. "Die Russe gaan nog Europa oorneem, dan kan ons ten minste iets verstaan."

"Ek gaan waaragtig nie nog Russies ook leer nie," sê Walter opstandig. "Ons het reeds so baie skoolwerk."

Mentje is ook nie lus vir Russies nie. Sy kan al 'n Russiese sinnetjie sê, Koezma het haar geleer: "Chrestos wosjkresse." In haar eie Bybel het hy vir haar gewys dit beteken "Christus het opgestaan." 'n Mens sê dit met Paastyd, het sy verstaan. Maar nadat sy gesien het hoe die Russiese Bybel lyk, weet sy Russies sal baie moeiliker wees as Duits en Engels saam.

In dieselfde tyd as Koezma kom nog 'n interessante nie-Joodse inwoner in die kamp aan. Dit is 'n Amerikaanse vlieënier wie se vliegtuig deur die Duitsers afgeskiet is. Die mense van die Verset het hom gevind voordat die Duitse soldate kon en hom kamp toe gebring. Hoewel sy been sleg beseer is, kan hulle dit nie waag om 'n soldaat van die Geallieerdes hospitaal toe te neem nie.

Bart behandel gereeld minder ernstige mediese gevalle, soos wanneer iemand sy voet verstuit, of as 'n kind sy knieë stukkend val of iemand seerkry met die byl. Soms haal hy lelike splinters uit of behandel ontstekings. Vir ernstiger gevalle kom 'n regte dokter kyk. Maar vandag kan die dokter nie kom nie.

Bart laat die vlieënier op die voorkamer se tafel lê. Al die Amhutters het reeds na buite of na hulle slaapplekke gevlug, want iets ruik glad nie goed nie. Net Mentje bly om te kyk wat Bart doen. Sy stel baie meer belang in sulke dokterdinge as in draadlose of waterpompe. Miskien sal sy ook eendag 'n dokter word.

Bart sny die verband wat iemand haastig om die vlieënier se been gebind het, versigtig los. Dis kliphard en vasgekoek van die ou bloed.

Onder die verband lyk die been rou en bloederig en ruik erg sleg. Hy bekyk die been van naby en frons bekommerd. Toe stap hy ook deur kamer toe met Mentje agterna.

"Daar is reeds ontsteking," sê hy vir Han. "As ons nie vinnig optree nie, kan gangreen intree."

"Nie óns nie, ek kan nie help nie," keer Han dadelik.

"Ek ook nie," sê Flora van haar bed af.

Mentje byt op haar onderlip. "Wat is gangreen?" vra sy.

"Wanneer ontsteking so erg is dat die been afvrot," antwoord Han.

O, nee, jiggie!

"Dis nie baie wetenskaplik gestel nie, Han," sê Bart ernstig en draai na Mentje. "Gangreen is wanneer die bloedtoevoer nie voldoende is nie en die selle dan doodgaan."

"En dan vrot dit af, jy ruik mos," hou Han vol.

"Han, hou op!" roep Flora gesmoord uit en trek die kombers oor haar kop.

Dit is baie, baie ernstig, besef Mentje. "Ek sal jou help, Bart," bied sy aan.

Bart draai terug na die voorkamer, sy skouers is effe ronder as gewoonlik. "Dankie, Mentje." Hy lyk selfs bekommerder. "Kry solank vir ons 'n skotteltjie kokende water. Gooi sout in, dit ontsmet goed. Maar nie te veel nie, ons wil nie die pasiënt pekel nie, nè?"

Dis vir haar bietjie snaaks, maar nie lagsnaaks nie, want sy is bang die vlieënier gaan dood hier op hulle eettafel. "Hoeveel sout en water?"

"Die klein skottel so driekwart vol met vier teelepels sout."

Bart bekyk weer die been. "Is dit baie seer?" vra hy en begin die been baie versigtig met die warm water skoonmaak.

"Yeah, considering the alternative, it's okay, buddy," sê die vlieënier.

Sy Engels klink heeltemal anders as die Engels wat oom Henry hulle leer. So asof die Amerikaner 'n warm aartappel in sy mond het.

Toe die been skoon is, kyk Bart verskonend na die vlieënier. "Hier is nog stukkies skrapnel in. Ek moet dit uitkry, en ek het ongelukkig geen morfien teen die pyn nie."

"Ah, it'll be okay, buddy," sê die vlieënier, maar sy mond klink droog.

"Han!" roep Bart kamer toe, "bring asseblief een van my nuwe skeermeslemmetjies. Flora, bring daardie klein tangetjie wat jy vir jou ooghare gebruik. En almal van julle, daar bo ook, ek benodig 'n klein handdoek, die kleinste een in die hut, ook naald en gare!"

Die Amhut se inwoners verskyn uit hulle wegkruipplekke, die een met 'n piepklein handdoek, die tweede met naald en gare, Han met die skeermeslemmetjie, Flora met haar tangetjie.

"Gooi nou die naald, gare en lemmetjie in 'n koppie kookwater met 'n kwartteelepel sout," sê Bart sonder om op te kyk.

"Die hele tol gare?" vra Mentje.

"Ja, wat, gooi sommer die hele tol in. Kook die water op die stoof?" Maar hy wag nie op 'n antwoord nie. "Wim! Kom, swaer, kom hou vas."

Wim kom teësinnig uit die slaapvertrek. Sy gesig is op 'n plooi getrek. "Bart, ek is nie ..."

"Ons het nie 'n keuse nie." Bart praat rustig, soos altyd, maar sy stem klink baie beslis. Hy neem die handdoekie en rol dit in 'n stywe, langwerpig rol. Die middel van die rol doop hy in die kokende warm water. Hy neem die twee droë punte, draai die een kant regsom en ander linksom sy hande. Toe hy dit styf begin draai, krul die hele handdoekie op. Hy trek dit reguit. "Jy sien, só pers ek die ekstra water uit," verduidelik hy terwyl hy werk. "Nou kan ons dit los dat dit effe afkoel. Daarmee gaan jy die bloed opdep, verstaan?"

Sy kyk baie mooi. "Ja, ek verstaan."

"Is jy reg? Gaan jy nie naar word nie?"

Gmf, naar word? Sy het was darem altyd by as haar pa vark geslag het, vir bloed skrik sy beslis nie. "Ek sal g'n naar word nie!" Dit kom kwaaier uit as wat sy bedoel het.

Wim se lang, maer lyf ril van bo tot onder. "Ek is beslis nie reg nie. Ek is nie goed met dié klas dinge nie," waarsku hy by voorbaat.

"Moet dan nie kyk nie, ou maat. Staan net by die ou se kop en druk sy skouers vas," sê Bart. "Mentje, haal die lemmetjie uit die kookwater. Moenie afdroog nie, gee dit net so vir my."

Bart neem die lemmetjie tussen sy voorvinger en duim van sy regterhand, buk en begin versigtig sny. Nie sny soos Pappa die vark se nek afsny dat die bloed spat nie. Meer bietjie-bietjie, piepklein snytjie vir snytjie.

Met die eerste raak van die lemmetjie ruk die vlieënier van die pyn.

"Hou!" sê Bart dringend.

Maar Wim vlug net betyds by die deur uit. Hy het nie eens tyd om te verduidelik nie. Mentje neem hom nie kwalik nie – mens oopsny is bietjie anders as vark slag.

"Ag nee, my magtie!" roep Bart benoud uit. "Salvador! Kan jy kom help?"

"Hy het lankal hasepad gekies, die koue bos in!" roep iemand van bo.

"Han, Flora, kom help hier." Dis 'n bevel, geen versoek nie, hoor Mentje duidelik aan sy stem.

Han kom dadelik, maar ook sy lyk half verskrik.

"Sit op die ou se bors," beduie Bart, "maar kyk asseblief anderpad dat jy nie ook weghardloop nie. En jy hou, hoor?"

Han sê niks, sy gaan sit net amper op die ou se nek en druk sy skouers met haar hande vas.

"Flora, hou vas sy voete. Moenie kyk na wat ek doen nie. Sorry, buddy, I have to do this."

Die vlieënier knik, maar hy praat niks. Sy oë is toe, sy gesig baie wit. Toe Bart begin werk, vertrek sy gesig van die pyn, sy been ruk effe, hy kreun sag. Han en Flora hou met al hulle krag.

"Tangetjie, asseblief," sê Bart en hou sy hand uit. Baie versigtig haal hy die eerste stukkie yster uit. "Skrapnel," wys hy.

Mentje sien die eerste bloed en dep dit op. "Moenie vee nie, druk net saggies en hou, dit laat die bloed stol."

Hy haal nog 'n stukkie skrapnel uit en sê terwyl hy werk: "Jy sien, Mentje, as die ding bly, veroorsaak dit ontsteking wat later die hele been kan besmet."

Sy hou haar kop baie naby om goed te kan sien. "Amper soos 'n doring in mens se voet?"

"Net erger. Kyk, hier is nog een. In die Groot Oorlog is baie soldate dood of het van hulle ledemate verloor juis as gevolg van hierdie tipe ontsteking."

Die pasiënt krul van die pyn en kreun gesmoord.

Mentje dep die hele tyd die straaltjies bloed op. "Dis baie, baie ernstig."

Bart knik, maar hy kyk nie een maal op nie. "Baie. Dis hoekom ons elke stukkie moet uitkry."

"Hoe weet jy waar om te kyk?"

Bart wys na 'n plekkie in die wond. "Dit begin al geel puntjies maak, sien jy?" Sy druk omtrent haar neus in die wond om beter te kan sien. "Hou jou kop so effe uit die pad. Kyk, as ons nou hier sny, kom daar bietjie etter ook uit. Dis die begin van ontsteking of sepsis. Are you still allright, buddy?"

Die man se hande roer effens. "Surviving," sê hy met 'n skor stem.

"Nearly finished," sê Bart gerusstellend. "Just one more, as far as I can see."

Han kyk steeds net na die man se kop, haar rug op die been gedraai. "As jy nie nou klaarmaak nie, vrees ek gaan die ou flou word."

Bart voel-voel en kyk van naby. "Ek dink dis alles uit. Mentje, daardie groot bottel, asseblief?"

Sy kyk om na waar Bart se medisynetas op die vloer staan. "Met die swart prop?"

"Ja, hy."

Mentje haal die bottel uit die oop tas. "Wat is dit?"

"Prontosil, baie sterk goed wat infeksies teëwerk. Han en Flora, nou moet julle vashou. Dit gaan vreeslik brand."

"My arms kramp al," brom Flora, "en dit ruik vreeslik."

Bart drup van die vloeistof versigtig in die eerste snyplek in. Dit kook op tot 'n geel skuim. Die vlieënier ruk en brul soos 'n bees, sodat Mentje haar boeglam skrik. Toe word hy heeltemal slap.

"Is hy dood?" vra Flora verskrik.

"Net flou," antwoord Bart sonder om op te kyk. "Beter so, nou voel hy nie die pyn nie. Julle twee kan nou maar los."

Han en Flora vlug kamer toe. Bart gaan voort om die hele been te ontsmet. Toe neem hy die naald en gare, steek die naald deur die vel aan die een kant van die wond, toe deur die ander kant en trek die twee stukke vel teen mekaar. Hy knoop die twee garepunte behendig en lig die garedrade op. "Knip nou af, maar nie te kort nie, hoor?"

"Omtrent hier?" vra sy en hou die skêr.

"Bietjie hoër. Ja, reg, daar."

Sy knip.

"Mooi so," sê Bart.

Toe Bart die tweede steek 'n entjie van die eerste af insit, kan Mentje sien hierdie wond gaan 'n lelike letsel laat. "Hoekom werk jy nie heeltemal toe nie?"

"Hierdie wond is reeds halfsepties, sien jy?" wys hy terwyl hy werk. "Daar moet 'n gat oopbly waar die kwaad kan uitloop, anders vorm absesse onder die vel."

"Sjoe, dis slim."

Bart glimlag effens. "Slim mense wat dit vir ons leer." Hy sit nog twee stekies in en sy knip elke keer perfek reg.

"Ons twee kom goed reg, nè?" glimlag hy vir haar.

Sy voel hoe sy byna opstyg van die trots.

"So, nou net 'n verband omsit en dan moet ons ons pasiënt probeer wakker kry. Maak vir my die een hoek van die handdoek weer nat, sal jy?"

Eers toe die vlieënier verward sy oë oopmaak en sag kreun, sien Mentje hoe Bart lyk. Sy gesig is bleek en sweet slaan oral oor sy gesig uit. "Bart, jy is sopnat gesweet."

Hy knik stadig. "Dit was my eerste operasie, weet jy? En sonder so 'n bekwame assistent soos jy sou ek dit nie kon regkry nie."

Sy weet nie of dit heeltemal waar is nie, maar dit laat haar baie gelukkig voel. "Dankie, Bart."

'n Paar dae later loop die vlieënier bietjies-bietjies rond, later sommer buite en oor die brandpaaie sonder om te kyk. En hy praat en lag vreeslik hard.

"Jy moet sagter," sê Han dringend. "Jy stel die hele kamp in gevaar."

Hy lag uit sy maag uit. "You're rather scared of these Germans, aren't you?"

Mentje sit by die tafel en doen haar somme. Sy kan sien hoe Han haar bloedig vir die man vererg. Han sê niks en gaan net driftig voort met vee. Die vloer van die hut word gou vuil, want die sand waai van buite af in, val teen die skuins trappies af binnetoe, word ingetrap. As dit nat is buite, is die modder nog erger.

Die vlieënier gaan sit op die vensterbank en hou haar vrypostig dop. "In the States, we use an appliance to do this chore. It is called a vacuum cleaner."

"Jy sal my nie glo nie," wip Han haar gruwelik, "maar voor die oorlog het ons dit ook gehad."

Lekker! dink Mentje. Sê hom, Han, sê hom. Gmf, so 'n voor-op-die-wa-vent.

Almal is verlig toe die mense van die Verset die windbol van 'n vlieënier weer kom haal. Hulle maak sommer 'n pot koffie om dit te vier.

"Dit was ook maar net betyds, anders het ek sy gorrel toegedruk," sê Han met gevoel.

"En tog," peins Flora, "tog het dit vir my gevoel asof hy hoop gebring het. Ek weet nie hoe om dit te sê nie. Dit het net gevoel ... met die Amerikaner in die hut, het dit gevoel asof die bevryding miskien tog sal kom."

Dit word stil om die koffietafel. Almal dink.

"Ja. Miskien tog," sê Salvador ernstig.

Dit pla vir Mentje al hoe meer. Bevryding en verlossing is dieselfde ding. Christus is haar en Pappa se Verlosser. Hy het hulle reeds bevry, omdat hulle sy kinders is. Dis een van die dinge wat sy van kleins af al weet, soos sy altyd geweet het haar naam is Mentje de Vries, dogter van Gerrit de Vries. Soos sy geweet het die son sal môre opkom en die koeie sal aanhou melk gee.

Nou woon sy tussen mense wat goed is vir haar, vir wie sy lief is, mense soos Han en Bart. Maar omtrent almal in die kamp is Jode. Die Amerikaanse vlieëniers of die Engelse soldate kan hulle miskien bevry van die Duitsers. Maar wat van eendag as hulle oud word en doodgaan? Of as hulle sommer net jonk doodgaan, soos Mamma? Sal God toelaat dat die Jode net vir ewig doodgaan al is hulle sulke goeie mense?

Vir wie kan sy vra?

Sy dink die Amerikaanse vlieënier was miskien 'n Christen, want hy was beslis nie 'n Jood nie, maar van hom het sy regtig nie gehou nie. En sy weet Koezma lees die hele tyd sy Russiese Bybel, maar sy kan nie een woord verstaan wat hy sê nie. Hy sal nie eens haar vraag verstaan nie. Die advokaat was Kersfees laas hier en op Sondae wil soveel mense met opa Bakker en tante Cor praat dat sy nooit 'n beurt kry nie.

Miskien kom die vrede gou, die bevryding, soos al die mense in die kamp dit noem. Dan kan sy vir Pappa vra. Hy weet altyd wat al die antwoorde is.

Vanaand verlang sy haar weer seer na haar pa.

Op 'n dag breek daar skielik groot paniek in die kamp los. Een van die koeriers het kom sê 'n onderduiker wat vir 'n rukkie in die Pas-Opkamp was, is in Epe deur 'n Duitse patrollie gevang.

In die Amhut is almal deurmekaar geskrik, almal beduie met hulle hande en praat gelyk.

"As hy begin praat?" klink Flora se skril stem bo die ander uit. "Wat moet ons doen? Vlug?"

Han skud haar kop. "Waarheen?"

"Die bos in," sê Bart redelik rustig, "maar nie dadelik nie. Ek dink wel ons moet voorbereid wees om onmiddellik te vlug as dit nodig is."

Mentje voel die groot skrik in haar hele lyf. Vlug? In die bos in? En as dit donker word? "Wat moet ek inpak?" vra sy vir Han.

Han druk haar hande in haar hare. "Wag, laat ek dink. Warm goed, maar nie te veel nie. Mens kan nie met 'n hele pakkaas deur die bos vlug nie. Ons moet kos vat, water. Hemel, ek kan nie dink nie."

Mentje gaan sit op haar matras. Ek sal my jas, my serp en my mus aantrek, sommer daarmee aan gaan slaap, besluit sy. Ek sal my kombers saamneem, want dis bitter koud buite. En kos?

Sy staan op en stap deur na die voorkamer. "Han, kan ek 'n appel kry, en brood om in te pak?"

"Ja, jy's reg, dis beter as ons elkeen vir onsself sorg. Ons kan maklik geskei raak in die donker." Sy kyk Mentje skielik half verbaas aan. "Jy bly nogal koelkop in moeilike situasies, weet jy? Dit is goed, ek wens ek kon. Help my, dan verdeel ons die kos gelykop tussen al die inwoners."

Flora kom help ook. Uiteindelik kry elkeen twee appels, drie wortels en 'n stuk van die potbrood. "Die aartappels en goed kan ons tog nie rou eet nie," sê Flora. "Hierop sal ons darem 'n dag of wat oorleef."

"Hier is nog rosyne," sê Mentje.

"Ja, slim plan. Deel."

Mentje gee haar een appel en een van haar wortels vir Han. "Bart kan dit maar saamneem. Ek het nie so baie kos nodig nie."

Han glimlag effens. "Dankie, jong. Ek dink Bart sal baie bly wees. Maar jy moet by ons probeer bly, hoor?"

Dit sal ek beslis doen, dink Mentje terwyl sy al haar klere uit haar kussingsloop gooi en haar kos daarin druk. As sy haar kombers baie styf oprol, sal dit miskien ook in die kussingsloop pas.

Dis al waaroor almal die hele dag lank praat – die onderduiker met kennis van die Pas-Opkamp wat deur 'n Duitse patrollie gevang is.

Teen die middag brand Mentje se maag en proe sy die bitter smaak in haar mond. Bang, weet sy, bang bang.

Vieruur se kant besluit Han: "Ek gaan vroeg kook, dan het ons darem iets in ons mae. Mentje, wil jy die aartappels kom skil?"

Bart sit die hele tyd nog rustig by die tafel met een van sy studieboeke. "Waarskynlik gaan ons nêrens heen nie," sê hy. "Julle moenie op hol raak nie."

"Ons raak g'n op hol nie!" vererg Han haar. "Ons tref voorsorg. Dis die verantwoordelike ding om te doen."

Hulle is net klaar met opwas ná ete, toe Walter uitasem

aangehardloop kom. "Moenie worry nie, die ou het ontsnap," roep hy van die deur se kant af.

"Wag, wag," keer Bart. "Hoe weet jy dit?"

"Een van die koeriers het vir my pa kom sê en hy sê die ou het niks gepraat oor die kamp nie. Nou moet ek vir die ander hutte gaan sê." En hy hardloop weer uit.

Han sak op een van die stoele neer en asem stadig uit. "Sjoe, wat 'n verligting."

Bart kyk op sy horlosie. Dis byna agtuur. "Nou ja, dan kan ons netsowel gaan hoor wat in die res van die wêreld aangaan. Of wat dink julle?"

Net wanneer mens dink alles gaan goed, gebeur daar altyd iets om jou verkeerd te bewys, het Pappa altyd gesê.

Dis dieselfde hier in die Pas-Opkamp. Êrens in die vroeglente gebeur iets wat almal in die Amhut regtig ontstel. Nie sommer net 'n vals alarm soos toe die onderduiker gevang is nie. Iets regtig, regtig ernstigs.

Hulle sit die middag nog rustig in die hut – Bart studeer, Han sit en stop 'n kous, Mentje en Flora lees – toe daar 'n klop aan die deur is.

Mentje maak die deur oop. Twee mans staan voor die deur. "Kom binne," nooi sy bietjie onseker.

Van die solderbewoners kom met die leertjie af. Almal groet plegtig, dit lyk of hulle die een man ken. "Wag, ek sit die ketel op vir koffie," sê Flora.

Toe vertel die een man vir hulle wat die plan is. "Kyk, ons het hier in die kamp 'n unieke situasie, honderd en twintig mense wat in 'n verskuilde dorp half onder die grond in die middel van die bos woon. Nou al vir meer as 'n jaar lank, nè? Dis eintlik 'n wonderwerk."

Die Amhutters maak hulle tuis op die stoele of op die vensterbank. Hulle luister aandagtig. "En dit reg onder die Duitsers se neuse, ja," stem Salvador saam. "Dit is 'n wonderwerk."

"Dis juis hoekom ons foto's wil neem, die hele wonder van die Pas-Opkamp en die lewe hier op film wil vaslê vir die nageslag."

"Op foto's wil verewig," voeg die ander man by.

Dit raak stil in die Amhut. Wim trek sy wenkbroue op, Bart frons. "Foto's neem? Waarvan?"

"Van alles," beduie die man en swaai sy arm wyd in die rondte. "Die hutte, die mense se aktiwiteite, die pomp en saagplek, hoe dit binne-in die hutte lyk. Alles."

Bart lyk glad nie tevrede nie. "Nee, ek weet darem nie. Foto's is gevaarlike bewyse."

"Foto's is van onskatbare waarde in historiese navorsing," borduur die man voort. "Een foto vertel meer as 'n duisend woorde."

Maar Han staan op. Sy steur haar min aan sy duisend woorde. "Ek dink dit is glad nie 'n goeie idee nie."

"Niks kan gebeur nie," probeer die man paai. "Ons twee is self totaal betrokke by die Verset, niemand sal julle verraai nie."

"Dis nie net julle nie. Dis daardie duisend woorde van die foto's."

"Wat sê opa Bakker daarvan?" vra Salvador.

Dit lyk asof die man hom vererg. "Kyk, ons doen dit op versoek van 'n paar onderduikers en as historiese dokument. As julle nie op die foto's wil verskyn nie, sal ons nie van julle foto's neem nie."

Die Amhutters beweeg ongemaklik op hulle stoele en begin onderlangs gesels. "Wat as die filmrol in die verkeerde hande val?" vra Wim hardop.

"Ons is nie onverantwoordelik nie, ons sal die filmpie

goed versteek hou tot ná die oorlog," sê die man kortaf en staan op. "Julle sal ons moet verskoon, ons wil nog by die ander hutte ook aangaan. Dankie vir die koffie."

Toe hulle uit is, kyk die Amhutters onseker na mekaar. "Foto's is altyd belangrike historiese dokumente," sê Salvador terwyl hy peinsend oor sy neus vryf, "maar ek weet darem nie."

Wim skud sy kop. "Dis net te gevaarlik. Ek ..."

Maar Han het geen twyfel nie, sy praat haar boetie dood. "Dis al erg genoeg dat die gewonde vlieënier weet waar ons is, of al die koeriers wat elke dag kom kos aflewer, of die dokter, timmerman, loodgieter, wie ook al. Maar om bewyse van die kamp swart op wit vas te lê? Historiese dokument ofte nie: nee, dankie," en sy stamp met haar vuis op die tafel.

Nou vlieg Flora ook veglustig op. "Daardie vlieënier is so 'n losbek, hy praat sweerlik nog groot dat hy weet waar 'n kamp vol Jode reg onder die Duitsers se neuse is."

Bart hou sy hand in die lug. "Mense, kom ons konsentreer net eers op die foto's. Ek glo dis onnodig."

Han knik beslis. "Absolute ydelheid."

Toe staan Mentje op en stap uit. Sy is buitendien te klein om saam te praat, en dit begin gans te veel na 'n bakleiery voel.

Buite is dit koud, die son is nêrens te sien nie. Ook geen mense nie, almal kruip weg vir die koue wat onverwags teruggekom het.

Net Walter kom emmer in die hand van die waterpomp se kant af aangestap. "Het jy gehoor wat wil hulle doen?" vra hy, nog 'n entjie weg.

Sy haal haar skouers op. "Die foto's wat die twee mans wil neem?" vra sy asof dit regtig nie belangrik is nie.

Walter sit die swaar emmer neer. Hy lyk skielik afgehaal, het seker gedink hy bring 'n sappige stukkie nuus. Maar hy ruk hom gou weer reg. "My pa sal dit nie toelaat nie. Hy sal Sondag met opa Bakker praat. En met die advokaat, as dit nodig is."

Die afgelope tyd kom sy en Walter beter oor die weg. Sy dink hy word uiteindelik groot. "Ek dink die mense in die Amhut sal bly wees, hulle is baie kwaad," sê sy vriendelik. "Het jy gaan water haal?"

"Logies, wat anders doen mens met 'n emmer?"

Gmf! Nee, hulle kom beslis nie beter oor die weg nie. Simpel seunskind.

Ten spyte van Walter se pa se voorneme, kan Mentje die nag nie slaap nie. Dis nie net die foto's wat vir haar nagmerries gee nie. Dis eerder dat al die pratery haar weer laat besef het hoe maklik die kamp ontdek kan word. En wat gebeur dan met haar? "Hier moet nog 'n kind êrens wees ..."

Miskien kry Walter se pa die twee mans gekeer. Mense luister na hom, almal is bietjie bang vir hom, dink sy. "Bombasties" noem Flora hom, en "baasspelerig" sê Han.

Maar toe die Amhutters vroeg die volgende oggend uit die hut kom, is die mans reeds kamera in die hand besig om foto's te neem. En klaarblyklik is nie alle kampbewoners daarteen nie. Hulle het netjies aangetrek en poseer vir foto's. 'n Groepie mans sit selfs gebaadjie en gedas voor hulle hut en aartappels skil. Toe Mentje saam met Han en Flora gaan fyn houtjies soek en by die doenigheid verbyloop, sê Han kliphard: "Totaal belaglik."

Later, op pad na haar middagklasse, sien Mentje 'n ou in sy beste broek en spierwit gewaste hemp met 'n byl teen 'n boom staan en glimlag vir die kamera. Gmf! Asof enigiemand in kerkklere hier reg in die middel van die kamp 'n boom sal afkap, dink sy verontwaardig.

In die skoolkamer keer oom Henry net betyds: "Nee, jy neem nié die kinders af nie."

Daardie aand is die hele Amhut rondom die tafel vergader en almal is bitter, bitter kwaad.

"Ek sweer hulle hoop om ná die oorlog 'n medalje vir dapperheid te kry," byt Han.

Flora knik. "Dan kan hulle ook op hul oudag vir almal vertel van hul heldedade, soos oom Max."

Dis vir Mentje nogal snaaks, maar sy lag nie. Dit lyk nie asof Flora 'n grappie gemaak het nie, want almal sit nog met ernstige gesigte.

"Ek glo hulle sal die filmrolletjie deeglik versteek," sê Bart.

Een van die mans, so het Mentje gehoor, duik onder by die familie Schaap in die huis De Paddestoel. Mentje is regtig bly haar van is De Vries en nie Schaap nie. En om dan nog in 'n huis te bly met die naam Paddastoel? Dink net hoe Walter haar dan sou verpes het.

Flora sit met haar hande saamgeklem en lyk skielik bekommerder as kwaad. "En as ons dalk gevang word? Wat dan?"

"Ons sal nie gevang word nie," sê Han beslis.

Een van die ander Amhutters leun vorentoe oor die tafel en kyk reguit na Han. "Maar as?"

"As 'n patrollie dalk toeslaan, gaan kruip ons weg in die bosse. Dis 'n groot bos, en dig, hier is baie wegkruipplek."

"Maar nie as 'n groep nie," sê haar broer Wim. "Ons sal individueel moet beweeg."

Flora skud haar kop, sy is nog nie tevrede nie. "Wat dink julle word van die mense wat met die treine oos gestuur word?"

Dis eers stil om die tafel, niemand kyk na mekaar nie. Toe kyk Bart behoedsaam op. "Dwangarbeid in Duitse konsentrasiekampe." Sy stem is diep en swaar.

Flora kyk stip na haar duimnaels. "Arbeid soos?" vra sy sag.

"Ek weet nie. Fabriekswerk, seker. Maak uniforms, die mans oorlogstuig."

Die onderduikers skuif ongemaklik rond. "Verwerkte voedsel, blikkieskos," sê Han.

Wim knik somber. "Arbeidskampe. Onder haglike omstandighede. Kom wat wil, ons moet net nie gevang word nie."

Daardie nag bid Mentje lank en ernstig: "Here, moet asseblief nie dat die soldate die filmrolletjie kry nie, want die kampe in die ooste is baie, baie erg. Moet asseblief nie dat die vlieënier praat nie, ook nie die timmerman of die loodgieter nie. Moet asseblief nie dat hulle die dokter vang wanneer hy hierheen kom nie, of die koeriers wanneer hulle die kos bring nie. En moet asseblief nie ..." Maar daar is te veel goed. Die Here moet darem nie dink sy is gierig nie.

"En Here, pas asseblief my pa mooi op. En vir my, dat ons nie na die kampe gestuur word nie. Asseblief. Amen."

Sy wou eintlik ook gevra het die Here moet vir Han en Bart oppas. Maar sy weet nog steeds nie hoe die Here oor die Jode voel nie. Al is hulle sy uitverkore volk.

Of was dit net in die Bybelse tyd so?

Die volgende Sondag protesteer die Amhutters baie ernstig by die Bakkers. Opa Bakker en tante Cor sit op twee stoele by die tafel. Die onderduikers sit of staan die hele voorkamer vol. "Ek is self bitter ongelukkig oor die gebeure," sê die ou man.

Toe die besprekings te ernstig raak, gaan die meisies en tante Cor na die slaapdeel om oor vrouensgoed te praat.

So tussen die praat deur neem tante Cor Mentje se mates. "Ek het lap gekry by 'n fabrikant in Kampen, ons sal vir jou 'n rokkie of twee maak vir die somer."

Mentje weet Han se ma duik onder êrens in Nunspeet, sy sal seker die klere maak.

"Ek dink sy moet nuwe klompe ook kry," sê Han.

Tante Cor knik. "Ek sal reël met ou Max, dit sal hom besig hou."

Die volgende dag sê Walter se pa: "Ek het gisternag 'n gesprek gehad met die advokaat. Hy is woedend. Tierend kwaad, woedend, sê ek vir julle."

Miskien is ons tog veilig hier in die bos, dink Mentje daardie aand. Advokaat Von Baumhauer sal nie toelaat dat iets met die kamp gebeur nie, opa Bakker ook nie.

En dis waar wat Han sê, die bos is so dig dat mens maklik kan wegkruip. Soos daardie oggend toe die kleintjies wegkruipertjie gespeel het en klein Johnny Meijers net nêrens gevind kon word nie. Die hele kamp het later gehelp soek. Mens kon hom ook nie roep nie, dis te gevaarlik. Johnny se pa was desperaat van kommer, sy ma het gehuil en gehuil. Sy het begin rondhardloop, sommer oor die brandpaaie, tot Han en Flora haar gevang en vasgedruk het. Toe het sy aan Han geklou en haar trui sopnat gehuil. Flora het vir haar koffie gegee met die laaste bietjie suiker in.

Uiteindelik het Walter vir klein Johnny gevind waar hy diep in 'n bos aan die slaap geraak het. "Ek sou hom nie gevind het as hy nie begin beweeg het nie," het Walter gesê.

Diep in die bos is ons veilig, sê Mentje oor en oor vir haarself.

Dit het die hele nag lank gereën. Die voorste deel van die voorkamer is papnat soos die water teen die trappies af en onderdeur die deur gekom het. Teen die tyd dat Mentje by die skool kom, is sy ook deurnat. Oom Henry sê wel die reën het ook sy voordele, want die Duitsers sny hulle patrollies. Hulle glo seker niemand kan in die koue reënweer in die bosse oorleef nie, dink Mentje.

Gmf, seker te bang hulle oorleef self nie. Bangbroeke.

Die hut waar oom Henry woon, is lekker warm en doodstil. Die kinders sit by die growwe tafel, geboë oor hulle boeke. Oom Henry het vandag vir hulle 'n ekstra moeilike som gegee. Vriendelike Fred is slim met somme, hy sal weer moet help, Mentje verstaan glad nie hoe die goed werk nie. Buite het die reën kort tevore opgehou, die bos is stil.

Skielik is daar 'n oorverdowende gedruis van motore. Die kinders los alles en storm na buite, oom Henry stywerig op sy kort beentjies agterna. Mentje druk haar ore toe en kyk op na waar die gebrul vandaan kom.

Deur die boomtakke in die grys lug bokant hulle koppe sien sy 'n enorme bomwerper. Dit vlieg baie laag en swart rookbolle warrel uit sy stert.

"Hy's aan die brand!" skree Walter.

"Moenie so skree nie," sê Eddie benoud en vlug terug in die hut in.

Walter hoor nie, die brandende motore dreun te hard.

"Kyk!" wys Fred die lug in net agter die vliegtuig.

Mentje kyk. Vyf mense aan valskerms het uit die vliegtuig gespring. Hulle hang in die lug bokant die bos en begin stadig afsak.

"Hulle gaan in die bos land," sê oom Henry ademloos.

Oral kom onderduikers uit hulle hutte om te sien wat aangaan. Die vliegtuig tref die grond êrens agter die horison. Hulle sien die swart rook bokant die bome uitbondel voor hulle die slag hoor.

"Ek hoop net nie die bos raak aan die brand nie," sê een van die onderduikers.

"Daardie valskermspringers is kilometers ver sigbaar, tot in Vierhouten en waarskynlik Nunspeet," sê iemand in die bondel.

"Die Duitsers sou hulle ook gesien het," sê iemand anders. "Hulle sal hulle hier kom soek!"

Dis asof iemand 'n bom reg tussen die klompie mense gegooi het. Hulle spat uitmekaar.

"Onthou die brandpaaie!" roep oom Henry agter die hardlopende kinders aan.

By die brandpad val Mentje op haar maag, kruip deur die laaste bos en kyk vinnig heen en weer. Skoon. Sy vlieg op en hardloop huis toe, terug na die Amhut.

Binne is die inwoners reeds besig om reg te maak vir die vlug.

"Ek het onthou van die brandpad," sê sy en prop vinnig die nodigste in haar sloop.

Bart loop voor, dan Han, Mentje en Flora, met Wim agter. Hulle loop doodstil, sluip half. Dis amper soos speel, net ernstig.

Diep in die bos sê Bart sag: "Ek dink ons moet hier wegkruip, maar nie almal bymekaar nie. Elkeen kry vir homself 'n skuilplek."

Mentje vind 'n lekker digte struik sonder dorings om in te kruip. Sy sien hoe Wim sukkel om sy lang bene in 'n bossie naby haar op te krul. Mens kan sien hy het vergeet hoe om wegkruipertjie te speel, want hy sal die hele tyd soos 'n haas penregop moet sit in daardie smal bossie. Waar Han en Bart is, weet sy nie, hulle het dieper die bos ingestap.

Die grond onder haar bossie is nat en yskoud. Met 'n groot gesukkel kry sy haar kombers onder haar in en rondom haar gevou. Die bos buite haar bosnessie is stil, nêrens fluit eers 'n voël nie. Almal luister.

Êrens naby hoor Mentje 'n gevroetel tussen die droë blare. Sy hoop net dis nie 'n wilde vark nie. Sy is regtig nie lus vir 'n vark wat om haar kom snuffel nie.

Eet varke nie dalk mense se tone nie? Sy trek haar voete dieper onder haar in.

Hulle kruip die hele dag lank weg. Gelukkig bly die reën weg, maar dit word kouer en kouer, hoe langer 'n mens stilsit. En dis vreeslik vervelig, niks gebeur nie. Nie dat sy wens iets gebeur nie, maar nogtans. Dis ook te ongemaklik om te slaap.

Die dag word langer en langer. Die appel knars hard onder haar tande, die wortel nog harder. As ons weer moet wegkruip, gaan ek net brood vat, dink sy. En volgende keer moet ek ook onthou om 'n boek te neem. Geen mens kan dagin en daguit so stil lê nie.

Laatmiddag hoor hulle 'n kenmerkende gefluit.

"Dis advokaat Von Baumhauer, alles is veilig!" roep Wim verlig uit en kom onder 'n bos uitgekruip. Hy rek hom lank uit. "Sjoe, ek is styf gesit. Kom jy, Mentje? Waar's die ander?"

Sy kruip uit en strek haar arms bokant haar kop. "Dieper die bos in. Wim, jy moet volgende keer 'n langer, platter bos soek, hoor?"

"Ek hoop nie daar is gou weer 'n 'volgende keer' nie."

Hulle stap saam terug Amhut toe. "Ek is bly die reën het opgehou," gesels Wim.

"Ek gaan nie weer appels en wortels neem nie. Dit raas te veel."

Wim lag saggies. "Ek gaan meer kos neem, ek ly nou aan hongersnood."

Mans kan vreeslik baie eet. Seuns ook, sy het al gesien met Fred en Walter. Nie Eddie nie, hy eet min.

Bart en Han is reeds by die Amhut, ook van die ander. "Het julle die advokaat gesien? Wat sê hy?" vra Wim.

"Die Verset het al vyf springers gevind," antwoord Han terwyl sy die aartappels uithaal wat geskil moet word. "Amerikaners. Geskok en beseer, maar nie te ernstig nie. Drie van hulle is nou versteek in die hut agter Mazier se huis, twee duik onder by die advokaat. Die dokter is daar om hulle te behandel."

"En die Duitsers?" vra Wim met 'n frons.

Han trek haar skouers op. "Hulle het blykbaar nie die valskerms gesien nie. Onverstaanbaar."

Miskien is die Here tog hier in die Pas-Opkamp, miskien pas Hy haar op hier tussen al die ander mense.

6 April 1944, skryf Mentje netjies bo-aan haar skoolwerk. Oor vyf dae verjaar sy, dan word sy elf jaar oud. Moet sy vir iemand vertel? Liewer nie, netnou dink hulle dalk sy wil 'n koek hê of hulle moet vir haar 'n geskenkie gee. Miskien bring tante Cor Sondag die nuwe klere, dan kan sy haar verbeel dis haar verjaardaggeskenk.

Sy sug saggies. Oom Henry is al weer met moeilike somme besig. Dis buitendien net Fred wat die goed ooit regkry.

Oom Henry lyk vandag glad nie goed nie. Sy gesig is dikker as gewoonlik, sy ronde neus is rooi gesnuit, sy oë water heeltyd en wanneer hy praat, begin hy hoes. "Gaan doen maar hierdie somme by die huis," sê hy met 'n dik stem.

Hoe sy sonder Fred se hulp die somme gaan doen, weet sy nie.

Maar in die Amhut is daar altyd iemand wat kan help. Terwyl Bart en Salvador ná aandete by die tafel sit en studeer, probeer Wim vir haar die somme verduidelik. "Dis nie so moeilik nie, kyk mooi."

Ek dink ek verstaan nou die somme beter, dink Mentje toe sy diep in haar kombers inkruip. Wim kan regtig goed verduidelik.

Haar matras kort strooi, sy lê al byna op die grond. Miskien sal ek vir my verjaardag nuwe strooi in my matrassak stop, dink sy net voor sy aan die slaap raak.

Middernag skrik Mentje wakker van 'n vreeslike kabaal buite.

"Ontruim! Ontruim!" skree iemand. "Vlug!"

Wim val omtrent oor Mentje in sy poging om buite te kom. "Wat het gebeur?"

"Opa Bakker het kom sê!" Mentje herken Walter se skril stem buite die hut. "Die Nazi's het die onderduikers in huis De Paddestoel gevang! Die film is ontdek!"

"Die film met al die foto's!" roep Flora uit. Sy klink paniekerig.

In die hut breek chaos uit. Dis stikdonker. Almal skarrel uit hulle beddens, van bo af val-val die solderslapers teen die leertjie af. In die voorkamer steek Bart die kers aan. Sy hande bewe.

Ook Mentje is heeltemal deur die blare geskrik. Jas, onthou sy, mus en serp. Appels en 'n stuk brood. Kombers.

Iemand stamp die kers om. Dis swartnagdonker.

"Ag nee, my magtie, kyk waar julle loop!" skree iemand anders. "Steek aan die kers."

Dit bly donker. Mentje gryp haar hele sak klere, bondel haar kombers onder haar arm in en strompel na buite. Die kombers kom al onder haar voete.

"Kom, Mentje," sê Han haastig.

Sy het vergeet om iets te ete te vat. Sy gooi haar sak en kombers neer en storm terug die hut in. Dis steeds pikdonker binne. Haar hande vind twee ronde voorwerpe. Ja, appels, dink sy, prop dit haastig in haar jas se sakke en hardloop weer die trappies op.

Buite is dit donker. Oral rondom haar hoor sy mense, maar Bart en Han is weg. Ook Wim en Flora is nêrens te siene nie.

Sy voel hoe die bang haar keel begin toedruk. Nee, bang wees help niks, sê sy kwaai vir haarself en gryp haar kombers en sak. Dink nou helder.

Tussen die bome sien sy skimfigure beweeg. "Kom, kom," hoor sy mense sag na mekaar roep.

Haar voete begin saam met die stroom mense beweeg, weg van die hutte af.

"Sprei uit, elkeen is nou op sy eie," hoor sy Walter se pa se harde stem bevele uitdeel. "Kom so ver moontlik van die kamp af en versteek julle deeglik. Moenie terugkom kamp toe as dit lig word nie. Bly diep in die bos en bly stil."

Die mense rondom haar begin verdwyn, hulle verdamp in die bos in. Elkeen is op sy eie.

Ook sy. Stokalleen.

Ek moet wegkruip soos klein Johnny weggekruip het, skiet dit deur haar kop. Niemand kon hom vind nie. Maar ek moet eers ver van die kamp af wegkom.

Dis donker, geen maan eens nie. Niks roer meer nie, geen takkie kraak nie. Die onderduikers van die Pas-Op-kamp het met die bosse saamgesmelt.

Die bang kruip dieper en dieper in haar lyf in.

Die alleenheid ook. Here, is U hier? vra haar kop saggies.

Maar die Here antwoord nie.

Oopkop bly, Mentje, sê sy oor en oor vir haarself.

Toe sy vir die soveelste keer oor 'n boomwortel neerslaan, besluit sy om onder die naaste bossie in te kruip. Môre, wanneer dit lig is, kan sy kyk waar sy is. Miskien sien sy dan ook van die ander onderduikers.

Sy lê die hele nag wakker, opgekrul in 'n stywe bondeltjie teen haar kombers aan. Sy wag vir die dag.

In haar jas se sakke is twee rou aartappels.

Twaalf

Die dag kom stadig in die bos in. Mentje se planne is reg. Sodra dit lig genoeg is, gaan sy onder die bossie uitkruip, haar kombers en sloop klere net hier laat en probeer bepaal waar sy is. Dit behoort maklik te wees, want sy ken die bos rondom die kamp. Die res van die dag sal sy weer hier kom wegkruip, dis 'n goeie plek. En wanneer dit donker word, sal sy na advokaat Von Baumhauer se huis toe gaan.

Mooi beplan. Oopkop.

Net vyf minute van rondkyk, toe weet sy presies waar sy is. Ai, sy het regtig gisteraand nie baie ver uit die kamp gekom nie. Gelukkig klink dit nog stil kamp se kant toe. Die Duitsers sal seker eers later kom. Of miskien nooit.

Haar lyf is net weer gemaklik in sy nessie, toe sy iets hoor. Was dit iets? Of net weer die normale bosgeluide?

Sy sit doodstil onder haar bossie, luister aandagtig.

Niks.

Nee, wag, tog wel. Duideliker hierdie keer. Besliste beweging.

Dalk wildevarke wat van die kosvoorrade plunder?

Klink tog nie so nie.

Mense? Die soldate wat gekom het?

Sy is te naby aan die kamp. Sy was dom, dom, dom. Vroegoggend moes sy verder weg 'n skuilplek gaan soek het. Nou is dit te laat.

Vasgekeer soos 'n muis in 'n val.

Niemand kon vir klein Johnny vind nie, al het hulle geweet hy kruip êrens weg, praat sy haarself moed in. Eers toe hy wakker word en beweeg, het Walter hom gekry.

"Maar ek het presies daar gesoek," het Fred nog verstom gesê.

Sy lê doodstil. Ure lank.

Uit die rigting van die kamp klink daar elke nou en dan klanke op. Die ganse dag lank.

Wat maak die soldate? Soek hulle mense?

Tog is daar geen stemme nie. Miskien tog wildevarke?

Sy waag geen kanse nie en bly doodstil sit.

Die honger begin knaag. Haar lyf word styf. Haar ore bly gespits vir elke geluidjie.

Laatmiddag hoor sy tog iets wat soos 'n stem klink. Of was dit net 'n voël?

Toe word dit stil.

Dit was mense, sê sy vir haarself. Die varke loop net snags rond. Hulle sal beslis nie die hele dag lank in die kamp rondvroetel nie.

Hier moet sy wegkom, vannag nog. Sy moet ook kos en water kry. Dit sal regtig jammer wees as sy so goed wegkruip vir die soldate dat sy van hongersnood doodgaan.

Gmf! Twee simpel rou aartappels. Verbeel jou.

Met laaste lig sal sy na Huize Vierhouten gaan. Sy loop die paadjie oor en oor in haar kop, sodat sy nie vannag in die donker verdwaal nie. Van hier af reguit weg van die kamp tot oor die volgende brandpad. By die groot boom waar die sampioene groei, moet sy skerp links draai. So honderd tree verder groei die plaat bosbessies. Oor die brandpad, verby die plek waar die brame vir Han gebrand het. Van daar af weet sy nie presies verder nie. Huize Vierhouten moet so vyf honderd tree verderaan lê; Fred het eenmaal vir haar gewys. So, sy behoort die huis te kan vind.

Toe die son begin sak, kan sy nie langer wag nie. Alles is buitendien doodstil. Sy kruip uit haar skuilplek, rol haar kombers styf op en begin haar beplande roete.

Binne 'n uur sak sy op haar knieë neer. Sy het nie meer 'n idee waar sy is nie. Die huil kom vanself. Nie sag nie, sommer hard en aanmekaar, lank. Later huil sy nie meer net omdat sy verdwaal het nie. Sy huil oor alles.

"Mentje?"

Sy skrik, sê nou dis die soldate? Nee, hulle ken mos nie haar naam nie.

"Mentje?" Paaiend.

Versigtig kyk sy op.

Dis groot en sterk Salvador Bloemgarten. Hy hurk by haar en sit sy hand op haar skouer. "Mentje-kind?"

Die blywees is haar hele lyf vol, sodat sy moet keer om nie aan hom vas te klou nie. "Ek wou na die advokaat se huis gaan, maar toe het ek heeltemal verdwaal."

"Nie heeltemal nie. Ek dink ons is op die regte pad, maar dis nog ver. Kom ons soek saam die pad." En hy steek sy hand na haar toe uit.

Skielik is die nag nie meer heeltemal so donker nie, die bos glad nie meer vreesaanjaend nie.

Die advokaat maak self die agterdeur oop. Hy het sy pak klere aan, maar sy hare is deurmekaar. "Julle is ook veilig, dankie tog. Kom binne."

Mentje is terug in die skewedakbokamer. Mevrou Von Baumhauer bring weer vir haar 'n kom warm water, ook toebroodjies en 'n glas melk. Mentje weet nou al: Sy skakel nie die lig aan nie, trek die gordyne nie eens op 'n skrefie oop nie.

In die warm water was sy haar hande en gesig, was die bosvloer tussen haar tone uit. Ná sy die toebroodjies geëet en die melk gedrink het, voel sy sommer baie beter.

Vir die eerste keer in nege maande klim sy weer tussen die lakens van 'n regte bed in. Ja, lekker.

Nee, tog nie. Dis te vreemd. Die hartseer begin in haar opstoot. Sy verlang na haar dungestopte matras, na die wete dat Bart en die Hamburgers naby haar slaap.

Sy verlang na die Amhut.

Voor sonop die volgende oggend neem die advokaat haar na die huis van die familie Karstens. "Dis veiliger daar as by ons."

"Ja, ek verstaan, Advokaat. En Salvador?"

"Hy word elders geplaas." Die advokaat klink saaklik. "Die Duitsers sal heel moontlik nie die kamp ontdek nie. Dan kan julle weer teruggaan."

"Ja, Advokaat." Moet sy hom vertel dat sy gister mense in die kamp gehoor het? Sê nou dit was wildevarke? Of sommer net haar verbeelding? Nee, liewer nie, anders dink die advokaat dalk sy maak stories op.

Meneer Karstens het 'n boerderytjie op Nieuw Soerel. Mentje het hom miskien nog nooit gesien nie, maar sy weet presies wie hy is.

Dis van hom wat opa Bakker eenmaal gesê het: "Karstens is 'n gelowige, opregte man. Almal ken hom, niemand kyk ooit onder die seil van sy perdewa wat daar is nie."

"En die Duitse patrollies?" het Han gevra. Sy het altyd geklink of sy dinge nie regtig glo nie.

Opa Bakker het sy goedige laggie gelag. "As hy wel 'n patrollie sien, begin hy kliphard psalms sing en lig net sy hand in die verbygaan."

Gmf, klink na sonde, het sy gedink.

"Maar hy sê altyd," het opa Bakker voortgegaan met sy vertelling, "dat as die bevryding kom, sal dit voel asof hy nie meer hoef te sondig nie, want dan kan hy weer in die waarheid leef."

H'm. Goed, dan is dit seker nie regtig sonde nie.

Mevrou Karstens lyk presies soos 'n boerevrou moet lyk, klere, hare, alles. Sy vee haar meelhande aan 'n vadoek af en neem vir Mentje na 'n piepklein, donker kamertjie reg langs die kombuis. Toe die lig aangeskakel is, sien Mentje die rakke vol flesse ingemaakte kos: boontjies, piekeluie, vrugte, konfyte – ry op ry. Mevrou Karstens maak die smal besemkas oop, skuif die besem eenkant toe en skuif die agterkant weg. En daar, sowaar, is nog 'n kamertjie, bed en al.

"Jy kan jou goed hier laat, ook saans hier slaap," sê die vriendelike vrou. "Bedags kan jy gerus uitkom, net nie buitentoe nie, nè?"

"O nee, Mevrou, ek weet. Dankie dat ek hier mag bly." Want Mentje weet ook as die soldate haar hier ontdek, word sy en die hele familie Karstens weggestuur. Geen mens weet waarheen nie.

Vir twintig dae en twintig lang nagte bly sy by die familie Karstens. Sy bly meestal in die donker kamertjie met die kaal gloeilamp teen die dak. Sy lees die boeke wat mevrou Von Baumhauer gereeld vir haar stuur, skryf in haar kop lang briewe vir haar pa, droom oor die tyd wanneer hulle weer terug is in hulle eie huis of lê sommer net en wens sy kan teruggaan Pas-Opkamp toe.

Dit voel soms asof sy nooit weer anders as eensaam gaan wees nie.

Bedags help sy wel vir mevrou Karstens met die skoonmaak van die huis en die wasgoed. Op Saterdae help sy om die uie en aartappels, wat die hele winter lank in die kelder bewaar is, te skil vir die groot Sondagmaal. Hulle tap water in 'n bak en week die appels of pere wat in die najaar al gedroog is en stowe dit as heerlike bygereg.

Saans eet sy saam met die familie om die kombuistafel. Almal is betrokke by die Verset. Aan tafel praat almal, sy luister net. Só hoor sy dat Salvador Bloemgarten by meneer Gerrit Mazier hier naby onderduik. Ander Pas-Opkampers kruip weg in Nunspeet of op plase in die omgewing. Enkeles is selfs in die groot tent in die bosse agter die advokaat se huis.

Sy hoor dat die advokaat en opa Bakker die hele kamp gaan ontruim het. Baie boere het kom help om die huisraad weg te ry. As die soldate nou by die kamp aankom, sal hulle net leë hutte vind.

Dan was dit tog wel mense wat ek gehoor het, dink sy. Maar sy sê steeds niks. Hoe minder mens sê, hoe beter, het sy ook al geleer.

Sy hoor niks van Han en Bart nie.

En die advokaat het nooit 'n woord oor haar pa gesê nie. Dus is hy ook nog weg.

In hierdie tyd word sy elf jaar oud. Niemand weet dit nie. Sy is ook nie eens seker wanneer nie, want sy weet nie meer watter dag dit is nie.

Sy wens dinge was anders. Heeltemal anders.

Maar dit is nie.

"Salvador kom jou vannag haal, julle kan teruggaan Pas-Opkamp toe," sê mevrou Karstens een laatmiddag.

Mentje kyk vinnig op. "Pas-Opkamp toe?"

"Dis weer veilig. Die advokaat het gaan kyk, opa Bakker ook, niks is versteur nie. Dit lyk asof die Duitsers nooit die kamp ontdek het nie."

"Maar hulle het die filmpie met foto's ontdek?"

"Ja, maar blykbaar het iemand die filmpie in die lig oopgemaak. So, die foto's is uitgevee voordat dit nog ontwikkel kon word."

"Dankie, Mevrou." Eintlik jubel haar hart. Sy wil bokspring en dans van blydskap – sy gaan terug Amhut toe.

Maar sy draai net stil om en gaan na haar wegkruipkamertjie. Hoe sal mevrou Karstens nou voel as sy wys hoe bly sy is om weg te gaan?

Diep in die nag kom roep mevrou Karstens haar.

Salvador neem haar hand. Saam stap hulle deur die donker bos terug kamp toe.

"Ek is so bly ons kan teruggaan," sê sy toe hulle reeds diep in die bos is.

"Ek ook, Mentje," sê hy net so sag.

Die Amhut is stikdonker, niemand anders is al hier nie. Gelukkig het Salvador 'n kers en vuurhoutjies by hom. Op die vloer lê enkele matrasse, maar geen beddegoed nie.

"Maak nie saak nie, ek het my kombers by my," sê Mentje. "Mevrou Karstens het vir my broodjies saamgegee. Wil jy een hê?"

"Bêre eerder vir môre. Ons weet nie wanneer kry ons kos nie."

Slim plan, besluit Mentje. Sy trek twee matrasse tot in die slaaplokaal agter en gooi dit bo-op mekaar. Nogtans slaap sy byna op die vloer – albei kort dringend strooi.

Sy raak vir die eerste keer in byna drie weke aan die slaap met 'n lied in haar hart.

Die onderduikers kom drupsgewys terug. Een vir een, twee-twee, hele gesinne, selfs die groepie van tien wat na Amsterdam gevlug het.

"Julle kan nie glo hoe bly ons is om terug te wees nie," sê een van die meisies en asem die boslug diep in. "Ons was almal saamgehok in die bedompigste agterkamertjie en op die raserigste straathoek denkbaar. Geen privaatheid nie, julle, geen."

Dit moet aaklig wees. Dink net as 'n mens moet ... nee, gmf! Moenie eens daaraan dink nie.

Die advokaat en sy helpers het reeds byna al die goed na die kamp toe teruggebring. Die inwoners moet net self hulle eiendom kom uitken en hutte toe neem.

Walter se ma is woedend. "Nee, ek weet presies wie my kastrol geneem het. Met my eie oë gesien. Maar ek sal stilbly. My man en ek is nie mense wat moeilikheid maak nie."

Nogal, nè? Gmf! Amper lag Mentje hardop, maar sy kry darem haar lag gesluk.

Uiteindelik kom ook Han en Bart terug.

"En toe, waar was julle twee duifies?" vra Wim.

"Vra jy!" begin Han vertel. "Ons het met ons beddegoed en sakke reg deur die bos getrek, die dorpe en paaie vermy tot ons seker was ons is bitter ver van die kamp af. Toe het ons 'n tent gekry en diep in die Spelderholt opgeslaan tot iemand kom sê het dis veilig om terug te kom. En nou is ons hier." Sy bly 'n oomblik stil. "Weet julle, dit voel asof ons terug is by die huis."

Dis presies hoe dit voel, dink Mentje en kyk rond. Almal is weer by die huis.

"Dit was ook goed om weer die buitewêreld te sien," filosofeer Han voort. "In die isolasie van die kamp wonder 'n mens soms of daar nog 'n wêreld buite die bos bestaan. Maar dit is nog daar, hoor."

Mentje tel die ketel vol water op die potkaggeltjie. "Wil iemand koffie hê?" vra sy effens verleë.

"Beslis," antwoord die koor van stemme.

Die Amhut lewe weer.

Tog het dinge verander. Die ontdekking van die filmpie het almal in die Pas-Opkamp weer op hulle hoede gestel. Een verkeerde woord of optrede, weet almal binne en buite die kamp, kan lei tot ontdekking.

Toe die Bakkers een Sondagmiddag weer by die Amhut kom koffie drink en gesels, sê opa Bakker ernstig: "Mentje, ons wil met jou praat."

Mentje voel dadelik hoe 'n ongemaklike gevoel in haar lyf inkruip. Sy kyk rond na die kring gesigte in die voorkamer. "Wie wil met my praat?"

Bart en Han kyk na mekaar. "Ons, ek en Han en opa Bakker," antwoord Bart rustig. "Julle ander moet ook luister, dit raak ons almal."

Dit raak stil in die Amhut, so 'n dik stilte waarin almal sit en wag. Want opa Bakker lyk selfs bekommerder as gewoonlik.

Mentje sit doodstil op die breë vensterbank, sy druk 'n

veelkleurige kussinkie teen haar bors vas. Dit voel asof haar maag wil-wil begin knop trek.

Opa maak sy keel skoon. "Daar is gerugte ... Ja, ek weet nie."

Almal wag. "Wat, opa Bakker?" por Wim.

Opa Bakker trek sy asem diep in. Sy gesig en sy stem is baie ernstig. "Hulle sê die arbeidskampe in die ooste, dis nie net arbeidskampe nie."

Doodse stilte. Almal wag gespanne.

"Hulle sê dis doodskampe. Daar is gaskamers. Mense wat ooste toe gestuur word, gaan soms direk gaskamers toe."

Flora se twee hande gaan na haar mond. "Gaskamers?"

Gaskamers? Wat is dit? wonder Mentje onseker.

Salvador Bloemgarten knik somber. "Ek het dit ook gehoor, ja."

Bart sê niks, maar hy knik ook.

Wim kyk die hele tyd nog na sy voete. Baie sag sê hy: "Ek ook, in April al, toe ek in Nunspeet ondergeduik het. Ook oonde."

"Oonde?" vra Mentje verskrik. "Waar mense ...?" Soos Daniël se vriende Sadrag, Mesag en Abednego?

Niemand antwoord nie. Net Bart knik sonder om op te kyk.

"Dit kan net gerugte wees," sê opa Bakker.

Maar Wim skud sy kop. "Die groepie wat in Amsterdam ondergeduik het nadat die filmrolletjie ontdek is, het in 'n onwettige koerant gelees van 'n dorp in die suide van Pole. Oświęcim. Een van die arbeidskampe is daar." Hy huiwer 'n oomblik. "Met oonde."

Dit is doodstil in die Amhut tot Flora sê: "Maar miskien ..."

Han vryf haar boarms, asof sy skielik koud kry. "Dis die waarheid, Flora."

Flora kyk verskrik rond. "Het jy dit ook gehoor, Bart? Van die gaskamers?"

Bart kyk stadig op na haar. "Ja, Flora. En die oonde."

"Hoekom het julle niks gesê nie?"

Hy bly kalm. "Waarom sou ons? Om ons situasie hier net hopeloser te maak?"

Nou is Flora kwaad. "Dis 'n flou verskoning. Waarom dan nou skielik praat daaroor?"

Bart en Han kyk vinnig na mekaar. Bart knik effens. "Dis Mentje."

Mentje se kop ruk verskrik. Haar skuld dat hulle gepraat het?

"Dis hoekom ons moet praat," sê opa Bakker en kyk met hartseer oë na Mentje.

"Ek?" vra Mentje totaal verward. Sy voel hoe die knop in haar maag begin brand, na haar keel toe op begin groei.

Han staan op en kom staan by haar, sy sit haar hand op Mentje se skouer. Al die Amhut-inwoners luister in stilte. "Ons moet jou uit die kamp kry, Mentje."

Mentje voel hoe die skrik in haar opspring, haar hele lyf laat ruk, haar asem gryp. "Wegstuur?"

Toe opa Bakker praat, is sy stem kalm, paaiend. "Jy is geen Jood nie, Mentje. Advokaat Von Baumhauer en ek het gepraat, dis onverantwoordelik om jou hier te hou. Ons het gedink ..."

"Weg uit die kamp uit?" Haar stem klink hoog en skril. "Nee, asseblief nie!"

"Mentje, luister net," sê Han.

Soos 'n emmer yswater tref die wete haar, helder en skokkend seker: Almal is teen haar. Bart, Han, opa Bakker, almal. Sy vlieg op en smyt die kussinkie op die vloer neer. "Ek sal nie weggaan nie! Julle kan my nie dwing nie. Ek sal nie."

"Ons wil net ..." begin Bart.

Maar Mentje is reeds by die deur. Sy draai skerp terug. "Ek gaan nie!" skree sy so hard as wat sy kan en storm by die deur uit.

Hier, weg van die kamp af, is die bos stil. Sy was eers so kwaad dat sy net geloop en geloop het, nie eens gekyk het of daar brandpaaie is nie. Hoe kan hulle haar wegstuur? Wie gee hulle die reg? Hulle is nie haar baas nie. Pappa is, en as hy nie by is nie, is sy haar eie baas. Sy sal nie gaan nie. Sy sal nie.

Uiteindelik sak sy langs 'n groot boom neer. Die kwaad versmelt stadig in 'n diep, diep hartseer. Hulle wil haar nie in die kamp hê nie. Niemand wil haar hê nie.

Hulle het agteraf planne gemaak, Han en Bart. Miskien nog Flora en Wim ook. En opa Bakker. Hoe anders het Han geweet waaroor opa Bakker wil praat?

Die trane loop souterig by haar mondhoeke in.

Dis net sy wat dink almal in die Amhut is soos een groot familie. Niemand anders dink so nie. Want hulle het mekaar. Han, Bart, Flora en Wim, Salvador Bloemgarten en sy bang boetie Eddie, Walter en sy hele familie.

Net sy is alleen. So vreeslik alleen.

Sy gaan lê plat op haar maag op die klam blarevloer. Sy huil en huil, tot daar niks meer huil oor is nie. Toe lê sy net.

Dit word later en later. Ek moet teruggaan, besef sy. Maar sy wil nie. Miskien is sy bietjie skaam oor haar uitbarsting vanoggend.

Teen skemeraand sien sy hom deur die bome en struike aangestap kom. Bart.

"Mag ek maar hier by jou kom sit?" vra hy in sy diep stem.

Sy antwoord nie.

Hy sak op die blarevloer langs haar neer en hou vir haar 'n appel uit.

"Ek is nie honger nie," sê sy.

"Eet dit maar nogtans."

Die appel kraak tussen haar tande. Eintlik is sy vreeslik honger. "Hoe het jy my gekry?"

Hy roer sy skouers effens. "Jy kom altyd hierheen, hier waar die sampioene groei, nie waar nie?"

Sy bly doodstil sit. Agter in haar keel meng die reuk van ou, nat blare met die soetsuur smaak van die appel.

"Is jy nog so kwaad?" vra hy.

Sy sluk die stukkie appel weg, veg teen die knop in haar keel. "Kwaad, ja, maar meer hartseer." Sy draai haar kop en kyk reguit na hom. "Bart, ek wil regtig nie weggaan nie."

Bart se oë is sag en stukkend, soos die prentjie van die bokkie in een van die boekies wat tante Cor vir die kleintjies gebring het. "Mentje ..."

Sy kyk weg van sy oë, reguit na haar uitgestrekte voete. "Toe ek ondergeduik het by die Karstens-familie, was ek so, so, so ongelukkig. Hulle was baie goed vir my, maar ek het die hele tyd gevoel ek is in die pad. Verstaan jy, Bart? En ek moes in die kleinste kamer bly en nooit uitgaan buitentoe nie. Selfs by advokaat Von Baumhauer ..."

"Mentje," begin Bart weer.

"Jy verstaan nie!" roep sy uit. "Die Amhut is nou my huis tot my pa terugkom. Ek wil asseblief, asseblief ..."

"Ai, Mentje, ek verstaan, ek verstaan," pleit Bart en klem sy hande saam. Selfs sy stem klink nou stukkend. "Maar jy moet verstaan, ons kan nie anders nie. Hierdie gebeure rondom die filmpie het weer net bewys hoe weerloos ons is, hoe maklik ons ontdek kan word. En wat gebeur as 'n patrollie snuf in die neus kry en kom ondersoek instel, sonder dat ons vooraf gewaarsku is? Jy is nie 'n Jood nie, dis onnodig dat jy daardie gevaar loop."

Sy antwoord hom nie, bly net voor haar na die bome kyk.

Hy vou sy hand oor hare. Sy hand is warm. "Jy moet tog verstaan, Mentje. Ons doen dit vir jou eie beswil."

Sy trek haar hand weg, draai haar kop en kyk reguit na hom. "Ek glo jou nie, Bart. Julle wil van my ontslae raak." Sy veg verbete teen die hartseer wat wil oorneem. "Ek is net nog 'n kind. En ás ons ontdek word, is ek net nog 'n las om saam te sleep."

Hy frons diep. "Hoe kan jy dit sê?"

Sy kyk na die punte van haar nuwe klompe. "Dis die waarheid. Ek het gesien."

Hy wag. Bo in die bome ritsel 'n briesie die blare liggies.

"Die nag toe ons moes vlug, toe die filmpie ontdek is. Julle het sonder my gevlug."

Hy skud sy kop stadig. "Ons dag jy is reg agter ons. Han het gesien ..."

"Wel, ek was nie. Julle het my gelos om alleen in die bos weg te kruip, die hele dag lank. Ek moes alleen na die advokaat se huis gaan soek, in die nag. As Salvador my nie gevind het nie, het ek sekerlik doodgegaan. Toe moes ek vir weke lank in 'n kamertjie sonder venster wegkruip terwyl julle êrens ver in 'n bos gekamp het."

Sy voel hoe die kwaad die hartseer begin opvreet. "Toe, hoe klink dit vir jou?"

"Hemel, Mentje ..."

"Moenie my kom 'hemel Mentje' nie, dis wat gebeur het. En nou wil julle my sommer net wegstuur? Waarheen nogal?" Kwaad is beter as hartseer, makliker, besef sy al meer.

Hy skud sy kop nog steeds, stadig. "Dis wat jy dink wat

gebeur het, maar dit is nie so nie. Of jy dit nou glo of nie, ons het regtig gedink jy is reg agter ons. Jy sal nie weet hoe ontsteld ons was toe ons besef jy is nie daar nie. Ek het jou die volgende dag kom soek, hier by die boom. Maar jy was nie hier nie. Ons het nie geweet waar anders om te soek nie. Die bos is groot."

Gmf. Verskonings is maklik, ná die tyd, ja. "As die patrollies kom, is die bos net so groot," troef sy.

"As die patrollies kom en die kamp ontdek, fynkam hulle die hele bos," sê Bart ernstig. "Hulle sit onmiddellik blokkades op alle paaie. Eintlik, Mentje, as die soldate regtig toeslaan, is elkeen van ons se kans op oorlewing bitter klein."

Sy hoor wat hy sê. Sy wil nie, maar sy hoor. En al veg sy hoe hard, is die hartseer besig om sterker as die kwaad wees te word. "Waarheen wil julle my stuur?"

Hy neem weer haar hand. "Verstaan tog, ons wil jou nie wegstuur nie. Ons moet."

As die knop in haar keel net kon weggaan. Weg. "Waarheen?"

"Jy het eenmaal gesê jy het 'n oom in Arnhem?"

Na oom Jak en tante Maria? "My ma wat dood is se broer. Maar ek ken hulle glad nie, ek weet nie eens wat die baba se naam is nie."

"Jy weet wel wat hulle adres is?"

Sy antwoord nie. Oom Jak-hulle?

Alles word te veel. Sy kan nie weggaan nie. Die seer knop kraak oop. "Bart ..."

Hy steek albei sy arms uit en trek haar nader, vou haar teen hom aan. "Mentje. Moenie huil nie, asseblief."

Maar sy kan nie meer keer nie. "Ek wil liewer by julle bly," smeek sy. "Ek wil liewer saam met julle doodgaan as om weer alleen weg te gaan."

"Nee, Mentje, jy wil nie." Sy voel die dreuning van sy diep stem onder haar oor teen sy bors. "Want ná die oorlog wag jou pa vir jou en dan gaan julle weer saam op julle plaas woon."

"En as die oorlog nooit ophou nie?"

Bart streel en streel oor haar hare. "Die bevryding sal kom. Eendag sal die bevryding kom."

Hulle bly lank so sit, tot dit later heeltemal donker is. Hy hou haar vas net soos Pappa haar vasgehou het.

Lank, lank gelede.

Vir weke lank gebeur daar niks, sodat Mentje begin dink die advokaat kon nie haar oom opspoor nie. Of miskien het hy vergeet. Miskien vergeet almal en kan sy in die Amhut bly woon.

En toe kom die bevryding. Wel, nog nie heeltemal tot in die bos nie. Maar almal sê dis nou net 'n kwessie van tyd.

Dit het alles gisteraand ná nuustyd begin toe Bart en Wim die Amhut inbars.

"Die Engelse magte het geland, in Normandië!" roep Wim sommer so met die oopmaakslag.

Han se oë rek. "Waarvan praat jy, Wim?"

"Die Geallieerdes! Honderde, duisende Britse en Amerikaanse soldate het aan die Franse kus geland. Normandië." Hy kyk rond in die Amhut, sy gesig gloei van opwinding. "Kan julle dit glo. Hulle sê dis die grootste inval vanuit die see van alle tye. Twee honderd duisend Geallieerde soldate."

"Wie sê?" vra Han asof sy dit net nie kan glo nie.

"Radio Oranje, natuurlik. Hulle sê ..."

Sy kyk verby Wim na waar Bart steeds stil in die deur staan. "Bart, is dit waar?"

"Maar dink jy miskien ek sal nou lieg oor so iets?" vra Wim uiters verontwaardig.

Sy suster ignoreer hom. "Bart?"

"Dis waar, Han, ons het dit self gehoor oor Radio Oranje." Bart se stem bly rustig, soos altyd. Maar hy glimlag breed. "Hulle saai uit vanuit Londen, hulle sal weet. Duisende Geallieerde soldate het vroegoggend aan die Normandiese kus geland."

Nou praat almal in die Amhut gelyk, almal wil weet wat aangaan.

Wim plak hom langs die tafel neer. "Dis waar. Dis waar. En valskermspringers ook, om die Duitsers terug te hou sodat die soldate aan wal kon kom," vertel hy, skoon kortasem van opwinding.

"En Radio Oranje sê dis die grootste inval vanuit die see van alle tye?" maak Salvador seker terwyl hy die ketel vol water gooi.

"So sê hulle, ja," antwoord Bart. "Blykbaar sowat vier duisend skepe en elf duisend vliegtuie."

Salvador gee 'n fluit van verwondering. "Vier duisend skepe vol soldate?"

"Hulle wil na Duitsland opruk met honderde, duisende soldate," vertel Wim. "Dis al hoe hierdie oorlog beëindig kan word. Gaan jy koffie maak?"

"Vir my ook!" roep iemand bo die gesels uit en nog 'n hand: "Nog een hier, dankie!"

"Waarvan tienduisende reeds op die kus gesneuwel het," sê Bart skielik somber.

Die Amhutters kyk na mekaar.

"Ag nee, Bart," sê Flora ontsteld. "Ek het gedink dis dalk die begin van die bevryding."

"Dit is wel, dink ek," sê Bart.

Mentje luister ademloos. As dit regtig die begin van die bevryding is, hoef sy nie Arnhem toe te gaan nie. Sy kan net hier in die Pas-Opkamp bly tot die vrede kom en sy vir haar pa op die plaas kan gaan wag. Of miskien is hy reeds daar wanneer sy daar aankom. Hulle sal weer saam botter karring en aartappels operd en saans saam eet. Hulle sal . . .

Vaagweg hoor sy vir Han vra: "Watter dag is dit vandag?"

"Dit het gister gebeur," hoor sy Bart se diep stem. "Dinsdag 6 Junie."

Vir dae daarna is dit al waaroor Radio Oranje berig: die Geallieerdes se vordering deur Frankryk, deur België. Waar hulle ook al kom, sing en dans die mense in die strate. Hulle soen mekaar en juig die soldate toe. Die kinders klouter op die oorlogtenks en die oumense vee trane af.

Maar Radio Oranje berig ook dat die Duitsers erge weerstand bied, dat terreurmaatreëls in die besette gebiede drasties verskerp word. "Dink julle nog dis die begin van die bevryding?" vra Flora toe hulle een aand ná nuustyd terugstap Amhut toe.

"Ons moet dit glo, Flora," antwoord Bart ernstig. "Die alternatief is ondenkbaar. Ons moet dit glo."

En toe kom die skok. Groter as die aanvanklike vreugde oor die bevryding.

Een weeksoggend, terwyl hulle nog besig is om skoon te maak, kom opa Bakker onverwags by die Amhut aan. "Dit het tyd geword," sê hy ernstig. "Alles is gereël."

Tyd waarvoor? dink Mentje onrustig. Want opa Bakker lyk baie somber.

Han sit die lap in haar hande stadig neer en frons.

Bart kom staan langs haar, sit sy arm om haar skouers. "Opa Bakker?"

Opa Bakker gaan sit op een van die boomstompe en kyk na Han en Bart. "Dit raak al hoe gevaarliker, te veel mense buite weet van die kamp. En die Duitse patrolliewerk raak al meer intens. Ons moet vir Mentje hier wegkry, Arnhem toe."

Die skrik ruk deur Mentje. Nee! Nee. Asseblief nie.

Sy voel Han se arm om haar. "Wanneer?" vra Han.

"Môrenag, ek sal haar kom haal." Opa Bakker kyk reguit na haar, Mentje. "Dis reg, nè, ounooi?"

Sy maak haar oë toe en skud haar kop. Nee.

"Sy weet sy moet gaan," sê Bart se stem. "Dis net vir haar baie swaar."

Die tafel kraak toe opa Bakker daarop druk om op te staan. Mentje voel sy hand ook op haar skouer. "Ek verstaan. Maar ek sal jou neem tot by jou oom-hulle se huis. Dan is jy weer by jou familie."

Sy byt die trane terug. Ek ken hulle nie, wil sy uitroep. Maar sy kan nie, want Bart is reg, sy weet.

Sy staan steeds met toe oë en knik stadig.

Die deur kraak toe opa Bakker dit oopstoot. "Goed, tot môrenag dan."

Dis doodstil in die Amhut. Toe sê Wim: "Ai, ons ou flukse meisietjie."

Hulle is tog lief vir haar, sy hoor dit in Wim se stem, voel dit in Han en Bart se arms om haar skouers.

Sy maak haar oë stadig oop. "Ek sal oukei wees."

Die volgende dag kom almal in die kamp groet. Mentje probeer glimlag, maar sy wens hulle wil weggaan. Die knop op haar maag draai stywer en stywer vas.

Elkeen het vir haar 'n goeie wens en 'n stukkie raad. "Jy

is 'n slim dogter, moet nooit ophou leer nie," sê liewe oom Henry aangedaan en vryf-vryf oor sy oë.

"Ek sal, ek belowe, oom Henry," sê sy. "Dankie dat oom Henry ons so mooi geleer het."

"Ek kan nie glo jy gaan weg nie," sê Fred. "Ek hoop ons sien mekaar weer ná die oorlog."

"Ons sal beslis," sê Mentje, hoewel sy nie weet of dit regtig sal gebeur nie.

"Dè, hier's vir jou 'n appel," sê Fred vinnig, skielik ongemaklik. "Oukei, koebaai dan."

Hy is weg voordat Mentje kan antwoord. Haar wange voel vreemd warm.

Ook Walter kom laatmiddag groet. Hy kyk nie na haar nie, staan net en rondtrap soos 'n eend. "En e ... jy is nie meer 'n pokkel nie. Jy was een, maar jy is nie meer nie. Jy is nou 'n ... 'n baie mooi meisie."

Wel, wel, baie mooi, nogal?

"O, goed. Dankie, Walter." Sy weet nie wat om verder te sê nie. Daarom steek sy net haar hand uit. "Totsiens."

Hy groet ook ewe plegtig. "Totsiens, Mentje."

Mooi meisie, nè? Nou ja.

Die aand maak Flora appelmoes met die laaste bietjie suiker en bak pannekoek. Almal om die tafel in die Amhut probeer opgeruimd lyk, maar die glimlagte kom nie tot by hulle oë nie.

Mentje sluk en sluk, die pannekoek kom nie in haar keel af nie.

"Gaan slaap, Mentje," sê Han toe hulle klaar skottelgoed gewas het. "Opa Bakker kom haal jou eers diep in die nag. Julle het 'n ver en moeilike pad, jy moet uitgerus wees. Bart en ek sal wakker bly en jou roep wanneer Opa kom."

Maar sy kan nie aan die slaap raak nie. Wat wag vir haar in Arnhem? Sy weet nie watter soort mense haar oom Jak en tante Maria is nie. Sy het nog nooit foto's van haar nefies en niggies gesien nie. Sy weet nie eens wat die baba se naam is nie.

Sy wil nie weggaan nie. As die bevryding kom, dan natuurlik, ja. Dan wil sy na haar en Pappa se huis toe gaan en vir hom gaan wag.

Maar tot dan? Die Amhut het haar huis geword, Han en Bart, Flora en Wim, selfs Salvador is nou haar familie.

Sy lê op haar dun matrassie met haar klere aan. Han het haar gehelp om net die belangrikste goed uit te soek en in 'n plat sakkie te pak, haar Bybel heel bo-op. Dis al wat sy saamneem. Want sy moet maak asof sy 'n dogtertjie van agt is, Geertje Bakker, en sy en haar "oupa" gaan net 'n entjie fiets.

Uiteindelik raak Han sag aan haar skouer. "Kom. Trek aan jou jassie."

Sy staan dadelik op, die knop in haar maag en keel is kliphard. Wim en Flora slaap, hulle het klaar gegroet.

In die voorkamer wag opa Bakker reeds. Bart maak die deur oop, opa Bakker stap eerste uit.

Op die trappies van die Amhut draai Han na Mentje: "Ons sien jou een van die dae weer. Ons weet mos waar julle plaas is. Ná die bevryding kom ons daarheen en ontmoet sommer ook jou pa."

Mentje knik vinnig. Te vinnig.

"Mentje ..." begin Bart. Maar sy stem is dik, die praat wil nie uit nie. Hy sit sy hand vir 'n oomblik op haar skouer en draai dan vinnig weg.

Mentje sluk hard. "Ek wil hier bly, asseblief," sê sy gesmoord.

Han skud haar kop effe. Daar is 'n sluier oor haar oë. "Gaan, Mentje. Dit is beter so."

Toe draai Han om en maak die deur van die Amhut agter haar toe.

Dertien

Opa Bakker neem haar hand, saam stap hulle versigtig deur die donker bos. Die trane loop vrylik oor haar wange. Sy kan byna nie sien waar sy loop nie.

Ek moet gaan, ek móét gaan, sê sy met elke tree vir haarself.

"Julle gaan eers die nag by 'n vreemde plek oorbly, 'n hele entjie van Nunspeet af," het tante Cor vanoggend kom verduidelik. "Hier naby ken te veel mense vir Opa, hulle weet hy het nie 'n kleindogter van jou ouderdom nie. Môre-oggend eers vertrek julle Arnhem toe. Dit sal die minste verdag lyk."

Opa Bakker loop tot by die boom waar die sampioene groei en slaan dan 'n totaal vreemde koers deur die bos in.

Die maan skyn deur die takkedak, so, hulle kan darem sien waar hulle loop. Sy vee met die mou van haar jas oor haar oë. Jy moet nou ophou huil, praat sy streng met haar-self. Anders breek jy vanaand nog jou nek in hierdie donker bos.

Gmf, jy is mos nie 'n tjankbalie nie?

Maar dit help nie. Êrens diep binne bly die hartseer boontoe beur.

Dit voel asof hulle vir ure deur die bos stap, oor baie brandgange. Haar klompe skaaf haar selfs deur die dikke sokke, haar kleintoontjies is dood geknyp. Oom Max is regtig nie 'n goeie klompemaker nie.

Haar kop begin klop, maar sy vra nie vir opa Bakker of hulle kan rus nie. Sy byt op haar tande.

As Pappa uit Kamp Amersfoort vrygelaat word, sal hy my makliker vind as ek by oom Jak en tante Maria is, probeer sy haarself moed inpraat. Hoe sou hy ooit geweet het sy is in die Pas-Opkamp?

Behalwe natuurlik dat die advokaat dit vir hom sal sê.

"Sal opa Bakker vir advokaat Von Baumhauer sê ek woon nou in Arnhem?"

"Hy weet," antwoord Opa.

Uiteindelik kom hulle by 'n tweespoorpad. Die pad word duidelik selde gebruik. Lae takke hang tot byna op die grond, jong boompies begin reeds in die spore groei.

Hulle stap heelwat gemakliker, tot opa Bakker weer in die bos indraai. "Nou net 'n entjie deur die bos, dan is ons daar."

Uit die donker verskyn die buitelyne van 'n boswagtershut voor hulle. Geen lig brand nie, maar die agterdeur staan op 'n skrefie oop.

Opa Bakker loop in.

'n Man kom uit die een kamer. "Julle is hier," sê hy en stoot die grendel van die agterdeur toe. "Kom deur na die voorkamer, daar kan julle slaap."

In die dowwe maanlig sien Mentje die kombers op die rusbank vir opa Bakker. Eenkant is 'n matrassie waarop sy kan slaap. Sy kruip onder haar kombers in. Haar voete steek ver oor die matrassie.

Sy is so moeg dat sy omtrent dadelik aan die slaap raak.

Vroegoggend maak opa Bakker haar wakker. "Ons moet gaan, ounooi."

Die hartseer lê verstikkend dik haar hele lyf vol. Sy trek haar rok reg en spoel haar gesig in koue water af.

Die hartseer kan geen mens wegwas nie.

Buite wag die fiets waarmee hulle moet ry. Voor aan die stang is die mandjie met 'n paar broodjies en 'n bottel water. Die saal is dun geskaaf van baie gebruik. Agter op die fietsrak is haar plat sakkie met lyn vasgemaak; dis waar sy gaan sit. As iemand hulle voorkeer, mag sy niks sê nie, Opa sal praat. As sy kan, moet sy saggies begin huil.

Dit sal nie moeilik wees nie.

Saam met die hartseer begin sy ook nou bang voel. Wat as die soldate hulle voorkeer? Miskien moet opa Bakker ook begin psalms sing soos meneer Karstens. Maar sy sê liewer niks.

Dan val haar oë op die fiets se wiele. Die twee wiele het geen rubberbande meer nie, in die plek daarvan het Opa houtbande gemaak.

Mentje voel hoe haar keel nog dikker word. Opa Bakker is oud, hy gaan swaar trap aan daardie fiets en sal baie keer moet rus.

En dit alles om haar te red.

Sy wens sy kan haar arms om hom slaan en vir hom sê dat sy dankbaar is vir wat hy doen.

Sy wens sy het nie soos 'n stout dogtertjie gereageer toe hulle sê sy moet weggaan nie.

Sy wens sy kan vir opa Bakker sê sy is lief vir hom.

Maar sy weet nie hoe nie.

Daarom sê sy net: "Dankie, opa Bakker." En al is haar hart baie seer, glimlag sy vir hom.

Eers laatmiddag van die tweede dag kom hulle in die buitewyke van Arnhem aan. Opa Bakker stop en kyk aandagtig na sy kaart. "Amper daar. Dit lyk vir my ons kan reguit aanhou met hierdie pad, dan voor die brug regs draai. Markstraat, naby die Eusebiusplein, dis waar jou oom-hulle bly, nè?"

Mentje knik net, sê niks. Sy moet dapper bly, sy moet net.

Opa trap weer, die fiets se harde wiele stamp-stamp oor die pad. Haar sitvlak is al blou gestamp, die plat sakkie bied geen beskerming meer nie. Die son het haar gesig al bloedrooi verbrand, sy het nie aan 'n hoed gedink nie.

Geboue flits verby, baie geboue, baie strate. Ek het nog nooit in so 'n groot stad gewoon nie, dink sy benoud. Sê nou ek verdwaal?

Uiteindelik hou opa Bakker voor 'n groot huis reg op die straat stil. Al die vensters is toegeplak met swart papiere. "Ek hoop hier is mense," sê opa Bakker en maak sy fiets staan teen die muur.

Ek hoop nie so nie, dan moet Opa my terugneem Pas-Opkamp toe, dink Mentje. Maar eintlik weet sy dis geen opsie meer nie.

Opa gee haar skouer 'n drukkie. "Ons is veilig hier, ounooi," sê hy en klop aan die deur.

Stilte.

Hy klop weer, harder hierdie keer.

Binne hoor hulle 'n geskuifel. "Wie's daar?" vra 'n kinderstem.

Opa wys sy moet antwoord. Sy verstaan, anders word die kind dalk bang. "Dis ek, Mentje. Mentje de Vries."

Stilte.

Verduidelik verder, wys Opa met sy hande.

Sy trek haar asem diep in. "Is dit Henk? Of Femke? Ek is julle niggie, Mentje."

Die deur gaan oop.

'n Seun met deurmekaar blonde hare en 'n hemp waarvan twee knope af is, staan op die drumpel. Hy het 'n agterdogtige frons op sy gesig. "Mentje? Jy woon mos ver van hier af?"

Nou neem opa Bakker oor. Hy het steeds sy hand op haar skouer. "Is jy Henk?"

"Ja." Agter hom loer twee dogtertjies uit, dieselfde blou oë as hulle boetie.

"Is jou pa hier? Of jou ma?"

Die seun kyk uitdagend terug. "Die Duitsers het my pa gevang. My ma is nie nou hier nie."

"Goed." Opa Bakker trap rond, hy lyk onseker. "Sê vir my, is dit jou sussies?"

Die Henk-seun frons. "Ja. Femke en Ilonka. Hoekom vra jy?"

Opa kyk na Mentje. Sy knik. "Ja, dis my niggies se name."

Opa Bakker kyk weer na die seun, Henk. "Jou ma ...?"

Die twee dogtertjies druk-druk vorentoe, erg nuuskierig.

"Sy sal eers later hier wees, miskien baie later. Sy het my klein boetie na die kliniek geneem, hy hoes vreeslik."

Opa Bakker lyk asof hy nie presies weet wat om te doen nie. Hy maak sy keel skoon. "Mentje gaan by julle kom bly vir 'n rukkie."

Drie paar nuuskierige oë draai na Mentje. "O, oukei."

Dan draai hy na haar. "Dit word laat, Mentje, en ek moet voor die aandkloktyd ver uit Arnhem wees. Dink jy ...?"

Hy maak nie sy sin klaar nie. Sy oë lyk ongelukkig.

As Opa nie voor sononder uit Arnhem kom nie, kan dit baie gevaarlik wees, weet Mentje. As hy net eers uit die stad is, sal hy die nag as skuiling gebruik. Hy moet nou ry, dit kan sy verstaan.

Sy kyk op na hom en glimlag haar mooiste glimlag. "Ek sal oukei wees, opa Bakker." Sy wou nog dankie gesê het, maar haar stem begin te dik word.

Opa se oë word vogtig, hy streel oor haar hare. "Jy is so 'n dapper meisietjie. God behoed jou." Toe draai hy vinnig om en loop na sy fiets.

Mentje bly in die voordeur staan. Sy lig haar hand op in 'n groet, maar Opa kyk nie terug nie.

"Kom in, ons moet die deur gesluit hou," sê Henk.

Veertien

Die huis binne is baie groot, groter selfs as advokaat Von Baumhauer se huis. Vanuit die ingangsportaal loop twee deure. Die een is die sitkamer met mooi meubels en 'n uitstalkas vol veelkleurige porselein. Aan die ander kant is die eetkamer met sy lang tafel, baie stoele en 'n groot buffet.

Reg voor Mentje krul 'n breë houttrap met 'n deftige trapreling na die boonste verdieping.

"As my ma weg is, moet ons bo bly," sê Henk en begin die trap klim. "Hoekom het jy hiernatoe gekom?"

"Ek kon nie meer bly waar ek gebly het nie," antwoord sy versigtig. Niemand mag weet van die jaar in die Pas-Op-kamp nie. "Die Duitsers het my pa gevang."

Henk gaan staan botstil. "Was hy ook in die Verset?"

"Ja-a, soort van."

"Jode gehelp?"

"Ja."

"O. Dan sal hulle hom seker ook doodskiet."

Mentje word yskoud. "Nee, nee. Hy lewe nog. Hy is in Kamp Amersfoort."

"Jy is gelukkig." Henk draai om en begin weer die trap boontoe klim.

"Wie is doodgeskiet?" Mentje staan steeds vasgenael op die vierde trap.

Henk kyk om. "My pa, oor hy die Jode gehelp het. Baie Jode."

Oom Jak? Haar ma se enigste boetie? "Dis verskriklik. Ek is regtig jammer om dit te hoor."

Henk trek sy mond skeef. "Ag, dis oukei. Hy het vir moeilikheid gesoek, toe kry hy dit, sê my ma. Dis lankal terug, net voor Willem gebore is. Toe word Willem te gou gebore."

"Waar's jou ma?" vra die ouer niggie Femke.

Mentje skud haar kop. Die skrik lê nog haar hele lyf vol, sy kan nie dink nie. "Dood. Lank gelede al, toe ek gebore is."

Sê nou hulle skiet vir Pappa? Nee, nee, dit sal nooit gebeur nie.

Aan die bopunt van die trap is 'n breë gang met vyf deure, een na links, een na regs en drie reg voor hulle.

"Dit is bo," wys die kleiner dogtertjie Ilonka.

"Ek sien," sê Mentje.

Hulle staan ongemaklik rond. Noudat hulle bo is, weet niemand eintlik wat om te doen nie.

"Hoe oud is jy?" vra Henk.

"Ek het in April elf geword."

"Ek is nege."

"Ek is ses en sy is vier," gesels Femke.

"In watter graad is jy?" vra Henk.

Skool? Daaraan het sy nooit gedink nie. In watter graad moet sy nou wees, ná die vakansie? "Ek moet na graad sewe gaan."

Henk se oë trek skrefies. "Dit lieg jy! Mens kan g'n in graad sewe wees as jy pas elf jaar oud geword het nie."

"My pa het my vroeg skool toe gestuur."

"O."

Stilte.

Toe stap Femke die tweede kamer binne. Die beddens is deurmekaar, die hele vloer lê besaai met speelgoed. "Kyk, dis ons kamer. Kom speel."

Dis al byna donker toe tante Maria en die baba – hy is al twee jaar oud en sy naam is Willem, vind Mentje gou uit – by die huis kom.

Terwyl haar nefie en niggies by die trap af storm, skree Femke kliphard: "Mamma, ons is honger."

Mentje loop stadig agterna. Sy ken nie die tante nie, en nou is oom Jak nog dood ook.

Tante Maria sit vir Willempie op die vloer op sy voetjies neer en vee oor haar gesig. "En dié?" vra sy toe sy Mentje raaksien.

"Dis Mentje, sy bly nou by ons want haar ma is dood en die Duitsers het haar pa gevang," antwoord Henk dadelik.

'n Frons vou tussen tante Maria se oë in. Nie 'n kwaai frons nie, eerder 'n verstaan-nie-frons. "Mentje?"

Mentje kom stadig met die trap af. "As dit kan," sê sy onseker.

Die volgende oomblik sak tante Maria op die bankie neer en druk haar gesig in haar twee hande. Huil sy? wonder Mentje benoud.

"Mamma, Mamma, ek is honger," teem Femke.

"Ag, sharrap tog," snou Henk haar toe.

"Mamma! Hoor vir Henk!"

Tante Maria kyk op. Sy huil nie, sy lyk net baie, baie

moeg. Platgeslaan, soos party van die Pas-Opkampers wat hoop verloor het. "Henk, gee vir Femke 'n stukkie brood. En vir Ilonka." Selfs haar stem klink moeg en moedeloos.

"Ek moet ook altyd al die werk doen!" bars Henk woedend uit en swaai om na Femke. "Kry end met die gekerm en loop haal self vir jou brood. Toe ek ses jaar oud was ..."

"Mamma, hoor vir Henk!" gil Femke skril.

Ilonka slaan op die vloer neer, bene in die lug, maak haar mond wawyd oop en skree bo haar sussie uit: "Brood hê! Brood hê!"

Dit werk aansteeklik. Klein Willem sit 'n vreeslike keel op en begin omtrent dadelik erg hoes.

Mentje druk haar ore verskrik toe. So iets het sy nog nooit beleef nie.

Toe begin tante Maria huil. Sy staan nie op of iets nie, sy sit net daar en die trane loop uit haar oë.

Mentje se hart trek inmekaar. Sy voel hartseer, senuweeagtig, bang, deurmekaar. Magteloos. Sy weet nie wat sy voel nie.

Tante Maria se trane het geen invloed op die ander kinders nie. Die dogtertjies gil en skree, Henk slaan die agterdeur hard agter hom toe en Willem hoes al hoe gevaarliker.

Asof meganies staan tante Maria op, tel die hoesende kind op en begin sy ruggie vryf. Sy stap deur kombuis toe, Femke agterna. Ilonka hou ineens op skree, vlieg op en storm agter hulle aan.

Mentje bly alleen in die portaal agter, haar rug steeds teen die muur soos sy geretireer het, hande steeds oor haar ore. Sy laat haar arms stadig sak.

Hier kan ek nie bly nie, dink sy verslae. *Dis 'n vreeslike huis.*

Maar waarheen? Terug kan sy nie, opa Bakker is teen hierdie tyd al 'n hele ent van Arnhem af. En sy ken niemand hier nie.

Ek moes nooit uit die Amhut weggegaan het nie, weet sy. Die Amhutters is nou besig met hulle aandgoed. Party mans sal by die pomp gaan stort, iemand sal stamppot vir aandete maak. Daar sal vrolikheid in die Amhut wees, of dalk ernstige besprekings. Dit sal soos huis voel, tot Pappa terugkom.

Moet sy nou hier wag tot haar pa kom?

Sal daar ooit 'n einde aan hierdie oorlog kom?

"Wie het jou hierheen gebring?" vra tante Maria toe elkeen met 'n stuk brood om die kombuistafel sit.

Nou moet ek versigtig antwoord om nie die Pas-Op-kamp in die moeilikheid te bring nie, dink Mentje. "Iemand wat ons geken het, meneer Bakker."

"Waarom hierheen?"

Julle is my familie, wil Mentje sê. Maar haar keel is droog, die woorde steek in haar keel vas. Saam met die stuk brood.

Tante Maria se vinger krap-krap aan die kolletjie op die gestyfde tafeldoek. "En jou pa?"

"Die Duitsers het hom gevang, ek het mos vir Ma gesê," sê Henk byna ongeduldig. "Hulle gaan hom seker ook skiet."

"Hulle gaan nie!" Mentje veg verbete teen die trane.

Tante Maria kyk steeds met moeë oë na haar. "Kon jy nie by daardie meneer Bakker gebly het nie?"

Hoe graag sou sy nie nou by die liewe opa Bakker en tante Cor wil wees nie. Maar dit kan nie. Niks kan meer nie. "Daar is nie plek nie."

"Jy ken ons nie eens nie, kind. Waarom hierheen?"

Wat moet sy sê? "Ek het die adres geken." Dit klink

vreeslik flou, maar sy het al gesê hulle is haar enigste familie. Of het sy dit net gedink? Haar kop voel dikker en dikker.

"Dinge gaan swaar hier in Arnhem." Tante Maria se hande lê slap op die tafel. "Kos. Water. Gas. 'n Mens moet die regte mense ken om iets in die hande te kry. Mense staan ure in die kosrye vir 'n sakkie meel of 'n lekseltjie botter. En dan die siek kind."

Sy is regtig moedeloos, besef Mentje weer. Deur haar dik keel sê sy: "Ek sal help waar ek kan."

Haar tante staan op en begin die borde opmekaarstapel. Die grys oë bly dof, 'n sug ontsnap van êrens diep binne. "Waar is jou goed?"

Mentje stap portaal toe en kom terug met haar sakkie vas teen haar bors geklem.

"Is dit al jou goed?" vra Henk verstom.

"Ek het nie eintlik veel saamgebring nie." Die huil begin nou in haar oë opdam. "Net bietjie klere en my tandeborsel. En my Bybel."

Hulle wag, Henk en tante Maria.

"Ek moes vlug toe die Duitsers kom. Daar was nie tyd om goed in te pak nie." So asof die tyd in die Pas-Opkamp nooit bestaan het nie.

Tante Maria tel die stapel borde op. "Liewe Vader, ek gaan hierdie oorlog nie oorleef nie," prewel sy. "Henk, gaan wys vir Mentje waar die gastekamer is. Miskien kan ek môre aan 'n oplossing dink. Nou is ek te moeg."

Dit is weer 'n mooi kamer met 'n vreemde bed waarin Mentje verlore voel. Die huis is vol geluide wat sy nie ken nie: Willem wat hoes en hoes, Ilonka, dalk Femke, wat in die middel van die nag kliphard begin huil, die geraas wat uit die straat deur die oop venster na binne waai.

Sy staan op om die venster toe te maak.

Die venster kyk uit oor die rivier, die Nederryn. Die water lê rustig en blinklyf in die maanlig uitgestrek. Daardie water kom al die pad van die Alpe in Switserland af, vloei deur Duitsland en Nederland tot by die Noordsee. 'n Kronkelslang van meer as duisend kilometer lank, het oom Henry vir hulle in die aardrykskundeles op die kaart gewys.

Liewe oom Henry.

Moenie aan Pas-Opkamp dink nie.

Sy maak die venster toe en klim terug in die bed.

Die slaap bly weg.

Sê nou tante Maria besluit môre sy kan nie hier bly nie, wat gaan van haar word? Sal hulle haar in 'n weeshuis sit waar sy in die washuis moet werk tot sy oud is? Sy het al gehoor dis wat met weesmeisies gebeur.

Of sal hulle haar stuur na 'n arbeidskamp in Duitsland omdat haar pa die Jode gehelp het? In Pas-Opkamp het sy besef dis 'n vreeslike oortreding om die Jode te help.

Mamma se broer is doodgeskiet omdat hy die Jode gehelp het.

Dit sal nie met Pappa gebeur nie. Hy is in Kamp Amersfoort, waar hulle nie mense doodmaak nie. Daar is al mense wat uitgekom het, het tante Cor eenmaal gesê.

Pappa het ook nie moeilikheid gesoek nie, dit weet sy. Hy het net barmhartigheid bewys, dis sy Christelike plig. Dis almal se plig.

Die dun rofie oor die seer in haar hart is nou heeltemal af.

Vanaand verlang sy nie na die Amhut en Han en Bart nie. Sy verlang na haar bed op die plaas, na die maan wat deur die boomtakke voor hulle venster skyn, na die geluide in hulle huisie.

En na haar pa.

Veral.

Vroegoggend stuur tante Maria vir Mentje en Henk bakkery toe om brood te koop. Dan melk by meneer Van Velden se melkkarretjie en groente op die mark. Hulle moet koepons vir alles hê.

Die mark het min groente en selfs minder vrugte. "Ons moet al hoe meer produkte aan die Wehrmacht lewer," verduidelik een boervrou. "Dit lyk vir my hulle produseer geen voedsel meer in Duitsland nie, net wapentuig."

Henk los 'n lelike vloekwoord.

"Henk!" sê Mentje ontsteld.

Hy kyk haar uitdagend aan. "Dis wat ek van die Wehrmacht dink."

"Hulle stuur jou weg na 'n arbeidskamp," waarsku Mentje.

"Lyk dit of ek skrik, hè?" Hy skop 'n klippie, sy skoen se neus skuur grof teen die teerpad.

Hy breek sy skoene, dink Mentje. Maar sy sê eerder niks. Henk het regte skoene. Sy dra klompe.

Die kruidenier se rakke is baie leeg. Hy het nie vanoggend botter nie, ook nie suiker nie, miskien môre.

"Sal ons na 'n ander winkel gaan?" vra Mentje, want sy wil nie vir tante Maria verder omkrap nie. "Daar is nog bietjie suiker, maar die botter is heeltemal klaar."

"Nooit," antwoord Henk beslis. "Weet jy hoe ver is dit? Ons eet vanaand brood sonder botter."

Sy antwoord nie, want sy weet nie wat die regte antwoord is nie.

Die vrees oor wat haar tante gaan besluit, lê soos 'n klip in haar maag. Tante Maria lyk darem nie gemeen nie, so, sy sal haar sekerlik nie na 'n arbeidskamp toe stuur nie. Maar die tante is moeg en moedeloos, sy glo nie tante Maria sien kans vir nog 'n kind in haar huis nie. Dan word die weeshuis haar huis.

"Kyk, daar is die splinternuwe brug oor die Ryn," sê Henk skielik langs haar.

Sy ruk terug werklikheid toe. Hulle stap met 'n breë straat af terug huis toe. Aan die onderpunt sien Mentje die brug. "Was daar nie altyd 'n brug nie? Die mense moet tog van hierdie deel van die stad na daardie deel oorkant die rivier kan kom?"

"Daar was 'n brug, maar toe die oorlog hier naby kom, het ons eie soldate die brug laat ontplof. Om te keer dat die Nazi's oor die rivier kom, sien?"

"Lê Duitsland hierdie kant van die rivier of anderkant?"

Hy hoor haar nie, hy is te entoesiasties oor sy eie vertelling. "Mentje, jy moes dit gesien het! Net so kadwa! boem! boem! pffuut! En daar trek stukke brug in die lug op. Met baie, baie stof, hoor. Ons kon alles van ons huis af sien. Van jou kamer af."

"O. Sjoe. Waar lê Duitsland?"

"In Duitsland, natuurlik. Waar anders?"

Gmf, dom antwoord. Miskien weet hy nie. Soos sy dit uitwerk, is hulle aan Duitsland se kant van die Ryn. "Wie bou nou die nuwe brug?"

"Die Duitsers, die Nazi's self. Sodat hulle makliker aan die ander kant kan kom, sien jy?"

Asof sy nie mooi sal verstaan nie. Simpel seunskind.

Ná 'n week ken Mentje die huis en die onmiddellike omgewing beter. Hier woon ryk mense met baie goed, het sy besef. Haar ma se broer en sy familie lewe baie anders as wat sy en haar pa leef. Miskien daarom dat hulle nooit by mekaar gekuier het nie.

Die kombuis in tante Maria se huis het baie kaste en rakke vol goed, maar nie kos nie. Pragtige bordestelle, ja, silwer opskepbakke, blink glase in netjiese rye, verskeie teeserviese. Net in een rak word kos gebêre: sout, meel, suiker, koffie.

"As ek net weer eenmaal regte koffie kan kry," sug tante Maria. "Hierdie goed wat hulle as koffie verkoop, is ondrinkbaar. Smaak asof dit van tulpbolle gemaak word."

In die Amhut, dink Mentje stil, het ons dieselfde tipe koffie gedrink. Niemand het gekla nie, hulle was net te bly hulle het iets om te drink.

Party ander onderduikers het tog gekla, onthou sy. Walter se ma het aanmekaar gekerm vir regte koffie en oom Max en tante Kaatje Gompes het kliphard geskinder oor die konkoksie.

"Ondankbaar," het Han kortaf die gekla afgemaak.

Dis seker waar wat oom Henry gesê het: "Julle jongmense moet positief bly. Ons ouer mense vertrou op julle jeug, soms klou ons aan julle optimisme vas."

Oom Henry het duidelik nie in hierdie Arnhem-huis gewoon nie. Hier is dit bitter moeilik om positief te bly.

Dit is steeds beter as 'n weeshuis, sê Mentje streng vir haarself. Want haar tante het nog nie gesê sy kan bly nie, maar ná byna 'n week het sy haar ook nog nie weggestuur nie. En dis net tot Pappa terugkom. Miskien ontsnap hy ook soos die advokaat uit die Michiel-of-iets-tronk, dan kom hy terug, nog voor die einde van die oorlog.

Miskien.

Mentje help so fluks sy kan. Sy begin al hoe meer soggens, wanneer tante Maria nog nie tuis is nie, die kos regkry. Smiddags eet hulle kookkos, saans brood.

Aan die begin het sy vir tante Maria gevra wat sy moet kook. Maar die opsies is so min, sy kyk sommer self wat daar is. Daar was lanklaas 'n stukkie vleis om saam met die stamppot te eet. Vandag is daar net wortels.

Die middag aan tafel sê Henk: "Ag nee, nie al weer wortelstamppot nie! Dis armmanskos. Kan jy niks anders kook nie?"

"Sê jy vir my wat anders mens kan doen as daar net wortels en aartappels is," vererg Mentje haar.

"Ag, moet jou nie alewig so slim hou nie."

Tante Maria draai na haar. "Mentje, dis nie nodig om lelik te wees met Henkie nie."

"Tante Maria ..." begin sy veglustig. Maar sy bedink haar en maak haar mond styf toe.

En oom Henry wil hê sy moet positief bly? Gmf.

Die somerdae is lank en eensaam. Dit is die ganse Augustus deur vakansie, dus het die skool nog nie begin nie. Tante Maria se huis word nie huis nie. En die verlange na haar pa word feller en feller.

Kos is 'n daaglikse probleem, die winkelrakke bly baie leeg. "Hoe ons deur die winter gaan kom, weet ek waaragtig nie," sug tante Maria menige dae.

Soms word Mentje kwaad vir haar tante wat oor alles kla, maar soms voel sy jammer vir haar en probeer haar moed inpraat. "Miskien is die oorlog verby voor die winter."

"Ja, kind, en miskien kom Kersfees ook, nè?"

Mentje verstaan nie mooi wat sy bedoel nie, daarom antwoord sy eerder nie.

Baie van die buurmense, kom Mentje agter, het ook moed verloor. Tog is daar mense wat bly hoop, soos die oom by die kruidenierswinkel.

"Daai oom het 'n draadloos wat hy wegsteek," vertel Henk. "In die aande luister hy na die oorlog op Radio Oranje én Engeland se nuus. Maar dis 'n groot geheim, hoor. As die Duitsers hom vang, skiet hulle hom poegaai morsdood."

"As dit kamma so 'n groot geheim is, hoe weet jy?"

Henk kyk haar aan asof sy die domste meisie op aarde is. "Ek weet dinge. Het jy nog nie agtergekom nie?"

Weet dinge? Henk? Gmf.

Dwarsdeur die somer bly die Duitsers baas in Arnhem. "Die Geallieerdes vorder niks," skud die mense moedeloos kop. "Wat gaan tog van ons word?"

Oom Thijs en tante Tinka Bijl is tante Maria-hulle se bure. Tante Tinka kom doen gereeld laatmiddag verslag. "Thijs kom nou net van die kruidenier af, het daar gaan nuus luister." Sy gaan sit op die kombuisstoel oorkant tante Maria en lê haar hande fyntjies op die tafel neer.

"Kan ek vir Tante bietjie koffie inskink?" vra Mentje. Sy hou nogal van die mooi tannie met die vaalblonde hare en vriendelike oë. Maar haar seuntjie Nicolaas is baie stout.

"Dit sal lekker wees, dankie."

"Ondrinkbare goed, maar dis al wat mens kry," sug tante Maria toe sy ook 'n koppie koffie by Mentje neem. "Jy moenie so in die piering mors nie, kind. Wees versigtiger as jy skink."

"Goed, tante Maria."

"Die Amerikaners het Saipan verower, kan jy glo," sê tante Tinka en neem 'n slukkie koffie. "Mm, lekker, dankie."

"Waar is Saipan?"

"Ek weet nie. Maar enige oorwinning is goeie nuus, is dit nie?"

Mentje droog die laaste messe af, pak dit netjies in die laai en verdwyn kamer toe.

In die ou atlas wat sy en Henk halfverskeur agter die

bakkery gevind het, soek en soek sy na Saipan. Sy het vroeër al Assisi in Italië gevind, ook Belarus en selfs Litaue. Maar dis baie, baie ver van Nederland af.

Saipan vind sy nêrens nie.

En sy het, soos altyd, niemand om te vra nie.

Iets waaroor sy tog positief is, is haar mooi kamer. Dis 'n kamer waarin 'n prinses maklik kan woon. Die bed is groot en hoog, met 'n sagte matras en dun kantgordyntjies wat mens kan toetrek in die nag. Oor die bed is 'n spierwit deken, net soos die prentjie van "The princess and the pea" in die skooltjie in Vierhouten.

Die kamer het 'n groot kas vir 'n mens se klere. Aan die binnekant van die kas se deur is 'n lang spieël waarin 'n mens jou kan sien. Jou hele self. Sy staan soms lank voor die spieël en kyk vir haarself. Walter was reg, sy is nie meer 'n pokkel nie. Eintlik lyk sy baie reguit, soos 'n potloodstrepie. Haar bene is ook twee potloodstrepies, met sulke lang strepies vorentoe vir voete. Eendag gaan sy ook ronde boudjies en tieties kry soos Han. Maar nou is sy nog 'n kind.

Haar hare het baie lank geword. As sy dwars draai en oor haar skouer kyk, sien sy haar hare hang al tot amper in die middel van haar rug. Lang blonde hare soos haar ma wat dood is. As Pappa haar weer sien, sal hy nie glo hoe lank haar hare is nie. Sy het haar ma se blou oë ook, net soos Henk en sy twee sussies. Willem het bruin oë en hare, soos tante Maria.

'n Ander ding wat lekker gaan wees, sy weet dit want sy hou van skoolgaan, is dat die nuwe akademiese jaar uiteindelik begin.

Sy stap saam met Henk en Femke skool toe. Femke is bang, dis haar eerste dag by die skool.

"Toemaar, dis my eerste dag ook," troos Mentje.

Henk is dikbek. "Ek stap nie weer saam met julle meisies skool toe nie," sê hy vies.

By die skool neem hulle eers vir Femke na die graadeenklas en stap dan na die lokaal van die agtste graad. "Dit is my niggie Mentje," sê Henk vir die skoolhoof wat voor die deur staan. "Sy woon nou by ons en sy moet skool toe kom."

Die skoolhoof knik vriendelik. "Hoe oud is jy, Mentje?"

"Elf.

"Die sesde graad dus," sê die skoolhoof.

"Ek is in die sewende graad."

Die skoolhoof frons. "Maar jy het vanjaar eers elf geword?"

"Ja, maar my pa het my vroeg in die skool gesit. Ek moet beslis in die sewende graad wees."

"Waar was jy op skool?"

"Vierhouten."

Hy kyk haar skepties aan. "Ons sit jou voorlopig maar in graad sewe. Ons kan jou altyd terugskuif na graad ses. Henk, neem jou niggie na die klas."

Hulle stap in die gang af. Oral is kinders wat mekaar ken, net Mentje is vreemd.

"Dit is die graadsesklas, vir volgende week," sê Henk vermakerig. "Daar op die einde is jou klas."

Graadsesklas, vir volgende week? Dit sal die dag wees.

Alles is vreemd, die ganse dag lank. Die meisies is 'n jaar of twee ouer en praat oor dinge wat Mentje nie eens aan dink nie. Regte stadsmeisies, anders as die kinders in Vierhouten. Die seuns is heeltemal simpel, soos seuns maar is. Die werk is moeilik, maar sy sal dit baasraak. Sy sal vir almal wys sy kan.

Net die matesis is maklik. Ek het geweet oom Henry doen te moeilike somme met ons, dink sy.

Toe die lang middagpouse aanbreek, wag sy vir Henk. Later is daar niemand meer by die skool nie, net sy.

Stadig begin sy terugstap huis toe. Vanoggend was sy te gespanne om iets te eet, nou begin die honger knaag.

Henk en twee ander seuns jaag mekaar deur die straat reg voor die huis.

"Waar was jy?" vra sy fronsend. "Ek het die hele tyd vir jou gewag."

"Waar was jy? Waar was jy?" koggel een van sy vriende.

Sy maak haar rug reguit en stap die huis binne.

In die kombuis staan die vuil borde in die wasbak opgestapel. Geen kos nie.

"Is hier iets om te eet?" vra sy.

Femke kyk op. "Jy is laat. Mamma is nie hier nie, toe sê Henk as mens laat is vir ete, kan jy nie te honger wees nie." Sy kyk Mentje beterweterig aan. "Ons moet buitendien nou teruggaan skool toe vir die middagsessie."

Sy het verniet uitgesien na die skool. Dis aaklig.

"Here en Liewe Vader en Almagtige God, U moet asseblief vandag hoor as ek bid. Ek weet nie wat om te doen nie. Ek is regtig nie ondankbaar nie, maar tante Maria wil my nie hier hê nie. Of miskien is sy net te moedeloos om te dink, en nou is haar man ook nog dood en Willem is baie, baie siek. Henk wil my beslis nie hier hê nie. Liewe Here, U sien self hoe lelik is hy met my.

"En dan die skool, Here. Ek weet nie of ek die werk kan doen nie, behalwe die matesis. En ek wil nie dat hulle my terugsit na die sesde graad toe nie, dis wat almal wil doen. En ek weet dat ek in Vierhouten nou in die sewende graad sou gewees het. U weet ook, Here.

"Wat ek eintlik wil vra, liewe Here, ek vra mooi, is dat Pappa terugkom. Dit sal alles regmaak. Ek weet ek het al baie gevra, ook toe ek in Pas-Opkamp was. Maar nou is dit baie, baie belangrik. Ek dink dit is lewensbelangrik.

"Amen."

Nee, nee, dink sy, dit was 'n te selfsugtige gebed. Sy wil darem nie hê die Here moet dink sy wil net alles vir haarself hê nie. "En, Here, maak asseblief vir klein Willem gesond. En laat tante Maria meer moed kry. Amen."

Moet sy vra dat die Here Henk se hart verander sodat hy nie meer so lelik met almal is nie? Maar dan is dit eintlik weer selfsugtig.

Die graadsesklas vir volgende week, nogal?

Gmf.

Skool is nie heeltemal só sleg nie, besluit Mentje die derde dag. Sy het wel nog nie maats gemaak nie, die meisies is net te oud en te stadsagtig, maar die werk is vir haar interessant en redelik maklik. En die meneer is regtig gaaf.

Ongelukkig kan sy nie dieselfde sê van die huis waarin sy moet bly nie. Femke kerm oor alles, Henk wil met niks help nie en is lelik met almal, Willem wil gedurigdeur opgetel word en Ilonka gooi haar op die vloer neer elke keer as sy nie haar sin kry nie. Mentje wens sommer Han was naby, sy sou vinnig daardie bedorwe dogtertjie op haar plek gesit het.

Daarby word dit al hoe moeiliker om barmhartig te wees teenoor tante Maria. Sy weet die tante kry swaar, maar kan sy nie net haar kinders mooi maniere leer nie? En ophou kla oor alles.

Dis seker vreeslike sonde om so te dink. "Jammer, Here, ek sal probeer soos U wees," bid sy vinnig. "Maar dis regtig baie moeilik hier, U sien mos."

Sy staan by haar kamervenster en kyk uit oor die Ryn. Dis 'n mooi uitsig, die breë, diep water wat so rustig vloei. Die brug is ook mooi met sy hoë tralieboog wat byna van die een kant tot by die ander kant strek. Sy staan daagliks en kyk hoe die groot Duitse vragmotors en die Jeeps vol soldate heen en weer oor die brug ry.

Een van die dae kom die Engelse se pantserkarre en tenks ook oorgery van die ander kant af. Sy sal hier staan en vir hulle kyk en weet dat dit tyd geword het om huis toe te gaan. Miskien sal Pappa dan al vry wees en saam met haar hier kan staan en kyk. Maar sy glo nie, want Amersfoort is ook aan die bokant van die Ryn, net soos Arnhem.

As die Engelse en Amerikaners net bietjie vinniger beweeg het. Want weke ná die troepe in Normandië geland het, is hulle nog nie veel nader aan Nederland nie.

"Mentje! Mamma sê jy moet die tafel kom dek!" gil Femke van die onderpunt van die trap af.

Mentje draai om en stap stadig met die trap af.

Tante Tinka van langsaan kom doen steeds gereeld verslag oor die vordering in Italië en in Rusland en ander plekke wat Mentje nie ken nie.

"Man, ek stel nie belang in die oorlog aan die oosfront of so ver suid nie," frons tante Maria elke keer. "Hoe naby is hulle aan ons grens?"

"Nee, ek is nie seker nie. Beslis nog nie oor die grens nie, dan sou ek dit geweet het."

Tante Maria sug en gee nog 'n bord vir Mentje aan om af te droog. "Parys is darem al bevry," probeer die buurtannie troos.

Toe sit tante Maria die waslappie neer. "Ag, Tinka, uitkoms gaan nooit kom nie. Hulle het begin Junie in Frankryk geland en eers einde Augustus Parys bevry. Byna drie maande later? En het jy 'n idee hoe ver Parys van hier is? As dit die tempo is waarteen hulle vorder, kom hulle oor drie jaar eers hier aan."

"Ai, Maria, ek verstaan, ek voel ook party dae so. Maar jy kan nie moed verloor nie. Die troepe sit minstens nie meer in Engeland nie, om nie eens te praat van in Amerika nie."

Tante Maria antwoord nie.

"Klein Willem hoes vir my erger," verander tante Tinka die onderwerp.

Tante Maria se skouers sak nog meer. "Ek weet ook nie meer waarheen nie. In die nagte trek sy bors heeltemal toe, hy sukkel om asem te haal. Ek stoom hom, ek smeer sy borsie in, niks werk nie. Die medisyne wat ek kry, help ook niks."

"Hoekom neem jy hom nie maar na die Elizabeth-hospitaal toe nie?"

Tante Maria se kop ruk op. "Waar die Duitsers oorgeneem het?"

"Hulle het goeie medisyne, baie beter as dit wat ons dokters in die hande kan kry. En hulle behandel wel Nederlanders. Ons is mos nou volgens hulle deel van Duitsland."

"Ek neem onder geen omstandighede my kind daarheen nie. As hulle eers hulle kloue op hom kry, stop hulle hom in die hospitaal en ons sien hom nooit weer nie."

Mentje verdwyn stil-stil kamer toe en haal haar atlas uit. Sy weet presies waar Nunspeet is. Net 'n ietsie ondertoe, in baie klein skrif, lê Vierhouten. Êrens in hierdie donkergroen deel is Han en Bart, vind haar vinger die plek. En hier, hier wag ons plasie vir my en Pappa.

Haar vinger dwaal verder af tot by Amersfoort. Kamp Amersfoort moet tog daar wees. Dis waar Pappa is. "Hou moed, Pappa, die Geallieerdes is op pad," fluister sy byna onhoorbaar.

Vroeg September begin die onmoontlike tog gebeur. Sommer so skielik, amper soos die maan wat een week nog halfmas oor die rivier hang en die volgende week al hoe groter begin groei.

Die Sondag, terwyl hulle nog so in die kerk sit, kom koster Jan Mijnhart skielik vanaf 'n sydeur in.

Die dominee lees die briefie wat die koster vir hom gee. Toe hy opkyk, glimlag hy. "Broers en susters, God is almagtig. Ons het pas berig gekry dat Brussel bevry is." Hy lig sy twee hande op in die lug, sy swart toga hang soos vlerke langs sy sye. "Kom ons dank God vir sy goedheid."

Ná kerk gaan niemand huis toe nie. Almal is te opgewonde. "'n Week gelede was hulle nog in Parys, nou België, Brussel. Kyk, nou gebeur dinge uiteindelik," sê hulle vir mekaar.

Selfs tante Maria lyk vrolik. Wel, so vrolik soos sy seker kan lyk.

Maandag kom die berig deur dat Antwerpen ook bevry is. Die skoolkinders mag vroeg huis toe gaan, so groot is die opwinding.

Niemand praat meer oor die leë winkelrakke en die flou gastoevoer nie. Almal gesels opgewonde oor die komende bevryding: die kinders, die onderwysers, die mense op straat, in die winkel en die bakkery. Dit lyk asof almal weer moed geskep het.

"Gister is Brussel bevry, vanoggend Antwerpen," sê iemand in die bakkery.

"Ek sê nou vir julle, môre gaan 'n dol Dinsdag wees," voorspel die bakker in sy hoë wit hoed. "Niks kan die Geallieerde Magte meer keer nie."

En hy blyk reg te wees. Want daardie selfde aand storm tante Tinka, wat haar gewoonlik soos 'n ware dame gedra, die huis binne. "Hulle is oor die grens! Kan julle glo? Oor die grens!"

Tante Maria kyk verskrik op. "Tinka, waarvan praat jy? Die Geallieerdes?"

Tante Tinka sit nie eens nie, so bly is sy. "Die troepe, ja. Hulle is oor die Nederlandse grens. Hulle is al in Breda."

Dit lyk of die nuus te groot is vir tante Maria om te verstaan. "Breda? Dis in Nederland."

"Dis mos wat ek sê. Die bevryding vir ons Nederlanders het nou werklik begin. En Thijs sê dit gaan vinnig, hoor." Sy is net so vinnig by die huis uit.

"Oor die grens?" Tante Maria kyk reguit na Mentje, haar oë blink. "Kind, ek het gedink dit sal nooit gebeur nie."

Ook Mentje se hart voel baie ligter. Elke tree wat die Geallieerde troepe nader aan hulle gee, is 'n tree nader aan die tyd wanneer sy en haar pa weer in hulle eie huis op die plaas kan gaan woon.

Dinsdagoggend is almal vroeg reeds op straat. Hulle waai Nederlandse vlae en swaai oranje vaandels rond. Party meisies sit blomme in hulle hare en dans in die straat. Die winkels se deure is toe, want almal wil die Geallieerdes verwelkom as hulle Arnhem binnery.

Net die bakkery is oop. "Julle is miskien bietjie haastig," meen die bakker. "Dis 'n hele ent van Breda tot hier."

Maar die mense bly positief. "Kyk hoe gee die Nazi's pad," lag een oom en wys met sy dik vinger.

En sowaar. Van oor die brug kom een vragmotor ná die ander aangery, gelaai met toerusting en mense, op pad oos, na die Duitse grens.

"Ja-nee, as jy my vra, het paniek uitgebreek onder die Nazi's," meen nog 'n oom. "Ek hoor hulle is besig om so vinnig moontlik alle papierwerk te verbrand. Hulle vlug soos hase."

Iemand sê: "Vandag sal die bevryders in Rotterdam kan wees, môre in Utrecht, moontlik tot in Amsterdam. Die res sal vinnig volg."

Die vrolikheid hou aan, die hele dag deur. En die stories loop.

"In Suid-Nederland kan mense die gebulder van die kanonne hoor," sê iemand vroegmiddag.

"Wat bedoel jy? Ék hoor daar is plekke in Suid-Nederland wat al bevry is."

"Ja, ek weet darem nie," sê 'n derde oom ietwat skepties. "Julle weet, in Rotterdam beweer hulle die Geallieerdes is by Moerdijk, en in Amsterdam is die storie weer dat hulle in Rotterdam is."

Dit plaas 'n effense demper op die geselskap.

Tot iemand sê: "Wel, my swaer het self 'n Britse radioberig gehoor wat sê Breda is bevry. Ek sê nou vir julle, voor die naweek ry die Amerikaanse tenks deur die strate van Arnhem. En ek sal daar wees om ons bevryders toe te juig."

Teen die aand is die vrolikheid nog glad nie uitgewoed nie. Tante Maria het sowaar 'n poeding gemaak vir aandete. En vir die eerste keer vandat Mentje haar ontmoet het, lag sy hardop. Henk is heeltemal laf, die twee dogtertjies uiters verspot. Almal is regtig vrolik.

Maar toe word klein Willem naar van te veel poeding.

Mentje gee die saak een kyk en vlug so vinnig soos sy kan kamer toe.

En toe gebeur niks. Dag ná dag wag Mentje, kyk sy, bid sy, maar niks gebeur nie. Geen Engelse soldate kom oor die brug gemarsjeer nie, geen motorfietse, geen Geallieerde bevelvoerders in Jeeps nie, geen Amerikaanse tenks nie.

Miskien was die bakker reg. Miskien was hulle te haastig, Breda lê ver van Arnhem af.

"Maar die draadloos het beslis gesê Breda is bevry," oortuig die mense mekaar.

Tot die berig op Donderdag 14 September deurkom: Die Geallieerdes is oor die Nederlandse grens. Maastricht is die eerste Nederlandse stad wat bevry is.

"Maastricht? Dis dan reg op die Belgiese grens?" roep tante Maria ontsteld uit. "Dis op die verste suidpunt van Nederland?" Toe sak sy op haar knieë neer en begin huil, hard en lelik. "Hulle het vir ons gelieg. Gelieg, gelieg!"

Vyftien

Die lug bokant Engeland is grys van die reën, die landskap grasgroen gereën.

Tinus staan buite in die reën, sy gesig boontoe gedraai. Die water loop in straaltjies teen sy nek af. Koud. 'n Seën van Bo, sê Oupa altyd.

Dis Oupa wat hom geleer het om in die reën te staan, van kleins af. Selfs al was dit bibberkoud, het hulle saam in die reën gestaan. Hy en Oupa. As die hael skielik begin klits, het hulle vinnig huis toe gehardloop.

Nou is Oupa oud. Nie net aan jare nie.

"Lieutenant?"

Hy swaai om.

Skuins agter hom staan Andrew onder 'n swart sambreel. Sy gesig is een groot vraagteken. "Are you okay?"

Tinus begin stadig glimlag. "Die reën? Is dit nie wonderlik nie?"

Die rooikop bekyk die reën skewekop. "To be quite honest, Lieutenant, no."

"Daaroor sal ons seker altyd verskil, Engelsman. Kom ons stap terug. Ek moet nou-nou in die opskamer wees. Inligtingsessie."

"Klim onder die sambreel in," nooi Andrew gul.

Nie nodig nie, dankie, wys Tinus met sy hand.

"Ek hoop die opskamer lewer iets op, Luitenant. Ek is so keelvol om net hier te sit, dag en nag op gereedheid, en niks gebeur nie."

"Ja, ons moet maar sien."

Andrew gaan staan en draai na Tinus. "Hoe kan hulle ons op bystand plaas, Luitenant? Ons het ons tog oor en oor al bewys?"

"Ons kans sal kom," verseker Tinus hom, hoewel hy heimlik net so kriewelrig is. Dis al begin September, hulle laaste aktiewe kontak was weke gelede. Dit word moeiliker en moeiliker om die manne gemotiveerd te hou.

Die opskamer is vanmiddag effe knap vir almal, die lug bedompig en min. Die spanning, of miskien afwagting, is dik voelbaar.

Die ganse leierkorps van die Britse Eerste Valskermdivisie moet om 14:00 stiptelik hier vergader waar generaal-majoor Urquhart hulle sal toespreek.

Op die tafel in die middel van die vertrek is 'n groot kaart oopgesprei. Die Geallieerde Magte se huidige posisies is duidelik met blou speldjies aangedui, naby die Nederlandse grens, maar nog nie daar nie. Die Nazi-speldjies is rooi. Al op die Duitse grens tussen die Geallieerdes en die Duitse hartland lê die Siegfriedlinie. 'n Ondeurdringbare skans.

En êrens tussen die blou spelde en die Duitse hartland, weerloos in die spervuur tussen Geallieerdes en die sentrale Spil, lê Nederland.

Nederland. Stamland, het Tinus op skool geleer, op Dingaansdagfeeste gehoor.

Die gerug in die offisiersmenasie tydens middagete lui dat veldmaarskalk Montgomery met 'n splinternuwe strategie vorendag gekom het, 'n plan wat voor Kersfees die einde van die oorlog kan beteken. Ja, wel, dit sal ons maar sien, dink Tinus half skepties.

"Operasie Market Garden is 'n volskaalse luginval in die Nazi-besette Nederland," begin generaal-majoor Urquhart, stok in die regterhand, linkerhand op die kaart. "Ons magte het reeds deur Frankryk en België beweeg en vorder op hierdie stadium op skedule."

Tinus knik instemmend. Op die militêre kaart is dit duidelik: Nog net Nederland, en die oorwinning is in die sak.

"Veldmaarskalk Montgomery se plan behels die inneem van veral drie strategiese brûe op die hoofroete waarlangs die Geallieerdes na Duitsland moet beweeg." Die stok wys die beplande roete op die kaart aan. "Hier is die eerste brug by Grave," tik-tik met die stok, "hier die tweede brug by Nijmegen," tik-tik, "en dan die noordelikste brug oor die Nederryn by Arnhem. Dis laaste brug om oor te steek voor ons pad na Duitsland oop is."

Die stok rus 'n oomblik op Arnhem voor dit verder beweeg en aan die bopunt verby die ry Siegfried-forte al langs die grens glip. "Indien ons pantserdivisies oor hierdie drie brûe kan ry, kan hulle die Siegfried-linie omseil en die Ruhrgebied, Duitsland se industriële hartland, omsingel. Dit sal die einde van die oorlog beteken."

Tinus hoor instemmende geluide van die manne om hom. Hulle glo die plan kan werk. Op papier lyk dit so, ja, glo hy.

Die stok bly tik-tik op Arnhem. "Die plan is dat ons valskermdivisies in Nederland invlieg en agter die Duitse linies land. Vir die eerste twee brûe sal twee Amerikaanse divisies betrek word. Die Nederrynbrug by Arnhem, die heel laaste brug voor Duitsland, is die verantwoordelikheid van die Britse Eerste Valskermdivisie, bygestaan deur die Eerste Poolse Valskermdivisie."

Generaal-majoor Urquhart kyk op, sy oë ernstig op die manne om die tafel. "Ons is gekies om die hoofmag te wees. Ons sal hierdie brug inneem en verdedig totdat ons grondmagte ons bereik. Dit sal binne twee of drie dae wees."

Sisilië, skiet dit ongevraagd deur Tinus se geheue. Die Primosole-brug, die belofte van versterkings binne agt en veertig uur, kaptein Lipmann-Kessel en sy chirurgiese span wat nie kon land nie. Dit het ook op papier gewerk. Is dit waar sy skielike skeptiese gevoel oor hierdie plan vandaan kom?

Die stok beweeg meedoënloos voort, noord van Arnhem na 'n groen gebied op die kaart. "Die donkergroen dele is digte bosse. Hierdie liggroen is oop heidevelde, ylbevolk. Dis die ideale plek vir valskerms om te land."

Tinus sien hoe luitenant-kolonel Frost frons. "Dis 'n hele ent van die brug af, Generaal." Die twyfel slaan duidelik in sy stem deur.

"Dis ons enigste opsie," maak Urquhart dit af. "Die landingsone is sowat agt myl van Arnhem af. Vanaf die landingsone volg die verskillende bataljons drie aparte roetes om so gou moontlik by die brug te kom. Julle bevelvoerders vergader hierna met my en sal julle daarna inlig oor detail."

Agt myl vanaf die teiken? Vyandelike gebied? Duisende troepe wat moet land en beweeg? Die twyfel in Tinus groei.

Almal anders lyk entoesiasties. Enkele vrae volg, dan verdaag die manne.

Tinus stap peinsend terug na die menasie. Dit lyk asof

iets nou uiteindelik gaan gebeur, wat goeie nuus is ná die weke se stilsit. En Montgomery is bekend as 'n versigtige bevelvoerder, hy sou die operasie deeglik uitgewerk het.

Maar Tinus voel onseker. Hy sal hoor wat hulle bevelvoerder, luitenant-kolonel John Frost, nou-nou daaroor sê. Dit het byna gelyk asof hy ook sy bedenkinge het.

Frost was ook hulle bevelvoerder tydens sy heel eerste militêre operasie, onthou Tinus. Die klopjag op 'n radarstasie in Frankryk, wat heel voorspoedig verloop het. Hy het baie respek vir die ouer man.

Tog bly die ongemaklike gevoel oor Operasie Market Garden skarrel en knaag, soos 'n rot wat nie sy lê kan kry nie.

"Luitenant?" Die hele peloton wag hom in, kyk met afwagting na hulle leier, honger vir aksie.

"Ons sal later vanmiddag alles weet."

Hulle bly staan, wag.

"Ek kan nou geen inligting gee nie."

Andrew se ongeduld kry die oorhand. "Maar iets is in die pyplyn, Luitenant?"

Tinus het 'n goeie, oop vertrouensverhouding met sy troepe. Maar hy kan ook nie te familiêr raak nie. "Ons sal later weet, Korporaal. Ek glo die middag se teepouse is pas verby?"

"Ja, Luitenant," salueer hulle gelyk en draai om.

Tinus kyk hulle agterna. Hulle wegstap is veerkragtig, asof hulle tog weet aksie wag. Uiteindelik.

"Ons land op die Ginkelse heideveld, kom so gou moontlik bymekaar en beweeg dan met die roete langs die Nederryn na Arnhem, kodenaam Leeuroete," verduidelik luitenantkolonel John Frost later die middag.

"Is daar enige moontlikheid van 'n verwelkoming met die landing?" vra Tinus.

"Die moontlikheid is seker altyd daar, ja. Ons hoop egter ons loods 'n verrassingsaanval. Volgens amptelike inligting is daar net 'n Duitse reserwemag in die Arnhem-gebied en dus, so meen die generaals, behoort ons min weerstand te kry. Maar," waarsku Frost dadelik, "ek weet julle is veral ná D-dag baie selfversekerd. Onthou net ons suksesse in Frankryk en België is nie hier vanselfsprekend nie. Benader asseblief hierdie opdrag met dieselfde of selfs meer erns as enige vorige operasie."

Daardie aand is die gees onder die manskappe optimisties, byna vrolik.

"Home by Christmas, Mummy's Christmas pie, can you believe it," jubel Andrew en maak 'n paar danspassies. "En al die mooi meisies wat die hele oorlog deur gewag het dat hierdie aantreklike uniformman huis toe kom. Ag, die lewe is 'n fees."

"Aantreklik, jy?" terg een van die ander goedig. "Gespikkelde hoendernek in uniform, more likely!"

In teenstelling met sy manne se optimisme, bly Tinus onrustig. Ná aandete sien hy nie kans vir sy enkelkamer in die offisiersmenasie nie. Hy voel ook nie lus vir die jeugdige vrolikheid van sy manne in die bungalow nie.

Die beste manier om so 'n gevoel af te skud, is 'n vinnige wandeling deur die vars nasomerse aandlug, besluit hy en trek die deur agter hom toe.

Die reën het opgehou, maar die lug is steeds toegetrek, geen ster in sig nie. Die sterre hier is buitendien nooit so helder soos op die plaas nie. Amper asof daar selfs op 'n oopgetrekte aand 'n dun voglagie tussen die Engelse aarde en die sterrehemel is.

Hy verlang plaas toe, gedurig, op aande soos vanaand selfs meer. Dis meer as tien jaar gelede dat hulle die plaas moes verlaat. Maar sy belofte aan sy oupa en aan homself staan: Daardie plaas sal hy waaragtig van die Joodse dokter terugkoop. En op hierdie stadium groei sy neseier in die bank lekker sterk.

By die kamphek staan hy lank na buite en staar, sommer net die donker nag in. Dit is goed om alleentyd te hê om te dink.

Miskien is 'n deel van my probleem Rentia, dink hy. In sy kamer lê haar brief onoopgemaak, van gister af. En hy is steeds nie lus vir die jeremiade wat waarskynlik in daardie koevert wag nie.

"Luitenant? Tinus?"

Hy kyk verbaas op en ruk onmiddellik op aandag. Langs hom staan luitenant-kolonel John Frost. "Kolonel?"

"Pla ek?"

"Nee. Nee, geensins. Ek het net maar 'n ent kom stap."

"Ja, dis lekker dat die reën opgehou het." Frost voel in sy boonste hempsak en haal 'n pakkie sigarette uit. In die flou lig van veraf straatlampe skud hy een uit die pakkie en hou dit vir Tinus.

"Ek rook nie, dankie, Kolonel."

"O ja, ek onthou nou." Frost buig effe en steek vir hom 'n sigaret aan. Die yl rokie trek lui boontoe.

Van ver agter hulle kom die kamp se naggeluide vaag aangesweef.

Hulle draai saam om en begin rustig terugstap. "Ons het lanklaas gesels. Hoe gaan dit met jou?" vra die ouer man.

"Goed, goed, dankie." Tinus dink 'n oomblik en voeg dan by: "Ek ... ja, ek het om een of ander rede nie 'n goeie gevoel oor hierdie operasie nie, Kolonel."

Dis 'n rukkie stil voordat Frost antwoord: "Ek kon vanmiddag sien jy is nie gemaklik nie, ja."

"Ek het nie bedoel om dit te wys nie."

Frost druk sy klaargerookte stompie dood en sit dit netjies in 'n vuurhoutjiedosie in sy sak. "Slegte gewoonte hierdie. Moet nooit begin nie."

"Nee, ek is nie van plan nie, Kolonel."

Hulle loop in stilte.

"Ek voel self ook redelik skepties oor die plan," sê Frost skielik.

Tinus knik. Hy het gesien Frost het meer vrae as antwoorde. Vroegmiddag, tydens die eerste sessie al. "U is bekommerd?"

Frost sug sag. "Ja, Van Jaarsveld, ek is."

"Dis seker natuurlik, onder die omstandighede."

Hy gaan staan stil en draai na Tinus. Dis te donker om in sy oë te sien wat hy dink, maar sy stem verraai hom. "Dis meer as dit."

Tinus wag. As Frost wil praat, is dit goed. Maar hy wat Tinus is, bly sy junior. Hy het reeds genoeg vrae gevra.

Frost begin aanstap, stadig. Toe hy weer praat, is sy stem swaar van die kommer. "Ek het gerugte gehoor dat Duitse magte steeds aktief is rondom Arnhem."

Nou is dit Tinus wat botstil gaan staan. "Kolonel?"

"Minstens twee pantserdivisies."

"Twéé pantser… U het tog vanmiddag gesê ons behoort min weerstand te kry?"

"Dis die amptelike inligting, ja. Volgens generaal-majoor Urquhart."

"Maar?"

"Van Jaarsveld, die inligting wat ek het – nieamptelik, natuurlik – is dat die Nederlandse Verset 'n kodeboodskap oor die twee divisies na ons Intelligensie toe deurgekry het. Én, en dis wat my bekommer, die inligting is bevestig deur van ons verkenningsvliegtuie."

Tinus trek sy asem skerp in. "Weet ons formasiebevelvoerders dit?"

"Ek verstaan so, ja. Miskien glo hulle dit nie. Anders het hulle besluit om tog die kans te vat. Ek weet nie of Montgomery dit weet nie."

Dit kan tog nie moontlik wees nie? "Hoe seker is jy, Kolonel?"

Dis 'n oomblik stil voor Frost antwoord: "Van die boodskap? Ek ken iemand in Intelligensie, hy het dit onder hulle aandag gebring. En nou is hy 'met siekverlof'."

Tinus skud sy kop stadig. "Kolonel, hoe is dit moontlik om sulke informasie te ignoreer?"

"Ja, ek het self gewonder, en kan net tot een slotsom kom," antwoord Frost stadig. "Jy weet, ek glo van ná D-dag af vloei soveel informasie deur dat Geallieerde inligtingstaf verdrink in al die data. So 'n brokkie kan maklik êrens in die ranglyn vashaak en vergete raak."

"En u dink die info is korrek?"

"Ek weet nie, maar ek voel onrustig." Hy haal nog 'n sigaret uit die pakkie. "Ek moes miskien ook nie vir jou gesê het nie."

"Dis veilig by my, Kolonel."

"Ek weet, Van Jaarsveld, dis die een ding waarvan ek seker is. Dis seker hoekom ek gepraat het. Dankie."

"Miskien word ons vrese nie bewaarheid nie," probeer Tinus hulle albei moed inpraat.

"Ja. Miskien. Let's pray for that."

'n See van duisende en duisende manne staan aangetree,

ry op ry, vyf en dertig duisend in totaal. Van die podium af praat die grote veldmaarskalk Montgomery self met sy manne. Want môre, Sondag die 17de September, met die opstyg van honderde en honderde vliegtuie, begin Operasie Market amptelik.

En op die Nederlandse grens by Joe se Brug wag derduisende artilleriste en swaar pantsergeskut om met hulle opmars noordwaarts te begin – Operasie Garden. Oor 'n paar dae ontmoet die twee groepe mekaar by die Arnhembrug om hopelik die oorlog tot 'n spoedige einde te bring: Operasie Market Garden.

In die vroeë oggendure in hulle beddens hoor dieselfde troepe hoe bomwerper ná bomwerper vertrek. Duisende tonne plofstof sal rondom Arnhem neerreën. Duitse lugafweerstasies, kasernes en garnisoene sal die lug in geblaas word. Só sal die Duitse aandag hopelik van die landingsones op die oop heideveld weggetrek word.

Die swaar Dakota dreun diep, dit vibreer deur die ruim, deur die valskermtroepe wat visblikstyf ingeryg sit.

Vanoggend is mooiweer, dink Tinus waar hy styf ingedruk langs Andrew sit. Eintlik is die hele operasie bitter afhanklik van die weer, die wisselvallige Europese weer. As digte mis of swaar reën byvoorbeeld môre of oormôre die opstyg van vliegtuie verhoed ...

Hy wil nie aan die gevolge dink nie.

Waarom die landings oor drie dae gerek moet word, kan hy steeds nie verstaan nie. Goed, daar is nie naastenby genoeg vliegtuie beskikbaar om die totale valskermmag in een vlug Nederland toe te karwei nie. Maar indien die weer goed is, waarom nie begin met 'n naglanding gevolg deur 'n daglanding nie? Of 'n nag- en selfs twee daglandings? Want ná die eerste dag verloor die Geallieerdes immers die element van verrassing.

"Penny for your thoughts, Lieutenant," sê Andrew vrolik langs hom.

Tinus glimlag toegeeflik en haal sy skouers op. "Sommer maar."

Andrew lag. "Goed, hou dit geheim." Toe word hy onverwags ernstig. "Luitenant, is jy oukei?"

"Ja wat, ek is reg."

"Dink aan mooi meisies, of aan jou ma se kos. Dit werk altyd," gee Andrew raad.

Tinus knik. "Ek maak so, dankie."

Maar sy gedagtes bly tob. Wat gebeur as die Duitsers wel twee divisies in die omgewing het? Dalk 'n boodskap iewers onderskep het en hulle inwag?

Nee, probeer hy hom regruk. Dink positief. Miskien nie aan meisies en kos nie, maar aan 'n positiewe uitkoms van Operasie Market Garden. Dit moet net werk.

Honderde Dakotas het vanoggend vanaf twee en twintig lughawens en landingstroke regoor die suide van Engeland vertrek. Nou het hulle bymekaargekom, troepedraers en sweeftuie, met Spitfires, Tempests en Mosquitoes as dekking. Hulle vlieg in formasie, twee kolomme wat elk drie myl wyd en na beraming drie en negentig myl lank is. Van onder af moet dit 'n ongelooflike gesig wees.

Onder hulle is nou nog die see, maar binnekort sal hulle oor die dyke en polders van Nederland binneland toe vlieg, reg op die Duitse grens af. Hulle vlieg laag, seker op so een duisend vyf honderd voet. Teen middagete sal die Nederlanders opkyk na die hemel en weet die bevryding het gekom.

Sestien

Van hoog op uit die kerktoring beier die klokkespel in koper klanke: Kom, sondaars, kom! Kom, sondaars, kom!

Deur die strate van Arnhem loop die mense agter die roep van die klokke aan, kerk toe.

Orrelklanke dreun deur die Grote Kerk, die massiewe vyftiende-eeuse Kerk van Eusebius. Die klanke vibreer deur die harde houtbanke, dawer teen die brandglasvensters aan en verdwaal in die hoë balke van die spits koepel.

Mentje sit kiertsregop op die punt van die ry. Haar voete swaai-swaai bokant die vloer. Soos elke Sondag verkyk sy haar aan die grootheid van hierdie kerk, so anders as die eenvoudige kerkie in Vierhouten waar sy elke Sondag langs Pappa gesit het.

Net sy en Henk het vanoggend kerk toe gekom. Tante Maria was die hele nag lank onrustig en het tuis gebly met die drie kleiner kinders. Maar Mentje en Henk wou uit, weg van die drukkende atmosfeer in die huis.

"Daar is dooie mense onderin die kerk," fluister Henk.

Sy ignoreer hom. Verlede Sondag was sy reeds in die moeilikheid, nogal omdat sy hom probeer stilmaak het. Nou maak sy net asof sy niks hoor nie.

Hy leun effe na haar kant toe. "Lyke."

Sy kyk nie links of regs nie.

'n Skerp elmboog pomp haar in haar ribbes. "Geraamtes. Regtig."

Mentje pluk vererg eenkant toe en bly reg voor haar kyk. Sy glo hom buitendien nie. Hy het altyd baie stories, min daarvan is ooit waar.

Geraamtes onder die mooie kerk? Gmf.

Die orrel raak stil, nou dreun die dominee se stem deur die kerk. Anders as die orrel, eentonig. Vaakword-eentonig. Sy ruk haar reg en probeer luister. Dis sekerlik 'n vreeslike sonde om aan die slaap te raak terwyl iemand van die Here praat.

Nog 'n dreun begin die kerk vul – 'n diep gedreun van buite.

"Bly rustig," sê die dominee. "In die huis van die Here is ons veilig."

Die hele oggend al is die lug vol beweging en elke nou en dan hoor hulle dowwe ontploffings, ver weg.

Maar nou klink die dreuning skielik naby, asof die vliegtuie baie laag vlieg.

Mentje draai haar kop net effentjies en kyk rond. Almal sit met oë groot oop en lyk onrustig. Net die dominee preek voort asof hy niks hoor nie.

Toe word dit skielik donker, asof al die vliegtuie voor die son ingevlieg het. Nee, dis net die elektrisiteit wat dood is. Die gemeente skuif onrustig rond. Koster Jan Mijnhart staan uit die bank op en stap na buite. Mentje volg hom met haar oë.

Oomblikke later kom hy weer binne en knik vir die dominee.

Sommer so in die middel van die preek, voordat hulle nog die slotsang gesing het, sê Dominee: "Broers en susters, laat ons die seën vra en huis toe keer. Daar sal vanaand geen aanddiens wees nie."

Die gemeente bondel by die kerk uit, die seuns heel voor. Buite skyn die son so helder dat Mentje haar oë moet knipknip om te kan opkyk.

Vliegtuie. Groot, dik vliegtuie. En baie van hulle, in gelid. Net soos die Duitsers oor hulle koppe gevlieg het om die bomme op Rotterdam te gooi.

"Bomwerpers!" skree iemand skielik.

Bomwerpers? Vliegtuie wat bomme afgooi?

Toe begin die lugsirenes verwoed blaas. "Vind skuiling!"

Die mense spat uitmekaar. "Is dit dan nêrens meer veilig nie?" roep 'n ou oom ontsteld uit. "Nie eens by die kerk nie?"

Mentje begin so vinnig soos sy kan huis toe hardloop.

"Haai, Mentje, jy hardloop verniet!" skree Henk van agter. "Dis Engelse vliegtuie."

Mentje gaan staan en hyg na haar asem. Nie net van die hardloop nie, ook van die skrik.

"Dis Engelse vliegtuie. Hulle vlieg na die Duitse kamp om bomme daar te los."

Sy draai om. "Sê wie?"

"Sê 'n oom by die kerk." Henk wys met sy arm na bo. "Kyk self, dan sal jy sien."

Sy kyk nie. "Ek weet nie hoe lyk Engelse vliegtuie nie en ek weet nie waar die kamp is nie."

Henk trek al weer sy jy-is-net-'n-dom-meisie-gesig. "Engelse vliegtuie lyk soos hulle lyk en die kamp is daar waar die vliegtuie heen gaan, stupid. By Deelen."

Stupid? Gmf.

Maar sy byt op haar tande. "Is jy seker?" vra sy.

"Natuurlik is ek seker. Jy is wragtie nes Ma wat haar elke keer simpel skrik vir niks."

Mentje kyk vinnig rond. Niemand hardloop nie, almal staan en kyk in die lug in. Oor hulle koppe heen vlieg meer en meer vliegtuie.

"Nog bomwerpers," sê Henk.

Dis waaragtig die Engelse wat hier is, dink Mentje verwonderd. Of die Amerikaners, maak nie saak nie, die Geallieerdes. Baie van hulle, nie net een of vyf soos soms oor die Pas-Opkamp nie.

"Die bevryding het sowaar nou regtig begin," sê sy terwyl hulle huis toe stap.

By die voordeur wag tante Maria hulle in. Sy is woedend. "Waar bly julle? Ek het my siek bekommer. Kom dadelik in die kelder in."

"Ma! Dis die ..." begin Henk.

Maar tante Maria is te kwaad. "Kelder toe!" skree sy. "En met jou," en sy wys 'n bewende vinger na Mentje, "met jou is my geduld op. My magtie, jy is die oudste. Het jy dan geen sin vir verantwoordelikheid nie?"

Geen sin vir verantwoordelikheid nie? Gmf!

Mentje sê nie jammer nie, sy sê net niks en loop na die keldertrappe. Die twee dogtertjies is bleek geskrik. Hulle het moontlik nog nooit so 'n tirade van hulle ma gehoor nie. Selfs klein Willem is stil.

Net Henk sê: "My magtie, Ma, luister net. Dis die Engelse. Niemand kruip weg nie."

"Kelder toe," sê sy ma.

Dit klink darem asof sy nie meer so kwaad is nie. Sy was seker net bang, dink Mentje. Maar die woorde bly vassteek in haar kop. "Met jou is my geduld op." As tante Maria besluit om haar weeshuis toe te neem? "Ek is regtig jammer dat ek tante Maria laat skrik het."

Haar tante lyk skielik moeg en bleek, soos 'n vadoek wat oud en voos gewas is. "Ek hoor van die bomme het in Steenstraat geval, en in Bloemstraat. Die skouburg is glo getref," sê sy sag.

Dit is binne-in Arnhem, nie eens naby enige Duitse kamp nie, besef Mentje. "Ek is regtig baie jammer, tante Maria."

Haar tante reageer nie.

Ná 'n ruk staan Henk op. "Almal is buite in die strate, Ma. En die vliegtuie is weg, luister."

Dis stil.

Henk begin die trappies van die kelder klim. Steeds sê tante Maria niks, sit net met haar kop in haar hande.

Ek is ook nie lus om hier te sit nie, besluit Mentje en staan op. Toe Femke haar wil volg, sê tante Maria: "Nee, jy bly."

"Maar Ma-a ..."

Mentje stap na buite. Geen vliegtuie meer nie.

"Nou het ons alles gemis," sê Henk kwaad en skop met sy kerkskoen na 'n denkbeeldige klippie. "Ek wens my ma sit vas in die kelder."

'n Rukkie later roep tante Maria hulle vir middagete. Sy het darem uit die kelder gekom.

Hulle sit nog aan tafel toe hulle dit weer hoor. Die veraf gedreun van vliegtuie.

Henk spring op en storm na buite, Mentje agterna.

"Kom terug! Dit kan hierdie keer die Nazi's wees!" skree tante Maria agter hulle aan.

Maar hulle draai nie om nie, hulle gaan nie weer die opwinding misloop nie.

Van Engeland se kant af, die weste, kom die vliegtuie

soos 'n enorme swerm uitgevrete bye laag oor die land gevlieg. Baie meer, honderde meer as toe hulle in die kerk was. 'n Wye, wye band vliegtuie sonder einde. Vanuit die horison kom meer en meer, sodat die blou lug amper donker word van die wolk vliegtuie.

Oral rondom hulle kom mense uit hulle huise. Hulle staar verbysterd boontoe. Sprakeloos.

Hulle staan in die middel van die straat, hulle nekke ver agtertoe gekrink.

"Dis nie bomwerpers nie," sê Henk langs haar. Hy ken vliegtuie.

Die swerm kom al langs die Ryn op gevlieg, netjies in formasie, ry op ry, oor hulle koppe verby. Laag, sodat 'n mens amper dink jy sien die mense binne-in. So laag dat die skaduwees in vliegtuigvorm oor hulle trek.

Baie van die vliegtuie het 'n tou aan met nog 'n vliegtuig wat hulle sleep. "Wat's dit?" vra Mentje en wys na bo.

"Sweeftuie," sê een van die ooms naby haar. "Dis waaragtig sweeftuie. Kyk, hulle het nie wiele nie."

Toe begin die mense skree. Nie van skrik nie, van blydskap. "Ons is bevry! Ons is bevry!" jubel die een, en: "Die Tommies is hier!" gil die ander. Party tannies huil, jong vrouens lag en dans in die straat. Hulle val mekaar om die nek van vreugde, die kinders hardloop joelend die strate af.

Die voorste punt van die vliegtuigstroom verdwyn agter die geboue. Maar die agterste stert hou nie op nie. Die stroom hou net aan en aan.

"Waarheen gaan hulle?" vra Mentje.

"Oosterbeek," sê Henk en begin huis toe hardloop. "Kom ons gaan klim op die dak, dan sal ons beter kan sien."

Op die dak van die tweeverdiepinghuis? Maar sy hardloop reeds agterna.

Henk is soos blits om die motorhuis. "Kom vat hier," roep hy.

Sy vat die een kant van die lang leer. Hulle dra dit tot by die symuur waar geen vensters is nie.

"Was jy al op die dak?" vra sy verwonderd.

"Baie keer, dis nie te skuins nie. Help hier." Hy maak die leer staan teen die muur en begin vinnig klouter.

Mentje gee die lang leer een kyk, takseer die hoogte van die dak en druk vasberade haar rok by die beenrekke van haar broekie in. As hy dit kan doen, kan ek ook, besluit sy, skop haar klompe uit en begin klim.

Bo kyk sy verwonderd rond. Sy kyk oor die dakke van baie geboue, ver oor byna die hele Arnhem. "'n Mens kan alles sien," sê sy verwonderd.

"Sit," wys Henk.

Die dak is warm onder haar sitvlak. Brandboude, sou ta Lenie gesê het.

Na links en regs lê die Ryn uitgestrek op sy rug in die skaduwee van baie, baie vliegtuie.

"Hoeveel vliegtuie raai jy is dit?" vra Mentje.

"Miljoene," antwoord Henk dadelik. "En daar kom nog."

Miljoene?

Maar sy sê niks, want dis lekker hier bo-op die dak. Amper asof sy en Henk nou maats is. Net jammer hy is 'n seun.

"Kyk!" wys Henk. "Hulle vlieg al hoe laer, ek sweer hulle gaan land."

"Maar waar?" Want die vliegtuie verdwyn agter die horison voor hulle land.

"Miskien in Duitsland."

"Ek dog Duitsland lê daardie kant toe?" wys Mentje in 'n ander rigting.

"Duitsland is oral," sê Henk beslis.

Oral? Gmf.

In die strate onder hulle gaan die jolyt voort. Mense het weer hulle vlae en baniere uitgehaal. Iemand het 'n grammofoon opgestel, daar is selfs musiek.

Dit word bietjie vervelig hier op die dak, en warm, met die hitte so van bo en van onder.

"Kom ons gaan af, strate toe," stel Mentje voor. "Dit lyk vrolik daar onder."

"Ek wens my ma is ook vrolik," sê Henk. Dit klink amper asof dit sy grootste wens in die wêreld is.

Op straat staan die mense in groepies en wag, waarop weet hulle miskien nie presies nie. Die jong meisies het lipstiffie aangesmeer en strikke in hulle hare gebind. Die tannies het die laaste koekies in die blikke in pakkies gemaak. "Om die jong manne te verwelkom," sê hulle.

Die ooms staan en praat. "Ek glo nie hulle gaan land nie," sê een oom skepties. "Hier is tog geen landingstroke in die omgewing waar soveel vliegtuie kan land nie?"

"Dink julle hulle is op pad Duitsland toe?" stel 'n tweede voor.

Maar die ooms skud hulle koppe. Soveel vliegtuie? Met net enkele vegvliegtuie tussen? Dit lyk nie moontlik nie.

"Dink julle dit kan valskermdraers wees?" vra iemand huiwerig.

Party knik onseker, ander skud die kop of haal skouers op. "Dis seker 'n moontlikheid. Maar so vele? Nee, ek weet darem nie."

"Ás dit valskermtroepe is, land hulle waarskynlik in die oop veld agter die bosse van Wolfheze," spekuleer hulle.

Ek het al 'n valskermsoldaat geken, onthou Mentje. 'n Amerikaner, Yankee, het Fred hom genoem. Die eerste vlieënier in Pas-Opkamp. Arrogant verby, maar Han het hom gou plat gesê. Bart het stukkies yster uit sy been gehaal en ek het gehelp. Ek kon dit nie sonder jou gedoen het nie, het Bart nog gesê.

In die straat jaag 'n Jeep verby, rigting Oosterbeek. Die jong Nazi-soldate lyk verskrik, selfs senuagtig. Hulle is baie jonk, amper nog seuns soos Fred. Darem bietjie ouer.

Toe begin telefoonberigte en fietsstories van Oosterbeek af deurkom: Dit ís valskermspringers. Die mense van Oosterbeek en Wolfheze en selfs Kievitsdel het dit met hulle eie oë gesien: honderde en honderde valskermtroepe wat uit die vliegtuie spring. Die hele lug is nou nog vol valskerms, die ganse uitspansel, so ver die oog kan sien. Die Geallieerdes is hier. Duisende soldate.

Die mense op die telefoonlyne vertel van sweeftuie wat loskom van die moedertuig, stadig aarde toe sweef en op hulle mae oor die veld seil tot hulle tot stilstand kom. Uit die sweeftuie laai die soldate Jeep-stukke en monteer dit blitsvinnig. Binne minute ry die Jeeps op eie houtjie weg. Die soldate laai kratte af, honderde growwe houtkratte wat sekerlik voorrade bevat. Daar is motorfietse, kleiner kanonne. Nee, geen swaar tenks nie, natuurlik.

"Dié kom seker oorland, van die Belgiese grens af," meen een oom.

"Dit hang af waar die Tommies oor die grens kom," sê 'n ander. "Hulle was drie dae gelede by Maastricht, nie waar nie? Ja, dan kom hulle eers oor 'n week hier aan."

Al hoe meer mense begin in die rigting van Oosterbeek beweeg. Hulle dra hulle geskenkies en waai hulle vlae en sing patriotiese volksliedere. "Nou is die bevryding werklik hier," sê hulle verwonderd, asof hulle dit nie kan glo nie.

Julle daar diep in die bos weet miskien nie eens nie, praat Mentje met Han, maar die bevryding is môre of oormôre ook by julle. En met Pappa daar in die kamp. Hoor Pappa?

Sy weet nie meer waar is Henk nie. Sy sien ook nie vir tante Maria of enige ander bekende nie. En sy is skielik baie dors. Ek sal eers gaan water drink, baie water, besluit sy. Dan sal ek sien of ek ook agter die mense aan wil stap.

Mentje stoot die voordeur oop en steek vas.

Op die groot rusbank sit tante Maria en huil. Sy snik soos sy huil, ontroosbaar.

Huil? Vandag?

Langs haar, met haar arm om haar skouers, sit tante Tinka Bijl. Sy probeer troos, maar tante Maria huil en huil net.

Mentje wil haar ore toedruk. Dis die droewigste klank wat sy nog ooit gehoor het.

"Gaan maak vir ons koffie?" vra tante Tinka sag.

Mentje vlug kombuis toe. Sy hoop net nie iets het met klein Willem gebeur nie. Of met een van die dogtertjies nie. Want tante Maria weeklaag soos die eselmerrie op Bertienhulle se plaas toe dié se vulletjie dood is. 'n Mens kon haar die hele nag lank hoor. Aaklig.

Nee, moenie daaraan dink nie.

Haar hande bewe so dat sy byna nie die gasstoof aan die gang kan kry nie. Sy drink 'n glas water, maar haar mond bly droog.

Wat het gebeur?

Selfs toe sy sitkamer toe loop met die twee koppies koffie, bewe haar hande nog.

"Sit die koffie maar hier op die tafeltjie neer, dankie, Mentje," sê tante Tinka.

"Het iets gebeur?" waag Mentje.

Tante Tinka skud haar kop. "Niks het gebeur nie, nee. Alles is net te veel. Die oorlog, oom Jak wat weg is, die kinders, Willem se siekte. Dis daagliks 'n stryd om te oorleef. Seker nou die verligting van die bevryding. Sy kan nie meer nie."

Skielik, asof die Here self 'n kers in haar kop aangesteek het, verstaan Mentje baie dinge. Die heel beste verstaan sy dat almal nie soos Han kan wees nie. Han is miskien kort vir 'n grootmens, maar sy is sterk en regop, reg vir baklei as iemand moeilikheid soek.

Tante Maria is heel anders. Sy is nie sag en liefdevol soos Mentje altyd gedink het 'n mamma moet wees nie. Sy is net bietjie papperig, asof sy nie alleen kan staan nie. En sy kan dit nie help nie, dis hoe die Here haar gemaak het.

Mentje stap nader en streel oor tante Maria se krullerige hare. "Toemaar, tante Maria, dis nou verby. Tante hoef nie meer te huil nie, hoor?"

Tante Maria kyk nie op nie. Sy neem net Mentje se hand en druk dit 'n oomblik lank teen haar nat wang. Toe klou sy weer aan tante Tinka vas.

"Sal jy vir die kleintjies iets te ete neem?" vra tante Tinka. "Hulle speel bo."

Mentje stap stadig kombuis toe. Dis 'n vreemde, vreemde dag.

Toe die son begin sak, hoor sy vir die eerste keer die skote. Wes, na waar die valskermtroepe geland het. Sarsies en sarsies skote, party baie hard. Kanonne?

Sy stoot haar venster oop en leun uit. Ryn-af kan sy niks sien nie. Dalk brug se kant toe?

Sy is net betyds om te sien hoe 'n hele streep voertuie

oor die brug wegry. Nazi-voertuie: motorfietse en Jeeps, kanondraers en vragmotors met toe seile.

Dis tog Nijmegen se kant toe? Was die skote dan nie in die rigting van Oosterbeek nie?

Sewentien

"Maak gereed vir aksie!" weergalm die bevel deur die Dakota.

Die opwinding van die sprong is terug in Tinus se lyf, adrenalien pomp deur sy are. Hy kontroleer sy staaldak en gespes en vandag ook persoonlike toerusting: slaapsak, basiese kos vir vier en twintig uur, wapen, ammunisie. Tel en bevestig die buitepakrekkies van die ou voor hom.

"May God be with you," sê Andrew soos altyd.

Groen lig. Springsirene.

"Number one, go! Two! Three!"

Hy spring. Die skielike oopheid van die lug om hom, die vryheid ná die lang, beknopte vlug. Net 'n oomblik se oorgee aan die ekstase van die vryval, voor die groot sambreel bokant hom oopvou en hy stadig begin neersweef.

Hy kyk rond. 'n Ongelooflike skouspel soos hy nog nooit gesien het nie, soos hy in sy lewe seker nooit weer sal sien nie. In die helder Septemberhemel hang honderde en honderde valskerms wat soos reusewaterlelieblare in die son oopvou. Oor die vyfduisend sal vandag spring.

En dis stil. Net die veraf gedreun van die troepedraers wat die honderde myle na hulle basisse terugkeer. Geen Duitse lugafweergeskut brand los op die vliegtuie nie, geen skerpskutters vat korrel op die troepe waar hulle aan hul valskerms hang nie. Onder lê die oop heideveld, omsoom deur woude lowergroen bome.

Die sweeftuie land en die soldate laai toerusting uit.

Die harde Nederlandse bodem kom vinnig nader, skok deur Tinus se lyf. Die outomaat neem oor: rol na regs, spring op, rol die valskerm blitssnel op, monteer sy Colt 45 en draf na waar die groen rooksein die versamelpunt in die digte bos aandui.

In hom wel die groot dankbaarheid op: Hy en sy manne is veilig op vyandelike bodem. Net vir 'n oomblik sluit hy sy oë, konsentreer dan weer op elke voetval.

Elke manskap vat raak. Alle take is maande lank ingeoefen. Jeeps en ligte geskut word uit die sweeftuie gelaai, beheersentrums ingerig, radiokommunikasie opgestel. Die oorlogsmasjien werk seepglad.

Of nie? "Luitenant, ek het 'n probleem met die radio. Ontvangs baie sleg," sê die seiner.

"Kon jy die boodskap deurkry dat ons veilig geland het?"

"Ek dink so, Luitenant. Ek sukkel om generaal Urquhart se roepsein te kry."

"Moontlik die beboste gebied. Wanneer ons hier weg is, werk dit dalk beter." Tinus kyk vinnig rond, al drie seksies is voltallig. "Kom, ons moet aansluit by die res van die bataljon."

Om 14:45 is luitenant-kolonel Frost se bataljon gereed om oos te vertrek. "Ons volg die Leeu-roete al langs die Ryn. Almal reg?" vra hy.

"Gereed, Kolonel," antwoord Tinus saam met die ander offisiere. Gereed vir die opmars Arnhem toe, gereed om die brug oor die magtige Rynrivier in te neem en te beveilig.

Operasie Market het begin. Dit het goed begin. Van hom en Frost se vrese het tot dusver nog niks gekom nie. Dank die goeie Vader daarvoor.

Die bosse rondom die landingsgebied bied goeie kamoeflering. Hulle beweeg in 'n oostelike rigting, net binne die bos en parallel met die pad so honderd en vyftig voet aan hulle regterkant.

"Seen any windmills yet?" vra Andrew wat langs hom ingeval het.

Windpompe? wonder Tinus verward. "Windmills?"

"Or tulips? Luitenant, ons is in Nederland. Hier moet tog windmeulens en tulpe wees, dan nie?"

Natuurlik! Windmeulens, Nederland. Hy konsentreer so op die oorlogstrategieë dat hy ander dinge uit die oog verloor.

Om sy verleentheid weg te steek, kap hy sommer skuinsweg na Andrew: "Hou eerder jou oë oop vir enigiets verdags. Ons wil nie in 'n lokval gelei word nie."

"Ek maak so, Luitenant."

Tinus is dadelik spyt oor sy opmerking. Mens kan die rooikop maklik vlak kyk, maar eintlik is Andrew 'n uiters betroubare jong man, baie verantwoordeliker as wat hy wil voorgee. En lekker om in die peloton te hê, altyd met 'n brokkie vrolikheid.

Dis 'n mooiweersmiddag, hulle vorder redelik flink. Almal beweeg nou doodstil, want deur die bome sien hulle Nazi-troepe in gelid marsjeer in die rigting van die landingsone. By hulle is enkele Jeeps, syspanmotorfietse, twee ligte tenks. Niksvermoedend ry hulle verby, onbewus van die Geallieerde troepe nie vyftig tree van hulle af nie.

In die loop haal Tinus die kaart uit sy bosak. Hulle behoort nou naby hierdie dorp te wees, Oosterbeek. Daar sal hulle uit die bosse moet kom om deur die dorp te beweeg. Van daar af is dit sowat vyf myl tot by Arnhem en die brug. Waarskynlik sal hulle goed voor skedule daar wees. "Hoe vorder die bataljons op die ander twee roetes?" vra hy die seiner.

Die jong troep skud sy kop. "Weet nie, jammer, Luitenant. Laas toe ek probeer het, het hierdie radio steeds probleme gegee."

Tinus frons. "Steeds 'n probleem met ontvangs?"

"Ek is nie seker nie, Luitenant. Ek kan probeer uitvind."

Dit beteken hulle sal moet halt en wag tot die seiner die toestel opgestel het. "Nee wat, ons beweeg maar eerder aan."

Maar in sy hart groei die bekommernis. As hulle radio nie goed funksioneer nie, kan dit ernstige gevolge hê. Sonder die nodige kommunikasie is enige operasie gedoem tot mislukking.

Hulle bereik die rand van die bos en beweeg behoedsaam pad toe.

Om die volgende draai sien Tinus 'n totaal onvoorsiene oponthoud: mense. Vir 'n halwe sekonde wil hy sy geweer span en dekking neem. Maar die volgende oomblik besef hy dit is burgerlikes: die vroue en kinders en oumense van die dorp. Hulle waai met hulle sakdoeke en swaai vlae. Die voorstes begin padlangs na die marsjerende soldate hardloop.

"Oh, wow! Look at all the beautiful girls running to greet me!" roep Andrew laggend uit.

Waar val die Engelsman tog nou weer uit? 'n Mens sou sweer dis nie oorlog nie.

Maar vir dink is daar nie tyd nie. Die dorpsmense is op en rondom die soldate, hulle verwelkoming is gul en opreg, die vreugde 'n oordadige vloedgolf van waardering en geskenkies en seënbede. Onwetend en van pure blydskap blokkeer hulle die hele pad en vertraag die pas van flinke vordering tot slakkegang. Babas word in die uniformmanne se arms gedruk vir 'n foto, seuntjies gryp uniformbene vas, ouer seuns streel oor die wapens. Die troepe deel sigarette uit, sjokolade vir die rooilipmeisies en die koekbliktantes. Poseer op een foto na die ander.

Die ordelike opmars verbrokkel totaal. "Manne, bly bymekaar. Ons moet aanbeweeg!" probeer Tinus bo die gejoel uitskree.

Maar die manne hoor nie, die jolyt oorheers alle klank. Of miskien wil hulle ook nie hoor nie, want die Nederlandse nooientjies is móói.

Tinus voel hoe die haas in hom opbou. Hy verstaan die plaaslike bevolking se vreugde, maar verstaan hulle dan nie dat dit 'n militêre operasie is wat met militêre presiesheid uitgevoer moet word nie?

Dit neem hom byna 'n uur om sy pad deur die dorp te baan en sy versplinterde peloton weer bymekaar te kry.

Waar die res van die kompanie en die bataljon is, weet hy nie. Ná die landing kon hulle nog geen radioverbindings met die hoofkwartier of Frost vestig nie.

Toe hoor Tinus skote. Agter, na links, effe hoër op. Sy manne hoor dit ook.

Nog 'n klank? Tog, ja: vliegtuie. En hulle staan in die middel van 'n teerpad, oop en bloot.

"Dekking!" skree Tinus en spring soos blits tussen die digte bome langs die kant van die pad in.

Teen 'n effense wal val hy plat en bespied die wêreld. Die

bos hier buite die dorp is dig, vanuit die lug behoort hulle onsigbaar te wees. Hy haal sy kaart uit sy bosak. Hulle is deur Oosterbeek, maar of hulle nog op die regte roete is, weet hy nie.

Die kaart in sy hand is byna skematies. Dorpstrate en hulle name is nie aangedui nie, net die drie roetes. Hulle moet met die onderste roete langs die Ryn beweeg.

"Problems, Lieutenant?" vra Andrew langs hom.

"Die kaart is onvolledig," wys Tinus. "Ek dink die skote kom van die landingsones af. Maar of ons op die regte pad is, weet ek nie."

Skielik swiep vliegtuie laag oor hulle koppe. Tinus versteen amper. Dis die Luftwaffe.

"Hulle weet ons is hier," merk Andrew droog op en kyk weer na die kaart. "Ons beweeg darem in die regte rigting."

Die ongeduld bou op in Tinus se lyf. Die radio, die kaart … Is dit te veel gevra dat dinge net in werkende toestand moet wees?

Links agter hulle roep die seiner: "Hier kom iets deur, Luitenant."

Dank Vader! Tinus kruip-draf na hom toe. "Ja?"

Die seiner sit met sy rug teen 'n boomstam gestut, geboë oor die toestel, die lang lugdraad dwars agtertoe. Sy oë is toe, daar is 'n diep frons van konsentrasie op sy gesig. "Dis die verkenningspatrollie. Hulle is in 'n lokval gelei, verstaan ek. Daar is …" Hy skud sy kop, verstel weer. "Nee, ek hoor nie. Nou is daar geen ontvangs nie."

Die groen radio skuur en kraak, krap en fluit deur die eter, soek, soek. Eindelik, vaagweg, iets. Die seiner se hele gesig is plooigetrek van konsentrasie. "Iemand … die troepe op die Tierroete, ja, het hulle vasgeloop teen 'n muur van weerstand. Dis die … " Hy verstel vir beter opvangs, skielik kom die klank helder deur. "O, dis die bataljon op die Luiperdroete, hulle het hulle ook vasgeloop. Ek dink hulle wil nou suid draai en ... via Ooster... nee, ek kan nie hoor nie."

"Oosterbeek, waarskynlik," sê Tinus. "Kan jy met kolonel Frost kontak maak?"

Die frons op die operateur se voorkop verdiep. Hy stel en stel, skud sy kop. "Die ding is nou dood."

Dis tog onmoontlik. "Dood? Sy ontvangs was oomblikke gelede nog goed?"

"Dood, Luitenant." Die seiner buig oor die radio en toets iets. "Oh no."

"Wat?"

Hy kyk op. "Dit lyk of die battery pap is, Luitenant. Daar is geen krag nie, niks. Jammer, Luitenant."

"Maar my magtie, hoe is dit moontlik?" roep Tinus gefrustreerd uit. "As ons geen manier van kommunikasie het nie ..." Hy haal diep asem om sy kalmte te probeer herwin. "Wie is verantwoordelik om die toerusting te kontroleer?"

"Die operasionele radiostoor, Luitenant." Die seiner klink net so gefrustreerd. "Hulle het gisteraand die voorrade uitgegee vir vanoggend se vlug. Daar's oorgenoeg ekstra batterye, maar dis by die kompanie-HK. Ek is nie seker van die Tierroete nie, Luitenant, maar die Luiperdroete word beslis vasgepen deur die vyand."

"Verdomp," skel Tinus binnensmonds. "As ek ..." Hy beheer hom met moeite.

"Ek weet, Luitenant," sê die seiner en pak die toestel driftig terug in die sak.

Die vliegtuie bokant hulle is nou stil, die pad skoon. "Ons kom maar so gou moontlik by die brug, manne!" roep Tinus bos-in. "Wees op julle hoede. Die Nazi's weet nou ons is hier."

"Ek hoop ons kan die brug bereik sonder verdere verwelkoming," sê een van die korporaals.

"Ja, ek twyfel, ongelukkig. Kom manne, roer julle!"

Net buite Arnhem ontmoet hulle vir luitenant-kolonel Frost en sy hoofkwartierstaf.

"Ek is bly om julle te sien," sê Frost opreg. "Ek het geweet as daar een peloton is wat dit sal maak, is dit jou manne."

"Ook maar met stampe en stote," antwoord Tinus. "Ek hoop julle radio werk?"

Frost skud sy kop. "Bitter swak sein. Ons het al by die afgooistrook kontak met hoofkwartier verloor. Ek weet wel dat die Tierroete sowel as die Luiperdroete geblokkeer is."

"Ja, ons het so iets gehoor voordat die battery pap geword het. Totaal pap."

Frost los 'n kragwoord. "Dit maak my woedend. Dis die mannetjies in die radiostoor." Hy maak sy oë toe en byt merkbaar op sy tande. Net vir 'n oomblik, toe sê hy kalm: "Die brug moet net hier voor lê. Laat ons beweeg. Het julle ook so gesukkel deur Oosterbeek?"

Tinus knik. "Dieselfde wag sekerlik hier voor by Arnhem."

Frost val langs hom in. "Die inwoners is aangrypend dankbaar, ja. Miskien is dit juis wat alles die moeite werd maak."

In Arnhem is die oponthoude selfs erger. Massas en massas seëvierende mense, asof die slag reeds geslaan is. Geen vyandelike teenstand nie, net vreugde.

Baie later as wat hulle wou, kry hulle die eerste keer die brug in sig. Hulle is net betyds om te sien hoe 'n groot Duitse konvooi oor die ellelange brug ry.

"Versterkings Nijmegen toe," sê Frost.

Die brug lê oop en onbewaak voor hulle.

Die lig van die ondergaande son agter hulle vlek die water tot onder die brug deur rooi.

Agtien

"As jy die skottelgoed afdroog, sal ek baie vinniger klaarkry en dan kan ek saam met jou gaan kyk wat aangaan," probeer Mentje vir Henk oortuig.

"Diensmeisiewerk," brom Henk, maar neem tog 'n vadoek en begin teësinnig afdroog. Dis duidelik dat hy dit nog nooit tevore gedoen het nie.

Met al die skottelgoed blinkskoon en netjies weggepak, hardloop hulle die trappe twee-twee op na haar kamer. Van daar af het hulle beslis die beste uitsig op die besige straat reg op die rivier, die Rynkade.

"Mentje, kom kyk gou," roep Henk terwyl hy ver by die oopgeskuifde venster uithang. "Soldate, by die brug."

Sy storm nader. "Skuif op, jy hang die hele vensterbank vol."

Hy beduie met sy hand: "Daar, by die brug, sien jy? Wat maak hulle?"

Mentje hang so ver moontlik uit. "Kan nie sien nie, dis te

donker. Ek sien net baie mense wat beweeg. Is jy seker dis soldate?"

"Beslis."

Sy priem met haar oë, dit help nie. "Engelse of Duitse soldate?"

"Al twee."

"Hoe weet jy as jy nie kan sien nie?"

"Ek kan sien. Ek sien die uniforms."

So, nè? Gmf.

Hulle bly kyk, maar word niks wys nie. Êrens ratel skote en bars kanonkoeëls, maar dis meer na Oosterbeek se kant toe. Na agter, hoër op in die stad, klink ook nou gevegte op. By die brug sien hulle die kort vlammetjies uit die gewere spoeg. "Dit klink meer na oorlog as na bevryding," sê Mentje skepties.

"Die Engelse skiet die Jerries dat dit klap." Henk spring van die vensterbank af en gee 'n aksiebelaaide vertoning. "Rattetattetat! Bang, bang, bang! Ppfffuuoe!" en hy slaan reg agteroor, sy tong hang by die kant van sy mond uit.

Mentje is stomverbaas. Sy kan glad nie verstaan waarom die Here, wat die slimste van almal is, seuns so vreeslik simpel gemaak het nie. Sy wil net iets sê, toe hy opvlieg en van haar klein kantvenster af uitroep: "Wow! Kyk wat maak hulle nou!"

Sy hang lewensgevaarlik ver by die venster uit om goed te kan sien. Dit lyk asof die hele brug aan die brand is. In die lig van die vlamme sien hulle ook nou dat daar soldate aan weerskante van die brug is. Hulle skiet op mekaar. "Ek dink die Engelse is aan hierdie kant en die Duitsers oorkant," wys Mentje.

"Pot hulle, pot die Nazi's!" roep Henk so hard hy kan. "Skiet hulle van die brug af."

"Hoekom dink jy brand die brug? Dis tog van yster gemaak?" wonder Mentje.

"Oor die soldate dit aan die brand gesteek het."

Gmf.

Toe die vlamme begin dowwer en dowwer brand en hulle later niks meer kan sien nie, sê Henk: "Ek dink die Engelse het gewen."

Mentje hoop hy is reg, want dan moet die Nazi's teruggaan Duitsland toe en sy en Pappa kan teruggaan na hulle plasie.

Hulle bly deur die venster kyk, maar dit raak stiller en so donker dat hulle geen beweging kan sien nie. Aan die ander kant van die huis, stad se kant toe, moet hulle op 'n stoel staan om deur die hoë badkamervenster te kyk. Êrens brand iets, maar dis ver.

"Hulle skiet mekaar maar net, verder gaan hier niks aan nie." Henk klink teleurgesteld. "Ek gaan slaap."

Mentje bly by haar slaapkamervenster sit. Sy kyk nie na die brug of die rivier of die straat nie. Sy sit maar en kyk in die donker.

Van haar kamervenster af is alles donker. As daar nog êrens ligte aan is, sal die blindings dig getrek wees sodat niemand die lig kan sien nie. Digte wolke maak die naghemel ook pikdonker.

Sy wonder oor die bevryding. Die mense in Pas-Opkamp het amper elke dag daarvan gepraat. Party het gesê dit is naby, ander het gesê dit gaan nooit kom nie. Almal wou, soos sy, net huis toe gaan.

Sy wens en wens dit is nou regtig die bevryding. Maar sy weet nie.

Toe draai sy om en klim in haar bed.

'n Geweldige donderslag tref Mentje se ore. Sy ruk wakker en vlieg regop. Wat was dit?

'n Kind gil. Ilonka. Ander skree. Femke en klein Willem, dalk ook Henk.

Mentje wip uit haar bed en loop voel-voel die donker gang af.

"Moenie die lig aanskakel nie," roep tante Maria. Haar stem is toegeknyp.

Dit klink asof al die kinders daar is, waarskynlik by haar op die bed. Dis te donker om te sien.

"Het iemand seergekry?" vra Mentje.

Bo Ilonka se gehuil hoor niemand haar nie. Sy loop versigtig tot by die bed en vind die bedkassie. "Ek gaan die kers aansteek. Niemand sal die kerslig deur die blindings sien nie."

Toe sy die vuurhoutjie trek, verlig die flou kersvlammetjie die hele vertrek. Ilonka hou op huil, ook klein Willem.

Tante Maria sit met haar arms rondom haar vier kinders, haar oë so groot soos pierings. Hulle sit almal soos verskrikte hoenders op 'n hopie in die middel van die groot bed.

"Dis net die Tommies wat skiet," sê Henk verleë en stoot sy ma se arm weg.

"Het iemand seergekry?" vra Mentje weer.

Haar tante se gesig is grys. "Hulle het net geskrik." Sy probeer haar asem diep intrek. "Liewe Vader, ek weet nie hoe kom ek deur hierdie oorlog nie."

Onder in die straat duur die verwoede gevegte voort. Masjiengewere vuur skote vanuit die huise aan die oorkantste oewer, mortierbomme val met 'n reuseplons in die water. Party trek oor die rivier, skeur die aarde oop en bars teen die huise. Ook bo in die stad woed hewige gevegte.

Die geraas is oorverdowend. Daar is seker niemand in die hele Arnhem wat nog slaap nie.

Die kersvlammetjie het die aanvanklike skrik vir die ontploffings verdryf. Maar die bang vir die woede buite klou nog stewig. "Moet ons nie eerder kelder toe gaan nie?" stel Mentje huiwerig voor.

Tante Maria druk haar hande aan weerskante van haar gesig vas. "Here, behoede ons."

Mentje kyk haar tante skerp aan en besef skielik: Tante Maria is te bang om te dink. Sy, helderkop-Mentje, moet nou logies dink. Han kan ook helder dink, dis party mense se talent. Jy moet jou talente gebruik, dit staan net so in die Bybel by die emmerstorie. "Kom ons gaan af. Daar sal ons veilig wees," sê sy beslis en neem Ilonka se hand. "Sal Tante vir Willem dra?"

Ilonka ruk haar hand weg en klou aan haar ma. "Mamma!" gil sy.

Dit lyk asof tante Maria wakker skrik, skielik lewe kry. "Ja, dis goed," sê sy en staan op.

Henk loop voor met die kers, sy ouers se verekombers onder sy arm ingebondel, die punt sleep agter hom aan. Onder in die kombuis maak Mentje die kelderdeur oop.

Die kelder is klein en bedompig. Dit ruik na die aartappels wat daar gestoor word, na die ouderdom wat aan die mure klou, na ou water en stof. Die lig is 'n flou gloeilamp teen die lae dak. Maar die mure is dik en ondergronds, die dak soliede beton. Veilig.

Dis ook stiller as in die slaapkamers, die oorlog buite klink ver en dof.

Hulle maak hulle so gemaklik moontlik.

"Ons moes kussings gebring het," sug tante Maria.

Klein Willem raak op sy ma se skoot aan die slaap, die

dogtertjies met hulle koppe op haar bene. Ná 'n rukkie slaap tante Maria ook, sommer so regop, plat op die vloer, met haar kop skuins teen die muur gestut.

Mentje slaap nie, want haar kop is vreeslik wakker. Die vertrek raak meer en meer bedompig. Kom hier ooit vars lug in? wonder sy skielik. Sê nou hulle versmoor vannag almal hier?

"Ek kan nie slaap nie," beduie Henk in die flou lig van die kaal gloeilampie.

"Ek ook nie," fluister Mentje. "Ek is bang ons versmoor hier onder."

"Dis nog niks. Sê nou 'n bom skiet ons huis aan die brand? Dan verbrand ons hier binne," sê Henk.

Mentje skrik. 'n Bom wat die huis laat brand? Of erger nog: "Sê nou die bom laat die huis op ons neerval, dan word ons almal lewend begrawe."

Henk se oë word wit. "Soos daai mense onder ons kerk."

Kastige lyke onder die kerk. Gmf.

"Kom ons gaan uit," en Henk staan oorhaastig op. Sy volg hom dadelik.

Alle blindings is dig getrek, die hele huis is donker. Voel-voel bereik hulle haar kamer.

Henk stap venster toe. "Ek gaan die blindings ooptrek. Ons gaan mos nie 'n lig aansit nie."

Stroomop en stroomaf sien hulle groot brande.

Mentje trek haar asem skerp in. "Die geboue brand, en die huise. Dis vreeslik. Wat van die mense binne-in?" Sy draai weg, vind haar pad na die badkamervenster en klim op die stoel. Brande, oral. "Henk," roep sy na agter, "ek dink die hele Arnhem brand!"

Van alle kante klink skote op.

"Dis oorlog," sê Henk. Hy klink nie meer so selfversekerd soos altyd nie.

Is dit hoe die bevryding is? wonder Mentje. Is bevryding dan oorlog?

Negentien

Die Maandag breek moeisaam, die wêreld is toe onder 'n digte miskombers.

Tinus vee moeg oor sy gesig. Die nag was een lang, brandende hel. Vanuit die suide het mortierbomme wild rondom hulle neergereën en ontplof. Masjiengewere het hulle nagdeur uit huise aan die oorkant van die rivier bestook. Vanaf die noordekant het pantservoertuie en infanterie aanhou op hulle vuur. Hulle sit vasgekeer in 'n borrel aan die noordpunt van die brug.

Deur die nag het hulle aanval ná aanval afgeweer, self ook probeer aanval. Nou het dit stil geraak, net af en toe 'n skoot oor en weer. Maar hulle sit steeds soos muise in hulle val.

"Lieutenant?"

Hy kyk op, neem dankbaar die swart koffie uit Andrew se hand en vou sy hande rondom die warm blikbeker. Soos op wintersoggende op die plaas, 'n leeftyd gelede. "Dankie, Andrew."

Vanuit die mis kom luitenant-kolonel Frost aangestap. Ook hy het 'n beker in sy hand. "Luitenant Van Jaarsveld. Hoe gaan dit hier?"

"Kolonel." Tinus huiwer 'n oomblik. "Ons het twee manne verloor, Jenkins en Crafford. Groove is ernstig. Hoe lyk die ander ongevalle?"

"Verskriklik. 'n Slagting." Frost se asem maak miswolkies voor sy mond. "Ons het reeds die helfte van ons manne verloor."

So erg? Tinus skud sy kop. "Die hoofaanval is minstens gestuit," sê hy swaar. "Ons het beheer oor die brug."

Hewige skote klink skielik weer op vanuit die weste. Albei mans kyk vinnig op.

"Urquhart, waarskynlik," sê luitenant-kolonel Frost. "Klink ongeveer 'n myl weg, miskien nader. Hierdie digte mis gee hulle goeie dekking, hulle kan binne 'n uur hier wees."

Tinus knik. "Klink asof hulle dieselfde roete as ons gister volg. Ek hoop hy het albei divisies saam met hom, want teen hierdie tyd is Duitse versterkings goed op pad."

Toe Frost wegstap, vra Andrew: "Luitenant, dink u ons sal iets te ete kry vandag? Ons persoonlike voorrade was net vir vier en twintig uur. Die manne raak honger."

Tinus beduie in die rigting van die skote. "Generaal Urquhart is byna hier met versterkings. Hulle sal ook voorrade hê."

Andrew tuur die digte mis in, maar dit bly 'n dik gryswit muur. Hy druk instinktief sy staaldak stewiger op sy kop vas.

Die skote hou aan, sporadies soms, spoeg-spoeg na enigiets wat in die mis roer. Soms raak die geweervuur hewiger. Dit klink tog asof die gevegte nader beweeg. Die manne by die brug bly oorgehaal, bly op gereedheidsgrondslag.

Deur die misbanke begin 'n vreemde klank vanuit die

suide aansweef: die diep gedreun van voertuie, swaar voertuie. Kan dit die Amerikaanse troepe vanaf Nijmegen wees? wonder Tinus vir 'n oomblik. Tog nie so gou nie.

Die eerste Duitse voertuie verskyn aan die suidpunt van die brug.

Die Britse mortierbomme fluit. 'n Troepedraer ontplof in vlamme.

Binne sekondes verander die brug in 'n brandende slagveld. Sarsie op sarsie die vae wit misgebied in. Twee ure lank.

Onophoudelik.

Toe word dit stil.

Die mis hang steeds oor alles.

Tinus leun terug en maak sy oë 'n oomblik lank toe. Here? Here? Kom iemand lewend uit hierdie hel?

"Is jy oukei, Luitenant?" vra Andrew langs hom.

"Deur die Genade. Bly hier, ek gaan kyk hoe gaan dit met die res van die peloton."

Gebukkend draf Tinus agtertoe.

"Hier, Luitenant! Dringend, 'n draagbaar!" roep iemand uit die mis. Die stem slaan hoog en skel deur.

Oral klink hulpkrete op. Angskrete. Sterwenskrete. Kreun en roggel, roep na God of na mother: "Mommy! Mommy!"

En die mediese korps, voorrade en al, sit vasgevang êrens tussen die Ginkelse Heide en die Rynbrug.

Op die brug is die geweervuur nou stil. Maar na die noorde en veral die weste gaan die gevegte verwoed voort. Volgens amptelike inligting is daar net 'n Duitse reserwemag in die Arnhem-gebied. Ons behoort min weerstand te kry ...? Is dit hoeveel amptelike inligting werd is? Kluitjies?

Die son breek meteens die laaste paar voet na die aarde oop, die misbank los op in die skielike strale.

Binne oomblikke raak die weste stil. Geallieerde en Nazi-troepe skarrel waarskynlik vir skuiling in die skielike lig.

Tinus kyk op sy horlosie. 10:06.

Die dag lê oopgesper rondom hulle. Hy draai sy kop suidwaarts. Die brug is 'n woesteny van verwronge metaal, uitgebrande voertuie, uitgehaakte stukke teer en beton. Maar die brug staan nog. En is nog onder die beheer van 'n Gideonsbende valskermtroepe.

Die lug bo is rokerig grys van die vure oral in die stad.

"Arnhem brand," sê Andrew sag langs hom.

Die geweervuur uit die weste is steeds stil. Vreesaanjaend stil. Onheilspellend lank.

Tinus kyk weer op sy horlosie. 10:19. "Dit beteken waarskynlik Urquhart het vasgeval," sê hy stadig.

"En ons is omsingel, vasgekeer," merk een van die manne op.

Andrew bly optimisties, soos altyd. "Maar die mis het opgeklaar, wat beteken nog valskermbataljons sal vandag kan land. En XXX-korps van Nijmegen af sal môre of oormôre hier aangemarsjeer en aangetenk kom. Met vragte kos, hoop ek."

As ons net tot dan sterk kan staan, dink Tinus. Maar ons voorrade? Die kos is byna klaar, die troepe kan nie vir twee dae op leë mae veg nie. Die bietjie mediese noodvoorraad wat hulle gehad het, is lankal reeds opgebruik. Geen ontsmettingsmiddels, geen verbande, niks teen die pyn nie.

Daar is min ammunisie oor.

Daarby werk die meeste van die radio's nie. Dié wat wel nog werk, het 'n uiters swak sein. Kommunikasie na gebiede buite die brugborrel bly beroerd.

Hulle enigste hoop is versterkings, besef Tinus elke oomblik meer. Maar as die weer vanoggend in Engeland gelyk het soos hier, beteken dit die vliegtuie kon eers baie later as beplan opstyg. En aan hierdie kant wag die Nazi's hulle in met swaar lugafweerkanonne en vliegtuie, met skerpskuttersoë soekende na die valskermspringers wat weerloos aan hulle draaglyne hang.

Soos die dag vorder, sal die Nazi's meer en meer versterkings inbring. Arnhem lê minder as vyf en twintig myl vanaf die Duitse grens. Indien Britse versterkings nie gou arriveer nie, is die laaste brug oor die Ryn, die brug by Arnhem verlore en is Operasie Market Garden tot mislukking gedoem.

Hy ruk hom reg, hy móét positief bly. "Sorg dat julle iets eet, terwyl ons 'n oomblik het. Bly waaksaam, dis net 'n kort onderbreking dié."

Maar die kort stilte is verby voordat Tinus se woorde koud is. Die volgende aanval is feller, hou langer aan. Die handjievol soldate by die brug weer af, veg terug.

Uur na uur.

Toe verskyn die Tiger II-tenks. Duitsland se skrikwekkendste wapenstelsels.

Tinus voel die skok deur sy liggaam vibreer. Waar kom die Tigers so skielik vandaan? Wat soek hulle so naby Arnhem?

Die Tiger II-tenks bulder hulle ladings oor die brug uit, blaas stukke beton die lug in op. Die hoogs plofbare mortierbomme bars teen geboue op die rivieroewer, huise slaan aan die brand, mense skree. Handgranate fluit, skeur die aarde oop. Outomatiese gewere knetter voort, sonder ophou.

Die stof brand Tinus se oë. Sweet loop onder sy staaldak uit, slaan onder sy arms deur. Sy skouers kramp, sy arms pyn van moegheid.

Skielik staan Frost langs hom. Sy gesig het 'n grys kleur. Hy praat kortaf, saaklik. "Luitenant, ek benodig tien vrywilligers."

Tinus kom onmiddellik op aandag. "Ek is reg, Kolonel."

"Ek is nommer twee, Kolonel," voeg Andrew dadelik by.

"Luister eers wat van die vrywilligers verwag word," antwoord Frost. "Sonder hulp en veral voorrade gaan ons moeilik die brug behou. Generaal Urquhart kan nie meer as 'n myl wes van ons af wees nie. Ek soek tien man om uit te gaan en die Duitsers van hierdie kant af lastig te val. Net genoeg om hulle aandag te verdeel, sodat Urquhart moontlik 'n deurbraak kan maak." Hy kyk hulle skerper aan. "Julle moet weet dis 'n uiters gevaarlike sending. Onder omstandighede wil ek geen persoon beveel om te gaan nie. Dit moet vrywilligers wees wat ten volle besef wat die situasie is."

"U het reeds een vrywilliger," herhaal Tinus.

"U het steeds twee," sê Andrew beslis.

Frost kyk hulle vir 'n oomblik stil aan. Sy stem bly formeel: "Dankie, luitenant Van Jaarsveld, korporaal McKenzie."

"Ons wag tot ná donker," het Tinus vanmiddag al aan die groepie vrywilligers gesê. "Die wolke is wel yl, maar die skepmaan gelukkig ook en met dié dat die huise almal verdonker is, behoort ons goeie dekking te hê. Voor sonop keer ons terug."

Om vrywilligers te kry, het vinnig gegaan. Om die groepie tot tien te beperk was moeiliker.

Tinus het eers die situasie baie duidelik aan sy manne uitgespel. Toe hy klaar gepraat het, het die vrywilligers onmiddellik na vore getree. Agtien vrywilligers net uit sy peloton. "Ons moet die groep klein hou, dis minder opsigtelik. Dis geen aanval nie, dis lastige bye wat steek en dan verdwyn," het hy probeer verduidelik.

Die groep het bly staan. "Ons is mos 'n span, Luitenant," het een hulle gevoel verwoord.

Tinus se keel het onverwags dik geword. Hoe kon hy kies tussen hierdie dapperstes van dapperes? "Dankie, kêrels, maar ons is te veel. Almal wat getroud is, een tree terug."

Vier jong manne het teruggestaan. Nog was daar te veel.

"Dié wie se moeder 'n weduwee is, terug."

"Maar Luitenant ..." het een begin.

"Ek moet sif. Jammer."

Net twee het teruggeval.

Hemel, waarheen nou? "Julle moet verstaan, ons geledere hier by die brug is reeds baie uitgedun. Kolonel Frost het elke manskap hier nodig."

Hulle het op aandag bly staan.

"Almal met rooi hare?" het een van die manne wat pas uitgeval het, voorgestel.

"Not on your life!" was Andrew se onmiddellike reaksie.

"Dié van julle wat reeds 'n broer in die oorlog verloor het, een tree terug," het Tinus 'n laaste opsie probeer.

Een man.

Uiteindelik bly elf manne staan. Saam met hom is dit dus twaalf. Daar is geen manier dat hy twee kan kies om uit te val nie. "As jy hulle verder wil uitdun, doen dit asseblief self, Kolonel."

"Rooi duiwels," het John Frost trots gesê. "Twaalf, goed. Nadat jy en ek die strategie bespreek het, wil ek self met die manne praat."

Nou is die son reeds goed onder, die wêreld is donker. Die skepmaan kom eers ná middernag op, die sterre is versluier en baie dof. Van die rivier se kant af asem 'n koue luggie oor die brandwarm stad.

Die groep beweeg behoedsaam met Onderlangs af, die pad al langs die rivier. Stadig, halfverskuil, soos leeus wat hulle prooi in 'n Bosveld-nag bekruip. Geluidloos, gefokus, sluipend, gewere gespan. Hulle loop op die klank af van sarsies geweervuur wat sporadies opklink. Dwarsdeur die dag reeds klink dit op, dwarsdeur die aand steeds.

Uit die huise, weet hulle, bespied Nazi-skerpskutters die strate vir enige moontlike verdagte beweging.

Soms doem bourommel en wrakstukke voor hulle op, jy sien dit eers wanneer jy byna daarteen vasloop. Of 'n onverwagse slaggat in die sypaadjie waar die oorlog die aarde oopgeruk het.

Hulle nader die gevegsfront. Die skote word al hoe duideliker. 'n Mens hoor selfs stemme.

Tinus voel hoe die spanning van die krop van sy maag af opbou. Sy rug is snaarstyf, soos 'n gespande geweer.

'n Naggeveg in 'n beboude gebied is riskant, het Tinus van die begin af besef. Die donker maak dit moeilik om jou eie magte van die vyand te onderskei, te sien presies waar jy kan beweeg en genoeg lig op jou visier te hê om behoorlik te kan aanlê. Daarby moet jy versigtig wees om nie jou makkers te skiet nie. Hy sou dus 'n eersteligaanval verkies het. Maar Frost het gevrees die vyand beplan presies dit teen generaal Urquhart.

"As ons dus voor hulle aanval," het Frost redeneer.

"Onthou, manne," het Tinus hulle dit vooraf op die hart gedruk, "ons vorm basies 'n afsnygroep wat die vyand moet weglok van die hoofmag af. Ons gaan in twee seksies verdeel en werk soos skerpskutters. Kopskote."

Oupa, jare gelede in die veld, sy eerste rooibok. Oupa se

stem laag, digby sy oor: "Kopskoot, seun, kopskoot. Kalm nou, mooi korrel vat, hou die geweer stil, visier presies tussen die oë." Hy was ses jaar oud. Die rooibok het geval. Kolskoot.

Tinus wys aan korporaal Anderson om met sy vier manne een straat hoër op te beweeg, soos vooraf beplan. Só word die aanvalle effe uitgesprei, skep hulle die illusie van 'n groter mag. Andrew bly aan sy sy, twee manne volg hulle, nog drie beweeg vinnig na die oorkant van die pad.

Nou beweeg hulle stadiger, laag gebuk, tree vir tree. Sluipend soos jakkalse aan weerskante van die Onderlangs voort. Hulle hoor die klanke, maar sien geen ander bewegings nie. Nie eens 'n straatkat wat die pad behoedsaam oorsluip nie.

Die seksies hou mekaar skerp in die oog. Steeds geen verdagte beweging nie.

Skielik sien sy jagtersoog drie Nazi's. Hier, reg langs die grys dubbelverdiepinghuis. Handsein: Vries, gewere in posisie, stadig. Rustig, seun, rustig.

Die een Jerrie hurk langs 'n ligte masjiengeweer, een leun nonchalant teen 'n muurtjie, die derde rook salig.

Kalm nou, seun, versigtig korrel vat.

Vuursarsie, gelyk.

Langs die masjiengeweer slaan die een teiken reg agteroor, die roker en sy makker sak geluidloos inmekaar.

Hierdie klein Blitzkrieg verwar die trop, laat hulle bloed ruik. Soos hiënas uit hulle gate, helmets laag oor die voorkop, verskyn die vyand.

En Tinus besef blitshelder: In hierdie jagveld, laas week nog 'n rustige woonbuurt, het die Nazi's hulle stewig verskans. Geweerlope verskyn in talle vensterkosyne. Deur uitgekapte ruite soek hulle die indringers, vuur wild as hulle geen teiken vind nie.

Verdedig. Val aan. Nog vensterruite spat. Oorverdowend, masjiengewere vanuit boonste verdiepings, koeëls wat klap.

Met dofsware plof soos koeëls in die stof. Weer Oupa, reëntyd. Flitse, terwyl die koeëlreën rondom hom neerkletter.

Wilde skote, terwyl die trop wildebeeste verward storm en die stof die lug donker maak.

Die aarde dreun en die donder dreun.

Woonbuurttuine word platgetrap.

En die lykekleed bly.

Hy het tred verloor met tyd. Hy het agt en veertig uur laas geslaap. Hy lê op die sypaadjie van 'n teerstraat met bitter min moontlikheid vir dekking. Die geweer ruk-ruk teen sy skouer. Sy verstand is suf, sy lyf seer. Hy handel outomaties.

Langs hom veg Andrew. Sarsie op sarsie, skoot vir skoot.

Hierdie sending moet net slaag, dink Tinus weer en weer. Die manne by die brug het geen kos meer nie, die gewondes is in 'n vreeslike toestand, die ammunisie is boomskraap. Ons situasie is desperaat.

En as die Nazi's u nooi om oor te gee? het hy êrens gister aan Frost gevra.

Ek sal weier, het hulle bevelvoerder sonder huiwering geantwoord. Ons sal veg tot die einde.

"My ammunisie is byna op," sê Andrew langs hom.

Tinus voel die spanning stywer in sy nek optrek. "Ons moet terugval, die son gaan buitendien nou-nou ..."

Maar voordat hy sy sin kan voltooi, sien hy uit die hoek van sy oog verdagte bewegings. Sy suwwe verstand reageer onmiddellik. "Val terug! Hulle probeer ons van die brug afsny! Val terug!"

Hy vlieg op en begin met sy gesig na die vyand toe terugval, geweer swaaiend voor hom as enigste skans. Een straat hoër op, waar korporaal Anderson en die ander vier manne moet wees, hoor hy hewige geweervuur. Here? Here?

"Jerries!" skree een van die manne van oorkant die straat.

Tinus vlieg om en sien hulle. Vyf Duitse soldate versper skielik die pad tussen hulle en die brug. "Val aan!" skree hy, val plat en begin vuur.

Langs hom, skuins agter hom en van oorkant die straat af spoeg die masjiengewere lood vorentoe. Twee Nazi's val, drie verdwyn uit die gesigsveld.

Vorentoe, versigtig, beduie Tinus.

Die skote van agter kom ook nader. Dit word nou vinnig lig. As hulle nie baie binnekort die brug haal nie, is hulle vasgekeer. Gebukkend hardloop Tinus van boom tot boom, terug.

Toe gil iemand agter hom. Tinus vlieg om, net betyds om te sien hoe Andrew sy arms in die lug gooi en neerslaan. Sy staaldak tuimel van sy kop af, sy rooikop tref die sementsypaadjie met 'n slag. Agtertoe sien Tinus die Duitse soldate aangehardloop kom, twee blokke ver.

Binne een tree is hy by Andrew, druk sy arm agter sy skouers in en lig hom op sy voete. Andrew se mond is oopgesper, sy gesig vertrek van die pyn. Bloed sypel deur sy uniform, sy geweer steeds vasgeklem in sy hand. "Shoulder," kreun hy. "They got me."

"Kom!" por Tinus, maar sien onmiddellik dit sal te stadig gaan. Hy raap die jong man op en gooi hom oor sy skouer – sak mieliemeel oor die twaalfjarige plaasseun se skouers. "Taai word, kêrel," het sy oupa gesê.

Voor in die pad verskyn nog Duitse soldate. Vasgekeer?
Tinus swenk in 'n tuin in. Skuiling vind, dan skiet.
Sy bene knak onder hom voordat hy die pyn voel. Here?
Toe word sy wêreld swart.

Twintig

Mentjie strek haar arms uit en vryf haar oë. Sy moes hier in die stoel aan die slaap geraak het. Henk ook, maar op haar bed. Hy lê met sy vuil skoene en al op haar mooi, wit deken.

"Haai, haal jou voete van my bed af! Jy maak dit vuil."

Henk se oë vlieg verwilderd oop. Hulle lyk bietjie rooi. "Wat?"

Af! wys sy met haar hand.

Die gevegte moes die hele Sondagnag lank aangehou het, want dit klink nog net so fel. Mentje lig die blindings en kyk na buite. Vanoggend is die mis dig getrek oor die rivier, oor die huis en die stad, sodat sy niks kan sien nie. "Die mis maak alles toe."

Henk lê nog steeds op haar bed, net sy voete is van die bed af. "Mentje, dink jy ons sal doodgaan?" vra hy ernstig.

Mentje dink 'n rukkie voor sy antwoord: "Ons kan dalk, want in die oorlog gaan baie mense dood en dit is nog oorlog. Dit het ek gisternag al gedink."

Henk vryf oor sy deurmekaar hare. "Ek wil nie graag doodgaan nie."

"Nee, ek ook nie. Maar dit help nie om bang te wees nie, want …"

"Ek is g'n niks bang nie, hoor," protesteer Henk dadelik.

Ai, tog. Seuns darem! "Dis ook nie wat ek gesê het nie. Ek sê net bang wees help nie. Dit het ek al baie keer gesien."

Dis lank stil tussen hulle. Buite knetter en bulder die geweervuur voort, veral by die brug, maar ook Oosterbeek se kant toe.

Henk swaai sy voete heeltemal van die bed af en kom staan langs haar by die venster. "My ma is bang."

Dit raak stil in Mentje. Sy voel skielik baie ouer as Henk, ouer en wyser. "Ja, sy is. Sy kan nie help nie."

Die mis is dig, hulle kan nie eens die rivier reg voor die huis sien nie, beslis nie die brug nie.

"Hulle skiet nou vreeslik by die brug," merk Henk op. "Dink jy die Tommies sal wen?"

Hy is onseker. Sy hele grootmeneerhouding is net 'n skild waaragter hy wegkruip, verstaan sy nou. "Hulle moet wen, Henk, anders is dit nie die bevryding nie."

Hy draai van die venster af weg. "Kom ons gaan soek kos. Ek is so honger soos 'n bees."

Hulle stap af met die trap. Die huis is stil, tante Maria en die ander kinders skuil steeds in die kelder.

"Ek is banger in die kelder as in die huis," sê Mentje.

"Ek ook," sê Henk dadelik. "Maar dit sê nie ek is bang nie."

"'n Mens kan soms maar bang wees."

"Ek dag bang help nie? Jy het nou net so gesê."

"Ja-a. Maar mens is soms bang, jy kan nie help nie. Mens moet net nie dat die bang jou baas word nie."

Henk steek vas. "Want bang maak mens lam, dan kan jy niks doen nie," verstaan hy skielik.

Mentje glimlag. "Dis presies wat dit is, ja."

"H'm."

In die kombuis is die halwe brood van gisteraand nog op die tafel, maar die yskas is leeg – geen melk, geen botter of kaas, nie eens 'n lekseltjie konfyt nie. In die koskas is net goed soos sout en koeksoda en asyn, ook 'n verskrompelde pakkie meel – niks wat mens kan eet nie.

"Ma!" skree Henk so hard as wat hy kan. "Hier's niks kos nie!"

Tante Maria verskyn in die kelderdeur. Sy lyk vreeslik. Sy het steeds haar nagrok aan, haar gesig is bleek, haar hare ongekam. "Ek het gisternag niks geslaap nie," sê sy en vee haar hare uit haar gesig. "Jy moet in die kelder bly, Henk. Ek was siek van bekommernis."

"Dis gevaarliker in die kelder. Wat as …"

Mentje beduie wild dat hy nie in daardie rigting moet praat nie. As tante Maria nog bang word vir die kelder ook, weet Mentje nie wat van die vrou gaan word nie.

Gelukkig verstaan Henk en draai sy praatjies om. "Die brood is amper klaar en dis bietjie groen hier in die hoekie. Gaan Ma nou-nou brood koop?"

"Nee! Nee!" roep tante Maria uit. "Nee, en jy gaan ook nie uit nie. Jy bly in die huis. Dis gevaarlik buite."

"Wat kan ek dan eet?" vra Henk kwaad.

Met dié kom Femke ook die kombuis binne en plak haar langs die tafel neer. "Mamma, ek is honger."

Dit lyk asof tante Maria se bene onder haar invou. Sy sak in 'n bondel op die vloer neer, haar kop in haar hande. "Ek kan nie meer nie, ek kan nie meer nie," kerm sy.

Sjoe, dis nie goed nie. Wat nou?

Mentje dink vinnig. "Henk, daar is nog aartappels in die kelder. Gaan haal so …" Sy werk uit. Nie te veel nie, net genoeg om die honger te stil, sodat daar vir môre nog oor is. "Gaan haal so sewe aartappels."

"Mens kan g'n aartappels in die oggend eet nie!"

"Bly dan honger," sê sy ferm.

Hy begin na die kelderdeur stap. "Hoekom sewe? Wie kry twee?"

"Jou ma. Gaan haal nou."

Dit voel skielik amper asof sy die ousus van die familie is.

Dis 'n lekker gevoel. Hulle is darem haar nefies en niggies, haar familie.

Rondom tienuur lig die mis. Mentje en Henk hardloop op na haar kamer en hang by die vensters uit.

"Dis te ver, ons sal nooit kan sien nie," sê Henk teleurgesteld.

Hulle hoor net hoe die gevegte aanhou en aanhou.

Hy sak op die stoel neer. "Ek wens hulle wil hier kom veg, hier in die straat reg onder ons sodat ons kan sien wat aangaan."

Sy verstaan dit nie. "Ek wens hulle wil nou ophou veg. Henk, hoeveel mense dink jy is al doodgeskiet?"

"Miljoene. En ons sien niks."

Gmf. Seuns.

Maar wat as hulle hier in die straat kom veg? Sê nou hulle skiet iemand terwyl sy en Henk kyk? Sy ril en draai dadelik weg van die venster.

Die volgende oomblik ruk 'n geweldige slag deur die huis. Albei kinders vlieg op en storm tegelyk trapaf, kelder toe. Onder skree al drie die kleintjies en klou aan hulle verskrikte ma vas.

"Is ons getref?" stotter sy.

Mentje se kop het skoon toegeslaan van die skrik, maar nou voel dit asof haar brein weer asem kry. "Sjoe, ek het my simpel geskrik." Sy luister 'n oomblik. "Ek dink nie dis ons huis nie, sal gaan kyk."

Henk volg haar nie, hy is miskien nog te geskrik. Sy kyk oral, alles lyk nog reg. Op met die trappe, bo is alles nog net soos voorheen.

Toe trek sy haar asem skerp in. Die bure se huis brand. Nie tante Tinka Bijl-hulle nie, die huis van die ou oom en die rolstoeltannie oorkant die systraat. Dik rook borrel by die vensters uit, vlamme stoot-stoot deur die dak.

Soos die keer toe die hooimied op die plaas aan die brand geraak het. Gelukkig het dit nie na hulle huis versprei nie. Maar as Pappa nie baie vinnig die vuur met emmers water doodgegooi het nie, kon dit dalk.

Sy hardloop die trappe af. Onder staan Henk, sy skrik is seker ook nou weg. "Die rolstoeltannie se huis brand," roep sy en hardloop voordeur toe. "Ons moet gaan water gooi."

"Hier is nie water in die krane nie."

Sy steek vas. Daaraan het sy nie gedink nie. En die tannie in die rolstoel?

"Ons kan gaan water skep in die rivier," stel Henk voor.

"Nee, dit sal te lank vat. 'n Vuur is baie vinnig," sê sy en maak die voordeur oop. Haar hande bewe steeds.

In die straat voor die huis kom mense uit alle rigtings aangehardloop. Hulle roep na mekaar, beduie met die arms, skree bevele. Ma's probeer kinders wegkeer, ouer tannies staan met hulle hande oor hulle monde geslaan.

"Wat gaan aan?" roep tante Maria vanuit die kombuis. "Kom kelder toe."

"Die rolstoeltannie-hulle se huis brand," skree Henk terug. "Almal dra stoele en goed uit!"

"Kom in!" gil tante Maria skril. "Kom in die huis in en sluit die voordeur."

Henk verstyf, sy oë trek op skrefies.

Nee, kom ons gaan eerder in, beduie Mentje met haar kop. "Jou ma klink nie goed nie."

Hulle draai om en sluit die voordeur agter hulle.

"Dit is heeltemal verkeerd, ons moes gaan help het," sê Henk opstandig.

"Ja, ons moes. Maar jou ma sal berserk raak as ons buite bly."

Hy sug. "Ek wens sy was anders. Toe my pa nog hier was ..." Hy voltooi nie sy sin nie.

Henk praat nooit oor sy pa nie.

Daar is 'n harde klop aan die voordeur, so hard dat Mentje wip soos sy skrik.

"Is alles reg daar binne?" vra oom Thijs Bijl se stem.

Oom Thijs is tante Tinka van langsaan se man. Hy is lank en maer met digte, donker wenkbroue wat hom kwaai laat lyk. Maar eintlik is hy nogal vriendelik.

Mentje sluit dadelik oop. Dis baie goed om 'n groot, sterk oom hier te sien staan. "Ons is oukei, dankie, oom Thijs."

Henk druk haar opsy. "Maar my ma is baie bang, sy kruip die hele tyd in die kelder weg."

Oom Thijs kyk vinnig rond. "Julle is ongedeerd. Ek moet by die brand gaan help."

Voor hy kan terugdraai, storm tante Maria deur die voorportaal en gryp hom vas. "Thijs, moenie weggaan nie. Ons is in lewensgevaar. Die kinders ..." Sy begin bitterlik huil.

Hy neem haar stewig aan die arm en lei haar kombuis

toe. "Kalmeer, Maria, en sit hier. Tinka sal nou hier wees. Ek gaan by die brand help."

Sy wil nog sy arm vasgryp om hom terug te hou, maar hy is reeds by die deur uit.

Toe tante Tinka 'n rukkie later inkom en by tante Maria in die kombuis gaan sit, glip Mentje en Henk vinnig weg.

Die vuur is byna uitgebrand. Niemand probeer dit meer blus nie, dis te laat. Niemand dra meer goed uit die huis nie, die dak het klaar ingestort. In die straat staan enkele los meubelstukke wat gered kon word: twee stoele, 'n tafeltjie, 'n deurmat, 'n staanlamp. Alles ruik na brand en rook.

Eenkant staan drie buurvrouens by die rolstoeltannie. Een huil saam met haar, twee troos.

Die oom loop verwese rondom die huis. Hy vryf sy hande teen mekaar.

"Hulle het nog altyd hier gewoon," sê Henk en gaan bekyk die huis van nader.

Mentje bly staan. Sy het nie eintlik die oom en tannie geken nie, maar sy voel diep hartseer. Asof sy ook iets verloor het. Miskien is dit die tannie wat haar hartseer maak. Of die paar meubelstukke in die straat. Of Henk se woorde.

Die mans staan in die straat en praat. "Dit moes 'n mortier van oorkant die rivier gewees het," meen een oom.

"Dan moes dit iets getref het wat die hele plek laat brand het," sê 'n tweede. "'n Gasverbinding of iets, moontlik die vuurherd. Tante Ettie kry mos altoos koud, selfs in die somer sit sy voor die vuur."

"Fosforbom," is nog iemand se mening. "Daardie goed steek enigiets aan die brand."

Mentje stap terug huis toe. Aan die ou oom en tannie wil sy nie dink nie. Wat gaan nou van hulle word? Hulle het nie eens 'n bed nie. Sy wens sy kon haar mooi kamer vir hulle gee. Maar dit sal tante Maria seker nie wil hê nie. Buitendien, hoe sal hulle die dikke rolstoeltannie trap-op kry?

Tante Tinka is steeds in die kombuis. Dit lyk darem asof tante Maria nou kalmer is.

"Mentje, wil jy vir ons 'n koppie koffie maak?" vra tante Tinka vriendelik.

Mentje huiwer. "Ek kan, maar hier is niks melk of suiker nie."

"Ook nie brood nie," sê Henk agter haar. "Net aartappels."

Tante Tinka frons. "Het julle geen noodvoorrade nie?"

Noodvoorrade? Soos hulle altyd in Pas-Opkamp gehad het, vir ingeval iets gebeur en hulle nie kos kan kry nie? Sy skud haar kop.

"Maria?"

Die tante begin weer huil. Sy sak vooroor met haar kop op die tafel. "Ek kan nie meer nie, Tinka. Ek kan nie."

Tante Tinka kyk op, reg in Mentje se oë vas. Sy asem stadig uit. "Ek kan vir julle iets te ete stuur vir vandag. Maar julle moet voorrade in die hande kry. Ons situasie hier in Arnhem gaan net versleg."

"Ek kan nou gaan kos koop," stel Mentje huiwerig voor. Die strate in terwyl die hele oorlog reg rondom jou woed?

"Alles is nou reeds uitverkoop," skud tante Tinka haar kop. "Miskien môreoggend. Ek weet ook nie. Jy is nog net 'n kind."

Nog 'n kind, ja. Wat voel asof sy die ousus geword het wat moet sorg.

"Ek sal saam met haar gaan," sê Henk baie ridderlik.

Gmf. Watse beskerming sal hy nou eintlik wees? En tog wel 'n skielike deernis jeens hom in haar op. Miskien is hy haar nefie-kleinboet.

"Nee," sê sy ma hard. "Nee, jy gaan nie." Haar stem versplinter die prentjie in Mentje se kop.

"Sal Ma dan gaan?" daag Henk.

Hy kry geen antwoord nie, net 'n moedelose kyk.

Tante Tinka staan op en streel oor haar buurvrou se skouers. "Ek gaan kos haal. Gaan trek aan, was jou gesig en kam jou hare, Maria. Dan voel jy dalk beter."

Toe sy die voordeur agter haar toegetrek het, tel tante Maria haar kop op. "Sy kan maklik praat, haar man leef nog. Sy weet nie wat dit is om 'n weduwee te wees nie." Haar stem klink kwaad.

Haar kwaadheid is miskien beter as die verskriktheid. Of die totale moedeloosheid.

In die vroeë oggendure word Mentje wakker. Sy luister fyn. Het iets haar wakker gemaak? Tog nie, alles is stil.

Moet sy die blindings effe lig en kyk? Dit sal seker te donker wees om iets te sien, dink sy en kruip dieper onder die sagte kombers in.

Dis net, haar dink wil nie verder slaap nie. Veraf hoor sy af en toe sarsies skote. Maar dis ver, by die brug of hoër op in die stad.

Môreoggend – nee, dit is nou seker al Dinsdag – vanoggend moet sy gaan kos soek. Sy het geskrik toe tante Tinka sê hulle moes noodvoorrade gehad het. Hier is net aartappels in die huis, en dié voel elke dag sagter, nader aan vrot word. In die kelder kan mens dit al ruik.

Net voordat sy gaan slaap het, het tante Maria vir haar koepons en geld kamer toe gebring. "Is jy seker jy wil gaan?"

"Ek moet, anders het ons nie kos nie," het Mentje geantwoord. Sy het baie seker van haarself probeer klink.

"Jy is 'n sterk kind. Jou oom Jak was ook so, dis in julle

familie." By die deur het die tante teruggedraai. "As jy kan, kry ook medisyne vir klein Willem. Die kind hoes tog so verskriklik."

Mentje het gefrons. "Waar moet ek dit kry?"

"By die Rooikruis-kliniek in Boekhorstenstraat, dis net af in Steenstraat."

Steenstraat? Dis nog minstens twee blokke verder die stad in. En die bakker in Parkstraat is reeds ver.

Sy wonder waar haar tante se kommer oor haar nou heen verdwyn het. Gmf.

Maar tante Maria het klaar die deur agter haar toegetrek.

Ek moet baie vroeg begin, het sy gisteraand al gedink, voor dit nog heeltemal lig is. As 'n mens nie vroeg by die bakkery en die koshandelaars is nie, kry jy niks, het tante Tinka gesê.

Sy wil nie regtig aan môre – nee, vandag – dink nie. Sy wil haar nie bang dink nie.

Dis nie net hulle kos wat min is nie, lê sy haar en bekommer. Wat van die water? Die krane loop vreeslik stadig, soms net drup-drup. En gisteroggend was daar geen water in die krane nie.

"Ek sal die munisipaliteit bel, hulle moet dit regmaak," het tante Maria gesê. Maar niemand het die telefoon aan die ander kant beantwoord nie.

Gelukkig was daar teen die middag weer water. Drup-drup, maar darem. Mentje het dadelik alle hol goed versamel en die krane oopgedraai, sodat die emmer, die twee grootste kastrolle en die waterbottel kon voldrup.

Sy sug diep. Sy wens Han was hier.

Of Pappa. Pappa is ook 'n sterk mens wat enigiets kan doen. Al is hy nie regte familie van oom Jak nie.

Dit begin net lig word, lank voor sonop nog, toe Mentje die tuinhekkie oopstoot.

Die wêreld lê weer toe onder die mis, maar gelukkig ken sy die pad baie goed. Sy dra die inkopiemandjie, die koepons en geld is veilig in die sakkie wat tante Maria gisteraand vir haar gegee het.

Net buite die hekkie wag Henk. Mentje skrik haar boeglam. "Wat maak jy hier?" val sy sommer aan om haar skrik weg te steek. "Jou ma gaan woedend wees as jy saamkom."

"Dis hoekom ek nie vir haar gesê het nie," sê Henk opstandig. "Ek is g'n 'n baba nie. Kom ons stap."

Hulle loop vinnig deur die koel vroegoggendmis tot op die hoek by Nijmeegseweg, die pad wat oor die brug gaan. Instinktief draai hulle hul koppe en kyk na die brug. Maar die mis is te dig.

"Wanneer ons terugkom, sal die mis miskien opgeklaar wees," sê Henk. "Ek wil sien wat daar aangaan."

Die eerste ent op in Nijmeegseweg loop hulle in stilte, tot sy sê: "Dis dapper van jou om saam te kom, Henk."

"Aag, dis niks. Net maar asof ons skool toe stap."

Hulle weet albei dis nie waar nie.

"Ek dink jy aard na jou pa."

Henk skop 'n klippie met die toon van sy skoen. "Hoe kan jy dit sê? Jy het hom nie geken nie."

"Jou ma sê hy was 'n sterk mens. Dit beteken hy was dapper."

Henk antwoord nie. Rondom hulle is geboue verwoes, boomtakke afgeskiet, tuine platgetrap. Hulle sê dit nie, maar die verwoesting maak mens bang. Albei weet hulle moet eers kos in die hande kry voor hulle kan bang word.

"Dis in ons familie, sê jou ma."

Hy draai sy kop vinnig na haar kant toe. "Wat?"

"Dat ons dapper is. Sterk mense, so sê jou ma."

Toe hulle by die groot sirkel kom, sê Henk: "Dankie dat jy dit gesê het."

"Wat gesê het? Dat ons familie dapper is?"

Hy draai vinnig sy kop weg en sê gesmoord: "Dat ek soos my pa is."

Dis 'n effense opdraande op na Parkstraat. Langs hulle lê die park. Toe hulle verlede week nog skool toe gestap het, was dit 'n pragtige park met groen gras, groot bome en blou water. Deur die vroegoggendse misbanke sien Mentje nou die lelike letsels aan die boomstamme, soos rou wonde. Sy sien ook hoe soldate die groen gras omdolwe. Hulle grawe 'n lang sloot, regdeur die park.

Sy kyk weg. Dit lyk of die park oopgekloof word en al sy binnegoed op hope buite gegooi word.

"Wat maak hulle?" vra Henk en probeer deur die mis tuur.

"Grawe 'n loopgraaf," antwoord sy kortaf. "Kom ons gaan aan."

Dis nog baie vroeg, tog wag daar reeds 'n hele paar mense voor die bakkery. Dit gaan seker so lyk by die kruidenier ook, dink Mentje. "Henk, wag jy in hierdie ry en koop brood. Ek gaan solank winkel toe, daar is seker ook 'n ry."

"Oukei," sê Henk en gaan sit op die randsteen van die sypaadjie.

Gaan hy regkom, of gaan hy vergeet en begin speel? "Jy moet in die ry bly, hoor."

"Oukei."

Sy huiwer steeds. "En probeer twee brode kry. Sê vir die bakker-oom ons kon nie gister kom nie, want die Nazi's het oral rondom ons geskiet. En sê ons is ses mense in die huis."

"Oukei."

Sal hy genoeg brood kry? Want indien nie … "En gee gister se koepon ook."

"Ja, oukei. Loop nou."

Mentje het al 'n paar tree geloop, toe sy skielik aan nog iets dink. "Jy eet nie van die brood nie, hoor!"

"Ek is baie honger!" roep Henk terug.

"Ons is almal baie honger. As jy net een happie eet, praat ek nooit weer met jou nie."

Ek glo nie dis werklik 'n dreigement nie, dink sy terwyl sy vinnig verder stap. 'n Week gelede sou dit beslis nie een gewees het nie. Maar die oorlog hier binne-in Arnhem het baie dinge verander.

Soos dat sy nou soort van 'n ousus is. Sy het altyd gewonder hoe dit sal voel.

Net toe sy weer opdraai in Nijmeegseweg, sien sy die groot vuur. Dis 'n kerk wat brand, die een reg langs die skouburg. Die vuur is baie groter as toe die huis langs hulle gebrand het, seker omdat dit so 'n groot kerk is. Selfs deur die mis sien sy die oranje vlamme by die vensters uitskiet en hoog die lug in op brand. Rookwolke peul by die dak uit, sodat mens nie meer weet wat is rook en wat is mis nie.

Hoewel sy nog nooit binne-in was nie, ken sy die kerk. Sy dink dis 'n Franse kerk of iets. Wanneer sy smiddae van die skool af teruggestap het huis toe, het sy gereeld aan daardie kant van die park gaan stap om na die mooi gebou met sy hoë, spits venstertjies te kyk.

Nou het 'n bom die kerk aan die brand gesteek en dit in die hel verander.

Hoekom sal die Here wat alles kan regkry, toelaat dat die Nazi's sy mooi huis afbrand? En as Hy nie sy eie huis beskerm nie, waarom sal Hy haar pa beskerm en veilig terugbring?

Nee, sy kan nie so begin dink nie. Hulle sal weer op hul plaas in hulle eie huis gaan woon, sy en Pappa. Hy sal vir haar haar eie kamer bou en sy sal dit net so mooi maak soos die kamer waarin sy nou woon, met 'n groot bed en 'n wit deken. En beslis 'n lang spieël.

Henk kan miskien vir haar kom kuier in die vakansies. Nie tante Maria nie, sy sal nooit inpas op die plaas nie.

Die ry mense by die kruidenier is veel langer as by die bakker. Sy val agter in en kyk nie een maal weer na die kerk nie.

Toe die deure oopgaan, druk en stoot die mense om eerste in te kom. Die kruidenier se groot dogter en Mentje het al 'n paar keer gesels, hulle kon nogal lekker gesels wanneer Mentje kom goed koop het en daar nie te veel klante in die winkel was nie.

Mentje gee vir haar al die koepons. "Ek wil al die kos koop wat ons mag kry. Ons kos is op."

"Op? Julle noodvoorrade ook?"

Sy voel verleë, sy moes seker daaraan gedink het. "Ons het geen noodvoorrade in die huis nie," sê sy en trek haar skouers op.

Die meisie rol haar oë. "Dit was baie dom. Almal het voorrade opgegaar. Kyk hoe lyk ons rakke. Ons het byna niks meer oor nie."

"Ek het nie gedink aan noodvoorrade nie."

Die meisie trek skewemond. "En jou kastig deftige tante?"

Mentje maak net 'n gebaar met haar hande. Wat moet sy nou sê?

"Wel, ek kan vir jou net een ding sê: Jou tante kan miskien 'n baie ryk en mooi vrou wees, maar slim is sy beslis nie. Wys jou net, geld koop ook nie alles nie, nè? Maar dis ook nie jou skuld nie. Gee jou mandjie, dat ek kyk wat ek kan doen."

Mentje wag. Sy is te skaam om op te kyk. Wat moet die ander klante nou van haar en haar familie dink?

Toe sy eindelik daar wegstap, is haar mandjie so swaar dat sy dit byna nie kan dra nie. Teen die tyd dat sy by die kliniek in Boekhorstenstraat kom, voel dit of albei haar arms uit haar skouers wil skeur.

Gelukkig is die verpleegsuster nog daar. "Ai, die arme kleine Willempie. 'n Mens bly maar bekommerd oor die ou longetjies. Jy is ook net betyds, hoor. Ons voorrade is op, ons maak die ou kliniekie toe. Sê vir jou tannie sy moet die ou seuntjie in die vervolg na die Sint Elizabeth-hospitaal toe neem, dis al mediese fasiliteit wat nog oop is. Hier, ek gee vir jou al die hoesmedisynetjies wat ons nog het, dis nie veel nie. En hierdie ou stropie, dis teen koors. Arme ou bloedjie."

Verkleinwoordjies, en sy gee sulke groot bottels? Gmf. Nou is haar mandjie net nog swaarder. Minstens het die mis begin lig, wat die stap makliker maak.

Henk wag ongeduldig by die bakkery. "Waar bly jy so lank? Ek het amper sonder jou huis toe gegaan."

Sy vererg haar oombliklik, plak die mandjie neer en gaan sit op die randsteen. "Voel hierdie mandjie."

Henk tel die mandjie op en frons gevaarlik. "Is jy mal om so baie kos te koop? Hoe moet ons dit huis toe dra?"

Toe word Mentje rooikwaad. "Ek het dit alleen tot hier gedra, oukei? En jý is die een wat altyd honger is. En jóú ma het nie gesorg vir noodvoorrade nie. Én ek moes nog kliniek toe gaan ook. Oukei?"

"Oukei, oukei. Moet net nie kattekleintjies kry nie."

Henk balanseer die twee brode bo-op die ander goed in die mandjie en neem die een kant van die handvatsel. Mentje neem die ander kant. Sy sorg dat haar hand nie dalk aan Henk s'n raak nie.

Kattekleintjies? Gmf. Simpel, simpel seunskind.

Gmf.

Sy is bly hy is nie regtig haar boetie nie. Eenvoudige vent.

Sonder 'n woord begin hulle straataf loop. Vinnig. Die een probeer vinniger as die ander loop.

Die volgende oomblik bulder 'n kanon van hoër op in Nijmeegseweg.

"Hol!" gil Henk en los die mandjie.

Is hy nou gek? "Henk! Stop!" skree Mentje agterna.

Hy kyk om, sy oë wild in sy kop.

"Die huis is te ver," beduie sy. "Hier, onder die heg."

Êrens naby begin 'n masjiengeweer knetter. Tegelyk duik hulle onder die heg in.

Hulle sit styf teen mekaar diep in die digte heg, hulle klou aan mekaar vas. Hulle gesigte en arms is stukkend gekrap deur die skerp takkies. Mentje se een klomp lê langs die mandjie op die sypaadjie.

In Nijmeegseweg, net vier tree van hulle af, is dit nou oorlog. Mense skree, 'n Jeep jaag verby, twee of drie motorfietse. Van bo in die straat af kom die groot vragmotor vol Nazi-soldate, so naby dat hulle die soldate se gesigte kan sien. Hulle lyk soos hoërskoolseuns, bang seuns in groot uniforms met groot gewere in hulle hande geklem.

Onder van die brug se kant af brul kleiner kanonne, begin die mortierbomme neerreën.

Henk trek sy kop diep in sy lyf in. "Ek wil nooit weer die oorlog in die straat reg voor ons sien nie."

Die digte heg bied geen sekuriteit meer nie. Mentje se keel trek toe, haar mond is kurkdroog. "Bid, Henk, bid."

"Onse Vader wat in die ..." Sy stem raak weg.

Sy sit met haar kop diep ingetrek, haar hande oor haar

ore. "Here, Here, asseblief," is al waaraan sy kan dink. Maar haar lippe is te styf om die woorde te vorm.

Later word dit stiller. Dit voel soos ure en ure later. Maar nou is dit stil hier by hulle.

Mentje loer by die heg uit. Die hele oorlog het afgeskuif, brug se kant toe. Na daar waarheen hulle nou moet stap.

Sy kyk op in die straat. Stil, niks roer nie. In die park oorkant begin die soldate weer die loopgraaf grawe.

Die kosmandjie staan steeds verlate op die sypaadjie.

Sy kruip onder die heg uit en pluk haar klomp aan haar voet. "Kom, ons moet huis toe gaan terwyl die soldate onder in die straat veg," sê sy gejaagd.

Henk deins terug en wys. "Hulle veg daar. In die pad wat ons huis toe moet loop."

Henk is steeds bang, so nou moet sy dapper lyk. "Ons sal met 'n ompad loop. Kom nou net," beveel sy kwaai.

Henk kruip uit, kyk links af na waar die geweervuur skielik hewiger woed en begin oor die straat hardloop, park se kant toe.

"Nee!" skree Mentje. "Die mandjie! Ons kos!"

Hy spring om en gryp die ander kant van die handvatsel. Saam hardloop hulle oor die pad en skuins na onder deur die park. Hier swaai hulle by die eerste dwarsstraat in: Damstraat. Die mandjie ruk-ruk ongemaklik tussen hulle. Dit voel of dit Mentje se arm uit haar skouer wil ruk.

Op die hoek van Damstraat en Boekstraat sit hulle die swaar mandjie neer en staan gebukkend om hulle asem terug te kry.

"Ons moet aangaan," sê sy. "Kom ons vat nou weer met ons ander hande. My linkerskouer is omtrent uit die potjie geruk."

Rus-rus stap hulle af in Boekstraat, dwars in Walburgstraat, af in Marktstraat, sig-sag huis toe. Die strate hier is stil. Onder by die brug en na Oosterbeek se kant toe knetter die skote sonder ophou.

"Was jy bang?" vra Henk ná 'n rukkie.

Sy verstaan baie meer as net die woorde. "Ja, Henk, ek was baie bang, ek is nog steeds bietjie bang. Maar ek sal nie toelaat dat die bang my baas word nie." Die woorde klink baie makliker as wat dit regtig is. Maar dit sê sy nie vir hom nie.

Henk sê niks. Sy vra nie of hy ook bang was nie, want sy weet.

Naby die rivier steek hulle onseker vas. 'n Ry mense staan van die wal van die Nederryn af tot by die straat. Hulle maak 'n ketting en gee goed aan vir mekaar, kratte wat hulle uit 'n boot laai.

"Ek dink dis kos," fluister Mentje. "Ons moenie naby gaan nie, dis miskien gevaarlik."

Hulle loop vinnig terug tot by Prinsenhofstraat om solangs huis toe te stap.

"Ek wens ons was al by die huis," sê Henk.

Ek ook, dink Mentje, maar sy sê dit nie.

Toe hulle die laaste keer stop net om arms om te ruil hoor Mentje iets in die tuin reg langs hulle. Sy staan doodstil en beduie met haar kop vir Henk.

Hy staan vasgevries, sy blou oë baie groot. Ja, knik hy, hy het dit ook gehoor.

Hulle luister. Daar is dit weer. 'n Kreun. Henk knik wild. Ja, duidelik 'n kreun van iemand wat baie pyn het.

Hulle kyk na mekaar. "Dis 'n mens wat seergekry het," fluister Mentje.

Henk knik strykdeur. Sy oë is pieringgroot en sy kop

gaan heeltyd op en af, op en af, soos een van die Rus Koezma se pikkende voëltjies.

"Kom," sê Mentje en stoot die tuinhekkie oop.

Een en twintig

Die tuin is verwaarloos, die huis se vensters flenters geskiet, die mense het reeds gevlug. Of miskien skuil hulle in die kelder.

Hulle hoor weer 'n geluid. Byna onhoorbaar. Daar, wys Henk met sy kop.

Agter 'n bos, nie eens baie goed versteek nie, sien hulle die twee soldate. Die een se uniform is by die skouer bloedrooi bevlek, die tweede se broekspyp is flenters geskiet, die oop wond wys.

"Engelse uniforms," fluister Henk.

Hulle loop versigtig nader. "Can we help?" vra Mentje sag. Haar hart klop in haar keel. Hulle kan darem nie dood wees nie, want iemand het nog gekreun.

Die rooikop maak sy oë oop. "Thank God. Do you have water?"

Water? "No, but we can fetch some."

Hy knik. Die soldaat met die voos broekspyp prewel: "Please."

"Ek dink hulle gaan doodgaan," fluister Henk kliphard.

Sy skud haar kop woes. "Nee, ons gaan hulle help."

Wat moet sy doen? Wat sou Bart gedoen het? Dink oopkop en bly kalm, het Bart baie keer gesê. Sy hou haar stem sag en rustig, asof daar geen probleem is nie: "Ons kan gaan water haal," sê sy in Engels, "maar die belangrikste is dat julle wonde skoongemaak moet word, anders kom daar kieme in. Hoe lank is julle al hier?"

"Few hours. Since dawn."

Nie goed nie. Bart het ook gesê 'n wond moet so gou moontlik skoongemaak en ontsmet word. "Kan julle saam met ons huis toe kom? Dis naby."

Die soldaat met die rooi hare skud sy kop. "Sy been is geskiet. Gebreek."

Mentje frons, nou word dit moeilik. Sy byt haar onderlip vas. As sy net nie so onseker was van wat om te doen nie. Kalm bly, dis die belangrikste.

Eerste ding, sy en Henk kan nie alleen regkom nie. "Henk, sal jy vir oom Thijs Bijl gaan vra of hy kan kom help?"

Henk knik sonder 'n woord. Sy oë is stokstyf en groter as pierings.

"Bring sommer water saam en wees versigtig, hoor?" roep sy agterna.

Toe hy weg is, praat die ander soldaat steeds in Engels: "Gaan julle, ek sal regkom."

Mentje kyk af na sy been. Dis regtig flenters, baie erger as die vlieënier s'n. "Hoe wil jy regkom?"

Sy oë bly toe, sy stem is skor. "Ek sal regkom."

"Jy kan nie regkom nie en jy weet dit. Ek sal jou mos nie hier los om dood te gaan nie?" Sy het 'n bietjie vergeet om kalm te bly.

Hy maak sy oë oop en kyk haar verbaas aan.

Sy hou haar stem vriendeliker. "En lê stil. As daardie been gebreek is, moet jy dit nie roer nie."

Die rooikop gee 'n snaakse laggie. "There you have it, Lieutenant."

Gmf. Asof dit nou tyd is vir grappies.

Henk en oom Thijs is baie gou terug. "Moet ons hulle na julle huis toe neem?" vra oom Thijs verbaas. "Dis baie gevaarlik."

Daaraan het Mentje nie eens gedink nie, maar daar is mos nie 'n ander opsie nie? "As ons hulle hier los, sal hulle doodgaan," antwoord sy beslis.

Oom Thijs kyk onseker rond. "Ja, maar alleen gaan ek sukkel."

"Jan Hillekamp van die burgerwag is net hier bo, ek het hom gesien," sê Henk.

Oom Thijs krap sy kop. "Goed, kyk of hy kan kom help."

Skote klink op van Oosterbeek se kant af. Êrens ontplof iets, rook dwarrel swart die lug in op. "Julle stel julle lewe in gevaar. Los ons eerder," sê die beensoldaat.

Oom Thijs antwoord nie, kyk net bekommerd rond.

Henk is gou terug, Jan Hillekamp op sy hakke. Hy bekyk die situasie vinnig, fluit sag en skud sy kop. "Waarheen neem ons hulle?"

"Na ons huis toe. Tante Maria se huis," antwoord Mentje dadelik.

Jan kyk haar skepties aan. "Weet sy dit?"

"Nee, maar sy sal nie omgee nie." Hoewel sy weet dis nie waar nie.

Die skote klink al hoe nader.

"Ons het nie tyd om 'n draagbaar te prakseer nie," sê Jan skielik haastig. Vir die afbeensoldaat sê hy: "Jammer, jong, maar ons moet so gou moontlik beweeg."

Oom Thijs en Jan vou hulle hande oorkruis en skuif dit onder die afbeensoldaat se sitvlak in. Hy hou om hulle nekke vas. Toe hulle opstaan, slaan die are rooi in hulle nekke uit. Die soldaat se gesig is heeltemal vertrek van die pyn, maar hy maak geen geluid nie.

Mentje en Henk hou die ander soldaat weerskante regop. Hy loop sleepvoet, dit lyk asof hy enige oomblik gaan flou val.

Dit neem lank om die twee soldate by die huis minder as 'n blok straataf te kry. Mentje maak die voordeur oop en hulle stap deur sitkamer toe. Oom Thijs en Jan sit die beensoldaat op 'n stoel neer, die rooikop gaan lê op die bank.

"Daar's hy," sê Jan en staan terug, "veilig hier. Nou moet ons net ..."

Die volgende oomblik verskyn tante Maria in die sitkamerdeur. Haar hare is steeds ongekam, maar sy het darem 'n skoon rok aangetrek. "En dit?" roep sy geskok uit.

"Twee gewonde Geallieerdes," antwoord Jan Hillekamp. "Hulle het behandeling nodig."

Tante Maria trek haar asem skerp in. "In my huis? Nee!"

Jan Hillekamp kyk verbaas op. "Maria?"

Haar hande is voor haar mond, haar oë byna so groot soos Henk s'n. "Dis te gevaarlik. Nee, asseblief." Die trane begin loop.

Mentje kyk benoud rond. Wat gaan hulle doen? Hulle kan tog nie ...?

Jan maak 'n moedelose gebaar en draai na oom Thijs. "Hoekom neem ons nie die gewondes na jou huis toe nie?"

"Ons verlaat Arnhem later vandag," antwoord oom Thijs.

Tante Maria se kop ruk op. "Verlaat Arnhem?" Haar stem is skril van ontsteltenis. "Thijs, hoe kan julle? Wat van julle huis? Wat van ons?"

"My eerste prioriteit is my kind en my vrou," sê hulle buurman beslis. "Nie my huis of my besittings nie, beslis nie die sogenaamde heil van Nederland nie. Ek volg net die voorbeeld van ons koningsgesin en ons hele regering: As dinge te warm raak, los ek alles en vlug. En jy behoort dit ook te doen, Maria. Los jou huis, dink aan jou kinders."

"Ek dink juis aan my kinders." Dit klink amper of tante Maria pleit. "Kyk na klein Willem. Hy hoes erger as ooit, ek slaap nie in die nag nie. Vanoggend is hy nog koorsig ook." Sy raak meer en meer opgewerk. "Wat as dit weer begin reën? Hoe kan ek met so 'n siek kind vlug? Hy sal dit mos nooit oorleef nie." Die trane loop vrylik teen haar wange af, in haar nek in.

Dis waar, dink Mentje. Met die blink motor in die garage kan hulle nie vlug nie, nêrens is meer enige brandstof nie. En Willem agterop 'n fiets? In hierdie weer? "Ons sal regkom, oom Thijs. Henk en ek sal vir tante Maria help."

"Ja, ons sal," knik Henk dadelik.

Oom Thijs vryf sy hande teen mekaar. "Ek moet gaan. Tinka sal seker nou-nou kom groet." By die deur draai hy terug. "Jy moet mooi dink, Maria. Jy het ander kinders ook." Hy maak die voordeur hard agter hom toe.

Mentje kyk verslae rondom haar. Tante Maria staan met haar hande oor haar gesig, Henk frons bekommerd.

Jan skud sy kop. "En die gewondes?"

Mentje dink net 'n oomblik. "Ek sal hulle oppas. Ek weet hoe, ek het al 'n dokter gehelp." Wel, Bart was net 'n amperdokter. Maar hy was net so goed soos 'n dokter.

Jan skud steeds sy kop. "Dit gaan nie werk nie. Maar ek het ook waaragtig geen ander plek wat ek kan voorstel nie. Behalwe as ons hulle Elizabeth-hospitaal toe neem."

Skielik praat die een soldaat: "Nie hospitaal toe nie. Dan word ons krygsgevangenes."

Almal se koppe draai na sy kant toe. Het hy verstaan wat hulle sê? En watse vreemde Nederlands praat hy?

"Is jy van ...?" begin Jan Hillekamp.

"Suid-Afrika, Tinus van Jaarsveld," antwoord die gewonde en steek sy hand uit om te groet. "As julle ons na 'n hospitaal in die besette gebied neem, eindig ons in 'n Nazikamp."

Jan sug. "Jy is waarskynlik reg, ja."

Ek verstaan wat hy sê, al kom hy van Afrika en al praat hy so vreemd, dink Mentje verwonderd. "Ons kan regtig na hulle kyk. Henk sal my help."

Henk staan eenkant en pikvoëltjie sy kop op en af, op en af.

Tante Maria se gesig is steeds in haar hande. "Here, dit ook nog? Behoede ons."

Jan krap sy ken. "Ons het regtig geen ander opsie nie. Maar in daardie geval sal ons 'n dokter moet vind wat hierheen sal kom. Daardie been moet professioneel behandel word."

"Maar waar?" vra Mentje. "Ek dink die Rooikruis-kliniek is toe."

Hy haal sy skouers op. "Dokter Zwolle is gevang, hoor ek. Hy sou gehelp het. Al wat oorbly, is die Elizabeth-hospitaal. Ek sal gaan uitvind."

Sy besluit vinnig. "Laat ek gaan."

Die woorde hang in die lug. Almal se koppe is na haar gedraai.

Jan is die eerste wat reageer. "Jy kan nie. Jy is nog 'n kind."

Oopkop bly. "Juis daarom. Ek is ouer as wat jy dink, hoor.

En ek kan soos 'n kleiner dogtertjie lyk. Niemand sal dink 'n dogtertjie kom soek hulp vir twee gewonde soldate nie. Maar as jy gaan? Hulle kan jou maklik vang."

Hy kyk haar stil aan. "Hoe oud is jy, kind?"

"Elf. Maar ek word een van die dae twaalf." Wel, April is mos nie so ver van September af nie, net sewe maande.

Jan Hillekamp krap aan sy ken. Presies soos Pappa altyd maak as hy ernstig dink. "Jy besef jy kan nie direk sê dis 'n gewonde soldaat wat versorg moet word nie?"

"Natuurlik weet ek," wip sy haar effens. "Ek sal 'n goeie verskoning uitdink. Soos dat my ma 'n baba kry of iets."

Tante Maria uiter 'n harde snorkgeluid.

Jan bly frons. "Jy kan nie met 'n Duitse dokter praat nie."

"Ek wéét." Gmf, dink die man altemit sy is onnosel? "Ek sal soek vir 'n Nederlandse dokter."

"Engelse dokter, verkieslik." Hy huiwer nog 'n oomblik voor hy 'n besluit neem. "Jy is 'n dapper meisie. Dis omtrent 'n halfuur se stap daarheen, as jy vinnig loop."

Mentje glimlag breed, baie breër as wat sy regtig voel. "Ek het al baie verder as dit gestap."

"Nie deur die gevegsgebied nie. Besef jy dit?" vra hy bekommerd.

"Jan, ek weet alles."

Sy wenkbroue trek hoog op, 'n glimlag wil-wil aan sy mondhoeke pluk. "Nou goed dan. Ek gaan hierdie twee se wonde skoonmaak en tydelik verbind en sal probeer om vanaand te kom kyk of julle reggekom het. Ek kan nie bly nie, hier is heelwat gewondes wat in huise versorg word."

Mentje knik. "Ek sal gaan water kry."

Hy werk vinnig, ontsmet net en draai toe. "Dis net tydelik. Tot vanaand dan."

Toe hy uit is, draai tante Maria na Mentje. Haar skouers

hang, haar hare klou in slierte aan die kant van haar gesig, haar oë is rooigehuil. "Hemel, kind, wat maak jy? Wil jy my hele huis in gevaar stel? En hoe wil jy hierdie mense ook nog kos gee?"

Mentje se hand vlieg na haar mond. "Henk! Die kosmandjie."

"O aarde, ja." Henk spring om en storm deur toe.

"Henk! Kom terug!" gil sy ma. Maar hy is reeds by die deur uit.

Toe word tante Maria woedend kwaad. Haar rooi oë blits, haar stem klim hoog. "Kyk wat het jy nou weer gedoen! As Henk iets moet oorkom, sal ek jou nooit vergewe nie. Ek vervloek die dag waarop jy jou voete in hierdie huis gesit het." Sy swaai om en slaan die kombuisdeur hard agter haar toe.

Mentje bly doodstil staan, sy veg teen die skrik in haar lyf. Sy het die tante nog nooit so kwaad gesien nie. En die woorde ...

"Ek is jammer," sê Tinus van Suid-Afrika. "Ons sal ander skuilplek vind."

Mentje draai stadig na hom. Sy praat ook stadig, asof die woorde sukkel om uit te kom. "Daar is nie ander plek nie, jy het gehoor wat Jan Hillekamp gesê het." Sy trek haar skouers agtertoe. "Ek kan julle versorg. Het jy baie pyn?"

"En die mevrou?"

"Dis hoe sy is, want sy is 'n bang mens en sy kan nie help nie. Jy het baie seer, nè?"

Hy maak sy oë toe. "Ek is meer bekommerd oor Andrew. Hy het te veel bloed verloor."

"Ek weet, ek gaan nou dadelik 'n dokter soek."

"Ai, kind," begin die soldaat uit Suid-Afrika.

"Ek gaan," sê Mentje beslis en draai om. "En moenie my 'kind' noem nie. My naam is Mentje."

"May God be with you," prewel Andrew van die bank se kant af.

In haar kamer trek sy die rokkie aan waarin sy agter op opa Bakker se fiets na Arnhem gekom het. Andrew, dis die ander ou se naam. Tinus en Andrew. Sy vleg haar hare in twee stywe vlegseltjies langs haar kop en bekyk haarself krities in die spieël. Ja, sy lyk beslis nie elf jaar oud nie.

Onder in die kombuis pak tante Maria die kosmandjie uit. "Ek kan nog steeds nie glo jy het sonder my toestemming uitgegaan nie," baklei sy met Henk. "Dis gevaarlik, verstaan jy dan nie?"

"Ek dag Ma sal bly wees oor die kos. Die mandjie was vrekswaar."

Mentje glip vinnig by die voordeur uit.

Die kortste pad na die Sint Elizabeth-hospitaal sal sekerlik met Onderlangs wees. Maar dis ook die pad waar die meeste soldate is. Daarom besluit sy om in Marktstraat Oosterbeek se kant toe te stap en dan op te draai na Utrechtseweg. Dis miskien langer, maar sy wil regtig nie tussen die Nazi's en die Engelse beland as hulle veg nie.

Op pad dink sy haar storie uit. Sy sal maak asof sy niks Duits verstaan nie, dan moet hulle vir haar 'n Nederlandse of 'n Engelse dokter gee. En sy sal sê haar boetietjie is so siek dat haar ma hom nie uit die huis wil neem nie. Dis darem nader aan die waarheid as die babakrystorie.

Koes-koes en teenaan die tuine loop sy, hou naby die heg, glip agter bome verby. Die sarsies skote ratel aaneen deur die lug, soms verder, soms baie naby. Hoe verder sy loop, hoe erger word die tekens van die afgelope twee dae se gevegte. Die geboue is vol gate geskiet, die bome flenters, die lamppale geknak soos dooie blomme.

Die pad is eindeloos ver.

Voor die Elizabeth-hospitaal is 'n groot wit lap met 'n rooi kruis reg onder die beeld van die vrou vasgemaak. Die kruis is netjies geverf, maar die lap is regtig slordig gebind. Seker weer 'n seun wat dit moes vasmaak, of 'n jong soldaat. Voor die hospitaal, waar altyd groen gras was, lê 'n voos geskiete vragmotor diep in sy wiele weggesak. Eenkant is stukke van 'n Jeep of iets, stukke van nog goed wat so uitmekaarontplof het dat sy nie weet wat dit kan wees nie. Die gordyne wapper in flarde deur die gebreekte vensterruite.

Verlede week nog was dit 'n baie deftige gebou.

Sy maak net vir 'n oomblik haar oë toe. "Here, kom saam met my in, asseblief?" Toe trek sy haar skouers reguit, trap oor die rommel, stap op met die trappies en stoot die voordeur oop.

By die ontvangstoonbank kyk 'n jong Nazi-soldaat gesteurd op. "Ja?"

"Ek wil met 'n dokter praat want my boetie is siek," sê sy net so vinnig soos sy kan.

Hy frons. "Spreche Deutsch."

Sy kyk hom eers verstom aan voor sy weer haar rympie sê, nog vinniger as die eerste keer.

'n Lang man, ook in 'n Nazi-uniform, kom in die gang af gestap. "Stabsartz Von Stein, kannst du verstehen was dieses Kind sagt?"

"Ich kann probieren." Hy draai na haar en vra in baie krom Nederlands: "Hoe kan iek helfen?"

Sy herhaal haar beplande sinnetjie, steeds teen rekordspoed.

Hy skud sy kop en kyk reg in haar oë. Hy het sagte bruin oë, mooi, al is hy 'n Nazi. "Do you speak English?" vra hy afgemete.

Nou moet sy mooi dink wat om te doen, sy wou nie eintlik Engels praat nie. Maar sy kan ook 'n Engelse dokter kry. Sy beduie meer as wat sy in woorde sê: "Brofer, sick."

"Your brother?"

Ja, ja, knik sy. "Very sick."

"Could your mother bring him here?" Hy beduie ook met sy hande.

Sy frons eers asof sy nie mooi verstaan nie voor sy haar kop heftig skud. "Too sick."

Stabsartz Von Stein – sy naam staan ook geskryf bokant sy sak – kyk haar deursoekend aan. Kan daardie vriendelike bruin oë sien sy jok?

Toe hurk hy langs haar en vra baie sag, sodat niemand anders kan hoor nie. "Allied soldier?"

Mentje skrik. Hoe kan hy dit weet? Sy knyp haar lippe opmekaar en sê nie 'n woord nie. As sy nou moet praat, stotter sy dalk. Sy skud net haar kop dat haar vlegseltjies wip.

Hy kom weer regop. "Come with me."

Hulle stap in die gang af. Haar keel knyp haar asem toe, so bang is sy. Waarheen neem hy haar? Sê nou hulle bind haar vas en stuur haar na 'n kamp?

Hy neem haar in 'n kamertjie in. "Wait here. I will find you a doctor who can speak Dutch. It might take a while."

Sy maak of sy nie alles verstaan nie, maar gaan sit tog op die stoel. Stabsartz Von Stein knik gerusstellend en trek die deur agter hom toe.

Die kamertjie het net een piepklein venstertjie amper teen die dak. Byna soos ... Nee, moenie daaraan dink nie.

Sy sit lank en wag, haar hart klop aanhoudend in haar keel.

'n Man, ook jonk soos stabsartz Von Stein, kom in, maak

die deur agter hom toe, en sê: "Goeiemiddag. Hoe kan ek help?"

Sy verstaan, al is dit nie Nederlands nie. "Kom jy van Suid-Afrika?" vra sy stadig.

Hy lyk verbaas. "Hoe weet jy dit?"

"Sê eers of jy van Suid-Afrika is."

"Ja."

Dan kan sy hom seker vertrou. Toe sy nog huiwer, sê hy: "Ons is alleen, jy kan praat."

"Die gewonde soldaat is ook van Suid-Afrika, jy praat soos hy. Jy moet asseblief kom help. Sy been is stukkend geskiet. Gebreek, die bene binne. En ek het nie Prontosil om op die wonde te gooi nie."

Hy vou sy hande stadig inmekaar. Mooi hande, lang vingers. Bart het sulke kort, dik vingers gehad. "Waar is die pasiënt?"

Sy kry hoop. Dit lyk asof hy sal oorweeg om te kom. "By ons huis. Twee van hulle. Die ander een se skouer is geskiet. Hy het baie gebloei."

"H'm." Die jong dokter van Suid-Afrika dink diep. "Hoe ver is julle huis?"

Sy moet dit so maklik moontlik laat klink. "Seker 'n half-uur se stap, as mens vinnig loop."

"Dis nogal ver." Hy dink weer. "Ek kan vannag probeer kom, gee vir my die adres."

Haar hart jubel. Sy weet nie wat sou sy gedoen het as hy nie wou kom help nie. "Ek sal vir jou die veiligste pad ook gee."

"Dankie. Maar ek kan niks belowe nie."

"Ek weet. Kan jy vir my bietjie Prontosil gee sodat ek hulle oop plekke kan skoonmaak?"

Die pad terug is lank. Baie lank. En erg. Baie erg.

Nagmerrie-erg.

Dit is die hel self.

Toe sy by die huis kom, is sy naar en sy bewe van kop tot tone. Sy moet eers water drink, want haar hele lyf is kurkdroog.

In die kombuis sit tante Tinka Bijl langs tante Maria by die tafel. Haar stem klink paaiend. "Jy weet, Maria, veral ná gister en vanoggend se bombardement op ons huise, het ons almal 'n keuse: Ons kan óf tussen die koeëls deur die strate in vlug na moontlike veiligheid, óf ons kan in die kelder bly en moontlik lewend verbrand word."

Mentje tap 'n glas water. Dit neem lank, want die straaltjie uit die kraan is nie veel meer as 'n gedrup nie.

"Maar julle los my stokalleen hier," weeklaag tante Maria.

"Ek sê dan, kom saam," sê tante Tinka en staan op. "Ek moet regtig gaan. Ons vertrek voor sonop môreoggend. As jy reg is, vlug jy saam."

"Ek kan nie! Verstaan niemand nie?" Maar tante Tinka is reeds by die kombuis uit.

Mentje drink haar water en haal die noodhulptassie uit die kombuiskas. "Jy gebruik nie van ons goed vir daardie mense nie," sê tante Maria. "Ons kan dit self nodig hê."

"Net die skêr," sê Mentje paaiend.

Henk wag in die sitkamer. Sy oë lyk darem nou weer normale grootte. "Hoe het dit gegaan?"

Hoe kan sy sê? Hoe gouer sy dit vergeet, hoe beter. "Ek het 'n dokter gekry, hy sal vannag probeer kom."

"O. Oukei. Maar ...?"

Sy draai vinnig na Tinus, weg van die terugtog. "Hy kom ook van Suid-Afrika. Hy praat soos jy."

"Must be that Jewish guy Lippy," sê Andrew van die bank

af. Sy gesig is baie wit, sy sproete is byna net so rooi soos sy hare.

"Yes, e ... Lipmann-Kessel, you're right. Who couldn't land at the Primosole Bridge."

"Alexander Lipmann-Kessel," knik Andrew. Sy oë bly toe.

"Ek bedoel eintlik, hoe was die strate?" vra Henk tussenin.

"Dit was oukei."

Hy kyk haar skepties aan. "Ek het 'n vreeslike skietery daar gehoor. Jy was baie lank weg, ek dag hulle het jou vrekgeskiet."

Vrekgeskiet? Gmf.

Tog hoor sy die onderdrukte kommer in sy stem. Moet sy vertel? Sê nou dit maak hom net nog banger?

Miskien is dit goed as hy weet sy is ook bang. "Ja, goed, ek jok. Die soontoe stap was oukei, terug was verskriklik. Ek was nog nooit in my hele lewe so bang nie." Sy kyk op na hom. "Henk, die bang het my baas geword, heeltemal. Ek het ook gedink ek is dood."

Hy luister byna sonder om asem te haal. "Wat het jy toe gedoen?"

Sy gee 'n verleë laggie. "Weggekruip. Gehuil. My kop toegehou en gebid." Sy dink 'n oomblik. "Henk, ek was paties bang. Baie erger as jou ma."

Dis lank stil.

"Maar nou is jy oukei?" vra Henk. Sy stem klink vreemd.

"Nou is ek oukei."

Dokter Lipmann-Kessel kom eers laat in die nag, lank ná middernag.

Mentje het vroegaand haar kussing en kombers afgedra

en op die matjie in die sitkamer gaan slaap. Eintlik gewag, want slaap kon sy nie. Henk se ma het hom gedwing om in die kelder te kom slaap. Gevaarlikste plek in die huis. Arme Henk.

Mentje sluit die voordeur oop. Sy is baie dankbaar om hom te sien. Hy blykbaar ook.

"Dankie tog, ek is by die regte plek," sê hy en stap in. Hy het 'n groot, donker jas aan en dra sy doktersak weggesteek onder sy jas.

In die sitkamer wil hy hom net voorstel toe hy vir Tinus herken. "A, Van Jaarsveld, reg? En ..." hy dink 'n oomblik, "McDonald? Nee, McKenzie!"

Tinus steek sy hand uit. "Dankie dat jy gekom het, Lippy. Jy stel jou lewe in gevaar."

"Dit doen almal van ons elke dag," wuif hy die bedanking weg. Hy kyk vinnig na Tinus se been en draai toe na Andrew. "Skouer?"

"Yeah, they got me. But not as bad as Tinus."

Die dokter haal die verband wat Jan omgedraai het, versigtig af. Die wond begin weer bloei.

"Daar is seker nog stukkies in," sê Mentje. "Moet ek gaan kookwater haal?"

Gelukkig het sy vroegaand al water in twee kastrolle getap en gekook, want die krane is nou weer heeltemal leeg. Sy gooi net genoeg kookwater in 'n skotteltjie, gooi die regte hoeveelheid sout by (wil darem nie die Suid-Afrikaner pekel nie, onthou sy half hartseer haar en Bart se grappie) en dra die eerste kastrol na die sitkamer toe. In die klein gastebadkamer gaan haal sy die deftig geborduurde gastehanddoekie. Dis net die regte grootte.

"Ek het sout in die water gegooi," sê sy terwyl sy die handdoekie in 'n stywe, langwerpige wors rol, net soos Bart gewys het. Die middelste deel doop sy deeglik in die soutmengsel, wring die oortollige water uit en laat die depper om af te koel.

Dokter Lipmann-Kessel werk vinniger as Bart, sy hande weet presies wat hulle doen. Hy haal heelwat piepklein stukkies yster uit die wond. Andrew word bleker en bleker, maar hy maak nie 'n geluid nie. Mentje dep die bloed.

"How do you know what to do?" vra die dokter.

"I've done this before," antwoord Mentje in netjiese Engels, net soos oom Henry haar in die Pas-Opkamp geleer het.

Hy lag saggies. "Clever little girl. I thought you only spoke Dutch?"

"I had to think of a way to find a non-German doctor. And I am not that little. I am eleven."

"Wow, big girl." Maar dit klink steeds of hy binne lag.

Die dokter werk Andrew se wond net op twee plekke toe. Hy werk met 'n snaakse, krom naald en dun, dun vislyn, lyk dit vir Mentje. Toe hy die eerste stekie begin insit, hou sy die skêrtjie gereed.

"Weet jy waar om te sny?"

Sy wys, hy knik. "En weet jy waarom ons die wond nie heeltemal toewerk nie?"

"Sodat dit kan dreineer, anders word dit vrot."

"Wel, ja, jy kan dit seker so stel."

Sy kan sien hoe hou hy sy lag binne. Maar sy gee nie om nie. Sy voel trots dat sy hom kan help.

Toe Andrew weer 'n verband om sy skouer het en byna dadelik aan die slaap raak, draai die dokter na Tinus. Hy bekyk en bevoel Tinus se been baie deeglik. "Die wond is nie te erg nie, maar die been is beslis morsaf. Ons sal moet X-strale neem om te sien of dit 'n skoon breuk is."

Tinus skud sy kop. "Ek kan nie hospitaal toe gaan nie, Kaptein, dit weet jy."

Die dokter bevoel die been weer. "Ons kan probeer manipuleer en dan verbind, maar die kanse is groot dat die been skeef sal aangroei."

"Dis ons enigste opsie," sê Tinus beslis.

"Die proses gaan ongelooflik pynlik wees," waarsku die dokter.

"Beter as maande, moontlik jare in 'n krygsgevangenekamp." Tinus se stem bly sterk.

Mentje gaan haal 'n vadoek in die kombuis en vou dit in 'n klein vierkant. Toe sy terugkom, lê Tinus plat op die vloer.

"Byt hierop," sê sy.

Die dokter draai sy kop na haar, hy lyk steeds half verbaas. "Waar het jy hierdie goed geleer?"

Versigtig antwoord nou om nie die Pas-Opkamp in te bring nie. "Ek het 'n amperdokter gehelp, baie keer. Ons moes eenmaal goed uit 'n vlieënier se been haal. Sy vliegtuig is afgeskiet."

Die dokter ontsmet weer Tinus se been. Uit sy doktersak haal hy twee plankies en 'n verband. Die plankies is toegedraai in lakenmateriaal. Die dokter kniel en begin versigtig die twee stukke been oormekaar skuif. Mentje hoor die gesmoorde knarsgeluide. Tinus se kop krul agteroor, sy kake knel die vadoek vas tot sy wange wit deurslaan. Uit sy maag kom 'n diep steungeluid.

"Sorry," sê dokter Lipmann-Kessel.

Toe hy tevrede is met die posisie van die bene, sê hy: "Plankies, asseblief."

Sy gee die twee plankies aan.

"Hou nou baie stewig."

Sy vou haar twee hande weerskante rondom die been en plankies. Die dokter draai die been versigtig toe, van onder na bo en weer ondertoe. Die soldaat se nek trek inmekaar, sy tande byt diep op die dikgevoude vadoek. Klein geluide ontsnap uit sy keel.

Toe die dokter die punte van die verband by die voet aanmekaargebind het, buig Mentje oor die man uit Afrika se gesig. Hy is baie wit, net langs sy gesig en om sy ken slaan donker stoppelbaard deur.

"Ons is klaar, hoor?" sê sy en vee die sweet van sy gesig af. "Ek gaan 'n kussing onder jou kop indruk."

"Dankie," fluister Tinus skaars hoorbaar.

Dokter Lipmann-Kessel pak al sy goed weer terug in sy doktersak en draai na Tinus. "Jy moet vir minstens drie dae hierdie been doodstil hou. Langer, indien moontlik. Onthou, daar is geen gips aan nie. Daarna mag jy vir vier weke glad nie daarop trap nie. Eintlik moet jy krukke hê, maar dié het ons ook nie."

"Dankie." Tinus se lippe roer skaars, sy asem is vlak, sy stem skor.

"En besef jy dat hierdie meisietjie eintlik 'n engel is wat jou kom red het? Sonder haar het jy waarskynlik die gebruik van jou been verloor."

"Ek besef dit." Hy praat baie sag en stadig.

By die voordeur kyk dokter Lipmann-Kessel ernstig af na Mentje. "McKenzie het dringend bloed nodig, maar daar is geen kans daarvoor nie."

"Ek sal sorg dat hy baie stil lê."

Die dokter se gesig bly bekommerd. "Gelukkig is hy nog jonk en baie fiks, dit tel in sy guns." Hy sug. "Luister, ja, ek weet nie of ek weer kan kom nie."

"Moenie bekommerd wees nie, ek sal vir hulle daardie

poeiers vir pyn gee en Andrew se wond ontsmet. Elke dag. En ek sal hulle baie stil hou."

"Die swelling van Van Jaarsveld se been sal oor 'n dag of twee begin sak, dan sal die verband te los sit. Sy wond moet ook weer ontsmet word, maar eers oor drie dae." Hy aarsel 'n oomblik. "Ons lapverbande is op, ek los vir julle papierverbande. Verbrand dit onmiddellik as julle klaar is. Daar is twee ekstra lapverbande, gebruik een oor twee dae om die been stewiger te verbind en hou die laaste een vir 'n noodgeval."

Mentje knik. Sy voel trots. Nie net omdat die dokter haar vertrou nie. Ook omdat sy mense in nood kan help. Soos tante Cor. "Ek sal so maak, Dokter. Jan Hillekamp sal my kom help."

Hy bly bekommerd lyk. "Ja, reg. Ek het vir elkeen 'n sterk dosis morfien gespuit teen die pyn. Hulle behoort goed te slaap."

Hy maak die voordeur oop.

"Gaan jy nou bietjie slaap?" vra sy besorg.

Hy glimlag moeg. "Miskien. Hang af hoeveel pasiënte vannag ingekom het."

Die son is nog nie op nie, maar dis lig buite. Arnhem brand, die hemel bo is bloedrooi geverf.

Twee en twintig

Mentje word wakker van 'n ambulans se sirene wat loei. Sy sit dadelik regop. Dis helder oordag, die son is selfs deur die donker blindings van die sitkamer sigbaar.

Buite gaan die gevegte onverpoos en oorverdowend voort. Sy kan nie glo sy het deur dit alles geslaap nie.

Tinus en Andrew slaap vas.

Eenkant word Henk ook wakker en stoot die kombers van hom af.

"Ek het gedink jy is in die kelder," sê Mentje verbaas.

Hy vee die slaap uit sy oë. Sy hare staan penorent. "Het ontsnap, gesê ek moet badkamer toe gaan. Mentje, dis vreeslik daar binne. Willem hoes heeltyd, Femke huil vir enigiets en Ilonka maak sulke snaakse snorke soos 'n vark. En sy is baie stout."

Buite loei die ambulanssirene steeds.

Henk sak op sy hurke af en lig die blindings effens. Hy laat dit onmiddellik weer sak. "Hulle veg in die straat hier reg teen ons," sê hy verskrik.

Dan is die sitkamer met sy groot vensters reg op die straat 'n baie gevaarlike plek. "Moet ons nie maar kelder toe gaan nie?"

"Nee, wat. Jy weet mos, hierdie ..."

Toe die huis die volgende oomblik tot in sy fondamente ruk van 'n ontploffing, storm hy en Mentje gelyk kelder toe.

Mentje sak op die grond neer en voel hoe haar hart wild klop. Haar asem jaag, haar hande bewe. Stukkies pleister val uit die dak, die hele kelder is vol stof. "Sjoe, dit was naby."

"Bly tog nou hier binne," pleit tante Maria.

Buite in die straat, reg teenaan hulle huis, skeur 'n tweede slag die aarde oop. Iets klink soos hamerslae teen die voordeur. "Ag, Here, help tog. Hulle wil die huis oopbreek," kerm tante Maria. "Maak tog die kelderdeur toe."

Tinus en Andrew! skiet dit deur Mentje se kop. As dit Nazi's is wat die deur afbreek ...

Die volgende oomblik is daar 'n skerp fluitgeluid, gevolg deur 'n geweldige ontploffing. Dit ruk deur die huis. Mentje trek haar kop tussen haar knieë in en druk haar ore toe. "Liewe Here, liewe Here."

Die hele huis ruk en bewe. Êrens breek glas en kletter soos haelkorrels op die vloer neer. Stukkies pleister val uit die lae dak op hulle, die stofwolk is so dig dat mens byna nie daardeur kan sien nie.

Ilonka rek haar mond en skree dat hoor en sien vergaan. Klein Willem hoes hom blou in die gesig.

"Mamma, Mamma," huil Femke en klou aan haar ma vas.

Henk spring op en storm teen die keldertrappe op. "Ons is getref, die huis gaan op ons val!"

"Henk!" gil tante Maria. Sy probeer regop kom, maar die kleintjies klou soos apies aan haar vas. "Henk!"

Mentje sukkel om oor haar skrik te kom. Die skrik bly aan haar vasklou.

Dit word stil, die stof sak stadig af grond toe.

Sy haal diep asem en probeer haar nie steur aan haar hart wat woes aanhou bloed deur haar lyf pomp nie. "Die huis het nie inmekaargeval nie."

Ilonka hou op gil, Willem hou aan hoes.

"Ek sal kyk waar Henk is," sê Mentje en staan stadig op. Haar bene voel drillerig.

In die deur na die kombuis steek sy vas. Haar oë wil nie glo wat dit sien nie. Die kaste is uitmekaargeskiet, die vensters flenters, daar is net 'n gat waar die tafel minute gelede nog gestaan het.

Henk staan in die middel van die kombuis, deur die wind geskrik.

Andrew verskyn in die deur, sy oë is rooi, sy hare staan orent. "Mortar bomb, or perhaps hand-grenade. Are you okay?"

"Is júlle oukei?" vra Mentje. "Ons was almal in die kelder."

"We are fine. Stay in the cellar."

"Sê vir die Engelsman ek gaan nie," sê Henk beslis. "Daar gaan almal nog lewend begrawe word."

"Henk ..."

"Ek sal nie gaan nie. Niemand kan my dwing nie."

Andrew kyk vraend na Mentje. "He is scared to be buried ..." ag, wat is lewend nou weer? "... alive. And you must stay ..." Ag tog? "You must lie down." Haar Engels is skoon uit haar kop uit geskrik.

"Oh. Okay." Hy draai om en strompel terug sitkamer toe.

"Ek dink hy loop in sy slaap," sê Henk.

Die hele dag lank woed gevegte rondom die huis voort, sonder einde. Tuine word platgetrap, voorstoepe word slagvelde. Inwoners word verskrikte molle in kelders onder die grond.

Dwarsdeur die stad brand die vure hoog, die rook is swart wolke in die lug.

Tante Maria bly met die drie kleintjies in die kelder, dis al waar sy veilig voel. Êrens in die oggend neem Mentje vir hulle vier snye brood en 'n blikkie bone. Sy neem nog twee blikkies bone, sny vir haar 'n sny brood en vir Henk en die twee soldate elkeen twee snye en stap sitkamer toe.

Tinus sukkel om regop te kom, stut met sy een hand op die vloer. "Dankie."

"Hoe voel jou been?" vra sy besorg. Dit moet baie seer wees.

Hy roer sy skouers. "Soos so 'n been maar voel. Dankie vir die brood, maar jy moenie julle kos vir ons gee nie."

Sy trek haar rug reguit. "Dit help nie ons kry jou been gesond en jy gaan dood van die honger nie."

Hy kyk haar weer half verbaas aan.

Sy draai na Henk wat skuinsweg oor 'n stoel sit-lê: "Ons een brood is nou op."

"Ons het nog een?" maak Henk seker.

"Een, ja. Miskien kan ons nou-nou nog gaan koop."

Seuns dink ook net so ver as wat hulle neuse lank is. En dis nie baie ver nie.

Maar die gevegte reg buite die huis hou aan. Verder die stad in, by die brug en ooswaarts, klink ook aanmekaar skote. Daarom bly hulle maar by die twee gewondes in die sitkamer.

Andrew slaap deur alles.

"Ek dink hy is baie siek," sê Mentje bekommerd.

"Hy is, ja. Maar die medisyne sal seker nou-nou begin werk. Sê vir my, is julle twee broer en suster?" vra Tinus.

"Neef en niggie. Dis hulle huis, tante Maria is hulle ma."

"En jy?" Hy het 'n diep stem, bietjie soos Bart.

"Ek woon net vir nou hier. Die Nazi's het my pa gevang, hy is nou in 'n kamp. Ná die oorlog gaan ek en hy terug na ons plaas toe."

"Jou pa boer? Gelukkige man." Hy maak weer sy oë toe.

Dit lyk vir haar asof hy baie pyn het. "Kan ek vir jou weer van daardie pynpoeier gee?"

"Ek kan nog uithou, dankie. Hou dit eerder vir wanneer ons dit regtig nodig het."

Toe daar weer 'n mortierbom naby die voorkant van die huis ontplof, val sy en Henk onmiddellik plat.

Tinus lig sy kop en kyk bekommerd venster se kant toe. "Julle moet eerder kelder toe gaan. Asseblief."

"Ek gaan nie," sê Henk dadelik.

Mentje byt haar onderlip en kom regop. Toe kry sy 'n plan. "Miskien moet ons studeerkamer toe skuif. Dis weg van die straat."

Henk bly steeds plat lê, maar skud sy kop hewig. "My ma maak ons dood. Dis my pa se kamer, ons mag nie daar ingaan nie."

"Dis 'n noodgeval," sê sy ferm en draai na Tinus. "Die studeerkamer is aan die agterkant van die huis, veiliger as hier voor so op die straat. Ek weet net nie hoe kry ons jou daar nie."

Hy kyk 'n oomblik rond en wys met sy vinger. "Sleep my. Bring daardie los matjie tot reg langs my."

Sy sleep die matjie tot reg langs hom. "Jy moet net jou been stil hou, hoor?"

"Ek sal beslis," sê hy en vryf oor sy oë. "E ... jammer, my kop is nog dof. Wat is jou naam nou weer?"

"Mentje. En dis Henk."

"Goed. Mentje, ek gaan my sitvlak lig en oorskuif. Bring my been saam. Moenie oplig nie, net 'n duim of wat bokant die grond."

Hy stoot sy lyf met sy arms op, trap vas met sy gesonde been en kry hom só op die matjie. Mentje lig sy been baie effens en skuif dit na links. Hy kreun sag.

"Jammer."

"Dankie," sê hy met 'n effense kopskud. "Jy het goed gedoen."

"Ek sê jou nou, my ma maak ons dood," herhaal Henk, maar kom help darem.

Hulle twee stoot en trek, Tinus help met sy arms tot hulle in die studeerkamer is. Hy kyk rond. "Ja, dis veiliger hier. Dankie." Sy gesig is natgesweet.

"Het jou been nie seergekry nie?"

Hy skud net sy kop.

'n Tweede mortierbom ontplof baie naby. Die huis dreun, die vensters ratel gevaarlik, maar breek darem nie weer nie. Mentje lig haar kop effe van waar sy en Henk byna bo-oor mekaar platgeval het. "Sjoe, hulle skiet baie vandag. Ek gaan kyk waar Andrew ..."

Maar voor sy haar sin kan voltooi, strompel Andrew die studeerkamer binne. Hy sak op die enigste leunstoel neer.

Mentje draai na Henk. "Dink jy ons kan die bank gaan haal vir hom om op te lê?"

"My ma gaan ons buitendien vrekmaak," brom Henk en kom uiters teësinnig help.

Nou is Mentje vuur en vlam. Sy gaan haal haar verekombers bo in haar kamer en bring haar kombers en kussing uit die sitkamer. Agter die groot lessenaar, teenaan die boekrak, gooi sy haar goed oop. "So, nou het ek 'n lekker bed."

Toe sy weer wil uitgaan, vra Henk: "Mentje, is jy niks bang nie?"

Sy steek vas en kyk om. Henk se oë is groot, sy skouers opgetrek. Skielik verstaan sy: Henk is regtig bang en hy weet nie wat om met die bang te maak nie. Sy gaan sit langs hom op die dik mat en dink baie mooi wat om te sê.

"Henk, toe ek van die hospitaal af moes terugstap, gister, en hulle begin so rondom my skiet, was ek so bang dat ek nie kon dink nie. Ek het net in 'n bondeltjie gelê. En toe, daar onder die bossie, kom ek agter 'n mens se lyf is bang én jou kop is bang, maar dit werk apart. Partykeer skrik jou lyf eerste, dan voel jy hoe jou hart woes klop en jou keel toetrek en jou arms mekaar vasgryp. En jou bene word lam, of begin sommer net hardloop, al weet hulle nie waarheen nie. Want mens se lyf kan nie dink nie, net jou kop kan."

"O-o," sê Henk.

"En toe werk ek uit: Jou kop bly altyd die baas. So as jou kop mooi kan dink, kan hy vir jou lyf sê wat om te doen. Hy kan vir jou lyf sê: Dis nie so erg nie, bly kalm. Of: Dis erg, ons moet vlug. Of: As jy só en só loop, is dit veiliger. Verstaan jy?"

Henk frons. "Soort van."

"Wat belangrik is, so dink ek, is dat jou kop baas bly. Die bang word maklik baas oor jou lyf. Maar as die bang ook jou kop se baas word, dan kan mens niks doen nie, want jy is heeltemal bang."

"O-o." Dit lyk nie asof hy regtig verstaan nie, maar sy weet nie hoe om dit anders te verduidelik nie. Sy staan op.

Tinus het die hele tyd stil gelê en luister.

Henk draai na hom. "Is jy bang as die skote so klap en die mense rondom jou word doodgeskiet?"

"Bang?" Hy dink lank voor hy antwoord. "'n Mens is soms voor die tyd bang, die nag voor jy spring, want jy weet nie wat hou die volgende dag in nie. Miskien ook nie bang nie. Dis meer 'n geval van onsekerheid, van weet wat kan gebeur, van weet wat alles kan skeefloop. 'n Mens dink aan jou mense by die huis, mense wat van jou afhanklik is. 'n Mens dink aan baie dinge, maar ek weet nie of dit werklik bang is nie.

"Net voor jy moet spring, bruis die adrenalien deur jou are, ja. Maar dis meer afwagting as vrees, dink ek, ook seker weer onsekerheid oor wat in die lug of op die grond vir jou wag.

"Ek word soms bang ná die tyd, wanneer ek dink wat alles kon gebeur het. Ek probeer om nie daaraan te dink nie."

"En nou? Is jy nou bang?"

"Op hierdie stadium is ek nie bang vir my onthalwe nie. Ek is wel bang julle twee kom iets oor, of Jan Hillekamp, wat julle lewe in gevaar stel om ons te red, of die huismense wat totaal onskuldig is. Dis waarvoor ek op die oomblik regtig bang is."

Henk is nog nie tevrede nie. "Maar is jy bang as jy daar op die brug lê en die bomme ontplof so rondom jou?"

Tinus skud sy kop stadig. "Daar is geen tyd om bang te wees nie. Die klanke is oorverdowend, die lig soms verblindend. Jy word 'n outomaat, jy dink nie. Jou makker word langs jou flenters geblaas, groot manne tjank soos jakkalse van die pyn. Jy sien niks en hoor niks. Daar is niks romanties of patrioties of heroïes omtrent die oorlog nie."

'n Doodse stilte kom lê swaar oor die studeerkamer.

Eindelik sê Tinus: "Jy probeer net maar oorleef."

Die sarsies skote en ontploffings hou nie vir 'n oomblik op nie. 'n Mens koes met jou arms oor jou kop as dit te naby klink, maar dan sit jy maar weer en wag. Vir niks.

Mentje kyk deur al die boeke in oom Jak se studeerkamer. Hier is regtig baie boeke, party boeke met mooi leeroortreksels, ander vervelige grootmensboeke, of boeke oor somme en syfers. Dit was seker oom Jak se werk. Geen kinderboeke nie.

Uiteindelik vind sy iets wat dalk kan werk: *De kleine Johannes* deur Frederik van Eeden. Die voorblad lyk wel erg vervelig, maar dis die boek met die beste titel.

Sy maak haar tuis op haar kombers, haar kussing agter haar rug teen die boekrak gestut, haar bene uitgestrek voor haar. Tinus en Andrew slaap, Henk het verdwyn.

Die boek ruik na ou papier toe sy dit oopslaan. Bietjie muwwerig.

Dis 'n vreemde boek, dink Mentje ná 'n paar bladsye. Die boek maak eers of hy 'n kinderboek is, maar nou begin sy dink dis eintlik 'n grootmensboek. Tog verstaan sy, want kleine Johannes woon sonder bekommernis saam met sy pa, sy hond en sy kat.

Net soos sy en Pappa op die plaas. Hulle het net nie 'n hond en 'n kat gehad nie.

Een aand vind Johannes 'n bootjie op die meer. Hy klim daarin en raak aan die slaap. Toe hy wakker word, ontmoet hy 'n klein elfie: Windekind. Windekind maak Johannes net so klein soos hy is en neem hom saam na 'n wonderlike fantasiewêreld.

Mentje krul haar op van die lekkerte. Dis miskien die heel lekkerste boek wat sy nog ooit gelees het. Sy weet sy is kleine Johannes, al is sy 'n meisie. Want sy het miskien nie 'n bootjie gevind en piepklein geword nie, maar sy het ook kleintyd 'n Windekind geken. Net, dit was 'n feetjie wat haar beste maatjie geword het, nie 'n elfie nie.

"Wat maak jy?" vra Henk skielik langs haar.

Sy wip soos sy skrik. "Lees 'n boek, kan jy nie sien nie?"

"Hoekom?"

Hoekom lees sy? Watse soort vraag is dit nou? "Want lees is vir my baie, baie lekker. Los my nou dat ek kan lees."

Buite woed die gevegte voort, sonder ophou.

"Ek is honger," sê Henk.

"Honger of verveeld? Henk, kry vir jou iets om te doen, of lees 'n boek."

Hy staar haar verstom aan. "Is jy mal?"

"Wel, sit dan hier en luister vir die oorlog en word lekker bang. Ons sal etenstyd eet." Sy lig haar vinger streng. "Jy vat nie kos voor etenstyd nie, hoor? En skoert nou van my kombers af dat ek kan lees."

Vinnig loer sy om die lessenaar. Die twee pasiënte slaap nog, al klink dit asof die huis afgebreek word.

Kleine Johannes se storie boei haar. Sy het net klaar gelees van hoe Johannes na die kriekeskool toe gaan, partytjie hou in 'n hasie se ondergrondse huisie en die vredemiere ontmoet, toe Henk reg langs haar sê: "Dis eenuur. Dis etenstyd."

"Hou op om my so skrik te maak!"

Hy lag uit sy maag uit. "Vir wat skrik jy elke keer so? Lees jy 'n bangmaakboek?"

Sy verwerdig haar nie om hom te antwoord nie. Hy sal nooit verstaan nie, want hy is 'n seun. Arme ding.

Tinus is nou wakker.

"Kos?" vra sy.

Hy sug diep. "Julle het nie genoeg kos nie, Mentje."

Gmf. Sy is nou die ousus in hierdie huis wat besluit wat

sal gebeur. Hy moet hom nie kom baasspelerig hou nie. "Ons het beslis. Vir ons en vir julle twee. Wil jy kos hê of nie?"

Hy glimlag baie effens. "Kos, dankie. Net eers 'n pynpoeier, asseblief?"

Direk ná ete begin sy weer lees. Johannes het pas die vredemiere ontmoet, onthou sy. Een nag ontmoet hy die kabouter Wistik, wat op soek is na die ware boekie wat antwoorde op alles het.

Sy kan dit nie glo nie. In Pas-Opkamp was sy net soos Wistik. Wist ik, op soek na antwoorde. En daar was niemand wat antwoorde vir haar kon gee nie.

"Jy is die verveligste mens op aarde," sê Henk.

Sy antwoord nie.

"Ek gaan uit."

"Oukei. Net nie in die straat in nie, hoor?"

Hy steek vas. "Nou klink jy waaragtig ook nog net soos my ma."

Gmf.

Windekind wil nie hê Johannes moet met Wistik maats wees nie, en maak hom as straf weer net so groot soos hy was. Johannes gaan woon by 'n tuinman en ontmoet vir Robinetta, op wie hy verlief raak.

Nee, nee, sy gaan beslis nie verlief raak nie. Dis vir seker.

Die gevegte buite hou aan en aan. Die aarde bewe, die huis skud. Sy lees haar weg van die oorlog af, kruip weg in Johannes se fantasiewêreld.

Toe Johannes vir Robinetta vra of sy weet waar die ware boekie is, bring sy vir hom die Bybel.

Haar Bybel, ja. Haar Bybel. *De kleine Johannes* is regtig 'n ware verhaal. Háár storie. Geen fantasie meer nie. Behalwe natuurlik vir die verliefraakdeel. Dis seker omdat Johannes 'n seun is. Bertien het lankal gesê seuns raak soms orig.

Dit skielik stil. Doodstil, geen skoot nie.

Mentje kyk op. Dit moet laatmiddag wees. "En nou?"

"Ek wonder self," sê Tinus en druk hom regop.

"Miskien het die Engelse gewen," meen Henk en staan op. "Kom ons gaan kyk van bo af."

Sy sit haar boek neer en hardloop agter hom aan met die trappe op. Hulle skuif die raam op en hang by die venster van haar kamer uit. Daar is beweging by die brug, maar geen vegtery nie. Mentje gaan klim op die stoeltjie in die badkamer. Ook die stad lyk stil, net die rook peul plek-plek uit. Sy stap terug kamer toe. "Niemand skiet êrens nie. Ek gaan weer af."

"Ek is vreeslik honger."

Gmf! Net as mens lekker wil gaan lees. "Ag nee, Henk, jy's altyd vreeslik honger."

"Wel, ek kan nie help nie."

In die kombuis pomp Mentje die primusstofie en kook 'n klompie aartappels en die laaste wortels vir 'n stamppot. Sy meng een blikkie soutvleis by en verdeel dit versigtig.

Henk sit by die tafel en toekyk. "Is dit al wat ons gaan eet?"

"Kyk na ons kos, en kyk hoe lyk dit buite. Dan dink jy vir jouself." As dit moontlik is, dink sy, maar sy sê dit eerder nie. "Vat nou hierdie kos kelder toe vir jou ma-hulle."

"Ek gaan g'n kelder toe nie. Dan hou my ma ..."

Sy steur haar nie aan sy klagtes nie en loop met drie borde kos studeerkamer toe.

Andrew sit regop. Hy lyk bietjie beter, maar beduie hy wil nie eet nie. "Gee vir die ander, ek is nie honger nie."

"Nie honger nie, jy?" vra Tinus.

Mentje sien die bekommerde frons op sy voorkop voor hy na haar draai.

"Dankie, dit lyk lekker. Maar wees asseblief eerlik met my: Hoe lyk julle kosvoorraad?"

"As ons mooi werk, het ons genoeg vir nog 'n paar dae. En ons sal môre gaan brood koop."

Hy skud sy kop. "Julle kan nie onder hierdie omstandighede uitgaan nie."

Sy ignoreer sy opmerking. "Hoe voel jou been?"

"Het jy gehoor wat ek gesê het?"

"Ja. Hoe voel jou been?"

"Seer. Gaan jy môre kos koop of binne bly?"

"Kos soek."

"Luister jy ooit na iemand?"

Sy dink 'n oomblik. "Ek het altyd na my pa en na my onderwysers geluister. Maar nou het ek geleer om net te luister na wat my kop sê. En my kop sê as ons nie kos het nie, sal ons buitendien doodgaan."

Voordat hy kan antwoord, is daar 'n harde klop aan die voordeur, sodat hulle al drie vinnig opkyk.

"Kan ek inkom?" roep Jan Hillekamp.

Mentje gaan sluit die deur oop. Buite is dit steeds stil, geen geweervuur, niks wat êrens ontplof nie, geen vliegtuie bokant hulle koppe nie. Net die vure, ver en naby.

Hulle stap deur studeerkamer toe. "Ja, die dokter het gekom," antwoord sy Jan se vrae. "Ons moet nou Andrew se skouer skoonmaak. Ek het skoonmaakgoed en verbande en poeier wat ons op die wond moet gooi."

Hy knik. "En Tinus?"

"Eers môre of oormôre. Hy moet net sy been stilhou."

Sy los vir Jan Hillekamp in die studeerkamer om met die twee soldate te gesels terwyl sy warm water, seep en 'n handdoek gaan haal.

"Wie is hier?" vra Henk van bo van die trappe af.

"Jan Hillekamp." Terug in die studeerkamer sê sy vir Jan: "Was eers jou hande."

Hy kyk haar geamuseerd aan. "Reg, Generaal."

"Sy is nogal die generaal in hierdie huis," knik Tinus.

Mentje voel skielik onseker. Wat bedoel hulle? Het sy iets verkeerd gesê? Of is hulle altemit besig om met haar te spot?

Versigtig draai Jan die verband van Andrew se skouer af. Terwyl hy werk, praat hy. "Het julle nog genoeg kos in die huis?"

"Ja."

"Julle moet baie versigtig werk met die kos."

Gmf. "Ek weet."

"In die hele Arnhem is kos nou skaarser as hoendertande. Die mense ruil hulle kosbaarhede vir vier eiers of 'n handjievol aartappels."

"Dis erg," sê Henk met baie gevoel.

Toe die verband af is, begin die wond weer bloei. Henk staan 'n tree terug, sy oë wyd gesper. Jan dep die bloed net soos Bart haar geleer het en begin versigtig ontsmet. Mentje wonder of hy 'n verpleegster of iets is. Maar mans kan tog nie verpleegsters word nie?

Terwyl hy werk, hou hy aan vertel. Henk hang aan sy lippe, sy mond hang skoon oop. Simpel seunskind.

"Oor die naweek het 'n hele boot met kosvoorrade gearriveer," vertel Jan. "Hulle wou die kratte so gou moontlik in die pakkamers kry. Botter, beskuitjies, blikkieskos, alles. Pleks dat hulle dit Saterdagaand al gedoen het, maar hoe kon enigiemand weet wat wag? Is jy nog reg, Andrew?"

"I'm fine."

Maar hy lyk nie eintlik fine nie. Baie bleek en hy sluk aanhoudend asof sy mond kurkdroog is.

"Ewenwel, toe hulle begin aflaai, was dit te laat. Hulle het 'n menslike ketting gevorm om so vinnig moontlik te kan werk, maar hulle was nog nie halfpad nie, toe begin die koeëls heen en weer vlieg op die Rynkade."

Dis wat ons gesien het, Henk en ek, besef Mentje skielik. "En toe?"

Jan frons. "Waar is die verbande?"

"Dis wat die dokter vir my gegee het."

"Net papierverbande?"

"Ja. Ek sal hierdie lapverband nou dadelik was, dan kan ons dit môre weer gebruik."

"Het jy 'n stukkie gaaslap of iets?"

Sy gaan haal die stukkie gaas wat sy in tante Maria se noodhulpkassie gesien het. "Wat gebeur toe met die mense?"

Jan sit eers die gaaslappie oor die wond en maak die harde papierverband so stewig moontlik vas voordat hy antwoord: "Terwyl hulle nog aan die aflaai was, is die hele groep gearresteer."

"Gearresteer?" vra Mentje ontsteld. "Wat het van hulle geword?"

"Waar's daardie kos nou?" vra Henk.

Jan huiwer 'n oomblik. "Die kos is gekonfiskeer. Die mense ... ek weet nie. So ja, klaar. Die wond lyk beter en is weer toe. Jy kan nou ontspan, Andrew."

Sy glo nie vir een oomblik daardie wolhaarstorie van Jan nie. Hy weet goed wat met die groep gebeur het, maar hy wil nie vir hulle sê nie. Dink seker weer hulle is te klein om te weet.

Buite is dit steeds doodstil.

"Wat gaan aan by die brug?" vra Tinus toe Jan na hom toe draai.

Jan skud sy kop. "Gerugte klink nie goed nie. Dis nou doodstil."

"Ek het gehoor, ja. Waarom is dit so stil?"

Jan trek sy skouers op. "Ons wonder almal, niemand weet nie. Hoe voel jou been?"

"Hanteerbaar."

"As die beenswelsel gesak het," sê Mentje so vernaam moontlik, "moet ons die verband afhaal, die wond ontsmet en die een nuwe lapverband omdraai."

Jan lyk baie bekommerd. "Ek weet nie. Daarvoor het ons regtig 'n dokter nodig."

"Die dokter van die hospitaal het gesê hy kan nie weer kom nie."

By die voordeur draai Jan na haar en Henk. Hy lyk baie ernstig. "Julle weet, Mentje en Henk, dokter Zwolle is gevang omdat hy 'n Britse pasiënt in sy huis gehad het en 'n Britse soldaat agter in die tuin begrawe het. Almal in die huis is uitgedryf met masjiengewere in die rug en weggestuur na 'n kamp. Ek wil net seker maak by albei van julle: Weet julle kinders regtig wat met julle kan gebeur?"

Gmf. Asof kinders en idiote dieselfde beteken. "Net omdat ons kinders is, beteken dit nie ons is dom en hulpeloos nie."

Jan steek dadelik sy hande in die lug. "Jammer, ek het dit nie so bedoel nie. Julle doen wonderlike werk. Nederland kan trots wees op jongmense soos julle twee."

Dit klink beter. "Ja. Ons weet wat ons doen."

Die son is reeds op toe Mentje wakker skrik. Ons moet gaan brood koop, onthou sy, en ek wou vroeg gegaan het. Nou sit die son al waar.

Buite klink dit stiller as gister, daar is net 'n veraf gerammel van skote.

Voor aandete gisteraand het die skote weer begin. Dwarsdeur die nag, elke keer as sy wakker word, het sy die geskiet gehoor. Andrew het geslaap, net Tinus het sag gesteun.

"Moet ek nou vir jou 'n poeier vir die pyn gee?" het sy sag gevra.

"Asseblief." Sy fluisterstem was skor. Hy het die poeier se papiertjie oopgevou en die poeier agter in sy keel gegooi. Sy hand het gebewe toe hy die glas water by haar neem, hy het met groot slukke gedrink. "Dankie."

Later het sy weer wakker geword van sy sagte gesteun. Sy het opgestaan en gekyk of hy iets nodig het, maar hy was vas aan die slaap. Andrew het styf opgekrul gelê, dit het gelyk asof hy koud kry. Kers in die hand het sy nog 'n kombers bo gaan haal en oor hom gegooi.

Deur alles het Henk vas geslaap. Die oorlog buite het aanhou ratel.

Die slaap was heeltemal weg. Sy wou nie die lig aanskakel om te lees nie, dalk sien iemand die skrefie lig deur die blindings. Buitendien sou 'n lig die ander wakker maak. Sy het na die donker lê en staar, soos in die eerste maande in Pas-Opkamp.

Maar sy moes tog aan die slaap geraak het, want nou is dit oggend en hulle moet gaan brood koop. Saggies staan sy op, kam haar hare en trek haar sokke en klompe aan. Sy het sommer in haar klere geslaap, sodat sy vanoggend niemand pla nie.

Toe sy die deur oopmaak, sê Henk: "Wag, ek trek my skoene aan."

"Sjuut, saggies," wys sy. Sy is tog bly dat hy ook wakker geword het.

Langs mekaar stap hulle vinnig deur die vars oggendlug. "Dis klaar besig om koud te word."

"Ja," sê Henk. "Dis amper winter. Ek wonder waar is die Nazi's vanoggend. Die skietery is ver, miskien is hulle weg uit Arnhem, pad gevat terug Duitsland toe."

Maar toe twee soldate van voor aangestap kom, weet hulle die Duitsers is nog sterk in beheer.

"Moenie vir hulle kyk nie," sê Mentje sag. "Kyk net af en stap vinnig."

"Kop buig voor die Nazi's?" brom Henk opstandig. "My pa het altyd gesê hy sal nooit die knie buig voor Nederland se vyande nie."

"Daar is 'n verskil tussen die kop buig en die knie buig," sê Mentje beslis. "As ons afkyk, beteken dit ons tart hulle nie, ons word soort van onsigbaar. Knie buig beteken ons gee oor. Dit gaan ons nie doen nie."

"Ag, jy dink ook altyd jy weet beter," sê Henk nukkerig, maar kyk darem nie direk vir hulle nie.

Op die hoek van Nijmeegseweg draai hulle koppe gelyk in die rigting van die brug. Albei gaan staan botstil.

"Sjoe, dit lyk verskriklik erg," sê Henk. Sy stem klink snaaks.

Mentje staan met haar hand voor haar mond, sy kan nie glo wat sy sien nie. Die mooi, splinternuwe brug? "Die oorlog het die hele brug stukkend geskiet. Flenters."

"Kyk al die armytrokke en kanonne en goed," sê Henk grootoog. "Hulle het ontplof. En gebrand. Kyk hoe lê die stukke teerpad. En stukke van die brugreling."

Sy draai vinnig weg. "Kom ons stap."

Selfs hierdie tyd van die oggend is Nijmeegseweg reeds besig. Min burgerlikes is op straat. Dié wat dit wel buite gewaag het, loop vinnig en met hulle koppe in hul krae ingetrek.

'n Groep Nazi-soldate kom in die straat af gemarsjeer.

Hulle steur hulle nie aan die mense wat vinnig, koes-koes verbyloop nie. Dit lyk asof hulle die twee kinders nie eens raaksien nie. Miskien is dit soms goed om net 'n kind te wees.

'n Duitse tenk kom van voor af. "Die goed ry ons paaie poegaai," brom Henk.

Die markplein is 'n groot vuursee. Arnhem se hart, sy binnesentrum, is kapot geskiet. Dit wat nie reeds tot puin verbrand het nie, staan in vlamme.

"Ek ruik nou die brood," praat Mentje weg van die verwoesting.

Die bakkery is net so verlate soos die strate, met net een ander persoon binne.

"Dit is die laaste brood wat ek bak," sê die bakker. "Ek sluit nou die plek, ons vertrek vandag nog."

"In daardie geval, gee vir my vier brode," sê die ander meneer en voel-voel na sy beursie. "Ek het pas gehoor dokter Jan Zwolle en ongeveer twaalf ander manne is gefussileer."

Mentje trek haar asem skerp in. Sy was vies omdat sy gedink het Jan vertel nie vir hulle die volle waarheid nie. Nou wens sy sy het dit nooit gehoor nie.

Die bakker se hande vlieg na sy gesig. "Waar?"

"Naby Bakkerstraat glo, deur 'n hele groep Nazi's. Masjiengewere."

Dis stil in die bakkery, tot die bakker sê: "Hier moet ons so gou moontlik weg."

Die klant knik somber. "Waarheen gaan julle?"

"Deventer. My vrou het 'n neef daar."

"Ons vertrek ook." Die klant haal sy geld uit. "Apeldoorn, miskien Epe of Zwolle, ek is nog nie seker waarheen nie. Ons het familie oral. Maar jy is reg, hier moet 'n mens uit. Hoe gouer, hoe beter."

Epe, dink Mentje. Dis nie so ver van Vierhouten af nie. Maar sy moenie daaraan dink nie, dit maak haar te hartseer. Toe dit hulle beurt is, vra sy flink: "Tien brode, asseblief."

"Tién?"

Oukei, dit klink miskien bietjie erg. "Net soveel ons mag kry, asseblief." Toe die bakker nog staan en wonder, voeg sy by: "Hier is tog nie nou ander klante nie. En hoe gouer Oom al die brode verkoop kry, hoe gouer kan Oom gaan help inpak."

Die bakker glimlag. "Jy is heeltemal reg, nè?" en begin die brode in Mentje se mandjie pak.

"Sjoe, nou het ons baie kos," sê Henk tevrede toe hulle met die ompaaie weg van Nijmeegseweg terugstap huis toe.

"Maar ons kan nooit weer koop nie, onthou dit," sê Mentje ernstig. "En die bakker het gesê die kruidenier is klaar toe, hy het buitendien niks meer kos in sy winkel gehad nie."

Hulle loop in stilte. Henk skop een klippie ná die ander straataf. Hy is nogal goed met klippies skop. Dis seker nie juis 'n talent nie. Hy oefen net gereeld. "En as ons kos heeltemal klaar is?"

Mentje knik. "Dis waaroor ek ook bekommerd is. Almal is besig om uit Arnhem te gaan. Ons kan reeds nêrens meer kos kry nie."

Stilte. Net die gedurige klanke van die oorlog. So aanhoudend dat mens dit amper nie meer hoor nie.

"Wat gaan ons doen?" vra Henk verslae.

"Het jou ma nie nog familie wat êrens woon nie?" vra sy hoopvol. Want sy weet oom Jak het geen ander familie gehad nie, dit was net hy en haar ma, wat lankal dood is.

Henk skud sy kop. "Ek weet nie. Ek ken nie iemand anders nie. Ek dink miskien Nijmegen, maar dis verkeerde kant, nè?" Hy klink baie bekommerd.

Sy voel hoe haar moed in haar skoene sak.

Maar moed verloor bring jou nêrens nie, dit het Bart 'n paar keer in die Pas-Opkamp gesê. "Toemaar wat, ons sal haar self vra. Daar moet êrens wees waarheen ons kan gaan."

Tante Maria is nou min af meer permanent in die kelder. Die straatgevegte al rondom die huis is vir haar een te veel. Sy kom net uit vir die allernoodsaaklikste.

Willem is koorsig en pap. Ek is seker hy moet vars lug kry, dink Mentje. Maar sy sê eerder niks.

Ilonka en Femke is onmoontlik stout.

"Ek sal nie langer binne bly nie!" skree Femke en hardloop deur die kombuis en met die trap op na haar kamer.

"Femke! Kom dadelik terug!" gil tante Maria en vang Ilonka aan haar arm. Sy druk haar terug en maak die kelderdeur in haar gesig toe. Binne skree Ilonka erger as die ambulanse buite. Sy is te kort om die handvatsel by te kom.

"Ma," probeer Henk, "laat hulle net bietjie uit die kelder kom. Hier is nou geen gevegte naby nie."

Tante Maria hou aan die trapreling vas, haar oë is leeg. "En die handgranate en mortierbomme? Kyk hoe lyk die kombuis."

Daar is 'n dringende klop aan die voordeur. Tante Maria ruk soos sy skrik.

"Jan hier! Maak asseblief oop!"

"Moenie ..." begin tante Maria, maar Mentje sluit reeds oop.

Jan lyk gejaagd. "Ons moet die gewondes verskuif, miskien na die Bijls se kelder. Die Nazi's is besig om huis vir huis te deursoek na verstekelinge. Maria, het jy 'n sleutel vir hulle huis?"

Tante Maria se stem is so plat soos wat haar oë leeg is. "Boonste laai van die buffet."

"Kry dit," sê Jan vir Mentje en draf deur studeerkamer toe.

Tante Maria sak op die onderste trap neer. "Here, behoede ons," prewel sy.

Die sleutel lê presies waar tante Maria gesê het. Mentje se hande bewe toe sy dit optel. Kalm bly, kalm bly, sê haar kop.

Terug in die studeerkamer sê Jan: "Stap jy en Henk saam met Andrew, julle sal hom goed moet ondersteun. Sluit solank oop. Henk, sien jy kans?"

Henk se kop knik wild op en af. "Ek is reg."

"Hoe gaan jy alleen vir Tinus daar kry?"

"Op my rug."

Mentje kyk hom skepties aan. Tinus is 'n groot man, lank en met breë skouers. Jan is maer, sy bene lyk bietjie soos vuurhoutjies. "En as sy been seerkry?"

"Ons het nie 'n keuse nie, Mentje," antwoord Tinus. Sy stem is diep en sterk. Kalm. "Hier kan ons nie langer bly nie. Ons loop nie net die risiko van 'n krygsgevangenekamp nie, ons stel ook die hele huis in gevaar."

"Maar jou been? Die dokter het gesê ..."

"Selfs al verloor ek my been heeltemal, is dit beter as die alternatief. Verstaan jy dit?"

Sy knik stil.

Jan draai haastig 'n ekstra papierverband styf om Tinus se been. Andrew sit eers 'n rukkie regop met sy oë toe. Toe Jan hom help opstaan, is hy baie bleek.

"Mentje, gaan staan aan die ander kant en sit jou arm styf om sy lyf," beduie Jan. "Onthou, jy is aan die seer skouer se kant. Henk, kom vat jy nou hierdie kant. Julle moet hou, nè?"

"Daar is 'n syhekkie, ons moet daardeur gaan," onthou Mentje. "Dit kom by die agterdeur in. Ek sal gaan oopsluit."

Tot by die hekkie loop Andrew tussen hulle, maar voordat hulle by die Bijls se agterdeur kom, hang hy omtrent. Hulle laat hom op die trappie sit terwyl Mentje omdraf en deur die voordeur ingaan.

Toe sy die agterdeur oopsluit, prewel Andrew: "I can't go any further."

"Oh, yes, you can," sê Mentje streng. "We shall help you to get up."

Hulle sleep hom deur die kombuis. Sy kop hang skeef. "Hou hom regop op hierdie stoel. Ek gaan 'n kombers soek," sê sy vinnig.

Die huis lyk asof 'n orkaan dit getref het. Dis baie duidelik dat oom Thijs en tante Tinka redelik vinnig besluit het om te vlug.

In 'n kas vind Mentje 'n kombers en 'n verekombers. Sy bondel die verekombers in haar arms op en stap kombuis toe. "Weet jy waar die kelderdeur is?"

"Einde van die gang. Mentje, ek dink Andrew het doodgegaan."

Sy skrik, maar sien dadelik dat hy nog asemhaal. "Nee, hy is net flou. Hou hom nog regop, ek kom. Ons kan hom op hierdie kombers tot by die kelder sleep."

Sy hardloop gangaf en pluk die deur oop. Die skakelaar sit reg langs die trap. Hoewel die Bijls se huis heelwat kleiner is as tante Maria s'n, is die kelder groter. Lekker kelder, ruik ook nie heeltemal so bedompig nie, dink Mentje terwyl sy vinnig die verekombers oopgooi.

Bo in die kombuis wag Henk met groot oë. "Ek dink ek hoor die Nazi's kom."

Dis nie nou tyd vir Henk om bang te raak nie. "Sê vir jou

ore hulle hoor verkeerd. Dis net Jan by die stoeptrappies. Kom ons kry vir Andrew onder dat ons Jan kan help."

Hulle sleep vir Andrew deur die gang. Trapaf is 'n groot gesukkel. Hulle trek hom tot op die trap se rand, steek hulle hande onder sy skouers in en lig sy kop en skouers sodat dit nooit aan die trap raak nie.

"Ons moet net nie dat sy skouer seerkry nie," sê Mentje en skop haar klompe uit. Klompe is nie gemaak om agterstevoor teen trappe af te gaan nie.

Andrew gly stadig, stamp-stamp teen die trappe af. Sy voete sleep dood agterna, stamp klop-klop tot onder.

"Hierdie ou se boude gaan potblou wees," sê Henk ernstig.

Toe hulle hom versigtig oorskuif na die verekombers, sien Mentje sy wond het weer begin bloei. Sy skud haar kop en maak haar oë toe. Here, asseblief, moenie dat hy nog meer bloed verloor nie.

"Jan is hier bo," sê Henk langs haar. "Ek hoop dis Jan."

In die kombuis sit-leun Tinus skuins op die tafel, sy gesig is vertrek van pyn.

Jan tap water in twee glase. Dis 'n bitter yl stroompie water wat in die glas inloop. "Hierdie ou is loodswaar," sê hy half verleë.

Tinus maak sy oë oop. Sy gesig lyk skielik sagter. As hy nie so seer gehad het nie, so lyk dit vir Mentje, sou hy nou geglimlag het. "Jammer."

Jan glimlag wel. "Doodreg. Drink bietjie water dat ons die laaste skof kan aandurf."

Tinus skud sy kop. "Miskien moet ek hier bly."

"Moenie laf wees nie. Kom, ons het nie tyd nie. Op my rug. Mentje, loop voor my teen die trappies af dat ek my balans kan hou." Jan vou byna dubbel met die swaar vrag op sy rug. "Henk, tap vol en bring die water," sê hy net voor hulle die trappies afgaan.

Die trappies is steil ondertoe, hulle moet dit voetjie vir voetjie neem, een trappie op 'n slag. Mentje klim agterstevoor af, haar twee hande stewig teen Jan se bors.

Toe hulle Tinus eindelik op die kombers neerlê, is al drie sopnat gesweet, nie net van die inspanning nie.

Tinus kyk op na hulle. "Hoe sê 'n mens ooit dankie vir mense soos julle?"

Jan kyk net so ernstig terug. "Jy het al die pad van Suid-Afrika af hierheen gekom en jou lewe in gevaar gestel om ons te help bevry. Dink jy nie dis die minste wat ons kan doen nie?" Toe raak hy haastig. "Ons gaan nou die lig afskakel en 'n kas voor die kelderdeur skuif. Julle het water. Ons kan nie anders nie, maar ons kom so gou dit veilig is."

"Dankie. In Andrew se woorde: God be with you."

Dis 'n groot gesukkel om die swaar kas uit die slaapkamer gangaf tot voor die deur te skuif. Hulle vryf en vryf om die merke uit die gang te kry. Toe draf hulle vinnig uit.

"Moenie sluit nie, dan breek hulle net die deur oop," sê Jan. "Só lyk dit ook of die eienaars oorhaastig weg is en niemand hier wegkruip nie."

Slim plan, dink Mentje terwyl hulle terughardloop huis toe.

Toe die vier Nazi's hard aan die deur stamp met hulle geweerkolwe, wag almal in die kelder.

Mentje gaan sluit die deur oop. Ek is nou al geoefen in die rol van verskrikte dogtertjie wat niks kan verstaan nie, dink sy. Maar toe hulle eers inkom en sonder 'n woord deur die huis versprei en alles omkeer, is sy regtig verskrik. Sy sluit vinnig by die ander in die kelder aan. In die verbygaan sien sy een soldaat by die agterdeur waghou, nog een is besig om die tuin deur te soek.

Dis ook nie nodig vir een van die mense in die kelder om toneel te speel nie. Henk se oë staan groot en stokstyf in sy kop en die twee dogtertjies klou aan hulle ma vas. Net klein Willem lê rustig eenkant en slaap.

In die sitkamer en studeerkamer is geen teken meer van die gewondes nie. Die medisyne is gewoon in die medisynetassie in die badkamer bo gebêre. Alle papierverbande is reeds verbrand. Andrew se enigste lapverband het Mentje gisteraand al gewas en veilig agter in die tassie gebêre. Hier is twee ekstra lapverbande in tante Maria se tassie, het sy verlig gesien. Die komberse is op Mentje se bed oopgegooi, asof sy koulik is wanneer sy slaap.

Hulle hoor die soldate rondsoek, kaste oopmaak, goed uitgooi. Twee verskyn in die deur van die kelder en skree na onder: "Uit! Uit! Almal van julle!"

Hulle skarrel teen die trappe op. Willem word wakker en veg hom uit tante Maria se arms. Toe sy hom neersit, hardloop hy by die kombuis uit, net te bly om vry te wees. Henk vang hom en dra hom terug.

Net so vinnig as wat hulle begin soek het, is hulle klaar. Hulle neem die brood wat op die tafel staan.

Een gaan staan reg voor tante Maria en sê: "Enige Geallieerde is die vyand van die Duitse Ryk. As julle 'n Geallieerde soldaat sien, lewend, gewond of dood, en julle rapporteer dit nie, is julle dood." Hy kyk dreigend rond. "Almal van julle, tot die kleinste een. Is dit duidelik?"

"Ons verstaan," antwoord tante Maria.

Hy kyk direk na Mentje en Henk. "En julle twee?"

Hulle staan botstil. Stom. "Hulle verstaan nie Duits nie," sê tante Maria sag.

Die soldaat maak 'n omkeer en marsjeer agter sy makkers aan.

Mentje hoor die bekende piep-piep van die Bijls se tuinhekkie wat oopgestoot word. Sy brand om deur 'n venster te kyk wat aangaan. Maar sy stap saam met die ander die trappies af kelder toe.

Die res van die oggend bly hulle in die kelder. Die oorlog is weer in volle gang. Swaar slae ruk deur die huis, alles bokant hulle bewe. Die meeste slae is verder weg, twee is bitter naby, maar die huis word nie direk getref nie.

Nog nie.

"Arme Tinus en Andrew," sê Mentje vir Henk. "Jy weet, hulle lê daar in die pikdonker met die ratelende huis bokant hulle."

Hy dink 'n rukkie. "Miskien het die huis op hulle neergeval, dan kry ons hulle nooit weer daar uit nie."

"Ag nee, Henk, moenie altyd aan die ergste goed dink nie."

"Dit kan maklik gebeur. Jy kan nie stry nie."

Nog 'n slag ruk deur die huis. Dit word meteens pikdonker. Femke gil, Ilonka begin huil.

"Ek gaan uit," sê Henk.

"Dis net die krag wat af is," probeer Mentje kalmeer, maar niks help nie.

Tante Maria sit net. Sy probeer nie meer vir Henk keer nie, sy bid nie meer hardop nie. Sy sit net met haar dun arms rondom haar drie jongste kinders.

Wat is erger, hierdie pikdonker, verstikkende kelder of die oopheid van die huis bo, waar mens gedurig goed hoor val en breek? wonder Mentje. Bo kan 'n muur of die dak jou raakval as die huis direk getref word, onder kan jy toegeval word.

Gmf. Henk met sy stories. Nou is sy sowaar ook bang vir die kelder.

Haar kop laat haar lyf hierdie keer maar wen. Uit. Voel-voel die trappies op. "Ek bring vir julle 'n kers," sê sy toe sy die kelderdeur oopmaak.

Die skielike lig verblind haar byna, sy knip-knip haar oë.

Die huis is miskien nie direk getref nie, maar die verwoesting bly ontsettend. Die meeste ruite is flenters, portrette hang skeef, mooi borde het van die mure afgeval en lê in skerwe op die vloer. Die kombuis lyk die ergste. Sy vind vir Henk in die studeerkamer onder die lessenaar.

"Dis my dak," wys hy half verleë na bo.

"Dis slim. Dis 'n sterk lessenaar."

Ná die laaste groot slag is dit nou stil.

"Ek gaan vir jou ma-hulle 'n kers neem," sê Mentje.

"En kos maak. Ek is vreeslik honger."

"Ag, Henk."

Uit die buffet se laai haal Mentje twee kerse en neem dit ondertoe.

"Hoekom mag Henk en Mentje uitgaan en ek nie?" kerm Femke.

"Hoe lyk die huis?" vra tante Maria.

Hoe lyk die huis? Stof, oral, skerwe glas, groot stukke pleister, krake in die mure. Besaai oor die eetkamervloer tante Maria se beste porselein, Venesiese glase wat uit die buffet gekletter het. Die groot lig lê stukkend op die lang tafel.

"Baie vensters is gebreek," antwoord Mentje.

Vroegmiddag kom Jan. "Bring die medisynetassie en kerse, ons gaan kyk wat langsaan aangaan."

"En kos," onthou Henk. "Ek hoop net hulle lewe nog."

Die swaar kas staan steeds onaangeraak voor die deur. Met 'n groot gesukkel kry hulle dit weggeskuif.

Jan steek die een kers aan en stap ondertoe. "Hoe gaan dit hier?"

"Goed. Die bombardement ... Is alles reg by julle?" vra Tinus en stoot hom regop. "Dis goed om lig te hê, dankie."

"En kos, 'n brood en 'n blik vis," sê Henk trots. "Ek het onthou."

Tinus wil-wil glimlag. "Dankie, Henk."

"Ons was in die kelder, net ons huis het baie stukkend gebreek," vertel Mentje. "En Andrew?"

"Getting better," glimlag Andrew waar hy op sy verekombers lê. "Had a good sleep. Hello, everybody."

Jan werk vinnig. Hy ontsmet, gooi die poeier wat dokter Lipmann-Kessel gegee het en verbind weer Andrew se skouer. "Dit lyk goed, nie weer veel gebloei nie. Ek dink ons is besig om te wen. Nou vir daardie been."

Jan bekyk die been eers versigtig. Die verband sit nou baie slapper as toe die dokter dit verbind het, sien Mentje. "Ek gaan nie hierdie verband losmaak nie," besluit Jan. "Mentje, is daar 'n skêr in die tassie?"

"Weet jy hoe skaars is lapverbande?"

"Ek weet, ja. Maar ek sien nie kans dat die plankies skuif nie. As ons net die verband gedeeltelik oopsny, het ons 'n beter kans om die planke in posisie te hou."

Ja. Seker. Eintlik oopkop, noudat sy daaroor dink.

Jan sny 'n gleuf in die middel van die verband bo-oor die plek waar die been stukkend is. Die dele om die voet en naby die knie los hy in posisie. Mentje trek die gesnyde verband oop, Jan ontsmet die wond met Prontosil en gooi ook poeier op.

"Penisillien. Die nuutste mediese wondermiddel," sê hy.

"Nog nie op die mark nie, maar die weermag het 'n goeie voorraad, verstaan ek."

"Is jy 'n paramedikus? Leerlingdokter?" vra Tinus.

"Net maar 'n gewone ou van die Arnhemse burgerwag wat help waar ek kan." Dis 'n oomblik stil voor hy sê: "Ek wou van altyd af graag 'n dokter word. Maar nou ja, 'n mens se drome werk soms nie uit nie."

"Ek dink mens moet nooit ophou droom nie," sê Mentje stadig.

Jan glimlag effens. Hy is besig om 'n nuwe lapverband om Tinus se been te draai, sommer so bo-oor die oue. "Wat is jou droom, Mentje?"

"My droom is om gou terug te gaan na ons plaas en na my pa toe. Ek verlang elke dag na hom. Ek weet daardie droom gaan waar word, een van die dae. En as ek groot is, wil ek 'n dokter word. Maar ek weet nog nie of daardie droom gaan waar word nie."

"Draai ek nie die verband te styf nie?"

Tinus skud sy kop. "Dit voel reg, dankie." Hy draai na sy kameraad. "What do you dream about, Andrew?"

"My mother's Christmas pudding."

"Ek het vir jou brood en blikvis," sê Henk in sy krom Engels.

Almal lag. "Very good second best, thank you," lag Andrew ook.

Verligting, of miskien is dit vreugde, wel in Mentje op. Andrew is ook besig om beter te word, dink sy dankbaar.

Toe dit stil word, sê Tinus: "Ek het ook 'n plaasdroom, soos Mentje. En soos sy, weet ek ook dit gaan waar word."

"En dit is?"

"Ek gaan ons familieplaas terugkoop. Buffelspoort sal weer in die Van Jaarsvelds se naam wees."

Drie en twintig

Mentjie het tred verloor met watter dag dit is, wat die datum is. Dit maak nie veel saak of dit 'n Dinsdagoggend of 'n Vrydagnag of selfs 'n Sondag is nie, buite woed die stryd voort, dag en nag. Die skietery hou aan en aan, die dreuning van tenks in die strate, die knalle. Soms kletter skerwe op die dak of skrapnel bars skielik deur 'n venster. Die fluit, skril geskree en direk daarna die ontploffing word met tye so oorweldigend dat sy in 'n bondeltjie êrens in 'n hoek opkrul.

Dis donker binne, die blindings bly dag lank toegetrek. Daar is geen elektrisiteit meer nie, bitter selde water in die krane. Hulle kosvoorraad is boomskraap.

Met tye dink sy nie meer nie. Sy probeer net oorleef.

Sulke tye gaan kruip sy in die Bijls se kelder by Tinus en Andrew weg. Dis beter as by tante Maria en die kleintjies. Sy probeer die skrik en bang met haar kop wegdink, maar haar kop is deesdae soms banger as haar lyf. Of miskien is haar kop net baie, baie moeg.

Lees help. Sy steek 'n kers aan en tel haar boek op.

De kleine Johannes wil van die Bybel niks weet nie, leef haar leeswêreld voort. Toe Robinetta se pa dit hoor, jaag hy vir Johannes weg.

Dit was dom van Johannes, dink sy. Dit was sy verdiende loon omdat hy sy antwoorde op 'n ander plek as in die Woord van God gesoek het.

Maar noudat sy daaraan dink, sy het ook haar Bybel vir 'n ruk lank onder in haar sloop weggesteek, tot die Here haar in die Amhut laat intrek het. Sy is eintlik nou weer kwaad vir die Here, maar sy wil nie nou daaroor dink nie.

Vol verdriet gaan Johannes weg van sy geliefde Robinetta.

Haar oë skiet vol trane. Han, Bart, opa Bakker, die Amhut. Sy dink sy is nou nog vol verdriet oor haar eie weggaan.

"Wat lees jy wat so hartseer is?" vra Tinus sag.

Sy hou haar oë in die boek. "Sal nou-nou sê."

Johannes ontmoet vir Pluizer, wat hom meeneem na die stad. Arnhem, weet sy. Daar ontmoet hy vir dokter Cijfer – kan dit dokter Lipmann-Kessel wees? – en hy ontmoet die dood. Sy sien saam met kleine Johannes die leed in die stad, die sterftes, die kerkhof.

Dit ontstel haar, dit is net te naby, te waar. Sy sit die boek eenkant neer. "Ek lees *De kleine Johannes*, maar nou gaan ek bietjie ophou lees."

"De kleine Johannes?" vra Tinus half verbaas. "En jy verstaan dit?"

Sy knik ernstig. "Te goed. Ek dink eintlik dis 'n grootmensboek. Moet ek vir julle gaan water haal, of iets?"

Henk verander al hoe meer in 'n verwilderde haas. Iets jaag hom, gedurig. Soms weet niemand waar hy is nie. Net wanneer Jan Hillekamp kom, lyk hy rustiger.

Met Andrew gaan dit beter. Hy sit regop en maak nou en dan 'n grappie.

"Die wond lyk nou goed," sê Jan tevrede. Hy strooi baie versigtig die laaste bietjie penisillienpoeier oor die wond, sit die gewaste gaaslappie oor die wond en draai dit weer stewig toe met 'n papierverband.

Terwyl Jan nog besig is, sê Tinus: "Ek wonder of die Poolse Valskermbrigade ooit geland het."

Andrew draai sy kop skuins. "Watter dag is vandag?"

"Vrydag, die twee-en-twintigste," antwoord Jan.

"Moes hulle nie die negentiende al geland het nie?"

"Op papier, ja." Tinus lê met sy oë toe. "Ek twyfel of dit toe gebeur het. Net so min soos die Urquhart-groep van die ooste af gaan deurbreek. As die Pole nie gekom het of vandag nog kom nie, is daar geen hoop vir Frost nie."

Andrew knik stadig. "Toe ons Maandagnag daar weg is, was die kos al byna op."

"En die ammunisie."

Jan is doodstil. "Weet jy iets, Jan?"

Hy antwoord nie dadelik nie. "Ek wil julle nie slegte moed gee nie, maar die berigte is nie positief nie. Dit klink asof die Geallieerdes begin terugval. Maar dan moet ek bysê, die BBC erken self hulle het min inligting."

"Het jy 'n radio?" vra Henk verwonderd.

Jan skud vinnig sy kop. "Sê liewer ek weet waar een versteek is."

Henk trek sy asem skerp in. "Die kruidenier s'n! Sal jy my wys?"

"Nee. Jammer, Henk, maar hoe minder mense weet, hoe beter." Jan draai weer na Tinus en Andrew. "Dit lyk asof die Nazi's vooraf weet van elke tree wat die Britte gee. En Duitsland stuur net meer en meer versterkings. Hulle ry nou vrylik heen en weer oor die rivier Nijmegen toe en terug."

"Onder wie se beheer is Nijmegen?" vra Tinus.

"Volgens Radio Oranje onder die Geallieerdes s'n. Maar mens is nie seker wat jy moet glo en wat nie."

"Dalk het die Nazi's 'n gevegsplan of kaart of iets by 'n gevalle soldaat gevind," peins Andrew.

"Of hulle is ingestel op ons meterbande. Ás die radiostelle weer werk, bygesê." Hy steek sy hand na Jan uit. "Dankie vir jou hulp, Jan. Hoop ons sien jou môre."

"Julle sien my beslis. Ek gaan nêrens heen nie. Mentje, stap gou saam." Jan se stem is sterk en gerusstellend.

Amper soos sy salf en poeiertjies, dink Mentje.

By die huis praat Jan ernstig met haar en Henk. "Arnhem loop leeg, seker meer as die helfte van die inwoners het reeds gevlug. Hier is geen kos en water meer nie. Geen elektrisiteit nie. Julle kan nie langer hier bly nie."

Mentje maak 'n moedelose gebaar. "Waarheen, Jan? En wie sal dan vir Tinus en Andrew sorg?"

"Hulle is twee groot mans wat vinnig aansterk. Hulle kan desnoods van môre af self regkom. En ek is nog hier, ek sal probeer krukke in die hande kry, êrens. Maar verstaan mooi, as julle bly, het julle geen kans op oorlewing nie."

Mentje voel die benoudheid in haar opbou. Wat moet hulle maak?

"My ma sal nooit weggaan nie," sê Henk beslis. "Sy kom nie eens uit die kelder nie."

"Nooit nie?" Jan klink verbaas. Of miskien ontsteld.

"Nooit."

Hy krap-krap aan sy ken.

Moenie, Jan, wil Mentje sê, dit laat my na Pappa verlang.

"Henk, wie sorg vir julle vir kos? Wie het byvoorbeeld hierdie emmers en goed vol water gemaak?"

"Mentje," antwoord Henk dadelik. "En ek help haar altyd."

So 'n liegbek! Help haar altyd?

Jan draai na haar. "Mentje, hoe oud is jy?"

Hoekom wil almal die hele tyd weet hoe oud sy is? ver-erg sy haar nog verder. Het dit nou skielik belangrik geword? "Elf."

Sy stap aspris wipstert uit.

Mansmense? Gmf. Hoe oud is jy, nogal?

Asof sy net 'n kind is wat niks kan doen nie.

Maar eintlik loop sy weg omdat die trane reg agter haar oë en in haar keel opdam. Wat, wat, wát moet sy tog doen?

Deur die sitkamer se groot venster kyk mens reg op die straat uit. Mentje lig die blinding net baie effentjies om na buite te kan kyk.

Dis 'n pragtige sonskyndag, 'n laatsomerdag, nie te warm nie en nog nie winterkoud nie. Die gras op hul plaas staan nou mals groen, reg vir die koeie om lustig te wei, vreedsaam te staan en herkou en vir haar en Pappa ryk en lekker melk te gee.

Simpel Jan met sy kenkrappery. Nou het hy al die seer weer oopgekrap. En sy ou poeiertjie en kamtige salfies sal hierdie keer niks help nie. Net Pappa sal dit ooit weer kan regkry.

En die Here, sê 'n ver stemmetjie van êrens uit lank gelede.

Nee, sê sy baie beslis, net Pappa. Want sy is regtig kwaad vir die Here. Waar is Hy altemit as sy en almal in Arnhem Hom nodig het? Hy sien mos wat hier in die dorp aangaan. Dis mos nie regverdig nie? En Hy doen niks?

Sy is kwaad vir die boek ook, vir *De kleine Johannes*. Dis

die boek se werk om haar weg te neem uit die oorlog. Nou kom stamp hy haar sommer in 'n kerkhof in? Gmf.

Van onder in die kelder klink Jan se stem ook baie kwaad. Dit trek selfs tot hier in die sitkamer. Gewoonlik praat hy sag, asof hy almal rustig wil hou.

"Julle blikkieskos is klaar, Maria, besef jy dit? Daar gaan nie weer brood te koop wees nie, geen verdere eiers of meel of vrugte nie, niks. Hier in die kelder lê die aartappels en pap word, en jy sit net?"

Mentje hoor duidelik hoe tante Maria kliphard begin huil.

"Nee, tjank gaan niks help nie. Ruk jou reg. Hier is geen diensmeisies meer nie, aanvaar dit."

Sjoe, Mentje het nie geweet Jan kan so kwaad word nie. En hy is nog nie klaar nie.

"Jak is dood, hy is meer as twee jaar al dood. Maar jy en jou vier kinders lewe. Hulle is nou jou verantwoordelikheid en jou verantwoordelikheid alleen. So, staan op, loop met daardie trappies op kombuis toe en gaan maak vir jou kinders kos." In haar kop sien Mentje hoe wys hy met sy regterarm en wysvinger, trap-op. "En hou op om alle verantwoordelikheid oor te skuif op 'n dogtertjie soos Mentje. Jy is die volwassene, Maria. Sy is nog 'n kind."

Gmf! Dit ook nog! Sy vererg haar sodat die kwaad sterker word as die hartseer. En dis goed.

Toe hy uit die kelder kom, sy gesig steeds in 'n verergde plooi geknoop, staan Mentje hom en inwag. "Ek is g'n so 'n klein kind nie, hoor jy."

"Ja, goed, goed," praat hy al weer paaiend, soos met 'n stout kind. "Mentje, jy doen wonderlike werk, jy en Henk. Maar die feit bly dat jou tante nie verder haar kop in die sand kan druk nie. Sy moet die realiteit nou in die oë kyk."

Hy stap uit en trek die voordeur agter hom toe. Hy het vergeet om te groet.

"Hoekom is almal so kwaai vandag?" vra Henk grootoog.

Mentje vlieg om. "Omdat jy 'n liegbek is."

Henk se mond val oop. "Liegbek? Ek?"

"Kastig 'ek help haar altyd'? Wie het hierdie emmers vol water getap? Wie moet heeltyd dink wat ons kan eet? Waar ons nog kerse kan kry? As mens jou nie smeek nie, doen jy niks. En jy dink ook niks nie!"

Sy storm op na haar kamer en slaan die deur toe. Haar kamer is deurmekaar en vol stof en stukkies pleister. Al die vensters is flenters. Maar hier sal sy bly tot sy en die res van die huis almal doodgaan van die hongerte.

Sy is so kwaad, sy huil sommer van die kwaadheid.

Of miskien van die hartseer. Haar kop weet nie meer wat om te doen nie.

Sy wens sy was nie kwaad vir die Here ook nie.

Miskien sal sy net een maal nog uitgaan om vir Tinus en Andrew te help. Maar net miskien.

Teen die aand sluip sy tog ondertoe. Langs die primusstofie staan 'n kastrol met gekookte aartappels nog in die water. Onnodig baie water en nie getap nie, uit die waterbottel gegooi. Tante Maria het miskien uit die kelder gekom en kos gemaak, maar sy het nie 'n idee hoe om versigtig met water te werk nie. Mentje wens sommer Walter se ma was hier om haar 'n les of twee te leer.

Langs die kastrol staan twee oopgesnyde blikkies, leeggekrap. Die vuil skottelgoed staan in die opwasbak.

Hier is geen diensmeisie meer nie, dink Mentje steeds opstandig. Sy gaan haal nog twee blikkies, neem die orige gekookte aartappels en 'n halwe brood en draai haar rug op die deurmekaar kombuis.

Henk is by die twee soldate in die Bijls se kelder. "Kos!" roep hy bly uit. "Sjoe, dankie, Mentje."

"Ah, beautiful Mentje," glimlag Andrew ook. "And with food! You are an angel."

Sy voel hoe haar gesig warm word. Simpel man word regtig nou gesond. "Lyk my julle is honger," praat sy sommer eenkant toe.

Henk spring skielik op. "Wag, wag, ek het eers vir almal 'n verrassing," keer hy en hardloop trap-op. Hy is binne sekondes terug met twee krukke in sy hande. "Kyk wat het ek gekry!"

"Henk!" roep Tinus verras uit.

"Waar kry jy dit?" vra Mentje tegelyk.

"Presies wat ons nodig het," juig Andrew en klap sy hande.

"In meneer Van Dijk se huis, net hier af met die straat." Henk lyk soos 'n kat wat room gekry het. "Ek het onthou hy het sy been gebreek, lank gelede. Toe dink ek bietjie," hy kyk direk vir Mentje en plaas klem op die "dink", "en ek gaan soek op hulle solder. Daar is dit toe. Maar dis nie al nie, hoor. Ek het ook nog bietjie kos in die huis langsaan gevind. Aartappels en wortels en uie. Die aartappels en uie lyk asof dit wil groei en die wortels is nogal pap. Maar jy sal kan stamppot maak daarvan, nè, Mentje?"

Wel, wel, wel.

"Jy het goed gedoen," prys Tinus. "Gee, dat ons sien of ek regkom. Dis darem nou al vier dae."

"What is that 'stamppot' that Mentje can make?" Andrew spreek stamppot vreeslik snaaks uit.

Mentje lag. "Ag, sommer gekookte aartappels en wortels en bietjie uie wat mens saam meng. Dis nie eintlik iets nie."

"Sounds delicious," sê Andrew.

"Better as your mofer se poeding," sê Henk beslis.

Deur die nag word Mentje twee maal wakker van Tinus se gesteun.

"Pynpoeier?" vra sy.

"Asseblief. Ek weet nie wat makeer my been nou weer nie."

"Jy het miskien te gou op die krukke begin loop," fluister sy terug.

Andrew klink ook nagdeur rusteloos. Die volgende oggend is hy koorsig en pap. Hy eet bitter min van die stamppot wat Mentje vir middagete oordra.

Later die middag, toe Jan kom inloer, skud hy sy kop en frons. "Die wond lyk tog al goed. Ek weet sowaar nie waar die koors vandaan kom nie."

"Could be the flu," sê Andrew. "Feels like it."

Mentje voel hoe die moedeloosheid haar bekruip. "Wat moet ons doen, Jan?" vra sy toe hulle deur die agtertuin terugstap na tante Maria se huis.

"Ek weet waaragtig nie," sê hy moeg. "Eintlik kan ons niks meer doen as wat ons reeds doen nie."

Toe hulle die agterdeur oopstoot, staan tante Maria in die middel van haar kombuis. "Kyk hoe gebreek is my goed," sê sy bitter na aan trane.

"Los nou eers jou goed en kyk hierna." Jan gee 'n vel papier vir haar, hy klink besonder ernstig. "Lees wat staan daarop. Dis 'n ontruimingsbevel, dis oral in die stad opgeplak. Julle het nie meer 'n keuse nie."

"Ek gaan nie," sê die tante en gee die papier ongelees vir hom terug.

"Goed, dan lees ek dit vir jou," sê Jan ferm. Hy lees die Duitse woorde met gemak: "'Op bevel van die Duitse Weermag moet die hele bevolking van Arnhem ontruim: dié onder die spoorlyn op Sondag, en bo die spoorlyn voor Maandagaand 25 September.'"

Doodse stilte.

Mentjie voel die skrik groter en groter in haar groei. Ontruim? Môre al? Waarheen?

Maar tante Maria skop viervoet vas. "Jan, verstaan my mooi, ek gaan nêrens heen nie. Môre, oormôre is die bevryding hier, dan kom almal druipstert weer terug."

Jan lyk kwater en kwater. "Maria, kry dit in jou kop, die bevryding lê moontlik nog maande weg. Die Geallieerdes val terug, nou, op hierdie oomblik. Die Nazi's het klaar hierdie veldslag gewen. Hulle is steeds baas hier."

Tante Maria kry 'n koppige trek om haar mooi mond. "En kry dit in jou kop, Jan Hillekamp, ek gaan nêrens nie. Toe ek nog 'n kind was, Groot Oorlog 1914, het ons ook gevlug. Nijmegen is te naby die Duitse grens, het my pa besluit. Pure verniet, Nederland het nooit eens deel van die oorlog geword nie. Weer toe alle mans 1939 gemobiliseer word: Vlug! Vlug! En vir nege maande gebeur daar niks?"

"Maar Maria ..."

"Ek is nog nie klaar nie. In Mei 1940, toe Duitsland ons inval. 'Ontruim! Ontruim! Ons is nie veilig so na aan Duitsland nie!' skree almal. Toe het ek besluit ek bly. En wat gebeur? Die oorlog was binne vyf dae verby, ons was buitendien in Duitse hande. Al die derduisende ontruimdes was binne dae terug. En nou kom 'n bogsnuiter soos jy en verwag waaragtig van my om my huis en my besittings net so te los en in hierdie weer weg te hardloop? Met vier kinders?"

"Vyf kinders. Mentje is ook by."

"Vier of vyf, wat maak dit saak? Ek gaan nêrens heen nie." Sy draai kortom en stap adellik en regop die trap af.

Jan skud sy kop. "Ek het nie geweet sy kan so kwaad word nie."

Henk kyk haar moedeloos agterna. "Dis miskien beter as sy net sit. Dan kan mens haar in die mandjie van die fiets laai en stoot. Maar as sy so kwaad is?"

"Ek weet nie wat julle moet doen nie, Henk." Jan krap en krap sy ken. "Ek weet net julle moet weg. Miskien moet julle twee alle voorbereidings klaar tref. As iemand haar oortuig kry of omstandighede dwing julle, is julle gereed om te vertrek."

"Watse voorbereidings?" vra Mentje onseker.

"Klere. Warm klere, die winter lê voor. Kos vir die pad. Beddegoed, warm beddegoed. Die noodhulptassie. Dink ook aan vervoer. Mens kan nie alles dra nie, so hoe kry julle al die goed weg? Waar ry die kleintjie?" Hy maak 'n moedelose gebaar. "Alles." Hy draai om en begin voordeur toe stap.

By die deur vra Mentje: "En jy, Jan?"

Hy kyk haar reg in die oë. "Ek vertrek môremiddag. My huismense ... Ek kan nie anders nie."

Hy loop af met die trappies. In die straat draai hy terug. "Ek sal kom groet, môre. Jammer, jong."

Daardie nag in die Bijls se kelder droom sy vir die eerste keer in 'n lang tyd. Die hele huis het inmekaargeval. Arnhem is verlate, geen mens êrens nie. Net honde wat rondgrou in die ruïnes op soek na kos. Sy is tussen die honde. Sy soek en grawe met haar hande, maar nêrens is enige kos meer oor nie.

"Jy moet iets vind, Willem gaan sterf van die honger," sê tante Maria se stem.

Mentje skrik sopnat gesweet wakker. Haar hart klop wild. Sy lê doodstil en luister. Sy hoor hoe Tinus en Andrew asemhaal, langs haar roer Henk. Dit was net 'n droom, sê sy oor en oor vir haarself. Dink weg van die droom aan iets beters.

Die plaas.

Dit tref haar soos 'n handgranaat die grond tref. Natuurlik! Hoekom het sy nie vroeër daaraan gedink nie? "Is jy nog wakker, Henk?" fluister sy.

"Ek is so honger, ek kan nie slaap nie."

Is dit sowaar al waaraan hy kan dink? "Ek het 'n plan gekry."

"Ons is almal wakker, Mentje," kom Tinus se stem uit die donker. "Steek aan die kers en vertel ons van jou plan."

Haar hande bewe, so opgewonde is sy oor haar plan. "Ons kan na ons plaas toe gaan, ons kan in ons huis gaan woon."

Dis 'n oomblik stil. "Julle plaas?" vra Henk.

Tinus stoot hom regop. "Ja-a, dit kan dalk werk. Waar is julle plaas? Duskant of anderkant die Ryn?"

"Hierdie kant. Dis net baie, baie ver," begin Mentje twyfel.

"Hoe ver?"

Sy weet nie, sy weet net dis ver. "Verder nog as Epe. By Vierhouten."

Tinus skud sy kop. "Dit sê vir my niks. Hoeveel dae se stap?"

Mentje dink. Almal wag op haar antwoord, selfs Andrew wat met sy kop op sy gesonde elmboog gestut lê. "Toe opa Bakker my hierheen gebring het op 'n fiets, het ons vir twee dae gery. Maar dit was op 'n ompad oor Apeldoorn, wat verder is. Die kortpad is deur die Hoge Veluwe."

"Hoekom kon julle nie deur die Hoge Veluwe ry nie?"

"Dit was militêre gebied."

"Dan sal julle steeds nie die korter pad kan neem nie," sê Tinus beslis.

Sy dink. "Dit was nie 'n baie goeie fiets nie en die oupa is nogal oud. Maar baie sterk."

"Ja-a." Tinus klink onseker. "Dit gaan minstens 'n week se stap wees vir 'n vrou met vyf kinders."

Die Bijls se kelder word stil, tot Henk skielik sê: "Ek het ook 'n plan."

"Ja?"

"Daar is 'n houtkruiwa agter in 'n erf. Ek weet nie wie het daar gewoon nie, maar hulle is nou weg. Ons sal baie goed daarop kan laai."

"Ja, dis slim."

"En ek het gedink," bly Mentje nie agter nie, "ons kan goed in Willem se ou kinderwaentjie laai. Ek het gesien dis hoe party mense gevlug het."

"Ook baie slim. Het jou ouers fietse, Henk?"

"Natuurlik, ons het almal fietse, ek en my ma en my pa. Net nie Willem en Ilonka en Femke nie. My pa het dit weggesteek bo in die garage se dak."

"Het julle nie ook 'n fietswaentjie nie?" vra Mentje opgewonde. "Ek sien almal sleep ..."

"Gekonfiskeer, voor my pa dit kon wegsteek," breek Henk haar opwinding stomp af.

Tinus dink 'n rukkie. "Henk, bring môre die kruiwa en die stootkarretjie hierheen, dan kyk ons of ons iets kan prakseer om dit agter die fietse aan te trek. Dit sal baie vinniger gaan."

"Ja, ja!" juig Henk. "Sal jy my kan help?"

"I shall also help," sê Andrew. Hy lê weer terug op sy kussing, sy oë is toe.

"Môre kan ons kyk. Nou moet ons gaan slaap," sê Tinus beslis.

Mentje blaas die kers dood. Die geur hang nog lank in die lug, net soos toe Pappa elke aand die kers in hulle kamer doodgeblaas het.

Sy slaap nie dadelik nie. Een van die dae gaan ek terug plaas toe, juig haar hart. Ek gaan weer in my bedjie slaap, tante Maria en die twee kleintjies kan in Pappa se groot bed slaap. Vir Henk en Femke sal sy wel iets uitgewerk kry.

Die koeie, dink sy, hulle sagte oë. Die groen, groen gras, die vrugtebome: appels en pruime, pere. Genoeg melk en eiers en vars groente uit die tuin.

Sy raak met 'n glimlag aan die slaap.

Vroegdag gaan haal Henk die kruiwa.

"Wees tog versigtig," waarsku Tinus.

"Onthou, Tinus, ons is so goed as Duitse onderdane, ons mag vrylik op straat loop," herinner Mentje hom. "En almal is nou buite doenig, almal moet mos ontruim. Ons mag net nie ná donker en voor sonop rondbeweeg nie."

"Jy's reg, ek vergeet dit. Wees maar nogtans versigtig vir die kruisvuur."

Toe Henk terugkom, bekyk Tinus en Andrew die tuisgemaakte houtwaentjie van alle kante.

"We could try ... ja, I'm not sure," begin Andrew. Hy sê hy voel beter vanoggend, maar hy bly koorsig en bleek.

"Die wiel is sterk genoeg." Tinus lig die kruiwa met sy een hand. "Die ding is net redelik swaar."

"Maar sterk," help Henk dink.

Hulle sit al drie koppe oor die kruiwa gebuk en beraam planne. Mentje los hulle in die kelder en stap oor na tante Maria se huis. Sy gaan deur die agterhekkie in die heg tussen die twee huise, weg van die straat af. Nie dat dit werklik nodig is nie. Die strate is buitendien so besig vanoggend.

Waar begin ek? probeer sy oopkop dink. Beddegoed. Die winter lê voor, hulle sal warm komberse nodig hê. Daar is beddegoed in hulle plaashuis, maar dis net genoeg vir haar en Pappa. Sy haal beddegoed uit die kaste en gooi alles op 'n hoop in die gang. Ons sal dit nooit alles op die kruiwa kry nie, besef sy en bêre al die kussings.

Volgende is die klere. Warm klere. Haar eie goed is maklik, sy het al geleer met hoe min sy kan klaarkom. Daar sal nog van haar klere by hulle huis wees, maar dit sal sekerlik te klein wees. Femke kan dit dra. Sy gebruik haar kussingsloop om haar klere in te pak. Die twee dogtertjies en Willem se klere pak sy in twee kussingslope. Sover behoort alles in die babawaentjie te pas, werk sy uit.

Reënjasse, dit reën aanmekaar. Dit hou sy eenkant om aan te trek wanneer hulle ry.

By tante Maria se kamer steek sy vas. Nee, die tante moet eerder haar eie goed pak. Henk ook, sy weet nie wat hulle wil neem nie.

Toe sy onder kom, is tante Maria in die kombuis. "Die brood is op," sê sy.

"Ja, ek weet."

"As dit nie vir daardie twee soldate was ..."

Mentje draai om en loop uit. Sy sal eerder gaan kyk wat maak die mansmense in die kelder.

Soms is mansmense beter as party soorte vroumense. Maar net soms.

Laatmiddag kom Jan groet. Hy is haastig, hulle wil vertrek. "Moet ek weer met jou tante praat?" vra hy.

"Dit sal net jou tyd mors," skud Mentje haar kop. "Ek het

gedink as ek ophou planne maak om kos in die hande te kry sal sy besef dat ons moet gaan."

"Oopkop kind." Hy draai na die twee soldate. "En julle twee? Ek verstaan die Geallieerde troepe is op die punt om totaal te onttrek."

"Ons moet uit. Môre, as dit kan. Ek oefen met die krukke."

"Important, we will have to run, duck and dive." Andrew se stem is lusteloos en baie sag

Jan kyk bekommerd na Andrew. Hy lê al weer met sy oë toe en praat asof hy te moeg is om eintlik 'n woord te sê. "Hoe voel jy, Andrew?"

"Fine, fine."

Jan sug en staan op. "Dis vir my moeilik om te groet."

"We will see you tomorrow."

Mentje frons. Wat gaan nou met Andrew aan? Hy was by toe hulle gister daaroor gepraat het dat Jan vandag vertrek, hy het deelgeneem aan die gesprek.

Tinus lyk nou vir die eerste keer ook bekommerd. "Jan verlaat Arnhem mos. Onthou jy, Andrew? Ons het gister laatmiddag daarvan gepraat."

Maar Andrew het reeds weer aan die slaap geraak.

Tinus kyk vraend op.

"Hy het te veel bloed verloor," sê Jan. "Gee julleself nog 'n dag dat hy meer kan rus. Ou maat, ek moet gaan. Sterkte vorentoe. Ek hoop ..." Hy bly ongemaklik stil.

"Ons sal regkom," sê Tinus beslis en steek sy hand uit. "Voorspoed op julle pad, Jan, en dankie, hoor?"

Toe hulle by die deur kom, vra Mentje: "Jan, wat gebeur met ons as ons nie môre weggaan nie?"

"Dis 'n amptelike opdrag van die Duitse opperbevel. Ignoreer dit, en jy word gevang en kamp toe gestuur."

Henk se oë rek verskrik.

"Jammer, julle, ek moet gaan."

"Gaan," sê Mentje beslis. "Ons sal reg wees, ek belowe."

"Julle is twee baie besonderse kinders. Sterkte." Toe draai Jan om en trek die agterdeur agter hom toe.

Henk staan botstil in die Bijls se kombuis. "Sjoe. Dis erg."

Dis dan wat gaan gebeur, knik Mentje sonder 'n woord. Want Henk verstaan.

Terug in die kelder is Tinus bitter ontsteld. "Dis al ses dae, en ek glo nie hy lyk sterker as toe hy hier gekom het nie."

"Andrew lyk asof hy wil doodgaan," sê Henk somber.

Mentje skud haar kop wild. "Ag nee, man, Henk. Mens sê nie sulke goed nie."

Henk kyk uitdagend terug. "Wel, jammer koningin-weet-alles, dit is so. Stry?"

Sy het haar strategie met Henk bespreek.

Hy het haar skepties aangekyk. "Ek gaan vrek van die honger. Dis seker beter as om in 'n kamp te vrek. Of dat hulle jou doodskiet."

Hy het darem verstaan hoekom hulle dit moet doen en het die bietjie kos wat nog in die kombuis was, oorgedra na die Bijls se kelder. Net een blikkie ertjies het hulle gelos. Mentje weet dat daar bitter min aartappels in die kelder oor is. So, binne die volgende dag sal tante Maria 'n besluit moet neem.

Henk kom vertel Tinus het skouers opgehaal toe hy met die kos daar aankom. "Jou klein boetie en sussies sal mos vreeslik kerm van die honger," het hy gesê.

"En wat sê jy toe?" het Mentje gevra.

"Toe sê ek hulle sal my ma uit die kelder uit skree."

Mentje het begin giggel. "En Tinus?"

"Hy het ook begin lag. Andrew ook."

"Hoe gaan dit nou met Andrew?"

"Goed. Hy sê hy is nou fine en dit lyk nie meer of hy doodgaan nie."

Sy het afgestap kelder toe en die laaste aartappels gevat. "Nou is ons aartappels heeltemal klaar," het sy hard en duidelik gesê.

"Kook dit vir ons," het tante Maria gewoon gesê. "Ek sal môre reël vir nog. Ek ken baie boere in die omgewing."

Die tante het nie 'n idee wat buite die kelder aangaan nie, het Mentje besef.

Sy gaan met gemengde gevoelens slaap. Sy voel beter oor Andrew. Hy het goed geëet en selfs weer 'n grappie gemaak. Dit is seker net griep, soos hy vroeër gesê het.

En as hulle plan werk, kan hulle môre laatmiddag of oormôre al op pad wees terug plaas toe.

Plaas toe. Na haar en Pappa se eie, eie huis.

Dit begin hard reën. Selfs hier in die Bijls se kelder hoor mens die reën op die dak neerkletter.

Wat as dit so hard reën en hulle het nêrens om te skuil nie? En wat wag nog vir hulle op pad? Waar gaan hulle soveel nagte slaap? Waar sal hulle kos kry?

En as tante Maria steeds nie wil roer nie?

Met dagbreek het dit ophou reën, maar die mis hang dik in die lug.

Tante Maria staan in die ingangsportaal, sy is regtig kwaad. "Die telefone werk nie."

Henk is net so kwaad. "Die ligte ook nie, en daar is niks water in die krane nie. Het Ma nog nie agtergekom nie?"

"Moenie so met my praat nie!" raas tante Maria. "Die

munisipaliteit sal iets moet doen. Só kan geen mens lewe nie."

Mentje probeer haar stem kalm hou, soos Bart altyd gemaak het as ander rondom hom ontsteld word. "Die mense van die munisipaliteit is nie meer hier nie, tante Maria. Die gebou is platgeskiet."

"Hoe bedoel jy 'nie hier nie'?" frons tante Maria. "Almal kan mos nie net weggaan nie?"

"Almal is weg, Ma."

Tante Maria draai stadig na Henk. "Wat bedoel jy?"

Bly stil, dat ek praat, beduie Mentje. Hierdie keer luister Henk, gelukkig. "Tante Maria, hier is niemand meer in Arnhem nie, behalwe die Duitse soldate. Die laaste inwoners, duisende en duisende mense, het gister gegaan. As 'n mens die Duitse bevel ignoreer, gaan jy kamp toe gestuur word. Ook die klein kindertjies soos Willem en Ilonka."

"Maar ... ek kan ..." begin tante Maria verslae. Haar stem raak weg.

"Ma kan niks. Niemand wat Ma geken het, is meer hier nie. Hier is niks kos nie. Ons moet gaan."

Tante Maria lyk totaal verlore. Soos 'n kind wat nie weet waar sy ouers is nie. "Maar waarheen?"

"Na ons plaas toe, Tante."

Tante Maria se oë raak verskrik. "Julle plaas? Dis te ver."

"Dis 'n paar dae se loop, ja. Weet Tante van 'n beter plek?"

Sy skud haar kop verwese. "In Nijmegen, ja, en miskien ... Grave?"

"Dis anderkant die Ryn, tante Maria. Tussen hier en daar lê die gevegsfront. Ons kan nie daarheen nie."

Tante Maria lyk al hoe meer verwilderd. "Ons kan mos nooit so ver loop nie? Willempie? En Ilonkatjie?"

"Ons ry met julle fietse," antwoord Mentje flink. "Kom kyk."

In die sitkamer staan oom Jak en tante Maria se fietse. Die omgeboude kruiwa is reeds aan tante Maria se fiets vasgemaak, die beddegoed stewig vasgewoel.

"Ek ry op Ma se fiets met die waentjie agterna," verduidelik Henk. "My fiets is nou heeltemal te klein vir my, Femke kan dit vat. Ma, ek het vir Tinus gehelp om die kruiwa te verander. Dit is mooi, nè, Ma?"

Tante Maria antwoord nie. Arme Henk.

Eenkant staan die babawaentjie boordensvol gelaai.

"Tinus het gekyk of hy die babawaentjie ook kan verander, maar dit was onmoontlik. So, ek sal die waentjie stoot," sê Mentje. "Tante Maria ry op oom Jak se fiets met klein Willem voor in die groot mandjie en Ilonka op die draer agter."

Die tante sê niks.

"Almal se klere is ook klaar gepak. Tante moet net ..."

Maar tante Maria luister nie. Sy staar na die twee waentjies, haar hande oor haar ore gedruk. "Here, ons gaan dit nooit maak nie."

"Nee, tante Maria, ons gaan." Mentje vat haar ferm aan die arm en lei haar trap toe. "Alles anders is reg, Tante moet net Tante se eie goed pak."

"My porselein. My silwer. Die matte ..."

Verstaan die tante dan steeds nie? "Ons kan niks saamneem nie," sê Mentje beslis.

"Ek het gesien oom Thijs Bijl grou 'n gat en begrawe van hulle goed. Die grond is sag, ek kan maklik 'n gat grou."

Wel, wel. Is dit regtig Henk wat praat?

Tante Maria kyk hom ook verwonderd aan, asof sy skielik iets ontdek het. "Jy word groot, my seun."

"Ja, Ma. Ek is nou die man in die huis."

Tinus se woorde aan hom, gisteraand of eergister, onthou Mentje. Sy draai om en loop vinnig uit.

Haar keel het skielik dik geword.

Dit word 'n dol, dol dag. Tante Maria vat en los, haar hande meer in haar hare as besig om iets te doen. Die drie kleintjies hardloop soos losgelate hase die hele huis vol, tot Willem hom uitasem hoes.

"Nee, nou raak julle rustig," sê Mentje kwaai.

Henk grawe 'n diep gat in die nat grond. Tante Maria kom help inpak: die beste porselein onder, Venesiese glase toegedraai in handdoeke, groot vase in komberse, silwerware, 'n Persiese mat opgevou in 'n klein blokkie.

"Ons kan nie meer goed inkry nie, Ma," keer Henk.

Hy het vir Mentje verduidelik waar hy die vorige dag opslaguie en -aartappels ontdek het.

"Kan ek saamkom?" smeek Femke.

"Net as jy die hele tyd werk," sê Mentje.

Hulle kry twee kooksels aartappels en 'n klompie uie. Drie erwe verder kry hulle vier worteltjies en 'n raap. Op pad terug sien Femke enkele verdwergde boontjies aan 'n boontjierank hang.

Terug by die huis sny Mentje alles op en kook dit saam. 'n Klompie van die gaar aartappels hou sy eenkant, dis padkos vir môre. Die res druk sy alles saam fyn. Sy weet nie of mens 'n raap in 'n groentestamppot kan sit nie, maar dis kos. Sy skep vir tante Maria en die drie kleintjies uit en stap met die res oor na die Bijls se huis.

"Kom jy eet?" vra sy vir Henk.

"Beslis. Ek is morsdood van die honger."

Die son sak stadig oor die Ryn. Vanoggend se reën bondel in dik wolke saam, ver anderkant die suidelike oewer.

En deur alles heen, soos al die eeue reeds, vloei die water ongesteurd voort op sy laaste skof see toe.

Hulle sit in die Bijls se kelder op die vloer en eet die stamppot. Mentje en Henk vertel hoe goed hulle hongerplan gewerk het, hoe Henk die kosbaarhede begrawe het, hoe lekker die waentjie agter die fiets voel.

"Maar het jy al daarop gery?" vra Tinus skepties.

"Nee, maar dit sal goed werk. Ek weet."

Mentje verduidelik watter pad hulle gaan neem. "Ek het in die atlas in oom Jak se studeerkamer gekyk."

Hulle hou aan praat. Want vanaand moet hulle groet. Mentje en Henk gaan in hulle eie huis slaap om so vroeg moontlik te kan wegkom. Direk ná sonop, want dan geld die aandklokreël nie meer nie.

"Waar slaap julle môreaand?" vra Tinus.

"Dit hang af hoe ver ons kom."

"Julle moet so ver moontlik uit Arnhem kom môre."

Mentje knik. "Ons sal."

Die tyd vir totsiens sê kom nader. Die praat is besig om op te raak. "Wanneer gaan julle twee?"

"Waarskynlik mörenag." Tinus forseer 'n glimlag. "Anders as julle, moet ons in die nag gaan."

Stilte.

"Sal julle regkom?" vra Mentje bekommerd.

"Ek kom redelik reg met die krukke."

"And I feel stronger every day." Andrew glimlag, maar sy oë lyk moeg.

Mentje stoot die orige stamppot oor na hulle toe. "Julle moet dit eet, môre voor julle gaan."

"Nee, nee, neem vir julle saam," keer Tinus dadelik. "Ons sal regkom."

Sy skud haar kop. "Ek het vir ons aartappels gekook. Ons kan nie so 'n groot kastrol ook saampiekel nie."

"You are an angel."

Ag nee, daar word haar gesig al weer warm en rooi. "Aag, dis nie eintlik iets nie," praat sy haar verleentheid weg. "Ons gaan maar net plaas toe. Duisende der duisende mense vlug noord."

"En dan?" vra Andrew. Hy lyk bekommerd.

"Dan bly ons op die plaas tot die bevryding kom. Ná die bevryding sal ek sommer op die plaas bly. Want dan sal my pa uit die kamp by Amersfoort kom en ons sal weer in ons eie huis woon."

Andrew kyk lank na haar. "Belowe my jy sal ná die vrede vir my skryf en sê hoe dit met jou gaan?"

Nou word haar gesig nog rooier. Simpel mansmens, wat karring hy so? "Ek het nie jou adres nie."

"Bring vir my 'n pen en papier."

Laat die aand raak sy aan die slaap met Andrew se adres onder haar kopkussing. "May God be with you," het Andrew gesê toe sy en Henk weggestap het.

Vroegoggend, terwyl tante Maria nog sukkel om vir Willem in klere te kry en Femke haar pop soek wat opsluit moet saam, glip Mentje deur die syhekkie en by die Bijls se agterdeur in om vir oulaas te gaan groet.

Maar Tinus en Andrew slaap albei vas.

Sy neem *De kleine Johannes* en druk dit voor by haar rok in.

Toe draai sy om en stap stadig terug na tante Maria se huis.

Vier en twintig

Hulle durf die strate van Arnhem aan. Tante Maria het lanklaas fiets gery, sy voel onseker. Daarby ry sy op 'n mansfiets, dit maak die op- en afklim moeiliker. Opdraande op klim sy af en stoot.

Voor in die fietsmandjie sit klein Willem. Hy kan selfs opkrul en slaap, so groot is die mandjie. Maar hy is darem baie kleiner en maerder as ander tweejariges. As dit reën, kan tante Maria hom heeltemal toegooi met oom Jak se reënjas.

Op die draer van die fiets het Henk tante Maria se sloop klere vasgewoel, daar sit Ilonka. Teen opdraandes moet sy stap.

Femke ry kiertsregop op Henk se fiets. Ook sy sukkel. Die fietse was baie lank in die dak versteek, so, sy was heelwat jonger toe sy laas gery het. Henk het 'n besemstok met 'n wit sloop agter op haar fiets vasgemaak. Dis hulle wit vlag om te wys hulle is vlugtelinge.

Henk kom die beste reg op die fiets. Maar die omgeboude en hooggestapelde kruiwa is swaar. Ook hy moet teen opdraandes afklim en stoot.

Mentje loop gemaklik en stoot die oorvol kinderwa. Haar grootste vrees is dat haar klompe nie gaan hou nie. Sy het vanoggend dik sokke aangetrek om haar tone te beskerm. Tog bly die klompe oud en bietjie knap.

Voor hulle weg is, het tante Maria sorgvuldig die voor- en agterdeur gesluit en die sleutels by haar dokumente versteek. Maar al die vensters in die huis is flenters.

Eers hou hulle in die stil straatjies om weg te kom van die voortdurende skote naby die brug en langs die Rynkade. Naby die park draai hulle op in Nijmeegseweg. Enkele Duitse Jeeps, 'n brullende troepedraer en 'n motorfiets met syspan is reeds op die pad. Niemand steur hulle aan die sukkelende groepie vlugtelinge nie. Dit het 'n alledaagse gesig geword.

Dit skok tante Maria om te sien hoe Arnhem lyk, dit sien mens duidelik. Die verlate, voos geskiete huise, die uitgebrande kerk en skouburg, die gebreekte bome en lamppale, die omgedolwe pad. Winkeldeure staan wawyd oop, binne is net die leë rakke. Die markplein smeul, plek-plek lek die vlamme nog.

Arnhem ruik na rook en uitgebrande ashoop.

Die honde wat snags so tjank, krap naarstiglik tussen die ruïnes, grou in die hoop vullis by die bakkery.

Aan die begin was die kleintjies, Henk ook, opgewonde oor die avontuur wat voorlê. Nou raak hulle stiller en stiller.

"Ek het nie geweet dit lyk só nie," sê tante Maria verslae.

"Dit maak my bang," fluister Femke.

"Ek dink nou-nou, as ons uit die stad is, sal dit beter wees," praat Mentje hulle moed in.

Sover verloop alles goed. Maar toe sien Mentje die mens aan die oorkant van die pad lê. Sy kyk dadelik weg.

"Wat is dit?" vra Femke.

"Moenie kyk nie."

"Is hy dood?"

"Ja."

"Slaap hy nie net nie?"

In daardie posisie, die kop halfpad van die sypaadjie af, een arm slap onder sy lyf ingevou, bene geknak na binne? "Miskien is jy reg, Femke. Hy slaap seker net."

"Ja, hy slaap beslis." Tevrede ry sy verder.

Hulle gaan verby Parkstraat en Spijkerstraat. Tante Maria kyk nie meer rond nie, haar oë is strak op die pad gerig. Die trane loop oor haar wange, sy vee dit nie weg nie.

"Moet net nie Oosterbeek se kant toe gaan nie," het Tinus gisteraand gesê.

"Nee, nee, ons hoor mos die skote en ontploffings daar. Nee, ons gaan direk Apeldoorn toe. Ek het die pad op die kaart geteken en die bladsy uit die atlas geskeur. Dis in my sloop."

Die kleintjies mog elkeen net een speelding saamgebring het. Willem hou sy beertjie styf teen hom vas. By hom in die fietsmandjie is tante Maria se kosbaarste juwele en al hulle dokumente. Net vir Mentje is daar geen dokumente nie.

Amper verby Velperplein steek Mentje skielik vas. Op die hoek van Steenstraat staan 'n tenk. 'n Hele paar soldate beweeg rond. Hulle lyk doelgerig en gevaarlik.

"Dis 'n Tiger-tenk en Nazi-uniforms," sê Henk sag.

"Ons doen niks verkeerd nie, ons mag vlug." Tante Maria se stem klink vasgeknyp.

"Ons moet vlug, dis hulle bevel," verbeter Mentje. Sy klink heel seker, maar haar hart trek benoud saam. Wat as die soldate haar papiere vra?

Willem begin vreeslik hoes, kliphard.

Een van die soldate draai sy kop na hulle. Kom, kom, kom, beduie hy ongeduldig. "Waarom is julle nie reeds uit die stad nie? Toe, beweeg, beweeg!"

Hulle trek hul rûe in en beweeg so gou moontlik verby. Die hele blokkade is opgestel om te sorg dat inwoners nie kan terugkom in Arnhem in nie, sien Mentje. Haar hart klop steeds benoud.

Uiteindelik is hulle in Apeldoornseweg aan die buitewyke van die stad.

"My bene is lam," kla Femke.

"Ja, ons moet rus," hyg tante Maria. Die sweet tap haar af.

Henk wys: "Daar, in die koelte van die boom."

Mentje gaan lê op haar rug op die gras. Bokant haar maak die boom se takke kantpatrone teen die dik wolke in die lug. Amper soos in die Pas-Opkamp. Sy wonder hoe dit gaan met Han en Bart en die ander. Miskien, wanneer hulle by die plaas is, kan sy uitvind by die advokaat. En as hy nie daar is nie, by meneer Vos of meneer Karstens.

Tante Maria tel vir Willem uit die mandjie. "Ons gaan dit nooit maak nie," sug sy.

"Ja, ons gaan," antwoord Mentje waar sy op die naat van haar rug lê. "Die ergste is verby, ons is veilig uit die stad. Vandag hoef ons net tot by Terlet te vorder."

Tante Maria frons. "Terlet? Dis nêrens."

"Dis 'n begin."

Maar hulle vorder stadig. Vliegtuie dreun laag oor hulle koppe, swaargelaaide weermagvoertuie kom van voor, 'n peloton Nazi-soldate marsjeer by hulle verby. Elke nou en dan moet hulle heeltemal uit die pad vir die weermagvoertuie en beland hulle in die modder langs die pad.

Daarby is die pad in 'n vreeslike slegte toestand. Stukkend gery, voos geskiet.

Teen die middag is hulle doodmoeg en baie honger. Die ongewone oefening, die vorige nag se min slaap en die enkele aartappels as enigste kos eis sy tol.

"Miskien kry ons 'n plaashuis waar die boer vir ons iets te ete sal gee," sê Mentje hoopvol.

Tante Maria skud haar kop. "Alles is verlate. Hier is geen mense oor nie."

"As ons 'n huis vind, sal ek gaan aartappels soek," probeer Henk sy honger wegpraat. "En wortels, uie, miskien hoendereiers of 'n hoender wat ons kan doodmaak en eet."

Hoender doodmaak en eet? Sommer so maklik?

"Hoe ver is Terlet nog?" vra Henk.

"Ek weet nie."

"Kyk op jou kaart, stupid."

Gmf! "Hoe moet ek uitwerk as ek nie eens weet waar ons nou is nie, stupid!"

"Ag nee, Mentje, dis nou totaal onnodig," sê tante Maria.

Toe word Mentje regtig kwaad. Genoeg is genoeg. Sy prop die kaart in tante Maria se hande. "Nou werk Tante dan maar uit waar is ons!" roep sy uit en bly voor haar tante staan.

"Kind?"

Mentje swaai om en loop sommer 'n koers in. Haar hande bewe. Jammer, Here, ek weet ek moet respek hê. Maar as U saam met hierdie tante moes vlug, sou U dalk ook gesukkel het. Bedorwe stadseuntjie en sy hopelose ma. Gmf.

Laatmiddag sien Mentje 'n stal naby die pad. "Ons kan dalk in die stal oornag," stel sy voor.

"In die stal?" Tante Maria se gesig trek op 'n plooi.

Mentje bly kalm. "Jesus se ouers het in 'n stal geslaap. Dis waar Hy gebore is."

Maar Henk het hom reeds skoon uit die Bybel uit vererg vir sy ma. "Waar anders wil Ma slaap? Onder 'n boom?"

"Jy raak astrant, mannetjie. As jou pa hier was ..."

"Pa is dood en ek wens Ma wil ophou kla oor alles. Dink wat Ma kan doen en doen dit dan." Henk se houding is uiters uitdagend.

Sjoe. Vandag het almal se senuwees redelik rou geskuur.

In die stal is reeds vlugtelinge: 'n middeljarige vrou, haar bejaarde moeder en haar seun. Van Leeuwen is hul van. Hulle is twee dae gelede reeds uit Arnhem weg, maar vorder baie stadig.

Dis vreemd, dink Mentje. Die ou tannie loop bitter moeilik, maar die seun is eintlik al 'n jongman. Hy en sy ma lyk sterk en gesond.

"Ek vrek van die honger. Nou gaan ek kos soek." Henk is by die staldeur uit voor enigiemand iets kan sê.

Femke draf vinnig agterna.

"Hulle gaan niks vind nie," sê mevrou Van Leeuwen. "Ons was vroeg al hier, ek het oral gesoek."

Mentje en tante Maria probeer in die een hoek met hulle hande strooi bymekaarhark om die komberse vir die nag op oop te sprei. Tante Maria trap fyntjies en krap-krap versigtig in die strooi. Eintlik kry sy min reg. Henk het eenmaal vertel sy was 'n stadsmeisie van Nijmegen, haar pa was 'n mediese dokter daar.

Mentje pak die kastrol, die mes en teelepel, die enkele koppie en die twee borde uit.

"Jy het aan alles gedink," sê tante Maria verbaas.

Die jongman is vreemd. Miskien is hy siek, dink Mentje

later. Sy oë staan wildgeskrik in sy kop en soms sit hy net inmekaargevou en ruk vorentoe en agtertoe, vorentoe en agtertoe.

"Dis hoe Klaas is, vandat my man dood is," verduidelik mevrou Van Leeuwen fluisterend. "'n Bom het langs hom ontplof, dit het sy pa uitmekaargeruk. Van toe af is hy geskrik."

"Ek het gewonder of hy siek is," sê Mentje verskonend. Sy voel baie sleg dat sy so gestaar het.

"Nee, nie siek nie, net geskrik. Maar hy word vinnig beter."

Dit is seker baie moeilik om die hele tyd so bang te wees. "Wanneer het dit gebeur?"

"1940, met die inval. Hy was toe veertien jaar oud."

Vier jaar, en hy lyk só? Sal hy ooit lank genoeg lewe om gesond te word?

Die arme man.

Net voor donker is Henk en Femke terug.

"Eiers gevind!" jubel Femke.

"Eiers? Baie mooi, Mamma is regtig trots op jou."

Maar Mentje ruik lont. Sy het nog nêrens hoenders gehoor nie. "Waar het jy die eiers gevind?"

"In die hoenderhok net hier agter."

"Is daar hoenders in die hok?"

Femke skud haar kop. "Net eiers."

"Dan is dit dalk oud. Ons moet dit eers toets."

"Toets? Hoe?" frons tante Maria.

"Breek dit oop in die koppie. Nee! Net nie hier nie!" keer Mentje vir 'n vale. "Dis sal ons uit ons slaapplek uit stink."

Tante Maria stap na buite met die eiers en die koppie. Die volgende oomblik tref die stank hulle.

"Is my ma heeltemal stupid om net buite die deur te staan?" roep Henk verontwaardig uit. "Nou is ons buitendien uit ons slaapplek uit gestink."

Vanuit hulle hoek roep mevrou Van Leeuwen: "Gooi gou grond op! Gou!"

Mentje en Henk skep hande vol grond.

Femke kom help ook. "Oe, ek gaan naar word!"

"Net nie hier nie. Net nie bo-oor my nie." Henk spring benoud uit die pad.

Eenkant staan tante Maria verslae en toekyk, verwilderd geskrik. "Ek is jammer. Ek is jammer."

Binne sit die jongman in die hoekie opgekrul, hy huil saggies.

Sy ma hou haar arms om hom en streel paaiend oor sy hare. "Toemaar, boetie, toemaar, hoor? Mamma weet jy het geskrik vir die lawaai. Maar dis niks. Dit was net 'n vrot eier."

Henk het ook vier groot rape gevind. Hy maak 'n pieperige vuurtjie van stokke.

"Is rape dan nie perdekos nie?" vra Femke.

"Mense kan dit ook eet."

Mentje het nooit aan sout gedink nie. Die rape is byna oneetbaar, maar dit stil die ergste honger. Môre moet ons ordentlike kos kry, dink Mentje. Maar sy is te moeg om te dink. Sy raak byna dadelik aan die slaap.

Êrens diep in die nag bars 'n donderstorm buite los. Toe 'n bliksemstraal deur die lug knal, breek 'n dierlike brul uit die jongman los.

"Kom help my, hou hom vas, hy gaan weghardloop," pleit sy ma vir hulp.

Henk en Mentje vlieg op en help vashou. Die mevrou

hou hom so styf moontlik teen haar en probeer hom kalmeer. Die jongman bewe onbedaarlik en huil soos 'n kind.

Die arme vrou.

Vandag gaan ons nie Beekbergen haal nie, besef Mentje toe die fyn motreën weer sterker begin val en hulle vir die hoeveelste keer uit die pad die modder in geboender word. Almal is moeg en honger, die fietse se bande begin probleme gee, die entoesiasme van die eerste dag is weg. Mentje se klompe begin haar tone al erger knyp. Wanneer hulle op die plaas kom, sal sy vir oom Bram vra om vir haar nuwe klompe te maak.

Hulle het vanoggend redelik positief opgestaan, want tante Maria het onthou van 'n kliënt van oom Jak by wie hulle 'n keer of wat oorgeslaap het. "Hulle woon in Dorpstraat. Die nommer kan ek nie onthou nie, maar ek sal die huis herken. Gawe mense, hulle sal ons help."

As hulle daar is, het Mentje stil gedink.

Maar toe begin die gesukkel om die bejaarde tannie in die bak voor op mevrou Van Leeuwen se fiets te kry. Die jongman hou die fiets stewig vas terwyl mevrou Van Leeuwen en tante Maria die oumatjie oplig en intel. Gelukkig staan Mentje en Henk naby, want toe 'n vliegtuig laag oor hulle koppe verbyswiep, los die jongman alles en storm terug die stal in. Henk spring eerste vorentoe en gryp die fiets. Mentje is 'n halwe oomblik later by, tante Maria en mevrou Van Leeuwen kry hulle balans terug en lanseer die bejaarde dame skeefskeef in die bak. Haar dun bene met die swart kouse en die toerygskoene hang oopgesper oor die rand van die fietsbak, haar lang rok opgetrek tot bo haar knieë.

Die oumatjie is deurmekaar geskrik. "Laat my hier, dit is 'n lekker huis," huil sy en skarrel om af te klim.

Henk en Mentje hou so al wat hulle kan.

"Sy raak in die laaste jaar met tye heeltemal deurmekaar," sug mevrou Van Leeuwen. "Maria, sal jy haar probeer kalmeer? Ek wil gaan kyk of ek my seun uit die stal en op sy fiets kan kry."

Uiteindelik het hulle weggery. Mevrou Van Leeuwen het sterk getrap met haar frisse bene, die jongman met 'n volgestapelde fietswaentjie het op haar hakke gebly. Hulle het redelik gevorder oor die modderige plaaspad en regs gedraai Beekbergen toe.

Mentje het hulle dopgehou tot hulle om die draai verdwyn. Hulle sou vinnig kon beweeg, tot die eerste vliegtuig of pantserwa verskyn. En daarna, as daar niemand is om te help nie?

Die arme, arme mevrou Van Leeuwen.

Deur die oggend sak die reën elke nou en dan uit. Nooit sterk reën nie, maar alles word nat. Teen die middag hou die reën op, maar die wolke bly.

"Ek is so vreeslik honger," kla Ilonka.

By die eerste plaashek draai hulle in. Dis lank voor sonsak, maar hulle kan nie meer nie. Ook Henk lyk bleek van die honger.

'n Norse man en sy ewe bot vrou maak die voordeur oop. Hulle kyk afkeurend na die string kinders.

"Julle bedel seker slaapplek, dis wat almal soek. Ons kan vir julle die buitekamer gee, maar net vir een nag." Hy wys na 'n tweede deur verder af op die smal stoepie.

"Baie dankie, Meneer," sê Mentje met haar mooiste glimlag.

Dit maak geen indruk op die twee mense voor haar nie. Oor hulle gesigte staan dit duidelik geskryf: Ons wens julle stroom lastige vlugtelinge wil nou end kry sodat ons met ons lewe kan aangaan.

"En kos?" waag Henk. "Meneer, ons het gister laas geëet."

Die nors man se gesig bly dieselfde, die vrou se oë bly koel en onpersoonlik.

"Ons het self min kos. Ons kan nie aan 'n ieder en 'n elk wat hier kom bedel, kos uitdeel nie. En julle karring nie hier in my tuin en rondom die hoenderhokke rond nie, verstaan?" Daarmee stoot hy die voordeur in hulle gesigte toe.

Die groepie bly verslae staan.

Femke begin saggies huil. "Ek is so honger."

Tante Maria se kop sak vooroor in haar hande. "Here, wat nou?"

Die buitekamer is klein met twee katels en 'n tafeltjie tussenin. Growwe komberse lê oor die kaal matrasse.

Henk begin die beddegoed loswoel. "Dis nat."

"Gelukkig is hier droë komberse." Iemand moet tog positief bly, dink Mentje, of hoe? "Kom ons probeer die nat goed oopsprei."

Alles is nat, die onderste goed darem minder as die boonstes.

Tante Maria help uitpak en oopgooi, maar sy sê nie 'n woord nie. Dis ongemaklik stil in die kamer, niemand praat eens oor die honger nie. Dink die tante dis my skuld dat ons in hierdie moeilikheid is? wonder Mentje skuldig. Dit was haar voorstel om plaas toe te kom. Tante Maria het gesê dis te ver, maar sy wat Mentje is, sou enigiets doen om weer by hulle plaas te kom.

Gaan hulle ooit die plaas haal? En waar kry hulle kos? Sy het regtig gedink langs die pad sou meer boere wees wat hulle kon help. Maar dit lyk of almal en alles reeds gevlug het. Noord.

Toe die belangrikste goed op 'n manier oopgegooi is oor die omgeboude kruiwa en die kinderwa, sommige op die vloer, loop tante Maria uit en trek die deur agter haar toe. Mentje en Henk kyk na mekaar. Wat nou?

Ná 'n rukkie vra Willem: "Waar's Mamma?"

"Sy kom nou-nou," antwoord Henk heel oortuigend.

"Ek dink sy het gaan kos haal," besluit Ilonka. Sy sit poedelkaal op die een bed, die kombers om haar gedraai. Die reën moes by haar reënjas se nek ingekom het, want die res van hulle is redelik droog.

Femke knik. "Anders sal ek doodgaan van die honger."

Weer kyk Henk en Mentje na mekaar. By hierdie nors man wat duidelik gesê het hulle kan nie vir elke bedelaar kos gee nie?

Dit neem lank vir tante Maria om terug te kom.

Uiteindelik gaan die deur weer oop. In tante Maria se hande is 'n mandjie. Sy keer die mandjie versigtig op die skoon bed uit en stap haastig weer na buite. "Ek moet dadelik die mandjie gaan teruggee."

Op die bed lê tien yslike aartappels, ses eiers en 'n klompie tamaties. Almal staar na die kos.

"Hoe op aarde het sy dit reggekry?" vra Henk byna verslae.

Binne oomblikke is tante Maria terug met 'n emalje-emmertjie in haar hande. "Dikmelk. Ons kan die kannetjie môre gewas teruggee voor ons gaan."

"Ma?" Henk is steeds verstom. "Hoe het Ma dit reggekry?"

Tante Maria antwoord nie dadelik nie. Sy tel die een tamatie op en vryf dit sag met haar vingers. Eindelik sê sy: "Hulle het die pêrels gevat."

"Ma se string pêrels?"

Sy draai weg. "Hulle wou nie geld vat nie."

Mentje het al haar moed bymekaargeskraap en die vrou gaan vra of sy die kos op een hoek van haar stoof mag kook.

Wonder bo wonder het die vrou toegestem. "Ja, kook tog maar. Moet net nie aan iets raak nie."

Daardie nag slaap hulle goed, knus teen mekaar en warm onder die growwe komberse.

Net nadat hulle die enkele kers doodgeblaas het, met die plaasgeur van die smeulende kerspit nog diep in haar longe, het Mentje gesê: "Dit was 'n baie dapper ding wat Tante gedoen het. Dankie."

Dis lank stil.

Toe antwoord tante Maria sag vanuit die donker: "Ek kon nie die pêrels vir my kinders gee om te eet nie. Ek weet Jak sou verstaan het."

Beekbergen lê nader as wat hulle gedink het. Die reën het genadiglik opgehou, hoewel die wolke dik en dreigend oor hulle bly hang. Hulle vind Dorpstraat rondom middagete. Tante Maria herken die huis en klop aan.

Stilte.

Sy klop weer.

Almal wag. Ná 'n paar oomblikke sê Henk: "Hier is niemand. Ek sal omloop en agter kyk."

Uiteindelik kry Henk dit reg om redelik ongeskonde deur die stukkende agterruit te klim en die raam groot oop te skuif. Net sy hemp het 'n skeur agter en sy rug 'n effense krapmerk.

Dit lyk asof die huis 'n dag of drie gelede ontruim is. Maar hier is genoeg beddens en in een van die kaste vind hulle heelwat linne en komberse. Hulle soektog na kos lewer niks op nie.

Ook Henk kom rapporteer: "Hulle het geen groente in hul tuin nie, net blomme, kan jy glo?"

"Ons het ook net blomme," sê Femke.

"Dit maak nie saak nie, Henk," probeer Mentje troos. "Ons het nog die laaste van die aartappels en drie blikkies sonder etikette."

"Môre kom ons in Apeldoorn aan," sê tante Maria. "Apeldoorn is 'n stad. Daar sal versorging vir vlugtelinge wees."

Tante Maria is reg: Apeldoorn is inderdaad 'n stad. Ná die tweede navraag weet hulle waar die versorging is.

"Ja, ons kan vir julle basiese huisvesting gee," sê die man by die kerk. "Waarheen is julle op pad?"

"Vierhouten," antwoord Mentje dadelik.

Die man krap sy kop. "Dit gaan 'n moeilike tog met julle pakkasie oor die nat paaie wees."

"Ek ken die pad," verseker Mentje, hoewel sy dit net op papier ken.

"Hoe lank wil julle oorstaan?"

"Net een nag, dankie."

Maar tante Maria skud haar kop. "Klein Willem is koorsig vandag. Ons is almal moeg en dis 'n moeilike tog wat voorlê. Twee nagte, asseblief, Meneer."

Hy neem hulle na 'n plasie net buite Apeldoorn. Die boervrou gee vir hulle 'n kamer met drie beddens.

"Ons sal regkom, dankie, Mevrou," sê Mentje vinnig.

"Wil julle iets hê om te eet?"

"Asseblief." Dis 'n koor van stemme wat antwoord, Henk se stem beslis die hardste.

Sy skep vir hulle elkeen 'n kommetjie sop in. Die sop is

dik en erg vetterig, maar hulle smul heerlik. Net Ilonka en natuurlik klein Willem neem nie 'n tweede bakkie sop nie.

Die volgende dag help die boer vir Henk om die fietse se wiele weer te lap en styf te pomp. "Julle is baie gelukkig om nog bande op julle wiele te hê."

Henk glimlag trots. "My pa het ons fietse goed weggesteek."

Vroegmiddag gaan sit Mentje onder 'n boom en haal haar *De kleine Johannes* uit. Sy wou laas nie verder lees oor die stad en die sterftes en die kerkhof nie. Maar nou wil sy tog uitvind hoe dit met klein Johannes gaan. Ek het ontsnap uit die stad en al die mense wat doodgaan, wil sy vir hom sê. Ek gaan nou terug na ons huis toe en daar gaan ek vir my pa wag. Sy wens Johannes wil ook teruggaan na sy pa toe, soos die Verlore Seun in die Bybel.

Maar toe sy kom waar klein Johannes sy eie dooie liggaam in die graf sien, ril sy tot in haar tone. Nee, jiggie, nou word die boek grillerig. Geen wonder klein Johannes het flou geval nie! Sy gaan nie verder lees nie.

Teen die aand bring die boervrou vir hulle 'n papiersakkie kamer toe. "Julle het gesê julle wil vroegoggend vertrek. Ek het vir julle brood gebring vir die pad, ook gekookte eiers en kaas. En hier is 'n bottel melk."

Tante Maria is oorstelp. "U is baie goed vir ons." Sy tel die sakkie met dokumente op en trek enkele note uit. "Ek sal u graag betaal vir die kos en huisvesting."

Maar die boervrou lag en vou haar growwe hande om tante Maria se fyn vingers. "My liewe mens, bêre. Die Bybel leer ons mos om te doen wat Jesus sou gedoen het. Belowe my net een ding: As julle ná die bevryding teruggaan Arnhem toe, kom bly julle weer hier oor."

Laat in die nag wonder Mentje of die Here Jesus *De klei-*

ne Johannes sou gelees het. Want dit voel vir haar bietjie soos sonde, daardie stuk van Johannes wat sy eie dooie liggaam in die graf sien.

Maar sy is nie seker nie.

Hoe hard hulle ook al probeer het, teen die middag van die sesde dag is hulle nog nie naby die plaas nie. Die ongeteerde pad loop deur 'n digbeboste gebied. Hulle ploeter voort deur dik modder, glibberig en vol diepgetrapte spore van plaaslike boere en vlugtelinge. Plek-plek beland hulle in die mis van die baie perdewaentjies wat deesdae gebruik word. Die fietswiele en hulle skoene raak swaarder en swaarder aangepak van die kleierige modder. Afkrap help nie, dit pak binne treë weer net so dik aan.

Die babawaentjie stoot ondenkbaar moeilik. Mentje draai later om en trek die ding soos 'n perd 'n wa trek. Maar haar klompe se hakke bly kap-kap teen die waentjiewiele.

Almal beur gly-gly voort, van ry is daar geen sprake nie. Femke is elke nou en dan in trane, Ilonka is onmoontlik moeilik omdat sy moet stap. Sy gooi haar in die modder neer en weier om een tree verder te loop. Henk is dikbek gesukkel om sy fiets en swaar waentjie deur die modder gestoot te kry. Willem is woelig in sy mandjie en tante Maria ek-kan-nie-meer-nie en ons-gaan-dit-nooit-maak-nie elke nou en dan.

Net Mentje se hart is ligter as ooit. Vir die eerste keer is sy bly oor haar klompe. In hierdie sopnat en modderige Nederland is dit die slimste, slimste skoene. En hierdie groen boswêreld is haar wêreld, nie die stad met sy knellende geboue en baie mense nie.

Waar die teerpad geëindig het, het haar wêreld begin.

Net voor Gortel vind hulle onderdak by 'n stil vrou met

ses nuuskierige kinders en 'n baie nors man. Hy is geensins beïndruk met nog ses mense vir aandete nie.

Vroeg die volgende oggend vertrek hulle. Die boer is reeds weg om te gaan melk.

Die vrou stop hulle 'n sakkie met aartappels en ses eiers in die hand. "Jammer, dis al wat ek kan gee." Sy kyk oor haar skouer stal se kant toe.

Tante Maria vroetel in haar sak en haal 'n paar muntstukke uit. "Baie dankie vir jou gasvryheid."

Die vrou neem dit en bondel dit oorhaastig onder haar voorskoot in. "Dankie." Toe draai sy om en stap vinnig terug huis toe.

Die bome word digter as gister, die pad natter en modderiger.

Die kos wat sy gegee het, is rou.

Die groepie vlugtelinge is stil gesukkel, te moeg om te kla of te praat.

Laatmiddag van die sewende dag beweeg hulle deur Vierhouten.

Uiteindelik kom hulle op die plaas aan, sielsmoeg, swak van die honger.

Mentje loop voor, die laaste entjie hardloop sy, die kinderwa bonsend en ruk-ruk voor haar uit. Sy gaan staan reg voor die toe staldeure en streel liefderik oor die growwe hout. Die trane stroom oor haar wange.

Toe sak sy op haar knieë neer. "Dankie, dankie, dankie, Liewe Heer, Almagtige Vader, dat U my weer huis toe gebring het."

Vyf en twintig

In die stal is geen koeie meer nie. Die hoenderhokke is leeg. Die huis is deurmekaar, uitgepluk, deurgesoek.

In Mentje begin die teleurstelling opbou. Niks is meer dieselfde nie.

Tante Maria staan verslae in die middel van die sitkamer. Sy kyk om haar rond, takseer alles: die lei en griffel aan die lang spyker langs die koskas, die ronde tafeltjie, die wit-en-blou teëls agter die stoof. Sy kyk na die groot prent van "De brede en de smalle weg", die stil koekoekhorlosie, Mamma se ABC-borduurwerk. "Is dit waar jou ma en pa gewoon het?"

Mentje sê niks. Sy maak die bek van die stoof oop. Die houtmandjie langs die stoof het steeds hout in, hout wat Pappa self gekap het. Toe sy buk en 'n hand vol fyn houtjies optel, moet sy veg teen die trane.

"Waar is die badkamer?"

As ek nou antwoord, gaan ek begin huil, besef Mentje terwyl sy die vuur pak, stompie vir stompie, netjies die regte grootte gekap. Pappa?

Dink oor ander dinge, een van die dae is Pappa terug.

Sal Henk dit ooit regkry om só te kap?

Die draadloos is weg, het sy die eerste oomblik al gesien. Die tafeldoek lê op 'n hoop eenkant gegooi.

"Kind, ek praat met jou."

Mentje kom regop, lig haar ken en kyk haar tante reg in die oë. "Ja. Dis die huis waarin ek en my pa gewoon het. My ma is elf jaar gelede al dood. En hier is geen badkamer nie."

Gesê. Dankie.

Sy vind die vuurhoutjies waar Pappa dit altyd gebêre het en steek die vuur aan. Toe die stompe mooi brand, kyk sy waar die ketel is. Dis ook weg, nêrens nie. Gekonfiskeer.

Tante Maria kom uit die slaapkamer. "Hier is net een slaapkamer?"

"Ja." Mentje vind darem die twee kastrolle. Ons sal eers moet gaan water pomp, besef sy.

"Die badkamer? Asseblief, ek moet ..."

"Ons was in die skottel. Die kleinhuisie is buite, agter die hoenderhokke." Kortaf. So 'n ondankbare mens. Gmf.

Tante Maria lyk meer en meer verlore. "Maar in die nag?"

"Daar is twee kamerpotte onder die beddens."

"Kind?" Tante Maria se twee hande is voor haar mond saamgeslaan. "Waar gaan almal slaap? Ons het hier kom woon, tydelik. Dis nie net vir een nag nie."

Mentje sug. Dis seker waar.

Oopkop dink, sê sy vir haarself. Almal kan nie nag ná nag op Pappa se groot bed en haar smal bedjie slaap nie, tante Maria is reg. "Op die solder," antwoord sy sonder om regtig te weet of dit kan werk. "Kom, ek gaan wys vir Tante waar ons kleinhuisie is."

Halfpad deur die stal sê haar tante: "Net 'n deur tussen die huis en die koeistal? Alles een gebou?"

"Die stoof is teen die muur tussenin gebou. Só hou dit in die winter die huis lekker warm vir die mense en die stal vir die diere."

By die staldeur sê tante Maria: "Hier is geen diere nie." Haar stem klink moeg en oud.

Dis deel van haar hartseer. Pappa se koeie? Hy was trots op sy spannetjie. Nou is hulle weg. "Nee. Die Nazi's het seker alles gevat. Daar is die kleinhuisie," wys sy die geboutjie.

Terug in die stal klim Mentje vinnig teen die leertjie op en stoot die swaar baal effe eenkant toe. Dis reeds redelik donker, maar sy sien tog alles is onaangeraak. Hulle sal dit kan gebruik. "Henk, Femke, kom help, asseblief," roep sy na buite.

Haar neef en niggie kom deur die skemer aangehardloop van die groentetuin af, Ilonka agterna. 'n Mens sou nooit kon raai hulle was nou-nou nog so moeg nie. Mentje haal die emmer uit die plek waar Pappa dit sedert die begin van die oorlog versteek gehou het en wys vir Femke hoe om te pomp. "Spoel net eers die emmer uit, dis lanklaas gebruik. Henk, kom ons gaan organiseer die slaapplek."

Saam besluit hulle Mentje, Henk en Femke sal op die solder slaap, tante Maria en die kleintjies in die kamer. Hulle verskuif die Joodse seuntjie se matrassie na Mentje se bed vir Ilonka en sleep Mentje se matras op solder toe vir Henk. Die Jode se groter matras deel Mentje en Femke. Hulle gooi hul eie beddegoed sommer bo-oor die Friedmans se komberse.

Henk dra die swaar emmer water terug kombuis toe.

"Dis lekker hier," glimlag Femke breed.

Mentje gaan haal die Friedmans se ketel op die solder en sit water op die stoof. Ook albei kastrolle vol water gaan stoof toe vir later se skottelgoed en lywe was. "Ons moet opskud, dit is nou-nou pikdonker," sê sy en steek 'n kers aan.

"Dis alles so lekker," hou Femke aan sê.

Maar Mentje se hart bly seer. Die huis voel nie regtig soos huis nie. Nie soos sy gedink het dit sal wees nie.

Ilonka is bitter ontevrede, soos altyd. "Hoekom moet ek net altyd by Mamma bly? Hoekom mag Femke altyd alles doen en ek nie?"

En tante Maria bly verslae. "Julle kan mos nie op die solder in die stal slaap nie?"

Kalm bly, sê Mentje vir haarself. "Daar het al mense gewoon, maande lank. 'n Pa, 'n ma en twee kinders."

Henk trek sy asem skerp in. "Die Jode vir wie jou pa gehelp het?"

Sy antwoord nie.

"Môre, wanneer dit lig is, moet Mamma ons huisie kom kyk," nooi Femke steeds met 'n glimlag.

Dit laat Ilonka van voor af kerm en skree.

Al agt die aartappels en die ses eiers beland in die pot. "Môre sal ons nog kos kan kry," belowe Mentje. "Die plaas het altyd kos."

Nadat hulle geëet en gewas het, gaan almal slaap. "Nee, ons kan nie 'n kers opneem boontoe nie, dit kan 'n brand veroorsaak," keer sy toe Henk vir hulle ook 'n kers wil aansteek.

Voel-voel klouter hulle teen die leertjie op en vind hulle matrasse.

"Hoe het die Jode dan in die aande gesien?" vra Henk.

"Moenie hulle Jode noem nie, dis gevaarlik. Sê net mense."

"Ja, maar ..."

"Hulle het 'n lantern gehad. Ek sal môre kyk of hier nog lampolie is."

"Môre gaan ek ons huisie mooi skoonmaak," besluit Femke. "Mentje, dis baie, baie lekker hier op die plaas."

"Ek het baie planne vir môre," sê Henk.

Maar toe is hulle te moeg om verder te praat.

Gewoonlik lyk dinge beter in die oggend.

Maar vandag is anders. Vroeg al is Mentje en Henk in die groentetuin. Vir meer as 'n jaar het niemand saad in die beddings geplant nie. Dit wat moontlik self hier opgeskiet het, is gestroop. Henk grou darem enkele patetiese aartappels uit, Mentje vind 'n raap en 'n paar uie.

"Hier kry ek 'n pampoen!" roep Femke, wat intussen ook wakker geword het, opgewonde uit.

Die vrugtebome is tot op reikafstand kaal gepluk.

Henk buk en sukkel sy skoenrieme los. "Simpel skoene," brom hy en begin klouter. Hoër op vind hy heelwat ryp appels en pere. Hy gooi dit van bo af.

Mentje vang en Femke hardloop om 'n mandjie te gaan haal. Toe sy uitkom, streep Ilonka en klein Willem agterna.

"Kom ons gaan maak kos, ek is honger," sê Henk terwyl hulle heerlik weglê aan die vrugte.

Tante Maria staan in die leefvertrek. Selfs sy lyk bly oor die vrugte.

Maar tante Maria is 'n stadsmens, nie gewoond aan die plaaslewe van vuurmaak, water pomp en op die stoof warm maak nie. Die ergste vir haar, dit sien Mentje hoe verder die dag vorder, bly die kleinhuisie.

Henk moet selfs keer dat sy saam met hom gaan om te sorg dat hy nie inval nie. "Liewe aarde, Ma!" roep hy verontwaardig uit.

Hulle pluk 'n ekstra mandjie halfvol pere en appels.

"Dis vir ta Lenie-hulle, ons bure," verduidelik Mentje. Sy

begin glimlag. "Hulle is dierbare mense. Ta Lenie het elke jaar vir my 'n trui gebrei voor die winter, serpe en musse ook, selfs sokkies. Ek wil môre daar gaan groet."

Sy sê nie sy wil ook uitvind waar en hoe hulle nog kos kan kry nie. Van appels en pere alleen kan hulle nie leef nie, hulle sal goormaag kry. En die groentetuin gaan nie lank hou nie. Hulle moet plant, maar hoe kry hulle saad, moere?

Die winter lê en wag, dan kom die donker vroeg en die stoof moet dag en nag brand teen die koue. Hout kan hulle in die bos 'n ent agter die weivelde gaan kap, maar hier is geen lampolie meer nie en die kerse is min. Wat gaan hulle doen? Hoe gaan hulle eet?

"Hier is so baie water," sê Femke tydens aandete.

"En kos. Sjoe, dis lekker dik sop," voeg Henk by.

"Dis vir my lekker om in die gras te hardloop," sê Ilonka, en klein Willem apie agterna: "Buite hadloop, buite hadloop."

Net Mentje en tante Maria is stil.

In die nag hoor hulle Willem tot in die solder hoes.

Ta Lenie en oom Bram kan hulle oë nie glo nie.

"Hygend hert, kind, waar kom jy vandaan?"

"Van Arnhem af, ta Lenie. My tannie-hulle woon mos daar. Dit is my nefie en niggies, Henk, Femke en Ilonka." Sy hou aan praat, weg van die jaar tussen haar vlug vanaf die plaas en haar aankoms in Arnhem. Sy en die ander vertel van die toestande in Arnhem.

Femke sluit die gesprek af. "Toe ons net so begin vlug, toe sien ons 'n dooie man. Mentje het gesê hy het net geslaap, maar ek het later gedink hy was dood."

Hulle gesels 'n rukkie oor ander dinge: die bure, hoeveel

mense van die kontrei al in kampe sit, die Nazi's. Oom Bram beweeg moeiliker as toe sy hier weg is, sien Mentje. Hy hou gedurig sy rug vas. En ta Lenie het ook oud geword, meer grond toe begin krom. Arme twee liewe oumense. Wie sal tog vir hulle sorg as hulle nie meer kan nie, so sonder kind of kraai?

Sy moet vra oor kos, miskien kan hulle vir ta Lenie-hulle ook iets koop. Die een ding wat tante Maria wel het, is geld. "Ta Lenie, hoe en waar kan ons kos kry?"

"Tag, dit bly 'n probleem, hoor. Die boere het nie veel oor nadat die Nazi's hulle deel opgeëis het nie. Die winkels ook nie. Oom Bram en ek kom nie meer eintlik daar nie, mos ons perdekarretjie gekom konfiskeer, Poon en al."

"Ai, ta Lenie."

"Julle moet eers koepons in Vierhouten kry. Mens is darem nog geregtig op brood, hawermout, sout, sulke goed. Suiker en koffie is min, kind, min. Die ou skeppie meel? Paeteties. Lekseltjie margarien, so nou en dan. Kind, ons sukkel." Sy gee nog wenke: Gaan vroeg. Nunspeet is beter as Vierhouten. En Bertien se pa lewer nou nog melk.

Mentje skrap haar moed bymekaar: "Ta Lenie, iemand moes vir Pappa verraai het. Hoe anders sou die Nazi's geweet het van die Friedmans?"

Ta Lenie skud haar kop. "Ja, oom Bram en ek praat daaroor. Ons woon die heel naaste en ons het nie eens geweet nie. Kindjie, dis vreeslik."

"Ta Lenie dink nie dit kan dalk Bertien-hulle wees nie?"

Ta Lenie skud haar kop. "Nee, nee, beslis nie. Kyk, dis moeilike mense daardie, veral as bure. Ook nie eintlik kerkmense nie. Maar verraaiers? Nee, nooit. Ons kry melk by hulle, een maal per week in ruil vir 'n gebakte brood. Ek kan vir julle ook bak, as jy vir my die meel en goed kan kry. Ons het nie eintlik iets anders nie. Neute miskien, as julle dit bo uit die bome kan kry."

"Dankie, ta Lenie."

Op ta Lenie-hulle se grond staan twee groot neutebome. Die onderste takke is leeggepluk of gestroop, hoër op hang baie neute. Henk aapklouter in die takke rond, gooi hande vol neute af. Ilonka tel dit een vir een op en gooi alles in die mandjie.

Hulle stap laatmiddag huis toe met hul mandjie vol kos: neute, vars opgeërde aartappels, 'n driekwart brood, die vier eiers versigtig bo-op gepak.

Veral Henk is baie entoesiasties. "Oom Bram sukkel te veel in die tuin. Nou gaan ek hom help, dan kry ons ook van die goed. Die boontjies groei al, hy sê ek moet net stokkies in die bos gaan haal dat ons die ranke kan opbind. Hy het nog ander saad ook. Een van die dae het ons baie kos."

"Ek gaan ook help," sê Femke.

Een van die dae is dit winter, dink Mentje. Saad groei nie oornag nie, en beslis nie in die ysige koue nie. Maar sy sê niks.

Femke kwetter soos 'n vink. "Ons kan weer vir die tannie help. Miskien gee sy weer vir ons brood."

En Ilonka, kermstem: "Wag vir my. Ek is moeg."

Daardie aand het hulle genoeg kos om met vol mae te gaan slaap. Die lekkerste lekker was ta Lenie se brood, selfs al het hulle niks gehad om op te smeer nie. Hulle raak vroeg aan die slaap, moeg gewerskaf.

Net Willem hoes en hoes en sukkel om asem te kry. Tot in die solder ruik Mentje die Vicks soos tante Maria hom probeer help.

Vroegoggend hardloop Mentje ligvoets deur die veld na Bertien-hulle se plaas, Pappa se melkkan in haar hand. Die son is nog lank nie op nie, die hele huis slaap nog. Maar sy weet mos hoe vroeg 'n boer moet opstaan om te melk en hoe vroeg hy met sy perdekarretjie Nunspeet toe vertrek.

Sy steek in die deur van hulle stal vas. Bertien, haar pa en haar ma sit op die melkstoeltjies en melk. Elkeen het 'n emmer tussen die knieë vasgeknyp, langs elkeen staan 'n lantern. Die straaltjies wit melk spuit prrts-prrts, prrts-prrts teen die kant van die emmer vas.

Die bekendheid steek seer dwarsdeur Mentje se hart. Sy bly doodstil staan.

Toe sien hulle haar. Hulle is stomverbaas. En bly. Opreg bly. Selfs die stugge oom Lars.

Die vraag wat seker telkens nog gaan volg: Kindjie? Waar kom jy vandaan? Ons het gedink ...

En haar selfde antwoord: Van Arnhem af. Toe moes ons ontruim.

Eindelik kry sy haar vraag gevra: "Ta Lenie sê ons kan miskien melk by julle koop?"

Dis Bertien se pa wat antwoord: "Toe ek sien wat op De Vries se plaas gebeur het, hoe die soldate julle beeste en hoenders een vir een verminder, het ek vier van julle koeie en 'n paar henne gaan haal. Later het twee self deurgebreek hierheen. Hulle is hier, een koei het selfs gekalf. Bulkalf, ongelukkig, maar ons kan hom in die winter slag. Ek versteek hom in die bos net hier agter as die Nazi's hier aankom."

Mentje se mond val oop. "Oom Lars?"

"Jy kan óf die koeie terugneem óf by my laat wei vir 'n gedeelte van die melk."

Mentje hoef nie eens te dink nie. "Hulle kan hier bly, baie dankie. En die henne."

"Die hoenders lê nie goed deesdae nie, maar ek kan so een maal per week eiers gee," sê Bertien se ma.

Mentje knik.

"Vroeg soggens ry ek Nunspeet toe. Jy moet die melk kom haal voor ek vertrek," reël oom Lars.

"Ek of my nefie sal, dankie, Oom."

Met nog vier eiers in 'n sakkie en haar kannetjie halfvol melk draf sy terug. Dis lekker vars, romerige melk.

Haar hart bokspring oor die gras saam met haar voete. Melk van ons eie, eie koeie. Wel, gedeeltelik, darem.

Voor die res van die huis wakker word, verdeel sy die melk in twee houers. Een houer is vandag se melk, die res moet tot vanaand staan sodat sy die room versigtig kan afskep en in die roomflessie in die koelhok buite bêre. Oor 'n week karring sy vir hulle botter.

Alles het tog nie verander nie. Party dinge is nog net soos dit was. En dit maak haar hartseer-gelukkig.

Toe die son die volgende oggend sy kop bo die bome lig, is hulle reeds op pad Vierhouten toe: Mentje baie ontuis op tante Maria se fiets, Henk ongemaklik op sy oorlede pa se groot fiets en Femke met 'n breë glimlag op Henk se ou fietsie. Agter Henk se fiets is hulle omgeboude waentjie vasgemaak. In almal se sakke is 'n appel vir ontbyt.

Ilonka het vanoggend 'n geweldige keel opgesit toe sy besef sy gaan nie saam nie.

"Ag nee, kind, kyk wat het jy nou weer veroorsaak. Hoekom kan sy nie saamgaan nie?" het tante Maria beskuldigend gevra.

Mentje het haar op daardie oomblik bloedig vererg, skoon verby goeie maniere vererg. "Dis g'n vir die lekkerte wat ons gaan nie. Ons moet gaan kos soek."

As daar net 'n deur was om toe te slaan, sou sy dit ook gedoen het. Maar die staldeur wil nie lekker toeslaan nie.

Nou voel sy bietjie skaam oor haar uitbarsting. Miskien sal sy later vir tante Maria om verskoning vra.

Net miskien. Miskien nie.

Toe hulle drie dae gelede deur Vierhouten plaas toe gery het, was sy totaal moeg en kon net fokus op die pad huis toe. Nou sien sy haar tuisdorp vir die eerste keer werklik weer. Alles lyk nog dieselfde, niks is stukkend geskiet en afgebrand en uitmekaargeplof nie. Net die skool is anders. Daar is geen kinders meer nie, dit is nou vol SS-soldate.

Hulle ry vinnig verby.

Die jong man in die winkel beduie waar hulle koepons moet gaan kry. "Het julle papiere?"

Mentje wys hom tante Maria se permit wat amptelike verlof toestaan dat sy en vier kinders Arnhem mag verlaat. Gestempel en gedateer. "Dit sal reg wees, ja."

Die koepons lewer min probleme, hulle permit word dadelik aanvaar. Koepons vir een volwassene en vier kinders, ouderdomme nege, ses, vier en twee. Vir Willem kry hulle onder andere 'n koepon vir poeiermelk.

Maar die winkels het byna niks op hulle rakke nie. Agter op hulle fietswaentjie is poeiermelk, enkele blikkies sonder etikette, 'n pakkie droëbone, hawermout en 'n blok vet. Ook 'n koek wasseep, vier kerse en een buis tandepasta. Ta Lenie kry die skoonmaakgoed, vet, rys en blikkies. Van haar versoek vir broodmeel, suurdeeg, suiker, koffie en nog vele benodigdhede het dadels gekom.

Op die plaas haak Henk die waentjie af en pak ta Leniehulle se aankope in die fietsmandjie. "Ek vat vir hulle die goed, dan help ek sommer ook vir oom Bram," roep hy oor sy skouer.

"Vra vir ta Lenie wat ons moet doen met die vet," roep Mentje agterna. "En vra hoe maak mens boontjiesop!"

Vir Femke sê sy: "Kom ons gaan soek uie."

Toe Henk sonsak terugkom, is hy besmeer van kop tot tone. Tante Maria is vies. Wie dink hy gaan sy wasgoed altemit was?

Sy gesig word rooi van woede. "Ek spit my gedaan om saad in die grond te kry, ek dra emmers en emmers water aan om dit nat te lei. Dit alles sodat ons oor drie maande nog kos kan hê. En al wat Ma doen, is kla, kla, kla?" Hy storm weer by die deur uit.

Tante Maria sak op die kombuisstoel neer. Haar kop sak vooroor, die trane loop geluidloos oor haar wange.

Klein Willem staan verslae eenkant, sy beertjie styf in sy arms geklem.

"Tante Maria?"

Sy kyk stadig op, haar bruin oë byna doods. "Ek kan nie meer nie, kind. Ek is so verskriklik moeg. Die vreemdheid, die beknopte huisie, geen badkamer en die kleinhuisie so ver en so walglik. Die bekommernis." Sy sug van diep, diep uit haar siel uit. "Snags maak ek geen oog toe nie. My kind hoes en hoes, hy hyg na asem en gryp benoud na my. En hoe ek ook al probeer, ek kan hom nie help nie."

Die dae val in ritme. Klokslag Sondae gaan hulle kerk toe. As die weer dit enigsins toelaat, stap tante Maria saam. Sy wikkel vir Willem toe in 'n kombers en dra hom al die pad styf teen haar lyf gekoester, haar een hand om sy kop gevou. Willem is 'n klein, maer seuntjie.

Sondae is al wanneer Mentje haar storieboek kan lees.

Sy dink darem nie 'n storie kan sonde wees nie, en sy moet weet of klein Johannes sy pa gekry het. Ook nie meer so klein nie, hoor.

Johannes bly 'n tydjie by Pluizer en dokter Cijfer om te leer. Dit klop, ja, soos sy geleer het by Bart en by dokter Lipmann-Kessel. Maar hy verlang terug na sy jeug en veral na sy pa.

Sy maak 'n oomblik haar oë toe. Daardie deel verstaan sy so, so goed.

Dis laatmiddag toe sy lees hoe neem die twee dokters Johannes terug na sy pa se huis. Mentje voel die opwinding in haar groei, sy beleef dit tot diep in haar.

Maar Johannes se pa lê op sterwe.

Toe gaan hy dood.

Mentje slaan die boek toe en hardloop agterom die stal die veld in. Haar lyf bewe van ontsteltenis. Sy sal nooit weer daarin lees nie. Dit maak nie saak wat verder met Johannes gebeur nie, sy wil nooit weet nie.

Dis die aakligste, aakligste boek wat sy nog ooit in haar hele lewe gelees het.

Dit word Henk se werk om daagliks die melk te gaan haal. Hy en oom Lars kom goed oor die weg.

Wanneer oom Lars iets gedoen wil hê, moet Henk gaan help. Hy skoffel en spit, skrop die melkery skoon, help drade herstel. Op sulke dae bring hy 'n kannetjie van die aandmelk huis toe, altyd met iets ekstra te ete. Dis sy betaling.

Die ander dae gaan hy vir oom Bram en ta Lenie help: kap hout, klouter teen die leer op as die skoorsteen verstop is, maak vuur in die bakoond as iemand broodmeel gekry het. Teen die aand kom hy huis toe met 'n vars brood onder die arm.

Sy pa se fiets is op die solder versteek.

"Daardie fiets gaan gekonfiskeer word," het oom Lars en oom Bram al gewaarsku.

Mentje doen die tuiswerk en kook. Tante Maria begin darem onhandig hand bysit.

Femke help heel flink, leer botter karring ("Stadig, stadig, draai egalig," maan Mentje) en karringmelk maak.

"Wens ons het heuning by die karringmelk gehad," verlang Mentje na die tyd toe sy Femke se ouderdom was. Toe dinge nog anders was.

Minstens een maal per week stap hulle oor om vir ta Lenie te help, meestal met skoonmaak.

Dit word ook Mentje en Femke se werk om Nunspeet toe te ry vir inkopies.

Hulle kom altyd terug met kos: brood, hawermout, 'n sakkie presies afgemete meel, hul deel wit margarien. Een maal per week 'n blokkie harde kaas en 'n blikkie stroop of konfyt. Nou en dan selfs 'n happie vleis wat Mentje by die stamppot inwerk. Varkvleis of 'n stuk varkwors, 'n blik soutvleis, tong, soms maalvleis. Selde koffie of suiker.

Toe een van die winkeliers in Nunspeet lekker warm lap kry, gee tante Maria ekstra geld saam. "Koop genoeg lap vir twee rokkies elk vir die dogtertjies. En vir jou ook maar," voeg sy as nagedagte by.

Terug by die huis, sien Mentje Henk net uit die huis kom met sy handdoek, lyf en klere besmeer. "Vir oom Lars gaan help plant," sê hy tevrede.

Femke pomp vir hom water, hy was hom net daar onder die pomp. Net soos Pappa in die somermaande en die mans in Pas-Opkamp.

"Het julle geweet 'n mens moenie aartappels en uie

langs mekaar plant nie?" gesels hy tussen die wassery deur. "Mens moet iets soos rankboontjies tussenin plant."

Hy vryf sy bolyf vinnig droog met die handdoek en trek sy hemp weer aan. Sy lyf is ribbebeen-maer, sien Mentje, maar sy skouers lyk breër en vierkantiger.

Hy woel sy hare droog en lig sy kop. "Mentje, ek het besluit ek gaan beslis 'n boer word wanneer ek groot is."

Elke nou en dan moet hulle bos toe gaan vir hout. As die weer redelik goed is, neem hulle vir Ilonka saam. Sy gedra haar nogal, te bang sy moet volgende keer tuis bly.

Die bos is 'n entjie agter die groen veld waar die koeie altyd gewei het. 'n Deel van die bos val op hulle grond.

Dis 'n digte bos, maar nie heeltemal so dig soos die bos rondom Pas-Opkamp nie. Femke en Ilonka tel dunner hout op en pak dit netjies in een kruiwa.

Mentje moet vir Henk help met die treksaag. Met 'n groot gesukkel kry hulle twee korter stompe 'n entjie van mekaar af dwars onder die dik stomp in, gaan sit langbeen aan weerskante, trap die dik stomp vas en begin heen en weer trek. Dit lyk baie makliker as wat dit is. Aan die begin het hulle vreeslik gesukkel, maar nou kom hulle al heel goed reg. Dis net 'n mens se rug en skouers wat baie moeg en seer word.

Toe hulle terugstap, sê Femke: "Ilonka en ek dink daar is feetjies in die bos."

"Ek het een gesien," sê Ilonka dadelik.

Henk hoor hulle nie eens nie. "Mentje, jy kan nie glo hoe bly is oom Bram elke keer as ek vir hulle hout neem nie. Ek weet regtig nie hoe hulle ooit klaargekom het sonder my nie. Hulle is so, so oud."

Op 'n reëndag toe Mentje alleen Nunspeet toe ry om kos te koop en by die kliniek Willem se medisyne te kry, gaan loer sy by opa Bakker en tante Cor se huis in Albertlaan in om te groet. Hulle is nie tuis nie, sien sy baie teleurgesteld. Sy grawe 'n potlood uit haar sakkie en skryf sommer agter op ta Lenie se lysie: *Liewe opa Bakker en tante Cor, ons moes uit Arnhem vlug. Ons woon nou weer in ons huis. Ek wou net vinnig kom groet en hoor hoe dit gaan. Mentje.*

Die woorde het sy baie versigtig gekies, 'n mens weet nooit wie vind die lysie nie. Sy stoot dit onderdeur die voordeur en ry met 'n bly hart huis toe. Dis baie jammer hulle was nie daar nie, maar dis lekker dat hulle nou weet sy is veilig hier.

By die huis gaan staan sy dadelik voor die warm stoof. Sy is deurnat en yskoud. 'n Pot sop prut gesellig op die stoof. "Dit ruik heerlik, dankie, tante Maria," sê sy vrolik.

"Ja, dis maar 'n gesukkel," sê die tante en vee die hare oor haar voorkop weg. "Gaan trek vir jou droog aan voor jy ook siek word."

Alles is beter hier op die plaas as in Arnhem. Hier is wel soldate oral in die dorpe se strate, die aandklokreël geld steeds en jou koepons koop nie noodwendig wat jy wil hê nie. Maar hier is geen vliegtuie en fosforbomme nie, geen stukkende vensters waardeur flentergordyne wapper nie en geen Tiger-tenks wat huise aan die brand skiet nie.

Geen dooie mense in die straat nie.

Hier is genoeg kos dat hulle nooit honger gaan slaap nie. Dis miskien nie interessante kos nie, soms net papkookaartappels wat tante Maria tot 'n sop gebrou het, en nare oorlogsbrood. Henk sê wel soms in die aande, wanneer hulle in die donker op hul matrasse lê, die grasdakgeur van die solderdak net bokant hulle, dat hy nou 'n bees kan opvreet. Seuns eet verskriklik baie, soos ruspes wat net aanhou kou en kou tot al die blare aan die boom afgevreet is.

Henk is 'n nuwe mens. Hy werk hard, bedink gedurig beter planne en droom sy eie drome oor die toekoms. "Jy weet, Mentje," begin hy altyd.

Soms is sy verbaas oor alles wat hy uitdink. Soms weet sy dit gaan nie uitwerk nie, maar sy bly eerder stil.

Femke help fluks en vergeet selde een van haar pligte. Terwyl sy fynhout in die bos optel, droom sy van feetjies hoog in die bome tussen die kantfyn blaartjies. Bly so pragtig, moenie groot word nie, wil Mentje soms pleit. Want jy gaan vir Wistik ontmoet, en vir Pluizer en dokter Cijfer. Sy dink niks verder nie.

Net Ilonka bly maar Ilonka. Mentje begin iets verstaan, of so dink sy. Die kind is net vier jaar oud, maar sy word nooit opgetel en getroetel soos haar boetie nie. Niemand luister ooit na haar nie. Sy moet gedurig tuisbly omdat sy regtig stout is. En dit maak haar nog stouter, omdat sy afgeskeep voel.

Altans, dis Mentje se teorie.

Toe Mentje vier jaar oud was en nog vir jare daarna, het sy elke aand op Pappa se skoot gesit wanneer hy uit die Bybel lees. Klaar gelees, sit hy die Bybel op die tafeltjie langs hom neer en vertel haar alles van die Here, want hy ken die Here baie, baie goed. Só het sy ook die Here leer ken, so styf by Pappa, sy growwe klere teen haar wang, sy hart klop-klop onder haar oor, sy groot hand oor haar hele kop gevou, sy harde boerevingers strelend oor haar hare en haar wang.

Dis een van die dinge wat sy die heel beste uit haar kleintyd onthou.

Wat sal Ilonka eendag onthou?

Dit word byna daagliks kouer. Die bome gaan een van die dae hulle mooi geel en rooi en goue blare verloor en kaal teen die koue lug afgeteken staan.

Op die winkelrakke word die produkte minder en minder. Teen November is die koepons ook gesny: minder brood, margarien, meel, gort, minder van alles. Vir koffie is daar nie eens meer 'n koepon nie. Die vleiskoepons kan jy by voorbaat in die vuur gooi, daar is nooit meer vleis nie.

As Henk die dag by oom Lars gewerk het, kom hy gereeld terug met stories. "Oom Lars steek sy draadloos weg in die varkhok," vertel Henk haar baie vertroulik.

Oom Lars 'n draadloos? Sy weet hulle het nooit een gehad nie, dit was een van die goed waaroor Bertien gereeld vies was.

Gewoonlik kom doen Henk verslag oor hoe die Geallieerdes vorder, maar vandag gaan dit oor Nederland. "Oom Lars sê die hele suidelike deel van die Grebbelinie is ontruim, dit is nou Sperrgebiet. Mentje, weet jy waar die Grebbelinie is?"

Sy haal haar skouers op. "Seker maar Arnhem en Oosterbeek. Ons moes ontruim."

In Vierhouten begin ander stories rondloop, agter-die-hand-fluisterstories. "Daar was 'n groot kamp vol Jode in die bos hier reg teen ons, en ons het nooit geweet nie."

Was?

En 'n tweede: "Honderde Jode het daar gebly. In gate onder die grond, soos hase."

Hét daar gebly?

Hulle bly nog daar, wil sy uitroep. En nie soos hase in gate nie! In huisies met tafelkleedjies en prente teen die mure en beddens met matrasse. Mense wat al hulle lief en leed deel en angstig wag op die bevryding.

Toe die stories oor die kamp drie dae later erger word en sy daardie nag nie aan die slaap kan raak van bekommernis nie, besluit sy om by opa Bakker en tante Cor te gaan uitvind wat aangaan.

"Ek gaan 'n entjie stap," kondig sy die volgende oggend aan. Sy voeg vinnig by: "Nee, niemand kom saam nie. Ek wil alleen gaan stap, dis waarvoor ek lus het."

Aan die begin stap sy vinnig om weg te kom van die dogtertjies se verwytende oë. Anderkant Vierhouten loop sy stadiger. Die stap in die koue oggendlug maak haar kop lekker oop.

Tante Cor en opa Bakker is vreeslik bly om haar te sien. "Kindjie, hoe gaan dit met jou?" Sy vou haar arms om Mentje en hou haar styf, styf vas.

Mentje maak haar oë 'n oomblik toe. Tante Cor se lyf is sag en warm teen haar, haar liefde en onvoorwaardelike aanvaarding koesterend rondom haar. Wanneer laas het iemand haar so vasgehou?

Opa Bakker streel oor haar hare. "Onse dapper meisietjie."

Toe tante Cor terugtree, is die arms weg. "Jy lyk goed, net heeltemal te maer. Kry julle genoeg om te eet?"

Mentje knik. "Ja, dankie, tante Cor."

"Nee, wag, kom sit," nooi opa Bakker. "Ek is seker hier moet nog iets te drinke wees. Miskien selfs 'n koekie?"

Tante Cor lag en skink uit die koffiepot eenkant op die stoof. Sy sit een koekie voor Mentje neer. Mentje weet dit is trooskoekies wat versigtig gebêre word vir wie dit nodig het. Opa Bakker en tante Cor kry net koffie.

Mentje vertel hoe dit op die plaas gaan. Sy vertel nie alles nie, dis nie nodig nie.

Toe kan sy nie meer uitstel nie. "Opa Bakker, ek het gehoor die kamp is ontdek, maar niemand weet eintlik hoe dit gebeur het en wat nou aangaan nie. Sal Opa asseblief vir my vertel?"

Opa Bakker se gesig word ernstig en hy knik stadig. "Ja, dis toe ontdek. Op Sondag 29 Oktober."

Mentje snak na haar asem. "Op Bart en tante Cor se verjaardag? Ek het daardie dag aan julle al twee gedink, tante Cor."

Tante Cor glimlag net en knik 'n dankie.

"Op hulle verjaardag, jy is reg. Ons het die oggend nog tuisgebakte koekies kamp toe geneem. Daardie selfde aand word die Pas-Opkamp ontdek deur twee SS'e wat seker die Sondag van diens af was en besluit het om te gaan jag. Hulle loop toevallig in die brandgang tussen Bosvak 1 en Bosvak 2 …"

"Dis die brandgang wat ek elke dag moes oorsteek op pad skool toe." Die ontsteltenis groei groter en groter in haar. Sy is te bang om te vra of almal veilig is.

"Die SS'e hoor toe hoe saag iemand hout en kry dadelik snuf in die neus," gaan opa Bakker voort. "Boswerkers werk mos nie op Sondae nie? het hulle seker gedink. En dit teen skemer? Hulle stap nader, steeds in die brandgang, en dis net toe Eddie Bloemgarten van sy hut se kant af sonder om te kyk oor die brandpad loop om te gaan water haal."

"Eddie? Hy was dan altyd so versigtig? Hy was eintlik soms te bang om die brandpad pomp toe oor te steek."

Opa Bakker trek sy skouers op. "Ja, wel, hierdie keer het hy beslis nie gekyk nie, want die Nazi's moes duidelik sigbaar gewees het toe hy goedsmoeds oorstap."

"Hy kon soms baie ingedagte wees." Dat dit juis Eddie

was wat die fout gemaak het, maak haar baie hartseer. "Wat gebeur toe?"

"Hulle het vir Eddie gevang en ondervra, maar omdat hy baie jonger as sy sestien jaar lyk, het hulle seker gedink hy is net 'n kind en hom laat gaan."

Mentje voel hoe haar keel dik word. "Hy was altyd so bang. Arme ou Eddie, ek dink hy was te verskrik om te antwoord."

"Mens sal seker nooit weet wat presies gebeur het nie. In ieder geval, die Nazi's los toe 'n klompie skote die lug in en skree iets. Volgens Walter het hulle geskree: 'Raus, du Juden, raus, raus!' maar Salvador sê hulle het geskree: 'Heraus mit euch!' Jy sien, Mentje, hulle kon dalk gedink het lede van die Verset of van die Geallieerde vlieëniers duik in die bos onder. Indien dit die geval was, kon dit natuurlik gevaarlik wees om in die bos in te gaan."

"So, hulle het nie geweet dit is Jode wat in die bos onderduik nie?"

"Ons weet nie presies nie. Salvador se storie klink vir my reg, want hulle gaan toe nie self in nie, hoewel hulle gewapen was. Hulle gaan terug na Paasheuwel – dis waar 'n groot Duitse garnisoen gestasioneer is – om versterkings te kry. Dit was die redding van die onderduikers. Toe kon hulle inderhaas vlug."

"Maar ek het gehoor party is ... doodgeskiet?" Eintlik wil sy nie weet nie. Maar sy moet weet, anders slaap sy vannag weer nie.

"Ja." Opa Bakker kyk deur die venster. "Ja, party het nie ontsnap nie."

Nou moet sy vra. "Bart en Han?"

"Veilig. Almal in die Amhut is veilig: Bart en Han, Wim, Flora, Salvador, almal. Ons is nie seker waar almal onderduik nie, maar almal is veilig. Advokaat Von Baumhauer het soos altyd vir die meeste veilige onderdak gevind."

'n Golf van verligting spoel deur Mentje, Han en Bart is veilig, sover. "En Eddie? Walter-hulle?"

"Walter en sy familie is veilig. Hulle is by 'n boer naby Ermelo wat glo hulle is vlugtelinge uit Arnhem. Eddie en sy broer Salvador het ook voorgegee dat hulle vlugtelinge uit Arnhem is en só tydelike skuilplek by 'n boer gekry, nou is hulle na veiligheid verskuif." Opa Bakker neem eers nog 'n slukkie koffie.

Mentje sien dis vir die ou man swaar om te vertel, maar sy moet weet. "Opa Bakker, wie is dood?"

Hy kyk lank en ernstig na haar. "Wil jy regtig weet, Mentje? Dis seer."

"Ek moet weet, Opa. Die wonder oor wie dit was, sal altyd by my bly. Dan bly dit vir altyd seer."

Hy haal diep asem en neem 'n slukkie van sy koue koffie. "Daar was op daardie stadium ses en tagtig inwoners. Tante Cor weet, want sy het die kos presies ingedeel. Agt en sewentig van hulle is veilig."

Agt is dood, werk Mentje vinnig uit. Sy wag.

Die ou man sug. "Die egpaar De Leeuw en hulle seun Johan."

Hulle kan sy glad nie onthou nie. Dit kan wees dat hulle eers in Pas-Opkamp gekom het nadat sy weg is. Goed, dis drie. Sy sê niks nie, sodat opa Bakker verder moet praat.

"Jy onthou vir Oom Max en tante Kaatjie Gompes?"

Oom Max en tante Kaatjie, ja, oorspronklik van Hommelstraat in Arnhem. Oom Max was tog so trots op sy medaljes. Hy het dit gekry omdat hy 'n Nederlandse generaal in Noord-Soematra gered het. Sy het nie geweet waar Noord-Soematra is nie, tot oom Henry vir haar op 'n kaart gewys het – reg aan die anderkant van die aarde. Dit was in 'n oorlog nog voor die Groot Oorlog, onthou Mentje baie duidelik. Tante Kaatjie het aan suikersiekte gely en hulle het baie hard geskinder.

"Ja, Mentje. Vos vertel hulle het twee nagte verlore rondgedwaal, sonder kos of water en tante Kaatjie sonder haar medisyne. Toe het die Landstormers hulle gevang. Tante Kaatjie is oorlede in die kelder van Paasheuwel, oom Max is buite die gebou geskiet."

Mentje maak haar oë 'n oomblik toe. Arme oom Max en tante Kaatjie. Al was hulle baie, baie oud, wil mens nie só doodgaan nie. 'n Mens wil op jou bed lê met 'n sagte kussing onder jou kop. Maar in 'n koue kelder? Of buite wanneer hulle jou skiet?

Sy skud haar kop om die prentjies te probeer uitvee. "Dis vyf mense. En die ander drie, Opa?"

Eers weer 'n slukkie koffie. "Onthou jy vir klein Johnny Meijers?"

Mentje trek haar asem skerp in. "Klein Johnny? Dis hy wat so goed weggekruip het dat niemand hom kon kry nie. Hy was dan pas ses jaar oud? Hulle kon hom mos nie geskiet het nie? Opa Bakker?"

"Hulle het." Hoe verder opa Bakker vertel, hoe swaarder klink sy stem. "Hy en sy pa het teruggedraai om waardevolle goed te gaan haal en is in die kamp deur die Landstormers gevang. Saam met ander is hulle langs Tongerenseweg gefussileer. Ja, ook klein Johnny Meijers."

Hy vertel nie alles nie, dit sien Mentje lankal reeds. Sy wil ook nie alles hoor nie. "En die agtste een, opa Bakker?"

Opa kyk na tante Cor.

Sy vou haar hand oor syne en antwoord: "Oom Henry, Mentje."

Nee! Nie oom Henry nie. Nie die ou oom wat hulle so mooi geleer het nie. Asseblief nie?

"Oom Henry, ja," sê Opa. "Ek is jammer."

Tante Cor het opgestaan. Sy kom staan agter Mentje en sit haar hande op Mentje se skouers.

Nou is opa Bakker se stem byna te dik om te praat. "Oom Henry se maagsweer het weer begin bloei. Ons sou hom die volgende oggend na die Salem-hospitaal in Ermelo neem. Toe die kamp ontdek word en een van die jongmense hom wou help, het hy glo gesê: 'Die Nazi's kom al aan. Daar is min tyd, vlug sonder versuim. Jy het nog jou hele lewe voor jou. Ek is 'n ouman, vir my is daar geen toekoms meer nie'." Opa haal sy dungewaste sakdoek uit en snuit sy neus. "Hy is saam met die ander gefussileer."

Die pad huis toe is lank, want sy loop baie stadig. Sy is dankbaar dat Han en Bart en die ander veilig is. Sy voel jammer vir oom Max en tante Kaatjie, sy is baie jammer klein Johnny het net ses jaar oud geword en kon nooit vry rondhardloop nie.

Maar oom Henry?

Haar hart huil oor oom Henry.

Haar kop onthou alles: oom Henry se kort, vet vingers wat wys in die atlas, die effense beweging van sy hande wanneer hy iets verduidelik het. Sy onthou die ronde brilletjie, die yl haartjies oor sy hele kop, sy stem wat al oud was, steeds slim dinge kon sê. Sy woorde: Ons ouer mense vertrou op julle jeug, soms klou ons aan julle optimisme vas.

Die pad huis toe is nie lank genoeg nie. Toe sy by die staldeur kom, het haar oë nog nie klaar gehuil nie.

Ses en twintig

In die weke voor Kersfees word alles skaarser. Die rye voor die winkels in Nunspeet word langer, die rakke dra minder en minder kos. Die kannetjie melk wat Henk by oom Lars kry, word weekliks kleiner.

"Die koeie gee regtig minder melk, ek weet nie wat gaan met hulle aan nie," frons Henk. "En daar is nie eiers nie, ek het met my eie oë gesien."

Mentje neem die kannetjie. Vanaand sal sy die room afskep. Ook die roomlagie word dunner, hulle sal nie Vrydag botter kan karring nie. "Dis altyd so in die winter," verseker sy hom.

Teen middel Desember kry hulle geen koepons meer vir suiker, hawermout, margarien, konfyt of kaas nie. Die broodrantsoen word gesny, ook die meel tot 'n klein pakkie per week. Ta Lenie sal hoogstens elke tweede week vir hulle 'n brood kan bak. Die kastige vleiskoepons is lankal waardeloos.

Vir die eerste keer gebruik Mentje die week se koepons

vir aartappels: 'n groter sak vir hulle, 'n kleiner sak vir ta Lenie-hulle. Alles word noukeurig afgeweeg, tot op die laaste gram. Klante hou die skaal met valkoë dop, dis darem nie regverdig teenoor ander as een persoon te veel van die skaars voorraad kry nie.

Dis aaklige blusaartappels, dink Mentje terwyl sy en Femke huis toe ry. Sy ken aartappels en Pappa sou hierdie papperige goed vir die beeste gegooi het vir voer.

Henk kom vertel dat dit in die stede baie erger gaan. "Oom Lars sê die draadloos praat van die Hongerwinter in Amsterdam en Rotterdam. Ander plekke ook, ek kan nie onthou watter nie. Daar eet die mense enigiets. Die draadloos het nie gesê nie, maar ek dink selfs rotte."

'n Rilling trek dwarsdeur Mentje se lyf. "Ag nee, jiggie, Henk! Moenie altyd aan die aakligste goed dink nie."

"Wel, as jy wil doodgaan van die honger? Ek sê jou, jy sal 'n rot eet asof dit 'n gebraaide hoender is."

"Hou op!"

"Jiggggg!" roep Femke uit.

"Ag, oukei dan. Julle meisiekinders gril ook vir niks."

Mentje skud haar kop. "Dis verskriklik. Die arme mense."

"Oom Lars sê ook daardie mense het niks meer hout vir die stowe nie en hulle vrek van die koue. Hulle kap nou selfs die deftigste meubels op vir brandhout."

"Die arme, arme mense."

"Ek is baie bly ons woon nou hier op die plaas," sê Femke grootoog.

Henk was reeds besig om uit te stap, toe hy terugdraai. "O ja, ek het amper vergeet. Oom Lars wil met jou praat."

"Met my? Waaroor?"

"Hoe moet ek weet? Hy sê jy moet môre kom."

Diep in die nag hoor Mentje hoe Femke saggies huil. "Femke?"

Die lyfie roer. "Ek het 'n vreeslike droom gehad," fluister sy.

Mentje trek haar nader en hou haar styf vas. "Wil jy vir my vertel wat jy gedroom het?"

Sy voel hoe Femke se kop in haar arm knik. "Ek het gedroom ons is in Arnhem en toe ..."

Mentje streel oor haar wang. "Toemaar, dis net 'n droom. Jy kan die hele droom in woorde uit jou uitpraat, dan gaan die bang weg."

Dis 'n rukkie stil. "Toe gaan jy dood van die honger, Mentje."

Sy voel die droom deur haar eie lyf gaan. En Femke is eintlik nog so klein. "Ek is nog hier, Femke. En ek is baie lewend, ek belowe."

Sy voel die kind effens ontspan. "Ek sal eers doodgaan as ek baie, baie oud is."

Haar niggie oordink die antwoord. "En as jy nie meer kos het nie?"

"Dan braai ek 'n rot."

Sy voel hoe Femke saggies begin lag. "Dit sal jy nooit, nooit doen nie."

"Jy ook nie," lag Mentje saam. Niggies vir altyd.

"Ons moet die bulkalf slag." Oom Lars groet nie, hy kyk nie eens op nie. Prrts-prrts, prrts-prrts, melk hy ritmies voort. "Ek moet hom op stal hou, te koud buite. Raak gevaarlik, die soldate kom daagliks melk haal."

"Dis reg, oom Lars. Wanneer?" hou Mentje ook die gesprek formeel.

"Vanaand." Die soldate kom enige tyd gedurende die dag, verstaan sy, hulle kan nie die kans waag nie.

Bertien se ma melk ook voort terwyl sy praat. "Julle slaap sommer hier en gaan vroegmôre terug."

Mentje dink vinnig. "Dankie, Tante. Moet ons ons eie komberse bring?"

"Nee, net die vleissakke en messe."

Toe hulle terugstap, Henk met die kannetjie melk in sy hand, sê hy: "Ek weet niks van slag nie."

"Jy kan net doen wat oom Lars sê."

"Ja, maar ..." Hy bly ongemaklik stil.

"Is jy bang vir die bloed? Of gril jy daarvoor?" Sy beklemtoon aspris die woord gril.

"Nee, natuurlik nie," en hy skop-skop na die graspolle in die weiveld.

"Ek kan buitendien nie die kruiwa vol vleis môreoggend terugstoot nie," speel sy op sy nuutgevonde manlikheid.

"Oukei dan."

Tuis probeer sy onthou: Wat het Pappa alles gedoen voordat hulle geslag het? Die gat, onthou sy, die gat in die groentetuin tussen die ander beddings.

"'n Gat?" Henk kyk haar verstom aan. "Vir wat? Die grond is verys, Mentje."

"Presies, ja. Daardie verysde grond gaan die vleis koud hou sodat dit nie vrot word nie."

"Wil jy die vleis in die gat gooi om koud te bly? Die goed gaan mos vol grond word?"

Sy bly geduldig. Hoe sal hy ook nou weet? "Ons pak die regte porsies in die vleissakke en vou dit toe in die vleisseiltjie. Soos toebroodjies in papier."

Hy skud sy kop in ongeloof. "En dit werk?"

"Perfek. Vir honderde jare al. As ons mooi werk, sal ons tot lank ná Kersfees elke week 'n hapseltjie vleis eet. En lekker vleis, hoor."

Hy skop met sy hak in die grond. Yshard. "En wat as ons dit net so bêre? Dis baie koud buite."

"En wat as die son kom skyn? Dan word dit vrot voor ons alles kan opeet. Of die Nazi's ontdek dit en vat alles."

Henk oorweeg die opsies. "Oukei dan. Maar ek gaan my vrek sukkel in hierdie ysige grond."

"Ek weet. Dankie, Henk."

Hy werk die ganse dag. Hy pik en pik die ysharde grond los en skep klein skeppies met die graaf uit. Nou en dan kom maak hy sy hande warm by die stoof.

"Arme boetie," sê Femke en gaan staan reg langs hom.

Mentje was die vleissakke silwerskoon en hang dit aan die draad bokant die stoof om droog te word.

"Jy sê julle het altyd die vleis so bewaar?" vra tante Maria skepties.

"In die winter, ja, Tante. In die somer werk dit natuurlik nie."

Dis 'n rukkie stil voor tante Maria sê: "Jy weet, kind, ek kan steeds nie verstaan hoe jou ma kon aanpas by hierdie soort lewe nie. Sy het in 'n uiters verfynde huis grootgeword, naby ons in Nijmegen. Gewoond aan die beste. Maar toe sy eers jou pa ontmoet, is dit asof haar kop gaan stilstaan het. En daarby was hy nog soveel ouer as sy."

Gelukkig staan Mentje met haar rug na die tante, want sy vererg haar heeltemal verby enige respek vir ouer mense. Haar hande bal in vuiste saam, haar tande kners opmekaar, haar lippe sluit potdig. Sy stap by die kamer uit, regoprug. Sy sal haar nie weer so bloedig vererg vir die tante nie. Maar as sy Henk was, het daardie vroumens nou 'n pothou reg tussen die oë gekry, of 'n bloedneus, of 'n tandespatreguitlinker.

Die seer kom eers later. Haar pappa. Hy het hard gewerk,

elke dag van vroeg tot laat. Hy het haar met oneindige liefde grootgemaak, vir haar vertel hoe pragtig haar mamma was, hoe lief hulle vir mekaar was. Hoe lief haar mamma vir haar was selfs voor sy nog in die wêreld ingekom het.

Hy was haar pappa en haar mamma gelyk, sodat sy nooit haar ma gemis het nie.

En nou kom loop die vrou met haar modderpote oor al die mooi?

Eers toe sy die vleisdoeke moet gaan haal, loop Mentje weer die huis in.

"Wat gaan vandag met jou aan?" vra tante Maria.

Sy antwoord aspris nie. Sy vou die gewaste sakke van kaasdoek vinnig inmekaar en neem een van die ongemerkte blikkies uit die kombuisrak.

"Kind, ek praat met jou."

Sonder om te antwoord stap sy by die deur uit.

"Jy moet jou nie astrant met my hou nie!" hoor sy die tante agterna skree.

Dis bitter moeilik om op haar tande te bly byt, maar hierdie keer kry sy dit reg. Sy voel eintlik bietjie trots op haarself.

Haar warm jas, mus en serp het sy oor die onderste sport van die solderleer gehang. Sy kry die twee slagmesse uit die plek waar Pappa dit versteek gehou het en druk die staldeur van buite toe. Henk wag reeds by die kruiwa.

Die slag en opsny van die bulkalf gaan heelwat vinniger as wat Mentje gedink het. Oom Lars, sy vrou en Bertien weet presies wat hulle moet doen. Daarby is die kalf kleiner as wat sy verwag het.

Asof Bertien se ma haar gedagtes kan lees, sê sy: "Dis jammer ons kon hom nie langer laat loop het nie."

Oom Lars slag 'n stuk vleis vir ta Lenie-hulle uit en saag die res van die karkas presies in twee. "Daar's julle deel. Bertien, help die kinders opsny. En gaan werk in die huis, ons moet skoonskrop hier."

Bertien loop stywerug deur kombuis toe, plak die halwe karkas aan die kant van die tafel neer en draai na Mentje. "Hoe groot?" Ook maar haar pa se stugheid geërf, veral as sy teen haar sin met vleis moet werk.

Mentje kyk vinnig na wat Bertien se ma doen. "Kleiner as julle stukke."

Bertien wys met die mes.

"Ja, so," knik Mentje.

"Dis baie klein," gee Bertien se ma van die kant af raad. "Onthou, die stukkie krimp as jy dit kook."

Mentje is heel onseker. "Hoe groot dan?"

Die tante stap om die tafel en maak 'n strepie met haar mes op die vleis. "Ek sou sê omtrent so groot."

"O. Oukei dan."

Henk het gaan water pomp, hy en oom Lars skrop die stalvloer deeglik skoon. Grrts-grrts werk die harde grasbesems oor die growwe stalvloer.

Bertien sny behendig. Mentje is baie minder handig met die handsagie, maar sy kry darem gesaag waar Bertien wys. Hulle pak die stukke vleis elkeen in sy eie sakkie en gaan was die messe en die saag by die pomp. "Hoe was Arnhem?" vra Bertien gemoedeliker. Of miskien net lus vir stories.

"Eers was dit oukei, maar later was dit baie sleg."

"Ons het gedink die Nazi's het jou ook gevang."

Sy moet wegpraat van hierdie onderwerp. Nou-nou kom Bertien agter van die tusseninjaar. "Ek het geweet my tannie woon in Arnhem." Sy kyk vinnig rond, fluister byna: "Bertlen, het jy nog jou kêrel?"

Hulle is alleen buite by die pomp, alles lyk veilig.

"Lankal nie meer daardie een nie, hy was ... Ek wil nie eens oor hom praat nie. Jy moet die kêrel sien wat ek nou het." Bertien se stem sak nog laer. "Hy is 'n regte man."

Daardie nag slaap Mentje en Henk onder een verekombers op die mat naby aan die stoof.

Voordag stoot hulle die kruiwa verpakte vleis, klaar toegevou in die vleisseiltjie, deur die ligte sneeu huis toe. Hulle stap vinnig, dis bitter, bitter koud. Hulle spore bly al die pad in die sneeu agter.

Kersfeesoggend gaan hulle kerk toe. Binne is die kerk yskoud. Die mense sit diep ingekruip in hulle jasse, musse laag oor hul koppe getrek, serpe tot oor die neus toege vou. Ons lyk soos die prentjies van Mohammedaanse vrouens, dink Mentje toe hulle een-een op die harde bank inskuif.

Gelukkig is klein Willem veilig in die warm huis, Femke pas hom op.

Tante Maria huil die hele diens deur. Henk kyk haar gesteurd aan, maar Mentje verstaan. Tye soos nou verlang 'n mens, tante Maria na oom Jak, sy na haar pa. Dis 'n seer verlang, dieper as woorde of huil, soos 'n groot leë plek êrens in jou. Haar leë plek sal weer vol word. Daarom huil sy nie, sy verlang net.

Tante Maria s'n sal altyd leeg bly.

By die huis kook hulle die grootste stuk kalfsvleis. Henk het dit gister al gaan uitgrawe.

"Jy moet die seiltjie weer versigtig toevou dat geen grond inkom nie," het Mentje gemaan.

"Ek weet, Juffrou, ook weer die gat toemaak en vastrap. Ek is darem nie stupid nie, hoor?"

Almal is in die voorhuis. Henk en tante Maria sit by die tafel en skil aartappels, albei ewe onhandig. Die drie kleintjies speel met hulle enkele speelgoed op die mat. Mentje sit die vleis in die swaarste pot met bietjie water, presies soos ta Lenie beduie het. "Min water, kind, min water. Jy gooi elke nou en dan bietjie water by. Kookwater, nè?"

Ta Lenie het ook kruie saamgegee. Moenie die sout vergeet nie, het sy gemaan. Ai tog, asof Mentje nou die sout sal vergeet. Alhoewel, sy het al, toe hulle uit Arnhem gevlug het. Op die regte tyd gooi sy die gesnyde aartappels en wortels by en sit die swaar deksel op. Sy maak ook nagereg van die gedroogde appels.

"Dit ruik nou so lekker," sug Henk behaaglik. "Wanneer kan ons eet?"

Voor ete lees Mentje eers uit die groot, swaar Bybel die storie van Jesus se geboorte. Sy lees op haar mooiste, presies soos Pappa altyd vir haar gelees het.

Almal sit vasgevang en luister, selfs klein Willem. Die trane loop vrylik oor tante Maria se gesig.

"Ons kan 'Stille nag' sing, Pappa en ek het dit altyd gedoen," stel Mentje huiwerig voor.

Toe tante Maria stil knik, begin Mentje:

"Stille Nacht, Heilige Nacht,

David's Zoon, lang verwacht ..."

Selfs Henk sing saam.

Die ete is nog lekkerder as wat dit geruik het.

Namiddag stap hulle oor na ta Lenie en oom Bram. Net tante Maria en klein Willem bly tuis. Hulle neem 'n klein bakkie botter wat Femke self gekarring het en een van hulle kosbare stukkies kalfsvleis. Op Kersdag kan 'n mens mos nie leëhande gaan kuier nie.

Ta Lenie-hulle is baie bly vir die geskenkies. "Julle sal nooit weet wat dit vir ons beteken nie. Nie net die kos nie, veral julle liefde."

Oom Bram gaan in die huis in en kom terug met vier paar klompe in sy hand. Hy praat nie, hy deel net stil uit.

Henk is uit sy vel van vreugde. "Dis die beste, beste geskenk wat Oom ooit vir my kon gee! Ek gooi sommer my stupid winkelskoene in die asblik."

Mentje is regtig dankbaar. "My tone is elke aand bloedrooi, so druk die ou klompe my."

"Dit lyk soos kabouterskoentjies," lag Femke bly.

En Ilonka: "Nou lyk my skoene net soos die groot kinders s'n."

Toe hulle terugstap huis toe, sê Henk: "Ek wens dis elke dag Kersfees."

"Ek wens ook so," stem Femke dadelik saam. "Nie net oor die kos en die presentjies nie. Oor ons almal vandag lief is vir mekaar."

Maar Kersfees kom net een maal per jaar, een dag in die middel van die winter.

Kort ná Kersfees skud oom Lars sy kop. "Kom maar elke derde dag, ek behoort dan 'n vol bottel te kan gee." Henk neem lankal nie meer die kannetjie saam nie.

En teen einde Januarie kry hulle 'n koppie melk vir klein Willem. Twee maal per week.

'n Koue, donker wolk hang oor die nuwe 1945. Niks is meer beskikbaar nie. Die winkelrakke het karig min, die boere het nie meer produkte nie. Dis 'n besonder koue winter, berig Radio Oranje somber, in die stede is die situasie reeds verby kritiek.

Die mense beur voort in die hoop op 'n spoedige einde.

As die bevryding tog net kom. Of, as vryheid dan vir ewig wegbly, minstens net die somer.

Die Nazi's in die strate word minder, die tenks het reeds van straathoeke af verdwyn. Miskien is hulle tog besig om te onttrek, bespiegel die mense. Of hulle is front toe. Versterkings, soos wat by Arnhem gebeur het. Waarheen ook al, hulle het alle boerekarre en perdewaens gekonfiskeer. Want brandstof vir hulle vragmotors is lankal nie meer beskikbaar nie.

Een maal per week stoot oom Lars sy kruiwa Nunspeet toe. Hy begin lank voor hanekraai, want buite die winkel wag die mense in die ysige wind. Elke gesin kry een koppie melk. Presies afgemeet.

Oom Lars kom terug met 'n week se rantsoen vir drie volwassenes op die kruiwa. Hy kon dit ook in sy een hand gedra het.

En die bevryding bly weg, die hoop raak week ná week yler. Hulle sit vasgevang agter die front saam met die handjie vol Nazi's. Min, maar by die inwoners is daar ook nie meer krag vir verset oor nie.

"Ek wonder wat gebeur in Arnhem," sug tante Maria menige aand.

"Mentje, waarvoor bid jy?" vra Henk een aand toe hulle in die donker op hulle matrasse op die solder lê.

Buite waai en waai 'n ysig koue wind.

"Ek bid dat die oorlog sal eindig." Sy dink 'n oomblik. "Dat ons genoeg kos sal hê vir môre. Dat Willem ophou hoes."

Stilte.

"En ek sê dankie dat ons darem nog kos het. En dat hulle nie hier om ons skiet soos in Arnhem nie."

Stilte. Styf teen haar aan lê Femke vas aan die slaap.

"En ek bid elke dag dat my pa veilig is. Henk, ek is so bang hy kom iets oor."

"Ek dink hy sal een van die dae huis toe kom," sê Henk uit die donker.

Sy wens sy kan so seker wees. "Waarvoor bid jy, Henk?"

Dis lank stil voor hy antwoord: "Ek wens my ma word weer soos sy was voor my pa dood is. Ek bid elke aand daarvoor. Al is dit net vir een dag."

Buite waai die wind sterker en sterker. Mens kan die wind om die hoeke hoor huil.

"Maar dit gebeur nooit nie."

Dis 'n windstil sonskyndag in middel Februarie. Die lug is steeds bibberkoud, veral op die fiets, maar die dag is beter as die meeste grys wintersdae.

Femke ry voor. Haar kort beentjies trap die fietspedale dat dit sing. Henk se ou fiets is al amper te klein vir haar, tog lyk sy heel tuis op die saal.

Vandag ry Ilonka agter op Mentje se draer saam. Op so 'n mooi dag kan die kind tog nie heeldag tuis sit nie. En sy word meer hanteerbaar. Wel, soms. Nou sit sy nog doodstil, soos sy plegtig belowe het.

Daar is selde meer rye mense voor Nunspeet se winkeldeure. Die mense het nie minder geword nie, die voorrade wel, sodat jy in 'n japtrap alles kry en betaal. Jy maak nie meer vooraf lysies nie, hoef nie in die winkel te staan en besluit nie. Jy vat alles wat beskikbaar is. Elke stukkie kos is broodnodig vir oorlewing.

Mentje het net klaar betaal en kyk rond waar Ilonka is, toe sy een klant aan 'n tweede hoor sê: "Het jy gehoor oubaas Bakker van Albertlaan is in hegtenis geneem?"

"Wie? Dionisius Bakker?"

Mentje word koud.

"Opa Bakker, ja. Hy was blykbaar betrokke by die Verset."

"Ek weet daarvan, ja. Ek het gedink ..."

Mentje vlug by die deur uit. Buite trek sy haar asem diep in, voel hoe haar hart deur haar lyf tamboer. Opa? Gevang? Nie dit nie. Nie opa Bakker nie.

"Mentje, kan ons ..."

"Kom," sê sy kortaf en stap fiets toe.

Haar eerste instink is om dadelik Albertlaan toe te ry en uit te vind wat aangaan. Sy moet weet.

"Mentje, is jy kwaad vir ons?" Vraend. Onseker. Effe benoud.

Sy skud haar kop. "Nee, julle is baie soet. Ek voel net nie lekker nie."

"Is jy siek?" vra Femke ontsteld.

"Nee, nee, glad nie. Toemaar, dis sommer niks."

Ilonka kyk steeds met groot oë na haar. "Ek dag ek het weer iets verkeerd gedoen."

Sy hurk dadelik en druk die kind teen haar vas. "Jy het niks verkeerd gedoen nie. As jy altyd so soet is soos vandag, kan jy weer saamkom."

Dit is onmoontlik om vandag te gaan uitvind, besef sy. Tante Cor sal ontsteld wees. Om onder sulke omstandighede met die twee dogtertjies by haar op te daag, sal verkeerd wees. Daarby sal dit die kleintjies ook ontstel. "Kom ons ry. Die son skyn lekker, nè?" probeer sy haar eie ontsteltenis wegpraat.

Môre sal sy gaan. Môreoggend, so vroeg moontlik.

"Mentje, het ons lekker kos gekry?" vra Femke op pad terug.

"Wel, nie juis lekker kos nie. Maar ons het iets gekry."

"So, ons gaan darem nie rotte eet nie," lag Ilonka agter op die saal.

Sy verstaan baie meer as wat mens dink, besef Mentje. Die kind begin regtig nou 'n mens word.

Eers twee dae later kan Mentje wegkom Nunspeet toe. Sy ry direk na die Bakkers se huis in Albertlaan.

Tante Cor is alleen by die huis. Sy kom uit op die stoep en maak haar arms oop. "Kind, jy het gehoor?"

"Ek het gehoor, tante Cor."

Die stoof in die kombuis is koud. "Iemand het gisteraand vuurgemaak," maak tante Cor verskoning. "Ek het vanoggend vergeet om weer hout in te druk."

Opa Bakker het dit seker altyd gedoen, dink Mentje en maak die stoofbek oop. Sy buk en haal 'n paar fynhoutjies uit die mandjie. Sy moet lank blaas voor die yl vlammetjie opspring. Toe die fynhout mooi vlam vat en sy die groter stompe ingedruk het, maak sy die bek toe en draai om.

Tante Cor sit by die tafel, haar hande op die doek saamgevou. "Dankie, kind."

"Het tante Cor nog koffie?"

"Boonste rak."

Mentje tap water in die ketel en haal solank 'n koppie uit. "Maak vir jou ook."

Met die twee koppies swart bitter koffie tussen hulle begin tante Cor self praat. Sy wil miskien vertel, dink Mentje. As mens die regte woorde kan vind, help vertel om die bang bietjie stil te maak.

"Opa is vier dae gelede aangekeer. Dinsdag die dertiende. Hier by ons huis. Ek was uit, maar was reeds op pad huis toe. Toe ek onder om die draai kom, sien ek die vangwa voor ons huis staan." Sy bly stil en neem 'n slukkie koffie. Haar koue hande is om die warm koppie gevou.

Dit het gevoel asof haar wêreld ineenstort, vertel tante Cor. "Sou my man, noudat die bevryding so naby is, tog gearresteer word? het ek gedink. Ek het omgedraai en weggery."

"Weggery?" Nie gaan help nie? wonder Mentje.

"Kan jy dink wat sou gebeur het as hulle my ook gevang en ondervra het, en my storie klop nie met wat Opa gesê het nie?"

"Dis waar, ja."

Sy het net 'n entjie weggery, sê tante Cor, tot waar sy steeds die huis kon sien. Ná 'n kort rukkie het die SD's na buite gekom, opa Bakker in die vangwa geboender en weggery.

Mentje sien die prentjie en haar hart trek inmekaar. Liewe, goedgemanierde opa Bakker. "Waarheen?"

Tante Cor sug. "Ek wens ek het geweet, Mentje. Na waarheen hulle ook al hul gevangenes neem."

"Seker Kamp Amersfoort. My pa is daar. Die advokaat was nie daar nie, hy was in 'n ander tronk, maar hulle het hom vrygelaat."

"Ja, ons weet nie. Die mense help my uitvind waarheen Opa geneem is. Dis nie so maklik nie."

"Ek wéét," sê Mentje met haar hele hart.

Hulle drink in stilte die swart koffie.

"Tante Cor, het hulle opa Bakker gevang oor die Pas-Opkamp?"

Tante Cor se kop skud stadig. "Nie spesifiek die kamp nie. Nee, Mentje, dis maar sy betrokkenheid by die totale Verset." Tante Cor haal haar bril af en vryf oor haar oë. Sy lyk baie moeg.

"Jy sien, die Verset is afhanklik van koeriers as boodskappers. Ons huis is een van die sleutelpunte van die koerierdiens. Een van die meisies het verlede Saterdag, presies 'n week gelede, enkele briewe en boodskappe hier kom haal wat na Elburg moes gaan. Op pad het sy by Huis Old Putten aangedoen. Die SD's het daar vir haar gewag." Tante Cor skud haar kop. "Die arme kind het nooit die boodskap gekry dat Old Putten nie meer veilig is nie. En ..." Die woorde kom al hoe moeiliker. "Hulle het hul metodes om mense te laat praat."

Mentje wil troos, vir tante Cor wys sy gee om, maar sy weet nie wat om te sê nie. "Ek is jammer, tante Cor."

Dit lyk nie of die tante hoor nie. Sy lewe in haar eie hartseer. "In die huis vind ek oral tekens dat hulle ook hardhandig met my man gewerk het." Haar stem knak. Haar kop sak af tot op haar een arm op die tafelblad.

Mentje staan op en sit haar arms van agter om tante Cor se skouers. As sy net iets kon sê. Kon doen.

Ná 'n rukkie tel tante Cor haar kop op en neem Mentje se hand. "Dankie dat jy kom kuier het, kindjie."

"Opa Bakker sal oukei wees, tante Cor. Ek weet hy sal."

Tante Cor stap saam voordeur toe. "Ons glo so, my kind. Die Liewe Vader weet, hy is so 'n goeie mens."

Op 2 Maart 1945 word Dionisius Dirk Bakker te Varsseveld gefussileer. Saam met hom nog sewe en veertig mense, sogenaamde renegate, almal op aanklag van hoogverraad, dade van verset teen die Duitse Ryk.

Mentje hoor die nuus by Henk. Hy kom soos 'n uitgelate bulkalf oor die veld gehol van oom Lars-hulle af. Kan nie wag om te vertel nie. "Jy weet daai oom wat jou met die fiets Arnhem toe gebring het?"

Klip op haar bors, onmiddellik. Goeie nuus? Slegte nuus? "Opa Bakker?"

"Daai oom, ja. Die Nazi's het hom gister doodgeskiet."

Soos 'n donderslag. Dwarsdeur haar. Niks om te keer nie.

"Hoe weet jy?" Staccato.

Draaiorrel. "By Bertien gehoor. Almal in Nunspeet praat daarvan. Bertien sê die Nazi's het …"

Sy draai om en loop die veld in. Sy hoor buitendien niks meer nie.

Baie later kom sit Henk langs haar. Hy probeer lomp troos. "Heng, Mentje, sorry, man. Ek het nie geweet jy het die oom regtig geken nie. Ek dag …" Hy weet nie wat hy dag nie.

"Dis oukei."

Onbeholpe. "Sorry, man."

"Dis oukei. Ek sou dit buitendien een of ander tyd gehoor het."

Stilte. 'n Byna ongemaklike saamwees.

"Ek dag jy huil."

Sy haal haar skouers op.

Stilte.

"Het jy die oom goed geken?"

Beter as wat jy ooit kan weet, Henk. "Ja, ek het hom goed geken. Hy was 'n baie goeie mens en ek was lief vir hom. Amper soos vir 'n oupa."

Hy dink oor die antwoord. "Hoekom huil jy dan nie? Vroumense huil mos oor iemand dood is."

Sy bly lank stil, soek rond om deur die beperking van woorde te breek. Maar die regte woorde om haar seer in 'n prentjie te omskep wat 'n ander kan verstaan, bestaan nie. Sy probeer. "My seer is te groot. My seer sit dieper as huil."

Stilte.

"Verstaan jy?"

"Nee. Maar Ma sê jy moet kom eet. Sy het stamppot gemaak."

Stamppot? Van blusaartappels en blikertjies?

Sy staan tog op en stap langs hom terug huis toe.

Halfpad huis toe sê hy: "O ja, ek wou jou nog sê: Oom Lars sê Radio Oranje sê in die stede sterf duisende mense van die honger."

Eindelik kom die bevryding tog, aan die begin van die lente. Nie sommer uit die lug geval soos op daardie herfsoggend in Arnhem nie. Daardie keer in Arnhem was dit soos die Saaier se saad wat tussen die klipbanke beland en vinnig ontkiem het. Maar die son het deurgebreek en die saad verskroei en die mense uit hulle huise gebrand tot in die Hongerwinter in.

In die lente van 1945 rol die bevryding stadig oor die landskap aan, soos 'n stroom wat sy pad oor die verdorde aarde moet oopstoot, kilometer na kilometer, padlangs. Soos die saad wat op goeie grond val en tyd het om wortel te skiet en uiteindelik 'n veelvoudige oes sal lewer.

Die bevryding kom padlangs, dag ná dag, dorp ná dorp.

Leen en Gerrit Schaap kom die 15de April onverwags in Nunspeet aan, twee dae gelede reeds bevry uit Kamp Amersfoort. Hulle moet steeds onderduik, want Nunspeet is nog nie bevry nie.

Mentje se kop sing, haar hart bokspring, haar voete dans. As Leen en Gerrit Schaap reeds in Nunspeet terug is, sal Pappa enige oomblik ook hier aankom.

Op Maandag, 16 April word Lunteren bevry. Pappa het nog nie gekom nie.

Dinsdag die 17de Barneveld. Miskien sal hy môre kom.

Woensdag gaan uur na uur verby. Hy kom nie.

Donderdagoggend trek almal hulle mooiste klere aan. Henk gaan haal sy pa se fiets uit die solder. Hulle eet blusaartappels vir ontbyt en neem gedroogde appels en neute saam vir middagkos. Want vandag verwag almal die begin van die bevrydingstroom in Nunspeet.

Dis 'n helder lenteoggend. Hulle ry deur Vierhouten, Henk op sy pa se fiets voor, die kos en 'n kannetjie water in sy fietsbak, Ilonka op die fiets se draer. Agter hom Femke, steeds kiertsregop, groot strik in haar hare gebind. Tante Maria in haar swart kerkklere, Willem nuuskierig en woelig in haar mandjie. Mentje, ongemaklik op ta Lenie se geleende, baie wankelmoedige fiets soos 'n stertjie agterna. Sy sukkel om by te hou. Die houtbande wat oom Bram gemaak het, is beslis nie so suksesvol soos sy klompe nie.

Daar is geen soldate meer in die strate van Vierhouten nie. Ook nie mense nie, almal is Nunspeet toe. Die skool is ontruim van SS-soldate, hy wag stil en verlate op die kinders om weer in sy gange te kom speel.

Hulle trap deur die boswêreld tussen Vierhouten en Nunspeet, deur die kolle ooptes met klein plasies. Perskebome begin bot, die tulpe staan vol in blom. Op die landerye breek die goeie saad deur die grond.

In Nunspeet se strate wag die mense reeds. Opgetooi, gestrik en gekraal, vlae en vaandels in die hande. Net soos daardie herfsdag, daardie Sondag in Arnhem.

Almal gesels en lag. Die seuntjies jaag mekaar in die strate rond, die dogtertjies speel roze-roze-meie en val hulle rokkies vuil.

Selfs tante Maria lag. "Een van die dae gaan ons terug na ons eie huis in Arnhem," sê sy.

Ek bly net hier, dink Mentje stil. Ek bly op die plaas en wag vir Pappa. Vir Arnhem wil ek nooit weer sien nie.

Om halftwee begin die mense juig. Vanuit die rigting van Epe sien hulle die tenks aangerol kom. Die mense is in die strate, hulle wuif en hardloop die gevreesde oorlogmasjiene tegemoet.

"Kanadese Pantserregiment," sê 'n man langs Mentje.

Op die dorpsplein in die middel van Nunspeet is 'n groot fees. Teen die tyd dat die tenks en pantserkarre arriveer, is dit volgepak van Nunspeters: meisies met blomme in hul hare, seuns met klouterbene, jong manne met toekomsdrome voor hulle. Die tantes wat kan, presenteer tuisgebakte koekies en stroopwafels sonder stroop, ou ooms gee varsgeplukte appels van hand tot hand aan. Die bevryders deel sigarette en sjokolade uit. Henk kom oor die plein aangehardloop, 'n groot blik vol koekies met konfyt in sy hande.

Eers laatmiddag ry hulle huis toe.

Net buite Nunspeet ry hulle verby 'n streep mense wat krom voortstrompel: Nunspeet se laaste oorblywende Nazi's, nou krygsgevangenes voortgedryf deur die seëvierende Kanadese. Hulle gesigte is afgewend, hul lywe tam baklei.

Mentje kyk weg. Party is te oud, ander te jonk.

In die agtergrond, afgeëts teen die oranjewordende lug, draai 'n windmeule om en om, om en om, eeue al.

En haar pa kom nie. Die vrees groei uur na uur.

Op die derde dag ná die bevryding ry Mentje Nunspeet toe. Sy moet weet. Sy sal vir tante Cor gaan vra waar Leen en Gerrit Schaap is. By hulle kan sy hoor hoe dit met haar pa gaan en vra waarom hulle terug is en hy nie.

Op die dorpsplein maak Skotse doedelsakspelers met geruite rokkies aan musiek. Die mense lag en dans in die strate.

Op enige ander dag sou sy afgeklim het van die fiets en die spektakel van mans met hul harige bene in knielengterompe van naderby gaan beskou het. Maar nie vandag nie. Vandag, en nie later nie as vandag, wil sy uitvind van haar pa.

"Mentje, advokaat Von Baumhauer ondersoek die saak," probeer tante Cor in 'n rustige stem paai. "Hy was gisteraand hier en het gesê baie mense van oraloor help hom. Hy weet dis belangrik, hulle sal oor twee of drie dae antwoorde hê, het hy gesê. Wil jy nie tot dan wag nie?"

"Ek moet weet," antwoord Mentje beslis. "Al is dit net hoe dit met hom gaan."

Tante Cor draai om en stap na die buffet in haar eetkamer. Sy kom terug met 'n stukkie papier waarop sy 'n adres geskryf het. "Weet jy hoe om daar te kom?"

"Ek sal regkom. Dankie, tante Cor."

Sy jaag deur die strate van Nunspeet. Sy vind die straat. Sy klop aan die regte nommer. Die deur gaan oop.

Maar die Schaap-egpaar is vaag. "Die kamp was groot, kind," sê meneer Schaap. "Mens ken later meeste van die gesigte, maar jy ken nie eens die helfte se name nie."

En sy vrou: "Die mans en dames was geskei van mekaar. Ons het die mans net op 'n afstand gesien."

Sy keer onverrigter sake terug. Sy wag reeds vir twee jaar. Twee dae langer is te lank.

Twee dae later sien sy die motor aangesukkel kom oor die plaaspad. Haar hande klem voor haar bors saam.

Die advokaat en sy vrou klim uit. Haar hande klem stywer, haar kop begin skud.

Sy sien hulle gesigte. Haar kop skud vinniger. Heftiger. "Nee, nee."

Die advokaat se kop begin knik. Voëltjieknik. Op en af.

Haar hande kramp vas. "Nee!"

Die kop hou aan knik. Luid en duidelik: "Ek is jammer, kind."

Haar bene vou onder haar in.

Toe skeur die oerkreet diep uit haar los. Dit weerklink oor die ganse plaas: "Neeeeee!"

Sewe en twintig

Só bly niks oor nie.

Gesigte: die advokaat, sy vrou, tante Maria.

Henk en Femke, eenkant, verskrik, oë groot.

Ta Lenie, oompie Bram: "Kindjie?"

Later tante Cor. Trane. Arms om haar. "My kind."

Die son kom op. Die nag bly. Die nagmerrie word werklikheid, 'n duisend keer elke dag. Die huis word tronk, die solder gedeelde tronksel, die plaas word grond van die ergste nagmerrie.

En Bertien. "Ek is jammer, Mentje."

Die advokaat neem hulle met sy motor tot op Apeldoorn. Vroegsomer eers, nie dadelik nie.

Dieselfde vriendelike boervrou met haar kommetjies sop. Vetterig. "Dit is reg, Advokaat. Die petrolkoepons, ja, ek verstaan. My man neem hulle môre met die perdekar tot in Arnhem."

Die rit. Almal is opgewonde. Mentje sit.

Sy is seer seer, oral. Haar hart is heeltemal stukkend.

En sy is kwaad. Sy is skrikwekkend kwaad.

Toe Arnhem en die verwoesting. "Here? Niks het dan oorgebly nie?"

Die huis is verwoes. Haar kamer weggeskiet. Haar hoekie privaatheid teen die oë wat soekend kyk.

Meer trane. "Here? Here?"

En tante Tinka: "Kom slaap hier. Eet."

As sy kon doodgaan, sou sy. Maar die swart son hou aan en aan opkom, ongesteurd. Die swart stroom vloei en vloei see toe, onaangeraak.

By alles die graf agter in die tuin.

Die kruis van kisplankies.

Andrew McKenzie

May God be with you.

Agt en twintig

Tinus staan op die effense hoogtetjie en kyk uit oor die vlaktes doringbome. Buffelspoort lê wyd voor hom oopgestrek. Nog nie syne nie, maar darem al halfpad daar.

Die reën het vanjaar vroeg gekom, einde Augustus reeds die eerste goeie bui. Nou, begin September, het 'n mooi opvolgbui geval. Die Bosveld lyk goed, beter as wat Oudokter dit seker ooit gesien het.

Die naweek kom oudokter Bernstein se weduwee en dogter finaal onderhandel. Die harde, warm Bosveld-plaas sonder elektrisiteit en stadsgeriewe het vir hulle 'n las geword. Hulle eggenoot en pa is oorlede, sy droom kan gerus saam met hom begrawe word.

Aan die een kant sien Tinus uit na die naweek. Dit sal goed wees as die onderhandelinge gefinaliseer kan word. Maar dit gaan moeilik wees, want die dogter is 'n gesoute besigheidsvrou en geldgierig daarby. Haar ma, die weduwee in swart, is hovaardig en uiters krities. Selfs sy regopruggouma sorg dat alles eksie-perfeksie is vir hulle koms.

Met die ou Joodse dokter uit Johannesburg wat destyds hulle plaas gekoop het, het Tinus goed klaargekom. Hy kon die waardige, ronde oompie se droom verstaan: Wou eintlik eendag hier kom aftree, bietjie boer, wintertyd 'n biltongbok laat skiet, lang ente in die veld gaan stap.

Sy vrou het nie sy droom gedeel nie. Sy oujongnooidogter het reguit gesê dis dwaas. En die kanker het vinnig en vretend toegeslaan.

Tinus weet sy aanbod was vir Oudokter 'n uitkoms. Hy kon 'n sterk deposito neersit en daarna om die helfte boer tot die plaas afbetaal is. Oudokter kon enige tyd kom oorbly, sy kamer was permanent gereed.

Hy het net twee maal gekom. "Die ou Bosveld ies maar droog, nè?" het hy in sy vreemde Afrikaans boerepraatjies probeer maak.

"Maar pragtig, selfs in die droogte," kon Tinus uit sy hart uit saampraat.

"Pragtieg, ja, pragtieg." Dit was skemeraand op die wye stoep van hulle gesamentlike huis. 'n Gemaklike stilte, slurpies uit die koffiebekers en kosgeure uit die kombuis.

"U het die huis baie gerieflik ingerig, Dokter."

"Ja, iek het gehoop ..." Hy het nooit sy sin voltooi nie.

"Ek sal vroegoggend vir u die beeste gaan wys."

"Jy voer?" Hulle kon heerlik oor die boerdery gesels en drome deel tot laataand. Al was die siekte toe reeds 'n swaard oor hulle koppe.

Nou kom sy weduwee en dogter onderhandel.

Tinus draai om en begin teen die agterkant afstap trok toe. Dis 'n gewese weermagtrok, diens gedoen vir die Springboktroepe in Oos- en Noord-Afrika, wat hy op 'n weermagvendusie aangeskaf het teen 'n appel en 'n ei. Ratel erg, maar die trok is meganies nog in 'n baie goeie toestand.

Bulkalfietyd kon ek die hoogte van voor af uithol soos 'n wildsbok, onthou hy half weemoedig. Deesdae is hy versigtiger met sy been.

Sy been.

En die artikel wat hy gelees het.

As dokter Els net nie daardie dag op roep uit was nie. As hyself net in die bakkie gaan sit en wag het. Maar nee, hy het self die wagkamer verkies. En die Goeie Vader het hom direk met die realiteit gekonfronteer.

Hulle is daardie dag vroegoggend reeds dorp toe. Hy het sy ouma by die spreekkamer afgelaai, al sy sake in die dorp afgehandel, sy ouma en die werkers se winkellysies gekoop, die pos gaan uithaal en voor die spreekkamer gestop om sy ouma weer te kry.

In die wagkamer het sy ouma stywenek gesit, duidelik geïrriteerd gewag. "Uit, geen mens weet waarheen nie, die ganse oggend al," het sy dunlip gesê.

"Ek het al drie maal gesê Dokter is by 'n kraamgeval," het die effe mollige ontvangsdame met haar tuitmondjie en fladderende wimpers teenoor Tinus gekoer. "So pas het ek weer die hospitaal gebel, Dokter behoort nou enige oomblik terug te wees. Jy kan gerus sit, Tinus. Ek sal hou van bietjie interessante geselskap."

Duidelike skimp, na twee kante.

Hy het die opsies oorweeg. Die bakkie staan buite in die blakende Bosveldson, die wagkamer is heerlik koel. Maar dié stemmetjie as geselskap?

"Dankie," het hy gesê, op die grasstoel langs sy ouma gaan sit en die eerste die beste tydskrif vinnig oopgemaak. Sonder opkyk het hy geblaai, skielik erg geïnteresseerd in die familietydskrif.

Op die vierde of vyfde bladsy spring die artikel op aandag: *'n Ontredderde stamland: Rotterdam, Amsterdam, Arnhem.*

Arnhem. Die nagmerriestad waar Andrew agtergebly het. En waar twee blonde kinders hulle lewe gewaag het om hom te red.

Hy het al gewonder oor die lot van die kinders. Maar met die omwenteling van die plaas koop en die trek hierheen, die boerdery wat hy van onder af moet opbou, het dit ook net by wonder gebly.

Sy oë beweeg vinnig deur die verwoesting in Rotterdam en Amsterdam. Dit bly slegs bekend klinkende name uit vergete skoolboeke.

Hy vind Arnhem, die stad waar hulle met gejuig en gedans en eenvoudige geskenkies verwelkom is, net om dit tien dae later verlate en in puin agter te laat.

Ná die mislukte Slag van Arnhem en die ontruiming van die inwoners, lees hy, het die stad uit die lug deurgeloop onder hewige Geallieerde bombardement om die Duitse magte te probeer uitdryf. En op die grond is die huise stelselmatig leeg geplunder, die buit is teruggestuur aan slagoffers van bomaanvalle in die Duitse stede.

Hierdie gedagte treiter hom al 'n jaar lank. Nou sien hy dit in beeld reg voor sy oë. En hy weet dit is wat ons, die kastige bevryders, aan die stad en sy mense gedoen het.

> Met die koms van die vrede kon die inwoners nie dadelik terugkeer na Arnhem nie. Die stad was steeds besaai met lyke en ontbindende karkasse, is ingeneem deur 'n rotteplaag en geen suiwer water kon verskaf word nie.
>
> Met hulle uiteindelike terugkeer vind die inwoners die meeste van hulle huise onbewoon-

baar. Van die 23 505 woonhuise in die stad was net 145 ongeskonde.

Die meeste huise is so beskadig dat alles binne nat geword het. "Die dak was heeltemal af," vertel een inwoner. "Alles was gemuf en vuil. Al die vensters was stukkend, die tuin was verwoes."

"Ek moet nou my kunshandelsaak van voor af opbou," vertel 'n tweede. "In Nederland, in die hele Europa is baie verkopers van kunswerke, maar geen kopers nie."

En nog iemand sê: "Die dorp is deur die oorlog onherkenbaar verander. Al wat oorgebly het, is 'n vae herinnering. Al twee my fabrieke het verdwyn, waar ons huis was, staan net die mure van 'n murasie. Hoe sorg ek vir my gesin? Hoe gaan ons oorleef?"

Van die huisraad by ene Jopy Brouwer is niks meer oor nie. "Ons moes selfs op die vullishope na kookgerei gaan soek," vertel sy. "So iets het ons nooit voorsien nie."

Op 3 September moet die skole in Arnhem vir die eerste keer weer hulle deure oopmaak. Sedert die inval 'n jaar gelede het die meeste kinders bitter min of geen skoolonderrig ontvang nie. Met huise onbewoonbaar en te min kos in hulle mae, hoeveel kinders gaan by die boeke uitkom?

Twee slim kinders met helderblou oë, die twee witkoppies, onthou hy. As hulle reeds 'n jaar verloor het, is dit belangrik dat hulle so gou moontlik voortgaan met skool. Sy gewete ry hom al hoe meer. Hy is al byna 'n jaar terug in Suid-Afrika, waarom het hy nog nooit probeer uitvind hoe dit met hulle gaan nie?

> Oral in die stad lê steeds plofbare, lewensgevaarlike ammunisie rond. Berge bourommel verskaf steeds die ideale broeiplek vir 'n magdom knaagdiere. Die voorsiening van water, gas en krag is swak en wisselvallig. Daarby bly voedselvoorsiening 'n geweldige probleem. Selfs 'n oormaat koepons kan nie vleis, botter, selfs meel koop wat daar nie is nie.
>
> En die winter wag.
>
> Wat gebeur met hierdie mense as die 1945/46-winter so lank en koud is soos die vorige jaar? Toe hongersnood groot dele van ons stamland so erg geslaan het dat 50 000 ondervoede kinders van hulle ouerhuise af weggestuur moes word vir oorlewing, toe 20 000 – meestal kinders en bejaardes – 'n hongerdood gesterf het.

Daar in die spreekkamer het hy na die foto's bly staar. Die geraamtes van geboue wat eens die sentrale besigheidsgebied van Arnhem gevorm het, die hoop bakstene wat eens iemand se huis was, die geskende gesig van die eeueoue Kerk van Eusebius. Hulle kon die toring selfs van die brug af sien. Nou lê dit verkrummel in 'n hoop rommel aan die voete van die grote kerk.

Sy ouma het uit die spreekkamer gekom, regoprug soos altyd. By die apteek het hy haar voorskrif gaan haal. Preskripsie, het sy en die ou apteker dit genoem.

Hulle het stil teruggery plaas toe. Hulle het buitendien nooit eintlik gesels nie.

Die fotobeelde het bly spook.

Die laaste paragraaf van die artikel het in sy kop bly maal.

> Nou groei die vraag in elkeen van ons se gewete:

> Is dit nie die voormalige Geallieerde lande, spesifiek die Britse Ryk en Amerika, se plig om ook na die lot van hierdie mense om te sien nie? Of gaan ons die inwoners net so oorlaat aan die ongenaakbare Europese winter wat reeds besig is om sy ysige kloue in te slaan?

Die weduwee Bernstein en miss Mary Bernstein arriveer Saterdagoggend, doekies om die kop teen die moontlike stof. Dik modder klou aan hulle motorbande.

Tinus maak die motordeur oop vir die weduwee. Miss Bernstein loop katvoet in haar hoë hakke stoep toe.

Ouma bedien tee en melktert uit haar bone china. Oupa sit swetend in sy kerkpak. Tinus dra die bagasie kamers toe.

Bagasie vir een nag?

Die weduwee Bernstein gaan rus. Wat 'n vreeslike pad is dit tog nie plaas toe nie. Haar kop klop van die spanning en die hitte.

Tinus moet keer. "Laat ek en miss Bernstein maar eers die saak alleen uitpraat, dankie, Oupa. Ons sal beslis Oupa se insigte nodig hê as ons finaal onderhandel."

Die gesprek word taai, uitgerek, alles in onnodig hoogdrawende Engels. Intimidasietegniek, sien Tinus deur alles. Hy hoef geen tree terug te staan nie: Jare in die Britse weermag, die rooikop met sy Skotse Engels, die alwetende sersant met sy Oxford-aksent.

Aandete is 'n ongemaklike affêre by die oordadig gedekte tafel. Arme Selina dra senuweeagtig groot skottels kos terug kombuis toe, haar nuwe uniform knap aan haar lyf. Nie die weduwee of haar dogter sit 'n mond aan die roomryke, warm nagereg nie.

Laataand, die vroue lank reeds kamer toe, sit hy nog by

Oupa op die stoep. "Ja, ons het daaroor gepraat, Oupa. Nee, dit werk ongelukkig nie só nie. Goed, ek sal dit môre voorstel, dan kyk ons."

Dit word 'n rustelose nag. Die onderhandelinge is moeiliker as wat hy gedink het.

En toe hy aan die slaap raak, grou die blonde kinders rond in die puinhope van wat eers Arnhem was.

Hy gaan sit later weer op die stoep. Die finale gesprek oor die plaas kan hy moontlik vroegoggend afhandel. Hy sal Oupa se veranderinge voorstel, dit hoef nie noodwendig aanvaar te word nie. Hy kry die gevoel dat miss Bernstein net so gretig soos hy is om finaliteit te bereik.

Maar Arnhem bly. Die woorde, die beelde is in sy kop ingebrand.

Ons het gegaan om te bevry, dink hy. Ons het misluk, klaaglik misluk. Ons was vir nege dae in Arnhem. En wat het ons agtergelaat? 'n Stad meer verwoes as wat enige Duitse bom ooit kon doen, mense meer ontredderd as voor ons koms.

Die son kom op, Sondag breek helder voor hom oop.

"Ek is gelukkig met die uiteindelike ooreenkoms, Oupa," sê Tinus op pad kerk toe. "Dit sluit die diere, implemente, huismeubels, alles in. Ek glo dis die beste wat ons onder omstandighede kon verwag."

"Wie is die mense?" brom sy ouma, penregop tussen hom en sy oupa voor in die ou weermagtrok. "Want as dit vriende van jou is, Tinus, wil ek vir jou reguit sê dis onaangename mense, ongeskik."

Sy ouma raak al hoe meer kort van gedagte.

Stamp-stamp ry hulle oor die plaaspad, gly-gly oor die nat pad dorp toe. Die spanning trek-trek in sy nek.

Miskien bring die preek rustigheid, duidelikheid oor alles. Veral oor die artikel.

Die orrelmusiek is taai, die gemeentesang trekkerig en temerig. Die pragtige lofliedere word uitgekla soos die hartseer musiek wat die bywoner tydig en ontydig op sy viool uitkerm.

Die onthou versmoor die dominee se boodskap. Die onthou word duideliker as die artikel of die fotobeelde.

Veral die blonde dogtertjie Mentje staan helder in sy geheue. "Jy kan nie regkom nie en jy weet dit. Ek sal jou mos nie hier los om dood te gaan nie?" was haar eerste, byna astrante woorde aan hom.

Sal jou mos nie los om dood te gaan nie ...

Sy is by haar pa op die plaas, sus hy die artikelwoorde weg. Maar hy en Andrew het dit bespreek, daardie dag nadat hulle vir mekaar van hulle drome vertel het. Wat is die moontlikheid dat 'n Nederlands-Duitse onderdaan wat 'n Joodse familie maande lank versteek het, nie onmiddellik gefusilleer sou word nie? Of minstens na 'n arbeidskamp in die ooste gestuur sou word nie? Doodskampe, weet hy nou, ná die oorlog.

En as haar pa dan oorleef het en sy wel op die plaas ver van Arnhem is, wat van die gretige, effe lomp Henk, die seun wat te gou die verantwoordelikheid as man in die huis moes oorneem?

Dominee se prekerige, effe hoë stem sleep deur die boodskap op die papiere voor hom.

Die kind Henk was met tye stokstyf geskrik. "Moenie dat bang jou baas word nie," was die Mentje-kind se raad aan hom.

Maar toe sy 'n dokter moes gaan haal om sy been te red en in die kruisvuur van daardie eerste nagmerriedae beland het, het haar bang te groot geword, dit het haar lyf en haar kop oorgeneem. "Wat het jy toe gedoen?" het Henk gevra.

"Weggekruip," het sy geantwoord, "my kop ingetrek en gebid."

En hy het verstaan, omdat ook hy al daar was. Kop intrek en bid, met die vrees wat meester van jou lyf word.

Al die pad huis toe en tot laat Sondagnag bly dit in sy kop maal. Gaan ons die inwoners oorlaat aan hulle lot wyl die ysige winter wag? Wyl ons – hý – weet party huise het steeds nie dakke nie, daar is nie krag of brandstof om warm te bly nie, daar is gewoon nie genoeg kos om al die honger monde te voed nie?

Selfs in die nag: "Wat help dit ons kry jou been gesond en jy gaan dood van die honger?"

Dae sleep verby. Hy dip die beeste, hulle maal benoud in die drukgang en trap-trap pieringoog van vrees deur die dipbad. Mentje: "Die bang sit in jou lyf en in jou kop. Jou lyf kan nie vir homself dink nie, jou kop kan. Dink die bang weg."

Hy span die os voor die ploeg in. "Reguit loop, al op die streep," wys hy vir die touleier en spring self op die ploeg. Die dik, nat aarde krul oop agter die tweeskaar, dit wag ryk en donker op die saad om vrug te kan dra.

"Is jy nou gek?" het haar tante in daardie deftige huis in Arnhem geskree. Die are in haar nek het rooi uitgestaan. "Wil jy die hele huis in gevaar stel?"

Laat Donderdagmiddag, toe hy en Oupa rustig op die stoep sit en die Bosveldson stadig agter die koppe myle ver wes wegsak, steek die vrou se verdoemende woorde onverwags kop uit: "Ek vervloek die dag waarop jy jou voete in hierdie huis gesit het."

Hy sien weer die skok op die kind se gesiggie, die verwarring in haar oë.

Gestel haar pa het nie teruggekom nie?

"Dit is hoofsaaklik aan twee Nederlandse kinders te danke dat ek my been behou het," sê hy ingedagte.

Oupa suig-suig aan die pyp en kyk tevrede oor die donkerwordende veld uit. "Tag, ja. Jy het al gesê, ja."

"Moontlik my lewe ook."

Suig-suig, druk-druk met die twakgevlekte duim. "Jy sê ons koop aankomende jaar 'n Vaaljapie?"

"Afhangende van die oes, ja."

"Dit sal 'n goeie jaar wees," voorspel die ou man met sekerheid. "Ek ken die ou Bosveld."

Dit word heeltemal donker buite.

Binne steek Ouma die lig aan. "Julle kan kom eet."

"Ek dink baie aan hulle, aan die twee kinders."

"Ja, so is dit, nè?" Sy oupa steun hard op sy kierie om op te staan.

Vrydagaand ná aandete gaan haal hy die skryfblok wat hy oorlogtyd laas gebruik het, onder uit sy laai. Hy skuif die lig reg om beter te kan sien, doop die pen in die ink en begin skryf.

Beste Vrouw Maria ...

Hy het in haar huis weggekruip, tog weet hy nie wat haar van is nie. Maar hy het geen keuse meer nie. Te veel stemme het van oral gepraat. Die artikelskrywer: *20 000 meestal kinders en bejaardes het 'n hongerdood gesterf.*

My naam is Tinus van Jaarsveld. Ek is een van die twee ...

Die stem van dokter Lipmann-Kessel: "Besef jy dat hierdie meisietjie jou kom red het? Sonder haar sou jy waarskynlik die gebruik van jou been verloor het."

Ek het gelees van die toestande in Arnhem. Is daar enige manier waarop ek nou kan help?

Andrew se stem, daardie laaste dag toe hy so vinnig verswak het. Sy woorde het hortend uitgekom, weinig meer as 'n fluistering: "Lieutenant, I don't think I'm ... gonna make it. Just promise me ... you will find out ... if Mentje is okay?"

"I promise, Andrew. But I am sure you will make it."

Ek hoor graag van u.

Die uwe

M.D. van Jaarsveld.

Bo alles, sy eie stem wat lewenslank sal aanhou.

Naskrif: Kon Mentje toe by haar vader op die plaas agterbly?

Hy pos die brief na die huis in Arnhem waar hy versteek was.

Agt weke later land 'n blou koevert uit Arnhem in sy posbus. Hy stap terug trok toe, sit die res van die pos op die sitplek langs hom neer en skeur die koevert versigtig oop.

Net 'n enkelbladsy, driekwart vol geskryf.

Hy lees.

Toe lees hy 'n tweede keer.

Hy vou die brief versigtig toe en druk dit terug in die koevert.

Sy kop sak agteroor tot teen die agtervenstertjie, sy hande klem die stuurwiel vas. Sy oë bly toe.

Here? Dít?

Nege en twintig

'N yskoue Desemberwind trek deur die kombuis, reg van die Noordpool af. Die agterdeur van tante Tinka-hulle se huis wil al weer nie toe bly nie, dit slaan teen die kombuiskas vas elke keer as die wind stoot. Net verlede week het die nutsman hulle verseker die knip is nou reg. Maar dis soos dit gaan deesdae, niks is ooit heeltemal reg nie.

Omdat die wêreld stukkend gebreek het.

Met mening slaan Mentje die agterdeur toe en stoot haar moue geïrriteerd tot onder haar elmboë op.

"Ek wil met jou iets bespreek," sê tante Maria skielik.

Mentje draai nie eens haar kop weg van die skottelgoed in die bak voor haar nie. Sy glo nie meer aan goeie maniere nie. "Ja?"

Tante Maria droog die koppie deeglik af, veel deegliker as gewoonlik. "Jy weet tante Tinka en oom Thijs gaan verhuis?"

Hoe sal sy dit nou nie weet nie? Dis al wat deesdae in hierdie huis bespreek word.

Die volgende koppie neem net so lank om droog te kom. Dit skeel haar gelukkig niks hoe lank haar tante staan en afdroog nie. "Vroeg in die nuwe jaar verhuis hulle."

Sonder 'n woord gaan Mentje voort om die borde te was. Dit gaan blykbaar 'n lang gesprek word. As hierdie goed klaar gewas is, loop sy. Of die gesprek klaar is of nie.

"Hoor jy wat ek sê?"

Gmf. "Tante Tinka-hulle gaan vroeg in die nuwe jaar verhuis." Sy hoor die irritasie in haar eie stem.

"Na Suid-Afrika."

Om daar saam met oom Thijs se neef te gaan boer. Bla-bla-bla. En tante Maria het hulle huis gekoop, sy gaan dit so en so regmaak en dit en dat doen. Bla-bla.

Sy is al moeg vir die elke dag se stories.

"Luister jy?"

"Ja." Sy vee die wasskottel droog met die wasdoekie, hang dit aan die hakie en draai om. Laat sy tog maar hoor wat haar tante te sê het. "Tante wou iets met my bespreek?" Kortaf.

Tante Maria bly karring met die vadoek. "Jy onthou daardie soldaat wat jy versorg het? Die een van Suid-Afrika?"

Ag nee, wat tog nou weer? "Tinus?"

"Hy het aangebied dat jy daarheen kom. Ek het my toestemming gegee."

'n Emmer koue water tref Mentje reg van voor, haar mond val halfoop. Tinus het wát? Haar tante ... Wát?

"... huis te klein ... weet nie hoe ek as weduwee ... geleenthede ..."

Sy kyk reguit na haar tante en keer met haar twee hande. "Wag, stop. Wat het gebeur?"

"Ag, toe nou, kind, dis nie nodig om alles in een of ander melodrama te verander nie." Tante Maria kyk steeds nie direk na haar nie. "Die Bijls het ingewillig dat jy saam met hulle reis na Suid-Afrika. Die Tinus-soldaat het ingewillig om jou versorging oor te neem. Ek het reeds betaal vir jou passaat. Is dit so moeilik om te verstaan?"

Die bloed begin stadig weer na haar vasgeskrikte brein vloei. Hoor sy reg? Of is dit net nog 'n nagmerrie?

"Julle vertrek in Februarie. Thijs Bijl het aangebied om jou papiere ..."

Die koue Desemberlug slaan teen haar gesig vas toe sy die agterdeur oopppluk. "Waar gaan jy nou? Ek is nog nie klaar gepraat nie!"

Sy slaan die deur agter haar toe.

Die strate is stil, die mense is reeds binne vir die nag.

Sy loop vinnig straataf, rigtingloos. Solank dit net weg van die huis af is.

Die wete sypel stadig deur. En dit klou stywer en stywer vas, tree vir tree. Sy word weggestuur. Ver weg, na vreemde mense in 'n vreemde land.

Dis nie vir haar nuus dat sy nog nooit welkom was hier nie. Maar dat tante Maria so blatant van haar ontslae wil raak?

Met elke tree groei die kwaadword sterker en sterker. Die blote gedagte dat niemand iets met haar bespreek het nie, niemand haar waaragtig net gevra het wat sy dink nie. Haar wettige voog het besluit, basta en klaar.

Gmf!

Maar saam met die kwaad, soos altyd, kom die hartseer. Hand aan hand loop hulle, klou aan haar voete vas, word haar skaduwee met elke tree wat sy gee, elke dag, elke uur.

Gewoonlik wen die kwaadword. Soms is die hartseer sterker.

Soos vanaand.

Haar treë neem haar tot op die wal van die rivier. Die swart water van die Nederryn vloei voor haar voete verby. Weg, verby see toe om nooit weer terug te kom nie.

Die hartseer spoel donker deur haar.

Sy gaan sit op die grond, trek haar bene op en vou haar arms om haar knieë. Die aarde onder haar is ysig koud.

As sy weggaan, sal sy die plaas waar sy grootgeword het, nooit weer sien nie. Nie dat sy daarheen wil teruggaan nie, maar nogtans.

Sy sal die mense vir wie sy lief geword het, nooit weer sien nie. Han en Bart – hoewel sy nou nog kwaad is vir hulle – ta Lenie en oompie Bram, tante Cor.

Henk.

Sy bly lank doodstil sit. Die koue trek van onder af in haar in, die wind waai dit in haar mond en ore in. Haar neus word 'n ysblokkie, haar tone raak stokstyf gevries.

Onwillig staan sy op en begin terugstap. Die pad terug is te kort.

Die sterkste wete bly nag lank vassteek: Die lewe agter is finaal verby. Die toekoms wat op haar wag, is onbekend.

Al wat sy weet, is dat sy nie wil nie. Sy wil nie bly nie, want sy haat Arnhem. Sy wil nie teruggaan plaas toe nie, dis te seer. Sy wil nie weggaan Suid-Afrika toe nie, dis te vreemd. Die wil-nies is baie meer as die wille.

Bowenal wil sy nie verder lewe nie.

Dae vol reëlings vlieg verby, nagte vol botsende emosies sleep donker en langsaam voort.

Oom Thijs Bijl sit by die kombuistafel gebuk oor berge papierwerk. "Ek gee haar doodgewoon op as veertien jaar oud, anders veroorsaak dit te veel administratiewe rompslomp."

"Die kind is nog nie eens dertien nie," frons tante Tinka.

Gmf. Hulle praat asof sy nie hier is nie. En altyd "die kind", asof sy nie 'n mens met 'n naam is nie.

"Maria, jy moet 'n prokureursbrief kry van die man wat haar versorging gaan oorneem," sê oom Thijs sonder om van die papiere af op te kyk. "Hy moet haar wettige voog in Suid-Afrika word."

Vreeslike gesug. "Hemel tog, as ek geweet het ... Ja, goed, ek doen dit."

Sy is seker veronderstel om dankbaar te wees vir alles. Wel, sy is nie en sy sal ook nie tot dankbaarheid gedwing word nie. Jammer.

Op 'n ander dag, tante Tinka: "Maria, die kind moet skoene kry. Sy kan werklik nie Suid-Afrika toe gaan net met haar klompe nie."

'n Sug, oë ten hemele terwyl sy die geld onwillig oorhandig. "Gaan koop dan tog maar."

Mentje loop huis toe met die nuwe skoene in 'n bruin kardoes in haar hande. Haar voete voel veel tuiser in die knus bekendheid van oompie Bram se klompe. Sy sal nie dankie sê nie. Sy wil die simpel skoene nie hê nie.

Aand vir aand is sy vasgekeer in die Bijls se oorvol, muwwe studeerkamer wat sy met die twee dogtertjies deel.

Femke bly aan haar hang, byna lastig: "Ek wens jy gaan nie weg nie, Mentje."

Maar sy kan nie haar kwaad of haar hartseer op Femke uithaal nie. "Ag wat, teen daardie tyd is tante Tinka-hulle se huis al heeltemal reggemaak sodat julle lekker kan woon. Julle sal gou van my vergeet."

"Nee, nooit, nooit, nooit nie."

Henk is al een wat soms saam met haar kwaad is oor alles. Ook nie altyd nie, net as hy tyd het. En dan vloek hy. Wat sekerlik sonde is, maar lekker.

Eindelik breek die dag aan dat sy moet totsiens sê. Femke en Ilonka klou aan haar vas en huil.

Tante Maria is ongemaklik. "Het jy alles, kind? Wag, neem hierdie saam. Miskien ..." Kleingeld in die hand.

Sy vat dit en knik net.

Laaste staan Henk nader en steek sy hand uit. "Oukei. Totsiens dan." Hulle het klaar gepraat, gisteraand al. Lank gepraat, alles gesê wat hulle moes.

"Totsiens, Henk. En ... ja, totsiens."

Tot in Rotterdam ry hulle met die trein. Oom Thijs sit stil by die venster en uitkyk. Tante Tinka hou haar verfrommelde sakdoekie voor haar oë, dis deurnat gehuil.

"Ek weet dit is die beste vir ons almal, maar dis so swaar," sê sy sag.

Hulle seuntjie Nicolaas spring op die treinbank op en af, hardloop in die paadjie af, hardloop die kondukteur byna uit die aarde uit.

"Hou hierdie kind onder beheer," sê die ou man in sy streng uniform.

Mentje se kop is swaarder as haar lyf. Vanoggend is die kwaad weg, ongelukkig. Sy hou nogal van die kwaad. Maar van vroeg vanoggend af voel haar lyf leeg, met net 'n seer knop in die middel van haar maag. Haar kop is oorlopensvol van te veel woorde, te veel onthou, te veel hartseer. Veral te veel nie weet nie.

Al die pad Rotterdam toe sif die fyn sneeuvlokke stadig af aarde toe. Die velde lê wit gesneeu, die bome staan kaal en swart afgeëts teen die grys lug. Dis stil, asof selfs die klanke in die lug vasvries voor dit kan uitsprei.

Die trein se dik bol grys rook los op in die sneeugrys lug, net soos die rook van die brandende Arnhem in die bondels reënwolke meer as 'n jaar gelede toe sy en Henk vir Tinus en Andrew gevind het.

Nou is Andrew dood. Soos sovele ander in hierdie vreeslike jaar.

En sy gaan in Tinus se land woon. Hy word haar voog.

Sy hoop net nie hy dink hy is haar baas nie. Sy is haar eie baas, vuur sy die kwaadword aan.

Die kwaadword kry nie vasskopplek in haar seer hart nie.

Rotterdam is vodde geskiet. Die wit sneeukombers probeer die swartgebrande hawestad wegsteek. Dit werk nie.

Van die treinstasie af moet hulle hawe toe stap. Oom Thijs kry 'n kruier met 'n sterk waentjie om hulle twee groot trommels te karwei. Bo-op stapel hy hulle koffers en sakke.

Mentje dra die koffer wat tante Maria vir haar gegee het in haar hand. Die bruin leerkoffer is swaarder as die besittings binne-in.

In die koffer, tussen haar klere en nuwe skoene, is haar Bybel wat sy byna 'n jaar laas gelees het. Sy weet nie eens hoekom sy dit ingepak het nie. Sy het tog besluit sy sal dit nooit weer lees nie. Maar Pappa het voorin geskryf. Dis al hoe sy iets van Pappa die vreemde in kan saamneem.

Toe hulle hul boot, *Oranjefontein*, in die oog kry, steek al drie verstom vas. Selfs Nicolaas gaan staan botstil.

"Dis 'n groot skip," sê tante Tinka verwonderd.

"Groter as wat ek gedink het, ja," sê oom Thijs en begin verder stap.

Die passasiers bly lank op die dek staan, die stad raak kleiner en kleiner, die land skuif al dieper in die grys lug weg tot net die swart see rondom hulle bly.

"Ons gaan af kajuit toe, Mentje," sê tante Tinka. "Onthou, ete is om sewe."

"Ek sal betyds wees," sê Mentje sonder om van die swart water af weg te kyk. Dit sal eintlik maklik wees om net verder oor te leun. Te verdwyn.

Dit lyk net baie diep en donker. En baie nat. Sy gee 'n treetjie agteruit en kyk na die horison.

Sy is nie kwaad vir tante Tinka nie, ongelukkig nie. Soms wel geïrriteerd met haar, want die tante kan tog so blymoedig wees, dit gee mens skoon 'n pyn. Maar regtig kwaad word vir haar, kan mens nie.

Hulle was van die eerste mense op die skip. Een van die bemanning het hulle rondgewys. Hier is die toeristeklas se dek, hier die eetsalon.

Heel onder, net bokant die grommende enjinkamer, is die kajuite vir die toeristeklas. Hulle kajuit het twee beddens onder en twee hangmatte bo. Beknop, net soos in die Amhut. Die mansbadkamers is na links aan die einde van die gang, die dames s'n na regs.

In die kajuit langs hulle is 'n miss Brown en mense met 'n baie vreemde van, Mäkinen. In die kajuit oorkant hulle is vier mense, elkeen met 'n ander Engelse van. Al die deure het vier name op, wat beteken die skip gaan baie vol wees.

Nou staan sy en uitkyk oor die swart see. Die wiegende skip onder haar voete voel heeltemal vreemd. Sy is alleen, soos op 'n eiland in die middel van die grote oseaan. En dit is goed, want dit is uiteindelik stil.

Toe die ghong vir ete slaan, stap sy na die klein eetsalon.

Binne wag tante Tinka met Nicolaas. "Is jy seker jy sal regkom met hom?"

Gmf. "Ek het reggekom met Ilonka, nie waar nie?"

"Ook waar, ja. Dankie, hoor? Jy help ons baie."

Tante Tinka is net uit, toe 'n baie mooi vrou in 'n noupassende swart rok die kindereetsalon binnestap. Sy steek vas en kyk onseker rond.

Aan haar hand is 'n dogtertjie met 'n ongetemde bos blonde krulle, nuuskierige blou oë en 'n blinkwit breë glimlag. Asof sy wil sê: Kyk, wêreld, hier is ek!

Mentje voel byna asof sy ook wil begin glimlag. Maar sy bly ernstig, kyk so koel moontlik na hulle.

Die kind se glimlag word selfs groter. Sy sleep haar ma oor die vloer na die tafeltjie waar Mentje en Nicolaas reeds sit. "Können wir uns doch hier setzen? Mein Name ist Esther. Wie heisst du?"

"Ek is jammer, ons praat Duits," maak die vrou dadelik verskoning. "Sy sê ..."

"Ek kan Duits praat." Miskien meer kortaf as wat sy bedoel het.

"Gee jy om?" vra die kind se ma.

Gee sy om? Nee, want sy gee oor niks meer om nie.

Die Esther-kind trek ongenooid 'n stoel uit en gaan sit. "Wat is jou naam?" Sy kyk met haar wye glimlag na Mentje.

"Mentje de Vries."

"O, dis 'n lang naam." Esther draai na Nicolaas. "En joune?"

Nicolaas sit haar verstom en aanstaar. Hy was lanklaas so stil. Teen haar sin begin Mentje die situasie geniet. "Sy naam is Nicolaas."

"O. Mentje de Vries, hoe oud is hy en hoekom praat hy nie self nie?"

Haar ma probeer die entoesiastiese woordevloed keer. "Miskien gee jy hom nie tyd om te antwoord nie, Esther. Of hy verstaan nie Duits nie. Kyk, hier kom die kos nou. Dit lyk lekker, nè?"

"Prys die Here," sê die kind dadelik en tel haar lepel op. "Wie gaan bid? Ek is vreeslik honger."

Die boot lê baie stil toe oom Thijs die lig die volgende oggend aanskakel.

"Ons moet reeds in Southampton wees," sê hy en gly gebukkend uit sy bed. Hy is 'n lang man, die hangmat is te laag bokant sy kop vir hom om regop te sit.

Mentje is lankal reeds wakker. Sy het geen idee gehad hoe laat dit is nie, want die kajuit was gitstikdonker. Jare se oefening – eers in die tent en die Klein PO saam met die Bartfelds, toe in die Amhut, later selfs op die plaas se solder en in die Bijls se muwwe studeerkamer – het haar doodstil laat lê sodat sy niemand sal pla nie.

Die enigste ding wat sy ooit sal mis van Arnhem, is die heerlike alleenwees van haar mooi kamer – voor dit kapot geskiet is. Nou is daar niks meer oor nie.

Behalwe miskien Henk. Haar maat Henk.

Dit maak haar hartseer om aan hom te dink, daarom stoot sy dit van haar af weg.

Heelwat Engelse passasiers kom aan boord. Almal wil na Suider-Afrika, weg van die vernietiging en honger van die stukkende Europa.

Nadat die skip weer die Southampton-hawe verlaat het, sien Mentje dat die mense aan die oorkant van die gang ook hulle kajuit betrek het. Drie mans en 'n seun.

"Is this your cabin?" vra die seun vriendelik.

"Ja. Het julle by Southampton opgeklim?"

"Logies, ja." Die seun praat Engels met dieselfde aksent as waarmee Andrew gepraat het. "Hi, ek is Charles."

"Mentje de Vries." Sy sou haarself nie voorgestel het as sy nie wou nie. Maar op 'n vreemde manier wil sy.

"Mentje? Nog nooit daardie naam gehoor nie."

"Dis 'n ou Hollandse naam, ek dink dit kom van my ouma."

Hy knik goedkeurend. Ook sy rooierige hare laat haar bietjie aan Andrew dink. Miskien nie, hy het beslis minder rooi hare. En sy oë is baie lewendig, êrens tussen bruin en groen. Vol pret, dit sien 'n mens met die eerste opslag reeds.

Die ghong slaan en Charles reageer onmiddellik. "Beteken dit ete? Ek hoop so, ek kan nou 'n bees opeet."

Gmf. Waaragtig nog 'n seun wat net aan sy maag kan dink.

Dis nie net Charles se oë wat lewendig is nie. Sy lyf is nog erger, asof hy soek na avontuur om te gebeur. "Kom ons kyk wat is hier onder," sê hy.

"Ons mag nie daar ingaan nie," keer Mentje afkeurend. Sy sou graag wou ingaan en kyk, maar avontuur en kwaadwees wil nie lekker saamwerk nie. En kwaadwees is al verweer wat sy het teen die hartseer.

Hy stoot die deur oop en buig sy kop af om in te klim. "Wat kan hulle doen? Ons van die skip afgooi? Oh, wow, look at this!"

Sy vergeet dat sy eintlik nie in iets wil belangstel nie. "Dis 'n hoop seile," sê sy toe haar oë die skemerdonker gewoond is.

"Maar wat is onder die seile?" vra Charles in 'n geheimsinnige stemtoon.

Binne twee dae voel dit vir Mentje asof hulle die ganse boot ken. As hulle hier moes wegkruipertjie speel – natuurlik sal hulle nie, want hulle is nou te groot – maar as iemand hulle dwing, sou geen mens hulle kon vind nie. Selfs in die bosse rondom die Pas-Opkamp was daar nie soveel wegkruiphoekies nie.

Die skuilings word nuttige wegkruipplekke wanneer Mentje se hartseer te veel word. Want in hierdie vreemde omgewing raak die kwaadweesmuur soms dun. Dan breek die hartseer maklik deur.

Hartseer is die een ding wat sy nooit vir die wêreld sal wys nie. Dit behoort aan haar alleen.

Net Henk het geweet. En hy het in Nederland agtergebly.

Sommer op die tweede of derde nag reeds, kort nadat hulle die eiland Madeira agtergelaat het, word Mentje met 'n harde kopstamp wakker. Sy vlieg regop en stamp weer haar kop, hierdie keer teen die dak van die klein kajuit. Bom! is haar eerste gedagte. En direk daarna: Lewend begrawe! Want alles is pikdonker.

Iemand skakel die lig aan. Dis skielik verblindend skerp, sodat Mentje haar oë moet toeknyp.

Die skip rol heeltemal eenkant toe.

"Mamma!" gil Nicolaas en val uit sy hangmat, half bo-oor oom Thijs wat uit sy bed probeer kom.

"Dis 'n storm," sê oom Thijs verskrik. "Nicolaas, néé! Tinka, help!"

Die reuk tref Mentje vol in die maag. Badkamer! dink sy benoud en skarrel bo-oor die ander drie om by die kajuitdeur uit te kom.

Die hele toeristeklas se passasiers staan tussen haar en die badkamer.

Almal op die boot is siek. Min haal die badkamer betyds. Mentje ook nie.

Net die Duitse oom in die kajuit langs hulle lyk asof hy niks makeer nie. Hy dra 'n lang nagjurk oor sy kort, ronde lyf en het 'n slaapmus op sy kop, pantoffels aan sy voete.

"Beweeg op boontoe, dis beter as hier onder," sê hy rustig.

"Gaan ons sink?" skree die Esther-kind benoud.

"Beslis nie," sê die ou oom. "Kom, op met die trappe na vars lug."

Passasiers bondel die trappe op. Vannag gaan ek dood, dink Mentje en veg verbete teen die naar.

Bo is dit onmoontlik om by die vars lug op die dek uit te kom. Die see is siedend kwaad, yslike branders breek oor die onderste dek. Die wind brul woedend, die skip rol van kant tot kant. Almal word eetsalon toe geboender.

In die toeristeklas se eetsalon heers chaos. Eetgerei van die klaar gedekte tafels lê besaai oor die vloer, passasiers sit bleek om die kiewe hulle koppe en vashou of hang oor elke hol ding wat die bemanning kon vind.

"Dit is die ergste wat ek nog ooit beleef het," kreun 'n verweerde seeman. Sy gesig het 'n grysgroen skynsel met 'n wit kring om sy mond.

Een van die jonger bemanningslede lag goedig. "Jy sê dit elke keer, oom Job. Maar jy oorleef darem ook elke keer."

"Haal diep asem, kyk ver," hou die ou Duitse oom aan sê terwyl hy trap-trap om sy balans te hou en na 'n tafel aan die oorkant van die salon beweeg.

Mentje druk haar rug teen die koue muur vas en lig haar ken op, sy kyk so ver moontlik. Maar die oorkantste muur is net enkele treë van haar af. Sy probeer diep asemhaal, maar dit maak haar naar.

"Are you okay?" vra Charles skielik langs haar.

"I'm going to die." Sy beweeg nie haar kop nie, sy staar reguit vorentoe.

"Nope, you won't."

Gmf. Hoe weet hy altemit hoe siek sy is?

Eintlik wil sy mos doodgaan. As sy kon, sou sy al doodgegaan het. Maar darem nie op so 'n nare manier nie. Waardig, met haar kop op 'n wit kussing, nie oor 'n bak vol ... oor 'n vuil bak nie.

"Kan ek vir jou 'n glas water gaan haal?" vra Charles en staan op.

"Dit gaan my naar maak."

"Nope, it won't."

Beterweterige vent.

Toe sy 'n slukkie van die water drink, voel sy tog effe beter. Miskien is dit net omdat die nare smaak nou uit haar mond is.

Charles lyk asof hy niks makeer nie. "Is jy nie naar nie?"

"Nee wat, ek steur my nie aan 'n paar golwe nie." Windmakerig. Mentje wens sommer ...

Skielik knyp sy haar oë toe en trek haar asem skerp in. "Ek gaan siek word."

Toe sy haar oë 'n oomblik later oopmaak, het Charles verdwyn. Dit kon sy verwag het, tipies seunskind. Is dit nou hoe kastige vriende mekaar bystaan?

Êrens in die vroeë oggendure klaar die storm op, die wind gaan lê, maar die see bly omgekrap en kwaad. Mentje bly op die vloer in die eetsalon sit.

Later is niemand meer oor nie, net sy alleen. Niemand kom soek haar nie. Niemand mis haar nie.

Dis presies wat sy wil hê, dink sy kwaad. Hulle moet haar uitlos, sy sal self regkom.

Tog maak dit seer. As sy morsdood hier op die vloer gelê het, sou hulle dit seker eers agtergekom het wanneer iemand môreoggend oor haar dooie lyf val.

Sy sit nog op die vloer toe die personeel begin om alles skoon en gereed te kry vir ontbyt.

"Gaan was en trek skoon aan," sê een van die kelners. Sy oë is dik van te min slaap.

In die badkamer spoel Mentje haar nagrok uit en gaan soek 'n hoekie om dit droog te kry. Buite skyn die son skynheilig vrolik, die wind slaap laat, die see lê spieëlglad en babablou van horison tot horison. Asof niks gebeur het nie.

Aan ontbyttafel vra Charles vir Esther: "Is jou oupa 'n dokter?"

Alles wat Charles in Engels sê, moet Mentje na Duits vertaal.

"Onkel Andreas?" lag Esther uit haar maag. "Hy is nie my oupa nie! Hy is my pa."

"Jou pa? Hy lyk meer soos jou oupa."

Esther skud haar krulkop met oorgawe. "Hy is my nuwe pa. So nou moet jy weet, nè?"

Mentje tolk, Charles begin lag. "Now what do you think that is supposed to mean?"

Daar is elke dag 'n hele verskeidenheid dekspeletjies vir die kinders. Hulle moet plat skywe so na as moontlik aan die teiken gooi of in twee spanne heen en weer hardloop tussen twee bakens. Eers wou Mentje glad nie saamspeel nie, maar toe begin dit nogal lekker lyk. Eintlik het Charles haar ingesleep. Hulle twee is elke keer in verskillende spanne, omdat hulle die twee grootste kinders in toeristeklas is.

"Hoe oud is jy?" vra Charles een oggend.

"Veertien."

Hy begin lag. "Yeah, sure, and I am Father Christmas."

"Dit staan so op my papiere."

"En as my papiere sê ek is Kersvader? Is dit dan so?"

Mentje twyfel 'n oomblik. Sy wil nie vir oom Thijs in die moeilikheid bring nie, maar hy het aspris gejok op haar papiere. Dit sal sekerlik nie saak maak as net Charles die waarheid weet nie. "Ja, goed. Ek is twaalf, amper dertien."

Hy knik tevrede, asof hy hierdie rondte gewen het. "En jy?"

Sonder huiwering: "Veertien." Maar sy oë gee hom weg.

"Ha-ha. Dertien, ek wed jou."

Hy glimlag ingenome. "Amper."

"Twaalf? Ek het geweet jy is ook twaalf!"

Daar is tye wanneer sy vergeet om kwaad te wees en die hartseer nie boontoe druk nie. Want Charles is pret, en vir klein Esther kan hulle twee groteres heerlik lag.

Op reëndae moet die kinders tydens speeluur in die eetsalon bly. Charles glip altyd weg en gaan soek sy eie vermaak, maar Mentje geniet nogal die kunsvlyt wat hulle doen, of die musiek.

Hulle speel ook bordspeletjies. Die kleintjies speel slangetjies-en-leertjies of Ludo. Soms Snap, maar dit gee 'n vreeslike gegil af.

"Snaaaap! Snaaaap!"

Die groter kinders kan kies tussen Backgammon met sy roomkleurige en bruin skyfies, of Chinese Checkers met die gekleurde balletjies in die gaatjies. Of Monopoly met sy vier stasies en die tronksel in die hoek.

"Goed, Esther, jy kan vandag probeer saamspeel," stem Mentje een reëndag in. "Maar dis 'n grootkindspeletjie. Jy mag nie huil as jy verloor nie."

"Ek sal nie," belowe Esther ernstig.

Hulle is vier wat speel: Charles, wat vir 'n wonder kom saamspeel het, Mentje, die vyfjarige Esther en 'n agtjarige Nederlandse meisie.

Veral Esther konsentreer kliphard wanneer iemand skuif.

"Maar sal ek nog genoeg geld hê as ek 'n huis koop?" vra sy bekommerd vir Charles. "Sê nou ek land in die tronk?"

"She says ..." tolk Mentje ongeduldig.

Dit is die Nederlandse meisietjie se beurt. Sy gooi en skuif haar strykyster vinnig verby Mentje se hotel.

"Du betrügst!" roep Esther dadelik uit.

Die Nederlandse meisie se kop ruk op. "Ek bedrieg nie!"

"Ja?" Esther het duidelik die Nederlands gevolg. Sy tel die strykyster op en beweeg dit terug na waar dit was. "Jy het hier gesit. Een, twee, drie, vier, vyf: Op Mentje se hotel!"

Charles trek sy gesig skeef. "You cheated, you cheated."

Die ander meisie vlieg op. "I not cheat!" Sy draai na Esther. "You dirty German, you hold you mouf shut."

Esther se oë vernou. "You ... I see ..." maar die Engels raak te moeilik en sy slaan oor na Duits, wysvinger reg voor die meisie se neus: "Maak nie saak watter taal mens praat nie, bedrieg is bedrieg en die Here sien dit."

Die ander twee se oë draai na Mentje. Sy tolk teësinnig – sy is regtig nie lus vir nog 'n wêreldoorlog nie.

Maar Charles red alles deur al weer te begin lag. "You are right, Esther. Cheating is cheating and God sees it all."

Die dag toe hulle oor die ewenaar vaar, vergader groot en klein, oud en jonk, eersteklas en toeristeklas almal rondom die swembad. Daar is groot koeke en bakke vrugte en joligheid.

Ek wens Henk was ook hier, dink Mentje skielik. Hy sou alles so geniet het: die prettighede, die swembad, die koek.

Sy veg teen die vlaag hartseer wat dreig om haar onderstebo te stamp.

Charles is besig om van sy skoene ontslae te raak. "Trek uit jou skoene, dit gaan sopnat word," sê hy skuinsweg vir haar en pluk sy hemp oor sy kop. Hy hardloop, trap vas, trek sy knieë op tot onder sy ken en spring met 'n groot plons in die water.

Mentje staan verskrik eenkant toe. Pappa kon goed swem. Hy het altyd gesê hy sal haar ook leer wanneer sy bietjie groter is, tien of elf jaar oud.

Maar op haar tiende verjaardag was Pappa reeds dood. Sy het dit net nie geweet nie. Sy is mos altyd die laaste om alles te hoor.

Charles se kop wip bokant die watervlak uit, hy lag en beduie met sy arm.

Nee, nee, beduie Mentje beslis terug.

"Kom in, man, almal swem in hulle klere!" roep hy.

Mentje trek haar oë op dreigende skrefies en skud haar kop verwoed.

"Ek sal saam met jou kom swem, Charles!" roep Esther opgewonde. "Ek moet net eers my ma vra."

Ook Esther se ma keer met haar hande en skud haar kop.

Charles stoot homself op uit die swembad en stap oor die vloer na mevrou Mäkinen. Hy is lank vir amper dertien, en baie maer. Eintlik is al die kinders op die boot maer, dink Mentje afgetrokke.

Op 'n manier kry hy seker vir mevrou Mäkinen oorreed, want Esther gaan sit plat, trek haar skoene uit en hardloop agter hom aan swembad toe.

Mentje staan eenkant, halfverskuil agter 'n pilaar. Hoe kan hierdie mense so vrolik wees as hulle almal hulle bekendes en hulle geliefde plekke moes agterlaat en die vreemde invaar? Dit maak haar kwaad. Sy sal nie deel van hierdie skynheilige pret wees nie, sy wil nie.

En tog wil sy.

Dis regtig nie lekker om amper dertien jaar oud te wees nie.

Soveel kastige pret in die dag. Net om weg te kom van die waarheid.

En dan kom die nag. Altyd.

Nagte is donker. Met tye donkerder as donker.

Sy moet elke keer alles agterlaat. Die skip en haar twee nuwe maats, een van die dae. Voor dit Henk. Femke ook, ja, maar veral Henk.

Sy moes haar en Pappa se plaas agterlaat. Niemand het haar genooi om by hulle te kom woon nie, nie oompie Bram en ta Lenie nie, nie tante Cor of selfs Han en Bart nie. Almal was kastig hartseer, ja. Almal het kom groet en sy het gewag, maar niemand het gesê "Kom bly by ons" nie. Nou sal sy nooit weer plaas toe kan gaan nie.

Nie dat sy wil nie. Maar as iemand haar net genooi het om te bly, as sy net kon kies of sy wil bly, sou dit gehelp het.

Sy moet haar pa agterlaat. Want hy is dood, vir ewig.

Nag beteken soms kwaad wees, maar oorwegend is dit net donker hartseer. Dit beteken wakker lê en verlang.

Ek is 'n oorlogsweeskind, sê sy vir haarself. Ek gaan in 'n vreemde land by vreemde mense woon. Wat agter lê, is vir altyd verby. Ek het niks daarvan oor nie. Ek het net myself en my naam.

Ek is Mentje de Vries.

Esther verstaan Nederlands nou al redelik goed, maar die Engels bly vir haar Grieks. "Sê vir Charles hy moet reg praat, ek verstaan nie."

"Hy praat Engels, dis sy taal," sê Mentje kwaai.

"Wat sê sy?" vra Charles.

"Ag, nee, dis verregaande. Sy sê sy verstaan nie wat jy sê nie en nou is ek moeg getolk. Julle twee praat aanmekaar met mekaar en ek moet elke keer alles herhaal. Van nou af praat ons net Nederlands." Sy draai na Esther en herhaal alles in Duits. "Verstehst du? Do you understand? Begrijp je dat?"

Die ander twee knik ernstig, maar sê nie 'n woord nie. "Buitendien, wanneer ons in Suid-Afrika aankom, praat die meeste van die mense 'n soort Nederlands. Dan verstaan julle dit ten minste."

"Ons gaan na 'n plek toe waar die mense Duits praat," sê Esther dadelik.

"Duits? In Suid-Afrika?"

"Nee, 'n ander plek. Wag, ek gaan vra gou my ma." En sy hardloop oor die dek na waar haar ma en die ou Duitse oom sit en lees.

"I don't understand," waarsku Charles.

Gmf. "Jou probleem."

Esther kom uitasem terug en skuif in op haar stoel. "Deutsch-Südwestafrika, dis langs Suid-Afrika. Na 'n Missionsstation."

"I don't understand one word," sê Charles.

"One word," herhaal Mentje. "Deutsch is German. Deutsch-Südwestafrika?"

"German South West Africa?"

"Presies! En nou: Missionsstation?"

Charles frons. "Missionary station?"

"Absoluut, is dit nou so moeilik?" Sy sug effens, dis seker nie regverdig om haar eie kwaadheid op Charles uit te haal nie. "Moenie die woorde hoor wat jy nie verstaan nie. Luister na die sinne en vind die woorde wat jy wel verstaan."

Hy haal sy skouers op, maar gaan tog voort met die gesprek. "So you are going to a missionary station in German South West Africa."

"Ja," sê Esther.

Sy groenbruin oë draai na Mentje. "And you?"

Mentje praat so duidelik moontlik. "Ek gaan na 'n plaas in Suid-Afrika, in die Bosveld."

"South Africa. Bushveld."

"Jip," sê Esther weer. "Hy het dit. Prys die Here."

Mentje begin lag. "Al is hy 'n seun, nè?"

Esther sit kiertsregop op haar stoel. "Ja. Vra hom waarheen gaan hy."

"Vra hom self," stel Mentje voor.

Maar Charles het klaar verstaan. "Bechuanaland."

"Betsjoeanaland?" frons Mentje.

"Langs Suid-Afrika."

Sy skud haar kop effens. "Ek wens ons het 'n kaart gehad."

Charles frons onbegrypend. "Card?"

"A map."

"Karte," knik Esther en hardloop weer oor die dek na haar ouers.

Die ou dokter wat Esther se nuwe pa is, staan moeisaam op en kom na hulle. "Julle soek 'n kaart?"

Mentje knik. "Van Afrika. Eintlik net die onderste deel van Afrika."

"Ek sal by die biblioteek gaan hoor. Wag maar eers hier."

Ná middagete gaan hulle al drie saam met hom na die eersteklas se biblioteek. Hulle moet doodstil bly. Die ou dokter wys vir hulle waar die drie lande lê.

"Dis reg langs mekaar," fluister Esther bly.

"Nogtans honderde en honderde myle uit mekaar," waarsku dokter Mäkinen.

"Hundreds of miles," verstaan Charles en knik.

"Maar ons kan vir altyd en altyd maats bly?" vra Esther angstig.

"Voor altijd vrienden," knik Mentje gerusstellend en sit haar hand plat op die tafel neer.

"Für immer Freunde," herhaal Esther dadelik en sit haar handjie op Mentje s'n.

Charles glimlag. "Friends forever." Hy maak sy hand bak na onder en kriewel sy vingers soos spinnekopbene af ondertoe.

Esther se lyfie krul van die lekkerte soos sy koes vir die nare goggabene. Sy begin saggies, gemeensaam, giggel. "Prys die Here."

Mentje voel die skielike seer van nog 'n naderende afskeid in haar. "Prijs de Heer," sê sy sag.

En Charles: "Praise the Lord." Sy stem klink vreemd: dieper, en ernstig.

"Ons gaan met nog 'n skip ry," vertel Esther die volgende oggend. "Maar Mamma sê dis nie so 'n mooi skip soos hierdie een nie. Gaan julle ook op daardie skip ry?"

Charles skud sy kop. "Nope. Waar ek heen gaan, is daar geen riviere of see vir 'n skip om op te vaar nie."

"In die Bosveld ook nie," sê Mentje. "Ek ry van Kaapstad af met die trein."

"Ons ook!" roep Charles uit. "Dalk ry ons op dieselfde trein."

Maar middagete kom rapporteer hy: "Nee. My neef sê jy ry met die Johannesburg-trein noorde toe en ons ry oor Mafeking na Ramatlabama en dan oor die grens na Betsjoeanaland tot by Francistown."

"Agge nee!" sê Esther met gevoel.

Charles begin lekker lag. "Oh, Esther."

Die afskeid moet 'n mens inhaal, een of ander tyd, altyd. Niks hou mos vir ewig nie.

Van vroegmiddag af reeds staan Mentje en Charles op die dek. "Ek wed jou ek gaan die land eerste sien," sê Charles selfversekerd.

"Klaar verloor," sê Mentje en wys met haar vinger. "Doer ver. Kyk mooi."

"Sowaar, ja." Charles trek 'n skewe gesig. "Wed jou jy kan nie tot daar swem nie."

"Wed jou jy ook nie."

Hy lag. "Slim, nè?"

Maar sy is nie lus vir grappies vanmiddag nie. Haar hart word seerder en seerder en die onsekerheid brand in haar maag. As die kwaad net sterker wil staan, sal dit soveel makliker wees. "By wie gaan jy woon, Charles?"

"My neef-hulle, op 'n plaas in Betsjoeanaland." Hy klink ook nou meer ernstig.

"Jou ouers?"

"Dood. Die oorlog. Joune ook seker?"

"Ja." Die oorsake verskil miskien, die eindresultaat bly dieselfde. "Weet jy hoe die lewe gaan wees, daar waar jy heen gaan?"

"My neef sê dis warm en droog. Maar ook oop en vry. Hy sê hy wil nooit weer in Skotland gaan woon nie."

Esther kom druk haar kop tussen hulle in en woel vir haar lyf 'n plekkie oop.

Mentje sug diep. "Ek weet nie wat wag vir my nie. Ek weet niks van Afrika nie."

"Hier is niks oorlog en bomme nie," sê Esther ernstig. "Die Here woon ook hier, sê my mamma."

Die Here. Wanneer laas het ek met die Here gepraat? dink Mentje vlugtig. Dis makliker om kwaad te wees vir die Here. As Hy dan so almagtig is …

"Ken jy nie die mense na wie jy gaan nie?" frons Charles.

"Nee. Ek ken die man effentjies, maar nie eens so goed soos ek julle twee ken nie."

"That's bad."

Die land skuif nader en nader. Die ligte windjie begin sterker stoot, vlieswolke begin saampak. Môre hierdie tyd …

"Ons kan miskien vir mekaar briewe skryf," stel Mentje huiwerig voor.

Charles keer dadelik met sy hande. "Ek het nog nooit 'n brief geskryf nie."

"Wat praat jy?" sê Esther se helder stemmetjie. "Ek kan nie eens skryf nie. Maar ek kan my mamma vra en ek kan baie mooi teken."

"Afgespreek," probeer Mentje haar hartseer ferm stilmaak. En met 'n kwaaier stem: "Charles, skryf een of twee sinnetjies. Maar skryf net."

Esther is baie kwaaier. "As jy nie skryf nie, gaan ek en Mentje vir jou kwaad word. Want ons is baie, baie lief vir jou."

Mentje voel die verleentheid oor haar stroom. Goeie aarde, 'n mens kan tog nie so iets vir 'n seun sê nie! "Ek gaan papier haal dat ons ons adresse vir mekaar kan gee," kry sy rede om te vlug.

Dit help tog, die wete dat hierdie afskeid miskien nie heeltemal so finaal soos al die ander sal wees nie.

Maar toe Esther ná aandete moet nagsê, begin sy droewig huil.

Dit maak haar ma bitter ongemaklik. "Kom nou, jy is bietjie lastig by die groot kinders."

"Sy is nooit lastig nie, Mevrou," verseker Mentje. "Dis vir ons almal moeilik om totsiens te sê."

Charles trap ongemaklik rond. "Don't cry, please, Esther."

Hoe kan 'n mens haar troos, onsself troos? wonder Mentje desperaat. En sê nou Charles beantwoord nie haar briewe nie? Of klein Esther se ma het nie tyd om te skryf nie? "Kom ons spreek nou reeds af om mekaar oor tien jaar te ontmoet."

Charles kyk op, sy oë is weer vol pret. "Oor tien jaar, dan is ek twee en twintig? Wow! Jy ook."

"Oor tien jaar?" Esther is duidelik baie ontsteld. "Dis nog vreeslik lank. Wat van oor tien dae?"

"Dit sal nie werk nie, Esther," sê haar ma geduldig.

"Elf dae?"

Charles kyk haar reg in die oë en praat stadige Engels, sy hande praat saam: "Oor tien jaar gaan ons 'n groot partytjie hou, en jy is die eregas."

Esther frons soos sy konsentreer, en antwoord in dieselfde stadige, handondersteunde Duits: "Ek is dan wie alt, Mama?"

"Vyftien."

"Vyftien. Výftien? Dis oud."

"We have a deal!" roep Charles oormatig vrolik uit. "Ons ontmoet weer oor tien jaar. In 1956."

Dertig

Dit word 'n lang, eensame treinrit met te veel dinktyd. Die trein klik-klak, klik-klak ritmies voort. By elke stasie blaas hulle wolke stoom af.

Hoe verder die trein ry, hoe dunner raak die kwaadweesmuur. Die seer begin agter die muur opdam. Mentje staar verbete na buite.

"Nou begin jou nuwe lewe, Mentje," het tante Tinka gesê toe hulle op die Pretoria-stasie moes groet. "Sal jy regkom?"

"Ek is altyd oukei." Dit het stugger geklink as wat sy bedoel het.

Sy sal oukei wees as haar kop kan baas bly, as haar lyf net die seer kan binne hou. Maar haar lyf het te gereeld nie ore om te hoor nie.

Skielik sê die kondukteur langs haar: "Jy klim by die volgende stasie af."

'n Groot moegheid spoel deur haar. Sy is moeg aangepas by vreemde plekke, moeg gepraat met vreemde mense, moeg gehoop dat sy aanvaar sal word. Dit sal soveel beter wees as sy net aan die slaap kan raak en vir altyd wegraak.

Die stasie bestaan uit 'n lang gebou en 'n enkele perron.

Tinus staan op die perron. Hy lyk anders as toe sy in Arnhem van hom afskeid geneem het. Frisser dalk, sy gesig is beslis nie meer so maer en gryserig nie. Hy lyk gesond en sonbruin gebrand.

Alles bly vreemd. Selfs hy.

Hy staan nader. "Goeiemiddag, Mentje."

"Goeiemiddag, Tinus." Wat anders moet sy sê?

"Is dit al jou goed?"

"Ja, dis alles."

Hulle stap deur die stasiegeboutjie na buite. Toe hy begin beweeg, merk sy die effense hink in sy stap. Sy been. Iets is tog bekend.

By 'n groot ou weermagtrok swaai hy haar koffer tot bo-op die bak agter en maak die kajuit se deur oop. "Klim maar in."

"Dankie." Dis hoog om in te klim. Binne is dit brandwarm.

Hy klim agter die stuur in, slaan die deur agter hom toe en skakel aan. "Het jy veilig gereis?"

Regtig 'n dom vraag, sy is mos hier. "Ja. Dankie."

Die weermagtrok trek raserig weg. "Voor ons plaas toe gaan, moet ons eers vir jou skoolklere koop."

"Ek het klere vir skool."

"Nee, hier dra die kinders skooluniforms."

Uniforms soos soldate? Dit ook nog?

Die dorp het net een straat met winkels. Aan die einde van die straat staan 'n kerk met 'n hoë toring.

"Dis ons kerk daardie."

Sy kyk na die eenvoudige wit kerk; niks in vergelyking

met die Grote Kerk nie. "Die Eusibius-kerk se toring lê op die grond. Flenters."

"Ek het gesien, ja, op foto's." Hy hou stil by 'n stopstraat, kyk heen en weer en trek weer weg. "Byna die hele Arnhem is verwoes. Jou tante het geskryf haar huis is onbewoonbaar?"

"Ja." Sy brei nie verder uit nie.

Stilte.

"Hulle woon nou in die Bijls se huis?" probeer hy weer.

"Waar jy en ... waar julle weggekruip het, ja."

"Andrew," sê hy die naam en hou voor 'n winkel stil. Voordat hy uitklim, draai hy eers na haar. "Die amptelike papiere wat jou tante gestuur het, sê jy is veertien. Toe skryf ek jou by die hoërskool in. Maar toe ons in Arnhem was, was jy elf?"

"Ja." Simpel oom Thijs met sy gelieg net om die papierwerk makliker te maak. "Dit was net vir die papiere. Ek is twaalf, word in April dertien."

"So gedink, ja. Dan moet jy waarskynlik nog in die laerskool wees. En jy was vir 'n jaar nie in die skool nie?"

"Ek was weer in die skool van September af." Sy wens hy wil ophou karring. Sy sal oukei wees. As mense haar net uitlos.

"Ons kyk maar of jy regkom in die hoërskool."

Of sy regkom? Gmf.

Sy moet draf om agter hom by die winkeldeur in te stap. Binne laat hy haar by die winkelassistent om skoolklere te koop.

"Hoërskool?" vra die vrou effe verbaas en begin goed uit die rakke haal.

Toe hulle weer in die trok klim, het Tinus 'n spul kruideniersware by hom. Mentje het 'n vormlose swart oorrok met lang gordel ('n jim, het die winkelassistent dit genoem), twee wit bloese, 'n skooltrui, wit sokkies en swart skoolskoene. Ook 'n hele sakkie met toiletware.

Hulle draai links net voor die kerk.

"Het jy alles gekry?"

"Die vrou sê so, ja. Sy dag ek kom van Holland af, maar toe sê ek nee, van Nederland af."

Sy hande bly op die groot stuurwiel van die trok, sy stem klink rustig. "Hier in Suid-Afrika praat ons van die hele Nederland as Holland."

Sy skud haar kop. Oom Henry het vir hulle baie mooi op die kaart gewys. "Holland is net die deel by Rotterdam en Amsterdam."

"Die mense hier weet dit nie. Hulle dink Holland en Amsterdam is die hele Nederland."

"Dan weet hulle niks."

Uit die hoek van haar oog lyk dit asof hy effens glimlag, maar sy kyk nie reguit na hom nie.

Iets pla haar. In Arnhem het hulle mekaar tog redelik goed leer ken, gemaklik met mekaar gesels. Nou voel alles vreemd en ongemaklik.

Hulle ry verby 'n U-vormige gebou met baie vensters en lang stoepe voor.

"Dit is die hoërskool, jy begin Maandag hier skoolgaan."

"O. Goed." Die skool lyk darem soos 'n skool moet lyk.

Rondom hulle begin die veld oopmaak. Hier is heuwels en kranse, nie berge soos sy aan die begin van die treinreis net buite die Kaap gesien het nie. En bosserige bome met deurmekaar takke en lang wit dorings. Die pad is stamperig en stowwerig.

Op pad plaas toe kan sy aan niks dink om te sê nie, hy seker ook nie, daarom is dit lank stil tussen hulle. Die trok se geratel is die hele kajuit vol.

"Die laaste keer wat ek jou gesien het, was die aand voor julle moes vertrek uit Arnhem," dink Tinus tog aan iets om te sê. "Hoe was julle vlug? Het die waentjie wat ons prakseer het, gewerk?"

So lank gelede, soveel het tussenin gebeur. En sy wil nie onthou of daaroor praat nie. "Die waentjie het goed gewerk, ja. Ons het met tye gesukkel om kos te kry. Maar dit het eintlik goed gegaan."

Stilte. Sy kan darem nie ongeskik wees nie, en sy is nogal nuuskierig. "En met jou? Moet net nie vertel van Andrew nie."

Hy bly reguit voor hom in die pad kyk. "Teen die tyd dat ek kon vlug, so drie dae ná julle, was al ons mense reeds weg. Ontsnap, baie van hulle, sommige het êrens weggekruip. Die res is óf gevang óf geskiet. Daar was ook nie meer soveel Duitse patrollies nie." Hy aarsel 'n oomblik. Sy stem is diep, dieper as wat sy onthou het. "Ek het donkernag deurgeswem anderkant toe."

"Geswem? Deur daardie rivier? Met jou been?"

Hy haal sy skouers effe op.

Die weermagtrok ratel en skud oor die pad. "Sinkplaatpad, noem ons dit. Kyk, dit lyk soos die dak van daardie plaashuis, sien jy?"

Dis bietjie moeilik om te verstaan, maar sy volg die strekking van sy woorde. "Ek sien, ja. Slim woord, sinkplaatpad."

Dit word warmer en warmer voor in die raserige trok. Sy voel hoe die sweet onder haar hare uit begin kriewel. Haar oë raak branderig van die stof. As die sweet en die stof meng, gaan sy 'n moddergesig hê teen die tyd dat hulle op die plaas aankom.

Wie woon nog op die plaas? Miskien het Tinus 'n vrou, selfs kinders? Sy weet regtig niks nie, en dis nie 'n goeie plek om te wees nie.

"Ek woon saam met my oupa en ouma op die plaas," sê hy asof hy haar gedagtes gelees het.

"O. Net julle?"

"Ja, net ons drie."

Dan het hy nie kinders nie.

Hulle ry al verder en verder van die dorp af weg. Dit maak haar bekommerd. "Hoe gaan ek by die skool kom?"

"In die week bly jy in die koshuis."

Sy frons. "Koshuis?"

"Waar die kinders in die week bly."

Dis nou regtig 'n swak verduideliking. Sy probeer dink. "'n Herberg?"

"Ja, soort van. Maar net vir kinders wat skoolgaan."

Bly maar 'n flou verduideliking.

Reg teenoor 'n groot boom met wit dorings en peule wat soos lang vingers uit die boom hang, draai hulle regs van die pad af en hou voor 'n hek stil. Tinus klim uit, maak die hek oop, ry deur en maak weer die hek toe. Sy merk opnuut die effense hink in sy stap op.

"Ek kan die hekke oopmaak," bied sy aan toe hy opnuut die trok se deur agter hom toeslaan.

"Dankie, dit sal help."

Nou is hulle op 'n tweespoorpaadjie wat nog stamperiger is. "Hoekom slaan jy die trok se deur so?"

"Al hoe hy toe bly."

Die veld langs hulle strek ver uit tot teen die koppe en is oortrek met lae bome en struike en bossies en uitgespoelde sandslote. Heel anders as op die boerdery waar sy grootgeword het. Maar tog met 'n tipe oopheid en vryheid wat sy nooit in Arnhem gevind het nie.

"En toe jy aan die ander kant van die rivier kom?" praat sy hulle boerdery en Arnhem weg uit haar gedagtes.

"Mense het my versteek en in die nag na die naaste weermagkamp geneem, van daar is ek na 'n Britse hospitaal en is later huis toe gestuur. En dis my hele storie."

"Hoe gaan dit nou met jou been?"

"Goed. Ek het 'n goeie verpleegster gehad." Nou het sy duidelik gesien hy glimlag effentjies.

Sy voel skielik verleë. "Ek dink nie dit was so maklik soos jy vertel nie," praat sy haar verleentheid weg.

Hy bly in die pad voor hom kyk. "Julle vlug uit Arnhem ook nie, Mentje. Maar dis agter ons en ons het lewend anderkant uitgekom."

Skielik voel sy nie heeltemal so alleen nie. Want daar is 'n "ons" wat anderkant uitgekom het.

Sy maak die laaste hek oop en weer toe. Die trok het 'n trappie by die deur waarop sy kan trap, anders sou sy nooit ingekom het nie. Ook haar deur moet sy met 'n knal soos 'n geweerskoot toeslaan.

Voor hulle doem 'n witgekalkte gewelhuis op. Dit lyk byna asof die huis half teen die rantjie opgeklim het en nou daar vasklou. Ses steil trappies lei op na die breë stoep met 'n stoepmuurtjie en 'n rooi vloer. 'n Ou man verskyn uit die voordeur en steek vas op die boonste trappie.

Tinus haal haar koffer van die bak af, in sy ander hand dra hy een van die pakke kruideniersware. "Kom, stap saam," en hy begin huis toe stap.

Die ou man staan roerloos op die boonste trap en wag. "Ek dag jy neem haar koshuis toe?"

"Eers Maandag," Tinus draai na haar. "Mentje, dis my oupa. Jy kan hom oom Martinus noem."

Sy steek haar hand uit om te groet. Maar die oom hou sy kierie in sy een hand vas en sy pyp in die ander. "Dag," brom hy en vervolg dadelik: "Ouma is binne."

Binne is die huis skemerdonker.

Tinus stap verby die lang eettafel en in die gang af tot by 'n deur. "Hierdie is jou kamer." Hy sit die koffer op die bed neer en draai terug deur toe. "Ek hoop alles is reg. Selina is in die kombuis, sy sal vir jou koffie gee. Ek moet dadelik gaan, die koeie moet gemelk word. Ons eet so teen seweuur."

Voor sy iets kan sê, is hy by die deur uit.

Sy voel skielik weer baie alleen.

Stadig kyk sy rond na haar nuwe blyplek. Teen die een muur staan 'n groot bed met 'n bont lappieskombers oor. Eenkant staan 'n laaikas met bo-op 'n skottel en lampetbeker, net soos in die dakkamer van advokaat Von Baumhauer se huis. Langs die bed is 'n kassie met kers en blaker.

Hier is geen elektrisiteit nie, net soos op hulle plasie, sien sy dadelik.

Toe hoor sy die koeie. Die vloedgolf heimwee tref haar onverhoeds, sodat sy alles los en venster toe stap. Die klank lok haar na buite, oor die kaal werf na die klipkraal agter. Sy kry die bekende koeireuk, sy hoor die kalwers blêr van honger. En die hoenders in die hokke na links.

Die golf spoel haar uit, halfpad teen die klipmuur op. Sy hang oor die kraalmuur en streel oor die naaste koei se nek. "Ek is so bly julle is hier."

Die koei se nek is warm onder haar hand.

Tinus se ouma is 'n vrou met 'n stywe bolla agter in haar nek en stywe lippe.

"Mevrou Van Jaarsveld," stel sy haarself voor sonder om haar hand uit te steek.

Gmf. Dan hou sy wat Mentje is, ook maar by die slegte

maniere. Sy tel haar kop op, steek nie haar hand uit nie, trek haar nek styf en sê: "Mentje de Vries."

"Ek het nie geweet ons kry kuiermense nie."

Sou Tinus nie vir sy ouma gesê het van haar nie?

Tog is daar vier plekke aan tafel gedek. Mentje gaan sit op die plek langs Tinus. In die middel van die tafel staan 'n pot dik groentesop en 'n tuisgebakte brood. Ek is honger, besef sy verbaas.

Maar toe die kos eers in haar bord is, sukkel sy om die sop en brood afgesluk te kry. Die reuk van die paraffienlamp op die tafel, die smaak van die sop en vars brood in haar mond en die veraf geloei van die koeie is net te bekend. En toe die oupa ná ete die groot Bybel oopslaan en in gebroke Nederlands begin voorlees, kan sy die trane nie keer nie.

Direk ná huisgodsdiens vlug sy kamer toe.

Sy is hartseer en kwaad deurmekaar. Kwaad omdat hierdie wêreld se reuke en klanke, die sagte vel van die koeie en die smaak van die groentesop haar verlei om te glo dis soos op hulle eie plasie.

En dit is nie. Dit is 'n lelike, harde, droë wêreld met te veel stof en son en sand en te min groen gras vir die arme beeste. Met bome vol wrede dorings en heuwels met gevaarlike kranse.

Daar is 'n sagte klop aan haar deur.

"Mentje?" vra Tinus se stem.

Sy antwoord nie. Sy wil nie in hierdie wêreld wees nie. Sy sal grootword en teruggaan na haar wêreld. Of vir ewig op die boot woon, wat niemand se wêreld is nie en waar almal vrolik lag.

Dis net baie moeilik om kwaad te wees as mens so bitter alleen is.

Die son kom op en die son sak in hierdie land net soos in Nederland, maar ook nie dieselfde nie. Sonsopkoms ruik anders, droër. Dit ruik na stof en koffie wat op die stoof staan en die vreemde pap wat die oupa baie vroeg in die oggend al maak. Van die geluide is dieselfde: die hoenderhaan, die koeie, die melkemmers. Ander geluide is vreemd: die roep van die werkers oor die werf, die klank van skottelgoed uit die kombuis.

Sonsak in hierdie land het verskillende kleure. Soms sak die son pienk agter die hoë kranse, soms is die lug byna rooi. Soms tog die bekende oranje, maar die koningin en haar prinsessies is ver, ver van hier.

En as die son op sy hoogste is, is dit doodbrandwarm.

In die dae voor sy moet weggaan skool toe, leer sy die hele plaas ken. Sy sorg dat sy vroegoggend reeds uit die huis is, voordat die son te warm begin steek. Die eerste oggend al klim sy teen die rantjie uit en kyk oor die hele plaas met sy veekrale en weilande en landerye. Onder sien sy die kronkelende spruit met die groen bome al op die walle. Meestal groot doringbome, plek-plek ook bome met lang, slap takke wat oor die modderige watergate hang.

Na links nestel 'n klompie modderhuisies styf teen mekaar aan, asof dit mekaar wil warm broei in die koue. Net, hier is dit byna onhoudbaar warm.

Rondom die huisies speel kinders. Twee vroue maak vuur onder 'n groot swart pot. Dit is dan waar die werkers woon.

Reg agter die kraal, byna weggesteek, sien sy nog 'n huis. Selfs van hier af kan sy sien die huis is klein en bietjie verwaarloos, met 'n deur wat effe skeef hang en mure waarvan die verf afdop. Uit die skoorsteen krul 'n lui rokie die blou lug in op. Wie sou daar woon?

Dit voel baie vreemd om in die oop, stil veld te wees. Sy bekyk die doringrige bome en laat gly haar handpalm oor die knoetserige stamme. Sy trek haar skoene uit en loop met haar kaal voete in die warmgebakte sandsloot. Sy tel gevlekte klippies op en beenwit gebakte slakskulpe.

Sy huil net wanneer sy wil. Want nêrens is oë nie.

Behalwe natuurlik die diere se oë: die koeie en kalwers se dromerige oë, die kraalogies van die hoenders – simpel goed – die ganse wat haar skuinsweg beloer en die kwaai ou kalkoen wat skoorsoekerig na haar kyk. Dis net die boerbokke met hulle snaakse baardjies wat haar ignoreer en gulsig die peule onder die bome kom vreet.

Wanneer dit te warm word, gaan sy terug huis toe. Die oupa sit heeldag op die stoep met sy pyp, hy kyk nie na haar nie. Mevrou Van Jaarsveld is nooit êrens te siene nie. In die kombuis werskaf die vriendelike vrou Selina met die kospotte of stryk die skoongewaste klere met die ry ysters op die stoof. "Wil jy koffie en koekies hê?" vra sy elke keer as Mentje inkom. Amper soos 'n regte ma.

Mentje se kamer is net haar eie, soos haar kamer in Arnhem. Sy pak haar goed in die laaie en hang haar rokke aan die twee spykers teen die muur. In die veld pluk sy 'n paar veldblommetjies en sit dit in 'n glas water langs haar bed. Maar dit verwelk so vinnig dat sy jammer is sy het hulle gepluk.

Die tweede aand ná ete sê Tinus: "Kom sit gerus op die stoep. Dis nog vroeg en dis lekker koel daar."

Hy proe-proe sy koppie koffie versigtig. Sy sit haar glas melk op die tafeltjie tussen hulle neer.

Ook dit is bekend. Die romerige glas vars melk saans.

"Jy moet jou tuismaak, Mentje," sê hy asof hy aan niks anders kan dink om te sê nie.

"Ja. Dankie."

Hulle sit op grasstoele, dit kraak as mens beweeg. "Het jy al bietjie rondgekyk op die plaas?"

"Ja. Baie."

"En wat dink jy?"

Wat dink sy? Dat dit droog en hard en vreeslik warm is? Dat daar baie wegkruipplek is wanneer mens alleen wil wees? Dat die stilte haar soms rustig maak en ander tye net meer ongelukkig? Dat sy eensaam is? "Dis anders."

"Ja. Baie anders as by julle."

Dis net die diere wat dieselfde is, wil sy sê. Maar eintlik wil sy nie oor plase praat nie.

"Was alles nog reg op julle plaas toe julle daar aangekom het?" vra hy ná 'n rukkie.

Sy wil nie antwoord nie. Sy wil nie eens aan hulle plaas dink nie. "Die huis was reg, maar die koeie en die hoenders was weg."

Hy sit sy leë koppie op die lae stoepmuurtjie voor hom neer en vryf oor sy seer been. "Was jy bly julle het teruggegaan?"

Hou op, wil sy uitroep. Maar hy bedoel seker goed. "Ons het genoeg kos gehad. Henk was baie gelukkig daar."

Sy kop draai effens. "En jy, Mentje?"

Sy kyk nie na hom nie. "Ek wil nooit weer teruggaan nie."

Hy vra nie verder nie. Sy drink haar glas leeg en sit dit ook op die stoepmuurtjie neer.

Die nagte hier is vol geluide wat sy nie ken nie. Êrens roep iets, êrens ver. "Jakkals, hoor jy?"

"Ja." Sy het nie geweet dis 'n jakkals nie. "Hy klink ongelukkig."

"Hy roep sy maat."

"O." Sy wens Henk was hier. Hy wou bitter graag kom. "Jy kan nie jou ma los nie," het sy gesê.

"Ek weet. Ek wens net ..." Hy was baie moedeloos.

Nou is Henk ook deel van alles wat agtergebly het. En sy weet nie of sy hier wil wees nie.

Vanaand is dit helder maanskyn. Van die stoep af kan mens ver oor die werf uitkyk, tot by die kraal en verby. "Wie woon daar?" Sy beduie na die flou, flikkerende liggie in die huisie agter die kraal.

Dis 'n oomblik stil voor Tinus antwoord: "Die bywoners. Dit is beter as jy nie soontoe gaan nie."

Sy vra nie verder nie.

Sondagoggend ná kerk laai Tinus haar by die koshuis af.

Hy staan effe ongemaklik rond. "Goed, dan kry ek jou Vrydagmiddag ná skool weer hier?"

"Ja. Goed."

Toe hy omdraai en wegstap, wens sy skielik sy kon saam terugry plaas toe. Want nou gaan alles, alles, alles weer vreemd wees.

Toe tel sy haar tas op en loop agter die regop vrou met die streng gesig aan.

Die matrone neem haar na die slaapsaal vir standerdsesmeisies en wys vir haar haar bed en kas. Sy staan in die ry vir koffie met melk en suiker – ondrinkbaar, maar sy sluk dit af – en eet aandete saam met al die ander meisies by die tafels met die stywe wit tafeldoeke en servette.

Sy voel wit en maer en baie uitlands tussen die fris, sonbruin boerekinders.

Maandagoggend trek sy haar wit sokke en kraaknuwe skoolskoene aan en stap in die ry skool toe. Sy word in 'n klas geplaas, doen haar bes om die taal te verstaan, verduidelik oor en oor dat sy van Nederland kom, tot sy opgee en Holland as haar tuisland aanvaar.

Die meeste van die werk verstaan sy nie. Dis deels seker die taal, maar sy kom ook agter dat hierdie land se standerd ses eintlik die agtste graad in Nederland is. En sy het nog nie eens die sewende graad voltooi nie.

Sy sê niks. Sy oorleef. Ten spyte van alles.

Vrydagmiddag voor in die trok, op pad terug plaas toe, vra Tinus: "Hoe was die eerste week in jou nuwe skool?"

Hoe kan sy verduidelik? Hoe sal hy ooit die vreemdheid kan verstaan, die alleenheid, die verlange na enigiets wat bekend is? En wat kan hy buitendien aan die situasie doen?

"Dit is baie vreemd, nè?"

Iets in sy stem laat haar vinnig opkyk. Hy bly stip voor hom in die pad kyk. Maar dit voel tog of iets van die ou Tinus weer daar is, die soldaat wat bekommerd was oor haar toe sy mediese hulp moes gaan soek, oor hulle toe hulle uit Arnhem moes vlug.

Miskien sal hy verstaan. Maar hy sal steeds niks kan doen om te help nie. "Dit is vreemd, ja. Veral die taal."

"Dit glo ek. Gelukkig is jy slim."

Op hierdie stadium voel sy allesbehalwe slim. En die knop is skielik weer onhanteerbaar groot terug in haar keel. "Hulle weet van dinge waarvan ek nie weet nie."

Hy knik. "Seker, ja. En jy weet van dinge waarvan hulle nie weet nie."

Sy dink 'n oomblik oor sy woorde. "Maar dit tel nie vir punte nie."

"Dit tel vir die lewe."

Is dit regtig waar? Sy draai na hom. "Dink jy om te weet van die oorlog se goeters is goed of sleg?"

Nou is dit hy wat moet dink. Teen die opdraande verander hy na 'n ander rat, die trok skud en brul voort. "Oorlog is nooit goed nie, jy is reg. Ek wens soms ek het baie van die dinge nie gesien en ervaar nie."

"Maar ..." Sy steek vas.

"Maar wat?"

Wat wou sy eintlik sê? "Maar die meisies is bietjie soos ek. Hulle kom almal van plase af," besef sy skielik. "Dit was nie so met die stadskinders in Arnhem nie."

"Dan is ek baie bly." Sy stem klink werklik verlig. "Jy moet vir my sê as iets verkeerd is, Mentje."

"Goed." Sy weet nie of sy dit regtig sal doen nie.

"En e... ek is trots op jou, hoor?"

Trots op my? Wanneer laas het iemand dit gesê?

Sy knik net stil.

Haar vreemde, nuwe lewe het begin.

Die musiek trek haar. Dis die hartseerste musiek wat sy nog ooit gehoor het. So asof die vioolspeler presies weet hoe sy vanaand – elke aand – voel.

Hy sit op 'n plat rotsplaat 'n ent teen die rantjie op, die vioolspeler. Dis 'n broeiend warm aand, tog het hy 'n verslete baadjie aan en 'n slap laphoed op sy kop. Sy gesig is afgebuig oor sy viool.

Sy gaan sit op 'n rots skuins agter hom. Hy speel en speel, haar trane loop en loop.

Die klanke uit die viool is selfs hartseerder as die nag lange geweeklaag van Bertien-hulle se eselmerrie toe dié se vulletjie dood is.

Bertien.

Selfs hartseerder as wat sy was toe Bertien kom groet het. En gepraat het.

Lank nadat die vioolspeler sy viool in 'n tassie gepak en onder tussen die bome verdwyn het, sit sy nog in die warm sterlignag.

Dis seker al ná middernag toe sy versigtig verby Tinus se stoepkamer loop en gangaf sluip na haar kamer toe.

Vandag is Saterdag, dink sy toe sy die volgende oggend wakker word. Vandag beteken vryheid. Weeksdae in die skool en koshuis lui die klokke haar in netjiese blokke in: opstaan, ontbyt, periodes, pouses, etes en studietye, badtyd, selfs Bybelleestyd. 'n Mens móét jou Bybel lees en dan op jou knieë staan en bid. Anders skryf die kamerprefek jou naam in 'n boek.

Hierdie eerste Saterdagoggend terug op die plaas bly die stilte in haar kamer hang. Daar is wel veraf geluide: uit die kombuis, van die kraal af, die roep van die werkers, die honde op die werf. Dis alles ver klanke, dowwe agtergrond wat sy hoor en ook nie hoor nie. Vaagweg bekend, dis die geluide van hierdie plek. Maar rondom haar en in haar is dit stil.

Sy glip uit die bed, trek aan en stap oor die stoep na buite.

Stilte en vryheid het baie plek, miskien te veel plek. Dis waar mens kan vrede vind, het Pappa altyd gesê. Dis waarna Han so vurig verlang het in die Pas-Opkamp. Maar dis ook waar die alleenheid groter word, waar die eensaamheid floreer en die treur haar lyf en haar kop oorneem, al wil sy dit hoe diep weggesteek hou.

Haar voete begin loop, op teen die rantjie na die plek waar die vioolspeler gisteraand gesit het.

Miskien is dit nie net die stilte nie. Miskien is dit gisteraand se musiek wat die rou treur kom oopskeur het. Want selfs ná byna 'n jaar van probeer sterk en kwaad wees, sit haar huil steeds nog so vlak.

'n Deel van heeltemal vry wees, is om ongestoord te kan huil. Om 'n plek te hê waar niemand jou kan sien en bejammer nie. Om hier op die warm rotsplaat plat op jou maag te lê en die seer knop uit jou maag uit te huil. Nie heeltemal uit nie, nie weg nie. Net kleiner, sodat dit leeg voel en nie meer heeltemal so seer is nie.

Toe sy gehoor het haar pa is dood, kon sy nie huil nie. Die mense het gedink sy verstaan nie.

"Dit het nog nie ingesink nie," het hulle gesê.

Dit was nie waar nie. Hoe kan jy nie van die eerste sekonde af weet jou pa is vir altyd weg nie? Verstaan hy kom nooit weer terug nie?

Die son steek later warm teen haar agterkop, dit brand in haar nek en die sagte vel agter haar knieë.

Sy staan op en gaan was haar dik gesig in die koel water van die sementdam by die windpomp. Die koeie is lankal reeds veld toe, die hoenders skarrel op die werf rond, die kwaai ou kalkoen soek skoor. In die kombuis skep Selina vir haar 'n bakkie pap uit die swaar pot op die stoof. Sy roer 'n groot homp botter in, strooi baie suiker oor en skink vir Mentje 'n glas melk in. "Jy is seker baie honger."

Die mense in hierdie land weet nie wat "baie honger" beteken nie.

Die hartseer musiek bly die hele dag in haar.

Skemeraand op die stoep vra sy: "Tinus, wie is die vioolspeler?"

Hy antwoord nie.

"Is dit een van die werkers?"

"Nee."

Sy wag. Bo dryf die vlieswolke stadig sonsakkant toe. In

die stukkie gras voor die huis begin 'n kriek sy eentonige deuntjie uitsaag. Die luggie van die spruit se kant af begin sterker stoot.

"Dis die bywoner," sê hy.

Een en dertig

Die geskiedenisonderwyser vertel vir hulle van Jan en Maria van Riebeeck wat van Holland af gekom het. Almal kyk na haar, asof sy hulle moes geken het. Dit voel gereeld asof die kinders na haar kyk. Sy kyk soms terug, maar meestal kyk sy af en gaan aan met haar werk.

In die Afrikaansklas lees hulle 'n boek van Patrys, 'n seun wat die hele tyd avontuur soek. Omdat sy dit moeilik vind om te volg gee die onderwyser vir haar die boek saam om die middag te lees. Dis makliker as om net te luister.

Patrys en sy maats maak oorlog, hulle wapens is klippe. Die meisies is die verpleegsters.

Nie een van die karakters in die boek het 'n idee wat oorlog regtig is nie.

Die matesis verstaan sy. Matesis laat haar altyd verlang na die Amhut en Wim wat vele aande saam met haar by die tafel gesit en oom Henry se moeilike somme verduidelik het. Nou verstaan sy al die somme, maar sy sal nooit weer vir Wim sien nie. Of enigiemand van die Amhut nie.

Die kwaad is dadelik terug in haar. Want Bart en Han het kom groet en gesê hulle is jammer dat haar pa dood is. Maar hulle was nie jammer genoeg om haar te nooi om by hulle te bly nie.

Sy wil nie aan hulle dink nie.

Die plaaskinders kan glad nie Engels praat nie, so die Engels wat hulle doen, is vir haar baie maklik. Sy verlang na oom Henry se skool en sy Engelse gedigte en sy is kwaad omdat oom Henry so swaar moes doodgaan. Ongelukkig is die seer oor oom Henry sterker as die kwaad.

In die biologieklas hoor sy Bart verduidelik. Sy wens sy kan net kwaad wees vir Bart, nie nog hartseer ook nie. Die probleem is dat haar hartseer net agter haar oë in haar kop vasgesteek het.

Mettertyd word sy tog deel van al die ander meisies in hulle standerdsesslaapsaal. Sy leer saam met hulle spoorsny in die Voortrekkerspan en bid saam in hulle CSV-kringetjie. Hulle vorm 'n sterk skans wipperige standerdsesse teen die baasspelerige seniors, 'n hegte groepie koshuisbrakkies teen die beter-as-julle-dorpskinders. Pouses eet hulle hul eenderse koshuisbroodjies en loer vir die seuns. Smiddags skinder hulle oor party seuns begin dink hulle is mans. Almal sien uit na Vrydagmiddae wanneer hulle kan teruggaan plase toe. Sondagaande is almal hartseer. Sommer net hartseer.

Al lag die ander soms oor haar vreemde Afrikaans, al is sy maerder en witter as almal en al weet sy baie keer nie waaroor die ander praat nie, word sy hulle maat. Dis miskien die beste deel van skool, dat sy deel is van 'n groep.

En in die groot skoolgroep word sy iemand spesiaals. Sy word "die Hollandertjie".

Maar skool is en bly maar net skool. Die plaas, haar eie kamer, die diere en die oop veld is tog beter.

Vroeg Saterdagoggend hoor sy hoe rusteloos die beeste in die kraal is. Sy trek vinnig aan en hardloop kaalvoet kraal toe. Haar voete is al amper so gewoond aan kaalvoet loop soos die koshuismeisies s'n. Dis die eerste ding wat hulle smiddae doen: pluk hulle skoene uit.

Van ver af sien sy hoe die beeste maal en sywaarts koes. Hulle bulk benoud. In die kraal sukkel die twee werkers, Frans en Phinias, om hulle in die drukgang in te kry.

Tinus staan op die onderste houtpaal van die drukgang met 'n inspuiting in sy hand. "Een van julle sal by die dipbak moet kom help! Ek gaan vandag hier besig wees."

Dis 'n groot gesukkel. Die drukgang is 'n lang gang met vyf dwarshoutpale aan weerskante. Aan die einde van die gang is 'n diep trog vol water. Die beeste moet daardeur swem sodat die dipstof in die water oral aan hulle lywe vassit, anders suig die bosluise aan hulle vas en kry hulle 'n vreeslike siekte: hartwater. Of altans, so verstaan sy dit.

Die beeste is vreeslik bang, hulle lig hul koppe hoog bokant die water uit, hulle oë wydgerek van vrees. Hulle blaas deur hulle neuse en trap-trap verwoed om anderkant te kom. Gly-gly sukkel hulle teen die skuinste uit en bulk ontevrede. Soms gly een terug, vas teen die volgende bees wat reeds probeer uitbeur. Dan gryp Frans – hy is regtig baie sterk – die bees se horings vas en trek hom deur.

Aan die begin van die drukgang spuit Tinus elke bees wat verbykom op sy boud. Mentje hou hom noukeurig dop. Hy trek die spuit vol, trek die bees se vel styf, spuit en vryf vinnig oor die plek waar die naald ingegaan het.

Tussendeur roep hy bevele: "Trek, Frans! Kom jy reg?

Oppas daar!" en "Stop met injaag, Phinias! Sit die paal voor. Ek moet eers weer die naalde skerpmaak."

By 'n plat klip maak hy die twee naalde goed skerp. "Goed, bring maar die volgende!" roep hy en staan weer reg om te spuit.

Dis regtig 'n groot gesukkel.

Sy staan nader. "Ek sal vir jou die naalde skerpmaak, Tinus."

Hy kyk verbaas om. Hy het duidelik nie eens besef sy is hier nie. "Ek glo nie jy sal regkom nie."

Dink hy altemit sy kan nie? "Ek het aangebied omdat ek dink ek kan dit doen," wip sy haar.

Sy wenkbroue lig op, maar draai terug na sy werk. "Goed. Moet asseblief nie 'n naald breek nie. Ek het net hierdie twee."

Gmf.

Sy gaan sit op haar knieë voor die slypklip, druk met haar wysvinger die punt van die naald skuins teen die klip vas en begin versigtig slyp. Baie gou is die punt weer lekker skerp. Wanneer een skerp is, gaan ruil sy dit om en neem die stomp een klip toe. Nou gaan die spuitery byna twee maal so vinnig.

Hulle werk saam, sy en Tinus. Net soos sy en Bart saamgewerk het. Of sy en dokter Lipmann-Kessel.

Hulle pasiënte is vandag besonder groot, besonder dikvellig en besonder benoud. Sy voel jammer vir die beeste en wil vir hulle sê: Toemaar, dis amper verby, swem net mooi deur.

Maar hulle sal seker ook nie haar half-Nederlands verstaan nie, dink sy terwyl sy slyp en slyp. En Tinus dink dalk sy is simpel as sy so met die beeste praat.

Dit word die lekkerste oggend wat sy nog in hierdie nuwe, warm land gehad het.

Die aand aan tafel brom die oupa: "Ek weet nie waar kom hierdie spuitery van die beeste vandaan nie. Ons het dit nooit gedoen nie."

"Dis 'n nuwe middel teen hartwater." Tinus klink geduldig, maar Mentje sien hoe 'n spiertjie in sy wang begin trek. "Onderstepoort het my genader om dit te probeer."

"Dip is al wat help," grom die oupa en skep nog 'n aartappel in.

"Ons dip ook, Oupa." Effens kortaf.

Die oupa sny die laaste stukkie vleis met sy knipmes van die beentjie af. "Jy maak onnodig werk. Jy moes my net gevra het."

Tinus antwoord nie.

"En wie sê hierdie nuwe goed maak nie ons hele beestrop dood nie?" bly die oupa ontevrede.

"Dit sal nie, Oupa."

Gmf. As dit Han was, sou sy lankal die oupa gesê het, dink Mentje en wil-wil begin glimlag. Han het darem maar mense maklik gesê, hoor. Wat seker nie altyd 'n goeie ding was nie. Tinus is baie geduldiger.

Die res van die ete verloop in stilte. Direk ná huisgodsdiens verdwyn Mentje vinnig buitentoe. Sy kon aan die oupa se gesig sien hier kom nog pratery en sy is tog nie lus vir 'n stryery op hierdie lekker dag nie.

Toe sy later terugkom, sit Tinus alleen in die donker. Hy lyk skielik vir haar baie alleen. Sy het al gesien hoe hard werk hy elke dag. En saans peper sy oupa hom met vrae en veral kritiek.

Sy gaan sit op die ander grasstoel 'n entjie van hom af. "Dink jy die beeste kan almal doodgaan, Tinus?"

Hy draai sy kop na haar kant toe. "Nee, nee, beslis nie. Of die nuwe middel gaan help, dit moet ons nog uitvind."

H'm. Maar iets is nie logies nie. "Hoe gaan jy weet? Want die dip help ook mos teen die bosluise?"

Sy kan nie sy gesig sien nie, net die knik van sy kop. "Gedeeltelik, ja. Maar ons verloor steeds beeste aan hartwater. As nie een siek word nie, weet ons dis waarskynlik die spuitstof."

Dit maak sin, ja.

Hy draai sy kop na haar kant toe. "Dis eintlik 'n slim vraag, weet jy?"

Nè? "Dankie."

Hy stoot sy bene ver voor hom uit en vryf ingedagte oor die seer been. "Jy het my vandag baie gehelp."

Sy sit dieper agteroor in die grasstoel. "Ek sal jou altyd help met die beeste. Dit was vir my lekker."

Hy lag saggies. "Jy word 'n regte plaasmeisie."

Sy lig haar ken en kyk hom uitdagend aan, net soos sy gesien het een van die groter meisies in die koshuis maak. "O nee, Meneer. Ek word nie een nie, ek is 'n plaasmeisie gebore."

Die kwaadwees is hierdie naweek ver weg. En om een of ander rede maak dit nie eintlik so baie saak nie.

Daarna begin Tinus vir haar werkies op die plaas gee. Saterdagmiddae en Sondagoggende wanneer die werkers nie inkom nie, moet sy die hoenders en die een weeskalfie versorg. Sondae moet sy vroeg begin, want halfnege ry hulle kerk toe en ná kerk neem hy haar direk terug koshuis toe.

Saterdagmiddae moet sy eers die hoenders in hulle hokke inkry, anders vreet die jakkalse hulle op.

"Kiep-kiep-kiep," roep sy en strooi 'n dun strepie kos tot by dic oop hokke. Die hoenders het nie name nie, daarom gee sy vir hulle regte Hollandse name: Ta Lenie vir die kloekerige hen, Ilonka vir die kwaaiste een en Femke vir die hennetjie wat heeltyd onder haar voete beland. Ook Maria en Cor en Flora, elk na sy eie geaardheid. "Maar moenie dink ek hou van julle nie," maak sy dit baie duidelik. "Julle kyk verniet so na my met julle kraletjiesoë, julle kry niks ekstra by my nie."

Die ou kalfie is heeltemal 'n ander saak. Terwyl die ander kalfies hulle trommeldik staan en suip aan hulle mammas se melk – net twee spene, die ander twee is vir die mense se melk – voer sy die weeskalfie met 'n tietiebottel. Die ander kalfies druk styf teen hulle koeimammas se sye om die spene in die hande te kry. Hulle stertjies staan skoon vraagtekenkrom, so lekker suip hulle. Haar kalfie slurp gulsig aan sy bottel en stoot haar byna onderstebo.

Sy keer laggend. "Stadig, jong, stadig. Jy gaan eendag nog verstik."

Die koeie ruik aan hulle kalfies se agterstewe en sy waarsku haar kalfie: "Ek gaan jou net nie beruik nie, hoor. Maar ek is baie lief vir jou."

In die huis begin sy ook haar werkies kry. Selina werk nie Saterdagaande nie. Mentje dek die tafel, maak die koffie in die koffiepot met sy koffiesak, kook selfs mielies, presies soos Selina beduie het.

Tinus hou baie van die mielies. "Jy is darem 'n voorslag in die kombuis."

Bart se woorde van lank gelede. En altyd die seer, nes mens dit die minste verwag. "Dankie."

"Wanneer maak jy vir ons stamppot?"

Sy lag verleë. Pleistertjie oor die seer om dit weg te steek. Of miskien salfie wat tog besig is om dit bietjie beter te maak. "Ek sal een aand stamppot maak as jy wil."

Die winter begin aankom. Selfs dit is vreemd, want in Nederland word dit nou somer. Sy kan ook nie glo dit word regtig koud in hierdie wêreld nie.

Die hele dag lank het Tinus en die werkers die groen gras hier teenaan die spruit gesny en in bale gepak, voer vir die einde van die winter, wanneer die reëns wegbly en dit al kos vir die vee is, het Tinus verduidelik.

Laatmiddag, toe sy klaar is met haar middagwerk en dit nog lank nie tyd is vir aandete nie, stap sy af spruit toe. Dis heerlik koel onder die bome met die lang, slap takke. Wilgebome, weet sy nou. Dit is haar eie geheime plekkie waar sy naweke wegkruip. Meestal neem sy vir haar een van die boeke saam wat sy Woensdae – dorpdae vir die koshuiskinders – by die dorpsbiblioteek uitneem. Soms leer sy vir die week se toetse, want sy wil net nie laerskool toe gestuur word nie.

Halfpad spruit toe hoor sy die musiek.

Soetjies loop sy nader en sak op die varsgesnyde gras neer. Die gras ruik soos gekneusde kruie en vae peperment, presies soos daardie dag toe die soldate gekom het. "Waar is jou hoed?" het haar pa nog gevra.

Toe vang die soldate hom en skiet hom dood.

Die musiek huil tot diep in haar hart in. Maar dit hou eensklaps op, lank voordat dit klaar is.

Sy kyk op, reg in die bywoner se verskrikte oë in. "Moenie skrik nie," sê sy sag. "Ek ..."

Sy kop begin ruk, sy oë is verwilderd oopgesper. Soos die oë van die geskrikte jongman in die skuur op pad Apeldoorn toe, weet sy dadelik. Die man wie se pa langs hom uitmekaargeruk is deur 'n bom.

Die verstarde oë bly na haar staar. Sê nou hy begin ook onbedaarlik huil, of hardloop weg?

Sy roer nie, hou net haar stem sag en kalm. "Jy speel baie mooi op jou viool."

Hy staar na haar sonder om 'n spier te roer. Hoor hy ooit?

"Dis pragtige, hartseer musiek."

Hy roer nie, maar die trane begin stadig uit sy oë loop.

"Ek is ook hartseer," fluister sy byna.

"Waaroor?" Sy stem is hees en dik.

Oor alles. Oor die gras wat bekend ruik en dit wat sy moes agterlaat en drome en beloftes wat nooit bewaarheid sal word nie. Maar veral ... "Oor almal doodgegaan het. Klein Johnny Meijers, oom Henry, opa Bakker, toe nog Andrew ook."

Sy traanoë knip-knip net.

"En my pa." Haar stem is net 'n fluistering. "Die soldate het my pa doodgeskiet."

My pa is dood. Sy het dit al duisende kere in haar kop vir haarself gesê. Dis die eerste keer dat haar lippe die woorde vorm.

My pa is dood.

My pa ...

"Oorlog is 'n vloek wat God oor die mensdom gebring het." Die bywoner roer steeds nie, maar sy stem klink onverwags kwaad.

Dis lank doodstil voor sy sê: "Ek is ook kwaad."

Hy skud sy kop stadig. Dis die eerste beweging wat hy maak. Nee, nee, skud sy kop. "Moenie wees nie. Kwaad vermoor jou langsaam en pynlik, soos gif."

Toe staan hy op, tel sy viool en tassie op en stap oor die kortgesnyde gras na die huisie agter die kraal.

Dit pla haar die hele week by die skool. Die bywoner met die geskrikte oë wat viool speel. Gewoonlik sonsaktyd, wanneer die lug in die weste oranje word en haar elke keer aan haar pa laat dink. Dis miskien die hartseerste tyd van die dag.

In die Afrikaansles lees die meneer vir hulle 'n gedig voor. Sy stem is diep en donker, anders as die dominee wat Sondae in die warm kerk hoog en temerig God se verdoemenis oor alle sonde verkondig.

"Met dofsware plof soos koeëls in die stof,

"Kom die eerste druppels neer ..."

Dofsware plof? Koeëls?

Sy was al in 'n koeëlreën toe sy hulp gaan soek het en vir dokter Lipmann-Kessel gevind het. In haar koeëlreën was daar geen dofsware plof nie. Die koeëls het skerp om haar gefluit en knalhard geklap, die masjiengewere het aanhou blaf en spoeg, die granate het oorverdowend rondom haar ontplof.

"'n Mens sien die invloed van die Boereoorlog op Celliers," hoor sy die onderwyser.

Sy weet nie wat die Boereoorlog is nie. Almal anders weet. Sê nou hulle kry dit in 'n toets?

Vrydagaand op die stoep vra sy: "Tinus, wat is die Boereoorlog?"

"Dit is 'n oorlog waarin die Boere teen die Engelse geveg het om hulle vryheid te behou. Jy moet eintlik my oupa vra, hy het daarin geveg."

Dit sal sy nooit doen nie. Sy weet goed Tinus se oupa en ouma wil haar nie hier hê nie, daarom bly sy sover moontlik uit hulle pad. Net tydens aandetes en huisgodsdiens en Sondagoggende op pad kerk toe kan sy hulle nie vermy nie.

"Het die bywoner geskrik geraak in die Boereoorlog?"

Tinus se kop draai vinnig na haar toe, hy frons kwaai. "Jy moet wegbly van die bywoners af."

Sy vererg haar oombliklik. Hier vra sy 'n doodonskuldige

vraag en sy kry 'n preek as antwoord? En daarby "jy moet"? Gmf! "Ek het net geluister na sy musiek. Is dit nou teen die wet?"

Sy houding bly vermanend. Baasspelerig. "Mentje, bly weg daar."

Sy vlieg op en gluur hom direk aan. "Tinus, ek is my eie baas en ek sal doen wat ek wil." Toe loop sy regoprug kamer toe.

Dit was nog altyd vir haar lekker om kwaad te wees. Veral in tante Maria se huis was dit haar skans teen die ganse wêreld. Dit het haar sterker gemaak.

Maar hier kry sy dit minder en minder reg om kwaad te wees, en dit maak haar baie kwaad. Sy is sommer lus en ... lus en ...

Sy weet nie wat nie, maar sy sal wel aan iets dink. Dan sal hulle lekker spyt wees.

Haar kans om iets uitdagends te doen, kom sommer die volgende oggend al toe Selina die weeklikse kannetjie room na die bywonershuis toe wil neem.

"Ek sal dit vat," sê Mentje en stap oop en bloot, ken in die lug, oor na die huisie reg agter die kraal.

Hulle sit by die kombuistafel, die bywoner en sy vrou. Albei skrik toe sy sag aan die agterdeur klop.

"Ik heb de ..." ag, wat is crème tog nou weer? "... de room gebracht."

Hulle sit roerloos. Toe sê die bywoner sonder om sy oë van haar af te neem: "Dis die kind, haar pa is dood in die oorlog. Sy het die room gebring."

Die vrou staan halfpad op. Sy is kort en baie rond met sweet op haar bolip en voorkop. Sy het 'n vormlose rok aan en haar hare is styf agter haar kop met 'n broekrek vasgemaak.

Mentje loop versigtig in, sit die kannetjie room op die tafel neer en draai na die vrou. "Ik heb hem horen viool spelen. Dis erg, erg mooi."

Dit lyk of die vrou se gesig versag. "Sy loop praat snaaks," sê sy vir haar man, maar sy bly vir Mentje kyk. "Sy staan praat soos my grootjie geloop praat het."

"Omdat sy van Nederland is."

Die bywoner is die eerste persoon in hierdie hele land wat weet sy kom van Nederland, nie Holland nie.

Sy vrou beduie onseker met haar hande. "Soek jy koffie?"

'n Oomblik weifel Mentje. Sy drink nie die soet, melkerige brousel wat die mense hier maak nie. Maar sy is bietjie nuuskierig, iets in die knus huisie en aan die bywoners trek haar aan. "Ja. Dankie."

Die vrou draai weg stoof toe, die man kyk haar net stil aan.

"Mijn naam is Mentje."

"Baby," stel die vrou haarself voor, "hy's Simon."

Die bywoner roer nie, hy begin net praat: "Says the pieman to Simple Simon, show me first your penny?" Hy skud sy kop stadig. "Nay, I have not any."

Mentje voel onseker, ongemaklik. Wat moet sy nou sê? Of doen?

'n Skamerige glimlag verhelder Baby se plat gesig. "Hy loop sê altyd Ingelse versies op." Sy buk, druk 'n stomp hout voor by die bek van die stoof in en gooi water uit 'n kruik in 'n ketel. "Jy kan maar gaan loop sit op daai stoel."

En Baby dink sý praat snaaks? Baby praat regtig anders as die ander mense hier.

Die Simon-bywoner is 'n raaisel elke keer as sy hom sien.

En alles aan hierdie huisie is skielik pynlik bekend.

Hulle drink hulle koffie in stilte. Ongemaklik. Slukkie vir slukkie.

Toe al drie hulle koppies leeggedrink is, vra Mentje: "Wat gaan jy doen met die room?"

Baby kyk sku, behoedsaam op. "Ek gaan loop botter karring. Vanmirrag."

Dis wat sy wou hoor. Op pad hierheen het sy gedink as hulle gaan botter maak, sal sy bly en help. Nou is dit net te seer. "Kan ek jou volgende Saterdag kom help?"

Die vrou lyk weer half verslae, sy maak hulpelose bewegings met haar hande en kyk na haar man.

Hy skud sy kop baie effentjies. "Jy moet nou gaan."

"Goed, maar ek sal volgende naweek weer vir julle kom kuier."

Diep ingedagte stap Mentje terug Groothuis toe. Die stomp in die bek van die stoof, die water uit die kruik, die tafeltjie met vier stoele. Bowenal, botter karring.

Daardie aand op die stoep, terwyl Tinus nog besig is om sy koffie te drink, vra sy reguit: "Tinus, waar het Simon so geskrik geraak? En moenie vir my sê ek moet daar wegbly nie."

Hy sit sy koffie neer en vryf 'n oomblik oor sy been. "Tydens die Groot Oorlog. Mentje, asseblief, daar is redes waarom ek jou gevra het om nie daarheen te gaan nie."

Gmf. Sy lig haar ken uitdagend. "Redes? Soos?"

Hy antwoord nie.

"Nou laat ek vir jou iets sê, Tinus. Jy dink miskien jy is te grand om in daardie mense se huis te kom. Ek is nie." Sy moet vinniger praat, anders kom sy nie deur alles nie. Want sy voel hoe begin die knop in haar keel vorm. "Ek het nie soos jy in 'n huis soos hierdie een grootgeword nie. My en Pappa se huis het presies soos daardie huisie gelyk: die voorkamer met die stoof en koskas, die kis met gekapte hout en die tafeltjie. Agter een slaapkamer. Die sinkbadjie vir was, die kleinhuisie agter die huis. En die reuk van die beeste." Dit word te veel. Haar stem word te dik.

Hy sug diep. Dit klink asof die sug van baie dieper as sy hart kom. Dit maak haar net meer ongelukkig, sodat sy opstaan en kamer toe stap.

Hy bly alleen op die donker stoep agter.

Sy maak die kamerdeur sag agter haar toe en druk haar gesig in haar kussing.

Hoekom is die lewe tog so vreeslik moeilik?

"Hier is vir jou twee briewe," sê Tinus toe sy die eerste Vrydagmiddag ná die kort Paasvakansie in die trok klim.

"Van Nederland af!" roep Mentje verras uit. "Henk het uiteindelik teruggeskryf. En hierdie een is van Suidwes-Afrika af?"

"Suidwes, ek het gesien, ja. Ken jy iemand daar?"

"Dit moet van Esther af wees, of seker eerder Esther se ma. Ons was drie maats op die boot: ek en Esther en Charles. Esther is jonger as ons en Charles is Betsjoeanaland toe. Ek het al vir hom geskryf, maar ek weet nie of hy ooit sal terugskryf nie."

Sy skeur oorhaastig Esther se brief oop. Binne-in is 'n vel papier. Die hele rand is vol hartjies en sonne geteken. In die middel staan 'n groot hond met horings? "Wat dink jy is dit?" vra sy en druk die papier voor Tinus se neus in.

"'n Hond met horings. Moenie die papier voor my oë indruk nie, ek sal van die pad af ry."

"O, jammer." Sy draai die papier om en lees die kort nota agterop:

> Beste Mentje, Esther het gevra ek moet hierdie prent van haar bokkie vir jou stuur ...

Sy bars uit van die lag. "Dis 'n bok, nie 'n hond nie."

"Laat ek weer sien?"

Sy hou die papier só vas dat hy nog die pad kan sien. Sy is regtig nie nou lus om in die sandsloot langs die pad te val nie.

"Dit lyk regtig nie soos 'n bok nie," sê Tinus beslis.

Sy blaai weer na die nota agterop. "Wel, dit is 'n bok en sy naam is Bokkie. Nie baie oorspronklik nie, nè? Hulle is nou op die sendingstasie, maar hulle gaan nie ..."

Sy bly stil.

"Mentje?"

Altyd dieselfde, altyd. Nes dit goed gaan, gebeur iets. Te veel kere dieselfde ding. "Hulle kan nie daar bly nie, want die ou oom wat 'n dokter was, is nou dood." Sy vou die brief toe en steek dit terug in die koevert.

Dis 'n rukkie stil voor Tinus vra: "Het jy hom geken?"

"Nie eintlik nie. Maar Tinus, ek kan net nie verstaan hoekom almal die hele tyd doodgaan nie. Die ou oom was 'n goeie mens. Die ander mense wat ek geken het ook. Goeie mense."

Toe sy die plaashek agter haar toegemaak het en in die trok terugklim, vra hy: "Gaan jy nie Henk se brief lees nie?"

Sy skud haar kop. "Vanaand, as ek alleen is."

Want sy is bang sy begin huil en huil en hou nooit weer op nie.

Twee en dertig

Van kleintyd af is hierdie hoogtetjie wat uitkyk oor byna die hele Buffelspoort Tinus se gunstelingplek. Dit is waarheen hy kom as hy gelukkig is en God in stilte wil dank, as hy ontsteld is en leiding van Bo soek. Dis sy dinkplek, sy planmaakplek, sy bekommerplek. Sy stilweesplek.

Dit was 'n goeie jaar, daarvoor is hy die Almagtige God baie dankbaar. Die vroeë reëns het dwarsdeur die somer elke nou en dan geval, die weiding gaan byna die ganse winter lank hou. Hy het genoeg gras gebaal vir tot diep in Oktober as die hemel dalk traag is om oop te maak. Sy beestrop is spekvet. Hy kan hulle terughou tot die markpryse reg is.

Maar daar is ander bekommernisse. Sy oupa, van altyd af groot en sterk en alwetend, word oud. Hy sukkel nou voort op sy kierie, klou vas aan verouderde idees en grom ontevrede oor alles wat op die plaas gedoen word. Dit word al hoe moeiliker om geduldig te bly.

Dis nie net moeilik nie. Dit is hartseer.

Amper so hartseer soos die feit dat sy trotse ouma besig is om vinnig al hoe deurmekaarder te raak.

Sy verhouding met Nelia het gestagneer en hy is nie seker hoe hy daaroor voel nie. Sy sal 'n baie goeie vrou vir enige man wees, dis seker. En op vier en twintig moet hy seker dringend 'n lewensmaat soek. Maar die bietjie vonk wat aan die begin tussen hulle was, het stadig uitgedoof. Sy het vriendin geword, 'n moederlike vriendin. Beslis nie iemand met wie hy 'n diepgaande gesprek kan voer nie.

Dan is daar die kind, Mentje. Hy is nie seker of dit die regte ding was om haar hierheen te laat kom nie. Nie dat hy veel keuse gehad het nie. Haar tante wou van haar ontslae raak, dis baie duidelik.

Hy weet nie of die kind gelukkig is nie. Dis sekerlik vir haar 'n aanpassing by al die nuwe omstandighede en sy dra beslis baie hartseer met haar saam, miskien vrese ook. Maar sy steek alles weg en hy weet nie of hy veronderstel is om haar daaroor uit te vra nie.

Toe hy sy kommer teenoor Nelia noem, het sy gevra: "Hoe oud is sy, Tinus?"

"Omtrent dertien."

Sy het haar vrolike lag gelag. "Nou ja, daar's jou antwoord. Jy is die pa van 'n tienderjarige."

"Ek is nie haar pa nie!"

Sy het steeds bly lag, asof dit 'n grap is. "Jy sal maar 'n vaderlike gesprek met haar moet voer, Pappa."

Haar ligsinnigheid was soms irriterend. Beter, seker, as beeldskone Rentia se stilstuipe. Maar al hoe irriterender, ongelukkig.

Hy het oor ander dinge begin gesels. Maar noudat hy terugdink, weet hy sy is reg. Hy het 'n verpligting en hy moet met die kind praat. Probeer praat, want dis ten beste van tye moeilik om met haar 'n gesprek aan te knoop.

Soos daardie eerste of tweede naweek reeds. Sy het weer gesit en lees net soos in die kelder in Arnhem. "Het jy toe daardie Johannes-boek klaar gelees?"

"Nee. Dit was 'n aaklige boek."

"O."

Stilte.

Hoewel hy die buiteblad dadelik herken het, het hy gevra: "Watter boek lees jy nou?"

"Patrys-hulle."

"Hy's darem 'n stoute seun, nè?"

Sy het haar skouers effe opgetrek. "Seuns is maar so."

"Darem nie alle seuns nie."

"Almal. Vat nou maar vir Charles, hy het op die skip sommer ingegaan op plekke waar hy nie eens mag nie. Of Henk. Tante Maria het gesê hy moet by die huis bly, want daar was nog baie bomme en granate wat nie klaar ontplof was nie. Maar Henk het niks geluister nie. Hy het dae lank tussen die afval in Arnhem gaan rondkrap vir goed wat ons kan gebruik. En teruggekom met 'n klomp gemors soos 'n kastrol met 'n gat in; wat sal dit nou help? Of 'n geroeste sif, 'n stuk nikswerd lap, een maal met die drie lelikste koppies wat jy nog ooit gesien het. Dan was hy elke keer so trots op sy vonds." Sy het hartseer begin glimlag. "En onthou jy die keer toe hy vir jou krukke gevind het? Hy was 'n regte skattejagter."

Hy het geknik. "Ek onthou vir Henk goed. Hoe gaan dit met hom?"

"Goed." Dit was asof sy skielik toegeslaan het.

En hy het geweet: "Jy verlang na hom."

Dit was lank stil voor sy geantwoord het: "Ja. Hy het my beste maat geword. En my boetie."

Toe het sy opgestaan en weggeloop.

Al wanneer 'n gesprek redelik vlot, is as hulle oor iets op die plaas praat.

"Die bobbejane raak weer lastig in die grondboontjielande," het hy een aand gesê.

Sy het dadelik saamgesels: "Ek het gesien hulle steel jou grondboontjies! Wat gaan jy met die stoute goed doen, Tinus?"

"Ek is nie seker nie."

"Sal dit nie werk as jy ..." En dan kom sy elke keer met 'n plan. Nie juis prakties werkbare planne nie, maar dit lei minstens tot gesprek, tot idees uitruil. En die Liewe Vader weet, dit het hy broodnodig.

Of sy sal sê: "Die kalkoen lyk eensaam. Hoekom kry jy nie vir hom 'n maatjie nie?"

Hy wonder wat sy sal doen as sy hoor die kalkoen se maat het verlede Desember op die Kersfees-tafel beland?

Die enkele kere wanneer sy met die kalwers of met een van die boklammers werk, lyk sy wel gelukkig. Maar meestal is sy in haarself gekeer.

Op navraag het die koshuismatrone gesê: "Dit lyk asof die Hollandertjie goed ingeskakel het by die res van die meisies. Ek sal laat weet as iets my opval. Maar hier is ook soveel meisies."

En dan natuurlik die bywoners. Hy sien haar soms Saterdagoggende daarheen stap. Daar moet hy 'n stokkie voor steek. Dit kan 'n baie gevaarlike situasie word.

Maar hoe? Verbied help nie, dit sterk haar eerder in haar kwaad. Mooipraat help ook nie, hy het dit al probeer.

Hierdie naweek moet hy tot haar probeer deurdring. Eers die regte teelaarde skep vir gesprek, moontlik eers oor iets gesels waarin sy sal belangstel, iets op die plaas doen waarmee sy kan help, dan probeer praat.

Vrydagaand sien hy 'n gaping. "Onthou jy vir dokter Lipmann-Kessel?"

Sy kyk dadelik op, hy sien die opflikkering in haar oë. "Natuurlik onthou ek hom. Hy het jou been gered."

"Volgens hom het jy my lewe gered."

Sy skud haar kop vinnig. "Jy weet net so goed soos ek dis nie waar nie." Klaar weer reg vir baklei. "Wat dan van Andrew?"

"Jy het jou bes gedoen vir Andrew, Mentje. Lippy ook. Maar ..."

Haar kop draai skeef. "Wie's Lippy?"

"Lipmann-Kessel."

"Nou waar kom die ge-Lippy vandaan?"

Ai, sy maak dit ook nie maklik om 'n rustige gesprek te voer nie. "Ons het saam ons basiese springopleiding by Ringway gedoen. Dis die lugmagbasis naby Manchester."

"So, jy het hom geken?" vra sy verbaas.

"Nie persoonlik geken nie, hy was nie in ons groep nie, maar ek het wel geweet van hom. Toe ons buite Oosterbeek geland het, het ek ook geweet hy en sy span is op die Leeuroete reg agter ons. Hulle het laat daardie aand by die Elizabeth-hospitaal ingetrek."

'n Frons sprei oor haar gesig. "Dan is dit darem baie toevallig dat ek juis vir hom gekry het om jou te kom help."

"Tog nie so toevallig nie. Jy het mos gemaak asof jy net Nederlands kan praat. Die dokters daar was meestal Duits of Engels. Dit was jou slim plan wat jou by hom laat uitkom het."

Sy antwoord nie, maar hy sien tog hoe sy ontspan. "Nou wat van hom? Van die dokter Lippy?" Dit lyk byna of sy wil begin glimlag.

"Ek het altyd gewonder wat van hom geword het. Al die

pasiënte is byvoorbeeld as gevangenes weggevoer Duitsland toe. En met 'n Joodse van soos daardie ..."

Haar hand vlieg na haar mond, die kommer maak haar oë groot. "Was hy Joods? Tinus, is hy oukei?"

Hy is bly om die spontane reaksie te sien. Êrens is die Mentje-kind wat hy leer ken het, steeds lewend. "Hy het uit die kamp by Apeldoorn ontsnap, op waaghalsige wyse, natuurlik."

"Ontsnap," sê sy sag. "Hy is gelukkig."

"Ja, ontsnapping is nooit maklik nie. Van daar af het hy noord gevlug en weggekruip en het ..." Te laat onthou hy: haar pa, wat nie ontsnap het nie. Hy kan homself skop.

"Ondergeduik."

"Ekskuus?" vra hy totaal in die duister.

"Die woord is ondergeduik," sê sy byna streng. "Wegkruip is soos agter 'n boom of in 'n klerekas."

"O."

Sy versit ongeduldig op haar stoel. "Vertel nou verder."

"Lipmann-Kessel het ... e ... op 'n plaas ondergeduik."

"Dis reg, ondergeduik."

Hy sug. "Dis nie baie maklik as jy my gedurigdeur in die rede val nie."

Haar oë rol hemel toe. "Dis ook regtig nie so moeilik nie. Alhoewel, jy is 'n man. Julle sukkel maar oor die algemeen."

O so? Klein merrie!

Maar hy hou hom in, want die einddoel is om gesprek te voer. "Hy en twee ander het uiteindelik in Februarie by die Geallieerde Magte uitgekom."

"En nou?"

"Hy werk as chirurg in Londen."

"Ek is bly. Ek dink hy was 'n goeie dokter." Sy skuif tevrede dieper in die stoel in.

"Beslis. Hy het onder andere een van die brigadiers met 'n ernstige maagwond gered. Ook baie soldate, deur hulle name op die gevaarlys te hou tot die geleentheid gekom het om te ontsnap."

Haar gesig word baie ernstig. "Maar hy kon nie vir Andrew red nie."

Hy moes geweet het dit kom. "Nee. Nee, nie vir Andrew nie."

Dit raak stil tussen hulle. Alles raak stil, selfs die sonbesies in die struike langs die huis is stil.

"Vertel vir my van Andrew."

Dit het hy met moeite in woorde omgesit toe hy vir Andrew se ouers die brief geskryf het. Maar nog nooit hardop vertel nie. "Wil jy regtig weet?"

Stilte. Asof sy dink. "Ja."

Hy skraap moed bymekaar vir die herbelewing daarvan. "Die medisyne was klaar. Ontsteking het ingetree. Hy het swakker geword, koorsig. Toe word hy net te swak."

"Het hy pyn gehad?"

Die verskriklike gesteun, gekerm later. Die dors. Die reuk, twee dae lank. "Ja."

"En toe gaan hy dood?"

As dit maar so maklik was. Die vertel word ook al hoe moeiliker. En sy sal aanhou tot alles tot op die been oopgekrap is. Maar daardie pynlike afsterwe gaan hy nie in woorde herbeleef nie. "Ek moes hom begrawe."

Hy sien hoe haar hand na haar mond beweeg. "Jou been was nog gebreek."

"Dit was nie so erg nie. In julle tuin het ek 'n nuut omgespitte stukkie grond ontdek. Dit was baie duidelik dat iemand iets daar begrawe het."

Sy knik. "Tante Maria se kosbaarhede."

"Dis wat ek vermoed het. Enige plunderaar sou dit ook dadelik gesien het."

"Toe bêre jy hom bo-op. En skryf op die kruis dat almal kan sien dis 'n graf. Dit was slim, Tinus."

Hulle bly doodstil sit. Gemaklik stil, met net sewe dae se gedeelde herinneringe wat hulle met 'n haardun draadjie oor kontinente en seisoene heen saambind. Behalwe daarvoor, toegeskulpte vreemdelinge. Dit weet hy, sy seker ook.

Maar albei weet ook: Ons deel ervarings waarvan ander in hierdie land nie weet nie.

Toe skud hy sy kop effens. Hoe het ons hier gekom? wonder hy skielik. Hier waar sy, die kind, die gesprek beheer en hom byna weerloos laat? Hy staan op. "Ek gaan inkruip, môre is 'n lang dag. Goeienag, Mentje."

"Nag, Tinus."

Sy bly alleen op die donker stoep agter.

Drie en dertig

Iets is fout met die ouma, dit het Mentje van vroeg af al vermoed. Sy kyk dwarsdeur Mentje, of soms hou sy vir Mentje wantrouig dop, asof sy nie weet wie sy is nie.

Halfpad deur die lang Julievakansie besef Mentje dis nie net 'n vermoede nie. Dis 'n feit.

Tinus en die werkers spook die hele oggend al met die windpomp. Die oupa het aan die begin raad gegee, maar nou sit hy op die stoep en rook sy pyp. Simon die bywoner het verdwyn toe die geraas van die pype te veel word.

Net soos Mentje verdwyn het toe die loodgieter die pomp in die stil woud van die Pas-Opkamp kom inslaan het.

Hulle sit by die kombuistafel en pap eet, toe die ouma sê: "My man maak die windpomp reg."

Mentje sluk eers haar happie pap af. "Ek dink oom Marthinus is terug, hy sit op die stoep."

"Nee, nee, kind, dit is sy pa. Hy is daar heel bo-op die windpomp. Kyk maar self."

Toe die ouma uit is, skud Selina haar kop. "Weer baie deurmekaar vanoggend. Ai, ai, ai. Soek jy 'n koekie?"

Gedurende die vakansie kom Mentje baie ander dinge ook agter. Al die koekies en beskuit in die blikke, die ingelegde vrugte en gebottelde beet en kerrieboontjies op die spensrakke, die melktert of sjokoladekoek wat gereeld op die vieruurkoffietafel verskyn, is Baby se werk.

"Sal jy my leer om hierdie soetkoekies te bak, Baby?"

"Ek sallie wetie. Jy moet eers vir Tinus gaan loop vra."

"Vir Tinus vra of jy my kan leer koekies bak? Dit sal die dag wees!"

Baby kyk haar benoud aan, byna smekend. "Ek willie vir Tinus gaan loop kwaad makie."

Is Tinus dan kwaai met hulle?

Die mandjie vars groente in die Groothuis se spens is Simon se werk, kom sy agter. Sy sien hom elke dag in die groentetuin voor sy huis werk. Hy spit en plant en skoffel, bind die boontjies en tamaties op en erd die aartappels versigtig uit die sanderige grond. Graaf in die hand staan hy die beddings en natlei uit die leivoor en probeer verskillende rate om die bobbejane weg te hou.

Soos 'n boer met 'n klein, klein boerdery. En 'n pap draadheining rondom wat nie eens die boerbokke buite hou nie.

Toe Tinus een Dinsdag bees slag, kom Baby help. Sy praat nie 'n woord nie, hou haar kop weggedraai, skraap net die afval silwerskoon en pekel stukke soutvleis en biltong. Selfs toe Mentje 'n geselsie probeer aanknoop, kyk sy nie op nie en skud haar kop baie effentjies. Die enkele kere wat Tinus met Baby praat, is dit afsydig, onpersoonlik. Nie ongeskik nie, net maar totaal onbetrokke.

Daardie dag kom Simon nooit uit die huis uit nie. Sy groentetuin bly droog.

Die Bosveld word tog soms koud, besef sy ook daardie Juliemaand. Veral vroegoggende moet sy haar skooltrui styf om haar lyf vasknoop. "Ek sal vir jou 'n jersey loop brei. As Tinus kan gaan loop wol koop," sê Baby.

"Kan jy brei? Baby, asseblief, asseblief, sal jy my leer brei?"

"As Tinus ..."

Altyd "as Tinus", asof die wêreld om hom draai.

Dit maak haar aspris, sodat sy die aand op die stoep met opset oorborrel: "Baby kan alles doen, bak, kook, inlê, sy kan selfs brei. En sy het gesê sy sal my leer én sy sal vir my 'n jersey brei. Tinus, wat kos wol?"

Twee dae later ry sy saam dorp toe om die wol te gaan koop. Halfpad dorp toe sê hy: "Mentje, ek wil nie hê ..."

"As dit oor Baby gaan, luister ek buitendien nie."

Tot in die dorp praat hulle nie een woord verder nie, op pad terug ook nie.

Die res van die dag bly sy aspris by Baby en kry stadig maar seker die ongemaklike breinaalde en glibberige wol onder beheer.

Teen die aand kan sy haar opwinding nie langer hokslaan nie. "Tinus, kyk wat het ek vandag geleer! En Baby het al 'n groot stuk van my jersey gebrei. Dit gaan klaar wees voor die vakansie verby is."

"Ek sien," sê hy afsydig.

Gmf. Hoekom sy ooit gedink het hy sal enigsins belangstel in wat sy doen, weet sy ook nie.

Die een ding in die skool wat sy maklik verstaan, is die gedigte. Miskien is dit omdat oom Henry daar tussen die bome van die Pas-Opkamp die Engelse gedigte so mooi voorgelees het dat mens alles kon verstaan.

"Ken Meneer 'After Blenheim'?"

Die Engelsonderwyser kyk haar verbaas aan. "Robert Southey? Iets van 'n famous victory?"

Sy knik en glimlag: "'Why that I cannot tell,' said he, 'But 'twas a famous victory.'"

"Dis reg, ek onthou nou: 'But what good came of it at last?' En hoe waar is dit nie. Tot vandag toe nog."

Die dokter se kind steek haar hand in die lug. "Tel dit vir punte, Meneer?"

"Nee, nee." Die onderwyser klink ongeduldig. "Dis net maar 'n gesprek tussen twee mense wat verby 'tel vir punte' kyk."

Selfs in die Afrikaansklas verstaan sy die gedigte maklik. Vandag doen hulle "Vergewe en vergeet". Met die eerste lees snap sy reeds die boodskap: Sy moet die soldate wat vir Pappa doodgeskiet het, vergewe, maar nooit vergeet wat hulle gedoen het nie.

Asof sy ooit kan vergeet.

Maar toe begin die onderwyser verduidelik van die Eerste en die Tweede Boereoorlog, en sy weet steeds nie presies wat die Boereoorlog is nie.

Die volgende Vrydagmiddag voor in die trok op pad plaas toe, sê sy: "Ek gaan standerd ses dop as jy nie vir my verduidelik wat die Boereoorlog is nie."

"Dop?" Tinus lyk asof hy wil begin lag.

"Al die Afrikaanse gedigte gaan oor die Boereoorlog, en ek het nie eens geweet daar was twee van hulle nie."

Teen die tyd dat hulle op die plaas kom, weet sy darem min of meer wat die twee oorloë was. Maar ander dinge rondom die gedig pla haar steeds.

Laataand op die stoep vra sy: "Tinus, dink jy 'n mens moet vergewe maar nooit vergeet nie?"

Hy frons effens. "Ek weet dis wat Leipoldt, nee, Totius sê, maar ek dink die Bybel leer ons om te vergewe en dit dan agter ons te plaas. Vergeet is nie so maklik nie, mens weet mos dinge. Maar jy hoef nie alles aspris te onthou nie."

"Totius is 'n dominee," waarsku sy.

"'n Dominee se woord is nie dieselfde as Gods Woord nie."

Sy dink daaroor. "Oukei. So, jy sê ek moet die soldate vergewe en dan net vergeet wat hulle gedoen het?"

Hy sug. "Nee, mens kan so iets nie vergeet nie. Eerder probeer verstaan waarom. As soldaat het ek ook dinge gedoen wat ek liewer wil vergeet."

Sy frons. "So, bedoel jy dit was soort van hulle werk?"

Hy stoot sy vingers deur sy hare. Sy het al geleer as sy hand so kop toe gaan, weet hy nie presies wat om te sê of te doen nie. "Ja, wel, dit bly net 'n flou verskoning, maar dit is seker so."

Dis lekker om met Tinus te gesels, al is dit oor hartseer goed. Amper soos met Bart in die Pas-Opkamp. "Maar wat dan van …" Sy keer haarself net betyds.

"Wat dan van?"

Sy wil nie daaroor praat nie.

"Mentje?"

Sy wil nie.

"Ek wag."

Gmf. Oukei dan tog, om vredeswil. "Daar is iets wat my so kwaad gemaak het dat ek dit nooit sal kan vergewe of vergeet nie. Ek wil nie daaroor praat nie."

"Goed. Vir wie is jy so kwaad?"

Sy sal nie. Sy verbied haar stem om 'n geluid te maak.

Maar haar mond vorm die woord: "Bertien."

"Bertien?"

"Sy het vir haar kêrel vertel …"

Sy kan nie verder nie.

"Sê vir my, Mentje." Sy stem klink baie sag, asof hy miskien sal verstaan.

"... van die Jode in ons solder. Die Friedmans."

Dis lank stil voor hy vra: "En toe vertel die kêrel dit vir die Nazi's?"

Hoekom het sy ooit iets gesê?

"Waarom dink jy het Bertien dit eerstens vir haar kêrel vertel?" hou hy aan karring.

Die groot moeg sak weer swart oor haar. "Sy wou wys sy's groot, het sy gesê toe sy kom groet het. Hy was al uit die skool uit. Sy wou gehad het ek moet sê dat ek haar vergewe. Toe stuur ek haar ... Ek wil nie nog praat nie."

"Goed."

Hulle sit stil, net met die lampverligte eetkamer agter hulle en die donker Bosveldnag voor hulle. "Kan jy nie vir Bertien vergewe nie, of kan jy nie vergeet nie?" breek hy die stilte.

"Ek wil nie vergewe nie en ek kan nie vergeet nie. En nou sal ek beslis nie meer verder praat nie."

Hy knik. "Reg. Daar sal nog koffie op die stoof wees. Is jy nie lus om vir ons elkeen nog 'n koppie te skink voor ons gaan slaap nie?"

"Ek drink nie eens koffie nie."

Maar sy stap tog kombuis toe, skink vir hom 'n koppie koffie en haal twee gemmerkoekies uit die blik. "Ek het vir jou gemmerkoekies ook gebring."

"Dankie, dit gaan heerlik wees."

"Dis Baby wat die heerlike koekies bak," sê sy aspris.

"Ja, Mentje. Ek weet."

Saterdagaand maak hy 'n vuur. Nie 'n groot vuur nie, net 'n klein vuurtjie. "Gaan haal asseblief vir ons elkeen 'n vel papier en 'n potlood."

Wat? "'n Vel papier?"

"Om op te skryf. In my skryftafel."

Raak hy ook nou deurmekaar? "Skryf? Hier in die donker?"

Hy skud sy kop en kyk haar bietjie moedeloos aan. "Gaan haal net. Jy sal sien."

Gmf. Sy hou nie daarvan om iets te doen as sy nie weet hoekom nie.

Toe sy terugkom, brand die vuur reeds mooi. Tinus sit op 'n stomp en hou sy hande voor hom om die hitte op te vang.

Sy gaan sit op 'n tweede stomp 'n entjie van hom af. "Goed, vir wie gaan ons nou briewe skryf?"

Hy skeur die twee velle in ses ewe groot blokke elk. "Dink nou baie mooi oor die ses dinge waaroor jy op die oomblik die kwaadste is."

"Daar is baie meer as ses dinge waaroor ek de bliksem in is."

Hy kyk vinnig op. "Waar hoor jy daardie woord?"

"Wat? De bliksem in? Al die meisies in die koshuis sê dit. Jy ook."

Hy lig sy hande, maar laat sak dit weer. "Dis nie nodig dat jy soos sommige van daardie koshuismeisies praat nie, Mentje."

Sy rol aspris haar oë om, net soos hulle altyd maak as die seniors of die onderwysers baasspelerig probeer wees. "Is weerlig nou skielik vloek? En jy mag dit gebruik maar ek nie?"

Hy sug en skud sy kop stadig. "Jy is darem maar 'n moeilike kruidjie-roer-my-nie. Gebruik dit dan as jy wil, dis net baie onvroulik. In ieder geval, skryf ses goed neer waaroor jy kwaad is."

Sy dink 'n oomblik na. "Tinus, weet jy wat 'hete bliksem' is?"

Geen antwoord nie.

"Dis heerlike stamppot van aartappels, uie en baie appels. Almal noem dit 'hete bliksem'."

Hy kyk op. "Goed, ek verstaan. Moet dit asseblief nie weer hier in Suid-Afrika gebruik nie."

Sy haal haar skouers op. "Oukei, as ek onthou. Ek het meer as ses goed waaroor ek kwaad is."

"Kies die goed waaroor jy die kwaadste is."

"Nie waaroor nie. Waarvoor. Vir wie."

"Goed."

Dis nogal moeilik om met die stomperige potlood in die halfdonker op haar knie te skryf. Uiteindelik sit sy haar potlood neer.

Hy is lankal klaar geskryf. "Pak nou jou ses papiertjies van kwaadste tot minste kwaad."

Gmf. Maar sy doen dit. "En nou?"

"Ons werk net met die kwaadste papiertjie, die res moet wag."

"Hoekom?"

"Want mens kan nie al jou kwaadword met een slag opbrand nie. Iets moet oorbly."

Sy dink daaroor en besluit hy is hierdie keer reg. Mens moet darem iets hê om oor kwaad te wees. "Oukei?"

"Frommel nou daardie kwaadste papiertjie in 'n bondel, sê totsiens vir hom en smyt hom in die vuur."

Sy staan op. Sy tel haar arm op en gooi. In 'n sterk stem sê sy: "Totsiens, Bertien, vir ewig."

Die volgende oggend by ontbyt vra sy: "Kan ons vanaand weer vuurmaak?"

Dit lyk asof hy wil glimlag. "Dit het gewerk."

"Dis nie wat ek gesê het nie." Asof sy nou sal erken dat sy simpel speletjie gewerk het.

Hy vee sy mond met die servet af en staan op. "Ons kan vuurmaak, maar nie nog sorge verbrand nie. Maksimum een maal per maand."

Sy dink daaroor na. Dis jammer, maar as dit so is, is dit seker so.

By die stoepdeur draai hy om. "Jy sien, Mentje, nadat die probleem weg is, moet mens eers vergewe voordat jy die volgende sorge-vreet-vuur kan maak."

H'm. Dis moeilik. "Waar het jy van hierdie vuur geleer, Tinus?"

"By 'n wyse ou man. Kleintyd het ons klippies ingegooi. Die papiertjies het ek self uitgedink."

"Waar is hy nou?"

"Toe ons op die plaas terugkom, was hy al dood."

Sy wil nie hê hy moet loop nie. "Het jy kleintyd baie klippies in die vuur gegooi?"

Die beeste bulk veraf, die kalwers blêr. "Ek moet gaan melk."

Toe hy halfpad teen die trappies af is, roep sy agterna: "Het jy al ooit Baby en Simon se name op 'n papiertjie geskryf?"

Hy steek vas. "Hoekom vra jy so iets?" vra hy sonder om om te kyk.

"Omdat jy so kwaad is vir hulle."

Hy loop weg sonder om te antwoord.

Dit is nogal uitdagend om verantwoordelik te wees vir 'n meisie van dertien, besef Tinus week ná week. Meer nog so as sy in die week gedurig blootgestel is aan die praatjies en maniere van ander meisies.

Vrydagaande moet hy op sy tone wees, het hy ook al geleer. Dit voel asof sy die hele week beplan hoe sy hom Vrydagaand gaan tart. Of troef. Of, wanneer hy dit die minste verwag, haar hart oopmaak. En hom weerloos laat.

Soos verlede Vrydagaand.

En tog, as hy nou daaraan terugdink, dink hy dis die Vader self wat die deur oopgemaak het.

"As ek my dood kon treur, sou ek," het sy skielik uit die bloute gesê. "Ek wou, ek het gewens ek was ook dood. Maar ek het bly lewe. Tinus, was jy al ooit so hartseer?"

Sy het hom onverhoeds betrap. "Ja."

"Wanneer? Toe jou ouers dood is?"

Wat moes hy sê? "Ek was baie hartseer toe Andrew dood is."

"Maar nie so dat jy ook wou doodgaan nie?"

Eerlikheid is al antwoord. "Nee."

"Wat is die hartseerste wat jy nog ooit was?"

Hy het probeer dink. "Seker toe ons van die plaas af moes trek."

Sy wou alles weet. Hy het vertel van die aanpassing in Johannesburg, die klein erfie, beknopte skakelhuis in Fordsburg en sy verlange terug na die stiltes en ruimtes en vryhede van die plaas.

"Dan het jy nie in hierdie huis grootgeword nie?" het sy gevra.

"Net tot ek so oud was soos jy nou is. Toe moes ons die plaas agterlaat."

Sy het doodstil gesit.

Hy het nie alles vertel nie. Hy probeer steeds vergeet van Oupa wat hoed in die hand dag vir dag gaan werk soek het, eindelik êrens graaf in die hand moes werk. Die bywoner se oorlogspensioen was meer as die loon wat Oupa Vrydagaande huis toe gebring het.

"Waar het Baby en Simon toe gewoon?" het sy skielik gevra.

"Laer af in die straat." Die sinkkaia. Onhoudbaar warm

in die somers, bibberkoud winters deur. Deel van sy hartseer in Johannesburg was daardie kaia. "Moet dan nie daaraan dink nie," was sy ouma se onbetrokke antwoord. Maar dit vertel hy ook nie vir die kind nie.

"Tinus, toe jy baie hartseer was, hoe het jy aanhou lewe asof alles oukei is?"

Dis die geleentheid waarvoor hy al meer as ses maande wag, het hy besef. Hy het sy woorde versigtig gekies. "Daar was 'n Boeretannie in die skakelhuis langs ons. Sy het swaarder gekry as enigiemand anders, en sy het moedig gebly. Sy het my geleer om aan die Here vas te klou. In goeie tye en ook in baie swaar tye. Hy het my Vader geword."

Sy was lank stil voordat sy sag gesê het: "Hy was my pa se Vader ook."

"En joune?" Hoewel hy geweet het.

Sy het haar skouers opgehaal.

Nou moes hy versigtig trap. "Jy kan dit gerus probeer, Mentje. Jy het buitendien niks om te verloor nie."

Sy het nie geantwoord nie, hy het nie geweet wat om verder te sê nie. Later het hulle oor ander dinge begin praat. Ná tien moes hy halt roep. "Dit word laat, ons moet gaan slaap."

Sy het sonder 'n woord opgestaan. By die voordeur het sy 'n oomblik gehuiwer. Toe het sy teruggedraai en gesê: "Die Here het eenmaal saam met my geloop, al die pad tot by die advokaat se huis."

Vier en dertig

In die Afrikaansklas kry hulle 'n lang lys idiome om te leer, Vrydag skryf hulle toets. Mentje leer baie hard. As sy vir hierdie toets volpunte kan kry, gaan sy dalk nie Afrikaans dop nie. Sy wil regtig nie aan die einde van die jaar agterbly in standerd ses nie.

Die meeste idiome verstaan sy dadelik. Soos wanneer iemand 'n barmhartige samaritaan is, want sy ken die storie baie goed. Ook die "klap van die windmeul weghê", want sy onthou ou Don Quijote soos oom Henry dit vir hulle gelees het. Selfs "boontjie kry sy loontjie" uit haar kleintydse sprokie van boontjie, ertjie, strooitjie en kooltjie vuur.

Die twee uitdrukkings wat sy die heel beste verstaan, is die klippie in jou skoen en die doring in jou vlees. Sy weet baie goed as daar 'n klippie in jou skoolskoen is, pla daardie klippie jou die hele dag lank. Dit maak jou later seer. Die enigste oplossing is om jou skoenveters los te maak, jou skoen uit te trek en daardie klippie weg te gooi.

Erger nog is 'n doring in jou voet, want dis wat gebeur

as jy jou skoen uittrek. Eers ignoreer jy die doring, want dis seer om met 'n naald daar te karring. As dit te seer word, sit jy 'n trekpleister op, soos Baby al meer as een keer met haar doringvoete gedoen het. "Gaan loop slaap nou vannag. Mooroggend gaan jy loop sien, die doring gaan innie lap loop wees."

Maar geen pleister het nog ooit haar dorings uitgetrek nie.

Eers as die doring begin sweer en so seer word dat sy nie verder kan loop nie, gaan haal sy die naald, byt op haar tande en grou die doring uit. Soms moet sy diep grawe om die doring te vind. Dan bly dit seer vir nog 'n rukkie, maar uiteindelik vergeet 'n mens heeltemal dat daar ooit 'n doring was.

Vrydagaand op die stoep sê sy vir Tinus: "Klippie in die skoen is vir kleiner probleme, doring in die vlees is vir groot probleme en ek het volpunte vir my toets gekry."

Hy sit ver agteroor op sy grasstoel en staar oor die donker veld uit. "Mentje, ek het nie 'n idee waarvan jy praat nie maar baie geluk."

Gmf. Mansmense. "'n Goeie verstand het 'n halwe woord nodig, en baie dankie."

Hy skud sy kop. "Nie te danke nie." Ná 'n rukkie: "Waarvoor het jy volpunte gekry?"

Sy sug teatraal, soos die dokter se kind altyd maak. "Vir my toets oor idiome, dommie."

"O-ho. Dis goed. Baie goed."

"Dankie."

Net baie goed? In daardie geval, wat is uitstekend?

"Volgende keer moet jy miskien vir my 'n hele eier gee," kom hy ook eindelik by.

Sy dink net 'n oomblik voor sy begin glimlag. "Pasop, of jy kry 'n leë dop."

Die dae begin warmer word, want dis nou lente in die Bosveld. Die bome begin bot, die nuwe gras slaan plek-plek groen uit. Saans is dit soms nog koel, maar Selina het klaar die dik bulsak in die kis tussen die motballe gebêre.

"Het jy 'n klippie in jou skoen?" vra Tinus skielik.

"Ja. Nie 'n klippie nie, 'n rots."

"Ja?"

"Tinus, daardie kind van die dokter gee my die grootste gatkramp."

"Mentje!"

"Wat?"

"Jou taal! Dis ... Waar leer jy dit?"

"Watter woord tog nou weer?" Hoewel sy baie goed weet. Dis net lekker om hom so nou en dan goed te skok.

Maar hierdie keer is hy regtig kwaad. "Jy weet goed, hou nou op kinderagtig wees. Wat is dit aan die dokter se kind wat jou krap?"

Gmf. Kinderagtig, nè?

Sy wip uit haar stoel uit, trek haar rug stokstyf en lig haar ken. "Vir my om te weet en vir jou om uit te vind." Toe wipstap sy die huis in.

Alleen in haar kamer, wens sy sy was nog op die stoep. Dan sou sy tot laat met Tinus kon gesels het. Miskien sou sy hom kon vertel van die dokter se kind se partytjie. Miskien sou sy vertel het hoe al die meisies in hulle klas na die partytjie genooi is, net sy nie.

Dis baie seer. Baie erger selfs as 'n doring in die vlees.

Of miskien sou sy nie vertel het nie.

Die volgende naweek dwaal Tinus se ouma die hele Saterdagoggend in die huis rond net in haar nagrok. Miskien dink sy dis nog nie dag nie, want die swaar wolke buite maak die huis half donker. Of miskien is sy bang vir die donderweer wat buite grom, want sy loop doelloos van kamer tot kamer.

Toe sy by die kombuis inkom, neem Selina haar sag aan die arm en sê: "Kom, Oumie, jy moet gaan dagklere aantrek."

Maar die ouma ruk los en gil: "Los my uit, hoor jy my?" Sy klap Selina se hand weg en stap stokkerig vinnig by die agterdeur uit.

Mentje skrik haar boeglam, die skrik laat sommer haar hart bons-bons in haar bors. Sy skrik van die melk skoon uit haar papbakkie uit.

Ook Selina staan styfgevries met witgeskrikte oë na Mentje en staar. "Sy't nie eens haar bodice-goed aan nie," sê sy verslae. "Nooi Ment, sy kan mos nie in hierie weer so halfkaal buitenkant loop nie!"

"Waar is Tinus?" is al waaraan Mentje kan dink.

"Hy en die oubie is vroe al weg vendusiekrale toe, kom eers donkertyd terug. Is ok nie die eerste keer lat Oumie so loop nie. Ma dis die eerste keer dat sy so vi my skree. Nooi Ment, ek worrie my vrek."

Mentje stoot haar bakkie pap weg. Sy het haar hele honger skoon weggeskrik. "Dink jy ek moet haar gaan soek, Selina? Voor dit begin reën?"

"Sy sallie vi jou luister nie. Sy loop maar aldag weg, grafte toe, gewoonlik. Ma sy't altyd darem klere aan. Annerdag skoon bergop, stomme mens het nie geweet waar sy is nie. Nee, ek moet haar gaan haal," en Selina begin die voorskoot om haar lyf losmaak.

"Ek kom saam met jou," besluit Mentje en staan haastig op.

Saam stap hulle oor die werf, kraal se kant toe.

Iets anders tref haar skielik. "Maar Selina, wat gebeur

vanmiddag as jy weg is en ek is alleen hier en sy loop weer weg?"

"Jy moet ma al die deure sluit."

Al die deure sluit op 'n Saterdagmiddag? En as sy die hoenders moet inbring, of die twee hanskalwers moet kosgee? "Weet Tinus die ouma loop weg?"

Selina maak 'n afwerende gebaar met haar hand. "Ag, jy weet mos hoe die mansgoed is."

"Maar het jy al vir hom gesê?"

"Nou nie eintlik nie." Sy tel haar hand op en wys begraafplaas se kant toe. "Kyk, da is die oumie nou. So moenie worrie nie."

Toe hulle by haar kom, lyk die ouma heel verslae. "Die huis?" Haar hande bewe.

Selina neem haar sag aan die arm. "Is diékant toe, Oumie."

Die ouma is so mak soos 'n lammetjie. Sy laat haar kamer toe lei, trek aan wat Selina uitgehaal het en stap gedwee stoep toe. Selina gee vir haar 'n koekie in die hand. "Sit nou mooi stil hier, hoor Oumie?"

Toe gaan Selina aan met die werk asof niks gebeur het nie.

Net Mentje bly rusteloos ronddwaal. Nie eens die splinternuwe Keurboslaan-boek wat die bibliotekaresse vir haar gegee het, kan haar aandag hou nie.

Want die ouma se ou lyf onder die dun nagrok, haar deurmekaar hare in die wind daar in die kerkhof en haar verslae oë bly voor Mentje draai.

Dit was 'n bitter moeilike dag by die vendusiekrale. Die wind het die hele dag oor die stofgetrapte aarde gewaai, die donderwolke het dreigend oor hulle gehang. Die afslaer was nuut, onervare en onbekwaam. En sy oupa was moeilik.

Laatmiddag, toe hulle uiteindelik huis toe ry, sous dit katte en honde. Tinus hou met moeite die swaar trok op die gladde plaaspad. Die droë sloot vloei reeds sterk toe hulle by die drif aankom, sodat hy eers moet uitklim en die diepte takseer. Hy is deurnat toe hy in die trok terugklim.

"Jy moet mooi ry, kêrel," waarsku sy oupa hier langs hom. "Hierdie plaaspad is nou snotglad. Ek ken hom."

By die huis aangekom, trek Tinus so na as moontlik aan die agterdeur en help sy oupa uit die trok uit. Hy tel die houer met spuitstof verpak in droë ys uit die trok en loop met lang treë agterdeur toe. Die reën stroom koud oor sy reeds koue lyf. By die deur balanseer hy die swaar houer met entstof op sy linkerarm en steek sy regterhand uit.

Die agterdeur wil nie oop nie.

Hy draai weer en pluk. Die agterdeur is gesluit, besef hy moedeloos.

"Wag maar hier, Oupa, ek sal omloop en oopsluit."

"Nou maar wie op aarde ..." begin sy oupa, maar Tinus loop vinnig weg.

Sy been pyn al die ganse dag lank. Reënweer is goed vir die veld, maar beslis nie vir sy been nie. As hy net die been droog en warm kan kry, net vir tien minute kan gaan agteroorsit en die been effe lig, weet hy dit sal beter gaan. Agteroor sit met 'n beker warm koffie.

Hy klim die ses trappies op, loop oor die stoep en draai die voordeurknop.

Gesluit.

'n Magtelose woede sak donker oor hom. Dit? Juis nou! Hy hamer teen die voordeur. "Sluit oop!"

Die volgende oomblik hoor hy hoe iemand van binne oopsluit. "O, julle is terug," sê Mentje vrolik.. "Ek het julle nie hoor kom nie, te lekker gelees. Het jy goeie ..."

"Hoekom de hel is die agterdeur gesluit?" val hy haar hoogs geïrriteerd in die rede. "En nou die voordeur ook? En is hierdie stoep ooit vandag gevee? Kyk hoe lyk dit hier voor die voordeur."

Haar gesig verander momenteel, haar ken wip. "Die deure is gesluit omdat jou ouma in hierdie reën probeer wegloop en ek is bang ek vind haar nie." Haar blou oë vlam van woede. "Die stoep is vol blare want die wind het dag lank gewaai en dis nie regverdig dat Selina al die werk moet doen en nog jou ouma gaan soek én sorg dat sy gewas en aangetrek kom nie."

Die liewe Vader weet, ná vandag het hy nie krag hiervoor ook nie. Sy skep nog asem om met haar tirade voort te gaan, toe hy vinnig tussenbeide tree. "Luister, Mentje, ek weet eerlikwaar nie waarvan jy praat nie, ek stel nie belang nie en ek is nie nou lus vir werkers se klagtes nie." Hy stap verby agterdeur toe.

Hy hoor haar kwaai voetstappe agter hom aan kombuis toe. "Selina het nie gekla nie. Dis ek wat so sê. Weet jy hoe laat is sy hier weg huis toe? Eers halfvier, en toe storm dit al! Maar wat gee jy om? Wat gee jy om dat jou ouma siek is en heeldag in haar nagrok rondloop, sommer buite in die reën ook? Wat gee jy om dat Baby-hulle se dak lek, of dat hulle skoorsteen verstop is en haar hele kombuis vol rook word? Wat gee jy om dat Selina op haar af middag moes staan en beddegoed was? Want jou ouma het ... Ag, los dit net en kruip in jou kelder weg."

Sy storm gangaf en maak haar kamerdeur ferm toe.

Hy sluit die agterdeur oop, help sy druipnat oupa uit sy jas en sak op een van die kombuisstoele neer.

Eers sy oupa, die ganse dag lank. Vroegoggend op pad vendusie toe: "Jy moes Junie die bees verkoop het, dan kry mens die beste pryse. Vra my, ek weet." En drie ure later, met die reën wat wil-wil uitsak: "Jy moes gewag het met die bees. As die pryse vandag so goed was, sal dit einde Oktober hemelhoog wees. Vra my." Tussendeur, gedurigdeur: "Nou vir wat daardie vers koop? Jy betaal hooploos te veel."

Op pad terug, soos 'n druppende kraan: "Nou wanneer koop jy die Vaaljapie? As jy nie daardie kind laat kom het nie ..." Maande al, tot vervelens toe.

En nou sy. Die vae prentjie van 'n vrolike kind wat vir hom 'n koppie warm koffie aandra, miskien later selfs 'n bord opgewarmde kos, verdamp soos mis voor die son. Hy staan moeisaam op. "Wil Oupa koffie hê?"

Wat het sy tog gesê van sy ouma wat met net haar nagrok aan in die reën geloop het?

Sondagoggend word Mentje vroeg wakker, gooi gister se rok oor haar kop en hardloop sommer kaalvoet skuur toe om die hoenders se kos te kry. As sy klaar die diere kos gegee het, sal sy gaan was en aantrek vir kerk.

Soos altyd gaan die hoenders vreeslik te kere toe sy die hek oopmaak en die kos en skoon water in hulle bakke gooi. "O, julle is darem maar simpel. Regte klomp kekkelende ouvrouens. Al wat julle red, is dat julle goed eiers lê. So, hou aan daarmee, nè? Anders is julle dae getel. En Femke, kom onder my voete uit! Een van die dae trap ek jou nog plat."

Maar hoenders het mos net so min ore soos tande. Dit maak haar skoon die hoenders in.

Nou kraal toe vir die twee hanskalfies se melk.

Die melkkan staan nie op sy plek nie. En in die kraal is Tinus nie besig om te melk nie. Hy staan langs 'n vers en streel oor haar rondgedrukte buik, voel-voel wat aangaan.

Mentje sien dadelik hier is groot fout. Sy klouter oor die

kraalmuur en gaan staan langs hom. Die jong koei se oë lyk onseker en vol pyn – anders as die beeste se oë wanneer hulle deur die dipbad gejaag word. "Wat makeer sy?"

"Sukkel om te kalf. Eerste kalf."

Skielik onthou sy. Lank gelede, sy was nog heel klein, Pappa wat die koei help. Die benoude gebulk, die bloed. "Gaan eerder in, Mentje," het Pappa gesê.

Die kalfie was dood. Maar die koei het nog gelewe.

"Dit kan baie ernstig wees," sê sy.

Tinus hou aan vryf, egalig, ritmies. "Ja, ek wil nie een van die twee graag verloor nie. Ek moet haar eers laat ontspan, sy is verwilderd. Dan sal ek moontlik moet help." Hy kyk skielik vir haar. "Mentje, kan jy in die stoor vir my twee rieme gaan haal?"

Sonder verdere vrae hardloop sy stoor toe en kom terug met die twee rieme. Die vers lyk niks kalmer nie, haar oë is nog net so wild soos vroeër.

Tinus neem die een riem by haar. "Dankie." Hy maak die middel van die riem rondom die koei se horings vas. "Moet jy nie liewer huis toe gaan nie?" vra hy terwyl hy werk.

Net soos Pappa. Soveel jare gelede. "Nee, ek sal help. Ek weet dit kan erg wees. Maar ek is oukei."

Tinus trek die koei versigtig, stadig tot by die hoekpaal van die hek en woel die riem rondom.

"Hoekom bind jy haar vas?" Dit ontstel haar, 'n vasbindery.

"Dat sy nie weghardloop nie. Dis al hoe ons haar kan help."

Hy loop om na die agterkant van die koei en skud sy kop bekommerd. "Ons moet gou speel. Gee gou die ander riem."

Sy tel die tweede riem vinnig op en draf na hom toe.

En daar sien sy: Die kalfie se ou neusie lê op sy twee voorpootjies. Die res van sy lyfie is nog binne-in die koei. Sy staan verwonderd, dis regtig die kalfie. Maar die hele kalfielyf gaan nooit as te nimmer daar uitkom nie, dit sien sy dadelik. "Hoe gaan jy die kalfie daar uitkry?"

"Uittrek, met die riem. Mentje, ek dink regtig ..."

"Ek is regtig oukei. Ek sal nie lastig wees nie, belowe."

"Goed dan."

Toe werk hy sonder om een woord verder te sê. Hy maak 'n lus aan die punt van die tou, 'n lus wat nie stywer kan trek nie. En toe ...

Mentje staan 'n halwe treetjie terug en voel hoe die benoudheid in haar keel opstoot. Nie vir haarself nie, vir die koei en die arme klein kalfie. Want Tinus neem die lus en steek sy hand in die koei in, verby die neusie en die twee pootjies. Hy sit die lus rondom die kalfie se nek, besef sy.

Die koei ruk, sy bulk doodsbenoud, maar Tinus hou aan werk. Toe sy hand eindelik uitkom, kan sy haarself nie meer keer nie.

"Vas?" vra sy gespanne.

"Glo so. Nou wag ek net vir die volgende kontraksie."

Sy sien hoe die koei verstyf, saamtrek, sien hoe Tinus vastrap, sy armspiere bult, die are in sy nek swel bloedrooi uit. Hy trek, die koei druk, maar die kalf sit.

Toe ontspan die koei. Tinus sê een van daardie woorde wat sy nie mag sê nie en vee moedeloos deur sy hare. Nou lyk sy hare vreeslik.

Maar baie erger is haar kommer oor die klein kalfie. En die arme koei. Sy tree vorentoe en neem die stuk riem wat agter Tinus lê.

Hy kyk net vinnig om. "Jy moet vastrap, hoor. Ons wag vir die volgende kontraksie."

"En ons moet bid. Dis net die Here wat ons nou nog kan help."

"Jy is reg, Mentje." Sy stem klink vreemd.

Sy wonder nog hoe sy vir die Here moet verduidelik, toe skree hy: "Trek!"

Sy trap vas, hang agteroor en voel hoe haar gesig bloedrooi word. Sy trek baie, baie harder as by die boeresport se toutrek, want nou gaan dit oor lewe en dood. Sy trek dat haar arms en haar bene pyn en haar longe voel asof dit wil bars.

En die riem kom bietjie vir bietjie verder uit. Sy voel dit, haar hart jubel en sy trek nog harder. Tot skielik: Die riem gee so onverwags skiet dat sy op haar sitvlak op die kraalvloer beland. Sy vlieg ontsteld op en kyk. "Het die kalfie hom dood geval?"

Maar die kalfie roer, sy kan sien hoe kriewel hy. "Is hy oukei?"

Tinus kyk op van waar hy op sy knieë by die kalfie staan. "Dis 'n sy, nie 'n hy nie. En sy is honderd persent. Dis maar die natuur, die Liewe Vader se manier om die naelstring te breek."

Hy staan op om die koei los te maak.

Mentje kniel dadelik by die kalfie en stoot haar arms onder die lyfie in. "Wil jy opstaan, klein kalfie?" Daar is skielik 'n groot knop in haar keel.

Toe hulle eindelik terugstap huis toe, albei van kop tot tone besmeer maar baie, baie tevrede, sê sy: "Ons is heeltemal laat vir kerk." Hulle was nog nie een Sondag nie in die kerk nie.

Hy knik en glimlag skuinsweg vir haar. "Die kalf is in die put, dink jy nie so nie?"

"Ons moet nog melk ook, en die ander kalfies kos gee," onthou sy. "Ek dink die kalf is nie net in die put nie, hy het amper versuip. Maar ons kalfie is gelukkig oukei."

Dit word 'n vreemde Sondag. Vir die eerste keer gaan sy nie ná kerk terug koshuis toe nie. Tinus gaan haar vroeg-vroeg Maandagoggend invat met die trok en sommer 'n paar dinge in die dorp afhandel.

Sondag laatmiddag, toe hulle net klaar koffie gedrink het, sê Tinus: "Sal ons gaan kyk hoe dit met die kalfie en haar ma gaan?"

Sy staan dadelik op, sit haar hoed op haar kop en stap saam. Maar hy stap nie reguit kraal toe nie, hy begin afstap na die spruit. Sy wil net sê dis nie eintlik die pad na die kraal nie, toe hy vra: "Mentje, wat het jy gister gesê van my ouma?"

Dan het hy tog gehoor dat sy gister gepraat het. Nie dat hy dit gisteraand baie ernstig opgeneem het nie. Seker gedink dis net 'n kind wat klikstories aandra. Gmf.

Sy gaan staan stil en draai na hom sodat sy hom in die oë kan kyk en hy kan verstaan sy is baie, baie ernstig. "Tinus, ek dink jou ouma is baie siek."

"Siek?" Hy klink half verbaas, half bekommerd.

Hoe moet sy verduidelik dat 'n mansmens kan verstaan? "Nie haar lyf nie, soort van êrens anders. In haar kop, dink ek. Jy moet kyk, dan sal jy sien."

"Ek weet sy raak baie deurmekaar, baie oumense …"

"Nee, nee," sê sy ongeduldig. "Dis nie net dit nie. Jy sien, Tinus, jy gaan vroeg al uit die huis om te melk en ander werk te doen en jy werk die hele dag, so jy sien nie wat aangaan nie. Weet jy dat Selina elke dag moet kyk dat jou ouma was en aantrek?"

"Ja, wel."

Hy wil begin aanstap, maar sy bly staan. "Nee, dis nie 'ja, wel' nie. Dis ernstig. Tinus, sy loop weg ook, dan weet sy nie waar sy is nie. En gister ..." Sy aarsel, want dis regtig nie 'n goeie ding wat gebeur het nie.

"Gister?"

Oukei, dis seker beter om te vertel. Dis nie klik nie. "Gister het sy in haar nagrok rondgeloop en sy wou glad nie aantrek nie. Toe Selina haar kamer toe wil vat, het sy vir Selina geskree en haar geklap."

Haar woorde skok hom, sy sien dit. Sy sien ook die verwarring. "Geklap?"

"Ek belowe dis nie net 'n klikbekliegstorie nie, Tinus. Ek was by, in die kombuis."

Hy begin stadig aanstap. "Dis nie goed nie," sê hy baie bekommerd.

Sy val langs hom in. "Ek is jammer ek moes vir jou vertel."

"Nee, jy het die regte ding gedoen. Ek het nie besef ..." Hy skud sy kop effens.

Die begraafplaasdeel moet sy ook vertel, weet sy. Dis vir haar erger as die skree en klap. Want dit het 'n prentjie gemaak wat in haar kop bly. Miskien kom dit los as Tinus ook weet. "Daar is nog iets. 'n Nare ding."

Hy steek vas en draai na haar. "Vertel my alles, Mentje."

Haar mond voel droog, haar tong lek vinnig oor haar lippe. "Jou ouma het weggeloop begraafplaas toe. Ons kon haar nie keer nie. Maar sy het nie haar ..." hoe sê 'n mens dit tog vir 'n man? "... haar ondergoed aangehad nie en toe kan mens alles sien want die wind het die nagrok vas teen haar gewaai."

Sy twee hande vou inmekaar, die frons tussen sy oë verdiep, hy staan stil en luister.

"En toe ons haar kry, het sy nie geweet waar sy is nie. Tinus, sy het bang gelyk en ek was baie, baie jammer vir haar want sy was heeltemal deurmekaar. Verstaan jy?" pleit sy.

Eers sê hy niks, hy knik net stadig, weer en weer. Toe begin hy weer loop. "Dankie dat jy gesê het."

Hulle loop in stilte. Toe hulle amper by die spruit is, sê sy: "Ek het gister al gedink en gedink, maar ek weet nie wat ons gaan doen nie."

Hy kyk haar 'n oomblik lank vreemd aan. Toe steek hy sy hand uit en druk haar los hare agter haar oor in.

Vyf en dertig

Met Baby gesels sy maklik. Nie oor moeilike goed nie, dit het Mentje baie gou agtergekom. Maar sy kan vir Baby vertel van die dokter se nare kind, dan klik Baby simpatiek en druk Mentje se kop styf teen haar sagte lyf vas. Of sy kan vertel dat sy weer die hoogste punte vir haar matesistoets gekry het, dan lag Baby en klap hande en dans in die rondte.

Toe sy ná ontbyt by die bywonershuisie kom, is Baby se hande spierwit gemeel. "Bak jy koekies?"

"Beskuit, lat jy kan loop saamvat koshuis toe."

Mentje doen 'n regte Rooi Indiaan-dans in die deur van die kombuisie. "Lekker! Lekker! Lekker!" jubel sy. "Baby, jy is soos 'n regte ma vir my."

Sy lag nog, toe sien sy Baby is baie ernstig. "Jy moenie loop staan sê ek is 'n ma nie. Ek het g'n niks kinners nie."

"Nee, ek weet, Baby," probeer Mentje dadelik regmaak. "Ek weet jy het nie kinders nie, en ek het nie 'n ma nie. Ek bedoel net jy sorg vir my en leer vir my, soos 'n ma."

Baby ontspan en lag van oor tot oor. "O, dit? Ek het nie geloop mooi verstaan nie."

"Jy knie die beskuit soos brood?" vra Mentje om haar aandag af te lei.

"Ja, soos brood. Soek jy 'n soetkoekie?"

"Eerder gemmerbier." Mentje draai om en skink 'n beker van die heerlike gemmerbrousel. Sy maak haar tuis by die tafel vir lekker gesels. "Ek het my verlede naweek vrek geskrik."

"Loop skrik?" Baby trek die deeg van haar hande los.

"Baby, jy moenie eens praat nie. Jy weet, Tinus se ouma ..." en sy vertel die hele storie vir die ma-mens voor haar. "En Baby, dit pla my die hele week al. Want ek weet nie wat die ouma makeer en wat gaan Tinus doen nie."

"Ja, sy het geloop kens raak, is dié." Baby haal vier broodpanne uit en begin dit sorgvuldig met vet smeer. "Ek ken daai een. My grootjie het ok mos die kensgeit gestaan kry. Altyd haar geloop versôre, ekke."

"Dink jy dis wat die ouma makeer?"

Baby se ronde, blink gesig trek op 'n plooi. "Ek kan gegaan loop help het by die Groothuis. Ma nou kan ek nie."

Mentje leun vooroor met haar elmboë op die tafel. "Hoekom nie, Baby? Ek dink Tinus het jou nodig."

"Moenie so loop staan praat nie," keer Baby dadelik. Dit klink byna of sy pleit.

Mentje kyk haar vraend aan. "Hoekom kan jy nie gaan help nie? Ek dink jy sal baie goed wees daarmee."

Maar Baby skud net haar kop verbete en knyp die deeg in ewe groot bolletjies af. Sy pak dit in die broodpan, een vir een, en sê steeds niks.

Dit help nie, sy gaan nie verder praat nie, besef Mentje later. Eers toe sy heeltemal wegpraat van die ouma af, begin Baby stadig weer saamgesels.

Nou gesels ons sommer oor koeitjies en kalfies, glimlag Mentje stil by haarself. "Idiome is regtig lekker goed, weet jy? En die meneer hou daarvan as ek dit in my opstelle skryf. Dan lees hy dit vir die ander kinders en hy sê: 'Kyk hoe gebruik die Hollandertjie die idiome, en Afrikaans is nie eens haar moedertaal nie.' Kan jy dink watse oogrolle die dokter se kind dán doen?"

Baby lag te lekker en druk die pan beskuit bo-op liggies met haar hand plat. Sy loop buitentoe en roep na Simon. Die beskuit gaan nou bietjie rys, dan oond toe, weet Mentje.

Toe Baby terugkom, het sy 'n bos boontjies in die hand. Sy gaan haal twee lemmetjies en kom sit by die tafel.

Dis heerlik om hier by die kombuistafel te sit en kuier. "En weet jy, Baby, daardie dokter se kind het nou kamma 'n kêrel, verbeel jou. Maar niemand het hom nog ooit gesien nie, want hy woon kastig in 'n ander dorp. Ons dink sy lieg," sit sy lekker en skinder.

"Jy moet loop wegbly van daai kind af." Baby sny boontjie vir boontjie papierdun met die lemmetjie.

Mentje neem die ander lemmetjie en begin ook sny. "O, wêreld nee, ek is glad nie maats met haar nie," skop sy dadelik teë. "Maar Baby, dink jy 'n mens moet 'n kêrel kry as jy nog net dertien jaar oud is?"

Baby kyk op. Haar effens skeel oë lyk gewoonlik half verward, soort van versigtig, maar nou sien Mentje net kommer daarin. "Julle moet staan wegbly van seunskinners af."

"Ons dink ook so, ja," knik Mentje dadelik. Maar sy wonder tog. Party seuns is nogal … nou ja, vriendelik. Prettig, snaaks. "Hoekom moet ons wegbly?"

"Seunskinners is duiwels. Allie seunskinners is duiwels." Toe word haar oë sag en haar kop kantel effens eenkant toe. "En jy is so 'n mooie ou meisieskindjie."

Mentje glimlag, neem Baby se growwe hand en druk dit teen haar wang. "Dankie, Baby."

Hulle sit lank en werk, die hele oggend lank. Die geur van die beskuit in die bakoond buite dryf die kombuis in. Heerlik.

"Sal die beskuit nie brand nie, Baby?"

"Nog nooit gesien nie." Baby skud haar kop. "Simon het daai oond net reg gestaan stook. Sallie brand nie, nee."

Toe wonder Mentje skielik oor iets. "Baby, het Simon al ooit vir jou vertel wat gebeur het toe hy so geskrik het?"

Baby kyk op, sy lyk dadelik bekommerd. "Wanneer het hy geloop staan skrik?"

"Nee, nie nou nie. Lank gelede, in die oorlog."

Sy skud haar kop en gaan weer aan met werk. "Hy het nog nooit geloop praat vannie oorlog nie."

"Maar jy weet hy was oorlog toe? Lank gelede?"

Sy knik. "Ja. Was lank weggeloop gaan. Simon het 'n sagte hart. Die oorlog was g'n niks goed vir hom gestaan wees nie."

Simon het 'n sagte hart, onthou Mentje die woorde toe sy net voor middagete terugstap Groothuis toe. Ek hoop iemand word eendag so lief vir my dat hy my ook so goed verstaan.

Om met Simon te praat is baie moeiliker. Mentje weet, uit dinge wat hy soms sê, hy is 'n slim man. Maar omdat hy so geskrik is, is hy meestal toegeslaan en senuweeagtig. "Die dokter het gesê ons moet hom laat praat," het die ma van die geskrikte jongman in die skuur gesê. "Maar dis moeilik, hy wil nie praat nie."

Dis dieselfde met Simon, dink Mentje. En as hy nog praat, is dit meestal in raaisels.

Maar een of ander tyd sal hy met haar praat. Sy glo hy sal, want hulle het al begin maats word. Sy moet net baie, baie geduldig wees.

Om geduldig te wees is beslis nie iets wat sy maklik regkry nie, ongelukkig. Sy wip haar gans te gou. Moeilikheid is net, die wip sit in haar lyf en in haar kop.

Die afgelope maand hoor sy gedurig van geduldig wees. Eers in die Afrikaansgedigteklas met 'n nare konsentrasiekampgedig waar almal al weer doodgaan en die geduld, o, geduld wat tog so baie kan dra.

Asseblief! kyk sy en Gerda, haar beste maat, vir mekaar. Toe giggel hulle amper, maar darem nie.

Toe nog die osse wat ewe voorbeeldig geduldig, gedienstig en gedwee aanstap. Patetiese osse, het hulle die aand in die slaapsaal besluit.

En om alles te kroon lees die oupa gisteraand uit die groot Nederlandse Bybel uit Galasiërs dat een van die belangrikste vrugte van die gees is om geduldig te wees.

Goed, het sy gisteraand in haar bed besluit, ek sal harder probeer geduldig wees. Gelukkig het die Bybel niks gesê van gedienstig en gedwee nie, want daarvoor sien sy waaragtig nie kans nie!

Vir eers moet sy dus geduldig wag vir die regte tyd om met Simon te praat. Want skrik sy hom af, is dit neusie verby.

Van ver af sien sy hy het klaar sy hele groentetuin natgelei en sit nou alleen onder die boom in die yl koeltetjie. Sy stap nader, oop en bloot, sodat hy haar kan sien aankom en nie skrik nie.

"Hallo, Simon," sê sy toe sy nog 'n entjie weg is. "Sal ek vir ons koue gemmerbier gaan haal?"

Hy knik en vryf die grond van sy hande af.

Met die twee bekers gemmerbier in haar hande loop sy versigtig tussen die groentebeddings deur na waar hy sit. "Jou tamaties groei pragtig. Een van die dae gaan ons baie tamaties hê," gesels sy, gee die beker aan en gaan sit 'n entjie van hom af. Sy het ook al gesien hy word onrustig as iemand te naby hom kom. Behalwe Baby, sy kan maar teen hom aan sit.

"Dankie." Hy vou sy hande om die beker. Sy naels is stomp afgebreek en vol grond. "Die wortels kom ook aan."

Die koue gemmerbier prik-prik op haar tong. "H'm, Baby maak die lekkerste gemmerbier in die hele wêreld."

"Baby is 'n goeie en byderhande vrou," sê hy sag.

"Sy is, nè? Ek sien sy het rye en rye bottels kerrieboontjies gemaak. En sy leer my, sodat ek ook eendag so byderhand kan wees."

"Die boontjies dra een van die dae weer."

Sy gesels nog bietjie oor sy tuin, oor wat sy gedurende die week gedoen het, oor die nuwe boek wat sy lees, tot sy dink hy is rustig genoeg. So terloops moontlik sê sy: "Ons doen nou in geskiedenis die Boereoorlog. En weet jy wat het ek agtergekom, Simon?"

Hy skud sy kop.

"Die kinders hier, en die meeste grootmense, weet nie wat oorlog is nie."

Stilte. Styfstil.

Sy praat rustig voort. "Hulle dink oorlog is helde wat op perde jaag of in slote lê en mekaar skiet, en verpleegsters wat wit klere dra en kinders wat in kampe siek word."

Hy sit net voor hom en uitstaar. Maar hy luister, sy weet.

"Nie een van hulle weet hoe lyk oorlog regtig nie, hoe 'n mens lyk wat stukkend geskiet is of 'n huis wat flenters ontplof is nie. Hulle weet nie hoe ruik die geweervuur en die rook van oorlog nie, weet nie hoe klink dit as die handgranate rondom jou ontplof en mense skree van pyn nie."

Sy dink 'n rukkie. "Hulle weet glad nie hoe oorlog voel nie, die honger en die dors, hoe dit voel om tot die dood toe bang te wees nie."

Hy bly roerloos sit.

Dit voel skielik vir Mentje asof hulle twee in 'n bal sit van dun, dun glas, wat met die geringste beweging of geluid in skerwe kan breek. Dis net die dun glas wat hulle teen 'n wrede wêreld van vreemde oë beskerm. Daarom roer sy ook nie, kyk reguit voor haar, praat baie sag.

"Net ons wat daar was, ons weet. Ek en jy, Simon. En Tinus."

Die kleinste beweging van sy hand. "Sy pa het in die Boereoorlog geveg." 'n Fluistering teen die glaswand.

Wie se pa? Want Tinus se oupa het geveg, maar hy het niks gesê van sy pa nie. "Dan sal sy pa ook weet," sê sy maar om iets te sê.

Die bywoner skud sy hoedjiekop stadig. Hartseer. "Hy het nie."

Versigtig nou, Mentje, weet sy. Een verkeerde woord. "Daar is dinge wat ek nooit kan vergeet nie, al word ek honderd jaar oud. Ek wens ek kon, maar ek kan nie."

Baie effense knik van die kop. Instemmend.

"Die gedreun van die bomwerpers ..."

Sy wag. Stilte eers. Dan die kop wat effens skud. "Dit ken hy nie."

Sy bly voor haar uitkyk, asof sy hom nie gehoor het nie. "Die ambulanse, die benoudheid van die kelder. Ek was bang die kelder val toe en ons word lewend begrawe."

Stilte. Beweginglose stilte.

"Erger nog, die gefluit van 'n handgranaat. Jou enigste

beskerming is jou hande oor jou ore." Daardie vreesaanjaende terugtog van die Sint Elizabeth-hospitaal af. "Die oorverdowende slag van die granate wat rondom jou oopbars."

Sy kan nie verder nie. Sy voel die rilling deur haar trek.

"Die nagmerries," prewel hy.

Haar eie herbelewing is skielik weg. Miskien, miskien vandag, weet sy glashelder.

En hy hou aan praat. Monotoon, emosieloos. Sag, sag. "Hy bid dat die nag sal eindig, dat die vreeslike nagmerries kan wyk. Hy vrees die koms van die dag wanneer die vurehel weer begin, dag vir dag, nag vir nag, week na week vir maande en jare aaneen."

Stilte.

Moenie dat hy ophou praat nie, bid sy oopoog. Maar hy bly stil.

Sy trek haar asem stadig in. "My vurehel was die huise wat gebrand het wanneer die bomme dit tref, daardie eerste dag. Die mense binne-in het doodgebrand."

'n Breekbare stilte binne hulle glasbal.

Eindelik: "Delvillebos."

Sy wag. Toe hy nie verder praat nie, vra sy sag: "Delvillebos?"

"Waar hy was. Sommevallei. Frankryk."

Stilte.

"... wat in die grootste hel op aarde verander het."

Sekondes tik verby. Amper soos 'n tydbom wat kan ontplof, maar miskien nie sal nie. "En jy was daar?"

Sy sien die beweging van die arm, die baadjiemou wat die trane van die wang afvee. Sy bly roerloos sit.

"Hy. Hy wou nie gaan nie."

Hy?

"Hy kon nooit bystaan as sy pa bees slag nie. Hy kon nie eens bobbejaan jag nie. Oorlog toe?"

Sy wag.

Sy stem is skielik galbitter. "Sy pa wou van hom 'n man maak."

Dit het 'n rukkie geneem, maar sy begin verstaan. Skrik verstaan. Kan dit wees?

Nou leun hy agteroor, kyk na die takkedak bo hom. "Mary had a little lamb, its fleece was white as snow. Maar daardie lam het 'n pa gehad. En kyk hoe lyk hy nou."

Dit verstaan sy weer nie, sy wag net maar.

Simon se gepraat gaan oor in 'n gefluister, sodat Mentje effe vorentoe leun om te kan hoor. "Gekruisig, die seun wat net maar vrede wou hê. Mary se little lamb."

Maria?

"Rondom hom almal doodgeskiet. Voos geskiet. Netjiese kopskote. Swak skote: been af. Vrot skote: afval uit, reg vir skoonskraap."

Stilte. Net die rilling in haar. Gruwelik.

"Bosse wat brand, bome."

Hy begin met 'n stokkie voor hom in die grond krap.

"Net hy het geen skrapie aan hom nie."

Sy wag.

Krap-krap, die slootjie word al hoe dieper. "Eerste ware geveg. Hande oor die ore, nag lank. Vasgevrees. Nie 'n enkele skoot geskiet nie."

Vasgevrees.

"Medics vind hom hoogsontyd. Skop-skop in sy ribbes, asof hy 'n dooie hond is." Die trane stroom oor sy wange.

"Lafaard. Papbroek. Mamma se sissieboy," spoeg hy die woorde minagtend uit.

Krap en krap met die stokkie, sinnelose handeling.

"En hy weet nie waar hy is nie. Hy wonder of hy nog is. Die hel is dag lank en nag lank.

"Hy is gek, sê almal. Heeltemal koekoes, simpel in sy kop. Stuur die nikswerd huis toe, sê die army. Te sleg selfs vir kanonvoer."

Die trane stroom onbeheers.

Pleitend: "Hy het probeer. Van altyd af."

Sy wag. Die stilte word langer en langer.

Sag: "En toe, Simon?"

Hy kyk na haar met leë oë vol water. "Hy het geweet hy sal gesond word op die plaas. Dat sy ma hom sal troos, soos toe hy klein was."

Sy verstaan presies wat gebeur het. Want sy ken nou die mense. "Maar sy het nie?"

Sy kop skud stadig. "Sy het nie. Miskien het haar man haar verbied. Miskien was die skande te groot. Hensopper, soos haar eie pa."

Hy bly lank stil. Toe hy weer begin praat, is sy stem selfs verder gestroop van emosie. "Toe kom die bywoner se dogter in die nag na sy stoepkamer toe. Net vyftien jaar oud, maar niks bang vir die donker nie. Sy was sag. En liefdevol.

"Toe betrap sy ma haar daar, een oggend baie vroeg."

Lang stilte.

"Die man, baas van die plaas, jaag die bywoner en sy hele familie van die plaas af. Soos sleg honde. Hulle het die nag nie plek gehad om te slaap nie. Dit was laat winter. En hy was te vrotsleg bang om hulle te gaan soek. Hy is 'n papbroek. Nikswerd."

Moet sy dit waag? "Of miskien net siek?"

"Bangheid is geen siekte nie." Galbitter.

Mooi dink nou. Sy wens sy was ouer en slimmer, sodat sy kon weet wat om te doen. "Dink jy 'n slim mens wat oud word en dan alles begin vergeet, selfs wie hulle eie man is en waar hulle eie huis is, is nie siek nie?"

Hy antwoord nie. Hulle bly 'n rukkie doodstil sit, tot hy opstaan en sonder 'n verdere woord die veld in loop.

Nog lank bly sy sit. Sy onthou die skuins skimp wat die dokter se kind eendag smalend gemaak het.

En sy verstaan.

In hulle CSV-kring het hulle geheime wat hulle net met die Here deel.

"As ons in ons kring oor iets bid, hoef almal nie daarvan te weet nie," het die mooi, jong juffrou vroeg in die jaar al gesê. Die juffrou woon in haar eie kamer in die koshuis, sy kan baie mooi sing en sy is die hoofleier van die CSV.

Hulle groep se kringleier is 'n standerdnegemeisie. Sy het sagte oë en 'n sagte stem. As hulle wil, kan hulle baie stout wees in haar kring. Maar hulle wil nie, want hulle is lief vir haar.

Maandagaande is stiltetyd langer as gewoonlik, want dan gaan al die kinders wat wil, CSV toe. Hulle hele slaapsaal is maats, daarom maak hulle een CSV-kring. Moet net nie dink maats baklei nie, hoor, selfs al is hulle in die CSV. Party van die meisies is baie katterig, veral as hulle hartseer is. En hulle kan hul almal maklik wip en agteraf skinder van mekaar, al sê die CSV-juffrou hulle moenie, dis sonde. Net as iets of iemand teen hulle draai, vergeet hulle al hulle kwaadheid vir mekaar en staan saam.

En Maandagaande bid hulle saam. Hulle sit op hulle kopkussings op die vloer in 'n kring. Eers lees hulle kringleier uit die Bybel, dan sing hulle 'n liedjie, dan bid hulle. Almal wat wil, kry 'n beurt.

Verskillende meisies het verskillende probleme. Daar

is 'n bywonerskind wat elke keer vra hulle moet bid dat sy nog volgende jaar in die skool kan wees. Die kind uit Johannesburg bid dat haar pa ophou brandewyn drink en een van die ander bid dat haar ouers nie skei nie, al baklei hulle heeltyd. Van die kinders sê net hulle het 'n probleem, dan bid almal saam daaroor.

Al die kinders het moeilikheid. En as dit nie was vir die CSV nie, sou niemand dit ooit geraai het nie.

Die volgende Maandagaand sê Mentje: "Ek het vanaand iets waaroor ons moet bid. Ek kan nie sê wat nie, maar dis 'n groot probleem en ek dink net die Here sal kan help."

Enkele van die meisies kyk haar vraend aan, maar die kringleier buig haar kop en maak haar oë toe. En sy bid baie, baie ernstig dat die Here hulle Hollander-maatjie moet help met haar probleem. Party van die ander meisies bid ook vir Mentje. Party sê presies wat die kringleier gesê het. Maar dit maak nie saak nie, want die Here sal verstaan dat almal wil hê Hy moet asseblief vir Mentje help.

Toe sy later in die bed klim, voel haar hart ligter. Pappa se Here en Tinus se Here – miskien ook haar Here, hoewel sy nog nie seker is nie – sal hierdie pad saam met haar loop.

Dis donkermaan Vrydagaand. Die donker is ons vriend, het Pappa haar kleintyd geleer. Want in die donker kan ons stilte en vrede kry en net onsself wees. Daarom het sy die lamp in die eetkamer agter hulle doodgeblaas voordat sy uitgestap het stoep toe. Nou is dit te donker om enigiemand se oë te sien.

Dis nogal moeilik om haar glas melk, Tinus se beker koffie en die bakkie gemmerkoekies so in die donker te dra.

"Dis donker," sê Tinus toe sy voel-voel uitstap met die koffie. "Het jy die lig doodgeblaas?

"Ja, want ek hou van die donker." Die koffie en koekies sit sy op die stoepmuurtjie voor hom neer, balanseer een koekie op haar glas melk en voel met haar ander hand waar die tweede grasstoel is.

Dis so donker dat sy net sy bewegings en profiel kan sien. Hy drink sy koffie proe-proe en kou sy koekie knarsend hard.

Sy byt 'n hap uit haar koekie sodat die res in haar glas sal pas en doop dit in die melk om dit sag te maak. "Jy eet vreeslik hard."

"Dis jy en Baby wat sulke harde koekies bak." Hy neem nog 'n slukkie koffie. "Maar dis lekker, hoor. Moenie die resep verander nie."

Sy sit haar leë glas op die muurtjie neer en skuif dieper in haar stoel terug. Tinus het self Baby se naam genoem, sê sy vir haarself. So miskien is dit die Here se teken dat Hy nou hier by haar is om haar te help.

Moet sy?

Ja, ek moet, besef sy. Môreaand is Saterdagaand, dan gaan kuier Tinus dalk weer by iemand. Sy dink hy kuier by meisies, maar sy is nie seker nie. So dis nou of nooit. En nooit sal nie werk nie, dan sal sy altyd wonder. Sy draai haar kop en vra: "Tinus, hoekom het Baby en Simon saam met julle Johannesburg toe getrek?"

"Dis deel van ons Boeremense se tradisie, Mentje. Die bywoners op jou plaas word jou verantwoordelikheid."

Dit het sy in die koshuis al begin agterkom, ja. Hoewel die bywonerskinders steeds maar aan die agterspeen suig. En sy het al daaroor gedink ook. "Nou waarom het hulle dan nie hier gebly by die nuwe boer nie?"

Hy kou eers sy koekie klaar. Kou en kou aan die deurweekte koekie. "Die nuwe boer was 'n Joodse dokter van Johannesburg. Hy ken nie ons mense se tradisies nie."

Sy vou haar hande inmekaar en dink versigtig. Watter kant toe nou? Here? "So Baby-hulle het saam met julle getrek en in 'n kamertjie laer af in die straat gaan bly net omdat julle vir hulle moes sorg?"

Die nag is doodstil. Asof alles wag.

"Wat wil jy weet, Mentje?" Sy stem is baie sag. En amper plat.

"Die waarheid," antwoord sy net so sag.

Hy sit sy koppie op die stoepmuurtjie neer. "En wat weet jy?"

As sy voortgaan, gaan dit seer wees vir hom. Wil sy dit regtig hê?

"Mentje?"

Sy draai haar kop reguit na hom toe. Teen die lig in die huis sien sy vaagweg sy profiel en omdat sy hom nou al so goed ken, weet sy hoe dit lyk: die vierkantige ken, die reguit neus, sy hoë voorkop. "Ek weet niks nie, Tinus. Ek wonder net."

"Goed, wat wonder jy?"

"Ek wonder of Simon jou oupa se seun is. Hulle het dieselfde van."

Geen reaksie.

"En ek dink jou oupa kon hom nie hier agterlaat nie, want Simon is siek. En dit bly sy seun, ás hy sy seun is, maak nie saak wat nie." Sy huiwer 'n oomblik. "As jy verstaan wat ek bedoel."

Hy sit doodstil, sy ken regop gelig, sy oë op die donker veld voor hom.

"En ek dink ..." Wat sal tog die regte woorde wees? "Tinus, ek dink jy is Baby en Simon se kind."

Geen reaksie uit die donker nie.

"En ek dink jou oupa en ouma wou nie vir jou sê nie, want jy weet mos hoekom. Maar ek dink jy weet, want jy is slim, maar jy wil nie weet."

Dis nie wat sy vooraf gedink het om te sê nie en sy weet glad nie wat om verder te sê nie. Dit voel ook nie of die Here haar help nie. As Hy haar help, help Hy nie genoeg nie.

"En as jy reg is?" vra hy skielik uit die donker.

Sy het nie 'n idee nie. Haar kop spring rond soos 'n boerboklam op 'n sonskynoggend. Maar sy is net 'n kind, nie 'n boerbokkie nie en dis donker nag. "Ek weet nie, Tinus, ek weet regtig nie. Maar ek dink as ek geweet het my ma en pa lewe nog, sou ek so verskriklik bly gewees het. Maak nie saak wat nie. Want as hulle weg is, is mens alleen."

Sy bly stil. Haar kop leeg, dom. Sy hoor net die stilte. En sien net die donker.

Sy hand vou om hare. "Jy is nie alleen nie, Mentje. Ek kan nooit jou ouers wees nie, maar ek is hier vir jou."

Die huil is al weer besig om haar te bekruip. "Ek weet. Dankie."

Hy skud sy kop, gee haar hand 'n drukkie en trek sy hand terug.

In die donker naghemel flikker die sterre hulle flou liggies. Duisende ligjare ver, het hulle in aardrykskunde geleer.

"Jou oupa en ouma kan ook nooit jou ouers wees nie, Tinus."

Sy kop skud baie stadig. Sy stem klink heeltemal vreemd: "Ek het ook al ... Maar, dit kan tog nie?"

En kyk ... hoe lyk ... hy nou ...

"Jou oupa het hom gedwing om oorlog toe te gaan. Toe word hy soos hy nou is, van te veel bomme."

"En sy?"

Dit neem 'n oomblik om te verstaan. Die eenvoudige, verwaarloosde mens op wie geen kind trots kan wees nie.

Sy sien die bywonerskind in hulle slaapsaal voor haar, haar skurwe hakke en slegte vel. "In ons CSV-kringetjie bid ons vir die bywonerskinders. Tinus, jy het vir my splinternuwe skoolklere gekoop en sjampoe vir my hare en roompies vir my vel, en jy betaal vir my skoolboeke. Daardie armsorgkinders het niks."

Stilte.

"Baby kan nie eens lees of skryf nie. Maar sy kan baie ander dinge doen."

Hy luister, sy weet.

"Een van die meisies in my slaapsaal se pa drink te veel brandewyn en ander goed. En 'n ander meisie se pa en ma baklei en skree en vloek. Simon drink nooit brandewyn nie, hy werk net in sy tuintjie. En ..." sy soek die regte woorde. "Baby is lief vir hom. En trots op hom. Altyd."

Haar praat is op.

Hy sit 'n rukkie doodstil. Toe staan hy op en loop tot by die stoeptrappies. Sonder om om te kyk, sê hy: "Die liewe Vader het 'n baie unieke mens na hierdie plaas gestuur."

Net dit.

Sy sit en kyk hoe hy wegstap, tot die donker hom heeltemal insluk.

Saterdagoggend eet hulle hul pap soos gewoonlik.

Terloops vra hy: "Ek dip en spuit weer vandag. Kom jy help?"

Gisteraand het nie gebeur nie.

"Goed, ek kom."

Die hele oggend lank werk hulle saam. Phinias dryf die

halsstarrige beeste met hulle benoude oë in die drukgang in, Tinus trek vel styf en spuit en Frans trek die glyende beeste aan hulle skerp horings tot waar hulle vastrapplek kan kry. Mentje slyp en slyp die spuitnaalde. "Dink jy die inspuitings werk?"

Hy antwoord sonder om na haar te kyk. "Dit lyk tog so."

Daarna ry sy saam met hom in die trok om soutlekke te gaan aflaai. Hulle ry deur die veld, soms waar die tweespoorpaadjie heeltemal toegegroei is van min gebruik. Sy wip telkens uit die groot trok om die hekke tussen kampe oop en toe te maak. Dis vreeslike hekke, "smoelneukers" noem Tinus dit. Sy mag nie daardie woord sê nie, sy moet sê mondslaners. Tinus is baie outyds oor sekere woorde. Net soos die ander meisies in hulle slaapsaal se pa's.

In elke kamp laai Tinus 'n groot blok sout af. Hy klim agterop die trok, tel die blok op en gooi dit sommer van daar bo af op die grond. Gelukkig is hy baie sterk, want die blokke is swaar.

Toe hy die derde keer terugklim in die trok, vryf hy oor sy been. Hy doen dit baie keer, het sy al gesien. Sy dink hy doen dit sonder om te weet.

"Is jou been seer?" vra sy besorg.

"Nee wat." Hy skakel die trok aan.

Maar hy begin nie ry nie. Hy sit net so stil. "En as dit so is?"

Waarvan praat hy? "Jou been?"

Hy skud sy kop. "Die bywoners."

Dan het gisteraand wel gebeur. En hy het daaroor gedink. "Dink jy ook so?"

Hy haal sy skouers op en maak 'n effens moedelose gebaar. "Ek het al gewonder. Ek wou nie daaroor dink nie."

"Ek dink dit kan waar wees, Tinus. Ek het al mooi gedink."

Sy kou aan haar onderlip. "Hoekom wil jy nie daaroor dink nie? Oor hulle anders is?"

Dit-is-die-Limpopo! Dit-is-die-Limpopo! roep en roep 'n duif in 'n boom naby. Hulle kan tot vervelens toe aanhou roep en roep, daardie soort duiwe. Amper soos die piet-my-vrou wat heeldag kan sit en piet-my-vrou, piet-my-vrou, tot jy hom met 'n sandkluit wil gooi.

"En as dit so is?" vra hy weer.

"Dan moet jy hulle leer ken. Sodat jy hulle regtig kan sien."

Lim-po-po! Lim-po-po! word die duifie lui. Sy sou ook, as sy so 'n vervelige liedjie moes sing.

"Ek weet nie of ek wil nie."

"Mens wil, as dit jou ma en pa is."

Hy sit die trok in rat begin ry.

Hulle praat nie verder nie. Hulle dink.

Dit is begin Desember en die eksamen is op hande. Eksamen is 'n groot, groot toets van dae aanmekaar, elke dag. Mentje weet lankal reeds sy gaan nie dop nie, maar sy leer nogtans baie hard want sy wil graag beter doen as die dokter se kind. Net om haar te wys.

Ná die eksamen sluit die skool vir 'n lang Kersvakansie. En volgende jaar, 1947, sal sy in standerd sewe wees. Want in hierdie land ruil hulle standerds aan die begin van die jaar.

Sy gaan die hele naweek deur leer, neem sy haar voor. Vrydagaand al haar geskiedenis, Saterdagoggend aardrykskunde, Saterdagmiddag en -aand wetenskap en biologie. Sondae mag mens glad nie leer nie, want dis die dag van die Here.

En sy hou by haar voorneme. "Ek kan nie vanaand op

die stoep sit nie, want ek leer vir die eksamen. Dit begin Maandag," waarsku sy vir Tinus toe hy haar Vrydagmiddag kom oplaai.

"Dis goed so."

Laat Vrydagaand blaas sy die lamp in haar kamer dood. Sy ken haar geskiedenis uit haar kop uit.

Saterdagoggend is moeiliker, die veld roep. Met haar aardrykskundeboek onder haar arm, stap sy af na die wilgerboom en sit en leer onder die slap takke. Dis of haar kop sommer makliker leer hier in die koelte van die boom.

Voor middagete al is die hele boek in haar kop. Sy stap vinnig deur die warm son, eers by die bywonershuisie langs om te groet.

"Waar is jou hoed?" vra Baby ontsteld. "Jy moet gaan loop jou hoed opsit, anners moet ons weer asynlappe staan opsit, of aalwynsap."

Jig! Daar nare, klewerige aalwynsap! As mens gebrand het, moet jy daarmee aan jou gesig slaap. Nag lank kriewel jou vel stokstyf en klou jou gesig aan die kussing vas. Regtig nare goed.

"Ek sal my hoed onthou," belowe Mentje en draf Groothuis toe vir ete.

Aan tafel vra Tinus: "Hoe het jy gevorder met jou leerwerk?"

"Goed, goed, goed. Tinus, jy hoef nie bekommerd te wees nie, ek sal nie dop nie. Ek wil net baie goed doen. En ek sal onthou om die hoenders en kalfies kos te gee."

Hy glimlag tevrede en knik. Toe praat hy en sy oupa oor boerderygoed.

Ná aandete sluit sy tog by hom aan op die stoep. "Net vir 'n klein, klein rukkie, hoor? Net tot my melk op is."

Hy lag saggies. "Drink dan stadig."

"Nee, jong, ek moet gaan leer, anders raak ek agter." En ná 'n oomblik: "Gaan jy dan nie kuier vanaand nie?"

"Nee wat."

"Het jy en jou nooi baklei?"

Sy hand gaan kop toe, hare toe. "Ons het besef dit gaan nie uitwerk nie."

"O, ek is jammer." Eintlik is sy baie bly, want sy het lankal reeds aan 'n plan gedink. "As jy wil, sal ek jou voorstel aan ons CSV-juffrou. Tinus, sy is pragtig mooi en sy is dierbaar en sy sing nog mooi ook. Sy sal perfek by jou pas."

Hy draai sy kop na haar toe. Dis jammer dis so donker op die stoep, nou kan sy nie sy gesig sien nie. "So jy wil Kupido speel, nè?"

Sy verstaan nie, maar sy vra ook nie, want dit lyk nie asof hy 'n antwoord verwag nie.

Net toe haar glas melk klaar is en sy wil opstaan, sê hy: "Ek het Dinsdagmiddag gaan koffie drink."

Vir 'n oomblik is sy verward. "By Baby en Simon?"

"Ja."

Sy wag. "En?"

"Net koffie gedrink. Dis al."

Dis 'n begin, weet sy, maar sy sê dit nie. Sy vra net: "Sal jy weer gaan?"

Hy versit op sy stoel, buk effe vorentoe en vryf sy been. "Ja, ek sal weer gaan."

Toe gaan sy kamer toe. Die wetenskap leer sommer baie makliker as wat sy gedink het.

Ses en dertig

Dit ruik na ontsmettingsmiddel en vloerpolitoer in die spreekkamer.

"Jou ouma het nou voltydse versorging nodig, Tinus." Die dokter praat ernstig. Professioneel. "Jy sal iemand moet kry om na haar om te sien."

Buite help hy sy ouma in die trok in, klim aan die ander kant in, leun oor en sluit haar deur. Here? En ek het 'n jaar gelede gedink 'n kind gaan 'n byna onhanteerbare verantwoordelikheid word? Wat gaan ek doen?

Die straat voor die koshuis is 'n miernes van mense, motors, trokke en tasse. Binne is krioelende dogters besig om mekaar te groet. Dis 'n afskeidnemery asof hulle mekaar vir tien jaar nie gaan sien nie. Hy glimlag onwillekeurig, skud sy kop en klim uit.

Toe Mentje hom sien, swaai sy haar arms wild bokant die res van die koppe uit. Sy gryp haar kleretas in die een hand, druk die koekblik onder haar arm in, probeer vier boeke onder haar ander arm inwoel en haar skoolsak optel, maar die boeke glip uit en plof op die grond. Sy kyk skuldig op.

"Ek het vreeslik baie goed, want ons moet alles huis toe neem en volgende jaar is ek nie meer in 'n slaapsaal nie. Tinus, volgende jaar is ek saam met Gerda in 'n kamer, ons het nou net gesien ons is saam en ons is vreeslik bly want ek en sy is beste maats maar ons moes alles uit die koshuis neem."

Sy dag word net 'n bietjie ligter. "Middag, Mentje." Hy steek sy twee hande uit en neem haar tas en skoolsak.

"O ja, hallo, Tinus. Skuus, vergeet om te groet. Kan jy glo, dis nou vakansie vir weke lank." Sy drafstap langs hom trok toe.

Hy sluit die trokdeur oop en skuif sy ouma meer na die middel sodat Mentje kan inklim. Hy bly bekommerd dat sy ouma in die ry die deur sal oopsluit en uitklim.

Mentje se opwinding duur voort, al die pad terug plaas toe. "Tinus, ek staan vierde in my klas. En kan jy glo, die dokter se kind staan vyfde. Nou moet jy weet, nè?"

Hy het nie 'n idee wat hy moet weet nie. "O. Baie geluk."

Maar in sy agterkop bly: Here, wat gaan ek doen omtrent Ouma?

So tussen haar ander pratery deur vra sy skielik: "Het jy jou ouma dokter toe gevat?"

"Ja."

"Wat sê hy?" Sy klink opreg besorg.

Eers wil hy die vraag systap, sodat die vrolike opwinding kan voortduur. Maar met systap gaan sy nie tevrede wees nie, daarvan is hy baie seker. "Hulle kan niks doen nie. Dokter beveel aan ons moet voltydse versorging kry."

Sy praat niks verder nie, klim net by die afdraaipad uit, maak die hek oop en toe en klouter weer terug. Die vrolike gekwetter het opgedroog. Die probleem vul die hele kajuit.

Toe hulle by die huis stop, klim sy nie dadelik uit nie. "Baby het haar grootjie opgepas toe sy deurmekaar geword het. Sy het haar versorg tot die grootjie dood is."

Op die laaste Woensdag in die koshuis het Mentje saam met al die ander slaapsaalmeisies na Angelo se kafee op die hoek gegaan.

Die meisie van Johannesburg se pa het vir haar baie geld gegee, toe het sy vir hulle almal melkskommels gaan koop. "Ons moet volgende jaar nog maats bly, al is ons nie meer almal saam in die slaapsaal nie." Sy het half hartseer geklink, al was dit amper vakansie.

Die meeste meisies het ná die melkskommeldrinkery teruggestap koshuis toe. Mentje is eers winkel toe om drie Kerskaartjies te koop, toe is sy biblioteek toe vir boeke.

"Tinus kom elke week in met die trok, ek sal betyds my boeke kan terugbring," het sy die bibliotekaresse belowe. "En ek het nou weke en weke waar ek net kan lees en lees. Lekkerste lekker!"

Nou skryf sy vir Henk, vir Esther en vir Charles elkeen 'n briefie onderaan hulle Kerswense. Vir Charles skryf sy ook: *En as jy WEER nie my brief beantwoord nie, gaan ek NOOIT WEER vir jou skryf nie.* Sy onderstreep die WEER en die NOOIT WEER drie keer, adresseer die drie koeverte en gaan sit dit op Tinus se werktafel by die ander pos. Wanneer hy weer dorp toe gaan, sal dit gepos word. Nou kan haar vakansie regtig begin.

Hy loop dag en nag met die probleem. Ná die tweede dag begin hy al hoe duideliker besef Baby is tog 'n moontlike oplossing. Bygesê, ás sy gewillig sal wees. Want maklik is dit nie.

Wat anders? Wát anders?

Sy oupa skud sy kop beslis. "Hier in die huis? Elke dag? Nee."

"Ons moet iemand kry, Oupa." Tinus gaan sit op die stoepmuurtjie voor sy oupa. "Dis nie sommer 'n impulsiewe voorstel nie. Ek dink al dae lank hieroor en ek kan werklik nie 'n ander oplossing sien nie."

Sy oupa bly koppig. "Ek kan haar goed versorg. Self."

Tinus sug saggies en skud sy kop. Here, help my om geduldig te bly, dink hy moedeloos. Dis 'n ou ou man wat swaar trek aan 'n wavrag verlede en nou byna oorgegee word aan die genade van daardie einste verlede. "Kom ons probeer dit, net vir 'n week of twee."

Sy oupa kou-kou aan die steel van sy pyp. "En Selina? Hoekom kan sy dit nie doen nie?"

"Omdat sy genoeg werk van haar eie het," antwoord Tinus ferm en staan op. "Oupa, dink daaroor, asseblief. Ons hoef nie dadelik te besluit nie. Maar iets moet ons doen, binne die volgende paar dae."

Hy is al teen al ses stoeptrappies af toe sy oupa sê: "Tinus, jy weet van baie dinge nie."

Hy draai terug, kyk reguit op na waar sy oupa agter die lae stoepmuurtjie staan en sê: "Ek weet alles, Oupa. Ek weet alles."

Desember in die Bosveld is warm. Verby warm, dis warmer as wat Mentje ooit gedink het 'n plek kan wees. En as dit op die warmste is, kan mens ook nie in die sementdam gaan afkoel nie. Want vang die son jou buite alleen, selfs al steek net jou kop bo die water uit, smelt hy jou summier in 'n plassie in.

Somerdae begin Tinus en die werkers voor sonop al werk, hou tjailatyd van twaalfuur tot drieuur en werk dan weer tot ná sonsak.

"Dis waaragtig al hoe mens kan oorleef," sê Tinus elke keer.

Sulke tye gaan lê Mentje plat op die sementvloer in haar kamer en lees haar boek. Sy druk nie eens die kussing onder haar kop in nie, dit broei haar nek te warm. Soms rol sy haar handdoek in 'n rolletjie onder haar kop, maar die koelste is om net so op die harde vloer te lê.

Selfs op die stoep saans is dit warm.

"Dis nou sneeutyd in Nederland," sê Mentje een aand.

"In Engeland ook, ja. Koud en nat en grys. Ek het later gedink dit gaan nooit weer warm word nie."

Sy begin lag. "En ek weet ek gaan nooit weer afkoel nie. Ek weet nie hoe kan jy daardie warm koffie ook nog drink nie."

"Dit laat jou tog afkoel, hoor."

Gmf. Ook net mansmense wat so redeneer.

Dis so warm dat selfs die simpel duiwe nie besef dis al nag nie. Dit is die Lim-po-po! Dit is die Lim-po-po! roep hulle van voor sonsopkoms tot lank ná sonsak. "Pleks dat hulle gaan slaap, simpel goed."

"Ja. Mentje, dink jy Baby sal bereid wees om te kom help?"

Hy het waarskynlik nie eens gehoor wat sy van die duiwe gesê het nie. Luister mos nooit nie. "Weet nie. Vra haar."

Maar toe dink sy mooi oor wat hy gesê het. So, hy luister darem soms wanneer sy praat, nè? En hy klink ernstig. "Ek weet regtig nie." Sy dink nog 'n rukkie. "Ek dink miskien sal Simon …" Hoe kan sy dit stel? "Miskien sal Simon skrik as iets verander."

Dis donker hier op die stoep. Sy hoor net sy stem: "Jy is reg, ja."

Hoe sal Simon reageer? wonder Mentje. "Mens weet nooit met Simon nie. Hy is werklik 'n slim man. Maar mens moet reg met hom werk."

"En hoe dink jy is reg?"

Sy skud haar kop. "Ek weet regtig nie. Ek weet nie eens of Baby sal ja sê nie."

Hulle sit lank en dink. Dis asof die hele Bosveldnag saam met hulle dink. Of miskien wag op hulle antwoord. Net die duif nie. Lim-po-po! Lim-po-po!

Natuurlik nog nooit gehoor van vrede nie.

"Mentje."

Sy draai haar kop. "H'm?"

Sy hoor hoe hy sy asem intrek. "Ek is nog, ja, ontuis daar. Ons voel-voel mekaar nog."

Goed, dit verstaan sy. Sy wag.

"Sien jy kans om te gaan vra? Ek weet dis my plig. Ek dink net eerlikwaar jy sal dit beter kan doen as ek."

Pas die idioom "heuning om die mond smeer" dalk hier? Maar sy dink nogal hy is werklik eerlik.

Huiwerig sê sy: "Ek kan net probeer." Want probeer is hier seker die enigste geweer. "Ek weet nie of dit gaan werk nie."

"Dankie, Mentje."

"Maar dan sal jy vanaand vir die Here moet vra om my te help, hoor?"

"Ek sal." Sy stem klink vreemd. "Ek sal beslis."

Net voor sy in die bed klim, bid sy baie ernstig dat die Here ook hierdie pad saam met haar sal loop. Want as Baby nie kan kom help nie, weet sy nie wat om te doen nie. Sy wens eintlik die hele CSV-kringetjie was hier om te help bid. Maar dalk hoor die Here selfs as net sy en Tinus bid.

Vroegoggende is effe koeler as die res van die dag. Baie effentjies koeler, maar darem leefbaar. Behalwe in die kombuis. Selina stook die stoof met stompe vir pap en koffie en verander die kombuis in 'n plek waar jy besef jy moet eerder 'n goeie lewe begin lei!

Maar vanoggend pla die warm kombuis nie vir Mentje nie. Sy eet ingedagte haar bakkie pap. "Ek gaan vanoggend vir Baby vra of sy sal kom help om die ouma te versorg."

Selina vlieg van die opwasbak af om en slaan dadelik haar hande saam. "Nooit, nooi Ment, nooit! Moenie."

"Hoekom nie?"

"Nee, nee!" Sy tree benoud terug en vryf haar hande oorhaastig droog aan haar voorskoot. "Hulle mag nie hier kom nie. Seblief, moenie."

Frans en Selina woon hulle lewe deur al op die plaas, hulle weet ook alles, besef Mentje skielik. Sy skraap die laaste mondjievol pap uit die bakkie en sluk die soet romerigheid tevrede af. "Tinus weet ek gaan haar vra. Die oupa ook."

"Oubie weet?" Selina staar haar witoog aan. "Oubie weet Baby gaan hier kom?"

"Ja, regtig. Net die ouma weet nie."

Die sug kom van diep binne. "Ja. Sy sal nooit weer weet nie."

Mentje drink nog een slukkie melk uit die glas en stoot haar stoel agteruit. Eers gaan sê sy vir die oupa op die stoep: "Ek gaan uit, die ouma is in haar kamer."

Hy knik net, maar sy weet hy sal kyk.

Terug in die kombuis sê sy: "Ek gaan nou, Selina, bid dat dit goed gaan. Want Tinus en ek weet nie meer wat anders om te doen nie. Die oupa sal voor kyk, hoor?"

Selina sug weer en stoot haar kopdoek verder terug. Toe kyk sy kwaai na Mentje. "Waar is jou hoed?"

Ai tog, die hoed wat sy so ewiglik vergeet. Daardie vreeslike dag, en nou steeds.

Dis nie meer so seer om aan haar pa te dink nie, besef sy toe sy kamer toe draf. Soms krap die rofie nog af, maar die seer daaronder is nie meer rou en oop nie, dis besig om toe te groei.

Hoed op die kop stap sy vinnig deur die warm son na die bywonershuisie. Simon is besig in sy tuin. Van hierdie oomblik af, besef sy, moet sy baie mooi dink wat sy sê. En hoe, dis omtrent die belangrikste. So natuurlik moontlik, sodat hy nie skrik nie.

"Môre, Simon," roep sy van ver af. "Ek gaan vir my koue gemmerbier ingooi. Kom saam, toe? Ek wil vir jou en Baby iets vertel."

Hy was sy hande in die leivoor en loop kombuis toe. Eintlik loop hy nie, dis eerder of sy maer lyf sluip, vooroor, kop geboë, skouers krom. So anders as Tinus.

Binne is die bywonershuis byna onhoudbaar warm. Maar dit lyk nie asof dit vir Simon pla nie, hy dra steeds sy verslete baadjie. Baby, daarenteen, vee die sweet van haar voorkop af met 'n vaal mansakdoek.

"Dis nou vakansie, kan julle glo?" gesels Mentje terwyl sy die gemmerbier in blikbekers gooi. "Vier weke lank, alhoewel vier dae nou al verby is. Baby, wil jy ook hê?"

"Ja, staan gooi maar daar. Loop vat vir jou 'n koekie, as jy wil."

Eers toe hulle al drie sluk-sluk aan hulle gemmerbier, sy en Simon by die tafel, Baby aan die vroetel by die kombuisrak, sê sy: "Ek wil iets vir julle vra."

Baby laat sak haar hande.

Simon se oë verander oombliklik. Waaksaam, soos 'n veldmuis wat met die geringste teken van gevaar sal omspring en in die bossies verdwyn.

"Dis meer soort van 'n gunsie wat ek vir julle wil vra."

Die waaksaamheid gee effe skiet.

"Eintlik is dit 'n groot guns."

Baby staan roerloos.

"Ja?" vra Simon gespanne.

Here, help nou baie mooi. Asseblief. "Tinus se ouma kan niks meer self doen nie, nie eens meer eet of badkamergoed nie."

Baby knik. "Is soos my grootjie."

"Sy moet ook opgepas word, soos 'n babatjie, want sy loop weg."

Die kop met die broekrekperdestert bly knik. "Is daai ding."

"Ons het iemand nodig wat haar die hele dag lank kan oppas en help." Nou, liewe Here, nou. "Baby, kan jy elke dag die ouma kom help daar by die Groothuis?"

Baby se kop begin dadelik wild skud. "Die Groothuis loop gaan? Nee, nee, ek kan nie." Sy kyk hulpsoekend na Simon vir leiding. "Mister Van Jaarsveld, hy het mos geloop sê ... Simon?"

Maar Simon het vasgevries, sy oë het nikssiende vas teen die kombuiskas verstar.

Here, help dan tog!

Baby skud haar kop en begin retireer, slaapkamer se kant toe. "Nee." En toe byna fluisterend: "Tinus."

"Tinus weet," sê Mentje. "Tinus weet alles. Ook dat ek gekom het."

Dis asof Simon langsaam wakker word. Sy kop sak laer, hy maak sy oë toe. "Ek het so vermoed," prewel hy. "Sy besoeke hier ..."

Die sakdoekie in Baby se hand is in 'n bondeltjie gefrommel. "Simon?"

Hy tel sy kop stadig op en maak sy oë oop. "Baby, Tinus weet. Jy hoef nooit weer bang te wees nie." Hy steek sy hand na haar toe uit. "Niemand kan ons nou meer van hom af wegjaag nie."

Baby bly soos Lot se vrou staan. "Maar mister Van Jaarsveld het geloop sê ..."

"Mister Van Jaarsveld is nou oud en Tinus is die boer van die plaas." Simon se stem kom van ver af, skor.

"Tinus?" Dit neem vir Baby lank om te verstaan.

En Simon se hand bly na haar toe uitgesteek. "Onse Tinus, Baby. Hy het gevra jy moet na die Groothuis toe kom. Hy het jou nodig."

Sy loop tot teen hom aan en sak op haar knieë voor hom neer, druk haar kop in sy skoot vas. Haar lyf ruk en ruk. "Onse Tinus weet?"

Hy begin werktuiglik oor haar kop streel, sy oë kyk dwarsdeur die stoof en deur die muur tot ver anderkant die horison. "Tinus het hier in ons huis kom koffie drink, Baby, omdat hy weet."

Die eerste paar dae is almal in die huis ongemaklik en Baby is bitter onseker van haarself.

Om alles te kroon, snou die ouma haar toe: "Wie is jy? Loop!"

"Ek is dan mos Baby, miesies Van Jaarsveld," paai Baby en voer haar nog 'n happie pap.

Tinus is heeldag buite, die oupa bly op die stoep en vermy enige moontlike kontak en Mentje probeer help waar sy kan. Net Selina gaan ongesteurd voort met haar werk.

Maar heel gou begin Baby haar voete vind – sy is heelwat sterker as wat mens gedink het. Sy werk ook haar eie roetine uit: was, aantrek, ontbyt voer, in die sitkamer sitmaak. Daar sit Baby rustig en brei terwyl die ouma net sit.

Die aand sê Mentje baie skepties: "Ek weet net nie wie in hierdie warme Bosveld al die truie gaan opdra wat uit Baby se breipenne groei nie."

Hulle sit in die donker op die stoep, die donker lyk minstens koeler as die lig.

Tinus gee 'n geamuseerde laggie. "Ons sal dit vir die kerkbasaar skenk."

"Baby en Simon gaan nooit kerk toe nie." Dit klink byna soos 'n beskuldiging, dis nie wat sy bedoel het nie.

"Ja," sê hy ná 'n rukkie. "Daar is heelwat dinge wat reggestel moet word. Alles is net nog baie onseker."

Die dokter het vir die ouma medisyne voorgeskryf wat haar baie vaak maak.

Wanneer sy slaap, draf Baby huis toe om vir Simon te versorg. "En ek moet vandag loop staan beskuit bak," sê sy bekommerd. "Kyk hoe loop lyk die blikke. Leeg! Skande."

"Ek sal kyk, as jy wil," bied Mentje aan.

Baby skud haar kop beslis. "Nee, kind, ek kan mos g'n nou loop staan knie nie. Dis mooroggend vroeg se besigheid daardie. En Simon moet staan die oond stook ook mos."

Binne twee weke voel dit asof Baby nog altyd daar was. Verstommend, maar waar.

Net die oupa sien haar glad nie raak nie.

En Simon kom steeds nie naby die Groothuis nie.

Dit lyk asof dit werk, dink Tinus waar hy hier stil op die donker stoep sit. Sy ouma is goed versorg en rustig, en dit lyk asof sy oupa die situasie aanvaar het.

As dit net wil kom reën, sal sy tweede groot bekommernis ook skietgee. Maar die lug bly potblou, wolkloos, kurkdroog.

"Ek wil graag hê Baby en Simon moet Oukersaand saam met ons kom Kersfees vier," gesels die kind hier langs hom.

Hy voel hoe hy instinktief terugdeins, maar sy gaan net voort: "Ek het gedink jou oupa kan vir ons uit die Bybel lees, en ons kan bid. Ek weet nie of julle wil liedjies sing nie?"

Hy deins steeds terug. "Ons het nog nooit ... Mentje, ek weet nie."

Maar sy luister nie eens nie. "Baby kan vir ons melktert maak, en ek sal pannekoek bak, vooraf. Dan eet ons dit as ons klaar gebid het. Tinus, dink jy ons kan baie kerse opsteek?"

Dis 'n stroom naïewe entoesiasme wat hom laat kleitrap om kop bo water te hou. Maar hulle almal saam in een huis? "Ek glo nie dit gaan werk nie," probeer hy walgooi.

"Kersfees werk altyd, want die Here is mos daar." Sy sê dit asof dit die logiesste ding ter wêreld is. "Eers was dit net Pappa en ek, toe Kersfees in die Pas-Opkamp tussen die Jode, toe wéér by Vierhouten, verlede jaar in Arnhem – hoewel ek moet eerlik wees: Dit het nie regtig gevoel asof die Here daar was nie. Maar Hy is hier op die plaas, dit weet ek."

Sy voete vind lankal nie meer vastrapplek nie. "Die Pas-Opkamp? Jode?"

"O, dit?" rek sy die "dit" lank uit. "Jy sien, Tinus, direk nadat my pa gevang is, het ek ondergeduik in 'n kamp vir ..."

"Ondergeduik?" Toe onthou hy: "Weggekruip?"

"Ja. In 'n kamp vir Joodse onderduikers, diep in die bosse nie te ver van ons plaas nie."

Sy kop skud vanself, onbegrypend, asof hy nie reg hoor nie. "Jy is nie direk Arnhem toe nie?"

"Nee, eers ondergeduik in die Pas-Opkamp."

Verstaan hy reg? "Mentje, begin voor."

Sy sug gemaak moedeloos. Maar daardie maniertjies van haar ken hy ook al, hy bly geduldig.

"Die soldate het my pa gevang, maar ek het weggekruip en in die nag na advokaat Von Baumhauer toe gegaan. Hy het Jode uit die land help vlug of net help wegraak, want dis wat onderduik eintlik is. Toe neem hy my na die kamp diep in die bosse waar niemand ooit gekom het nie."

Ongelooflik. "En?"

"En toe woon ek in 'n halfondergrondse hut vir meer as 'n jaar en ek leer dierbare mense ken. Han en Bart; Bart was soort van die kamp se dokter. Wim en Flora, Salvador. Ons en nog baie ander het in die Amhut gewoon. Ons was gelukkig daar."

Sy verstomming gaan oor in totale verwondering oor hierdie kind, jong meisie, eintlik, wat so rustig sit en vertel van 'n lewensveranderende ervaring. "Vertel verder?"

Aan haar stem kan hy hoor dat sy glimlag. "Ons het selfs skool toe gegaan. Oom Henry was ons onderwyser. Hy was baie, baie oud en dierbaar en het eintlik 'n ander werk gehad, ek weet nie meer wat nie, maar hy het ons goed geleer. Veral baie moeilike matesis en pragtige Engelse gedigte." Haar stem verander skielik. "Maar toe die Pas-Opkamp ontdek is, het hulle hom doodgeskiet. Hy was te siek om te vlug."

Sy hart begin saamtrek. "Mentje?"

Sy maak 'n beweging met haar skouers, asof sy skielik iets verstaan. "Eers was ek hartseer oor die Pas-Opkamp, oor oom Henry en opa Bakker, en ek was kwaad omdat Bart en Han my nie genooi het om by hulle te bly nie. Nou is ek nog bietjie hartseer, maar ek onthou ook die goeie goed. En ek is bly oor al die mense wat dwarsdeur die oorlog bly lewe het, al was hulle Jode. Soos dokter Lipmann-Kessel ook."

Vir 'n oomblik maak hy sy oë toe. Liewe Vader, wat het hierdie kind alles deurgemaak? "Jy weet van soveel dinge wat niemand in hierdie land eens vermoed nie," sê hy peinsend.

Sy begin saggies lag. "En dit maak nie eens saak dat dit nie vir punte tel nie. Sjoe, Tinus, ek was aan die begin darem bang ek dop."

Hy voel hoe haar laggie deur hom trek. "En nou is jy sowaar een van die toptien in jou klas."

"Vierde, hoor," korrigeer sy dadelik.

"En die dokter se kind is vyfde," knik hy geamuseerd.

Sy gooi haar kop agteroor, lag kliphard en klap haar hande. "Jy verstaan, Tinus, jy verstaan. Prys die Heer, sou klein Esther gesê het."

Sy oë dwaal oor die veld om hom, sonder om werklik iets te sien. "Prys die Heer, ja," sê hy stadig. En hy bedoel dit.

Só gebeur dit dan dat hulle Oukersaand op die stoep sit. Binne gaan dit net te warm wees, het Mentje vroegoggend reeds besluit.

"Tinus, dink jy Selina en ek kan twee van die sitkamer se stoele uitdra? Anders is daar nie genoeg sitplek op die stoep nie."

Hy het ja gesê, maar sy kon sien hy dink nie dit gaan werk nie.

Nou het die son reeds gesak. Sy en Selina het die stoele op die stoep in 'n halwe kring gestoot met die sitkamer se koffietafel in die middel. Op die plat tafeltjie onder die vlieënet is koue hoender, aartappelslaai, varsgebakte brood en melktert. Oral is kersblakers met kerse, op die stoepmuurtjie, op die vensterbank agter hulle, selfs op die rand van die trappies.

Selina is lankal huis toe. Die oupa is op sy gewone plek, pyp in die mond, versink in sy eie gedagtes. Baby het die ouma klaar gebad en op een van die sitkamerstoele sitgemaak. Toe is sy na haar huis toe om vir Simon te gaan haal. Nou wag hulle vir die twee om Groothuis toe te kom.

En hulle wag.

"Mentje, ek dink nie hulle kom nie," sê Tinus sag. "Dit word laat vir Oupa."

"Baby sal terugkom." Miskien klink dit sekerder as wat sy werklik is.

"Behalwe as Simon ..." Hy voltooi nie sy sin nie, maar sy verstaan. Behalwe as die situasie vir Simon onhanteerbaar geword het.

Sy voel die teleurstelling in haar maag afsak. Maar sy ruk haar reg en staan op. "Jy is seker reg. Want Baby is al baie lank weg, nè?" Sy draai na die oupa en vra: "Kan ons vanaand eers Bybel lees en bid voordat ons eet?"

Hy knik stil, sy oë ver oor die donker veld agter die tuin.

"Ek sal die lig moet uitbring stoep toe, anders gaan my oupa niks in die Bybel kan sien nie."

Hy gaan haal eers die hoë tafeltjie uit die sitkamer en verskuif die swaar lamp vanuit die eetkamer daarheen. Mentje bring die groot Statebybel, wat swaar dra aan die lang familiestamboom voorin, uit stoep toe. Sy het al gekyk, Tinus se naam is die laaste inskrywing. En langs Simon se naam staan, in die oupa se eie handskrif, *overleden*. Maar daar is geen datum by nie.

Toe sy omdraai, sit Simon kop onderstebo op die boonste stoeptrappie. Baby hou sy hand styf vas en gaan sit op die trappie net onder hom. Niemand sê 'n woord nie.

Die oupa begin lees, sy Nederlandse uitspraak steeds vreemd, tog nou al bekend. Hy lees soos elke aand, asof dit nie Oukersaand is nie, asof sy seun nie vir die eerste keer in dekades ook by huisgodsdiens is nie.

Mentje se hart word seerder en seerder. Sy het so gehoop vanaand gebeur een of ander wonderwerk. Here, waar is U dan? vra sy in haar gedagtes.

Selfs die gebed is soos elke aand. Niks het verander nie.

Toe die oupa amen sê, voor enigiemand nog hulle oë kan oopmaak, begin Tinus bid. Hy bid met 'n sterk stem. En hy bid vreesloos. Oor alles.

Hy sê nie amen nie. Hy bly net skielik stil.

Mentje maak haar oë oop.

Dis Oukersnag in die doodstil, warm Bosveld. Is daar enige ander plek op aarde met presies sulke Oukersaande? Met die sterrehemel so naby en die Melkweg wat 'n nagreënboog dwarsoor die hemelruim span?

Waar God so naby is. Hier op die stoep, by hulle.

En die viool wat begin speel. Stille nag, heilige nag … Soete hemelse rus, soete hemelse rus.

Die klanke verstil, die rus bly.

Lank.

Toe leun die oupa op sy kierie en staan op. Hy loop tot by die trappies, buk en raak aan Simon se skouer. "Dankie, Simon."

Simon sit eers doodstil. Teen die tyd dat hy sy kop optel, het die oupa reeds die huis in verdwyn. "Hy het my naam gesê," prewel Simon. "Hy het my Simon genoem."

Nie een van hulle twee kan slaap nie. Dis stil in die oupa en ouma se kamer, Baby en Simon is lankal terug na hulle huisie toe. Niemand het veel geeet nie.

Maar nou grom Mentje se maag. "Is jy ook so honger?"

"Baie," stem Tinus saam. "Kan ek nou maar die kerse uitblaas?"

"Nee, want Oukersaand is nog nie verby nie. Wil jy van die koue hoender hê?"

"En daardie lekker aartappelslaai. Sommer baie."

Net soos Henk, altyd honger. Sy hoop Henk het 'n goeie Kersfees, en klein Femke. Maar sy weet nie.

Sy skep twee borde kos in en hou syne na hom toe uit. "Ek dink vanaand baie aan Henk. Hy wou regtig saamkom hierheen, maar hy kon nie."

Sy gaan sit op die grasstoel en balanseer haar bord op haar skoot.

Tinus skuif sy stoel sodat die stoepmuurtjie as sy tafel kan dien. "Dink jy ook aan jou pa, Mentje?" vra hy.

"Baie keer. Maar dis nie meer regtig verlang nie. Dis eerder ..." Sy probeer dink.

"Dis eerder?"

"Soort van, ek wens ek kan vir hom sê hy moenie bekommerd wees oor my nie, want ek is regtig oukei."

Hy knik en kou tydsaam aan sy hoendervleis. "Ek het nie gedink Simon sal vanaand kom nie."

Sy pa.

"Hy het vooraf gesê hy sal, maar mens weet nooit." Sy neem nog 'n groot hap van die aartappelslaai. "Ek het gevra of hy 'Stille nag' sal speel, en hy het gesê miskien, maar hy glo nie. En toe doen hy dit tog."

Die windjie begin opsteek, die kerse waai een vir een dood. Maar dit maak nie regtig saak nie, want die maan is nou Oukersaand se lig.

"Jy weet, Mentje ..."

"Ja?"

"Vanaand het dit vir eerste keer in my lewe gevoel asof ek deel is van 'n gesin."

H'm, en ek is seker die kleinsus, dink Mentje. Sy begin saggies lag.

"En nou?" vra hy byna geaffronteer.

"Ek lag nie vir jou nie. Ek lag omdat ek al alles was: eers 'n enigste kind, toe 'n ousus van 'n groot familie, nou seker die kleinsus. Ek gaan later nie meer weet wie ek is nie, hoor."

Hy begin glimlag. "O so, nè? Ons het regtig nie nog 'n persoon met probleme in hierdie familie nodig nie."

"Ag, oukei dan."

Hy stoot sy bord weg en vee sy mond met die servet af. "En watter een verkies jy?"

"Beslis nie die een van ousus nie! Dis lekker om die kleinsus te wees. Eintlik is dit baie lekker."

Vroeg in die nuwe jaar kom Tinus van die dorp af met 'n brief vir Mentje. Sy vind dit op haar bed toe sy ná middagete kamer toe gaan.

Eers die aand kan sy haar opwinding met hom deel. "Die brief wat jy vroeër vir my gegee het, kom van Charles af. Ons het maats geword op die boot, ek het jou al vertel."

"Ek onthou, ja. Hy is Suidwes toe. Of nee, Betsjoeanaland toe?"

"Betsjoeanaland, ja. Esther is Suidwes toe en hulle woon nou in Windhoek. Tinus, jy kan nie dink hoe bly is ek dat hy geskryf het nie. Ek het gedink die leeus het hom opgevreet."

Hy glimlag. "En gaan julle steeds oor tien jaar weer ontmoet?"

"O ja, beslis. Miskien sommer hier op ons plaas, as jy sê ons mag. Dan kan hulle sien hoe mooi is dit hier en hoe gelukkig ons familie is."

Hy bly lank stil, asof sy iets gesê het wat hom diep raak.

"Is iets verkeerd?" vra sy onseker.

Sy kop skud baie effentjies. "Weet jy wat 'n ongelooflike mens is jy?" vra hy.

Nogal, nè? "Ek is net maar Mentje de Vries."

"Ja," sê hy stadig. "Ja, jy is Mentje de Vries."

Outeursnotas en bedankings

Dankie aan:

Die Raad van die **Van Ewijck Stigting** wat R10 000 beskikbaar gestel het vir die navorsing van hierdie boek. Daarmee kon ek Nederland toe gaan vir ondersoeke ter plaatse. Ek skenk graag twee eksemplare van die Afrikaanse en Nederlandse weergawes van die boek aan die Nederlandse Biblioteek in Pinelands.

Rien en Jenny Bijl van Nunspeet wat my in 2012 reeds voorgestel het aan die "verskuilde dorp". Ek het onmiddellik geweet hier skuil 'n storie. Hulle het gesorg vir tientalle navorsingsboeke, in 2014 vir my huisvesting en vervoer verskaf, afsprake met kundiges gemaak en bowenal wonderlike vriende geword.

My vertaler wat vriendin geword het, **Dorienke de Vries**. Sy het my in 2012 na die Arnhem-begraafplaas geneem en só die saadjie vir die tweede helfte van hierdie boek geplant. Nie net het sy in 2014 met die sewentigste herdenking van die Slag van Arnhem vir ure saam met my in die son gesit en wag vir die valskermspringers nie, sy het ook tot op die laaste gehelp met die vind en kontrolering van inligting rondom die Slag van Arnhem.

Nog 'n liewe vriendin, my Nederlandse uitgewer **Corinne Vuijk** wat vir my dertig kilogram boeke gepos het en sovele laatnagte vir my moes rondry (en dankie aan Dawid wat na hulle drie seuntjies moes omsien).

Doktor Louis du Plessis, emiritusprofessor in Krygskunde aan die Universiteit van Stellenbosch. Louis is 'n bron van kennis rondom die Tweede Wêreldoorlog en self 'n valskermspringer met vyf en tagtig spronge op sy kerfstok, onder andere as valskermsoldaat gedurende die Grensoorlog. Sonder hom sou Tinus nooit uit die vliegtuig gekom het nie.

My suster **Annemarie Friedrich** wat gehelp het met Bart se eerste operasie, met die dokter van Tinus se been en met die kalf se geboorte. Kleintyd het sy baie beslis aandag gegee aan hoe ons ma die werkers gedokter het en hoe ons pa halsstarrige kalwers die wêreld in gehelp het. By die minste sprake van bloed het ek in die kamer gaan wegkruip en boek gelees.

Aart Visser (skrywer van *Het verscholen dorp*) en **Marius Schouten** (digter) wat my op 'n inligtingstoer na die terrein waar die Pas-Opkamp was, geneem het. Meneer Schouten het ook die hoofstukke oor die Pas-Opkamp geproeflees en bruikbare voorstelle aan die hand gedoen.

Theo en Adri van Loenen van Arnhem wat die ongelooflike verhaal van dokter Lipmann-Kessel per e-pos vertel het.

Evert de Graaff en **Steven van Hell** wat my op 'n toer deur die Maria-hoewe en die Nederlandse plaaslewe van meer as sewentig jaar gelede geneem het. Verstommend hoeveel gebruike, voorwerpe en implemente uit my kleintydse plaaslewe ek daar herken het.

Joop en Maud Osinga vir die pragtige boek *Het verscholen dorp*. Daarsonder sou ek die verhaal van die onderduikers op die Veluwe nie kon vertel nie.

Lenie van Diggelen wat vir my die boek *Het geheime dorp* as geskenk gegee het.

Die twee uitgewers van die "tweeling", naamlik **Cecilia Britz** van LAPA en **Corinne Vuijck** van Mosaïek. Dit was, soos altyd, heerlik om met julle saam te werk. Ook die twee redigeerders, **Jeanette Ferreira** en **Dorienke de Vries** vir julle uiters deeglike werk en konstruktiewe voorstelle. *Mentje, kind van Pas-Opkamp* en *Het meisje uit de verschuilde dorp* sal op twee kontinente gelyk die lig sien.

My vriendin **Suzette Meintjes**, my kinders **Madeleine Uys** en **Jan-Jan Joubert** en my niggie **Christine Stoman**, wat almal help proeflees het aan die manuskrip. Op verskillende maniere het elkeen van julle 'n unieke bydrae gelewer.

My **familie** wat 'n skrywende ma en ouma bly ondersteun. En vir **vriende** wat selfs op vakansie verstaan dat 'n storiekop soms elders is en dat 'n broeiende storie met tye moet uit.

Dankie aan my man **Jan**, vir soveel jare van geduld, ondersteuning en veral liefde.

Alle eer aan my Hemelse Vader wat vir my 'n storiekop gegee het, die krag en entoesiasme gee om te kan skryf, en wat vir my elke keer help as ek wil-wil vashaak. Dankie, Here, vir u genade.

Vele van die karakters in hierdie boek het werklik gelewe. In die Pas-Opkamp, byvoorbeeld, is net Mentje fiktief. Almal anders – Han en Bart, opa Bakker en tante Cor, Walter en sy familie, advokaat Von Baumhauer, liewe oom Henry, absoluut almal – het die gebeure in der waarheid beleef. Ek het hulle na die beste van my vermoë leer ken uit foto's, uit hulle eie getuienisse ná die gebeure en uit wat ander oor hulle gesê het.

Alle gebeurtenisse in die Pas-Opkamp kom ook uit vyf en sewentig jaar gelede: die lewe in die Amhut, die operasie op die eerste vlieënier, die ontmoeting met die Rus Koezma, die filmrolletjie wat ontdek is.

In Arnhem is die gebeure en plekke histories korrek, maar die meeste karakters is fiktief. Karakters wat wel bestaan het, is natuurlik majoor en later luitenant-kolonel John Frost en ander aanvoerders, koster Jan Mijnhart, dokter Zwolle en die Suid-Afrikaner, dokter Lipmann-Kessel. Gaan lees gerus sy verstommende verhaal op die internet.

Mentje se naam en van is met oorleg gekies. Die eerste "Hollandertjie" wat ek leer ken het, was my laerskoolmaatjie Mentje Groothof. Sy was baie wit, baie presies en het aan die begin effe vreemd gepraat. Ons het uiteindelik saam matriek geskryf en vriende gebly tot met haar dood enkele jare gelede. Hierdie is nie haar storie nie, net haar mooi naam.

Met die van De Vries sê ek dankie aan twee De Vriese in my boeklewe: Dorienke wat my boeke so pragtig in Nederlands vertaal en Izak de Vries, my bemarker hier in Suid-Afrika wat gereeld ook hierdie tegnies agtergeblewe pensioenaris in die geheime weë van die kuberruim probeer oplei.

Afstande word soms in myle en soms in kilometers gegee. Die rede is dat Suid-Afrika en Brittanje met myle gewerk het, Nederland met kilometers. Die Britse weermag en Tinus werk dus in myl, Mentje en die res van die Nederlanders in kilometer.

Hierdie roman is die tweede boek in my oorlogstrilogie. *Immer wes* het afgespeel in Duitsland en Suidwes-Afrika (tans Namibië), *Mentje, kind van Pas-Opkamp* in Nederland en Suid-Afrika, en die derde boek, tans nog ongetiteld, speel af in Engeland en Betsjoeanaland (tans Botswana). In die derde roman word talle los drade eindelik geknoop: Hoe gaan dit met Hildegard en klein Esther? Het Oswald Siberië oorleef? Wat gebeur uiteindelik met Mentje? En Tinus? So, saam met Charles se storie, kom kuier al die ander karakters ook weer vir oulaas saam.

Maar daarvoor sal ons nog 'n rukkie moet wag.

Boeke gebruik

Anoniem; *De Tommies komen! Dagboek van een Oosterbeeks meisje, Septemberdagen 1944*; De Vrienden van het Airborne Museum, Arnhem, 1987

Blokker, Jan; *Achter de laatste brug – Gevangen in het land tussen Arnhem en de Grebbelinie;* Em. Querido's Uitgeverij, Amsterdam – Antwerpen, 2012

Busman, C.W. Star en luitenant-kolonel Bauer, Eddy; *De Bevrijding*; Uitgeverij Lekturama-Rotterdam, s.j.

Busman, C.W. Star en luitenant-kolonel Bauer, Eddy; *De bange Meidagen van '40*; Uitgeverij Lekturama-Rotterdam, s.j.

Busman, C.W. Star en luitenant-kolonel Bauer, Eddy; *De Slag om Arnhem*; Uitgeverij Lekturama-Rotterdam, s.j.

Green, William; *Aircraft in the Battle of Britain*; MacDonald: Pan, Londen, 1969

Sheldon, Tony; *De verschrikking van de nacht – ooggetuigen van de Slag van Arnhem;* Kosmos Uitgeverij, Utrecht/Antwerpen, 2015

Spee, Marike; *Oma, gaan we nou dood? – Over een klein jongetje tijdens en na de Slag om Arnhem*; Uitgeverij Leijser, nu 2014

Van de Berkt, Henk; *Verzet op de Veluwe*; Uitgeverij Kok Voorhoeve, Kampen, 1990

Van der Klaauw, Bart en Bart Rijnhout; *Luchtbrug Market Garden*; Teleboek BV, Amsterdam, 1984

Van Nijnatten-Doffegnies, H.J.; *Het geheime dorp*; Uitgeverij G. F. Callenbach, Nijkerk, 1976

Visser, Aart; *Het verscholen dorp, verzet en onderduikers op de Veluwe*; Bredewold, Wezep, 1984

Video's gebruik

Barraut, Sacha; *In de schaduw van de brug – ooggetuigenverslagen*; Nederland, 1994

Charlton, Douglas J.; *10 Dagen in September 1944 – Een documentaire over de Slag van Arnhem door de ogen van een Engelse soldaat;* Film van Jan-Cees ter Brugge en Maaike Kuyvenhoven, 2014

History Channel; *Line of fire – Arnhem;* Cromwell Productions Ltd, 2000

Woorde en begrippe

Aandklokreël – wet dat niemand saans ná 'n spesifieke tyd op straat mag wees nie.
Arnhem – stad geleë aan die Nederryn in die sentraal-ooste van Nederland, ongeveer dertig kilometer vanaf die Duitse grens.

Geel Dawidster – teken wat die Jode onder Nazi-bewind moes dra.
Groot Oorlog – Eerste Wêreldoorlog

Kamp Amersfoort – kamp vir Nederlandse politieke gevangenes onder Nazi-beheer.
Kamp Westerbork – 'n Duitse deurgangskamp in die noordooste van Nederland van waar veral Joodse gevangenes

na arbeidskampe in die ooste gestuur is. Ook die bekende Anne Frank is na Kamp Westerbork gestuur.

Landstormers – militêre groep Nazi-gesinde Nederlanders

NSB'er – lid van die Nasionaal-Sosialistiese Beweging in Nederland, Nazi-gesind

Nunspeet – groter dorp in sentraal Nederland, geleë in die Soerelse bosse

Onderduik – Nederlandse begrip vir uit die oog verdwyn, wegkruip, ondergronds gaan

SD's – mense wat aan die Nazi Sicherheitsdienst (Sekuriteitsdiens) behoort het

SS – Schutzstaffel (Nazi-Duitse Beskermingskorps)

Vaaljapie – klein Ferguson-trekker van direk ná die oorlog

Vierhouten – klein dorpie naaste aan die Pas-Opkamp en naby Nunspeet

Voortrekkerhoogte – militêre opleidingskamp naby Pretoria

Ook deur Irma Joubert

'n Dogtertjie uit die Oos-Pruisiese adel, 'n liefdelose ma, 'n pa wat omgee – wel, meestal. Só begin Hildegard se verhaal.

In 1914, toe die donker wolke wat oor Europa saamgetrek het, uiteindelik in die Groot Oorlog uitbreek, leer Hildegard vir die eerste keer hoe lelik die lewe daar buite is, hoe afskuwelik oorlog, en wat 'n misleidende woord "oorlogshelde" is. Haar kinderlike verering van die Duitswester Gustav los op in die vlaktes van sy geliefde land waarheen hy terugkeer. Sy trou met 'n man – haar vader se keuse, as mens dit 'n keuse kan noem – wat min vreugde in haar lewe bring.

Teen die tyd wat die Tweede Wêreldoorlog ten einde loop, is sy intiem vertroud met die pyn van verlies en onderdrukking, armoede en hongersnood, en meer as ooit haat en verag sy oorlog. Maar dit is nie die einde van die reis nie. Dit besef sy eers toe sy en haar kind hulle weens omstandighede waarvan niemand sou kon droom nie, in Duitswes bevind.

Wat môre sal bring en waar sy en haar dogtertjie 'n heenkome sal vind, weet niemand. Soms weet sy nie of God haar nog hoor wanneer sy bid nie.

Irma Joubert is een van die gewildste en mees geliefde Afrikaanse skrywers van historiese romans. *Immer wes* is haar tiende roman.